BEATRIZ WILLIAMS

Die kleinen Geheimnisse der Frauen

Autorin

Beatriz Williams besitzt Abschlüsse der amerikanischen Universitäten Stanford und Columbia. Während sie als Beraterin in London und New York arbeitete, versteckte sie ihre Schreibversuche zunächst auf ihrem Laptop. Mit ihren Romanen eroberte sie nicht nur die Herzen ihrer Leserinnen im Sturm, sondern auch die »New York Times«-Bestsellerliste. Heute schreibt Beatriz Williams in ihrem Haus an der Küste Connecticuts, wo sie mit ihrem Mann und ihren vier Kindern lebt.

Die East-Coast-Reihe von Beatriz Williams bei Blanvalet:

1. Im Herzen des Sturms
2. Das geheime Leben der Violet Grant
3. Träume wie Sand und Meer
4. Die letzten Stunden des Sommers
5. Die kleinen Geheimnisse der Frauen

BEATRIZ WILLIAMS

Die kleinen Geheimnisse der Frauen

Roman

Deutsch von
Kristina Lake-Zapp

blanvalet

Die Originalausgabe erschien 2016 unter dem Titel »A Certain Age«
bei William Morrow, An Imprint of Harper Collins Publishers, New York.

MIX
Papier aus verantwortungsvollen Quellen
FSC® C083411

Verlagsgruppe Random House FSC® N001967

1. Auflage

Neumarkter Str. 28, 81673 München
Redaktion: Antje Röttgers
Umschlaggestaltung: Sandra Taufer, München
Umschlagmotive: © Richard Jenkins Photography; Shutterstock.com
(lunamarina; VectoRay); iStock.com/Tashka
JF · Herstellung: wag
Satz: KompetenzCenter, Mönchengladbach
Druck und Bindung: GGP Media GmbH, Pößneck
Printed in Germany
ISBN 978-3-7341-0993-5

www.blanvalet.de

*Für Greenwich, Connecticut, und seine wunderbaren Persönlichkeiten, dafür, dass sie uns zehn Jahre lang Raum für unsere Träume gegegeben haben (und wir mindestens einen davon im Stau träumten) …
Weiter so!*

Die *New York Herald-Times,*
29. Mai 1922

Klatsch und Tratsch, von Patty Cake

Endlich! Heute ist der Tag, auf den wir alle gewartet haben, verehrte Leser: Heute findet die Eröffnung des größten Prozesses statt, den dieses Land je gesehen hat, ein wahrer Jahrhundertprozess, und ich sage Ihnen, es ist mörderisch heiß in diesem viel zu kleinen Gerichtssaal in Connecticut. Glauben Sie mir, Sie sind sehr viel besser dran als ich, denn Sie können die Verhandlungen zu Hause in Ihrem bequemen Sessel verfolgen. Oh, diese Qualen, die ich auf dem heiligen Altar des Journalismus erleide.

Und jetzt, nach all den Monaten voller Aufregung, Hysterie und pikanten Details – der Patentkönig; seine Töchter, diese schönen Erbinnen; die Mieterin aus dem Parterre; das tränenüberströmte ehemalige Küchenmädchen, später Hausfrau in Scarsdale, und ihr generöser Ehemann; das Turmfenster, der verschwundene Gärtner, die exakte Länge und Verzahnung der Messerklinge, mit der das Opfer ermordet wurde –, nach all diesen Monaten sitzen wir hier und wedeln mit provisorischen Fächern vor unseren schwitzenden Gesichtern, während sich langsam, aber sicher herauskristallisiert, dass es sich bei all diesen mythischen Gestalten schlussendlich um Menschen aus Fleisch und Blut handelt. Der Patentkönig ist kleiner als gedacht. Er sagt kein Wort, sitzt steif wie ein Stock neben seinem Verteidiger, die Töchter drängen sich in der ersten Reihe dicht zusammen, so blass und sorgenvoll, dass von ihrer viel gepriesenen Schönheit, so muss ich leider sagen, kaum etwas zu bemerken ist.

Zahlreiche prominente Vertreter und Vertreterinnen der oberen Zehntausend bevölkern die Bänke um mich herum. Die bedeutendste von ihnen ist der Dauerbrenner sämtlicher gesellschaftlichen Höhepunkte und natürlich auch dieser Kolumne – die schillernde Mrs. Theresa Marshall aus der Fifth Avenue in Manhattan mit Zweitwohnsitz in Southampton, Long Island, so exquisit und modisch gekleidet wie immer. Mir wurde das Privileg zuteil, Windermere, das Anwesen der Familie Marshall an der Küste, zu besuchen, und ich bewundere Mrs. Marshalls Tapferkeit, in diesem Hexenkessel von Gerichtssaal auszuharren, obwohl sie doch eigentlich in den Dünen liegen oder mit ihrem Lieblingsspringpferd Tiptoe über den Reitweg am Lake Agawam reiten könnte.

Der Grund für Mrs. Marshalls Opfer liegt allerdings auf der Hand oder vielmehr: Er sitzt neben ihr, ein Prachtexemplar von einem Mann – so das sachverständige Urteil meiner Wenigkeit. Mr. Octavian Rofrano wird schon bald als einer der Hauptzeugen in diesem Fall auftreten, und in Anbetracht seines neu entdeckten Ruhms und unbestrittenen Charmes, mache ich Mrs. Marshall in keiner Weise einen Vorwurf, dass sie ihn mit Argusaugen bewacht, selbst wenn ich nicht umhinkomme mich zu fragen, was der bedauernswerte Mr. Marshall wohl von einem solch ausgeprägten Beschützerinstinkt halten mag.

So viel zu dem Mann an Mrs. Marshalls linker Seite. Zu ihrer Rechten sitzt ein weiterer wohlbekannter Vollblut-Manhattaner: niemand anders als der Bruder der Dame, Mr. Edmund Jay Ochsner, der berühmt-berüchtigte Junggeselle, der – so das Gerücht – Anspruch erhebt auf die jüngere der beiden Patentprinzessinnen. Auch wenn es heißt, sie seien bereits verlobt, kann ich keinen glitzernden Ring an dem verdächtigen Finger ausmachen. Also lasse ich Sie, meine verehrten Leser, selbst entscheiden, was Sie für die Wahrheit halten.

Was mich betrifft – halten Sie sich fest: Ich werde für Sie den Prozess des Jahrhunderts verfolgen, vorausgesetzt, ich bin bis zum Ende des Vormittags nicht auf meiner Bank geschmolzen.

Kapitel 1

In alten Zeiten wurden am Altar Opfer gebracht –
eine Praxis, die bis heute fortgeführt wird.

HELEN ROWLAND

THERESA

Long Island, New York, am zweiten Tag des Jahres 1922

IN DER NACHT TRÄUME ICH, dass mein Ehemann unerwartet aus Manhattan eintrifft, umhüllt von einer stickigen Abgaswolke seines Buick Battistini Speedster, und lassen Sie mich Ihnen sagen, dass mir sein plötzliches Auftauchen mehr als ungelegen kommt.

Allerdings erscheint mir diese Möglichkeit jenseits meiner fieberhaften Träume als ausgesprochen unwahrscheinlich. Ohne Zweifel liegt der echte Mr. Marshall in dem Moment, in dem mein Traum-Ehemann mit den Rädern seines Buick draußen den Traum-Kies aufwühlt, in walähnlichem Schlummer auf dem Bett in dem schmucken Apartment am Sutton Place, das er für seine Geliebte gekauft hat. Die zweite Nacht des neuen Jahres ist als fester Termin für außereheliche Beschäftigungen im Kalender eingetragen. Auf alle Fälle zählt der echte Mr. Marshall nicht zu der Sorte Mann, die bei Tagesanbruch einen vereisten Highway entlangrasen, um seine Ehefrau aufzuschrecken. Mr. Marshalls Manieren sind untadelig.

Trotzdem genügt mein Traum, um mich aus dem Schlaf hochschrecken zu lassen, erregt und atemlos, herausgerissen aus dem Zustand selbstvergessener Ruhe. Der Raum ist erfüllt von jenem dunkelgrauen Licht, das kurz vor Anbruch der Morgendämmerung herrscht, und da es sich um eine kleine, ungeheizte, ungestrichene Kammer über einer alten Remise mit den verstaubten Überresten zweier Kutschen darin handelt, die dank der Erfindung von Mr. Ford ausgedient haben, weiß ich zunächst nicht genau, wo ich bin, abgesehen davon, dass mir der Ort vertraut erscheint.

Die Matratze gibt unter meiner Hüfte nach, das Flanelllaken riecht modrig wie die Laken in einer Hütte in den Adirondacks. Ich werde niedergedrückt von dem Gewicht von tausend Wolldecken; jemand raucht eine Zigarette.

Ich drehe mich auf die Seite. »Boyo?«

Der Junge steht am Fenster, farblich abgestimmt auf den Rauch, der sich von der Zigarette in seiner Hand in die Höhe kräuselt. Seine Schultern haben exakt die Breite des Schiebefensters und bilden mit dem Rahmen eine Linie. Ich habe vergessen, worum genau es in meinem Traum ging, auch, warum er mich erschreckt hat; mein Atem normalisiert sich wieder bei diesem unleugbaren Beweis männlicher Gesellschaft. Ohne sich umzudrehen, ohne das leiseste Zucken – er ist wahrhaftig der stillste Mann, den ich je kennengelernt habe – sagt er: »Ich frage mich, ob du mich auch noch so nennst, wenn ich sechzig bin.«

Ja, der Raum ist dunkel und kalt, und die Decken sind schwer, und unter diesen Decken bin ich so nackt wie ein unschuldiges Baby, obwohl die Ähnlichkeit zwischen Babys und Unschuld dort auch schon endet. Ich setze mich auf und strecke meine Arme aus. »Du wirst immer mein Boyo sein. Mein herzallerliebster Junge.«

Er tritt ans Bett und lässt sich auf die Kante sinken, um sich gehorsam meiner Umarmung zu fügen. Seine Haut ist eiskalt, das Fleisch darunter glühend heiß. »Da draußen ist ein Wagen«, bemerkt er beiläufig, nachdem er mich geküsst hat, als falle diese Information nicht weiter ins Gewicht.

Ich stutze. Die Arme des Jungen, die rechts und links auf meiner Hüfte liegen, halten mich davon ab, allzu heftig zusammenzuschrecken.

»Ein *Wagen*?«

»Ja.«

»Welches Fabrikat?«

»Das kann ich nicht sagen. Es ist zu dunkel.« Er hebt meinen Arm und küsst die Haut an der Innenseite meines Ellbogens.

»Limousine oder Coupé?«

»Coupé. Halt doch still!

Mit Mühe löse ich meinen Arm von seinen Lippen, was er nicht zulassen will. »Um Gottes willen, Boyo, bist du verrückt geworden? Wo sind meine Sachen?«

»Warum? Er steigt nicht aus.«

Ich fluche. Der Junge, dem es nicht gefällt, wenn ich den Namen seines Herrn missbrauche, legt seinen Daumen auf meine Lippen. Ich öffne den Mund und beiße ihn.

»Autsch!«

»Das ist Sylvo. Das muss Sylvo sein.«

»Na und?«

»*Na und?* Was soll die Frage? Mein *Mann* steht vor der Tür!«

»Er steht nicht vor der Tür, Theresa. Er sitzt im Wagen. Raucht eine Zigarette. Vermutlich angetrunken.«

»Aber irgendwann wird er ja aussteigen.«

»Vielleicht.« Der Junge zuckt die Achseln. »Kein Grund, ihn zur Eile anzutreiben.«

Es hat wenig Sinn, den Jungen aufzustacheln, wenn er sich doch nicht aufstacheln lässt. Seine Kaltblütigkeit hat ihn Frankreich überleben lassen, und ich nehme an, dass das jetzt nicht anders sein wird. Es ist Sylvester, um den ich mir Sorgen mache. Ich sinke zurück in die Kissen. Der Junge folgt mir ins Bett. »Du musst dich im Schrank verstecken, wenn er doch raufkommt«, sage ich zu ihm.

»Ich werde mich in keinem Schrank verstecken.«

»Doch, wirst du. Ich möchte keine Szene, Boyo.«

Der Junge raucht seine Zigarette in aller Seelenruhe zu Ende, atmet den Rauch von seinem Mund direkt in meinen und drückt die Kippe in der Sardinenbüchse auf dem Fußboden neben dem Bett aus. (Der Junge ist ungeheuer einfallsreich, was das Improvisieren von Aschenbechern angeht.) Er kennt sein Ziel genau, und er wendet während dieser kleinen Operation den Blick nicht von meinem Gesicht ab. Ich denke, das ist eine der kleinen Eigenheiten, die mich vor all den Monaten zu ihm hingezogen haben: seine Konzentration. Seine Weigerung, sich zur Eile antreiben zu lassen. »Es gibt nur einen Grund, warum dein Mann hier ist«, sagt er, »er weiß, dass *ich* da bin. Es macht also keinen Sinn, sich in irgendwelchen Schränken zu verstecken, vorausgesetzt, wir hätten einen Schrank und ich wäre gewillt, darin zu verschwinden. Was ich nicht bin.«

»Warum machst du es mir so schwer?«

»Warum machst du es *mir* so schwer?« Er nimmt eine Strähne meines Haars, reibt sie sanft zwischen Daumen und Zeigefinger und streicht sie mir dann ordentlich hinters Ohr. »Ich spiele nach deinen Regeln, oder etwa nicht? Ich tue, was du willst.«

»Meistens.«

»Also gut. Dann lass mich die Sache diesmal in die Hand nehmen.«

Er senkt den Kopf auf meinen Hals. Ich lege ihm beide Hände auf die Schultern und drücke – ohne großen Erfolg. »Wie kannst du mich in einem solchen Moment küssen?«

»Weil ich dein Junge bin, oder etwa nicht? Du bist mein Baby. Dich zu küssen ist das, was ich nach einem harten Arbeitstag tue. Deshalb funktioniere ich. So bin ich.«

Der Junge ist wie ein Schilfrohr oder vielmehr wie ein Seil – ja, das ist es –, ein Seil, zu einem festen Knoten geschlungen, starr, unverbrüchlich. Wenn er hier sitzen und mich küssen will, werde ich ihn nicht aufhalten, zumindest nicht gewaltsam. Man kann den Jungen zu nichts zwingen, dazu müsste man zunächst den Knoten lösen. Nur seine Lippen sind weich und nachgiebig.

So bin ich, sagt er. Aber wer *bist* du, Boyo? Dieses Rätsel beschäftigt mich seit eineinhalb Jahren, und unter diesen Umständen wird es das wohl ewig tun.

Also lasse ich mir etwas einfallen. »Ich bin kein Baby«, sage ich. »Wenn du sechzig bist, bin ich zweiundachtzig.«

»Nun ja, ich sehe das so: Solange ich dein Junge bin, bist du mein Baby.«

Solange er mein Junge ist. Aber stellt sich dann nicht die Frage, wer *ich* bin, Boyo? Wieso zerbreche ich mir hier über dich den Kopf? Wie bin ich – Mrs. Theresa Marshall aus der Fifth Avenue in Manhattan – zu einer Hälfte von Du-und-ich geworden?

Ich glaube nicht, dass ich die Antwort kenne. Irgendetwas ist mir abhandengekommen. Etwas in diesem Du-und-ich, und ich nehme an, dass ich es bin.

Er ist zweiundzwanzig, mein Junge, und daher in den Augen des Allmächtigen und des Gesetzes ein Mann. Er *sieht aus* wie ein Mann, jetzt noch mehr als damals, als ich ihm zum ersten Mal begegnete. Das war im Sommer 1920, vor anderthalb Jahren, und er war ein Mann im Körper eines Jungen, eines Jungen mit perfekt rosa Wangen, jungen Lippen und alten Augen. Wie er seinen Blick auf mich heftete! Es war berauschend, müssen Sie wissen. Es war Sommer, eine spätabendliche Party zum Vierten Juli auf Long Island, warm und träge und synkopisch, dunkel und traumähnlich. Die schwüle Luft ließ den Beschlag von den Longdrink-Gläsern in die Handflächen der Gäste rinnen. Jemand erzählte mir, er sei Kampfpilot in Frankreich gewesen und gerade erst zurückgekehrt, der einzige Überlebende aus seiner Schwadron, aber behaupten sie das nicht immer? *Der einzige Mann aus seiner Schwadron, der lebend nach Hause zurückgekehrt ist!* Es sind niemals drei Überlebende oder zehn, immer nur einer. All die anderen armen Schweine müssen sterben, um das Cocktailparty-Geplauder ein bisschen aufregender zu machen, atemloser, den mittsommerlichen Ennui weniger erdrückend.

Er stand neben dem Swimmingpool. Ich fand, er sei viel zu jung für mich, aber vielleicht weckte gerade das meine Neugier. Als ich in seine Richtung schlenderte, bemerkte ich seinen durchdringenden Blick und die kleinen Wellen der Wasseroberfläche, deren Schatten auf seinem Gesicht tanzten und von Form und Größe her an die Flecken eines Leoparden erinnerten. Dieser erste Eindruck – der Junge als Raubkatze – war der Auslöser für mein Interesse an ihm, und es dauerte nicht lange, bis mir bewusst wurde, wie sehr ich mich getäuscht hatte.

Aber da war es natürlich schon viel zu spät.

Er hat eine ganz bestimmte Art, mich Dinge vergessen zu lassen, wichtige Dinge wie die Tatsache, dass ein Mann in einem Automobil unter unserem Fenster sitzt, vermutlich betrunken, der eine Zigarette raucht und aller Wahrscheinlichkeit nach mein Ehemann ist. Oder ist das etwa Teil des Nervenkitzels, diese unterschwellige Angst vor Entdeckung? Womöglich habe ich mich die ganze Zeit über nach diesem Showdown gesehnt, seitdem ich diesen Jungen neben dem Swimmingpool zu einem erwachsenen Liebhaber gemacht und mit niemand anderem als ihm geschlafen habe, auch nicht mit meinem eigenen Ehemann.

»*When my baby smiles at me*«, singt er leise.

»Du bist ein grauenhafter Sänger.«

»Deshalb singe ich ja auch nur für dich.«

»Mein süßer Junge, ich möchte, dass du *ernst* bist.«

»Ich *bin* ernst. Ich singe nur für dich, Theresa, und du singst nur für mich. Ich denke, vielleicht ist es an der Zeit, dass Mr. Marshall das versteht.«

O ja. Ab und an sagt er solche Dinge, mein Junge: spielt an auf die Fortdauer dieser Liaison, was kein anständiger Liebhaber tun sollte, schließlich sind Liebhaber nicht für die Dauer gedacht, oder? Aber der Junge macht nie etwas so wie die anderen. Er packt mehr Intentionen in ein einziges Wort als der Präsident in eine ganze Antrittsrede, und genau das ist es, was mich instinktiv zu ihm hinzieht, wenn er ein Zimmer betritt oder sich ins Bett legt oder seinen Wagen um Mitternacht über die Queensboro Bridge lenkt. Ich blicke einen Moment lang fest in jene gelassenen Augen und denke über all die Flieger nach, die er abgeschossen haben muss, die Flieger, über die er niemals spricht. Ich stelle mir ein rauchendes weißes Wrack auf einem gefrorenen braunen Feld vor und den Jungen, der nach unten blickt, während er in der Luft kreist und den ganzen Schlamassel von oben betrachtet.

»Ich möchte nicht, dass du eine Szene machst, Boyo, hast du mich verstanden? Keine Szene.«

»Ich werde ihn nicht verletzen. Ich werde ihm die Dinge lediglich erklären.«

»Und was genau willst du ihm erklären? Er ist mein Ehemann. Er hat ein Anrecht auf mich.«

Der Junge umschließt mein Gesicht mit beiden Händen. »Er hat kein Anrecht auf dich. Wie kann sich ein Mann vom Tag seiner Hochzeit an eine Geliebte halten und sich immer noch ›Ehemann‹ nennen? Nein, er hat keinerlei Anrecht auf dich.« Ein gedämpfter Knall lässt das Schiebefenster erzittern, aber der Junge hört nicht auf zu reden. Er hat mir etwas zu sagen. Seine Daumen drücken mir kleine Dellen in die Wangen. »*Ich* bin derjenige, der mit dir schläft. *Ich* bin derjenige, der die Nacht in deinem Bett verbringt.«

»Hast du das gehört?«

»Da war nichts.«

Ich schiebe den Jungen von meiner Brust und steige aus dem Bett. »Er kommt rein!«

»Soll er doch kommen.«

Mein Kleid liegt auf dem Fußboden neben der Tür, mein Höschen vor dem Bett, mein BH ist über einen der Bettpfosten drapiert. Ich sammle meine Sachen auf, während der Junge auf der Bettkante sitzen bleibt, die Hände auf die nackten Oberschenkel gelegt, und mich ins Visier nimmt wie eine Sopwith eine Fokker. »Was soll ich deiner Meinung nach tun, Boyo? Die Scheidung verlangen?«

»Du weißt, was ich will.«

»Ich werde mich nicht von Sylvester scheiden lassen.«

»Warum nicht?«

»Weil das nicht nötig ist.«

»Wenn wir ein Baby haben schon.«

Meine zitternden Hände kommen mit den Verschlüssen meines Kleids nicht zurecht. Ich drehe dem Jungen den Rücken zu und sage: »Wir werden kein Baby bekommen.«

»Vielleicht doch.«

»Ich bin zu alt. Zu alt für ein Baby, zu alt für dich.«

Er schließt mein Kleid und legt mir die Hände um die Taille. »Das stimmt nicht.«

Der Junge möchte, dass ich ein Baby von ihm bekomme. Er denkt, ein Baby löst all unsere Probleme. Ich denke nicht mal, dass wir irgendwelche Probleme haben, abgesehen davon, dass ich mich nahezu verzweifelt in einen Jungen verliebt habe, der zweieinviertel Jahrzehnte jünger ist als ich, aber der Junge hat etwas gegen Ehebruch und will, dass wir heiraten. Er will, dass wir heiraten, zusammen in einem lausigen Apartment in der Second Avenue wohnen (er kommt nicht an sein lächerliches Erbe, bevor er fünfundzwanzig ist, armes Ding, und ich befürchte, dass ein junger Anlagenhändler auf die Gnade seiner Geschäftspartner angewiesen ist, was die Bezahlung anbetrifft) und wundervolle Babys produzieren, eins nach dem anderen, während der Schnee wie Puderzucker vor unserem Fenster vom Himmel fällt. Wie in einer dieser Geschichten von O. Henry. Liebe und Kerzenschein. Abgesehen davon, dass ich vierundvierzig Jahre alt bin und bereits drei gesunde, legitime, schreiende Kinder zur Welt gebracht habe – von denen das letzte auf die Phillip Exeter Academy entschwunden ist, als der Krieg gerade seinem tintenfischschwarzen Ende entgegentaumelte –, bin ich genauso wenig versessen darauf, für ein Neugeborenes zu sorgen wie in einem lausigen Apartment in der Second Avenue zu hausen.

Nein, unser derzeitiges Arrangement passt mir sehr gut: Wir treffen uns jeden Montag und Donnerstag, wenn ich angeblich Bridge spiele, in der mustergültig schäbigen

Wohnung des Jungen im Village, die im dritten Stock eines Gebäudes mit einem angenehm duftenden italienischen Lebensmittelladen im Erdgeschoss und einer gut bestückten Flüsterkneipe im Keller liegt. Die nicht mehr ganz junge Dame und der Junge trinken ein Gläschen schwarzgebrannten Fusel, legen ein heimliches Tänzchen aufs Parkett und kehren anschließend nach oben ins Bett zurück. Während der Sommermonate vergnügen wir uns hier oben in dem alten Kutschenhaus, denn wenngleich Sylvester und ich in unserem Anwesen auf Long Island von Anfang an getrennte Schlafzimmer bezogen haben, halten wir uns unter dem ehelichen Dach doch an einen gewissen informellen Kodex, was den Empfang von Liebhabern anbetrifft. Gegenseitiger Respekt ist immerhin die Grundlage einer stabilen Ehe.

Manchmal – ein ganz besonderes Vergnügen – treffen der Junge und ich uns außerhalb der Stadt in diesem hübschen Grand Hotel am Meer, in dem niemand mit der Wimper zuckt, wenn ein Junge und eine Dame in den besten Jahren die Flitterwochen-Suite beziehen wie ein frisch verheiratetes Paar. (Der Junge trägt unsere Namen stets in großen, ordentlichen Buchstaben ins Register ein – *Mr. und Mrs. Octavian Rofrano junior* – und besteht darauf, die Rechnung aus eigener Tasche zu bezahlen, der Gute.) Wir bleiben zwei oder drei Nächte, bestellen unser Essen beim Zimmerservice, trinken Gin und baden um zwei Uhr morgens nackt im Ozean, schlafen, wachen auf und schlafen wieder, doch hauptsächlich vögeln wir. Schweißtreibende, wundervolle, unermüdliche Flitterwochenvögeleien. Wir vögeln zwei, drei Mal am Tag, manchmal sogar vier Mal oder fünf Mal, wenn der Junge ausgeruht ist und nicht zu viel Gin in sich hineingeschüttet hat. Das haben wir schon eine ganze Weile nicht mehr gemacht, nicht seit

Ende des Sommers. Der Herbst ist schließlich eine sehr geschäftige Zeit. Aber mein Gott, wenn wir das tun, fühle ich mich wie eine neue Frau. Fühle mich unwiderstehlich. Und wenn wir in die Stadt zurückkehren, strahlt meine Haut wie die einer Debütantin.

Alles zusammengenommen – Village, Kutschenhaus und frivole Hotels – waren diese vergangenen anderthalb Jahre ausgesprochen befriedigend: das Jahr des Jungen und mehr als das.

Bis jetzt. Ich habe keine Ahnung, was uns dazu getrieben hat, gestern Nacht spontan in den Ford Model T des Jungen zu springen und einfach draufloszufahren. Vielleicht lag es an der endlosen Reihe von Weihnachtsfeiern und Silvesterpartys, vielleicht am Champagner. Vielleicht ist unsere kleine Affäre allzu bereitwillig der Routine gewichen, und wir brauchen den Geschmack von Abenteuer. »Lass uns irgendwo hinfahren, wo wir allein sein können«, schlug der Junge vor und lehnte seinen Kopf an die Kopfstütze, und ich schaute ihn an und hielt dagegen, er solle nicht albern sein, wir seien doch allein, woraufhin er entgegnete, er wolle *mehr* allein sein: Er wolle nach Long Island fahren und ein bisschen frische Luft atmen, ein kleines, intimes Neujahrsfest feiern, ohne all die Lichter und Menschen und Sirenen und den Rauch, nur Sonnenschein, eisige Luft und ich. Was sollte ich dazu sagen? Ich sagte, ich sei einverstanden.

Und sehen Sie nun, was das gebracht hat! Mr. Marshall ist uns den ganzen Weg hierher gefolgt, hat die Mühe auf sich genommen, Mrs. Marshall und den Jungen in ihrem kleinen Liebesnest über der Remise aufzuspüren, hundert Meilen von der Stadt entfernt, ein Akt eifersüchtiger Besitzverteidigung, der ganz und gar untypisch für ihn ist und nicht den mindesten Sinn ergibt, es sei denn …

»Die Kinder!«, rufe ich aus und laufe zum Fenster.

Die Augen des Jungen müssen besser sein als meine, oder vielleicht liegt es an seiner Jugend. Unter den Bäumen vor dem Fenster kann ich nur einen Schatten ausmachen, der vielleicht ein Auto ist, vielleicht auch nicht, und als ich die Fingerspitzen gegen die alte Scheibe drücke und die Augen zusammenkneife, um besser sehen zu können, erkenne ich mehr: Dort steht tatsächlich ein Wagen. Eine Gestalt, der Statur nach ein Mann, lehnt an der Motorhaube und raucht allem Anschein nach eine Zigarette.

Hinter mir rumort der Junge. »Kannst du ihn sehen?«, fragt er.

»Er ist jetzt ausgestiegen. Ich glaube, er raucht. O Gott.« Ich drehe mich um. »Wo ist mein Mantel?«

Der Junge zieht sich an, schnell und effizient. »Du wirst nicht rausgehen. Es ist zu kalt.«

»O doch, das werde ich.«

»Den Kindern geht es gut, Theresa.«

»Woher weißt du das?«

Er fasst mich an den Schultern. »Wenn etwas passiert wäre, wäre er schnurstracks hier hereingestürmt, anstatt draußen zu warten, denkst du nicht auch? Lass mich das regeln.«

»Nein, bitte nicht. Bitte! Versteck dich im Schrank.«

»Hier gibt es keinen Schrank, falls du das noch nicht bemerkt haben solltest.«

»Dann kriech unters Bett. Lass mich …«

Ein Klopfen unten an der Holztür.

Der Junge zieht kaum merklich die Augenbrauen in die Höhe. »Das ist höflich von ihm.«

Es hat mich Jahrzehnte gekostet, in meiner Ehe zu der Gelassenheit zu finden, die der Junge in den paar lumpigen Monaten in Frankreich erworben hat. Vielleicht war ihm diese Gelassenheit aber auch schon immer zu eigen, vielleicht ist er schon als besonnenes, gefasstes Kind zur Welt gekommen – wohingegen ich noch immer längst nicht so abgeklärt bin, wie ich Sie gern glauben machen möchte. Innerlich bin ich aufgewühlt, getrieben von Furcht und Instinkt. *Die Kinder!* Hat man erst einmal ein Baby auf diese Welt gebracht, Gott stehe einem bei, gewinnt der Angstinstinkt die Oberhand und breitet sich im Blut aus wie eine chronische Krankheit, die nie mehr vergeht. Als mein Tommy Princeton verließ, um im Frühjahr 1917 der Armee beizutreten, und die Dreistigkeit besaß, in seiner Uniform eines zweiten Lieutenants in der Fifth Avenue aufzukreuzen und uns vor vollendete Tatsachen zu stellen, hätte ich mich beinahe in eine Ming-Vase übergeben. Beinahe. Ich tat es nicht, stattdessen streckte ich die Hand aus, schüttelte seine und riet ihm, angesichts der vielen glänzenden Knöpfe lieber einen Diener einzustellen, und er lachte und versprach, dafür zu sorgen, dass diese Knöpfe die blitzendsten in seiner Einheit blieben. Das war unsere zärtliche Fifth-Avenue-Art-und-Weise, einander unsere Zuneigung zu bekunden.

Ich bin also trotz meines aufgeriebenen Inneren mehr als fähig und entschlossen, ruhig zu bleiben und die Hände meines Geliebten von meinen Schultern zu nehmen, während mein Ehemann weiterhin unten an die Tür klopft. »Kriech unters Bett, Boyo«, bitte ich ihn. »Jetzt. Und bleib dort.«

Seine Augenbrauen sind noch immer in die Höhe gezogen, hinter seiner Stirn arbeitet es kräftig, wie ein Motor, der unter der Motorhaube auf Hochtouren läuft. Die Farbe seiner Augen ist im Dämmerlicht nicht zu erkennen, aber ich versichere Ihnen, dass sie von einem einnehmenden hellen Blaugrün sind und entweder – das hängt vom Licht ab und von seiner Stimmung – eine mediterrane Wärme oder aber arktische Kälte ausstrahlen. Ich kann mir gut vorstellen, welches Klima momentan vorherrscht.

Das Klopfen verstummt, der Türknauf dreht sich – es ist nicht abgesperrt –, die Angeln geben ein langgezogenes, übellauniges Quietschen von sich.

Ich deute aufs Bett. »*Sofort,* Boyo.« Oder wir sind fertig miteinander. (Die letzten fünf Worte spreche ich natürlich nicht aus – niemand bekommt gern ein Ultimatum gestellt, schon gar nicht der Junge –, aber man spürt, dass sie am Ende des Satzes gefährlich in der Luft hängen.)

Der Junge zuckt die Achseln und wendet sich ab. »Wenn es das ist, was du willst«, sagt er.

Und das Geräusch, das nun zu hören ist neben den rhythmischen Schritten eines Mannes, der die Holztreppe hinaufsteigt, ist der feine Riss, der mein Herz durchzieht und direkt durch die verkalkte linke Herzklappe führt.

Aber der Mann, der nun auf der Schwelle steht, ist gar nicht Thomas Sylvester Marshall, und er ist auch nicht wütend oder sonst etwas.

»*Ox?*«, rufe ich erstaunt aus. »Was um alles in der Welt machst *du* denn hier?«

Mein Bruder kommt mit großen Schritten auf mich zu, fasst mich an den Schultern und küsst mich auf beide Wangen. »Frohes neues Jahr, Schwesterherz! Sieh dich nur an! Du bist keine Minute älter geworden.«

»Ach, hör doch auf damit.« Ich schiebe ihn zurück. »Du hast mir vielleicht einen Schreck eingejagt!«

Er tritt bereitwillig einen Schritt zurück. Sein Blick gleitet über die Wände, dann stößt er einen kurzen Pfiff aus. »Sylvo meinte, ich würde dich vielleicht hier finden.«

»Ach?«

»Ich hab ihn für verrückt erklärt. Was machst du hier, Winterschlaf?«

Gut möglich, dass es an der Zeit ist, ein Gespräch mit meinem Mann zu führen.

»So was in der Art.«

»Gibt es hier eine Lampe oder irgendetwas? Hier sieht man ja die Hand vor Augen nicht. Herrgott, ist das kalt!«

Ich drehe mich zu dem einzigen Möbelstück um, das abgesehen vom Bett im Zimmer steht: eine abgenutzte Kommode aus Kiefernholz, eingezwängt zwischen Fenster und einem diagonalen Dachbalken. Das Streichholzheftchen liegt neben dem Fuß der Paraffinlampe. »Sagtest du nicht eben, ich sei keine Minute gealtert?«

»Was meinst du?«

»Nun, wie kannst du das behaupten, wenn du doch nichts siehst?« Ich zünde die Lampe an und setze den Schirm wieder auf. Der Raum wird langsam hell, der Lichtschein vertreibt in konzentrischen Kreisen die froststarre anbrechende Morgendämmerung. Der Geruch nach verbrennendem Lampenöl schwängert die Luft, was in mir ein sehnsüchtiges Verlangen nach der Nacktheit des Jungen auslöst, nach seinen festen Muskeln unter meinen Händen, beschienen von der Paraffinlampe.

»Also gut, Theresa. Nun mal raus mit der Sprache: Wie geht es dir, und was zum Teufel machst du in dieser alten Bruchbude? Bist du womöglich übergeschnappt?« Die Stirn gerunzelt, sieht er sich um. »Jetzt sag bloß nicht, du bist mit einem Verehrer hier?«

»Natürlich nicht.«

»Tja, das dachte ich auch nicht. Der alte Sylvo würde das bestimmt nicht dulden.«

Er ist so ein Dummkopf, mein Bruder. Ein aalglatter, gutaussehender, unverheirateter Dummkopf.

»Selbstverständlich würde er das nicht dulden. Ich halte hier lediglich Winterschlaf, wie du es so treffend ausdrückst. Begegne dem opulenten Jahreswechsel mit ein wenig Schlichtheit.«

»Schlichtheit – das trifft es.« Er wirft einen weiteren Blick durch den Raum, fröstelt und vergräbt sich tiefer in seinem Mantel. »Hast du schon mal daran gedacht, den alten Ofen da drüben anzuzünden?«

»Er *ist* angezündet.« Ich stoße mich von der Kommode ab, an die ich mich haltsuchend gelehnt habe, und gehe hinüber zu dem uralten gusseisernen Ofen in der hintersten Ecke des Zimmers, ein Relikt des lang verstorbenen Kutschers. Ein paar kleine Kohlebrocken liegen noch in der Schütte, und ich hebe den Ofendeckel und werfe sie hinein. »Ich hab bloß vergessen, mehr Kohle mitzubringen, das ist alles.«

Ox erwidert nichts darauf, und ich reibe meine Hände in der aufsteigenden Hitzeblase, bis mir sein Schweigen auf die Nerven geht. »Also, worum geht es eigentlich?«, frage ich ihn und drehe mich zu ihm um.

»Um dich«, antwortet er. »Du führst dich schon seit einer ganzen Weile seltsam auf. Ich bekomme dich nicht mehr oft zu Gesicht, und wenn doch, dann bist du nicht du selbst. Und nun bist du hier und frierst dich zu Tode in dieser baufälligen Hütte mitten in der Wildnis …«

»Das stimmt doch gar nicht. Ich wollte bloß ein bisschen Ruhe und Frieden.«

»Du kannst Ruhe und Frieden haben *und* eine Zentralheizung. Wie kommst du eigentlich an etwas zu essen?«

»Ich habe mir einen kleinen Vorrat angelegt.«

Er schüttelt den Kopf. »Schwesterherz, Schwesterherz. Lass uns in die Stadt fahren und frühstücken. Gebratenen Speck, Eier und heißen Kaffee.«

»Nein, ich möchte lieber hierbleiben, vielen Dank. Ich bin nicht hungrig.«

»Aber ich muss dir etwas erzählen, und das möchte ich nicht auf nüchternen Magen tun.«

»Deinen oder meinen?«

Er verzieht den Mund zu einem wölfischen eierschalfarbenen Grinsen. »Weder noch.«

Wir sind nicht ganz unvorbereitet, der Junge und ich, auch wenn es so wirken mag. In dem Picknickkorb neben der Kommode befinden sich ein Dutzend Brötchen, eingewickelt in eine Stoffserviette, eine große Taschenflasche Gin, ein Laib Cheddar-Käse, eine halbe Apfel-Pie, zwei Orangen und ein Sandwich, belegt mit dicken Scheiben übrig gebliebenem Weihnachtsschinken. Alles, was man für ein Schäferstündchen auf dem Dachboden eines alten Kutschenhauses auf Long Island braucht, abgesehen von der Kohle, um sich warm zu halten, aber mal ehrlich: Wer braucht schon Kohle, wenn ein so prachtvoller, heißer Junge im Bett liegt? Ich bücke mich, schlage die Serviette zurück und werfe meinem Bruder ein Brötchen zu, das er geschickt auffängt. »*Bon appetit.* Achte bitte darauf, nicht meinen schönen, sauberen Fußboden vollzukrümeln.«

»Das schmeckt altbacken.«

In dem Korb liegt außerdem ein Schal, der herrlich dicke blutrote Schal aus indischem Kaschmir, den mir der Junge zu Weihnachten geschenkt hat. Ich nehme ihn heraus, lege ihn mir um die Schultern und kehre zum Ofen zurück, wobei ich den Dachbalken um einen knappen Zentimeter verfehle. »Erzähl mir, warum du hier bist, Ox. Ich hoffe, du hast einen guten Grund.«

Mein Bruder beißt ins Brötchen, kaut, schluckt und lächelt, und als er den Mund öffnet, um zu sprechen, sagt er das Letzte, was ich von Mr. Edmund Jay Ochsner, dem eingefleischtesten aller eingefleischten Junggesellen, erwartet hätte.

»Ich werde heiraten, Schwesterherz.«

»Tatsächlich?« Ich verschränke die Arme. »Wer ist die glückliche Zuchtstute?«

»Keine *Stute,* Schwesterherz. Ein Fohlen. Ein prächtiges, feingliedriges, reinrassiges Fohlen. Das hübscheste Mädchen, das du je gesehen hast. Ich bin verliebt, Theresa, und zwar zu einhundert Prozent, bis über beide Ohren.«

»Verstehe.« Plötzlich verspüre ich Lust auf Tabak, aber die Zigaretten liegen auf dem Boden neben dem Bett, nur ein, zwei Zentimeter von dem Sardinenbüchsen-Aschenbecher und dem Kopf des Jungen entfernt, und ich darf nicht riskieren, Ox' Aufmerksamkeit dorthin zu lenken. »Kann ich davon ausgehen, dass das bedauernswerte Kind dasselbe für dich empfindet?«

»Das hoffe ich. Ich habe bei ihrem Vater um ihre Hand angehalten, und er hat Ja gesagt.«

»Aber das *Mädchen*, Ox. Was sagt das Mädchen? Das ist mehr oder weniger die Krux an dem ganzen Unterfangen, nicht wahr?«

»Nun, ich habe sie noch nicht gefragt. Aber ich denke, sie ist einverstanden.« Er nimmt einen weiteren Bissen von dem Schinkenbrötchen. »Ich bin mir *sicher,* dass sie einverstanden ist. Sie ist so ein süßes Ding, Schwesterherz.«

»Und offensichtlich blind.«

»Komm schon, Schwesterherz …«

»Und reich. Sie muss reich sein.«

»*Schwesterherz!*«

Der Art und Weise, wie er die Lider senkt, entnehme ich, dass ich den Nagel direkt auf den Kopf getroffen habe. Liebevoll sage ich: »Sie muss reich sein, sonst würdest du das tun, was du immer tust, wenn du Schmetterlinge im Bauch hast.«

»Nein, nein, diesmal meine ich es ernst.«

»Selbstverständlich tust du das. Ich bin überzeugt, dass sie ein süßes, liebenswertes Mädchen ist und dass ihr Geld rein gar nichts damit zu tun hat.« Ich zögere. »Wie viel hat sie?«

»Das weiß ich nicht genau.« Er lehnt sich an die Wand auf der anderen Seite des Dachbalkens neben der Kommode.

»O doch, das weißt du. Und zwar bis auf den letzten Cent, darauf wette ich.«

Die Kohlen fangen an zu glühen, der Ofen wird heiß, wenn auch nicht so sehr, dass ich mit meinen eisigen Knochen den Wunsch verspüre, zur Seite zu treten. Ox betrachtet jetzt den Fußboden, die Arme verschränkt, den Ausdruck im Gesicht, den er schon als Kind zur Schau getragen hat, wenn er bei einer Missetat erwischt wurde. Seine hängenden Schultern sind gleichbedeutend mit einem Geständnis. »Ihr Vater hat ein Patent auf irgendwas – etwas, das die Herstellung industrieller … industrieller … ach, ich weiß nicht, was beschleunigt.« Er verdreht die Augen.

»Zerbrich dir nicht den Kopf. Ich hab schon verstanden. Von wie viel reden wir? Tausenden?«

Er sieht mich an, seine Augen funkeln. »Millionen.«

»*Wie bitte?*«

»Er vergibt die Lizenz für die Nutzung des Patents, er bewilligt die Ausführung, und allein das bringt ihm anderthalb Millionen pro Jahr, plus minus hunderttausend …«

Schockiert halte ich mich am Dachbalken fest.

»… reiner Profit, dabei muss er das Dingsbums nicht

mal selbst bauen. Er wird ausschließlich für den Entwurf bezahlt. Den *patentierten* Entwurf.« Er spricht das Wort »patentiert« mit triumphierender Begeisterung aus, als würde er »vergoldet« sagen.

»Schon gut, Ox, mein Herzallerliebster. Ich weiß durchaus, was ein Patent ist.« Ich habe mich so fest an den Dachbalken geklammert, dass mir der Schal von den Schultern gerutscht ist. Um Fassung ringend, ziehe ich ihn wieder hoch und kuschele mich in den weichen Stoff, während sich diese exorbitanten Zahlen in Glasmurmeln verwandeln und schimmernd über die Oberfläche meines Verstandes rollen. Wie ist es möglich, dass ein Mann ein einziges Objekt erfindet und sich damit über den angehäuften Reichtum von niemand Geringerem als Mr. Thomas Sylvester Marshall aus der Fifth Avenue hinauskatapultiert – dessen Vater einst die gesamte Unionsarmee mit Dosenschinken belieferte –, und das auch noch mit einer unglaublich lässigen, nahezu fabelhaften Leichtigkeit? Ein Reichtum, bei dem mir im zarten Alter von siebzehn Jahren ganz schwindelig wurde. Das Unternehmen war in den 1870er Jahren natürlich schon verkauft – Dosenschinken war nicht vereinbar mit den gesellschaftlichen Bestrebungen der äußerst ambitionierten Mrs. Thomas Sylvester Marshall, meiner Schwiegermutter – und der Erlös so investiert worden, dass rund zweihunderttausend Dollar – plus minus zehntausend – nach wie vor Jahr für Jahr in die Taschen der Marshalls flossen, genug, um uns alle in Samt und Seide und Langeweile zu hüllen. Aber zweihunderttausend Dollar sind nicht eine Million fünfhunderttausend. Ein Patent – nun das ist eine völlig andere Art von Kapital. Ein Patent verweist auf Aktivität, darauf, dass man tatsächlich etwas *verdient* hat.

Ich nehme die weichen Fransen des Schals in die Hand

und reibe sie zwischen Daumen und Zeigefinger, so ähnlich, wie der Junge mein Haar liebkost. »Ach du lieber Himmel! Dann ist dir ja ein echter Fang ins Netz gegangen. Hübsch und lieb und noch dazu stinkreich. Muss sie sich das viele schöne Geld mit irgendwem teilen?«

»Mit ihrer älteren Schwester. Virginia. Sie ist bereits verheiratet.«

»Verstehe. Und wie alt ist dein kleiner Liebling?«

Er zögert. »Neunzehn.«

»Ach, Ox, sie ist ja noch ein Mädchen!«

»Sie ist recht alt mit neunzehn«, hält er dagegen. »Du warst achtzehn, als du geheiratet hast.«

»Stimmt.«

»Sylvo war damals sechsunddreißig, oder?«

»Stimmt ebenfalls.«

»Na bitte!« Er nickt und zieht eine Schachtel Zigaretten aus der Manteltasche. »Lust, eine zu rauchen?«

»Gern.«

Ich nehme die Zigarette dankbar an und erlaube ihm, sie für mich anzustecken. Er zündet seine mit demselben Streichholz an, dann schüttelt er die Flamme aus, gerade als sie die Stelle zwischen Zeigefinger und Daumen erreicht. Wie ich schließt er die Augen, als der Rauch seine Lunge füllt, und ich werde an das erste Mal erinnert, als wir zusammen geraucht haben, nach der *Bon-voyage*-Party (wenn man sie denn so nennen kann), die Sylvo und ich für Tommy gegeben haben. *Du siehst so aus, als könntest du eine Zigarette gebrauchen,* sagte er, als er mich allein draußen auf der Terrasse fand, wo ich in die dunkle Wildnis des Central Parks blickte, und ich stimmte ihm zu. Rauchend standen wir um drei Uhr morgens zusammen, ohne ein Wort zu sagen, bis ich meine Kippe über den Rand der Terrasse auf die Fifth Avenue warf und mich ihm zuwandte. *Das ist unser kleines Geheimnis, Ox,* warnte ich ihn, und Gott sei Dank hat dieser Idiot das Geheimnis bis heute bewahrt.

»Es geht nicht nur um den Zaster«, behauptet er jetzt. »Ich hab mich schon vorher in sie verliebt, bevor ich davon erfahren habe.«

Für einen Moment denke ich an das außergewöhnliche Talent meines Bruders, sich selbst etwas vorzumachen. »Zweifellos«, sage ich.

»Warte, bis du sie kennenlernst, Schwesterherz.«

»Oh, ich kann es kaum erwarten. Wann machst du ihr einen Heiratsantrag? Ich muss dringend einen Blick in meinen Kalender werfen, damit ich eine kleine Verlobungsparty für euch Turteltäubchen organisieren kann.«

»Aber Schwesterherz, genau deshalb bin ich gekommen. Erinnerst du dich nicht?«

»Woran erinnere ich mich nicht?«

Er hält nach einem Aschenbecher Ausschau, und schließlich fällt sein Blick auf die kleine, längliche Dose auf dem Fußboden. Ich sehe zu, wie er mit selbstsicherem Schritt ans Bett tritt und sich nach der Dose bückt. Er ist nicht mehr der agile junge Sportler, der er in früheren Jahren war – alles fordert seinen Tribut, und Ox hat sich wahrlich nichts entgehen lassen –, aber er ist noch immer beweglich genug mit seinem dicken Chesterfield-Mantel. Als er den provisorischen Aschenbecher aufhebt, fängt sich das Licht der Paraffinlampe in seinem glänzenden blonden Haar.

»Sieh mal einer an.« Seine Stimme klingt, als habe er soeben eine zweite Sphinx zwischen den Bodendielen entdeckt. »Hal-*lo,* Schwesterherz. Hat da jemand ein wenig über die Stränge geschlagen?«

Ich unterdrücke ein Hüsteln. »Was meinst du?«

Ox richtet sich auf und hält die Sardinenbüchse in meine Richtung. »Acht Zigaretten? Das ist mir ja ein Winterschlaf!«

»Gib her.« Ich reiße ihm die Sardinendose aus der Hand und stelle sie auf die Kommode unter die Lampe. »Zurück zu dir. Du warst dabei stehen geblieben, dass du dem jungen Fohlen einen Antrag machen willst.«

Ox folgt mir zum Aschenbecher und lehnt sich gegen die Kante der Kommode. Er steht jetzt so dicht neben mir, dass ich die dunklen Ringe unter seinen Augen und die spröde Haut seiner Lippen sehen kann, die zu dem vertrauten selbstbewussten Lächeln verzogen sind. Unter dem Chesterfield-Mantel trägt er Abendgarderobe, was mich nicht wirklich überrascht. Auch nicht, dass er übel nach schwarzgebranntem Schnaps riecht.

»*Ich* bin nicht derjenige, der ihr einen Antrag macht«, sagt er. »Erinnerst du dich nicht?«

»Ich erinnere mich an gar nichts. Ich hoffe, du denkst jetzt nicht, dass ich sie für dich fragen werde. Ich hab schon all deine College-Arbeiten verfasst, ist das etwa nicht genug?«

»Der *Ring*, Schwesterherz. Daran musst du dich doch erinnern!«

»Was für ein Ring? Ich habe keine Ahnung, was du – oh!« Die Zigarette auf dem Weg zu meinem Mund verharrt in der Luft. »*Mamas* Ring? Der Rosenring?«

Ox tätschelt meine Hand, die auf der Kommode ruht. »Korrekt. Die alte Familientradition. Ich hab ihn vom Juwelier auf Hochglanz bringen lassen, und jetzt ist alles, was noch zu tun bleibt, alles, was ich noch *brauche*, der Grund, warum ich zu *dir* gekommen bin, Schwesterherz …«

»Ach, um Himmels willen, Ox. Das kannst du doch nicht ernst meinen.«

»Warum nicht?«

»Warum nicht? Weil das Ganze eine Farce ist. Eine mittelalterliche Farce. Wer schickt denn heutzutage schon noch einen Vertreter, der an seiner Stelle den Antrag macht? Das Rittertum ist mit dem Tag des Waffenstillstands ausgestorben, wusstest du das nicht? Seit das Lewis-Maschinengewehr, Chlorgas und Picasso Einzug gehalten haben, existiert es nicht länger. In dieser schillernden modernen Welt ist kein Platz mehr für Ritter.«

»Es ist keine Farce, Schwesterherz. Es ist eine schöne Familientradition. Ein Bräutigamführer, ein Kavalier, überreicht den prachtvollen Familienring der Dame seiner Wahl, die Dame wird eines Tages die nächste Mrs. Ochsner werden, Herrscherin über ganz New York ...«

»Mein Lieber, die Ochsners haben seit Jahren über nichts und niemanden geherrscht, nicht seit Mamie Fish von Lina Astor abgelöst wurde. Und jetzt herrscht nichts als Anarchie. Schauspielerinnen, Künstler und Schriftsteller, Gott stehe uns bei. Die gegenwärtige Mrs. Ochsner führt ein verfallendes Haus in der Thirty-Fourth Street und macht mit nichts anderem von sich reden.«

»Das stimmt nicht, Theresa. Mama hat eine *Ahnentafel*, eine *Geschichte*, und das ist weit mehr als man von einem dahergelaufenen Groschen-Romancier behaupten kann.« Er macht eine Kunstpause und schnippt die Asche in die Sardinenbüchse. »Wie dem auch sei, ich brauche einen Bräutigamführer. Einen Kavalier, der ihr den Ring überbringt.«

Ich lache. »Ach, Ox. Mach dich doch nicht lächerlich!«

»Ich meine es ernst, Schwesterherz. Wie wäre es mit einem von deinen Jungs?«

»Ganz bestimmt nicht. Sie haben nicht einen einzigen ritterlichen Knochen im Leib. Solange sie keinen Fußball überbringen dürfen, werden sie kein Interesse haben.« Ich drücke die Zigarette aus.

»Und einer von ihren Freunden?«

»Was ist denn mit *deinen* Freunden?«

»Meine Freunde sind alle verheiratet und ansonsten lüsterne alte Junggesellen wie ich.«

»Du weißt aber schon, was du da tust, nicht wahr, Ox? Du scherst dich keinen Deut um die Familientradition, du willst bloß jemanden haben, der die schmutzige Arbeit für dich erledigt. Du willst dem Mädchen nicht selbst gegenübertreten und es bitten, dass es dich heiratet. Denn was, wenn sie das einzig Vernünftige tut und Nein sagt?«

Er wirft seine Zigarette in den provisorischen Aschenbecher und dreht sich zum Bett um. »Sie wird nicht Nein sagen.«

»Du klingst, als wärst du dir da ziemlich sicher.«

»Sie wird nicht Nein sagen, da *bin* ich mir sicher. Ihr Vater steht hinter mir, und sie – nun ja, sie ist ein braves Mädchen, Schwesterherz.«

»Sie tut, was man ihr sagt?«

»Genau. Außerdem mag sie mich, und zwar wirklich. Ich habe sämtliche Register für sie gezogen, Schwesterherz, habe sie nach allen Regeln der Kunst um den Finger gewickelt. Sie mag Pferde, also bin ich mit ihr reiten gegangen. Sie mag Bücher, also … nun ja …«

»Also hast du so getan, als würdest du gern lesen?«

»Du weißt, was ich meine. Ich habe sie geblendet! Ich hab sie mitgenommen in unsere Bibliothek in der Thirty-Fourth Street, Papas alte Bibliothek, und du hättest einmal das Verlangen in ihrem Gesicht sehen sollen.«

»Dann heiratet sie dich also wegen deiner prall gefüllten *Bibliothek*?«

Er dreht sich wieder um, lächelnd, und macht eine vielsagende Geste, die seinen gesamten Körper einbezieht, von der Brillantine-Frisur bis hinunter zu den Ballenzehen. »Und natürlich wegen meiner unwiderstehlichen Figur.«

Wie ich schon sagte. Wahnhaft.

Ich greife in seine Manteltasche und ziehe das Zigarettenetui heraus. Es ist nur noch eine einzige drin. Ich drehe das Etui in den Händen und konsultiere mein Gewissen. »Natürlich, Ox. Du siehst noch exakt genauso gut aus wie mit zweiundzwanzig. Um ehrlich zu sein, kann ich kaum einen Unterschied erkennen.«

Ox zieht die Zigarette aus dem Etui und reicht sie mir. »Nur zu, nimm du sie. Und im Gegenzug dafür findest du jemanden für mich, der ihr den Ring überbringt, einverstanden?«

»Vielleicht.«

»Geliebtes Schwesterherz, auf dich kann man sich immer verlassen, wenn man in der Klemme steckt.«

»Aber sicher doch.« Ich zünde ein Streichholz an und halte es an die Spitze der Zigarette. Mein Bruder beobachtet mich sorgenvoll. Es ist jetzt ein wenig heller, die Sonne geht auf, das Tageslicht bringt die Falten um seine Augen noch deutlicher zum Vorschein. Die erschlaffte Haut ist nicht länger zu übersehen, und ich frage mich, ob auch ich so aussehe. Wirkt mein Gesicht trotz der Cremes und Salben, der Zaubertränke und Elixiere, die ich täglich im Übermaß benutze, genauso mitgenommen wie seins?

Als wir ein, zwei Jahre verheiratet waren und Tommy noch ein Baby war, beauftragte mein Ehemann John Singer Sargent, ein Porträt von mir zu malen. Ein wunderbarer alter Schinken, ein Ganzkörperporträt in einem dicken Goldrahmen. Es hängt in der Mitte der Galerie in unserem Apartment in der Fifth Avenue, an einem Ehrenplatz, illuminiert von zwei elektrifizierten Wandleuchtern, und blickt von oben auf einen ganz bestimmten Punkt in der marmornen Mitte des Foyers, genau dort, wo jeder Mensch von selbst stehen bleiben würde, um ihm Bewunderung zu zollen.

Weil – verzeihen Sie mir, aber ich möchte aufrichtig sein – das Geschöpf auf diesem Porträt eine Göttin ist. Sie ist schöner und selbstsicherer, als man sich nur vorstellen kann, und sie trägt ein Kleid aus einem hauchzarten blassrosa Stoff, der ihre schmale Taille umschmeichelt – mit achtzehn ein Kind zur Welt zu bringen hat seine Vorteile. Ein Diamant-Collier ist wie ein Lüster auf ihrem weißen Busen arrangiert. Ihr dunkles Haar türmt sich in weichen Locken auf ihrem Kopf; die Augenbrauen wölben sich selbstbewusst über ihren dunklen Mandelaugen. Das Lächeln, das ihre perfekt geschwungenen Lippen kräuselt, verströmt ein so überaus großes Maß an jugendlicher Selbstzufriedenheit, dass man ihr am liebsten eine Ohrfeige verpassen würde.

Nur zu, ich würde es Ihnen wirklich nicht verdenken.

Auf der anderen Seite: Wer kann *ihr* diese Selbstzufriedenheit zum Vorwurf machen? Mein Gott, die Welt liegt ihr zu Füßen! Im Alter von zwanzig Jahren blickt sie auf einen brillanten Erfolg in der einzigen großen Karriere, die ihr offensteht: Sie ist mit einem der wohlhabendsten und begehrtesten Junggesellen von New York verheiratet; hat ihm bereits einen Sohn und Erben geschenkt. Sie ist reich und schön und klug. Die Zeitungen vergöttern sie. Genau genommen hat nicht ein einziger wirklicher Rückschlag den aufsteigenden Pfad ihres Lebens blockiert.

Und auf dem Gesicht jener jungen Frau dort zeigt sich nicht der leiseste Zweifel daran, dass sie sich für immer auf diesem aufsteigenden Pfad befinden wird. Eine Welt, in der sie für ihre Schönheit kämpfen und diese gegen den langsamen Raubbau der Zeit verteidigen muss, existiert für sie nicht.

Das arme Ding weiß nicht, dass es in weniger als einem Jahr herausfinden wird, dass sich ihr Ehemann eine Geliebte hält und dass ihm diese Geliebte ebenfalls ein Kind geboren hat – eine winzige, perfekte Tochter –, nur zwei Monate nach der Geburt von Thomas Sylvester Marshalls erstgeborenem Sohn. Zu der Zeit ist das Motiv dieses Gemäldes bereits seit einigen Monaten erneut schwanger, und sie wird an einem Scheideweg stehen und die bedeutendste Entscheidung ihres Lebens treffen, eine Entscheidung, von der das Glück ihrer Zukunft abhängt.

Hat sie die richtige getroffen?

Nun, ich bin hier, oder etwa nicht? Hier stehe ich auf dem schäbigen Dachboden eines alten Kutschenhauses, so reich wie eh und je, Mutter dreier geschätzter Söhne, Ehefrau eines großzügigen, allseits respektierten Ehemanns, leidenschaftlich verliebt in einen brillanten jungen Mann – einen Mann, auf den ich keinerlei irdisches Recht habe, einen Mann, der meine Leidenschaft mit körperlichem Feuereifer erwidert – und der sich in ebendiesem Moment mir zuliebe in den Staub unter dem Bett drückt.

Was könnte eine Frau in meinem Alter mehr erwarten?

Ich habe die Zigarette zur Hälfte geraucht, als ich meinem Bruder die Frage stelle, die seine Augenbrauen in die Höhe schnellen lässt. Ich wedele den kräuselnd nach oben steigenden Rauch beiseite, der an diesem strahlenden Morgen des zweiten Januar in dem durch die alten Glasfenster hereinfallenden Sonnenlicht an einen zölestischen Geist erinnert.

»Und kennst du zufällig auch den Namen der jungen Dame?«, frage ich.

»Sophie«, antwortet mein Bruder eifrig. »Sophie Fortescue. Sie ist ein gutes Mädchen, Theresa. Mucksmäuschenstill. Das süßeste Mädchen der Welt. Würde keiner Fliege etwas zuleide tun.«

Ich reiche ihm die Zigarette – er sieht aus, als würde er dringender einen Zug benötigen als ich –, und er inhaliert den Rauch wie Sauerstoff. Ich schaue an seinem Ellbogen vorbei auf das Bett in der Ecke und die etwa ein Dutzend stockfleckigen Pferdedecken, die der Junge gestern Nacht zusammengetragen hat, um mich damit zuzudecken. Ich beanstandete den Geruch, und er gab zurück, dass ein bisschen Moder besser sei als zu erfrieren und irgendwie würde ich mich schon daran gewöhnen. Menschen können sich an alles gewöhnen, behauptete er. So gelingt es uns zu überleben.

Und er hatte Recht. Alles, woran ich mich erinnere, wenn ich an die gestrige Nacht zurückdenke, ist – abgesehen von dem Schrecken meines Traums – der Duft der warmen Haut des Jungen.

Ich richte meinen Blick wieder auf das besorgt verzogene, teigige Gesicht meines Bruders. »In dem Fall kann ich mir beim besten Willen nicht vorstellen, was sie in dir sieht, Ox, wenngleich ich mir offen gesagt nun wiederum sehr gut vorstellen kann, warum dich im Angesicht all dieser Tugend der Mut verlassen hat.«

Er protestiert, und ich hebe die Hand.

»Nichtsdestotrotz und zu deinem großen und unverdienten Glück«, fahre ich fort, »weiß ich zufällig ganz genau, welcher junge Mann für diesen Auftrag in Frage kommt.«

Kapitel 2

Eine Närrin und ihr Vermögen werden schnell gefreit.

HELEN ROWLAND

SOPHIE

New York City, neun Tage später

WIE ALLE BRAVEN MÄDCHEN hasst Sophie es, ihren Vater zu enttäuschen, daher ergreift sie nahezu heroische Maßnahmen, um sicherzugehen, dass er nicht mitbekommt, wenn sie sich am Abend mit Julie Schuyler aus dem Haus schleicht, um eine Jazzkneipe in Harlem zu besuchen.

Die Schwierigkeit besteht darin, sich unbemerkt wieder hineinzuschleichen.

»Ich glaube, er klemmt«, wispert sie und rüttelt am Türknauf des Dienstboteneingangs. Ihre Worte formen weiße Wölkchen in der eisigen Luft.

Hinter ihrer Schulter flucht Julie: »Du bist so ein Schwächling. Lass mich mal.«

Sophie tritt zurück und lässt Julie am Knauf rütteln. Der Dienstboteneingang befindet sich unterhalb des Straßenniveaus im Souterrain in einem diskreten kleinen Schacht, von dem aus man über sechs ausgetretene Steinstufen die Haustür erreichen kann. Vor zwei Jahren führte die Dienstbotentür zur Wohnung der Souterrain-Mieterin – eine Frau mittleren Alters, die in aller Stille die unteren Räumlichkeiten nutzte und jeden Monat zusammen mit der Miete ein Körbchen Sodabrot (sie war Irin) hinaufschickte. Doch dann war sie ausgezogen – aus heiterem Himmel und genauso still, wie sie gelebt hatte, ein letztes Körbchen Sodabrot zum Abschied auf dem Tisch im vorderen Zimmer –, und sie hatten die Tür zur Treppe aufgesperrt und das Souterrain-Apartment in eine Küche mit Spülküche und ein Dienstmädchenzimmer umgewandelt, und nun war die Tür zum Schacht vor dem Haus der Dienstboteneingang.

Wie Sie sehen, hat der Wohlstand bei der Familie Fortescue Einzug gehalten, und Wohlstand verlangt, dass man ein Haus ganz für sich allein hat. Ein Haus, das Sophie nur selten verlassen darf.

»Verflixt«, flucht Julie. »Ich dachte, deine Schwester wollte die Tür aufsperren, bevor sie zu Bett geht.«

»Das hat sie versprochen«, flüstert Sophie. »Und sie hält immer ihr Wort.«

»Tja, jetzt ist sie aber abgeschlossen.« Julie tritt einen Schritt zurück und schaut hinauf zu den Fenstern in der braunen Fassade: dieselbe Farbe wie die einer unbefestigten Straße, die sich nach einer Woche Dauerregen in Schlamm verwandelt hat. Der Absatz ihres Schuhs trifft knirschend auf ein kleines Häufchen überfrorenen Schneematsch. »Welches Fenster gehört zu ihrem Zimmer?«

»Wir können doch da nicht raufklettern!«

»Natürlich nicht, Süße. Was für ein Einfall!« Julie tastet ihre Taschen ab und dreht sich zur Treppe um. »Hast du einen guten Wurfarm?«

Sophie folgt ihr die Stufen zum Gehsteig hinauf. Das Taxi steht mit laufendem Motor an der Bordsteinkante und wartet darauf, Julie nach Hause in die Sixty-Ninth Street zu bringen, siebenundzwanzig Blocks und eine ganze Welt entfernt. Zwischen die Gebäude und durch die langen Rinnen der Seitenstraßen fallen bereits die ersten Sonnenstrahlen, die die bräunlichen Sandsteingebäude rosa und die Fenster golden färben. Neben ihr öffnet Julie eine kleine, mit Perlen bestickte Handtasche und durchwühlt den Inhalt.

»Nicht besonders gut«, gibt Sophie zu, »aber ich werd's probieren. Hast du was Passendes gefunden?«

Julie reicht ihr einen Lippenstift. »Sei vorsichtig. Den mag ich am liebsten.«

Sophie ist übernächtigt, ihre Ohren klingeln, es fällt ihr schwer, das Gleichgewicht zu halten. Lästigerweise verschwimmen die Fenster immer genau dann, wenn sie darauf zielt.

Das Taxi hupt.

»Lass dir Zeit«, sagt Julie.

»Sag dem Fahrer, er soll mit der Huperei aufhören, nicht dass er noch Vater aufweckt.« Sophie kneift ein Auge zu, was zu helfen scheint. Virginias Zimmer liegt im zweiten Stock und geht auf die Straße hinaus, gut siebeneinhalb Meter über Sophies eng anliegendem Hut. Es hat zwei Fenster, vor beide sind dicke grüne Damastvorhänge gezogen, um ihrem Status als verheiratete Frau Achtung zu zollen. Sophie wählt das Fenster in der Nähe des Betts und wartet, bis die Scheiben aufhören zu hüpfen, dann nimmt sie den Arm zurück und wirft.

Der Lippenstift erreicht gerade mal die Unterkante des Wohnzimmerfensters, dann verharrt er für einen winzigen Moment in der Luft, bevor er wieder herabfällt und mit einem metallischen Klackern auf dem Pflaster aufschlägt.

Julie bückt sich und hebt ihn auf. »Versuch's gleich noch

mal. Und mit etwas mehr Schmackes, wenn ich bitten darf. Mir wird hier draußen nicht gerade wärmer.«

Sophie wirft erneut, mit mehr Schwung, und diesmal erreicht der Lippenstift fast den zweiten Stock.

Aber eben nur fast.

»Du wirfst wie ein kleines Mädchen«, stellt Julie fest.

»Kannst du's etwa besser?«

»Nein.« Julie dreht sich um und klopft ans Taxifenster. »Ty? Steig doch bitte mal kurz aus. Wir brauchen dich.«

Die Tür geht auf, und Julies Verabredung stemmt sich leise fluchend aus dem Wagen. Ty trägt einen dunklen Mantel, einen grauen Schal und eine dicke Wollmütze, und obwohl seine Augen klar sind, sind die Tränensäcke darunter geschwollen und blutunterlaufen. Er will wissen, was zum Teufel sie dort machen.

»Wir versuchen, das Fenster da oben zu treffen«, sagt Julie, deutet auf die entsprechende Scheibe und reicht ihm den Lippenstift.

»*Wessen* Fenster?«

»Das Fenster meiner Schwester. Das dritte«, antwortet Sophie. Sie spricht leise, denn Ty ist ein unangenehmer Mann, der nicht viel sagt, außerdem ist er knickrig, was das Trinkgeld anbelangt, und mag keinen Jazz. Das äußert er zwar nicht laut, aber Sophie merkt es an den schmal gezogenen Augen und dem verächtlich angespannten Mund. Mit jedem Drink wird deutlicher, was er denkt: *Negermusik.* Sie hat diese Bezeichnung irgendwo aufgeschnappt, wahrscheinlich auf dem Gehsteig, und sie klingt hässlich. Auf den New Yorker Fußwegen hört man viele Dinge, und nicht immer weiß Sophie, was sie bedeuten.

Ty nimmt das kleine Metallröhrchen in die Hand, die in einem schwarzen Lederhandschuh steckt und außergewöhnlich groß aussieht, und schließt die Finger darum. Sophie tritt zurück. Julies Begleiter nimmt den rechten Arm nach hinten, dann lässt er ihn nach vorn schnellen. Der Lippenstift schießt wie eine Pistolenkugel durch die Luft und zerschmettert die Scheibe in der unteren Hälfte des Schieberahmens von Virginias Fenster. Einen Augenblick später regnet es kleine Glasscherben aufs Pflaster.

»Ach du liebe Güte«, sagt Julie.

Ty stellt den Fuß aufs Trittbrett des Taxis. »Du hast gesagt, ich soll die Scheibe treffen. Ich habe die Scheibe getroffen. Können wir jetzt bitte weiterfahren, bevor meine Frau im Hotel anruft, um mir einen guten Morgen zu wünschen?«

Sophie blickt nervös an der Fassade empor und ringt ihre mit Fäustlingen behandschuhten Hände. Ihr Handtäschchen baumelt an ihrem Ellbogen. Die Vorhänge teilen sich, ein lautes Nach-Luft-Schnappen ist bis auf den Gehsteig unten zu hören. »Sophie? Bist du das?«

»Ja!«, flüstert Sophie so laut sie kann. In der frostigen Morgenluft ist ihre Stimme gut zu hören. »Die Tür ist verschlossen.«

»Es ist sechs Uhr morgens!«

»Tatsächlich?«

»Du hast mein Fenster kaputt gemacht!«

»Das war ich nicht. Das war Ty.«

»Wer ist Ty?«

Ty ist bereits im Taxi verschwunden und hat mit einem dumpfen Knall die Tür hinter sich zugezogen. »Kommst du?«, knurrt er durch das einen Spaltbreit geöffnete Fenster in Julies Richtung.

»Ja, ja«, murrt Julie. »Schaffst du es jetzt allein, Süße?«

»Ich denke schon. Virginia?«

Ihre Schwester stößt einen so gewaltigen Seufzer aus,

dass er wie ein tiefes Stöhnen an Sophies Ohr dringt. »Ich komme«, sagt sie, dann verschwindet ihr Kopf hinter den Vorhängen. Im selben Moment fährt das Taxi vom Bordstein weg.

»Wer war der schreckliche Mann, der mein Fenster zerbrochen hat?«, fragt Virginia und stellt ein Glas warme Milch auf die Marmorplatte des Küchentischs, an dem Sophie sitzt. Oder vielmehr: auf dem sie den Oberkörper ausgestreckt hat. Es ist einer dieser ausgedehnten Momente, wenn man nach einer schandhaften Nacht in der Stadt bei Tagesanbruch heimkommt – der Kopf schmerzt, Arm- und Beinknochen haben sich in Sand verwandelt.

Der Raum ist winterlich kühl – das Mädchen ist gerade erst aufgestanden, um Feuer im Ofen zu machen –, weshalb Sophie lediglich den neuen Nerzkragen abnimmt, den Vater ihr zu Weihnachten geschenkt hat, und ihren langen schwarzen Mantel zugeknöpft lässt. Ihre Handschuhe liegen unordentlich übereinander auf dem Tisch neben ihrer blutroten Handtasche, die ebenfalls neu ist, und über die offenbar jemand etwas verschüttet hat. Sophie kann sich nicht vorstellen, was. Der daraus resultierende lila Fleck mäandert über die Seide und erinnert ein wenig an Italien und die dazugehörigen Inseln – der Tupfen dort auf der Seite könnte Capri sein –, und Sophie geht stark davon aus, dass die kleine Handtasche ruiniert ist. Aber ist das nicht im Grunde egal? Genauso schnurzpiepegal wie das zerbrochene Fenster.

»Keine Ahnung. Er ist ein Baseball-Spieler, den Julie kennt, und er war über Neujahr in der Stadt.« Sophie trinkt die Milch in kleinen Schlucken und schließt die Augen, und auf einmal trinkt sie ihre Milch nicht mehr in der neu eingerichteten Küche, während sich eine Fremde an dem glänzenden Wedgwood-Herd zu schaffen macht, sondern an dem gemütlichen Holztisch der provisorischen Küche oben – jetzt ein anständiges Esszimmer –, liest und isst frisch gebackene Kekse, während vom Salon her die hohl klingenden Geräusche des Grammofons zu ihr herüberwehen. Es läuft eine Melodie aus *HMS Petticoat*, Vaters Lieblingsstück.

»Nun, er war nicht sehr nett.«

Sophie öffnet die Augen. Virginia lässt sich auf den Stuhl neben ihrer Schwester fallen und prostet ihr zu, ebenfalls mit einem Glas Milch. Sie trägt einen smaragdfarbenen Seidenkimono über ihrem Negligé, und die Falten in ihrem Gesicht deuten darauf hin, dass sie in der Nacht nicht gerade viel Schlaf bekommen hat.

»Nein, das ist er auch nicht«, pflichtet Sophie ihr bei. »Julie sagt, er sei eine falsche Schlange.«

»Und warum geht sie dann mit ihm aus?«

Sophie schließt die Finger ums Glas. Nimmt einen kleinen Schluck. Jetzt ist sie wieder nüchtern – so beschwipst war sie allerdings gar nicht, Sophie trinkt nicht wirklich gern Cocktails –, und die Milch bildet einen angenehm dicken Film auf ihren malträtierten Magenwänden. »Ich glaube, es gefällt ihr. Die Gefahr, meine ich.«

»Sie sollte sich vorsehen.«

»Oh, er verlässt am Freitag die Stadt. Kehrt nach Georgia zurück zu seiner Frau und den Kindern.«

»Nun, ich kann nicht behaupten, dass ich darüber unglücklich bin, Kleines.« Virginia tätschelt Sophie die Hand und wirft einen Blick auf die Uhr. Das Dienstmädchen schließt die Ofentür und schaut neugierig zu ihnen herüber. Sophie sieht es aus dem Augenwinkel. Sie kann sich an diese Neuerungen in ihrem Leben nicht so leicht gewöhnen wie Virginia und ihr Vater: diese gnadenlose Allgegenwärtigkeit von Dienstboten, zu jeder Tages- und Nachtzeit. Es ist ihr unheimlich.

»Du gehst jetzt besser nach oben«, fügt Virginia hinzu. »Du willst dich doch bestimmt noch ein paar Stunden ausruhen, bevor dieser Bursche hier auftaucht.«

»Was für ein Bursche?«

»Erinnerst du dich nicht? Dein Kavalier kommt heute.«

Sophie schlägt erschrocken die Hand vor den Mund. »Heute?«

»Du bist so ein Schussel, Kleines. Hast du dich denn nicht seit Tagen darauf gefreut?«

»Doch, das habe ich. Ich hab bloß vergessen, dass heute Mittwoch ist.«

»Der Mittwoch folgt für gewöhnlich auf den Dienstag.«

»Ich weiß, aber der Dienstag ist doch noch gar nicht richtig zu Ende.«

Virginia lacht und trinkt ihre Milch aus. »Für dich vielleicht nicht. Und nun komm, lass uns nach dem Fenster sehen, das dein Baseball-Spieler zerbrochen hat. Wenn Vater herausfindet, dass …«

»Oh, du wirst ihm doch nichts verraten, oder?«

»Natürlich nicht.« Virginia reckt den Daumen in die Höhe, und Sophie drückt ihren dagegen – ihr altes Signal. Die Daumenbeere ist warm und weich wie ein Kissen, wie das alte Sofa im Salon. Virginias Gesicht dahinter nimmt einen leicht wehmütigen Ausdruck an. »Es macht mir nichts aus. Du solltest ein bisschen Spaß haben, solange du kannst, Kleines. Bevor du Mr. Ochsner heiratest.«

Sophie blickt reumütig auf den Tisch. Sie *hatte* Spaß. In den vergangenen Wochen hatte sie ständig Spaß, Ausflug für Ausflug, jeder mit kunstvollen Ausreden verschleiert, eine subversive Verdunkelung durch Virginia, Sophie und Julie, die sich gegen das Regime im Fortescue-Haushalt richtet. Julie Schuyler, blond und brillant: *Lass uns heute Nacht ausgehen – irgendwohin, wo niemand weiß, wer wir sind – und ein bisschen Spaß haben, ich kenne da genau den richtigen Ort.* Und den kannte sie in der Tat. Es war nett – ausgesprochen nett –, mal nicht zu Hause zu sitzen und zu lesen oder dem Grammofon zu lauschen. Nett und ein klein wenig exotisch, grauenvolle Cocktails zu trinken, von denen einem schwindlig wurde, und der merkwürdigen, flotten Musik zu lauschen, die alles noch mehr verschwimmen ließ, und dann zu versuchen zu tanzen und lachend in Julies langen, blassen Armen zu landen. Selbst Julies Baseball-Spieler konnte den Spaß nicht verderben, obwohl er Sophie anstarrte, als sei sie ein Teller voll gerösteter Maronen, die er gern aufbrechen würde, eine nach der anderen.

Auf einmal macht sich bleierne Müdigkeit in Sophie breit. Sie lässt den Daumen sinken, schlägt die Hand vor den Mund, um ein Gähnen zu verbergen, und als sie sich wieder unter Kontrolle hat, sagt sie zu ihrer Schwester: »Ich glaube, meine Handtasche ist ruiniert, was denkst du?«

»Du bekommst eine neue.«

»Aber das ist so eine Verschwendung. Sollte mir das nicht etwas ausmachen?«

Virgina zuckt die Achseln. »Alles hat sich verändert, Kleines. All unsere Sorgen sind vorbei.«

Aber Virgina spricht ohne Überzeugung, eine Spur zu flach. Ihrem Gesicht geht jegliche Freude ab, ihre Augen blicken so dumpf, dass Sophie den Kopf hebt und ihre Schläfrigkeit abschüttelt. »Ist alles in Ordnung, Virgo?«

»Ja.«

»Hast du schon etwas gehört?«

Virginias rechter Mundwinkel zuckt in die Höhe zu einem schiefen Lächeln. »Nein. Genauso wenig wie gestern.«

»Hm.« Sophie nimmt ihre Handtasche und streicht über das lilafarbene Italien. Ein kleines Stück entfernt liegt Virginias Hand auf dem Tisch und liebkost das Glas Milch, und Sophie wirft (nicht zum ersten Mal) einen verstohlenen Blick auf den Ehering, der die Haut am verräterischen Finger an der Hand ihrer Schwester eindellt, nur um sich zu vergewissern, dass er immer noch da ist. Dass es nach wie vor einen greifbaren Beweis für die Existenz dieses Phantom-Schwagers von den Schlachtfeldern in Frankreich gibt – abgesehen von dem kleinen Kind, das oben schläft, und den Briefen, die von Zeit zu Zeit auf dem Tisch im Foyer liegen. »Ich bin mir sicher, dass er bald schreiben wird«, äußert sich Sophie vage. »Sobald es ihm möglich ist.«

»Ja, das wird er bestimmt.«

»Er muss meilenweit weg sein von jeglicher Zivilisation. Florida ist so ein großer Staat.«

»Nun, das ist Sinn und Zweck der Sache. Florida bietet unzählige Möglichkeiten. Und jetzt geh ins Bett, Kleines. Du hast morgen einen großen Tag vor dir.«

»Heute.«

Virginia lacht. »Ja, heute. Ich kann es kaum erwarten zu erfahren, was all der Wirbel soll – und ich bin überzeugt, dass das Ganze ein Riesenspaß wird.«

Statt an einem Riemen baumelt die Handtasche an einer langen, filigranen, dreireihigen Kette, die Sophie entweder in die Tasche hineinstecken, über ihren Ellbogen hängen oder ums Handgelenk schlingen kann. Eine sehr schöne Kette mit feinen Gliedern, nicht wie die groben Ketten, die sie aus der Werkstatt ihres Vaters kennt. Ihre Fingerspitzen betasten das erlesene Metall, das leise klirrt, und sie fragt sich, ob sie wohl eine Maschine für derart feine Arbeiten entwerfen könnte. *Ich wette, mit der richtigen*

Stanzvorrichtung für die einzelnen Glieder schaffst du das, denkt sie, doch dann wenden sich ihre Gedanken wieder dem bevorstehenden Ereignis zu.

»Ich *mag* Mr. Ochsner«, sagt sie. »Er ist furchtbar freundlich, und er hat ein tadelloses Benehmen. Er ist wie die Männer, von denen man in Büchern liest. Und erst mal seine Familie! Die Ochsners, Virgo. Ein Stück Geschichte!«

»Er ist ein alternder Lüstling, Kleines, und er braucht unser Geld.«

»Nun, natürlich. Aber er ist zumindest dankbar. Er führt sich nicht auf, als würde er *mir* einen Gefallen tun, obwohl er jedes Recht darauf hat, ein Snob zu sein, wenn man bedenkt, aus welcher Familie er stammt. Er ist mit Paul Revere verwandt, musst du wissen, und mit Aaron Burr.«

Ohne Vorwarnung lehnt sich Virginia zu Sophie und nimmt ihr Gesicht in beide Hände. »Sieh dich nur an. Dein Lippenstift ist total verschmiert. Hat diese Julie deine Wimpern getuscht?«

»Ja.«

»Du solltest das Zeug lieber abwaschen, bevor Vater dich damit sieht. Nimm Seife. *Viel* Seife.«

»Mach ich.«

»Und jetzt hör mir zu. Ich weiß, dass du Vater gefallen möchtest, und ich weiß, dass er es so aussehen lässt, als bliebe dir keine andere Wahl, als Ja zu sagen, aber das ist kein Grund, diesen Mr. Ochsner zu heiraten, wenn du nicht möchtest. Wenn du ihn nicht liebst, meine ich, oder wenn du denkst, dass er dich nicht so liebt, wie er sollte.«

»Natürlich nicht.«

Virginias Augen blicken nicht länger trüb. Jetzt sind sie braun und strahlend, so wie sie sonst sind, und ihre Hände sind wunderbar warm an Sophies kalten Wangen. »Ich will ihm nicht unterstellen, dass er nicht in dich verliebt ist, Kleines. Du bist so ein liebenswertes Ding. Aber er ist ein New Yorker Junggeselle aus gutem Hause, das ist eine andere Spezies. Männer wie er denken nur an Moneten und ihr Vergnügen. Und ich möchte nicht, dass jemand meiner Kleinen das Herz bricht. Mir ist es gleich, was Vater sagt. Dazu hab ich mir zu viel Mühe gegeben, dich großzuziehen.«

Sophies Augen werden wässrig, denn sie weiß, was Virginia meint, warum die braunen Augen ihrer Schwester plötzlich voller Sorge sind, und dass sie sich beide enorm zusammennehmen müssen, um einander nicht in die Arme zu fallen und zu weinen, zu weinen, als wäre Manhattan gerade eben vom restlichen Amerika abgebrochen und würde allein in den Ozean hinaustreiben, während das Dienstmädchen die irischen Augen verdreht und ins Frühstückszimmer geht, um ein weiteres Feuer anzuzünden.

Sophie hätte rund um die Uhr schlafen können, aber Virgina weckt sie um elf, ein Glas Wasser in der einen, zwei Aspirin in der anderen Hand. »Betty bringt ein Tablett mit Kaffee herauf«, sagt sie ohne großes Mitleid.

Sophie dreht den Kopf in Richtung von Virginias Stimme und überlegt, ob sie gestern Nacht vielleicht doch ein bisschen mehr – wie hat Julie es ausgedrückt? – *beschickert* war als angenommen. Oder hat womöglich ein nahegelegener Steinbruch versehentlich eine Ladung Steine in ihren Schädel geschüttet, während sie geschlafen hat, zum einen Ohr hinein?

Sie nimmt die beiden Kopfschmerztabletten und schluckt gehorsam. »Und was ist mit dem Konterbier?«

»Nicht für dich, junge Dame. Sei einfach froh, dass man

dich gestern Nacht nicht verhaftet hat. Die Zeitung ist voll mit Berichten über irgendeine Razzia, die die Polizei im Village durchgeführt hat.«

»Wir waren in Harlem. Glaube ich.«

»Trotzdem.« Virginia tritt ans Fenster und zieht die Vorhänge ein paar Zentimeter zurück. Das Sonnenlicht umreißt ihre gertenschlanke Gestalt. Sie trägt ein himmlisches Kleid aus blauer Seide, in dem sie an eine Madonna erinnert.

Sophie heult auf und vergräbt das Gesicht im Kissen.

»Du stehst jetzt besser auf«, rät Virginia. »Dein Kavalier wird am Mittag eintreffen, und Kavaliere sind immer pünktlich, hat man mir gesagt.«

Also setzt sich Sophie auf und streicht sich die Haare aus dem Gesicht. Im selben Moment klopft es an die Tür, und das Dienstmädchen schlüpft herein mit einem Tablett, das doppelt so schwer ist wie sie. Evelyn folgt ihr und quietscht im Kauderwelsch einer Zweijährigen: »Tante Sophie! Tante Sophie!« Virgina schiebt die Vorhänge nun ganz zur Seite und lässt noch mehr gnadenlose Sonnenstrahlen ins Zimmer, und Sophie beschließt, dass die Alkoholgegner schlussendlich Recht haben und dass sie den Dämon Schnaps nie wieder anrühren wird.

Zu Sophies Glück liebt Virginia den großen Auftritt, und um zwei Minuten vor zwölf schweben sie die Treppe hinunter – Madonna, jungfräuliche Schwester und himmlisches Kind –, um sich zu Vater in den Salon zu gesellen, der ganz neu in Blau und Cream gestaltet ist. Sophies Kopf ist noch immer voller Steine, doch die scharfen Kanten sind glatt geschliffen vom Aspirin, und die einzelnen Brocken fallen gar nicht so schlimm durcheinander, vorausgesetzt, sie schüttelt nicht den Kopf. Sie trägt ein Kleid in einem zarten Nebelgrau, das die geschwungene Linie ihrer Waden betont, und als sie auf der Schwelle stehen bleibt, stellt sie sich für einen winzigen Moment vor, dass ihr Vater sie an die Hand nimmt und ihr sagt, dass sie aussieht wie ein Engel. Das macht Vater manchmal. Für Vater ist Sophie von jeher ein Engel, als hätte ihre Mutter ein kleines Stück ihrer unsterblichen Seele zurückgelassen, um sie Tag für Tag zu erhellen, und Sophie labt sich an seiner grenzenlosen Liebe, lebt allein dafür.

Aber nur in ihrer Fantasie.

In Wirklichkeit faltet Vater seine Zeitung zusammen, steht auf und mustert sie von Kopf bis Fuß. Er erkundigt sich, ob sie gut geschlafen habe, und sie antwortet: »Wie ein Baby«, und als sie wegen Virginia errötet, fügt sie so munter sie kann »Ich hab sogar das Frühstück verschlafen!«, hinzu, ohne dass die Steine in ihrem Kopf durcheinanderpoltern.

Er sieht ihr ins Gesicht. Seine Ohren sind außergewöhnlich groß und stehen ab wie die an zwei Flügel erinnernden Enden seines altmodischen Schnurrbarts, sodass Sophie mitunter meint, er könne tatsächlich ihre Gedanken hören. (Oder, in diesem Fall, das leise, schuldbewusste Poltern der Steine.)

»Stimmt etwas nicht, Vater?«, fragt sie so unschuldig sie kann.

»Ach, nichts.« Er schüttelt seinen grauen Kopf. »Für einen Augenblick dachte ich, du würdest Lippenstift tragen, das ist alles.«

Virginia hinter ihr fängt an zu lachen. »Was für eine Vorstellung! Die Kleine trägt Lippenstift!«

»Aber doch nicht unsere Kleine«, pflichtet Vater seiner älteren Tochter bei.

Evelyn zupft an Sophies Kleid. »Tante Sophie! Tante Sophie! Petaaas!«

Virginia bückt sich und löst die Hand ihrer Tochter. »Heute nicht, Schätzchen. Tante Sophie bekommt Besuch. Mama wird nach dem Mittagessen mit dir zu Peter's gehen und dir eine Tüte Zitronenbonbons kaufen, ganz für dich allein.«

»Tronenbombomms!« Evelyn reißt sich los und läuft zur Tür.

»Noch nicht, Evelyn!«

Sophie wendet sich zum Fenster. Wenn sie den Kopf ein kleines Stückchen dreht, kann sie den Strom der Menschen und Fahrzeuge sehen, der über die Third Avenue fließt. »Das ist so aufregend«, sagt sie mit einer Stimme, die mindestens eine Oktave zu hoch ist. »Sollte er nicht schon hier sein?«

Virginia tritt zu ihr, Evelyn auf der Hüfte. »Das sollte man meinen, aber ich nehme an, dass moderne Kavaliere den Verkehr gegen sich haben.«

»Du meinst, er kommt nicht auf einem Pferd geritten?«

»Auf der Karte stand nichts von Pferden.«

Nein, in der Tat nicht. Trotzdem war es eine schöne Karte: eierschalfarben, förmlich, mit einer geheimnisvollen hübschen Schrift versehen, die aus einer Druckerei hätte stammen können, so gleichmäßig und gestochen scharf waren die Schwünge und Schnörkel.

Mr. Edmund Jay Ochsner entbietet seinen Gruß
und seinen Kavalier

---

am Mittwoch, den elften Januar neunzehnhundert-
zweiundzwanzig um zwölf Uhr.

Es wäre ihm eine Freude, sollten Miss Sophia Fortescue und ihre Familie zu Hause sein, um den Gruß entgegenzunehmen.

Und das war alles. So knapp und vornehm, so voller unausgesprochener Worte in den Lücken zwischen den eleganten schwarzen Buchstaben. Ein Kavalier! Was mochte das bedeuten? Sophie hatte das Wort vergangene Woche im Wörterbuch nachgeschlagen, nur um sicherzugehen, dass in seiner französischen Herkunft – *chevalier* – kein Hinweis versteckt war. Außerdem hatte sie die ganze Angelegenheit gestern Nacht mit Julie Schuyler besprochen, zwischen einem grünen Cocktail und einem blauen – oh, vielleicht war das die Ursache für das plötzliche Auftauchen von Italien auf ihrer Handtasche? –, und Julies fein gezupfte Augenbrauen wanderten vergnügt in die Höhe. *Jay Ochsner schickt dir einen Kavalier? Ach du lieber Himmel. Wird das ein Spaß!* Sie legte ihre Zigarette im Aschenbecher ab und tat so, als würde sie ihre Lippen mit einem Reißverschluss verschließen, obwohl Sophie sie anflehte, ihr noch mehr zu erzählen. Nein, sie wolle Sophie die Überraschung nicht nehmen, behauptete sie, nicht für sämtlichen Bourbon in sämtlichen Badewannen in Kentucky.

Und nun ist der Kavalier spät dran, und das ist wahrhaftig nicht angemessen. Steckt im Verkehr fest wie ein ganz gewöhnlicher Sterblicher. Nicht dass Sophie ihm einen Vorwurf macht; am Ende der Straße strömt der Verkehr der Third Avenue, und dahinter beginnt das gigantische Verkehrsnetz von Manhattan, dicht gedrängt, vollgestopft: Lieferwagen und Omnibusse und Taxis und Limousinen mit Chauffeur und unendlich viele gewöhnliche Automobile, da kann es schon mal eine Stunde dauern, in diesem Wirrwarr fünf Blocks voranzukommen. Würde ein Kavalier die U-Bahn nehmen, wenn der Verkehr allzu schlimm würde? Unwahrscheinlich, doch andererseits sind die Gewohnheiten der gehobenen New Yorker Klasse für Sophie nach wie vor ein Rätsel. Es ist eine Welt für sich, mit einem Rhythmus, dem sie noch nicht so recht folgen kann, ganz gleich, wie genau sie zuhört, ganz gleich, wie mitreißend er durch ihre Adern pulsiert.

»So viel zu spät ist er doch gar nicht«, beschwichtigt Virginia. »Nur ein paar Minuten.«

Sophie legt die Hand auf den Fensterrahmen, makellos mit seiner neuen, dick aufgetragenen cremefarbenen Farbschicht. Vater hatte Virginia mit der Renovierung beauftragt, nachdem Mr. Ochsner seinen Antrittsbesuch abgestattet hatte, und Sophie staunt noch immer über die Verwandlung. Cremefarbene Bordüren, blaue Seidenvorhänge und goldgerahmte Spiegel über den Kaminsimsen, sodass man sich unendlich oft gespiegelt sieht, wenn man sich um sich selbst dreht, verloren in einem Puzzle, dessen Teile in neuem, geschmackvollem Glanz erstrahlen. Wie ist es möglich, dass dieses perfekte Ensemble ihnen gehört? *Sophies* cremefarbener Fensterrahmen. *Sophies* blank geputzte Fensterscheibe, durch die man die unten vorbeikriechenden Automobile beobachten kann, und in jedem davon könnte der Kavalier sitzen, der ihnen die Empfehlungen des schneidigen goldhaarigen Mr. Ochsner überbringen soll, dessen Familie eine so prächtige, alte Bibliothek besitzt und der echte *chevaliers* nach seiner Pfeife tanzen lässt.

Was für ein magischer Ort, dieses Manhattan! Was für ein Nervenkitzel! Was für ein Hexenkessel, in dem sie hier leben! Manchmal ist es schwindelerregend, und man fühlt sich verloren, manchmal ist es glamourös, und manchmal fängt es in einem zu flattern und zu kribbeln an, und man könnte singen vor schlichter Freude über einen Stau vor dem Fenster, einen Stau, in dem vielleicht – vielleicht auch nicht – ein vierundzwanzigkarätiger Ritter feststeckt. Ein formvollendetes Geschöpf aus einem anderen Zeitalter, in freiem Galopp inmitten all des modernen Stahls.

Virginia unterbricht Sophies Gedanken, indem sie – ganz in ihrer Rolle als stellvertretende Hausherrin aufgehend – anfügt: »Ich habe ein kleines Mittagsbüfett im Esszimmer herrichten lassen, für den Fall, dass der Kavalier hungrig ist.«

»Auf der Karte stand aber gar nichts von einem Mittagessen«, sagt Sophie.

»Ich dachte, die angekündigte Uhrzeit wäre womöglich ein Hinweis darauf.«

»Aber essen erscheint mir so gewöhnlich, so menschlich. Fürchtest du nicht, er könnte sich vor den Kopf gestoßen fühlen, wenn wir ihn zum Mittagessen einladen?«

Virgina zieht sie vom Fenster weg und setzt Evelyn auf dem Boden ab, dann eilt sie hinüber ins Esszimmer, um besagtes Büfett zu begutachten. »Kleines, er ist ein Mann. Er wird etwas essen wollen. *Falls* er es jemals hierher schaffen sollte.«

»Oh, das wird er«, behauptet Sophie voller Zuversicht, doch als die Minuten verstreichen und Vater vom Sofa aufsteht, um unruhig auf dem blau-cremefarbenen Perserteppich auf und ab zu schreiten, löst sich noch immer kein Ritter – hungrig oder nicht – aus dem dichten Verkehr auf der Straße unter ihnen. Sophie lauscht auf das Blöken der Hupen, auf die Rufe der Menschen und das Dröhnen der Motoren, auf das mächtige metallische Getöse der Hochbahn über der Second Avenue. All das wird übertönt von dem unablässigen Ticken der Ormolu-Uhr auf dem Kaminsims – ein Geräusch, das Sophie irgendwie aus dem Lärm heraushört, ob sie es will oder nicht –, doch zu keiner Zeit ist das Quietschen von Bremsen vor dem Haus zu vernehmen, keine muntere Stimme auf den Eingangsstufen, die zur Haustür der Fortescues führen.

Vater klappt den Deckel seiner Taschenuhr zu. »Ich hoffe, das ist kein schlechter Scherz.«

»Oh, gewiss nicht«, versichert ihm Virginia. »Er wird in dem fürchterlichen Verkehr stecken geblieben sein.«

Tick-tick-tick, gefolgt von zwei wohltönenden Schlägen zur halben Stunde. Dreißig Minuten nach zwölf.

»Ich bin halb verhungert«, sagt Mr. Fortescue. »Was gibt es zum Mittagessen?«

Sophie dreht sich um. Vater steht in der Mitte des unglaublich teuren Teppichs, die Daumen in die Westentaschen eingehakt. Er ist von schlanker Statur, nicht korpulent wie die meisten vermögenden Vertreter seines Geschlechts, eher ein gut gekleideter Knabe denn ein Mann. Vielleicht wirken deshalb Weste und Golduhr bei Mr. Fortescue eher fehl am Platz – Fremdkörper bei jemandem, der eher in einem schlichten schwarzen Anzug aus mercerisierter Baumwolle an einem Arbeitstisch sitzen und sich mit Hebeln und Schaltern beschäftigen sollte. Sophie hat von ihm die geringe Körpergröße, die schmalen Schultern und seinen damit unvereinbar erscheinenden wölfischen Appetit geerbt, während Virginia (so hat man Sophie erzählt) nach ihrer Mutter kommt, die hochgewachsen und gertenschlank war. Sophie kann sich kaum vorstellen, was für ein Bild die zwei zusammen abgegeben haben müssen.

»Kalter Braten und Salat«, antwortet Virginia.

»Es ist Winter! Da sollte es etwas Warmes zum Mittagessen geben.«

»Ich wusste nicht, wann wir auftragen lassen sollen.« Virginia schaut auf die Uhr, dann weiter zu Sophie. Sie hebt flehend eine Augenbraue, als könne Sophie Mr. Ochsners Kavalier mit einem Fingerschnipsen herbeizaubern.

Mr. Fortescue wirft die Hände in die Luft. »Was für ein unglückseliger Scherz! Ich hätte es mir denken können. Ich hätte wissen müssen, dass sich das Ganze in Wohlgefallen auflöst bei einem Burschen wie diesem …«

»Genau genommen ist das nicht Mr. Ochsners Schuld«, wendet Sophie ein. »Es ist der Kavalier, der …«

»Das ist der andere Punkt. Welcher Mann schickt einen anderen Mann, um für ihn zu werben?«

»Vielleicht ist das in Mr. Ochsners Kreisen so üblich«, gibt Virginia zu bedenken. »Eine alte Tradition. Ich finde das sehr charmant und zivilisiert.«

»Nun, mir gefällt das gar nicht. Wenn ein Mann einer jungen Dame einen Heiratsantrag machen möchte, dann schickt er doch nicht irgendeinen … irgendeinen …« Er sucht krampfhaft nach dem passenden Wort.

»Gewiss meint Mr. Ochsner das nicht so«, beschwichtigt Sophie. »Ich denke, Virginia hat Recht. Es handelt sich lediglich um eine amüsante Familientradition.«

»Er kommt aus einer extrem alten, ehrwürdigen Familie, Vater«, fügt Virginia hinzu.

Mr. Fortescue zieht erneut seine Uhr aus der Tasche und öffnet den Deckel. »Ich denke, man treibt einen Scherz mit uns«, beharrt er.

»Ach, Vater.« Sophie sieht ihre Schwester hilflos an, die die Achseln zuckt und zur Tür blickt.

»Ich hätte es wissen müssen«, wiederholt Mr. Fortescue. »Diese Nichtsnutze der gehobenen Gesellschaft! Das war ja auch zu schön, um wahr zu sein. Fassen wir es als Lehre auf.« Er schiebt die Uhr zurück in die Tasche seiner grau gestreiften Weste. Seine Wangen sind blass; seine Nase sieht aus, als hätte jemand die Spitze in pürierte Himbeeren gedrückt. »Ich habe Hunger, und ich werde jetzt etwas essen. Ihr könnt mir gern Gesellschaft leisten.«

Er strebt auf die Doppelschiebetür zum Esszimmer zu, und Sophie eilt ihm nach.

»Vater, bitte. Virgo! Sorg dafür, dass Betty ihm etwas zu essen bringt.«

»Gute Idee«, sagt Virginia.

»Ich will nichts gebracht bekommen! Ich will mich wie ein zivilisierter Mann an meinen zivilisierten Tisch setzen und mein Mittagessen genießen!« Mr. Fortescue schiebt eine Türhälfte beiseite, dann die andere. Dahinter kommen der sorgfältig gedeckte Esstisch und eine Reihe abgedeckter Speisen auf der Anrichte zum Vorschein.

Sophie fasst ihren Vater am Arm. Er dreht sich um, sodass sie beide mit dem Rücken zum Esszimmer stehen.

»Bitte, Vater. Du warst doch derjenige, der darauf bestanden hat, dass ich Mr. Ochsner ermutige! Nur noch ein paar Minuten.«

»Ich habe schon lang genug gewartet. Das ist ein Scherz, verstehst du das denn nicht? Er treibt sein Spiel mit uns, hält uns zum Narren. Das tun diese feinen Pinkel nun mal. Sie schauen von ihrem Olymp auf uns herab und *lachen*, lass dir das von mir gesagt sein.« Er dreht sich endlich zu ihr um und legt eine Hand auf ihre. »Du musst auf der Hut sein, hast du mich verstanden? Jeder von uns. Ich hätte mich niemals von diesem Burschen einwickeln lassen dürfen, der da aus heiterem Himmel bei uns aufgetaucht ist und um deine Hand angehalten hat. Ich hätte niemals Ja sagen dürfen.«

»Das war nicht aus heiterem Himmel, Vater. Julie Schuyler hat uns einander vorgestellt.«

»Und wer ist diese Julie Schuyler? Ein Mädchen aus

reichem Hause, das sich schminkt, raucht und Alkohol trinkt? Ein Mädchen der Gesellschaft, das sich über sämtliche Regeln guten Benehmens hinwegsetzt? Wie nennt man diese Mädchen noch gleich? *Flapper* – das ist das Wort. Flatterhafte junge Frauen, leichte Mädchen mit keinerlei Anstand. Denen darfst du nicht über den Weg trauen, Sophie.«

»Julie ist ein sehr nettes Mädchen aus einer der besten Familien von New York.«

»Und wie kommt meine Sophie dazu, Umgang mit den Mädchen der gehobenen Gesellschaft zu pflegen?«

»Ich habe Julie in der Hutabteilung kennengelernt, Vater. Ich habe mir einen Hut gekauft, erinnerst du dich? Du hast uns erlaubt, einkaufen zu gehen, also sind wir zu Bergdorf Goodman in der Fifth Avenue …«

»Nun, dann kaufst du dort eben nicht mehr ein, hast du mich verstanden? In der Fifth Avenue … Du triffst dich nicht mehr mit dieser Schuyler. Ich hätte niemals … ich weiß auch nicht, was in mich gefahren ist … lass uns einfach so weitermachen wie zuvor, einverstanden? Diese Menschen sind doch alle gleich, nichts als Nichtsnutze, einer wie der andere, ein Haufen Idioten, die in Samt und Seide durch die Gegend stolzieren, bloß weil ihre Väter und Urgroßväter zu Geld gekommen sind. Ich sage dir, es wird wirklich Zeit, dass wir aus New York wegziehen und einen netten jungen Mann aus … aus …« Seine mangelnden geographischen Kenntnisse, die Orte jenseits der Grenzen von New York betreffend, lassen ihn wild mit den Armen rudern. »… New Jersey oder sonst wo.«

»Vater …«, flüstert Virginia.

»Das Gleiche gilt für dich, Virgo. Wir werden bald erfahren, ob dein Ehemann noch … Nun, wenn nicht, wirst du eben dort bleiben, wo du hingehörst. Familie, Mädchen, Familie ist alles, was zählt. Nichts geht über die Familie.« Er legt Sophies Hand energisch in seine Ellenbeuge und dreht sich mit ihr zur Schiebetür um. Ein Mann in einer tadellosen Offiziersuniform steht vor dem Esszimmertisch, neben ihm die strahlende Betty mit ihrer frisch gebügelten blütenweißen Trägerschürze.

Der Mann klemmt sich den Hut unter den Arm, gerade oberhalb seines Schwerts, und sagt: »Ich könnte Ihnen nicht mehr beipflichten, Mr. Fortescue.«

Während ihrer zahlreichen nachmittäglichen Exkursionen zur öffentlichen Bibliothek in der Forty-Second Street ist Sophie auf einen Bildband mit Porträts aus dem vergangenen Jahrhundert gestoßen, der sie stundenlang beschäftigt hat. Darin fanden sich hauptsächlich Bilder von Frauen der Gesellschaft: Frauen, die in New York oder Boston, in Paris oder London lebten, Frauen mit Adelstiteln, Doppelnamen und eng geschnürten Korsetts, deren Kleider und Juwelen aussahen, als stünden sie ihnen von Geburt an zu. Zwischen diesen vornehmen Geschöpfen waren die weit weniger interessanten, überwiegend schwarz-weißen Brustporträts bedeutender Herren abgedruckt, die hinter dem Dickicht ihrer Backenbärte grimassierten und alle mehr oder weniger gleich aussahen.

Und dann hatte Sophie eine Seite umgeschlagen und plötzlich einen sportlichen jungen Mann in einem roten Jägerrock neben einem glänzenden Fuchs entdeckt. Er hielt seine Jagdmütze in der Hand, zusammen mit der Gerte, mit der anderen Hand hatte er die Zügel seines Pferds gefasst, kurz unter dem Kinn, und im Gegensatz zu seinen grimmig dreinblickenden Geschlechtsgenossen auf den vorherigen Seiten lächelte er. Ein lächelnder Mann mit glatter Haut, dessen rot-goldenes Haar mit dem seines Fuchses harmonierte. Sophie starrte ihn verzückt an, blinzelte dann und wann, wenn ihr Blick unscharf wurde, und fragte sich, unter welch göttlichem Stern seine Geburt wohl gestanden haben mochte, wenn allein sein Foto eine solch strahlende Energie verströmte. Laut Bildunterschrift war er im Alter von siebenundzwanzig Jahren an Typhus gestorben, und als Sophie in der folgenden Woche in die Bibliothek zurückkehrte, um die Fotografie noch einmal zu betrachten, war das Buch verschwunden. Jemand musste es ausgeliehen haben.

Wohlan. Dieser junge Herr vor dem Esszimmertisch sah ganz und gar nicht aus wie der Mann auf Sophies Porträt. Zum einen war sein Uniformrock nicht rot, sondern olivgrün, sein Haar dunkel anstatt rot-golden. Der Mann auf dem Foto war außerdem schöner, aber es war nicht seine Schönheit, die Sophies Aufmerksamkeit geweckt hatte. Es war das *Strahlen*, die ungewöhnlich gute Stimmung, die Art und Weise, in der sein Lächeln die gesamte Buchseite füllte.

»Guten Morgen«, sagt Mr. Ochsners Kavalier, stellt einen Fuß vor den anderen und deutet eine Verbeugung – eine Verbeugung! – an, als würde sich heutzutage noch irgendwer verbeugen! Sein Gesicht ist ernst, abgesehen von seinem Mund, dessen Winkel nach oben zucken, als seien sie alle vier Teil desselben charmanten Scherzes.

»Ich bin Captain Octavian Rofrano von den Luftstreitkräften der Vereinigten Staaten, und ich komme im Auftrag von Mr. Edmund Jay Ochsner. Sind Sie Miss Sophia Fortescue?«

Er richtet den Blick auf Sophies Gesicht, und sie verspürt den nahezu unwiderstehlichen Drang, laut loszulachen, vor Lachen tot umzufallen, denn was soll eine behütete Neunzehnjährige anderes tun in Anbetracht dieser geballten, lächelnden Aufmerksamkeit?

»Ja«, wispert sie.

Es stellt sich heraus, dass Captain Rofrano nicht die Zügel eines reinrassigen Fuchses in der rechten Hand hält, sondern eine quadratische Schatulle aus dunkelblauem, goldbedrucktem Leder. Er öffnet den Verschluss mit seinem weiß behandschuhten Daumen, und der Deckel klappt auf und enthüllt eine perfekt gearbeitete Miniaturrose in voller Blüte, gefertigt aus winzigen Diamanten, viel zu exquisit und aufwändig und unwahrscheinlich für einen bloßen Verlobungsring. Trotzdem handelte es sich genau darum.

»Miss Fortescue, ich überbringe Ihnen das Verlobungsgeschenk der Familie Ochsner, welches der Braut seit Generationen vom ältesten Sohn als Symbol ewiger Verbundenheit überreicht wird. Nehmen Sie das Geschenk an?«

Sophies Lippen formen ein O. Ihr Blick wandert von dem Ring, der geduldig in einem Bett aus altem blauem Samt ruht, zu dem ernsten Gesicht von Captain Rofrano, in dem allein die Augen blitzen. Aber sie ist erst neunzehn, und sie hat so wenig von der Welt gesehen, und Augen genügen ihr. Vor allem zwei Augen wie diese.

Sie nimmt die Hand vom Arm ihres Vaters, macht einen höflichen Knicks und sagt Ja.

Und mal ehrlich – wären Sie an der Stelle der jungen Sophie, würden Sie nicht dasselbe tun?

Kapitel 3

Seit Eva das Ganze in Gang gesetzt hat, indem sie Adam den Apfel reichte, war es die Strafe der Frau, den Mann mit Speisen zu versorgen und anschließend die Konsequenzen zu ertragen, wenn diese ihm nicht bekamen.

HELEN ROWLAND

THERESA

Am nächsten Tag, irgendwo in Manhattan

WENN SIE DENKEN, ich hätte den Jungen bei der Party am Vierten Juli direkt vom Swimmingpool ins Bett geschleppt, dann sollten Sie sich schämen. Wie ich zuvor deutlich gemacht habe, hat er seine Prinzipien.

Während ich auf dem Weg zu meinem Donnerstagstermin im Taxi sitze und wie immer nur langsam vorankomme, grüble ich über diese Prinzipien nach. Ich habe selbst ein paar davon: vielleicht nicht dieselben wie er, auch nicht gerade die, die man an jeder Straßenecke findet, und ganz bestimmt nicht die, die ich vor fünfundzwanzig, zwanzig oder fünf Jahren vertreten habe, doch ich bewundere es, wenn jemand Prinzipien hat, ganz gleich, wie sie auch lauten mögen. Ich denke, in den heutigen Zeiten erfordert es Mut, Prinzipien zu haben, und sogar noch mehr Mut, auch dazu zu stehen.

Ich erinnere mich – und diese Erinnerung ist mir kostbar, daher gestatten Sie mir bitte, dass ich etwas ausführlicher werde –, ich erinnere mich also, wie ich an jenem Abend zu ihm schlenderte, um den offenen Rand des Pools herum, während er jeden meiner unsicheren Schritte beobachtete: Auch das erfordert Mut, denke ich, und zwar von beiden Seiten. Vielleicht lag es auch nur an den Cocktails. Mein Kopf summte, meine Haut prickelte. Ich sagte Hallo und nannte ihm meinen Namen, und er nickte.

»Ich weiß, wer Sie sind, Mrs. Marshall.«

»Tatsächlich? Wie seltsam. Ich kann mich gar nicht erinnern, dass wir einander vorgestellt wurden.«

Anstelle einer Antwort nahm er einen Schluck aus dem Glas in seiner Hand, das aussah, als wäre Wasser darin, doch ich konnte Gin und Tonic riechen. Ich nahm ihm die Zigarette aus den Fingern und steckte sie mir zwischen die Lippen.

»Und wie soll ich Sie nennen?«, fragte ich.

»Wie es Ihnen gefällt, Mrs. Marshall.«

»Wie werden Sie denn von denen genannt?« Ich deutete mit dem Arm auf die Menge um uns herum.

Er nannte mir seinen Namen, und wir kamen ins Gespräch. Smalltalk, Sie wissen, was ich meine. Wir sprachen über das außergewöhnlich milde Wetter: mild, zumindest für den Juli in New York. Über den Baseball-Spieler »Babe« Ruth. Woher wir die Gastgeber kannten. Womit er seinen Lebensunterhalt bestritt, wo er lebte. Es stellte sich heraus, dass er vor ein paar Monaten aus Frankreich zurückgekehrt war und eine Stelle als Anlagenhändler bei Sterling Bates an der Wall Street Ecke Broadway angetreten hatte. Ich bat ihn, mir von Anlagen zu erzählen.

»Staatsanleihen oder Unternehmensanleihen?«

»Schon gut. Erzählen Sie mir von Frankreich.«

Er leerte sein Glas, was immer auch darin war, und

nahm mir seine Zigarette ab, von der nicht mehr viel übrig war. »Sie sollten nicht rauchen, Mrs. Marshall«, sagte er.

»Warum nicht?«

»Mein Onkel war Arzt. Er hat behauptet, Zigaretten seien Sargnägel.«

»*Mein* Arzt sagt, sie seien gut für meine Nerven.«

Er nahm einen letzten Zug und ließ den Stummel in einen Aschenbecher fallen. »Jedem das Seine, nehme ich an.«

»Warum rauchen Sie dann?«

Er warf mir einen gelangweilten Blick zu, der besagte, dass die Antwort auf der Hand lag, und ich erinnere mich, dass ich mich an diesem Punkt fragte, ob ich mich womöglich täuschte. Vielleicht war da doch nichts zwischen uns, zumindest nicht, was ihn anbetraf; vielleicht war er gar nicht daran interessiert, mit mir zu flirten, jetzt, da er mich aus der Nähe gesehen hatte. Das Wasser im Swimmingpool spiegelte den Schein der Fackeln, was nach wie vor seltsame Muster auf seine Wangen und Stirn warf und verhinderte, dass ich seine Augenfarbe erkannte. Was ich allerdings sehr wohl erkennen konnte, war, dass er noch jünger war, als ich gedacht hatte. Die Haut um seinen Mund war straff, die Lippen voll wie die eines Kindes. Er war höchstens zwanzig, dachte ich. Jünger als Tommy. Jung und rein und unverdorben.

Ich trat näher, wobei ich beinahe seinen Ellbogen berührte, und fragte mit leiser Stimme: »Was haben Sie in Frankreich gemacht?«

»Kampfflugzeuge geflogen und andere abgeschossen, wann immer es mir möglich war.«

»Aber der Krieg ist seit anderthalb Jahren zu Ende.«

»Anschließend bin ich für eine Weile in Paris geblieben.«

»*Oh, là là.*«

»Das habe ich damit nicht gemeint.«

Er stand nun so dicht bei mir, dass ich glaubte, den Schlag seiner Wimpern zu spüren, wenn er blinzelte, was nicht oft vorkam. Der Duft seiner Haut ließ mich an Löwenzahn denken. Oder an gerade erst gemähtes Gras. Irgendein Geruch, der mit frischer Luft zu tun hatte. (Später erfuhr ich, dass der Duft von seiner Rasierseife stammte, eine Marke, die er in einem ganz gewöhnlichen Drogeriemarkt an der Duane Street, Ecke Reade Street erstanden hatte. Er war naiv, kräftig und ausgesprochen freundlich, und seine vom Licht der Fackeln erleuchteten Augen betrachteten mich noch immer mit jener ganz besonderen Konzentration. Als ich ihm die Hand auf den Arm legte, spürte ich seine starken, hervortretenden Muskeln unter meinen Fingern, und ich begehrte ihn so sehr – seine Haut, seine Muskeln, seine Wärme, alles –, dass mir das Wasser im Mund zusammenlief. Mir knurrte der Magen.

»Ach nein?«, hakte ich nach. »Vielleicht können Sie mir davon erzählen. Es heißt, ich sei eine ausgezeichnete Zuhörerin.«

Er sagte nichts darauf, zumindest nicht laut. Stattdessen sah er mich einfach nur an, während die Leopardenflecken über sein Gesicht tanzten.

Ich zuckte die Achseln. »Sie könnten mir auch einen Gin und eine Zigarette besorgen, und wir setzen uns hier hin und rauchen, und keiner von uns muss irgendetwas sagen.«

Und dann – mein Gott, ich werde es nie vergessen – legte er mir auf einmal seine riesige Hand auf die Schulter, bedeckte die schamlos nackte Haut und strich mir mit dem großen Daumen über das Schlüsselbein, wobei er gefährlich nah an die zarte kleine Halskuhle kam. Mit seiner tiefen Baritonstimme, die unmöglich einem Zweiundzwanzigjährigen gehören konnte, sagte er: »Mrs. Marshall, ich glaube nicht, dass es richtig ist, mit der Frau eines anderen Mannes etwas zu trinken, erst recht nicht, wenn er nicht da ist, um mir allein für den Versuch die Faust ins Gesicht zu schlagen.«

Zunächst wusste ich nichts darauf zu erwidern. Ich glaube, ich konnte nicht einmal atmen, so verärgert und beschämt war ich. Der Junge erzielt diese Wirkung; er kann einen dazu bringen, sich für sich selbst zu schämen, allein indem er einen ansieht: nicht wütend, nicht ärgerlich, nur melancholisch. Vermutlich hat Jesus seine Jünger beim letzten Abendmahl auf genau dieselbe Art und Weise angesehen. Nachdem ich mich wieder gefangen hatte, sagte ich schnippisch: »Sie sind mir vielleicht einer.«

Er nahm die Hand weg. »In der Tat, Mrs. Marshall.«

Und damit deutete er eine Verbeugung an, wandte sich ab und kehrte ins Haus zurück. Ich weiß noch, wie eine Woge des Zorns in mir aufwallte, und am liebsten hätte ich geweint. Geweint wie ein Baby, das seine Mutter verloren hatte.

Und vielleicht ist das der Grund, warum ich diese alte Geschichte wieder hervorkrame, als sich das Taxi Zentimeter für Zentimeter über die Fifth Avenue zum Washington Square vorarbeitet und die schmutzig weißen Lichter mir von draußen zuzwinkern. Ich fühle mich allein gelassen. Jenes erstickende Gefühl, das er bei mir an jenem Abend des Vierten Juli hinterlassen hat, befällt mich stets, wenn der Junge nicht an meiner Seite ist, vor allem, wenn wir im Ungewissen auseinandergegangen sind. Ich kurbele das Fenster herunter, um einen Schwall frischer Luft ins Innere des Taxis zu lassen, dann stecke ich mutig den Kopf in die Manhattaner Nacht hinaus, um herauszufinden, warum es nicht vorangeht. Was mich von der Wohnung des Jungen in der Christopher Street fernhält. Es ist bloß der Verkehr. Hupen, Blinker, Menschen, die versuchen, von einem Ort zum anderen zu gelangen. New Yorker in Eile auf dem Weg nach hierhin und dorthin.

Als ich endlich an seiner Wohnung ankomme, ist der Junge nicht da. Egal. Ich habe einen Schlüssel. Er hat mir gleich nach der ersten Nacht, die ich hier verbracht habe, einen Schlüssel gegeben. Hatte ihn nur für mich anfertigen lassen, bei einem Schlosser um die Ecke in der Bleecker Street. »Verlier ihn nicht«, mahnte er, als er ihn mir auf die Handfläche legte, und ich versprach mit trockenem Mund, dass ich das bestimmt nicht tun würde. Ich sagte nicht, dass mir zuvor noch niemand einen Schlüssel gegeben hatte. Man tauscht mit seinen Liebhabern keine Schlüssel; man trifft sich, wenn der Liebhaber zu Hause ist, oder man vereinbart von vornherein einen anderen Treffpunkt für sein Rendezvous. Schlüssel implizieren Besitz, und Liebende sind *frei, frei, frei* – oder nicht?

Ich habe ein Picknick mitgebracht. Ich koche nicht – ich kann dem Jungen ein Frühstücksei zubereiten, aber selbst das ist meist zu flüssig oder zu hart, auch wenn er sich niemals beschwert –, ich überlasse die Kocherei lieber jemand anderem. Aber ich decke gern den Tisch hübsch ein. Der Junge hat das alte Porzellan seiner Mutter, ein fast vollständiges Service weiß-ockerfarbenes Spode. Nicht dass wir Suppenschüsseln bräuchten, geschweige denn zwölf Platzteller. Daher habe ich die großen, flachen Teller, die Dessertteller sowie die Suppenteller herausgesucht und den Rest in dem Lattenverschlag im Keller verstaut. Wir benutzen Tafelsilber, das ich aus der Fifth Avenue mitgebracht habe (wo es nicht vermisst wird), und der Junge bringt mir stets Blumen, extravagante, die ich in die Vase in der Mitte des quadratischen Holztischs in dem kleinen Flur stelle, eingezwängt zwischen der kleinen Küche und dem kleinen Salon. Das Ganze ist wunderbar intim, als würden zwei Jungverheiratete gemeinsam ins Leben starten.

Als ich zur Haustür hereinwirbele, ist es bereits sechs. Der Junge wird jede Minute von der Arbeit nach Hause kommen. Ich breite die Tischdecke aus und entkorke den Wein, dann öffne ich den Schrank und nehme die kostbaren Spode-Teller heraus und die Gläser, anschließend hole ich das Silberbesteck aus der Schublade und die Servietten, und als Letztes stelle ich die leere Vase in die Tischmitte, bereit, mit Treibhausblumen aus dem Laden vor der U-Bahn-Station Christopher Street befüllt zu werden. Noch während ich damit beschäftigt bin, stelle ich fest, dass meine Hände leicht zittern, also richte ich jeden Teller, jedes Besteckteil und jedes Glas exakt aus, mixe mir einen Tom Collins und setze mich mit einer Zigarette auf das abgenutzte Sofa, um auf den Jungen zu warten.

Als er mich am Dienstagmorgen in die Stadt zurückgefahren hat, gefiel ihm meine Idee, den Ring zu überbringen, ganz und gar nicht, was er klipp und klar äußerte. Ob ich nicht wisse, dass er mittwochmittags bei der Arbeit sei? Er könne unmöglich so kurz nach Neujahr fehlen, wenn die Arbeit wieder anlief, wenn alle ihr Weihnachtsgeld anlegten – zumindest die, die das Glück hatten, Weihnachtsgeld zu bekommen. Außerdem habe er seine Uniform seit drei Jahren nicht mehr getragen, und er sehe es nicht ein, sie anzulegen, um sich zum Vergnügen der feinen Leute zum Affen zu machen.

»Ich gehöre auch zu diesen feinen Leuten«, erinnerte ich

ihn. »Außerdem macht es dir nichts aus, dich zu *meinem* Vergnügen zum Affen zu machen.«

»Es macht mir sehr wohl etwas aus, aber ich tue es trotzdem. Ich bin dein dressierter Affe.«

»Du bist mein *geliebter* Affe.«

Dazu sagte er nichts. Was sollte das Ganze auch? Es war ein Streit, und damit kannten wir uns bestens aus.

»Liebling«, bohrte ich weiter. »Ich *brauche* dich dafür. Du weißt, dass mein liebes Brüderchen nicht der Fähigste ist, wenn es darum geht, Menschen einzuschätzen, und ich würde mich gern vergewissern, dass es sich nicht nur um einen weiteren seiner hirnverbrannten Pläne handelt. Ich kann mir gut vorstellen, dass man ihn geblendet hat.«

»Ihn *geblendet*? Wozu? Er hat doch keinen einzigen Penny mehr in der Tasche! Es ist ja wohl eher umgekehrt: Die armen Trottel glauben, er habe ihnen etwas zu bieten.«

»Er hat ihnen jede Menge zu bieten – Besseres als Geld. Eine gesellschaftliche Position, einen erstklassigen Stammbaum …«

»Ein überzogenes Bankkonto.«

»Immerhin ein prestigereiches überzogenes Bankkonto.«

Nun, bei diesen Worten verzog er den Mund zu einem Lächeln, ein klein wenig nur, und ich hätte es dabei belassen sollen. Wirklich. Doch mir gefiel das mit dem dressierten Affen nicht, und ich wollte die Dinge richtigstellen, daher machte ich noch einmal den Mund auf.

»Wenn es dir wirklich so furchtbar viel ausmacht, warum triffst du dich dann nach wie vor mit mir?«

Er seufzte. »Du kennst die Antwort darauf.«

»Ich kenne keine einzige Antwort, was dich anbetrifft. Du bist mir ein absolutes Rätsel. Ich nehme an, das ist Teil deines Charmes.«

»Weil ich nicht damit aufhören kann. Ich kann nicht aufhören, mich mit dir zu treffen.«

»Warum nicht?«

»Theresa. Genügt es nicht, dass du mich am Haken hast? Genügt es nicht, dass ich dich umkreise wie ein Mond? Was willst du denn noch aus mir herausleiern?«

»Ich will gar nichts aus dir herausleiern. Ich will dich bloß verstehen.«

Er schlug die Faust aufs Lenkrad, und wir schwiegen. Erst als er an der Ecke Madison Avenue, Sixty-First Street am Gehsteig anhielt, wo er mich für gewöhnlich aussteigen lässt, sagte ich: »Aber du machst es, oder?«

Er stieg aus und ging um den Wagen herum, um mir die Tür zu öffnen und aus dem Wagen zu helfen. Gerade, als ich mich abwenden wollte, um die Madison Avenue hinunterzugehen, rief er: »Schon gut, schon gut, ich mache es!«

Also schickte ich den Juwelier an jenem Nachmittag in einem Taxi zum Sterling-Bates-Gebäude an der Wall Street (der Junge ging am selben Tag noch zur Arbeit, er ist furchtbar fleißig) und setzte mich in mein wundervolles kleines Arbeitszimmer mit Blick auf den Central Park, wo ich Briefe beantwortete und mir wünschte, ich hätte daran gedacht, ihm einen Abschiedskuss zu geben.

Ich küsse ihn immer zum Abschied, nur für den Fall, dass es das letzte Mal ist.

Die Uhr schlägt halb sieben, mein Glas ist leer. Ich fülle es nach und zünde mir eine weitere Zigarette an, und endlich höre ich ein Geräusch auf der Treppe vor der Tür, ein Geräusch, das nicht von der verrückten Stadt da draußen stammt. Eilig drücke ich die frisch angesteckte Zigarette aus, stehe vom Sofa auf und öffne das Fenster einen Spaltbreit, bevor ich mein Kleid glatt streiche und ein Lächeln aufsetze.

Die Tür geht auf, und der Junge kommt herein, in seinem grauen Mantel, den Filz-Fedora auf dem Kopf. Zuerst sieht er den Tisch mit den angezündeten Kerzen, dann sieht er mich. In seinem Gesicht spiegelt sich Überraschung.

»Was machst du denn hier?«, fragt er.

»Musst du das wirklich fragen?«

»Du hast nicht gesagt, dass du kommst.«

»Es ist Donnerstag, oder nicht? Aber wärst du so nett, mir ein Taxi zu rufen, wenn ich nicht willkommen bin?«

Seine Schultern sacken nach vorn. Er stellt seine Aktentasche auf den Fußboden und nimmt seinen Hut ab. Sein glattes, volles Haar glänzt im Licht. »Selbstverständlich bist du willkommen, Theresa. Du bist immer willkommen. Ich dachte bloß – nun, du bist ohne ein Wort davonstolziert und die ganze letzte Woche nicht vorbeigekommen. Ich habe angenommen, du seist mir böse.«

In meiner Mitte befindet sich ein großes Loch, eine Leere, die sich nun mit süßer Erleichterung füllt. Ich gehe um den Sofatisch herum, nehme ihm den Hut ab und hänge ihn an die Garderobe. »Ich bin doch nie böse auf dich, Boyo«, sage ich und küsse ihn auf die Hand, den Hals, das Kinn und die Lippen, dann nehme ich ihm die Krawatte ab, ziehe ihm das Jackett aus und alles andere auch, und lange Zeit später essen wir unser Picknick und trinken unseren Wein, und ich trage nichts außer dem Hausmantel des Jungen und werde wunderbar betrunken, als mir plötzlich etwas Wichtiges einfällt.

»Wie ist es eigentlich gelaufen?«

»Wie ist was gelaufen?«

»Na, gestern. Der Ring. Erzähl mir von dem Patentkönig und seinem vergoldeten Töchterlein. Sind sie grotesk reich und vulgär?«

Der Junge isst seinen Schinken auf und trinkt etwas

Wein. Er trägt seine Hose und sein weißes Hemd, dessen Knöpfe offen stehen. Während er isst, raucht er eine Zigarette, eine unfassbar degenierte Gewohnheit, erst kürzlich habe ich ihn deswegen getadelt. Er trinkt etwas, hebt sein Glas und starrt durch den Wein auf die gegenüberliegende Wand. »Nein, sie sind nicht vulgär. Ganz und gar nicht.«

»Aber Ox sagt, er macht pro Jahr anderthalb Millionen!«

»Wenn das stimmt, dann zeigt er es nicht. Sie haben ein hübsches Mittelklassehaus an der Second Avenue. Die Einrichtung sieht neu aus, ist aber alles andere als protzig.«

Er stellt das Weinglas ab, aber er sieht mich nicht an. Seine Aufmerksamkeit ist noch immer auf die gegenüberliegende Wand gerichtet, wo ein Feuer in einem kleinen Kamin brennt. Auf dem schlichten Sims stehen eine Uhr und eine gerahmte Fotografie seiner Mutter.

»Wie seltsam«, sage ich.

»Nicht jeder möchte in der Fifth Avenue wohnen, Theresa.«

»Und warum macht er sich dann die Mühe, so viel Geld zu verdienen?«

»Weil er gern Dinge erfindet, nehme ich an. Zumindest war das mein Eindruck, nachdem ich die Familie kennengelernt hatte.«

Seine Stimme klingt abwesend, sein Blick ist in die Ferne gerichtet. Sie kennen diesen Ausdruck – ich nenne ihn seinen »Sieben-Meilen-Blick«, wenn der Junge mir nichts, dir nichts in eine andere Welt hinübergleitet: in eine Welt, in die er mich nur selten einlädt.

»Ist sie hübsch?«, frage ich.

»Wer?«

»Das Mädchen. Ox' Mädchen. Wie heißt es noch gleich?«

»Sophie.«

»Ox kann sich glücklich schätzen. Aber sind nicht alle Mädchen hübsch, wenn sie neunzehn sind? Die wahre Gestalt kommt erst später zum Vorschein.«

Er nimmt einen Schluck Wein und steht vom Tisch auf. »Ihre Gestalt kam mir völlig in Ordnung vor.«

Ich beobachte, wie er um die Möbel herum zu dem brennenden kleinen Kamin geht, und aus irgendeinem Grund denke ich an das Porträt, das in dem Apartment im Norden Manhattans hängt, das Apartment, das der Junge selbstverständlich nie betreten hat. (Meine Prinzipien, nicht seine.) Ich drehe den Stiel meines Weinglases. »Du hättest *mich* mal mit neunzehn sehen sollen.«

»Da war ich nicht mal geboren, Theresa.«

»Oh, richtig. Ich hatte vergessen, dass ich so alt bin.«

»Du bist nicht alt, um Himmels willen!« Er schnippt seine Zigarette in den Kamin. »Sie ist einfach jung. Sehr jung.«

Ich muss wohl kaum fragen, wen er meint. Ich trinke den letzten Schluck Wein und sage so trocken, wie ich kann: »Sie ist in deinem Alter.«

»Sie ist jünger als ich. Noch sehr kindlich. Ist nie aus New York herausgekommen, außer im letzten Jahr, als ihr Vater sie und ihre Schwester mit nach Europa genommen hat, und selbst dort sind sie nur in schicken Hotels in den besten Stadtvierteln abgestiegen.«

Ich lehne mich zurück und lege die Füße auf den Stuhl vor mir. Der Junge hat sich eine weitere Zigarette angesteckt und starrt rauchend ins Feuer, das er angezündet hat, während ich das Essen angerichtet habe – eine lieb gewordene Gewohnheit, diese einvernehmliche Arbeitsteilung. Die Flammen lecken gierig in die Höhe, bis zu seinem Bauch.

Ich greife nach dem Zigarettenetui. »Klingt so, als hättet ihr euch nett unterhalten.«

»Sie haben mich anschließend zum Mittagessen eingeladen.«

»Ich nehme an, die ›kindliche‹ Miss Sophie hat dich mit Geschichten über ihre Puppenkollektion und ihren neuesten Hut erfreut?«

»Nein.« Wenigstens wendet mir der Junge nun das Gesicht zu. »Wir haben hauptsächlich über Kunst gesprochen. Sie war vor Kurzem in der letzten Ravenel-Ausstellung, in dieser neuen Galerie über dem Grand Central.«

»Tatsächlich? Ravenel? Ich hätte nicht gedacht, dass der jungen Dame so etwas gefällt. Einem hübschen, jungen Ding wie ihr.«

»Es waren überwiegend seine nach-kubanischen Werke ausgestellt.« Er trinkt seinen Wein aus und schlendert zum Tisch, um sich nachzuschenken, doch bevor er sein Glas gefüllt hat, ist die Flasche leer.

»Es liegt noch eine im Korb«, sage ich. »Ich wusste gar nicht, dass du Ravenel magst.«

»Ich wusste nicht, dass du mit mir über *Kunst* reden möchtest.«

Die Luft wird stickig, es riecht nach Rauch. Das selig-süße postkoitale Summen in meinen Gliedern verstummt. Ich möchte etwas sagen über dieses Kind, diese Sophie, etwas Wohlwollendes. Wirklich. Aber es ist, als hätte ich ein Schiff bestiegen, das Kommando über einen Ozeanliner von immenser Größe übernommen, und obwohl ich klar erkennen kann, dass unser Kurs zu einer desaströsen Kollision führen wird, gelingt es mir nicht, die Motoren auf Schubumkehr zu stellen. Es gibt keinerlei Möglichkeit, die Richtung zu ändern.

»Natürlich möchte ich nicht über Kunst reden«, sage ich. »Dafür beschäftige ich einen Kurator.«

Der Junge zuckt zusammen. Er wendet sich von mir ab, durchstöbert den Picknickkorb nach der zweiten Flasche Wein, dann richtet er sich auf und dreht sich um, die Flasche in einer, die Zigarette in der anderen Hand. »Was sagst du da, Theresa?«, fragt er ruhig.

»Ach, lass uns nicht streiten.«

»Ich habe getan, worum du mich gebeten hast. Ich habe mir bei Sterling Bates freigenommen, um deinen dämlichen Ring zu überbringen …«

»Es war nicht mein Ring.«

»Trotzdem hast du mich darum gebeten, und ich bin deiner Bitte nachgekommen. Ich habe den Ring überbracht, ich habe zu Mittag gegessen. Es war ein nettes Mittagessen. Die Fortescues sind eine nette Familie mit zwei hübschen Mädchen. Nach einer Stunde habe ich mich verabschiedet, bin zur Arbeit zurückgekehrt und habe mehrere Zehn-Jahres-Staatsanleihen an einen Rechtsanwalt in Scarsdale verkauft. Was willst du denn noch von mir, Theresa?«

»Nichts«, flüstere ich.

»Nichts.« Er stellt die Flasche auf den Tisch, doch er öffnet sie nicht. »Bei dir ist es immer nichts. Nur Sex und sonst nichts. Du hast einen Kurator, mit dem du über Kunst sprichst, eine Schneiderin für deine Kleidung, einen Ehemann, der für all das bezahlt. Und was bin ich?«

Du bist alles.

Ich nehme meine brennende Zigarette aus dem Aschenbecher. »Ach, Boyo, nun sei doch nicht so aufgebracht, ich habe dich lediglich geneckt. Du darfst so viel mit hübschen Mädchen flirten, wie du möchtest, das kümmert mich nicht. Was wir beide haben, ist etwas anderes, und es ist perfekt für uns. Also mach es bitte nicht kaputt mit deinem larmoyanten Geschwätz über Schneiderinnen und Ehemänner.«

Der Junge steht da und betrachtet meine zitternde Hand, die die Zigarette an die Lippen führt. Er könnte eine Granitstatue sein, der Alte vom Berge, hätte der Alte volles Haar und ein entschlossenes, junges Gesicht mit geröteten Wangen gehabt, die verrieten, wie aufgewühlt er innerlich war. Er hatte in Frankreich eine Reihe von Verletzungen davongetragen – wenn man zum Beispiel einen Blick zwischen die aufgeknöpften Hälften seines Hemdes wirft, entdeckt man einen glänzenden Fleck auf seiner Brust, dort, wo die Flammen eines Motorbrands seine Uniformjacke entzündet haben, außerdem ein rosa-weißes Dreieck, wo eine gebrochene Rippe seine Haut durchstoßen hat –, aber nicht eine einzige Kugel, kein Bombensplitter, kein Schrapnell hat sein Gesicht gestreift, was vermutlich ein Wunder ist. Oder einfach nur Glück. Der Junge hat Glück, trotz seiner zahlreichen Narben. Immerhin ist er trotz allem noch am Leben.

»Setz dich doch bitte wieder hin«, sage ich. »Und mach die Flasche Wein auf wie ein braver Junge.«

Er beugt sich vor und nimmt die Flasche vom Tisch. Ein süffiger roter Burgunder, ein Puligny-Montrachet von 1912 aus den grenzenlosen Vorräten der Marshallschen Weinkeller. (Nun schnalzen Sie bitte nicht tadelnd mit der Zunge; es ist nicht verboten, das Zeug zu trinken, lediglich der Verkauf ist strafbar.) Der Junge setzt sich, stellt die Flasche zwischen seine Beine auf die Stuhlkante und greift nach dem Korkenzieher.

»Ich weiß nicht, was du gegen sie hast«, sagt er und dreht das Gewinde vorsichtig in den Korken.

»Ich hab nichts gegen sie.«

»Hast du doch.« Der Korken gleitet aus der Flasche. Er legt den Korkenzieher zurück auf den Tisch und zündet sich eine weitere Zigarette an, die er zwischen die Lippen steckt, während er erst mir ein Glas und dann sich selbst einschenkt. »Weißt du, ich sehe ständig hübsche Mädchen. Als Kind in Connecticut hab ich hübsche Mädchen gesehen und in Frankreich ebenfalls. Ich sehe jeden Tag hübsche Mädchen auf den Straßen von New York. Hübsche Mädchen gibt es wie Sand am Meer.« Er reicht mir den Wein. »Du bist diejenige, die verheiratet ist. Du bist diejenige, die einen Ehemann hat.«

»Oh, du bist doch nicht etwa eifersüchtig auf ihn …«

»Doch. Selbstverständlich bin ich das. Ich frage mich: Warum ist sie noch immer mit ihm verheiratet? Und dann denke ich: Nun, was habe ich ihr schon zu bieten? Nur mich. Kein Geld, keinen Namen, kein Apartment in der Fifth Avenue.«

»Nein, Boyo. Du hast weit mehr zu bieten als das.«

»Tatsächlich? Da hast du mir gerade eben etwas anderes zu verstehen gegeben. Also, was ist es?«

»Zweiteres«, wispere ich.

Er schüttelt den Kopf. »Weißt du, was ich gedacht habe, als ich dir das erste Mal bei den van der Wahls begegnet bin? Am Vierten Juli? Ich dachte, du seist die schönste Frau, die ich je gesehen habe. Alle sprachen von dir, als seist du eine Art Göttin. Und dann bist du zu mir gekommen.«

»Und du hast mich abgewiesen.«

»Weil ich wusste, was passieren würde, wenn ich das nicht täte.«

»Das?«

»Das.« Er stellt den Wein ab und streckt den Arm aus, um mich auf seinen Schoß zu ziehen, also schlinge ich die

Arme um seine Taille. Er vergräbt das Gesicht zwischen meinen Brüsten. »Weißt du, um ehrlich zu sein, hätte ich mich in jenem Sommer nach meiner Rückkehr aus Frankreich am liebsten umgebracht – wärest du nicht gewesen.«

Das Haar des Jungen fühlt sich weich an in meinen Händen, sein Atem ist heiß. Seine Finger wandern über meine Hüften. Er riecht nach Seife und Schweiß und der New Yorker Winterluft, nach Jugend und Vitalität. Ich umschließe mit den Handflächen die feste Rundung seines Schädels und stelle ihn mir im Esszimmer eines bescheidenen New Yorker Stadthauses vor, wie er neben einer blonden jungen Dame sitzt und sich mit ihr über Kunst unterhält. Ihr Busen ist prall und fest, ihre Wangen sind ebenso rosig wie seine. Auf ihren glatten weißen Handrücken sind noch keine Adern zu sehen. Doch das interessiert den Jungen nicht. Er nimmt es nicht einmal wahr.

»Ich habe dich gerettet, mein süßer Boyo«, sage ich. »Vergiss das nicht.«

»Als könnte ich das jemals vergessen.«

Als ich in die Gesellschaft eingeführt wurde, konnte ich die Jungs in meinem Alter kaum ertragen. In meinen Augen waren sie albern, viel zu hager und völlig unreif. Sie wollten über nichts anderes reden als Fußball und Baseball, konnten nicht tanzen, kleideten sich nicht angemessen und brachten kein einziges passendes Kompliment zustande. Sylvo war sechsunddreißig, als wir uns kennenlernten, fast zwanzig Jahre älter als ich, und als er an jenem Abend die Opernloge meiner Eltern betrat, hielt ich ihn für einen Gott. Er war von tadelloser Erscheinung, reif und erwachsen, und er setzte sich neben mich und sprach mit mir über den ersten Akt von *Lucia,* als interessierte es ihn wirklich, wie ich darüber dachte, als würde er sich wirklich auskennen mit Musik. Er roch nach teurer Rasierseife und Zigarren. Am Ende des Abends hatte ich mich in ihn verliebt.

Das überrascht Sie? Ja, ich war in Sylvo verliebt, und ich nehme an, er war auch in mich verliebt, so wie sich ein sechsunddreißig Jahre alter Mann in ein schönes, siebzehnjähriges Mädchen verlieben kann: zügellos, voller Begierde. In unserer Hochzeitsnacht erfüllte er seine eheliche Pflicht in der Art eines Tutors, der seine Lieblingsschülerin unterweist, und als er fertig war, zog er seinen Hausmantel an und rauchte eine Zigarre. Ich denke, wir waren recht glücklich miteinander. Wir passten perfekt zusammen, gaben dem anderen genau das, was er erwartete. Kein Mann hätte glücklicher sein können als Sylvo, als zehn Monate später Tommy zur Welt kam. Eine weitere Zigarre. (Und vermutlich noch eine, als seine Geliebte ihm kurz darauf eine Tochter schenkte.)

Der Punkt ist, dass ich in frühen Jahren jüngeren Männern lediglich mit Verachtung begegnete, ihre glatte Haut nicht zu schätzen wusste, genauso wenig wie ihre an junge Hengste erinnernde Vitalität oder ihre unbeirrbare Unkompliziertheit. In jenen Tagen bevorzugte ich Erfahrenheit, weil ich nicht verstand, was Erfahrenheit tatsächlich bedeutete und wie sie erworben wurde. Ich bevorzugte Weisheit, Versiertheit und Schliff, weil ich die Empfindsamkeit nicht zu schätzen wusste, die sich hinter dem eifrig-unbeholfenen Bestreben eines jungen Mannes, einer Frau zu gefallen, verbirgt. Als ich das erste Mal mit dem Jungen ins Bett ging, wollte er keine Anweisungen erteilen, sondern angewiesen werden. Sein Fleisch unter meinen Händen war fest. Seine Haut elastisch unter meinen Fingerspitzen. Seine Ausdauer endlos. Anschließend teilten wir uns eine Zigarette und wiederholten die Übung, wieder und wieder, bis wir beide halb tot waren vor Erschöpfung und die Laken zu einem unordentlichen Haufen zerwühlt. Bei Sonnenaufgang stand er auf und machte mir Frühstück.

In jenem Moment kam ich zu dem Schluss, dass so einiges für einen jungen Liebhaber sprach.

Doch wir haben nicht ewig Zeit an diesem Januarabend, und überhaupt ist der Junge nicht in der Stimmung für endlose Liebesspiele. Gegen dreiundzwanzig Uhr ziehen wir uns träge an und gehen die Treppe hinunter auf die Straße, bis vor zur Ecke Seventh Avenue. Der Junge hält Ausschau nach einem freien Taxi – vergeblich.

»Ich habe ganz vergessen zu fragen, ob sie Ja gesagt hat«, breche ich das Schweigen, während wir auf den nächsten Verkehrsschub warten.

»Sophie? Ja, das hat sie. Auf Anhieb.«

»Soso. Mein Bruder ist also verlobt. Das muss man sich mal vorstellen.«

»Du klingst, als wärest du nicht allzu glücklich darüber.«

»Liebling, ich kenne sie nicht. Bin ihr nie begegnet. Das Ganze ist so – nun, es ist ein bisschen seltsam, das ist alles. Wo hat er sie kennengelernt? Ist die Familie wirklich so reich?«

»Was zählt das, wenn sie einander lieben?«

Sein Blick schweift zu mir. »Du zitterst.«

»Es ist kalt.«

Er nimmt meine Hand und zieht mich zurück in die Christopher Street.

»Wohin gehen wir?«

»Zu meinem Wagen. Ich fahre dich nach Hause.«

»Sei nicht albern. Es wird schon nach Mitternacht sein, wenn du wieder zurück bist. Wann willst du denn ins Bett gehen?«

»Theresa«, sagt er, und diesmal grinst er. Das kommt so selten vor, dass ich sein Grinsen am liebsten in Essig einlegen und für immer konservieren möchte. »Wann hast du dir je Gedanken um meinen Schlaf gemacht?«

Und so steigen wir in die alte Chaise des Jungen, und er bemüht sich, den Motor anzulassen – es handelt sich um einen Ford Model T, der sich bei der Kälte recht übellaunig verhält, sodass ich auf dem Fahrersitz Platz nehmen und Choke und Zündung bedienen muss, während meine Hände in den Lederhandschuhen frieren und die Arme des Jungen energisch vor dem Kühlergrill rotieren –, und dann fahren wir los, rollen knatternd und sprotzend die Seventh Avenue entlang, und das Erste, was wir sehen, ist ein freies Taxi.

»Das war ja klar«, sagt der Junge, schaltet in einen höheren Gang und legt mir den Arm um die Schultern.

Man sollte meinen, dass man in Manhattan um Mitternacht besser vorankommt als am Abend, aber dem ist nicht so: Der Verkehr ist bis auf die Lieferwagen genauso dicht. Wir zuckeln Richtung Norden, meine Hand ruht auf dem kräftigen Oberschenkel des Jungen, und ich denke, wie einfach es wäre, immer weiterzufahren, durch Manhattan, über den Harlem River in die Bronx und aus der Stadt hinaus ins Hinterland. So lange zu fahren, bis wir irgendwo auf eine tief verschneite Farm stoßen, und nie wieder von uns hören zu lassen. Wir würden miteinander alt werden und uns um nichts anderes kümmern als um die Ernte, die Pferde und umeinander, wir würden unsere Kleidung im Sears-Roebuck-Katalog bestellen und unsere eigenen Äpfel und Kartoffeln anbauen. Ich würde sämtliche Spiegel aus dem Haus verbannen, bis auf den einen, den der Junge zum Rasieren braucht. Vielleicht sogar den.

Der Junge hält am Gehsteig an, und ich blicke auf und stelle fest, dass wir die Ecke Fifth Avenue, Sixty-Fourth Street erreicht haben, zwei Blocks von dem Apartment entfernt, das ich mir mit Mr. Marshall teile.

Der Junge starrt durch die Windschutzscheibe auf die rastlosen Schatten des Central Parks. »Weißt du was? Lass uns einfach weiterfahren.«

»Einfach weiterfahren?«

»Du brauchst all das hier nicht, oder? Wir könnten nach Westen fahren und ein neues Leben anfangen, und niemand würde wissen oder sich dafür interessieren, wer wir sind.«

Der Motor stottert und geht aus, der Junge flucht leise.

»Lass mich dir ein neues Auto kaufen«, sage ich. »Bitte. Als Weihnachtsgeschenk.«

»Du hast mir bereits ein Weihnachtsgeschenk gemacht.«

»Dann eben als Neujahrsgeschenk.«

»Ich möchte keine Geschenke.« Er steigt aus dem Wagen, um den Motor erneut anzulassen. Ich beobachte aufmerksam, wie er die Kurbel dreht, und warte auf sein Signal, den Hebel für die Zündung umzulegen. Mein Puls dröhnt in meinen Ohren. *Weiter, weiter, weiter,* denke ich im Rhythmus der Kurbel, und aus irgendeinem Grund kehren meine Gedanken zu Sophie Fortescue in ihrem Haus in der Thirty-Second Street zurück, die kurz davor steht, ihre Zukunft dem liebenswerten, einfältigen Edmund Jay Ochsner zu opfern.

Es wäre besser, das arme Ding würde stattdessen mit dem Burschen vom Lebensmittelladen durchbrennen.

Der Motor stottert und heult auf, kurz darauf rattert der

alte Ford pflichtbewusst im Leerlauf. Der Junge tritt an die Beifahrertür und öffnet sie, dann stellt er den Fuß aufs Trittbrett und legt die Hand auf die Fenstereinfassung.

»Nun? Wie wär's?«

»Wie wäre was?«

»Wie wäre es, mit mir durchzubrennen?«

Ich liebe seine scharf geschnittene, eiskalte Nase, seine intelligenten Augen unter der Hutkrempe. Wir haben an der unbeleuchteten Stelle zwischen zwei Straßenlaternen geparkt, deshalb muss ich mir den Rest denken. Ich beuge mich vor und küsse ihn auf den kalten Mund.

»Ich muss dich bitten, mir einen Gefallen zu tun, Boyo.«

»Und was für einen?«

»Ich möchte, dass du Erkundigungen einholst über diese Familie. Die … Wie heißen sie noch gleich?«

Er seufzt. »Fortescue.«

»Über die Fortescues. Irgendetwas ist da faul. Warum sollte ein so reicher Mann in einer schäbigen Klitsche im Südosten der Stadt wohnen? Das ergibt doch keinen Sinn!«

»Hast du dir mal überlegt, ob er sich vielleicht nicht so viel aus Geld macht wie du?«

»Das glaube ich nicht.«

Er gibt keine Antwort.

Ich lege ihm die behandschuhte Hand an die Wange. »Liebling, hier geht es um meinen Bruder. Ich möchte nur sichergehen. Was, wenn dieser Mann ein Schwarzhändler ist oder etwas ähnlich Schlimmes?«

»Theresa …«

»Du sollst doch bloß ein wenig nachforschen. Ich bin überzeugt, dass er all die Berge von Geld bei einer der Banken in Manhattan deponiert hat. Du wirst doch wohl ein, zwei Fragen für mich stellen können, oder ist das zu viel verlangt?«

Das ist eine weitere Sache bei dem Jungen: Er ist mitunter schrecklich langsam. Manchmal, wenn ich neben ihm liege und meine Hand auf den Narben auf seiner Brust ruht, habe ich das Gefühl, ich müsse ewig auf den nächsten Herzschlag, seinen nächsten Atemzug warten, und dann steigt Panik in mir auf. Was, wenn er stirbt? Was, wenn sein Herz und seine Lunge wie der Motor eines Automobils – oder eines Flugzeugs – in einen so trägen Rhythmus verfallen, dass sie zum Stillstand kommen? Und dann wird mein Junge in einen Unfall verwickelt oder vom Himmel fallen und mir für immer entrissen sein.

Im Augenblick kann ich seinen beängstigend langsamen Atem sehen, der aus seinem Mund in die eisige Luft aufsteigt, während er mit seinen breiten Schultern die Beifahrertür blockiert, und ich zähle seine Atemzüge – *eins, zwei, drei, vier.* Kein einziger Muskel zuckt an seinem geschmeidigen jungen Körper.

»Nur ein paar einfache Fragen«, schmeichle ich. »Bitte. Für mich. Du musst zugeben, dass das Ganze ziemlich ungewöhnlich ist. Niemand gelangt in Manhattan zu Reichtum, ohne diese bedeutende Tatsache in der gesamten Stadt herumzuposaunen.«

Endlich rührt sich der Junge, nimmt meine rechte Hand in seine linke und zieht mich aus dem Wagen. »Na schön. Aber nur, um dir zu beweisen, dass du falschliegst.«

»Ich liege niemals falsch, Boyo. Das solltest du doch wissen.«

Er beugt sich vor, um mir einen Gute-Nacht-Kuss zu geben, aber wir stehen auf einem Gehsteig mitten in der Upper East Side im Halbdunkel zwischen zwei Straßenlaternen, und obwohl ich meinen Hut tief in die Stirn gezogen trage und der Schal mir bis zum Kinn reicht, kenne ich mindestens drei Familien, deren Fenster auf diesen speziellen Fleck in Manhattan hinausgehen. Ich springe gerade noch rechtzeitig zur Seite.

»Bis Samstag«, sage ich. »Ich komme nach der Party bei den Schuylers zu dir.«

»Was, wenn ich nicht da bin?«

»Du wirst da sein, Liebling. Du wirst auf mich warten wie ein braver Junge.«

Er lehnt sich gegen den Wagen und verschränkt die Arme vor der Brust.

»Nun?«, sage ich.

Der Junge greift in seine Tasche und zieht sein Zigarettenetui hervor, das schöne goldene, das ich ihm zu Weihnachten geschenkt habe. Auf der Innenseite ist eingraviert: *Für meinen Boyo in innigster Liebe. M.T.M.*

(Mein erster Vorname ist Marie, nach meiner Großmutter.)

Er macht sich nicht die Mühe, die Inschrift zu lesen, nicht zu dieser späten Stunde, obwohl ich ihn ab und an dabei ertappt habe, wenn er dachte, ich sei eingeschlafen. Stattdessen nimmt er eine Zigarette heraus, steckt sie zwischen die Lippen und zündet ein Streichholz an.

»Ja«, sagt er. »Ich denke, ich werde auf dich warten.«

Kapitel 4

*Traue niemals einem Ehemann über den Weg
und einem Junggesellen erst recht nicht.*

HELEN ROWLAND

SOPHIE
Thirty-Second Street, Samstagmittag

DAS GERÄUSCH DER TÜRKLINGEL dringt an Sophies Ohren, die mit übergeschlagenen Beinen auf dem Boden ihres Schlafzimmers sitzt und die vordere Platte eines alten De-Forest-Audion-Empfängers abschraubt.

Sie hat sich schon seit Jahren gewünscht, einmal ein solches Rundfunk-Empfangsgerät in die Hände zu bekommen, nicht nur weil sie sich leidenschaftlich für die Rundfunkübertragung interessiert, sondern weil sie herausfinden möchte, wie diese Dinger funktionieren. Nein, das ist nicht ganz richtig. Sie *weiß* bereits, wie sie funktionieren, natürlich weiß sie das: Im Prinzip wird das Funksignal von einem Spulendraht aufgefangen, an dessen Seiten je ein Steuergitter und eine Anode angebracht sind – eine sogenannte Audion-Schaltung, umgeben von einer mit Gas gefüllten Glasröhre. Diese Schaltung verstärkt die empfangene Frequenz und erzeugt Geräusche in den angeschlossenen Kopfhörern. Doch Sophie will *sehen*, wie so etwas funktioniert, will den Schaltkreis auseinandernehmen und die Röhre untersuchen, und das kann sie nur, wenn sie einen solchen Audion-Empfänger direkt vor sich hat.

Als es vor acht Jahren erstmals gebaut wurde, kostete ein solches Gerät einhundertfünfzig Dollar, und Sophie hatte nie so viel Geld zu ihrer persönlichen Verfügung, nicht einmal heute, in Zeiten des Wohlstands. Vor einem Monat allerdings entdeckte sie eine Kleinanzeige in der neuesten Ausgabe des *Electrical-Experimenter*-Magazins, einer Fachzeitschrift für technische Wissenschaft, in der ein gebrauchter De-Forest-Audion-Empfänger vom Typ RJ-6 für nur fünfundzwanzig Dollar angeboten wurde – immer noch eine Menge Geld, aber da sich ihr Vater in letzter Zeit ziemlich großzügig zeigte, war es ihr gelungen, den Betrag zusammenzukratzen. Das Gerät wurde heute Morgen von einem Boten gebracht – Vater war zum Glück in seinem Arbeitszimmer –, und seitdem spielt Sophie damit. Untersucht jeden Drehschalter und fährt mit den Fingern vorsichtig über die Glasröhre, die spezielle, von Lee de Forest erfundene, mit Gas gefüllte Triode. Wie ein Chirurg bereitet sie sich darauf vor, sich operativ einen Zugang zu einem geliebten Patienten zu verschaffen.

Schon früher war ihr Zimmer vollgestopft mit verschiedenen auseinandergebauten Maschinen – darunter ein Marconi-Sender, ein elektrisches Bügeleisen, ein Einstecktoaster, zu viele Western-Electric-Telefone, um sie noch zählen zu können –, die ihr Gehirn und ihre Hände während der langen Nachmittagsstunden beschäftigt hielten, wenn die Schule aus und Vater in seinem Arbeitszimmer war. Virginia weilte zu jener Zeit in Frankreich, und als sie wieder nach Hause kam und Sophie die Highschool abschloss, wurde Sophie auf eine so subtile und unsichtbare Art und Weise, wie sich Funkwellen in der Atmosphäre verbreiten, klar, dass es an der Zeit war, sich von diesem Kinderkram zu trennen. Und das tat sie. Eins nach dem anderen fanden diese Geräte je nach ihrer Nützlichkeit entweder den Weg in die Küche oder aber in den Mülleimer – bis auf den elektrischen Dynamo, der unter Sophies Bett verblieb, schließlich kann man nie wissen, wann man mal einen Dynamo braucht.

Aber das hier! Ein echter De-Forest-Audion-Empfänger! Das war zu verführerisch, um widerstehen zu können, und war es nicht wahrhaft wundervoll, das Innenleben eines solch nützlichen Geräts studieren, an den wissenschaftlichen Grundlagen tüfteln zu können, die frei waren von jeglichen emotionalen Befindlichkeiten? Geräte und Maschinen taten genau das, was man ihnen sagte. Ein perfektes Puzzle für das eine perfekte Lösung existierte, und noch dazu ein nagelneues Puzzle: ein Territorium, auf das sie bis dato nie vorgedrungen war, eine spannende Miniaturwelt, die nur darauf drängte, entdeckt zu werden.

Doch die Türglocke unterbricht diese erregende Symmetrie. Sophies Hand verharrt mit dem Schraubenzieher in der Luft. Sie hebt den Kopf und lauscht zerstreut auf die Geräusche unter ihr. Virginias Stimme. Eine Männerstimme.

Jetzt, da sie nicht länger auf den Audion-Empfänger achtet, nimmt sie auch den Geruch wahr. Ein köstlicher Duft nach frisch gekochtem Essen.

Sie wirft einen Blick auf die Uhr. Fünfzehn Minuten nach zwölf!

Sophie rappelt sich hoch, schleudert den Schraubenzieher aufs Bett, wirft einen Blick in den Spiegel auf der Kommode. O Schreck! Ihr Haar ist offen, und sie trägt noch immer ihre Schürze. Eilig nimmt sie sie ab, steckt ihr Haar mit Haarnadeln zurück und fliegt die Stufen hinunter zum Esszimmer, verzweifelte Entschuldigungen ausstoßend, aber ihr verspätetes Eintreffen scheint die beiden Personen, die soeben am Tisch Platz nehmen, nicht zu stören. Eine ist ihre Schwester, die andere – ein Mann, der höflich aufsteht – ihr Kavalier.

»Oh!« Sophie bleibt abrupt stehen und greift nach der Lehne des nächststehenden Stuhls. Ihr Gehirn, durch das noch immer die Trioden mit ihren Heizfäden geistern, zuckt verwirrt in ihrem Schädel, als stünde es unter Strom.

»Guten Tag, Miss Fortescue. Ich hoffe, Sie werden mir verzeihen, dass ich Sie an einem Samstagmittag beim Essen störe.«

»Selbstverständlich!«

»Mr. Rofrano ist vorbeigekommen, um mit Vater zu sprechen«, sagt Virginia, die an der gegenüberliegenden Tischseite Platz genommen hat.

Sophie sammelt sich und lächelt Mr. Rofrano an. »Ich nehme an, Sie wussten nicht, dass Vater die Samstagvormittage in seiner Werkstatt zu verbringen pflegt.«

Virginia nickt. »Aus dem Grund habe ich ihn gebeten, uns beim Mittagessen Gesellschaft zu leisten.«

Mr. Rofrano zieht einen Stuhl für Sophie heran. »Ich kann Ihnen gar nicht genug versichern, wie dankbar ich dafür bin. Ein Junggeselle speist samstagmittags für gewöhnlich nicht so kultiviert.«

»Schinken-Sandwiches?«

»Wenn ich Glück habe.«

»Als wir arm waren«, sagt Sophie und breitet die Serviette auf ihrem Schoß aus, während die Trioden in den entlegeneren Gefilden ihres Hirns verschwinden, »hat Virginia mit den Knochen des Sonntagsbratens Suppe gekocht.«

»Aber nur, wenn wir in der glücklichen Lage waren, uns einen Sonntagsbraten zu leisten.«

»Und als Virginia in Frankreich beim Roten Kreuz war …«

»Sie waren in Frankreich?«, wendet sich Mr. Rofrano an ihre Schwester.

»Sie hat dort ihren Ehemann kennengelernt«, antwortet Sophie an Virginias Stelle. »Einen Sanitätsoffizier. Ausgesprochen schneidig.«

»Wirklich? Bei welcher Armee?«

Leise sagt Virginia: »Bei der britischen. Er war Chirurg bei der Sanitätstruppe.«

»Ein guter Mann. Ich hoffe, mir bietet sich die Gelegenheit, ihn kennenzulernen.«

Für einen entsetzlichen Augenblick fällt Sophie nichts ein, was sie darauf erwidern könnte, und selbst Virginias mustergültige Contenance scheint in sich zusammenzufallen. Mr. Rofrano, dem die Stille nicht entgeht, blickt von seiner Suppe auf, die Augenbrauen betroffen zusammengezogen.

»Oh, er ist momentan nicht in der Stadt«, platzt Sophie etwas zu schrill heraus, »aber ich bin mir sicher, dass Sie einander bald begegnen werden.«

»Ich hoffe doch bei der Hochzeit.«

»Bei der Hochzeit?«

»Bei Ihrer Hochzeit mit Mr. Ochsner.«

Sophie greift nach ihrem Wasserglas. »Oh! Natürlich. Es tut mir leid – anscheinend habe ich mich noch nicht an diese Vorstellung gewöhnt.«

»Geben Sie ihr eine Woche Zeit«, sagt Virginia, »und ich bin überzeugt, sie spricht von nichts anderem mehr.«

Sophie hofft, dass ihre Schwester Recht behält. Als sie am Donnerstagmorgen aufwachte, hatte sie völlig vergessen, dass sie verlobt war und bald heiraten würde, bis das Dienstmädchen hereinkam und ihr mitteilte, dass Mr. Ochsner unten auf sie warte, und selbst dann noch hatte sie sich *mehrere* Minuten lang gewundert, warum um alles in der Welt der Mann zu einer derart unchristlichen Stunde hier auftauchte. Sie hatte sich gewaschen und angekleidet und steckte sich gerade die Haare hoch, als ihr das kleine Wörtchen *Ja* einfiel, gemurmelt unter dem sublimen Einfluss der blauen Augen des Kavaliers, und ihr wurde klar, dass es in Wirklichkeit Mr. Ochsner war, dessen Antrag sie angenommen hatte. Mr. Ochsner war ihr Verlobter.

Nicht Mr. Rofrano.

»Aber Süße, das ist perfekt«, sagte Julie Schuyler am nächsten Tag, als sie und Sophie über den Reitweg im Central Park ritten – eine Gewohnheit, die neuerdings Sophies Freitagvormittage füllte. »Er ist genau der Typ Ehemann, den sich ein junges Mädchen wünscht. Jung genug, um noch ohne Hilfe gehen zu können, und alt genug, um dich tun zu lassen, was immer dir beliebt. Beim Anblick deiner neuen Visitenkarte wird jeder vor Neid erblassen, und dein Geld wird dir ein vergnügliches Leben bescheren – was willst du mehr?«

»Vater scheint die Idee zu gefallen.«

»Selbstverständlich. Die meisten Papas würden einen Mord begehen, um ihre kleinen Mädchen so gut unter die Haube zu bringen. Die wichtigste Frage aber ist: Magst du ihn?«

»Ich verehre ihn.«

Und das entspricht der Wahrheit. Es ist schließlich nicht so, dass Vater die Heirat gewaltsam vorangetrieben hat. Sie verehrt Mr. Ochsner in der Tat – »Nennen Sie mich Jay«, hat er sie am Donnerstagmorgen gebeten, und sie hat sich diese eine Silbe wieder und wieder im Kopf vorgesagt: »Jay, Jay, Jay …« –, ja, das tut sie. Wie sollte sie auch nicht für ihn schwärmen? Er sieht gut aus, ist schneidig und witzig. Ein fröhlicher Mann, um es mit Julies Worten zu sagen, und – noch wichtiger – er ist liebenswürdig. Vielleicht ein wenig derb, aber genau das gefällt ihr an ihm. Sie mag seine Respektlosigkeit, die jugendlich und weltmännisch zugleich wirkt. Sie mag die schmeichelhafte Intensität seines Werbens um sie. Was seine Intelligenz anbetrifft, so macht sie sich keine Illusionen, aber man kann nun mal nicht alles haben. Und sie wird frei sein. Sogar Vater hat gesagt: »Wenn du mit einem Mann wie Ochsner verheiratet bist, kannst du tun und lassen, was du willst, Sophie. Der Name ist Gold wert.« Vor ihr liegt also eine gloriose Zukunft. Sobald sie Mrs. Edmund Jay Ochsner ist, kann sie ausgehen und sich mit Leuten treffen, wie es ihr beliebt. Genau wie Julie Schuyler kann sie neue Freundschaften schließen und ihren Durst stillen, wenn es um Dinge geht wie freitagmorgens im Central Park auszureiten, Julies Geschichten zu lauschen und stehen zu bleiben, um einen Plausch mit Julies Freunden zu halten, die so forsch sind, so geistreich, so frei und so *modern*. Im Haus ihres Vaters haben sie selten Gäste.

Bis auf diesen einen. Mr. Rofrano. Gleich zweimal in einer Woche! Sophie brennen all die Dinge auf der Zunge, die sie gern sagen, Fragen, die sie ihm gern stellen würde. Er sitzt neben ihr und isst seine Suppe genauso, wie er es am Mittwoch getan hat, wie ein Mann, der sich zu benehmen weiß. Während jenes ersten Mittagessens hat er ihr erzählt, dass er in Connecticut in der Nähe der Küste aufgewachsen ist, bis er mit vierzehn zur Ausbildung fortgeschickt wurde. Sein Vater war Börsenmakler. Als sich Amerika in den Krieg einmischte, hatte er bei den US-Luftstreitkräften als Pilot gedient. Das war alles, was sie über ihn wusste, da er das Gespräch schnell von sich auf die Kunst gelenkt hatte. Bald schon hatten sie herausgefunden, dass sie eine Leidenschaft für die neue Kunst teilten, die in den Galerien überall in der Stadt ausgestellt wurde. (»Natürlich hasst Vater diese Art von Kunst«, sagte sie und warf einen verstohlenen Seitenblick in Richtung ihres Papas. »Das tun Väter für gewöhnlich«, antwortete er, genau wie Julie es getan hatte.)

Und jetzt sitzt er wieder hier. Direkt neben ihr, geheimnisumwoben, voller unentdeckter Details. »Was möchten Sie mit Vater besprechen?«, fragt sie, fast zu aufgeregt, um zu essen.

»Ich möchte mich mit ihm über Flugzeuge unterhalten. Ich tüftele an dem Entwurf für einen neuen Motor, und ich dachte, er könne mir vielleicht helfen. Wir haben letzte Woche kurz darüber gesprochen.«

Ein Schauder läuft Sophies Rückgrat hinab, als habe ihr jemand gerade eine Kathode in den Nacken gehalten. »Oh! Was für ein Entwurf?«

»Verstehen Sie etwas von Motoren?«

»Ein bisschen.«

Virginia lacht. »Sei doch nicht so bescheiden, Kleines. Sophie kommt ganz nach ihrem Vater, müssen Sie wissen, Mr. Rofrano. Sie hat ein echtes Händchen für Maschinen. Wenn Vater es erlaubte, würde sie den ganzen Tag bei ihm in der Werkstatt verbringen.«

»Tatsächlich?«

»Es gefällt mir, ein wenig zu basteln, das ist alles.« Sophies Blick wandert zu ihrer rechten Hand, die den Löffel ein wenig zu fest umschließt.

»Verstehe. Und wo befindet sich diese Werkstatt?«, erkundigt sich Mr. Rofrano. Er leert seinen Teller und legt den Suppenlöffel ordentlich neben den Rand.

»Als wir klein waren, hat er in dem kleinen Schuppen im Garten gearbeitet, doch als er anfing, mit seinen Patenten Geld zu verdienen, hat er sich eine Werkstatt ein kleines Stück östlich von hier gesucht – eine richtige Werkstatt mit einem richtigen Assistenten, der ihn bei seiner Arbeit unterstützt. Früher hab bloß ich ihm assistiert.« Sie hält kurz inne, dann fährt sie fort: »Ich bin mir sicher, dass er sich freut, mit Ihnen über diesen neuen Motor zu sprechen …« Sophie fängt sich einen warnenden Blick von Virginia ein und verstummt. »Vorausgesetzt, Sie bitten ihn freundlich darum.«

»Erzählen Sie uns mehr von dem, was Sie tun, Mr. Rofrano«, schlägt Virginia vor, und der Kavalier kommt ihrer Aufforderung nach, während das Mädchen die Suppe abräumt und kaltes, geschnittenes Hähnchen mit Mayonnaise aufträgt. Er spricht von Zinssätzen und Ausfallrisiken und davon, wie das Geschäft langsam wieder in Schwung kommt: fast so, als wären sie Menschen mit Verstand und nicht bloß zwei junge Frauen. Sophie erkundigt sich nach Mr. Morgan und ob er tatsächlich die Wall Street während der Panik zur Zeit der Finanzkrise gerettet habe. Wie war es möglich, dass ein einzelner Mann die anderen dazu brachte, ihm bei einem Ansturm wie diesem zu folgen?

»Mit seinem Ruf«, antwortet Mr. Rofrano, ohne zu zögern. »Man kann Mr. Morgan mögen oder nicht, aber wenn er etwas sagt, dann tut er es auch.«

Von Vater ist weit und breit keine Spur zu sehen, auch nicht, als schon der Kuchen zum Dessert gebracht wird, und sobald Mr. Rofrano den letzten Krümel in den Mund gesteckt hat, blickt er auf seine Uhr und sagt, er müsse nun wirklich gehen.

»Ich werde Sie zu Vaters Werkstatt begleiten«, schlägt

Sophie vor. »Sie ist nicht weit entfernt, und ich weiß, dass er erfreut sein wird, Sie zu sehen.«

Er lacht. »Da bin ich mir nicht so sicher.«

»Sophie«, sagt Virginia mit warnender Stimme, aber Sophie tut so, als würde sie es nicht bemerken, und springt auf, um ihren Mantel zu holen, auch wenn sie jetzt ein Dienstmädchen haben, das sich um derlei Belange kümmert.

»Es macht mir keine Umstände«, beharrt sie, »außerdem bewege ich mich gern ein bisschen.«

»Dann ist es mir ein Vergnügen«, versichert er.

Sie brechen auf, Seite an Seite, in einer Geschwindigkeit, die gemessener ist als Sophies gewohnter schneller Gang; keiner treibt den anderen zu einem rascheren Schritt an. Als hätten sie eine stumme Übereinkunft geschlossen, nicht schneller an ihr Ziel zu gelangen als nötig. Sophies Mund ist trocken. Sie leckt sich die Lippen und fragt: »Wie lange kennen Sie Jay schon?«

»Jay?«

»Meinen Verlobten.« Das Wort hinterlässt einen neuen, angenehmen Geschmack auf ihrer Zunge.

»Oh. Ich kenne ihn nicht wirklich. Ich bin ein Freund seiner Schwester.«

»Ach du liebe Güte! Ich dachte, Sie seien Kameraden.«

»Kameraden?« Er lacht. »Nein, wir verkehren in verschiedenen Kreisen, Jay und ich.«

»Dann verkehren Sie also in den Kreisen seiner Schwester?«

»Mitunter«, antwortet er ausweichend.

Ihre Schuhe erzeugen einen unregelmäßigen Rhythmus auf dem Asphalt des Gehsteigs: Das leichtfüßige Klackern von Sophies Absätzen vermischt sich mit dem festen, dumpfen Tritt von Mr. Rofranos Sohlen. Der Wind lässt

Sophies Wangen brennen; er riecht nach Schnee. »In welchen Kreisen verkehren Sie dann?«

»In keinen bestimmten. Ich schätze, dafür arbeite ich zu hart.« Er schiebt die Hände in die Taschen. »An manchen Abenden spiele ich Eishockey.«

»Eishockey? Tatsächlich?«

»Ich habe schon während meiner Schulzeit gespielt, bevor ich nach Frankreich gegangen bin. Hockey und die Fliegerei.« Er lacht. »Ich glaube, beides ist gar nicht so verschieden, wie es auf den ersten Blick erscheinen mag. Wie dem auch sei – als ich das erste Mal aus Frankreich zurückgekehrt bin, wollte ich für den Rest meines Lebens kein Flugzeug mehr sehen, also habe ich, als der Herbst kam, wieder mit dem Hockeyspielen begonnen.«

»Wann spielen Sie denn?«

»Im Winter, an zwei Abenden pro Woche. Dienstags und freitags.«

»Wie aufregend! Ich kann nicht mal Schlittschuh laufen.«

Die Ecke der Second Avenue kommt gnadenlos näher, laut und düster unter der dröhnenden Hochbahn. Ein nach Norden fahrender Zug rumpelt einen Block entfernt über die Gleise, und Mr. Rofrano hebt die Stimme. »Es ist ein bisschen schwierig am Anfang, aber man bekommt schnell ein Gefühl dafür. Ich bin schon als kleines Kind Schlittschuh gelaufen.«

»Das ist die beste Zeit, damit zu beginnen, nicht wahr? Ich habe vor Kurzem von einer Freundin das Reiten gelernt, und es hat Wochen gedauert, bis ich den Bogen raushatte.«

»Nur *Wochen*?«

»*Nur?*« Sophie muss gegen das Rattern der Hochbahn anschreien.

Er fasst sie am Ellbogen, als sie vorsichtig die Straße überqueren. Im Augenblick herrscht nicht sonderlich viel Verkehr, doch keines der Fahrzeuge macht Anstalten, anzuhalten und sie vorbeizulassen. »Das Reiten zu erlernen kann sehr viel länger dauern. Aber Sie scheinen mir ein recht abenteuerlustiges Mädchen zu sein.«

»Ich bin ganz bestimmt nicht auf Abenteuer aus«, widerspricht Sophie. »Aber ich probiere gern neue Dinge aus, wenn sich die Gelegenheit dazu bietet.«

»Das kann ich mir vorstellen.«

Sie hasten gerade noch rechtzeitig an einem Omnibus vorbei und ducken sich unter die dicken Stahlträger, die die Gleise stützen. »Warum sagen Sie das?«, will Sophie wissen.

»Was meinen Sie? Dass ich mir vorstellen kann, dass Sie gern neue Dinge ausprobieren? Ich weiß nicht – vermutlich weil Sie mir erzählt haben, dass Sie gern an Maschinen basteln.«

»Ach, das kommt in letzter Zeit gar nicht mehr so oft vor.«

»Warum nicht?«

Was soll sie darauf sagen? Die Wahrheit?

Sophie zuckt die Achseln. »Ich nehme an, ich bin zu beschäftigt.«

»Nun, Sie haben nicht gezögert, als ich Ihnen den Ring überreicht und Sie gefragt habe, ob Sie gern heiraten würden. Das ist ziemlich abenteuerlustig.«

Sophie bleibt stehen und wirbelt herum, um ihm ins Gesicht zu sehen, gleich hier, unter der dröhnenden Hochbahn. Er steht vor einem der Stützbalken, genau zwischen zwei dicken Nietnägeln, und schaut zu ihr herunter. »Das liegt daran, dass Sie es wie ein Abenteuer haben klingen lassen«, erwidert sie.

»Nun, die Ehe *ist* ein Abenteuer, denke ich. Zumindest sollte sie ein Abenteuer sein.«

»Genau das habe ich immer gedacht, um nicht zu sagen, darauf habe ich immer gehofft. Aufregender zumindest als das hier.« Sie deutet hinauf zu den Gleisen.

Mr. Rofrano lächelt, ein liebeswürdiges, warmes Lächeln, das über das ganze Gesicht reicht. »Wie bitte? Aufregender als die Hochbahn?«

»Aufregender als ein Leben auf einer ausgefahrenen, alten Spur, bei der man Tag für Tag dieselben Orte, dieselben Stationen passiert, ohne mit irgendwem ein richtiges Gespräch zu führen, ohne irgendwann wirklich anzukommen. Gefangen zwischen zwei immer gleichen Schienen.«

Es ist ein bedeckter Tag, ein typischer Tag in New York, der Himmel ist gelb-grau und vergiftet von dem Rauch der Millionen Kohlefeuer, Tausende Schornsteine schicken den Wohlstand in die Luft. Trotzdem findet ein kleiner Lichtfleck den Weg auf Mr. Rofranos Gesicht, fällt durch das komplizierte Skelett der Hochbahn, und als sein Lächeln Millimeter um Millimeter schrumpft wie eine Pflanze, die an Vernachlässigung eingeht, nimmt Sophie die wahre Form seiner Kieferknochen, sein kantiges Kinn in sich auf und fragt sich, ob seine Freunde ihn für gutaussehend befinden oder ob nur sie das tut.

»Und jetzt möchten Sie heiraten«, sagt er, und Sophie bemerkt noch etwas anderes: wie hell seine Augen sind, mit denen er sie jetzt auf eine sehr ernste Art und Weise mustert, sodass sie sich gleich ein wenig in die Defensive gedrängt fühlt.

»Nun, was gibt es Großartigeres als das? Jemand anderem für den Rest des Lebens seine Liebe zu schwören? Wenn man den richtigen Menschen gefunden hat, meine ich.«

Mr. Rofrano lehnt die Schultern gegen den Stahlpfeiler hinter ihm. »Das ist der entscheidende Punkt, nicht wahr? Den richtigen Menschen zu finden.«

Aus irgendeinem Grund – Gott weiß, warum – findet Sophie den Mut, sich vorzubeugen und mit der Hand seinen Ellbogen zu umfassen, der größer ist, als sie erwartet hat, und der ihre ganze Handfläche ausfüllt. »Oh, Sie werden jemanden finden, Mr. Rofrano. Da bin ich mir sicher. Das perfekte Mädchen wartet bereits auf Sie, vielleicht sogar hinter der nächsten Ecke. Sie müssen einander nur noch erkennen.«

Wenn ihn ihre Dreistigkeit überrascht, so lässt er sich nichts anmerken. All die Neugier, all die Gefühlsregungen in seinem Gesicht scheinen zu verpuffen. Er könnte genauso gut aus Wachs sein, so konzentriert starrt er auf einen Punkt unmittelbar hinter ihrem rechten Ohr. So reglos steht er da, dass sie beinahe Angst hat zu atmen. Nur seine geröteten Wangen zeigen an, dass er lebendig ist.

Eine Schneeflocke trudelt an ihrer Nase vorbei, dann eine weitere. Sie lässt die Hand von seinem Ellbogen sinken, gerade als der Stahl unter dem Gewicht eines heranratternden Zuges zu beben beginnt. Aber sie wendet den Blick nicht ab. O nein. Sie hält die Augen fest auf die faszinierende Farbe seiner Iris gerichtet, so lange, bis er nicht anders kann als ihrem Blick zu begegnen.

»Waren Sie schon immer so unerschrocken?«, fragt Mr. Rofrano.

Sophie schüttelt den Kopf. »Nicht immer. Erst seit ein paar Monaten.«

Seine Lippen teilen sich, und Sophie denkt, dass er sich erkundigen wird, was zu dem plötzlichen Erwachen ihres Muts geführt hat. Oder wer. Sie hofft, dass er das tun wird, denn sie verzehrt sich förmlich danach, ihm die ganze Geschichte zu erzählen, verzehrt sich danach, ihm alles zu erzählen, was sie gesehen und gelernt hat und warum. Die neue Welt, die sich vor ihr auftut.

Aber nein. Er seufzt nur, vielleicht ist es auch ein Stöhnen, das vom Lärm des Zuges verschluckt wird. Dann stößt er sich von dem Pfeiler ab, fasst sie sanft am Arm und führt sie beide durch das Stahlgewirr und die Schneeflocken auf den Gehweg, wo er sie loslässt.

UND SO LAUTET DIE GANZE GESCHICHTE: Sie begegneten einander vor zwei Monaten in der Hutabteilung des Luxuskaufhauses Bergdorf Goodman, und das war der Moment, der alles veränderte. Von nun an teilte sich alles in Sophies Tage *vor* Julie und Sophies Tage *nach* Julie.

Virginia war ebenfalls dort, wenngleich nicht ganz so bereitwillig. Sie hatte eines der günstigeren Kaufhäuser in der Nähe aufsuchen wollen, aber Sophie war noch nie bei Bergdorf Goodman gewesen und hatte ihre Schwester angefleht, sie dorthin zu begleiten, mit einer Beharrlichkeit, die im Nachhinein sehr viel mehr Sinn ergab. Also waren sie zusammen von der Thirty-Second Street losspaziert, hatten sich quer durch die Stadt in den Norden von Manhattan geschlängelt und sich in das Gewimmel von Fahrzeugen und Kauflustigen in der Fifth Avenue gestürzt. Virginia hatte ihre Handtasche umklammert und mit bangem Blick das sechs Stockwerke hohe Kaufhaus betrachtet – nein, sie hatte sich nicht bekreuzigt, aber sie hatte so ausgesehen, als hätte sie dies am liebsten getan. Dabei hatte sie in Frankreich Ambulanzwagen gesteuert!

»Ach, komm schon«, drängte Sophie, fasste ihre Schwester am Arm und zog sie durch die Drehtür. Es war, als würden sie ein anderes Universum betreten, ein Universum, das jeden erdenklichen Luxus bot – Luxus, so weit das Auge reichte – und den opulenten Duft nach Parfüm, Schuhleder und Geld verströmte.

Geld. Inzwischen besaßen sie tonnenweise Geld, wie viel genau, verriet Vater ihnen nicht. Virginia schien eine bessere Vorstellung zu haben als Sophie, aber auch sie sprach nicht darüber. Alles, was Sophie wusste, war, dass in der Handtasche ihrer Schwester fünfhundert Dollar steckten, eine Summe, die noch vor einem Jahr jenseits ihrer Vorstellungskraft gelegen hätte, und dass diese überwältigenden fünfhundert Dollar lediglich ein, zwei Krümchen der Summe ausmachten, über die sie nun tagtäglich verfügen konnten, dank des unaufhaltsamen Vormarsches des genial einfachen Pressluftbohrers ihres Vaters. Sophie wusste nicht, wie man fünfhundert Dollar für etwas so Banales wie Kleidung und Hüte ausgeben konnte, doch als sie ihren Schal abnahm – die riesige Halle flirrte förmlich vor Hitze –, war ihr klar, dass es viel Spaß machen würde, es zu versuchen.

Auf dem Weg in die Hutabteilung mussten sie sich durch ein endloses Emporium von Handtaschen, Handschuhen, Parfüm und Schuhen schlängeln, durch eine Abteilung mit Herrenartikeln und vorbei an einer Kollektion verschwenderischer Pelzmäntel, bis sie feststellten, dass sie ihr Ziel verfehlt hatten, und zum Aufzug zurückkehrten, wo ein livrierter Angestellter das Gitter für sie öffnete und schloss und ihnen im selben würdevollen Ton die Stockwerke ankündigte, wie es der Fahrstuhlbegleiter vergangenen Sommer im Pariser Ritz getan hatte. (Nur auf Französisch.) Tatsächlich hatte sich Sophie dort wohler gefühlt, als sie es jetzt tat, weil sie fließend Französisch sprach, doch *diese* Sprache – die Sprache, die die beiden Damen hinter ihr im Aufzug sprachen – ging über ihren

Verstand, war viel zu vornehm, um ihr irgendwelche Anhaltspunkte zu bieten.

Sie gelangten in den dritten Stock, und der Angestellte rief mit feierlich gelangweilter Stimme: »Hutabteilung! Damenkonfektion!« Virginia und Sophie stiegen folgsam aus, genau wie die beiden Frauen hinter ihnen, die von einem stillen, vielleicht elf oder zwölf Jahre alten Mädchen begleitet wurden, das Sophie bislang nicht einmal bemerkt hatte.

»Dann mal los, such dir deinen Hut aus«, sagte eine der Damen, deren Stimme klang, als hätte sie den Mund voller Murmeln.

»Lily?«, sagte die andere. »Kommst du mit mir und schaust dir die hübschen Hüte an?«

»Bist du damit einverstanden, Mutter?«, fragte das Mädchen, das viel zu höflich war für sein Alter. Sophie bekam die Antwort der Mutter nicht mit, weil Virginia bereits auf die Hutabteilung zusteuerte und ihr keine andere Wahl blieb, als ihrer älteren Schwester zu folgen.

Doch das war nicht schlimm, denn ein paar Augenblicke später gesellte sich die zweite Dame an den Hutständern zu ihnen – das junge Mädchen war offensichtlich bei seiner Mutter geblieben –, und Sophie, die gerade ein breitkrempiges Modell aufsetzte, hörte ihre Stimme direkt zu ihrer Linken.

»Nein, den bitte nicht, es sei denn, Sie wollen aussehen wie Ihre eigene Mutter.«

Sophie nahm den Hut ab und wirbelte herum, und da war sie. Julie! Blondes Haar, blaue Augen, ein verschmitztes Lächeln auf den Lippen (auf die sie zweifelsohne Lippenstift aufgetragen hatte). Ihr Lächeln nahm ihren Worten die Schärfe. Sie konnte kaum älter sein als Sophie, doch anders als diese verströmte sie eine reife, luxuriöse Raffinesse.

Sie hob einen anderen Hut vom Ständer und reichte ihn Sophie. »Probieren Sie den hier. Er liegt eng an und schmeichelt Ihrem Gesicht. Sie sind viel zu hübsch, um Ihr Gesicht hinter einer so riesigen, altmodischen Krempe zu verbergen.«

Sophie setzte den Hut auf, wandte sich zum Spiegel und stellte fest, dass die junge Frau goldrichtig lag. Der Hut brachte ihr Gesicht zur Geltung wie ein Bilderrahmen und ließ ihre zuvor verschatteten Augen groß und schelmisch wirken. Das Moosgrün warf einen leichten Schimmer auf ihre haselnussbraunen Iriden, was ihre Wimpern dunkler erscheinen ließ. Plötzlich konnte sie ihre Augenbrauen sehen! Augenbrauen, die schön waren … »Der sieht umwerfend aus«, sagte sie und drehte sich vor dem Spiegel hin und her.

»*Sie* sind diejenige, die umwerfend aussieht; der Hut sorgt lediglich dafür, dass die anderen dies bemerken, und genau das ist der Punkt, finden Sie nicht?« Die Frau streckte ihre Hand aus, die in einem Lederhandschuh steckte. »Ich bin Julie Schuyler, Sie können sich später bei mir bedanken.«

Sophie nahm ihre Hand. »Sophie Fortescue.«

Einen Augenblick später fuhr Virginia dazwischen, aber es war bereits zu spät. Der Funke war übergesprungen, und als sie ihre Hüte gekauft hatten, drängte Julie sie dazu, nach unten zu fahren und ein Paar passende Handschuhe in moosgrünem Leder zu erstehen. Anschließend setzten sie sich zusammen ins Café und tranken Tee. Auf einmal setzte sich Julie mitten im Satz auf und schlug die Hand vor den Mund. »Herrjemine! Ich hab meine Schwester vergessen!«, rief sie aus, doch bevor sie eiligst in den dritten Stock zurückkehrte, steckte sie Sophie ihre Visitenkarte zu und lud sie für den kommenden Mittag zum

Essen ein, da sie eine kleine Party gab und gern ein neues Gesicht um sich hatte.

Bei jener Party stellte Julie Sophie Jay Ochsner vor, der am darauffolgenden Tag der Thirty-Second Street einen Besuch abstattete. Sophies Vater, verwirrt und misstrauisch, nahm Mr. Ochsner beiseite, und zu Sophies Überraschung waren sie in völliger Übereinkunft aus dieser Unterredung herausgegangen. »Ich möchte dich dazu ermutigen, den Antrag dieses Mannes anzunehmen, Sophie«, sagte ihr Vater später am Abend wörtlich, und Sophie befolgte seinen Rat. Sie würde alles tun, um ihrem Vater zu gefallen. Sie ermutigte Mr. Ochsner, um sie zu werben, und stellte fest, wie amüsant es war, einen gutaussehenden Verehrer ganz für sich allein zu haben, der eifrig darauf bedacht war, ihr zu gefallen und sie zu umgarnen, ihm zu erlauben, sie an Orte zu begleiten, die sie ohne ihn niemals hätte aufsuchen dürfen, und das alles unter dem billigenden Auge ihres Vaters, der ihr sonst so selten Anerkennung zollte.

Und so ging es ganze zwei Monate weiter: einkaufen, Tee trinken und gelegentliche heimliche Abenteuer mit Julie, umworben werden, Tee trinken und gelegentliche heimliche Küsse von dem wohlerzogenen Mr. Ochsner. Eine neue Welt. Vielleicht sogar eine neue Sophie.

SO LAUTET ALSO DIE GANZE GESCHICHTE. Deshalb, in knappen Worten erzählt, besitzt die ehedem engelsgleiche Sophie Fortescue wenige Stunden, nachdem sie sich von Mr. Rofrano an einem bitterkalten Samstagabend mitten im Januar unter der Hochbahntrasse in der Second Avenue verabschiedet hat, eine elegante und leicht gewagte Garderobe, damit sie zu ihrem eleganten und leicht gewagten Verlobten passt, und niemand scheint glücklicher zu sein als ihr eigener Vater.

»Genauso hätte es sich deine Mutter gewünscht«, sagt er, das uneingeschränkte letzte Wort in dieser Angelegenheit, während Jay ihr den Mantel über die Schulter legt und draußen ein Taxi mit laufendem Motor darauf wartet, sie in den vornehmen Norden Manhattans zu einer Party im Haus von einer von Julie Schuylers Cousinen zu bringen: Sophies erste Party als verlobte Frau.

Natürlich wird Sophie die Worte ihres Vaters für bare Münze nehmen müssen, denn sie hat ihre Mutter nie kennengelernt. Mrs. Fortescue verstarb, als sie selbst noch ein Kleinkind war.

SO VIEL ZU JENEN KÜSSEN: Es waren nur vier, wirklich. Der erste Kuss erfolgte in der Bibliothek im Haus der Ochsners in der Thirty-Fourth Street, einem Raum von so verblüffendem Reichtum, dass Sophie wie in einer Art Trance an den Regalwänden entlangwandelte und mit den Fingerspitzen über die Ledereinbände strich, während sie leise vor sich hin seufzte. Später erfuhr sie, dass es sich bei dem Teppich unter ihren Füßen um einen seltenen Kelim handelte, den Jays Großeltern bei ihrer Hochzeitsreise in Istanbul erstanden hatten und dass die beiden Urnen aus Delfter Keramik auf dem Kaminsims Jays Urgroßvater von dem Prinzen von Oranien höchstpersönlich überreicht wurden, aus irgendeinem obskuren Grund, der in den Tiefen der Familienlegenden verloren ging.

Zu jener Zeit war es allerdings nur der Raum selbst, der sie verzauberte: die Bücherregale, die vom Boden bis zu der kunstvoll verzierten Decke reichten, die Bücher, die jene Regale füllten. Als Kind hatte sie nur sehr wenige Möglichkeiten, sich von außen inspirieren zu lassen, also hatte sie unter Anleitung von Virginia unermesslich weite, verworrene Welten von den abgenutzten Polstern des

Wohnzimmersofas aus erkundet, nur um jene Welten eine Woche später in die nahegelegene öffentliche Bibliothek zurückzutragen. Bücher waren teuer, und es war besser zu essen, als zu lesen. Daher enthielt das kleine Regal in Sophies Schlafzimmer eine Auswahl an Bänden, die sie liebevoll von Geburtstag zu Geburtstag, von Weihnachten zu Weihnachten ergänzt hatte, und die Vorstellung einer kompletten, goldverzierten Bibliothek mit altehrwürdigen Büchern, die übersät waren von den Fingerabdrücken der Ahnen und niemals zurückgegeben werden mussten, hatte sie schwach werden lassen.

Langsam bewegte sie sich durch den Raum, im Uhrzeigersinn, verfolgt von einem lächelnden Mr. Ochsner – damals war er noch nicht einfach nur »Jay« –, und schnappte von Zeit zu Zeit leise nach Luft, bis sie das Ende eines der Regale erreichte und sich umdrehte.

»Gehören die wirklich alle *Ihnen*?«

Sein Gesicht nahm einen Ausdruck an, den sie noch nie zuvor gesehen hatte, zumindest nicht bei ihm: Er blickte aufrichtig erstaunt. Die Bibliothek war riesig, nahm die Hälfte des geräumigen Erdgeschosses ein, das Winterlicht fiel durch die großen Fenster seitlich auf sein Gesicht. »Was sind Sie doch für ein Schatz«, sagte er, legte eine Hand an ihre Wange, beugte sich vor und küsste sie. Es war Sophies erster Kuss. Seine Lippen waren weich und selbstsicher und raubten ihr auf köstliche Weise den Atem, und obwohl sie wusste, dass er vermutlich noch nie eines dieser Bücher aus dem Regal genommen hatte, hatte sie nichts gegen diesen Kuss einzuwenden. Sie hielt ihn für seltsam und wundervoll gleichermaßen. Tatsächlich überlegte sie sogar, ob sie sich nicht einen zweiten Kuss wünschte, und er erfüllte ihr diesen geheimen Wunsch, als er zum Mittagessen kam und ihr eine Erstausgabe von *Daniel*

Deronda, einen Roman der britischen Autorin George Eliot, den sie besonders liebte, zu Weihnachten schenkte.

Der dritte Kuss war gewagter. Sie empfing ihn am Donnerstagmorgen, als sie zusammen auf dem Wohnzimmersofa saßen und den rosenförmigen Verlobungsring an ihrem Finger bewunderten. Völlig unerwartet waren sie für kurze Zeit allein, und er hatte sie tatsächlich in die Kissen gedrückt und sie auf die Lippen, das Kinn und den Hals geküsst und war gerade noch rechtzeitig von ihr abgerückt, als vor der Tür die Bodendielen knarzten.

Und der vierte Kuss geschieht in ebendiesem Augenblick! Gleich hier, auf dem Rücksitz des Taxis. Er schmeckt nach Gin, ist schlabberiger als die Küsse, die sie in Erinnerung hat, und nicht annähernd so aufregend. Jay riecht heute Abend nach Pfefferminz-Haaröl, und ihr graut vor dem Geruch nach Pfefferminz, der ihr von jeher Übelkeit verursacht. Seine linke Hand findet soeben den Weg in ihr Haar, mit der rechten knöpft er ihren Mantel auf. Sie schiebt seine Finger beiseite und zuckt zurück Richtung Fenster. »Was machen Sie da?«, will sie wissen, obwohl das auf der Hand liegt. (Sie hört Julie sagen: »Das liegt doch auf der Hand, Sophie!« Es liegt auf der Hand, wonach es einen Gentleman verlangt, jetzt, da sie verlobt sind. Julie hat ihr davon erzählt, während ihres Ausritts heute Morgen, und natürlich hat Sophie ihr nicht ganz geglaubt. »Wir alle haben einen Sexualtrieb, wenngleich unterschiedlicher Ausprägung«, schallt ihr Julies Stimme durch den Kopf, »und du solltest nicht versuchen, diesen Trieb zu unterdrücken, denn seine Befriedigung ist unerlässlich für die seelische Gesundheit.«)

Jays Gesicht flammt im Licht der vorbeiziehenden Straßenlaternen auf und erlischt wieder. »Liebling, wir sind *verlobt*«, erwidert er, genau wie Julie es vorausgesagt hat, und Sophie kann nicht anders: Sie muss lachen, wenn auch nur, um das unsichere Flattern im Magen zu überspielen.

»Was ist denn daran so lustig?«, fragt Jay leicht verletzt.

»Nichts. Benehmen Sie sich einfach. Wir sind verlobt, aber wir sind nicht verheiratet.«

Er streckt erneut die Hand nach ihr aus. »Und damit kennen Sie sich aus, süße Sophie?«

»Gerade genug, um zu wissen, dass Sie momentan auf Ihrer Seite des Taxis bleiben sollten.« Sie umschließt seine suchende Hand fest mit ihrer, in der Hoffnung, dass sie auf diese Weise ihren wie verrückt hüpfenden Puls beruhigen kann. »So ist es besser.«

»Aber Sophie. Vertrauen Sie mir etwa nicht? Ich bin ein Gentleman. Ich möchte Ihnen bloß einen kleinen Vorgeschmack auf das Leben als verheiratete Frau geben, mehr nicht, damit Sie wissen, was auf Sie zukommt. Nichts, wovor Sie Angst haben müssten.« Das Taxi hält direkt unter einer Straßenlaterne und erhellt ein schändlich verdorbenes Lächeln auf dem Gesicht von Sophies Auserkorenem. Seine Pupillen sind ein wenig unbeständig. Wieder weht sie ein Schwall Pfefferminzgeruch an, der ihr den Magen umdreht. Sie versucht, durch den Mund zu atmen anstatt durch die Nase. Alles, um den ungeziemenden Brechreiz, der sich immer stärker bemerkbar macht, zu unterdrücken.

»Wohl eher den Vorgeschmack auf ein Glas Gin.«

»Autsch, nun seien Sie doch nicht so abweisend zu mir, Sophie.«

»Ich bin nicht abweisend, aber ein kleiner Vogel hat mir gezwitschert, dass ich mich unbedingt gegen ein spontanes Techtelmechtel auf der Rückbank eines Taxis verwahren solle, selbst wenn es sich bei dem in Frage kommenden Gentleman um den Mann handelt, den ich bald heiraten werde.«

»Und um welches Vögelchen handelt es sich da?«

»Um ein sehr weises.« Sie legt seine linke Hand zurück in seinen Schoß und behält die andere im Blick. Julie hat nicht unbedingt gesagt, sie solle sich gegen seine sexuellen Avancen verwahren, aber sie hat gesagt, dass übermäßige Hemmungen zwar gefährlich für die seelische Gesundheit seien, doch ein Mädchen dürfe durchaus die richtige Zeit und den richtigen Ort wählen, wenn es nicht in eine prekäre Lage geraten wolle.

Eine prekäre Lage. Natürlich! Deshalb fühlt sich Sophie im Augenblick so unbehaglich, ausgerechnet in der Gegenwart des Mannes, den sie doch eigentlich vergöttern sollte.

Das Taxi setzt sich wieder in Bewegung. Der Verkehr ist laut und dicht, und Sophie gefällt es, von den Geräuschen umhüllt zu werden wie von einem Kokon, während sie inmitten der Menge durch das trubelige Manhattan kriechen. Gott sei Dank gibt es Julie, denkt sie, die sie beim Tee oder beim Reiten die Grundlagen im Umgang mit Junggesellen lehrt. Wer weiß, was sonst passiert wäre? Mit Sicherheit wäre sie in eine prekäre Lage geraten.

Techtelmechtel. Das Wort ist ihr geläufig – wer kennt es nicht? –, aber die Realität sieht anders aus, als sie erwartet hat. Schon das Küssen ist nicht so wie gedacht, jetzt, da es nicht mehr ganz neu ist, das leicht Übelkeit erregende Prickeln, den Mund eines anderen auf dem eigenen zu spüren, und überhaupt sieht Jays Gesicht so unerklärlich müde und fleckig und irgendwie aufgedunsen auf. Ist es schon immer so müde und fleckig gewesen? Oder liegt das nur am Licht der Straßenlaternen, das nicht annähernd so schmeichelhaft ist wie das Licht in der Ochsnerschen Bibliothek?

Oder etwa an dem unangenehmen Geruch seines Haaröls?

An Julies weltgewandtem Rat?

Oder ist sie einfach nur gehemmt? »Abweisend«, hat Jay behauptet. Wie lautet das Wort noch mal? *Verklemmt.* Ihre Libido ist komplett verdorrt, was eine Gefahr darstellt für ihre seelische Gesundheit. Aber wie kann das sein? Sie war doch vorher nicht verdorrt. Sie war nicht verdorrt, als er sie das erste Mal geküsst hat. Bloß jetzt. Heute Abend. Plötzlich, auf dem Rücksitz dieses Taxis, kommt es ihr völlig falsch vor, ihren Verlobten zu küssen, dabei sollte das doch richtiger sein als je zuvor.

Jay lässt sich gegen die Lehne zurücksinken und fängt an zu schmollen – wieder mal, genau wie Julie vorhergesagt hat! –, und Sophie schaut aus dem Fenster und zählt die Häuserblocks, bis sie ihr Ziel erreichen, ein schönes, neues Apartmentgebäude in der Park Avenue, und Jay erwacht gerade genug zum Leben, um den Fahrer mit einer zerknitterten Dollarnote zu bezahlen.

»Sie haben mir gar nicht ihre Namen genannt«, sagt sie, als er sie wie ein Päckchen aus dem Taxi auf den Gehsteig zerrt. Die kalte Luft weht ihr um die Nase. Weht den abgestandenen Pfefferminzgeruch aus dem Inneren des Taxis. Sophie atmet tief ein.

»Wessen Namen?« (Jay schmollt noch immer.)

»Die unserer Gastgeber.«

»Oh.« Er schaut an dem Gebäude hinauf, als würde der Anblick der Fassade seiner Erinnerung auf die Sprünge helfen. »Schuyler. Philip Schuyler. Julies Cousin zweiten Grades. Er hat letztes Jahr seine Sekretärin geheiratet.«

»Wie heißt sie?«

Sie passieren jetzt den Portier, Sophie hat die Hand in Jays Ellenbeuge gelegt, und ihr beeindruckender neuer Verlobungsring – ein alter Ring, um genau zu sein, aber neu für sie – steckt lose unter ihrem Handschuh an ihrem

Ringfinger. Vor zwei Monaten war sie beinahe noch ein Schulmädchen; jetzt, so hat es den Anschein, ist sie erwachsen, als sie am Arm von Mr. Edmund Jay Ochsner, der bald ihr Ehemann sein wird, das Apartmentgebäude an der Park Avenue betritt. Und ist nicht eben das der Grund, warum sie Jay anfangs ermutigt hat? Weil es an der Zeit war, erwachsen zu werden? Erwachsen zu werden und auszubrechen.

»Lucy«, sagt er nach einer Weile und schnippt mit den Fingern. »Das war's. Sie heißt Lucy. Lucy Young Schuyler.«

DOCH DIE NAMEN IHRER Gastgeber scheinen ohnehin belanglos zu sein, zumindest am Anfang. An der Tür empfängt sie niemand, nur eine völlig ausdruckslos dreinblickende Haushälterin nimmt ihnen die Mäntel ab und eilt anschließend den Dienstbotengang entlang. (Vielleicht sind gute Manieren bei den Reichen gar nicht so wichtig, denkt Sophie.) Das Licht im Innern ist goldener und weniger grell als das der Straßenlaternen in der Park Avenue, und Jay sieht aus wie verwandelt: Seine Hemdsbrust ist steif wie ein Brett und blütenweiß, sein Haar ist zu einem glänzenden Metallhelm zurückgebürstet, auf dem hier und da stumpfe Flecken zu erkennen sind.

Sophie, deren Puls sich wieder normalisiert hat – auch ihr Magen hat sich inzwischen beruhigt –, ist ein wenig beschämt, weil ihr Sexualtrieb während der Taxifahrt unerwarteterweise versagt hat, und lässt ihn wissen, wie großartig er aussieht – die stumpfen Flecken erwähnt sie natürlich nicht –, und zumindest hellt sich seine beleidigte Miene wieder auf.

»Ach, ich bin also großartig? Das ist eine frohe Botschaft, in Anbetracht meines fortgeschrittenen Alters. Sie sehen selbst ziemlich umwerfend aus, süße Sophie, jetzt, da Sie darauf zu sprechen kommen.« Er hebt ihre Hand an seine Lippen und küsst den Satin, der ihren Handrücken bedeckt.

Das gefällt ihr schon besser. Zumindest wirken sie nun wie ein frisch verlobtes Paar, als sie sich Hand in Hand einen Weg durch die Menge bahnen. Bei dem Geruch nach Zigaretten und Parfüm und dem Duft menschlicher Haut regt sich ein Instinkt in Sophies Brustkorb – vielleicht nicht gerade ihr Sexualtrieb, aber genauso primitiv. Etwas, das sie will, aber nicht ganz benennen kann. Ein Kellner, der Gläser voller prickelndem Champagner anbietet, geht an ihnen vorbei. Sophie folgt ihm sehnsüchtig. Sie haben kürzlich Champagner getrunken, eine alte Flasche Jahrgangschampagner, die Jay aus dem Weinkeller der Ochsners mitgebracht hatte, um die Verlobung zu feiern, und Sophie fand, dass dies das Beste war, was sie jemals probiert hatte. Vielleicht ist es das, was sie will? Keinen Sex, sondern Champagner.

Sie wendet sich Jay zu, der sich fast den Hals verrenkt, weil er hierhin und dorthin schaut. »Könnten Sie uns ein Glas Champagner besorgen?«, schreit sie ihm ins Ohr.

»Wie bitte?«

»Champagner!«

»Sicher! Aber erst möchte ich … Oh, da ist sie ja!«

»Wer?«

Egal. Schon sind sie unterwegs, schlängeln sich durch den Pulk der Gäste, vorbei an einem Kamin, einem Büfetttisch und unzähligen Zigaretten. Es fällt Sophie schwer zu atmen, aber sie folgt Jay beherzt in der Hoffnung, am Ende der Reise ein Glas Champagner zu bekommen. Champagner! Champagner wird alles besser machen.

Es gibt aber keinen Champagner. Jay bleibt abrupt vor einem milchweißen, halb mit schwarzem Satin bekleideten

Rücken stehen, auf dem eine samtschwarze Perlenkette wie eine Eingeborenen-Tätowierung hin- und herpendelt.

Er streckt die linke Hand aus und tippt auf die dazugehörige Schulter.

Die Frau – natürlich handelt es sich bei einer derart atemberaubenden Rückenansicht um eine weibliche Person –, die Frau dreht den Kopf und drückt ihre Überraschung mittels einer elegant in die Höhe gezogenen Augenbraue aus.

»Ox?«, fragt sie ungläubig mit einer Stimme, die Sophie an Sahne auf einem Dessert erinnert. »Was um alles in der Welt hast du an einem Samstagabend in einem anständigen Salon zu suchen?«

Jay lässt Sophies Hand los und legt ihr die Fingerspitzen ins Kreuz. »Schwesterherz«, sagt er wie die Katze, die die Gans mitsamt den goldenen Eiern verspeist hat, »ich habe die Ehre, dir deine zukünftige Schwägerin, Miss Sophia Fortescue, vorzustellen.«

Kapitel 5

Lügen zu erzählen ist bei einem Jungen eine Charakterschwäche, bei einem Liebhaber eine Kunst, eine Fertigkeit bei einem Junggesellen und die zweite Natur eines Ehemannes.

HELEN ROWLAND

THERESA

Manhattan, zu späterer Stunde

WISSEN SIE, wäre es nicht um Man o' War gegangen, einen der berühmtesten amerikanischen Vollbluthengste, hätten der Junge und ich vielleicht nie zueinandergefunden. Stellen Sie sich vor: Ein Rennpferd entscheidet über Ihr Schicksal.

Ich denke, es war ungefähr eine Woche nach unserer missglückten Zusammenkunft am Swimmingpool der van der Wahls, die mich beinahe in Tränen hätte ausbrechen lassen. Selbstverständlich legte ich die ganze Episode ad acta und stürzte mich in eine rastlose Woche voller – nun, voller Dinge, die ich getan hatte, bevor der Junge und ich ein Liebespaar wurden. Ich besuchte Freunde, las Bücher, schwamm im Ozean, ging zu jeder verdammten Cocktailparty zwischen Westhampton und Montauk Point. Ich meine mich zu erinnern – vorausgesetzt, mein Gedächtnis trügt mich nicht –, dass ich an einem Turnier mit meiner

Lieblingsstute Tiptoe teilnahm. Wir gewannen den zweiten Platz im Springreiten. Die Schleife hängt irgendwo im Stall.

Wie dem auch sei, wir kamen hinterher ins Gespräch, die Pferdenarren und ich, und irgendwer brachte das Thema Man o' War auf. Ob ihn schon jemand bei einem Rennen gesehen habe? Es stellte sich heraus, dass noch keiner in diesen Genuss gekommen war. Wir konsultierten die Abendausgabe, und siehe da – der Champion sollte am nächsten Tag beim Dwyer-Stakes-Rennen am Aquädukt starten. Genauer gesagt, heute, denn die Morgendämmerung brach schon beinahe an.

Also kehrten wir in unsere jeweiligen Häuser zurück, schliefen und zogen uns um, und dann fuhren wir in Ned van der Wahls Buick nach Westen, den ganzen Weg bis nach Queens, wo wir gerade rechtzeitig zum dritten Rennen des Tages eintrafen, das Dwyer Stakes sollte anschließend beginnen.

Die Rennbahn war rappelvoll, wie Sie sich vielleicht vorstellen können. Später hörte ich, dass an jenem Tag vierzigtausend Menschen auf den Zuschauertribünen standen. Das Clubhaus war bereits voll, also bahnten wir uns einen Weg über die stickige, ungewohnte Haupttribüne, vorbei an den langen Reihen des gemeinen Volkes vor den Wettfenstern, bis wir an die frischere Luft – eine Bezeichnung, die relativ gemeint ist – auf der anderen Seite gelangten. Die Teilnehmer des dritten Rennens verließen soeben die Boxen zum Aufgalopp, und die Trompete gab das Signal, was mein Herz höher schlagen ließ. Als die letzten Töne durch die Hitze schallten, sagte jemand: »Na hallo, ist das nicht der junge Mann, der bei den van der Wahls wohnt?«

Tatsächlich. Das war er.

Der Junge stand keine zwanzig Meter von mir entfernt, sichtlich gepackt, die Ellbogen auf das Geländer neben dem Zielpfosten gestützt. Er trug einen hellen, zerknitterten Anzug und einen ebenso hellen Strohhut, der seinen Kopf vor der brennenden Julisonne schützte. In der linken Hand hielt er ein zusammengefaltetes Rennprogramm, in der rechten eine Zigarette, und er war voll und ganz auf die Pferde konzentriert, die nun die Rennbahn entlang zum Start trabten.

Wir riefen ihn zu uns, und er richtete sich auf und starrte uns verblüfft an. Selbst aus zwanzig Metern Entfernung fielen mir seine aquamarinfarbenen Augen auf, die sich von seinem gebräunten Gesicht abhoben. Er klemmte sich das Rennprogramm unter den Arm und zwängte sich zu uns durch, die wir uns neben dem Siegerpodest drängten, und mein Blut, bereits in Wallung gebracht durch das Signal der Trompete, stand kurz vor dem Kochen.

Anfangs hielt er sich von mir fern. Später erzählte er mir, dass er nicht näher kommen wollte, weil er fürchtete, die anderen würden etwas bemerken. Schließlich war ich Mrs. Sylvester Marshall aus der Fifth Avenue und Southampton, und er war bloß ein Junge, der gerade aus Frankreich zurückgekehrt war.

Doch die Natur, so fürchte ich, nimmt nun mal ihren Lauf, und als sich die Pferde hinter dem langen, elastischen Band versammelt hatten, das die Startlinie markierte, standen wir doch nebeneinander am Geländer, ein paar Meter vom Zielpfosten entfernt, während unsere Freunde neben uns plauderten und lachten und sich nicht im Mindesten für das bevorstehende Rennen interessierten. Ned van der Wahls sonore Patrizierstimme mischte sich selbstbewusst unter die breiten Brooklyner Flüche um uns herum. Der Junge hatte seine Zigarette ausgedrückt und hielt das Rennprogramm nun in beiden Händen, als würde er sich tatsächlich für die Pferde interessieren. Seine Wangen waren gerötet. Ich dachte an seinen abrupten Aufbruch bei unserer letzten Begegnung und fragte mich, ob ich den Grund dafür möglicherweise missverstanden hatte.

»Haben Sie einen Favoriten bei diesem Rennen, Mr. Rofrano?«, fragte ich ihn.

»Ich habe zehn Dollar auf den Sieg der Nummer vier gesetzt.«

»Das klingt so, als würden Sie regelmäßig Pferderennen besuchen.«

Er nestelte an seinem Programmheft. »Mein Vater hat mich an den Wochenenden mit zur Rennbahn genommen, als ich ein Kind war. Ich habe Colin das Belmont Stakes gewinnen sehen, während ein furchtbarer Regenguss niederging. Seitdem hat es mich gepackt.«

Hier, vor dem Geländer, konnte man tatsächlich die entfernten Rufe der Jockeys und Starter vernehmen, während die Pferde hinter dem Band hin und her liefen. Es war ein wahres Durcheinander. Ich hatte keine Ahnung, wie daraus ein Rennen werden sollte. Eine Minute verstrich, dann eine weitere, ohne dass der Junge und ich ein Wort miteinander sprachen. Wir standen einfach nur da, Seite an Seite vor dem Geländer, und taten so, als wären wir völlig von dem Spektakel auf der Bahn gefangen genommen, während die Sonne auf unsere Hutkrempen brannte und die Menge johlte und zankte. Und dann wurde es für einen eigenartigen, bedeutungsschwangeren Augenblick totenstill.

Das Band hob sich.

Schweigend verfolgten wir das Rennen für die zweijährigen Vollblüter, das sich lediglich über eine Meile erstreckte und nicht lange dauerte, nur anderthalb Minuten, auch wenn es uns viel länger vorkam. Ein epischer Moment; einzelne Pferde gingen in Führung und fielen wieder zurück, während ein anderes vorbeizog. Als die Tiere über die Gegengerade preschten, spürte ich, wie der Junge zunehmend nervöser wurde. Sie umrundeten die letzte Kurve. Das Donnern der Hufe wurde lauter, die bunte Seidenkleidung der Jockeys tauchte aus dem Dunst auf, meine eigenen Finger ballten sich unwillkürlich zu Fäusten, während der Körper des Jungen derart unter Strom stand, dass er sich leicht zusammenkrümmte. Hinter uns brüllten und johlten die Wettspieler. Die Pferde donnerten vorbei wie Schatten aus Fleisch und Muskeln.

Ich wandte mich dem Jungen zu und fragte ein wenig atemlos: »Hat er gewonnen?«

»Ja, Mrs. Marshall.« Er lächelte. Seine Wangen waren nach wie vor gerötet, aber die Röte war anders als zuvor. »Ja, das hat er. Sollen wir meinen Gewinn abholen?«

Augenblicklich kam Euphorie über den Wettgewinn auf, eine Art freudiges Frohlocken. Ich denke, genau deshalb unterbreitete mir der Junge dieses verwegene Angebot in dieser ganz besonderen Minute, wo er sich zuvor doch so viel Mühe gegeben hatte, sich strikt von mir fernzuhalten. Jetzt war er gar nicht mehr strikt, nicht einmal reserviert; er konnte nicht strikt oder reserviert sein, da er soeben eine Zehn-Dollar-Wette auf ein Pferd bei einer Chance von elf zu eins gewonnen hatte, und ich ließ mich von seiner Begeisterung anstecken und erwiderte sein Lächeln.

»Das klingt göttlich«, sagte ich.

Wir schlüpften unbemerkt an unseren Freunden vorbei und kämpften uns durch die murrende Menge auf der Haupttribüne zu den Wettfenstern, wo der Junge seine hundertzehn Dollar abholte, mit einer schlichten Silberspange sicherte und in die Innentasche seines Jacketts schob. Dann sah er auf die Uhr. »Sie dürften sich gerade für das Rennen bereit machen, Mrs. Marshall«, sagte er. »Möchten Sie einen Blick auf ihn werfen?«

»Auf wen?«

»Nun ja, auf Man o' War natürlich.«

Ich hatte das berühmte rotbraune Rennpferd ganz vergessen. Ist das zu fassen? Ich folgte dem Jungen durch die Tore der Haupttribüne zur Koppel, auf der es vor Geschäftigkeit summte. Angestrengt hielt ich meinen Hut fest und verdrehte mir den Nacken, um über all die Köpfe vor mir hinwegsehen zu können, aber es hatte keinen Sinn – und so rief ich dem Jungen ins Ohr, dass wir besser zurück zur Rennbahn gehen und dort auf das großartige Pferd warten sollten.

»Nein, Mrs. Marshall, so geht man die Dinge nicht an«, widersprach er. »Kommen Sie mit mir.«

Er legte meinen Arm in seine Ellenbeuge und bahnte sich geschmeidig einen Weg durch die dicht gedrängten Besucher, schob sich Stück für Stück vor, was uns jede Menge zornige Blicke und gehässige Bemerkungen eintrug, aber ich achtete nicht darauf. Der Arm des Jungen fühlte sich jung und kräftig unter meiner Hand an, wie eine immergrüne Eiche. Noch immer befeuert von Euphorie, zog er mich hinter sich her bis zum Zaun der Koppel, wo wir lachend stehen blieben. Ich glaube, ich hatte seit zwei Jahren nicht mehr so gelacht (*richtig* gelacht, meine ich, nicht dieses falsche Gekicher, das man bei Cocktailpartys und sonstigen unausweichlichen gesellschaftlichen Verpflichtungen von sich gibt).

Der Junge zieht seinen Arm weg und deutet mit dem rechten Zeigefinger auf die offenen Stallungen vor uns. »Sehen Sie, dort steht er.«

Dort steht er. Ich weiß nicht, ob es jemals ein prächtigeres Pferd gegeben hat oder geben wird. Sollte Ersteres tatsächlich zutreffen, habe ich es zumindest nicht zu Gesicht bekommen. Das schöne rotbraune Tier ließ mich alles andere vergessen – den Krieg und die Kommunisten und den Jungen, der dicht an dicht mit mir im Gedränge stand. An diesem heißen Julitag 1920, in seinem vierten Lebensjahr, war Man o' War ein Gigant. Er hielt den Kopf unwahrscheinlich aufrecht, war der König von uns allen, und sein kastanienbraunes Fell loderte wie Feuer. Er wollte sich nicht satteln lassen, doch er musste gesattelt werden, und irgendwie gelang es, ihm den Sattel auf den Rücken zu heben. Er beruhigte sich ein wenig, scharrte nur ab und an mit den Hufen und erinnerte jeden daran, ihm ja nicht zu nahe zu kommen. Es kam mir gar nicht in den Sinn, das andere Pferd zu betrachten.

»Ist er nicht schön?«, flüsterte mir der Junge ins Ohr.

Er stand jetzt direkt hinter mir, an meinen Rücken gedrückt, von der Menge um uns herum dort hingeschoben, sodass wir wirklich nichts konnten für diese ungehörige Nähe. Oder doch? Ich fühlte mich beschämt und elektrisiert zugleich, wie ein Radio, das statisch knistert. Meine Pobacken schmiegten sich an seine Oberschenkel. Ich konnte seinen Schweiß riechen.

»Er ist wundervoll«, pflichtete ich ihm bei.

Die Jockeys marschierten auf; die Pferde setzten sich Richtung Rennbahn in Bewegung. Es waren nur zwei, weil Man o' War in seiner Gruppe als Dreijähriger bereits vier Rennen gewonnen und alle Konkurrenten ausgestochen hatte, sodass man im Programmheft Formulierungen wie »unübertreffliche Entschlossenheit«, »kaum aufzuhalten« und ähnliche sportsmännische Floskeln fand. (Wie es jemandem gelingen sollte, den Hengst »aufzuhalten«, war mir ohnehin schleierhaft – die blindwütige Vehemenz, mit der er an den Start strebte, erinnerte mich an die einer Lokomotive.) Heute war sein einziger Herausforderer, so teilte mir der Junge mit, als er mich aus meinem intimen Gefängnis entließ, ein talentierter Fuchs namens John P. Grier.

»Das sprichwörtliche Opferlamm, wie bedauerlich«, sagte ich, als wir uns unter der Haupttribüne hindurch zur Rennbahn zurückdrängten.

»Hm. Er hat durchaus eine Außenseiterchance, denn er trägt nur achtundvierzig Kilo, während der Rote siebenundfünfzig Kilo trägt.«

»Und das macht einen so gravierenden Unterschied?«

»Als Faustregel gilt: Pro Pfund an Zusatzgewicht verlieren die Pferde eine Länge an Geschwindigkeit, daher würde ich sagen, dass der Rote unserem John P. Grier hier einen Vorsprung von achtzehn Längen lässt. Grier stammt übrigens aus den Payne-Whitney-Ställen«, fügte der Junge hinzu, als würde das einen Unterschied machen.

»Oh, dann gehört er also Harry?«

»Er hat ihn gezüchtet. Griers Eltern sind Whisk Broom und die Stute Wonder. Haben Sie Lust auf eine Wette?«

Ich ließ ihn für mich zehn Dollar auf Man o' War setzen, und er setzte seinen Gewinn auf John P. Grier, nur um dem kleineren Hengst eine Chance zu geben. Als wir bei der Rennbahn ankamen, waren die Pferde bereits an der Startlinie auf der gegenüberliegenden Seite des Innenfelds. Zumindest nahmen wir das an: Wir konnten nichts sehen und hatten nicht die geringste Hoffnung, unsere frühere Position am Geländer beim Zielpfosten wieder einnehmen zu können, geschweige denn unsere Freunde zu finden. Die Besucher standen so dicht gedrängt, dass man sich keinen Zentimeter bewegen konnte, obwohl der

Junge das trotzdem irgendwie tat: Er schob einen nach dem anderen beiseite, um uns näher an die Rennbahn heranzubugsieren.

Ein Aufschrei ging durch die Menge: Das Rennen hatte begonnen.

»Aber ich kann nichts sehen!«, rief ich, und der Junge stieß mit dem Ellbogen tatsächlich einen Mann von einer neben ihm stehenden Bank.

»Aber, aber!«, knurrte der Mann ärgerlich und drohte ihm mit der Faust.

»Machen Sie bitte Platz für die Dame«, sagte der Junge. Der Mann warf einen Blick auf uns zwei – den kraftvollen Jungen und die nicht mehr ganz so junge Dame – und wandte sich ab, wobei er seinen Strohhut so fest auf den Kopf drückte, dass sich sein Schädel beinahe durch die Deckplatte gebohrt hätte.

Der Junge legte mir die Hände um die Taille und hob mich hoch.

Nun, ich kann Ihnen sagen, dass mir diese unerwartete, galante Aktion beinahe den Atem raubte. Ich fasste mit einer Hand nach den stützenden Fingern des Jungen, beschattete mit der anderen die Augen – die Sonne schien mir direkt ins Gesicht – und streckte mich, um über das Innenfeld hinweg die galoppierenden Pferde betrachten zu können.

»Wie sieht's aus?«, rief der Junge.

»Das kann ich nicht sagen«, rief ich zurück. »Ich sehe das andere Pferd nicht, nur den Roten, glaube ich – nein, warten Sie!« Ich stellte mich auf die Zehenspitzen, geriet heftig ins Schwanken und umklammerte die Finger des Jungen noch fester. »Da sind beide! Sie laufen zusammen! Jetzt kommen sie zur Kurve, Seite an Seite! Ach du meine Güte!«

Das Gebrüll um mich herum war wie eine Mauer, so dicht, dass ich meinte, einfach die Arme ausstrecken und mich allein an dem Lärm stützen zu können. Seltsam, dass so viele einzelne Stimmen sich zu einem derart frenetischen Getöse vereinen konnten. Ich stellte fest, dass auch meine Stimme darunter war, dass ich nicht länger in Sätzen sprach, sondern lediglich ein primitives »Lauf! Lauf!« von mir gab wie ein Trommelfeuer, dabei wusste ich nicht einmal, welchen Hengst ich anfeuerte. Vielleicht beide: das große rote Pferd und Harry Whitneys draufgängerischen Herausforderer, die um die Kurve auf die lange Zielgerade rasten, sich verwegen ins Zeug warfen, so symmetrisch, als zögen sie gemeinsam eine Kutsche.

Man sagt, es sei eines der größten Rennen aller Zeiten gewesen, das Dwyer-Stakes-Rennen im ersten Jahr der neuen Dekade nach dem Krieg. Ich habe nicht viele Pferderennen besucht, daher kann ich das nicht recht beurteilen. Alles, woran ich mich erinnere, ist, dass ich in jenen letzten dreißig Sekunden wieder zum Leben erwachte; dass mir das kalte, kleine Herz aus dem Brustkorb sprang, sich den ganzen Weg den Hals hinauf bis zum Gaumen bahnte, wo es kräftig schlug, während John P. Grier wie besessen über die Rennbahn raste, wobei er für jeden Galoppsprung, den der Rote machte, zwei ansetzen musste. Die beiden kamen näher und näher, ohne dass sich ein Gewinner abzeichnete, keiner der Hengste übertrumpfte den anderen, doch das würden sie so nicht beibehalten können. Sie würden sich umbringen. Sie würden mich umbringen.

Weiter und weiter, auf und ab, mein Herzschlag raubte mir den Atem, und gerade als sie am achten Pfosten vorbeizogen (zumindest wurde mir das im Nachhinein klar, denn zu jenem Zeitpunkt bemerkte ich den Pfosten gar nicht), reckte Grier den Kopf.

Man würde nicht vermuten, dass die Menge zu noch lauterem Gebrüll fähig war, aber das Geschrei und Gejohle schwoll in der Tat noch weiter an. Wir jubelten und kreischten. Die Schnauze des kleineren Hengstes lugte tapfer hinter Man o' Wars großem rotem Körper hervor und war das Einzige, was man von ihm sehen konnte – nur dieses Stück, diese Schnauze, die vor dem ewigen Champion in Führung ging.

Im nächsten Moment holte Man o' Wars Jockey mit der Gerte aus und schlug ihm auf die Flanke.

Der Rote war die ganze Saison über nicht mit der Gerte in Berührung gekommen, nicht seit einem einzelnen dramatischen Rennen im Vorjahr, dem einzigen Rennen, das er je verloren hatte, und das auch nur, weil er sich eingeengt fühlte. Er war nie herausgefordert worden, hatte all seine Rennen mühelos gewonnen, gut abgeschätzt von seinem Jockey, der dafür sorgte, dass er nicht allzu viele Längen vorn lag und so die Whitneys, die Belmonts und Astors demütigte, die ihre Pferde gegen ihn antreten ließen. Niemand war je auf Augenhöhe mit Man o' War gewesen, und nun gelang genau das dem kleineren Tier. Grier war mit ihm auf Augenhöhe, doch damit nicht genug, er war mit dem Kopf vorn, und deshalb ließ der Jockey des Roten die Gerte sprechen.

Ein einzelner Hieb, und Man o' War schoss vorwärts. Mit wenigen Sprüngen lag er eine halbe Länge vorn; der Jockey schlug ihn noch einmal, und Grier war besiegt. Ich glaube nicht, dass ich jemals derart geschrien habe. Ich sprang auf der Bank auf und ab und riss an der Hand des Jungen. Sechs Sekunden später schoss Man o' War am Zielpfosten vorbei, anderthalb Längen vor dem furchtlosen John P. Grier, wobei er für die Strecke einen neuen amerikanischen Rekord aufstellte. Man sagt, Grier sei danach nicht mehr derselbe gewesen. Sein Herz war an diesem Nachmittag gebrochen, und obwohl er noch immer ein guter Hengst war, vielleicht sogar der zweitbeste seiner Generation, lief er doch nie mehr zu einer derartigen Hochleistung auf.

Man o' War sollte in jenem Jahr noch mehrere Rekorde brechen und gewann jedes Rennen.

Im anschließenden Trubel konnten wir die anderen nicht finden, und der Junge bot an, mich in seinem gebraucht erstandenen Model T nach Southampton zurückzufahren, obwohl er davon ausging, dass es dunkel sein würde, wenn wir unser Ziel erreichten.

Ich sagte Ja.

WIE ZUVOR ERWÄHNT, wohnte der Junge jenen Sommer über bei den van der Wahls. Er war gerade erst aus Frankreich zurückgekehrt und hatte kurz darauf die Stelle als Junior-Anlagehändler bei Sterling Bates angetreten. Ned van der Wahl hatte, soweit ich weiß, früher mit dem Vater des Jungen bei der Morgan-Bank zusammengearbeitet, und obwohl der Junge nicht vom selben gesellschaftlichen Kaliber war wie die van der Wahls, erwies sich der alte Ned als Gentleman und bot dem Sohn seines ehemaligen Kollegen, der als Kriegsheld zurückkehrte, für den Sommer sein Gästehaus an.

Und so hat der Junge hier und da ein paar Verbindungen in unserer kleinen Welt, und ich bin stets ein wenig besorgt, dass wir irgendwo unerwartet aufeinandertreffen, so wie am Swimmingpool der van der Wahls, so wie wir uns während des restlichen Sommers 1920 auf Long Island begegneten, wo wir so taten, als wären wir bloß der Junge und Mrs. Marshall und Höflichkeiten über das Wetter und die angenehme Gesellschaft austauschten. Besorgt und vielleicht noch mehr, denn die Sorge ist verbunden mit einem erregenden Prickeln, das diese zufälligen Zusammenstöße seither begleitet: ein absolut nervenaufreibendes Kribbeln, wenn ich den seidig glänzenden Schopf des Jungen ohne Vorwarnung in irgendeinem Salon auftauchen sehe, den weißen Hemdkragen, der sich von seiner goldenen Haut abhebt. Mit ihm über Börsenkurse rede, wenn sich das Gespräch eigentlich um Sex drehen sollte. Manchmal denke ich, er macht das mit Absicht, nur um mein Blut in Wallung zu bringen, die Vorfreude auf das zu befeuern, was nach der Party kommt, wenn wir den Rest der Welt hinter uns lassen.

An diesem Abend jedoch erscheint er nicht im Apartment der Schuylers in der Park Avenue, obwohl ich ihm die Details mehr als einmal ins Ohr geflüstert habe. Und so schlendere ich durch den Salon, um mich von der Gastgeberin zu verabschieden – ich bin eine Frau mit altmodischen Manieren, müssen Sie wissen, und man muss sich bei seinen Gastgeberinnen bedanken, selbst wenn es sich um ehemalige Sekretärinnen handelt –, und fühle mich plötzlich mutterseelenallein, obwohl ich umgeben bin von Gesichtern, die ich schon mein ganzes Leben lang kenne, denen ich in den Salons, Ballsälen, Clubs genauso begegne wie auf Ozeanlinern. Ich bin einsam, und diese Tatsache drückt auf meine Schläfen und auf meine Brust, und zwar so heftig, dass es mir schwerfällt zu atmen. Vielleicht liegt das aber auch an dem Zigarrenrauch, der aus der Bibliothek wabert.

Zuerst entdecke ich meinen Gastgeber. »Philip, mein Lieber«, sage ich, »ich bin auf der Suche nach deiner charmanten Gattin.«

»Sie bringt gerade das Baby zurück ins Bett. Anscheinend ist der arme kleine Racker von unserem Lärm wach geworden. Ich hab sie vorhin noch gesehen – sie ging gerade ins Esszimmer, als meine Tante Prunella in die Bowle kippte. Kann ich dir vielleicht weiterhelfen?«

Ich mag Philip Schuyler. Um genau zu sein, mag ich ihn sogar sehr, denn ich halte ihn für einen grundanständigen Mann, der einen guten Drink beinahe genauso liebt wie seine hübsche neue Gemahlin. Er hat glänzende blonde Haare und ein attraktives, leicht verlebtes Gesicht, und sollte jemand voller Kummer auf seiner Schwelle stehen, würde er ihn zweifelsohne mit Gin und eimerweise Mitgefühl überschütten. Er drückt seine Zigarette in einem in der Nähe stehenden Aschenbecher aus und sieht mich mit ungeduldiger Erwartung an: ein Gastgeber, der allen seine Aufmerksamkeit schenken muss und der sich trotzdem Zeit für einen nimmt.

Ich zucke die Achseln. »Ich wollte mich bloß bei ihr bedanken, bevor ich aufbreche.«

»Das richte ich ihr gern aus.« Er hebt sein Glas, aber es stellt sich heraus, dass es leer ist, und die bittere Enttäuschung in seinen blauen Augen hätte das härteste Herz zum Schmelzen gebracht.

»Tu das, mein Lieber. Richte ihr aus, dass ich eine fantastische Zeit hatte und so weiter. Das Essen war göttlich, die Gesellschaft spektakulär.«

Er reibt sich mit dem Daumen die Schläfe. »Hat der junge Wie-heißt-er-noch-gleich dich gefunden?«

»Du meinst meinen Bruder? Jay? Ja, hat er.«

»Nein, nicht dein Bruder. Dieser junge Mann, Neds Schützling, der Pilot.«

Mein Mantel rutscht mir von der Schulter. Ich richte meine Aufmerksamkeit auf den verirrten Nerzärmel und sage: »Ach, Mr. Rofrano war hier? Nein, er hat mich nicht gefunden. Warum sollte er?«

Philip schnippt mit dem Finger. »Rofrano! So heißt er. Ja, er war hier, und zwar nicht gerade in geselliger Verfassung, tut mir leid, wenn ich das sagen muss. Hat mich mit allen möglichen unschicklichen geschäftlichen Fragen bombardiert und ist anschließend in deine Richtung verschwunden. Du musst ihm dringend Manieren beibringen, Theresa, sonst wird er sich niemals in unsere Kreise einfügen.«

»Das muss er auch gar nicht«, gebe ich ziemlich kühl zurück. »Was für Fragen?«, erkundige ich mich dann.

»Oh, das ist mir entfallen. Es ging um einen meiner ehemaligen Klienten, worüber ich selbstverständlich nicht sprechen darf. So etwas ist streng vertraulich.« Er tippt sich erneut an die Schläfe, diesmal mit dem Zeigefinger. »Ein sehr schlechtes Benehmen, wie die Engländer sagen.«

»Wie seltsam.«

Philip schüttelt den Kopf und starrt in sein leeres Glas, und für einen Augenblick stelle ich mir vor, dass er tatsächlich grübelt. »Ja, das ist in der Tat merkwürdig. Ich hatte seit Jahren nicht mehr an jenen alten Fall gedacht.«

»An was für einen alten Fall?«

Er hebt den Blick, in den sich ein Anflug von gerissenem anwaltlichem Misstrauen mischt, dann nimmt er meine Hand und küsst geübt die behandschuhten Knöchel. »Warum fragst du ihn nicht selbst? So gut befreundet, wie ihr seid.«

Ich entziehe ihm die Hand und greife nach meiner Handtasche. »Vertrau mir, mein Lieber. Von Freundschaft kann keine Rede sein.«

Ich war zu Beginn des Abends allein, und ich bleibe allein, als ich in den Fahrstuhl zu dem Hausangestellten in roter Livree steige und mir von einem weiteren Hausangestellten in roter Livree ein Taxi auf der gefrorenen Straße heranwinken lasse. Heute ist der kälteste Tag des Jahres, teilt mir der Taxifahrer mit, als er über die Park Avenue auf die blinkenden Lichter zufährt, und ich erwidere, dass mich das keineswegs überrascht.

Mir ist noch nie kälter gewesen.

»DA BIST DU JA«, sage ich zu dem Jungen, als ich im Christopher Club, der Bar neben seinem Apartment, auf den Hocker neben ihn gleite. Unser üblicher Treffpunkt. Ich lege meine Handtasche auf die Theke und gebe Christopher, dem Wirt, ein Zeichen, mir etwas zu trinken zu bringen, alles nur, um meine Erleichterung über den Anblick des Jungen mit dem vollen schwarzen Haar zu verbergen, das im Licht der Thekenbeleuchtung glänzt. »Hier bin ich.«

»Wollten wir uns nicht bei dir treffen?«

»Ich habe mich etwas rastlos gefühlt. Ich dachte, du wüsstest, wo du mich findest.«

Ich nehme den Martini, den Christopher vor mich hinstellt, und drehe das Glas am Stil zwischen den Fingern, während ich ihm dankbar zunicke. Die Musiker machen gerade Pause, und ohne die Begleitung von Trompete und Saxophon dringt die Stimme des Jungen klar und deutlich an mein Ohr. »Du hättest mir eine Nachricht hinterlassen können, nur für alle Fälle«, sage ich.

»Vermutlich hast du Recht.«

Der Martini brennt in meiner Kehle. Eines Tages werde ich sterben an einem Gin wie diesem. Ich stelle das Glas ab und bedecke die Hand des Jungen mit meiner. »Lass uns nicht streiten, hm? Ohne Streit ist es so viel schöner für uns beide. Gib mir einen Kuss.«

Er dreht den Kopf und küsst mich, aber seine Lippen sind hart, und sein Herz ist nicht bei der Sache. Ich frage ihn, was los ist. »Habe ich etwas Schlimmes getan?«

»Nein.« Er wendet das Glas in der Hand. Neben seinem Ellbogen steht ein Aschenbecher, in dem die zerdrückten Überreste von vielleicht fünf oder sechs Zigaretten liegen. Eine weitere steckt zwischen seinen Fingern, halb aufgeraucht. Er hebt sie an die Lippen.

»Hat sonst wer etwas Schlimmes getan?«

»Möglich.«

»Jetzt komm, rede mit mir, Boyo, sonst hat keiner von uns beiden heute Abend Spaß.«

Der Junge kippt den Rest der undefinierbaren Spirituose in seinem Glas – Whisky, vermute ich – und bedeutet dem Wirt, ihm ein weiteres zu bringen. »Es ist nichts. Wie war dein Abend?«

»Oh, ich hatte einen entzückenden Abend. Rate mal, wer aufgetaucht ist, da kommst du nie drauf! Ox' kleines Bonbon, genauso süß, wie ich sie mir vorgestellt habe.«

»*Sophie* war da?«

»Ach, sie heißt Sophie? Ich hatte ihren Namen vergessen. Wie dem auch sei, sie war einfach putzig, trug ein niedliches Kleidchen, ganz in Rosé. Es hat ihre süßen, vollen Wangen wunderbar zur Geltung gebracht. Sie sah aus wie eine Puppe. Ich verstehe, warum Ox hin und weg ist, von ihrem Geld will ich gar nicht erst anfangen. Ich glaube, sie passen perfekt zueinander.«

»Er ist viel zu alt für sie.«

»Das macht ihm wohl nichts aus.«

»Ich dachte auch eher an sie. *Ihr* sollte es etwas ausmachen. Ein verbrauchter alter Lebemann wie er.«

»Boyo, mein Lieber, äußerst du dich gerade abfällig über meinen Bruder?«

»Er hat die Intelligenz eines Orang-Utans und die Moral eines Straßenkötes, und das weißt du.«

Der Gin in meinem Martini brennt jetzt gar nicht mehr so sehr. Im Gegenteil, er schmeckt ziemlich angenehm. Ich kippe den Rest und frage den Jungen, ob er noch eine Zigarette hat. »Ich hab dich noch nie zuvor über den armen Ox herziehen hören«, sage ich, als er mir Feuer gibt.

»Er hat ja auch nie zuvor versucht, ein unschuldiges, junges Mädchen zu heiraten.«

»Er *versucht* nicht, die junge Dame zu heiraten, er *heiratet* sie.« Ich blase in langen Stößen den Rauch aus. »Sie hat seinen Antrag aus freien Stücken angenommen. Dafür hast du gesorgt, erinnerst du dich? Sie hat auf der Party übrigens ausgesprochen fröhlich gewirkt, hat die ganze Zeit gelächelt und schien sich aufrichtig zu amüsieren. Ihren Verlobungsring trägt sie auch. Ich habe sie gebeten, ihren Handschuh auszuziehen und ihn mir zu zeigen. Man kann sagen, ich habe ein Riesentheater um sie gemacht – es ist eine Schande, dass du nicht da warst.«

»In der Tat. Eine Schande.«

»Selbstverständlich habe ich nach wie vor meine Vorbehalte wegen ihres merkwürdigen Vaters, und ich frage mich nach wie vor, wie er zu so viel Geld kommen konnte und wie viel er wirklich hat. Aber solltest du nichts Negatives herausgefunden haben … Oder hast du, Boyo?«

»Was?«

»Hast du etwas Negatives über die Fortescues herausgefunden?«

Christopher tritt zu uns und stellt dem Jungen einen weiteren Drink auf die Theke. Der legt die Finger ums Glas und lässt es auf dem Tresen kreisen, im Uhrzeigersinn, wobei er nasse, kleine, ineinander verschlungene Kreise auf das Holz zeichnet. (Der Junge trinkt seinen Whisky für gewöhnlich pur, doch aus irgendeinem Grund ist heute Abend Eis in seinem Glas, ausgerechnet am kältesten Tag des Jahres.) Das Summen der Stimmen um uns herum klingt gedämpfter als sonst, die Stimmung ist weniger ausgelassen und fast ein wenig sentimental; viele sind wegen der vereisten Straßen zu Hause geblieben, der Geruch von Schnee liegt in der luft. Die Instrumente der Band lehnen verlassen an ihren Stühlen in der Ecke des Clubs, und ich fange an, mich zu fragen, ob ihre Besitzer heute wohl noch einmal zurückkehren werden.

»Boyo?«

»Ja?«

»Die Fortescues.«

Endlich hebt er das Glas und nimmt einen großen Schluck, leert fast den halben Whisky mit einem einzigen Zug. Die Eiswürfel klirren. »Ich bin noch dabei, mich umzuhören«, antwortet er.

»Nun, gib mir Bescheid, wenn du etwas herausfindest«, sage ich. »Aber mach schnell, denn langsam fürchte ich, dass es ohnehin nicht mehr zählt. Wir leben in modernen Zeiten – die Liebe besiegt alles. Wen kümmert es schon, ob der alte Herr ein, zwei Leichen im Keller hat? Haben wir das nicht alle?«

Der Junge zuckt kaum merklich zusammen, und ich bin mir nicht sicher, ob das etwas mit meinen Worten und mit dem schrillen Gelächter zu tun hat, das diese begleitet.

»Der Ring ist hübsch, nicht wahr?«, fahre ich fort. »Der Ring der Familie Ochsner, meine ich. Wusstest du, dass meine …«

»Weißt du was, Theresa?«

»Was denn, Liebling?«

»Ich glaube, ich mache für heute Abend Schluss.« Er kippt seinen Whisky und gleitet vom Hocker.

Ich drücke meine Zigarette im Aschenbecher aus und folge ihm. »Ich wollte gerade dasselbe vorschlagen.«

»Ich meine *allein*, Theresa. Es tut mir leid. Es war eine lange Woche.«

Hinter mir höre ich die leisen Töne der Trompete. Die Musiker sind anscheinend doch noch zurückgekehrt.

Um einen unbefangenen Tonfall bemüht, sage ich: »Wir haben die kälteste Nacht des Jahres, und du willst allein schlafen?«

»Es tut mir leid. Vielleicht ist eine Grippe im Anmarsch – ich bin einfach todmüde.«

»Ach, so müde, dass du bei einer gewissen Party in Manhattan auftauchen konntest, aber doch nicht, oder?«

Die Augen des Jungen weiten sich. Seine Mundwinkel verkrampfen, ein Eingeständnis seiner Niederlage. »Ich habe nach dir gesucht, aber du hast dich anscheinend versteckt.«

»Wer, ich? Ich war fantastisch zu sehen, es sei denn, ich bin für dich inzwischen sehr weit in den Hintergrund gerückt.«

»Du weißt, dass das nicht stimmt.«

Das Saxophon fällt ein, dann der Kontrabass. Ich fahre mit den Händen durch die Haare des Jungen und ziehe ihn zu mir, um ihn zu küssen – küssen ist so viel einfacher als reden –, und für ein, zwei Sekunden erwidert er gehorsam meinen Kuss, öffnet den Mund, erlaubt mir, ihn zu schmecken. Erleichterung! Triumph! Ich habe noch immer meinen Jungen; er gehört nach wie vor *mir*, Gott weiß, warum, warm und unerfahren und unermüdlich, der Ursprung allen Lebens. Seine Lippen schmecken nach Whisky, was besser ist als Gin. Besser als alles andere. Ich koste seine Zunge, und er entzieht sich mir.

»Nicht hier, Theresa.«

»Dann lass uns gehen.«

»Ich sagte doch, heute Abend nicht. Ich bin nicht in der Stimmung.«

Ich trete einen Schritt zurück. Die Band spielt nun ernsthafter, und die Luft ist erfüllt von lauten Geräuschen. Störgeräuschen. Meine Kehle brennt. *Ich bin nicht in der Stimmung.*

»Also gut. Hol meinen Mantel und besorg mir ein Taxi.«

»Ich fahre dich heim.«

»Das ist nicht nötig. Schließlich bist du ein müder Boyo. Wie sagtest du noch gleich? *Todmüde.*«

Er bringt mir meinen Mantel, und einen Augenblick später stehen wir schweigend auf der Seventh Avenue und blicken den sich nähernden Fahrzeugen entgegen, während der Wind um unsere Hutkrempen pfeift. Ein Taxi hält vor uns an. Der Junge öffnet mir die Tür.

»Na dann, gute Nacht«, sage ich.

Er beugt sich zu mir herab und küsst mich. »Gute Nacht.«

»Ach, Boyo?« Ich strecke die Hand aus und berühre mit dem Daumen seine eisige Wange. »Du musst lernen, ein bisschen besser zu lügen, oder du wirst es in dieser Welt niemals weit bringen.«

Ich steige ins Taxi und schlage selbst die Tür zu, sodass ihm keine Chance bleibt, mir zu antworten. Nicht dass er eine Antwort parat gehabt hätte, dem reuevoll-verblüfften Ausdruck auf seinem jungen Gesicht nach zu urteilen, das an der vereisten Scheibe vorbeizieht.

ICH HOFFE, ICH HABE NICHT DEN EINDRUCK ERWECKT, ich würde mit meinem Ehemann nicht zurechtkommen. Im Gegenteil! Wir sind seit über zwei Jahrzehnten gute Freunde, seit ich sein Ankleidezimmer betreten und seinen Diener gebeten habe, den Raum zu verlassen, damit ich ihn ungestört fragen konnte, ob die Verfasserin einer gewissen gehässigen anonymen Nachricht (*gehässig* und *anonym* tendieren meines Erachtens zur Zusammengehörigkeit) noch bei klarem Verstand sei.

Er blieb ruhig und bat mich, ihm die Nachricht zu zeigen, was ich tat. Nachdem er sie gelesen hatte, gab er zu, dass es stimmte, dass er tatsächlich mit einer anderen Frau ein Kind gezeugt hatte, kurz nachdem ich mit Tommy von ihm schwanger geworden war; mehr noch: Er stellte diese Frau und ihr Baby noch immer unter seinen Schutz, wie man das zu jener Zeit euphemistisch nannte. Schutz bedeutet Besitz. Und wenn man etwas besitzt, hat man das Recht, es zu benutzen.

Ich fragte ihn zitternd, ob er in diese Frau verliebt sei. Er ließ sich seine Antwort eine Weile durch den Kopf gehen, schenkte mir ein Glas Sherry ein und bat mich, auf der kleinen Polsterbank in seinem Ankleidezimmer Platz zu nehmen. Er war sehr freundlich. Setzte sich neben mich, nahm meine Hand und erklärte mir, dass er diese Frau in der Tat liebe, aber nicht auf dieselbe Art und Weise wie mich; dass ich mich nicht von seinen kleinen amourösen Abenteuern bedroht fühlen dürfe. Vielleicht würde ich eines Tages meine eigenen Abenteuer erleben, und er sei ein fairer Mann, ein sehr fairer Mann, und ihm sei vollkommen klar, dass er keinerlei Berechtigung habe, an meinen Abenteuern Anstoß zu nehmen, vorausgesetzt, ich würde mich diskret verhalten.

Ich teilte ihm mit, dass ich die Scheidung wollte.

»Wie du wünschst«, sagte er. Wenn ich die Scheidung wolle, würde er einwilligen, aber er bat mich, die Konsequenzen zu bedenken. Immerhin würden wir ein äußerst angenehmes Leben führen. Im Grunde habe sich zwischen uns doch nichts verändert. Wir kamen gut miteinander zurecht. Wir brachten einander zum Lachen; wir teilten viele Interessen; wir hatten dieselben Vorstellungen vom Leben. Wir waren aus demselben Holz geschnitzt. Wir hatten einen gemeinsamen Sohn, einen hübschen, brillanten Jungen, der Sylvos Augenstern war, und er freute sich sehr auf die bevorstehende Geburt unseres zweiten Kindes, wobei er innigst hoffte, dass wir noch weiteren Nachwuchs bekommen würden. Unsere Partnerschaft war das Zentrum, um das unser »angenehmes Leben« kreiste. Ob mir das gar nichts bedeute?

Er trug all das mit einer so aufrichtigen Stimme vor, dass ich zu der Einsicht gelangte – nun, vielleicht lag es auch am Sherry –, dass seine Worte vernünftig klangen. Ich mochte ihn. Wollte nicht ohne ihn leben. Wollte unseren Kindern nicht den Vater vorenthalten. Ich wollte ihn schlicht und einfach ganz für mich allein, und war das nicht in gewisser Hinsicht kleinlich von mir? Verlangte ich wirklich, dass er mir jeden Moment des Tages ergeben war? Ließ ihn seine Geliebte etwa weniger aufmerksam seiner Familie gegenüber werden, tat ihre Anwesenheit den tausend persönlichen Qualitäten, die ich an ihm kennen- und schätzen gelernt hatte, tatsächlich Abbruch? Machte es einen Unterschied, wenn er mit anderen Frauen schlief, zumal er das auch schon vor unserer Ehe getan hatte? Würde es mir nicht gefallen, eines Tages selbst einen Liebhaber zu genießen, während ich mich in der Sicherheit einer beständigen Ehe wusste?

Waren nicht die meisten unserer Freunde unter ähnlichen Bedingungen verheiratet? Glaubte ich wirklich, ich sei irgendwie immun gegen diese ganz spezielle Art ungebührlichen Benehmens?

Auf Sylvos Drängen hin erklärte ich mich bereit, darüber nachzudenken. Es war fast Sommer, und ich nahm Tommy und zog mit ihm in das Haus auf Long Island, obwohl außer uns noch niemand dort war. Wir spielten am Strand und plantschten in den kalten Mai-Strömungen, bis sich Tommy eines Nachmittags, als die Sonne heiß vom Himmel schien und mehrere andere Familien am Ufer auftauchten, auf seine dicken kurzen Beinchen stellte und zu weinen anfing. »Papa«, schluchzte er. »Ich will Papa.«

Sie müssen wissen, was für ein bezauberndes Kind Tommy war und wie sehr ich ihn anbetete. Das taten wir beide, Sylvo und ich. In meinem kindlichen Enthusiasmus hatte ich darauf bestanden, mich selbst um den Kleinen zu kümmern, und auch jetzt noch – nein, vor allem jetzt – verbrachte ich sehr zur Verwunderung seiner Kinderfrau jeden Augenblick in seiner Gesellschaft. Er war so niedlich, so ein lieber kleiner Bursche. Er hatte eine unglaublich liebenswerte, witzige Art, die einem das Herz schmelzen ließ. Da stand er im Sand, sein rotes Eimerchen in der einen, die kleine rote Schaufel in der anderen Hand, und die Tränen strömten ihm aus den Augen über die kleinen roten Bäckchen. Und da wurde mir klar, dass ich einen Weg finden musste. Ich musste Tommy geben, was er brauchte.

Ich hob ihn hoch und rief nach der Kinderfrau, damit sie seine Sachen zusammenpackte, denn wir würden in die Stadt zurückkehren. Wir nahmen den Zug und trafen am Abend zur Essenszeit ein. Sylvo war zu Hause und setzte sich gerade allein zu Tisch; er hatte mir versprochen, dieser Frau keinen Besuch abzustatten, solange ich über unsere Ehe nachdachte, und er war ein Mann, der zu seinem Wort stand. Als ich den Raum betrat, sprang er auf, und mir war sofort klar, dass er sein Versprechen gehalten hatte. Eine Kleinigkeit, aber genau diese Kleinigkeit war ausschlaggebend für mich.

»Also gut«, sagte ich. »Ich werde dich nicht um die Scheidung bitten. Ich werde dich nicht darum bitten, keine Geliebte zu haben, solange du dich diskret verhältst und solange du mir keine weiteren Bastarde auf die Schwelle legst. Solange« – an dieser Stelle brach meine Stimme, und meine Augen füllten sich mit Tränen –, »solange wir in deinem Leben *an erster Stelle* bleiben.«

Für einen Moment stand er reglos da, sagte kein Wort. Ich erinnere mich daran, wie er die Lippen zusammenpresste, und ich dachte, ich hätte mit meinen Forderungen einen schrecklichen Fehler begangen. Damals war ich gerade mal zwanzig Jahre alt, und er war fast vierzig. Ich hatte keinerlei Macht über ihn. An erster Stelle in seinem Leben? Das war ja zum Totlachen!

Und dann setzte er sich in Bewegung. Schob seinen Stuhl zurück, ging um das Kopfende des Tisches herum auf mich zu, und als er bei mir war – ich zitterte jetzt –, nahm er meine Hände in seine und dankte mir für meine Großzügigkeit. Und ich wusste nicht, wie mir geschah, aber ich nahm meinen Platz am Tisch ein, als sei nichts gewesen. Ich aß mein Abendessen und unterhielt mich mit meinem Ehemann. Wir nahmen unser Leben wieder auf, getragen von diesem neuen Verständnis zwischen uns. Wir bekamen Oliver, gefolgt von einem tot geborenen Mädchen, und dann brachte ich den süßen Billy zur Welt, und ich fand keine weiteren anonymen Nachrichten in der Morgenpost. Fing keine Flüstereien von wohlmeinenden Freunden auf. Sylvo hätte nicht diskreter sein können.

Eine Weile nach Billys Geburt bemerkte ich, dass sich Sylvo für eine hübsche, junge Witwe aus unserem Bekanntenkreis interessierte, und zu meiner Überraschung empfand ich deswegen keine Eifersucht, sondern eine Art nüchternes Mitgefühl. Nach all dieser Zeit vertraute ich derart unumstößlich auf die Bedeutung, die wir in Sylvos Leben einnahmen – auf meine eigene Schönheit und Macht im Alter von sechsundzwanzig Jahren –, dass mir sein sexuelles Interesse an einer hübschen Witwe nichts ausmachte. Sollte er sich vergnügen, während ich mich ganz meinem jüngsten Sohn hingab, dachte ich, und ich bin mir sicher, dass er genau das tat, obwohl er auch diesmal seine Zusage hielt und sich so diskret amüsierte, wie es sich für einen Gentleman gehört.

So ging es viele Jahre, und obwohl unsere Ehe mit der Zeit von einer mitreißenden Flut in einem natürlichen menschlichen Gleichmaß verebbte – in den letzten Jahren mehr Ebbe als Flut, um ehrlich zu sein –, hielten wir uns an die Abmachung, die wir an jenem Abend getroffen hatten, und unser Zuhause war stets ein Zufluchtsort professioneller Freundschaft, an den gemäß unserer stillschweigenden Übereinkunft keine flüchtige Liebelei vordringen konnte.

Als das Taxi heute Abend endlich den vertrauten Abschnitt der Fifth Avenue erreicht und unser Apartmentgebäude wie ein Kalksteinmonument vor mir aufragt, ertappe ich mich dabei, wie ich zutiefst erleichtert die eiskalte Luft einatme. Das ist das natürliche menschliche Ebenmaß, denke ich, Ebbe und Flut, das Auf und Ab einer Ehe, wie die Freuden und Leiden des Lebens an sich. Dann war der Junge heute Abend eben verstimmt. Dann war seine Aufmerksamkeit eben vorübergehend abgelenkt von einer unverdorbenen Neunzehnjährigen; dann war er eben in bestimmten Dingen nicht ganz ehrlich zu mir gewesen. Er ist jung und viril – *außergewöhnlich* viril –, und er kann nun mal nicht mit dieser unschuldigen, verlobten

Sophie ins Bett steigen. Binnen weniger Tage wird er sich wie zuvor nach mir verzehren. Vielleicht sogar noch mehr, denn er wird die ganze Zeit über keinen Sex haben, und sein hoffnungsloses Verlangen nach der hübschen kleinen Sophie wird sich in Begierde nach mir verwandeln. (Ich bin auf dem aktuellen Stand der neuesten psychologischen Erkenntnisse, auch wenn ich mich nicht persönlich damit befasse.)

Unterdessen bleiben mir diese Wohnung und dieses komfortable Leben, dieser Ehemann und diese Söhne, und während das Apartment momentan vermutlich leer ist – mein Gatte ist in Sutton Place, die Söhne sind erwachsen und ausgezogen –, ist es immer noch meins. Es ist *meine* Leere. Und der gute, alte Sylvo wird am Morgen zurück sein, die Jungs kommen gelegentlich zu Besuch, der Junge wird zu mir zurückkehren. Dank dem Jungen ist nichts so trostlos und einsam, wie es mir noch vor ein paar Jahren erschien, als Billy ins Internat kam und die Wohnung plötzlich leer war – so leer, dass man meinte, das Echo der eigenen Schritte zu hören –, zum ersten Mal, seit wir dort eingezogen waren.

Ich grüße den Portier und den Fahrstuhlbegleiter so munter ich kann; Frieden überkommt mich, als wir hinauf in den vierzehnten Stock fahren, der uns in Gänze gehört: zwölf Zimmer und eine riesige Terrasse, die auf den Park hinausgeht und uns die schönsten Sonnenuntergänge der Welt beschert. Ich angele in meiner Handtasche nach den Schlüsseln. Der Aufzug hält mit einem Ruck an; der Fahrstuhlbegleiter öffnet mir die Tür und das Schiebegitter und wünscht mir eine gute Nacht, obwohl es fast schon Morgen ist.

»Gute Nacht, Val«, sage ich.

Drinnen in der Wohnung ist alles still, die Haushälterin

und das Mädchen sind im Bett, doch zu meiner Überraschung sehe ich Licht unter der Tür zur Bibliothek, als ich auf dem Weg ins Schlafzimmer daran vorbeikomme. Ich drücke sie auf, durch meinen Kopf kreist der abenteuerliche Gedanke, dass vielleicht endlich einer meiner Jungs nach Hause gekommen ist – mein Gott, womöglich sogar Tommy!

Aber es ist weder Tommy noch einer seiner Brüder. Es ist Sylvo, der von seinem Schreibtisch aufsteht, mich zärtlich küsst und mich dann bittet, auf dem Chesterfield-Ledersofa Platz zu nehmen. Er reicht mir ein Glas Cream Sherry und teilt mir mit, dass er die Scheidung möchte.

Kapitel 6

In verliebtem Zustand überschreitet das Herz eines Mannes
entweder die Geschwindigkeitsbegrenzung
oder es parkt an der falschen Stelle.

HELEN ROWLAND

SOPHIE

Etwas später am selben Abend

SOPHIE SCHEINT ihren Verlobten verloren zu haben. Nun, das ist nicht ihre Schuld! In der einen Minute steht er noch neben ihr und stellt sie irgendeiner gertenschlanken Dame der Gesellschaft vor, in der nächsten ist er verschwunden, als hätte er sich in Luft aufgelöst, und Sophie bleibt zurück und plaudert mutig mit einer Frau, deren Mund aussieht, als wäre er mit heißem Wasser übergossen worden und dabei auf die Hälfte seiner ursprünglichen Größe geschrumpft.

Fünf Minuten später ist Jay immer noch nicht wieder da, und Sophie geht der Gesprächsstoff aus: das Wetter – *Brrr!* –, die verwandtschaftliche Beziehung der Dame zum Gastgeber – *ein Cousin*, immer sind es die *Cousins* – und über das Buch, über das im Augenblick alle sprechen – *ungehörig*. An dem Punkt stellt Sophie fest, dass sie nicht einmal den Namen ihrer Gesprächspartnerin kennt. Sie erinnert sich schwach an Jays Stimme, als er sie vorgestellt hat, aber – wie furchtbar ungehobelt und roh! – sie hat sich so auf das Gesicht der Dame konzentriert, das faszinierende Spuren ehemaliger Schönheit aufweist, weshalb Sophie nicht umhinkommt, sich zu fragen, was wohl so drastisch schiefgegangen sein mag. Die Haut ist immer noch glatt, abgesehen von ein paar Falten um die Augen. Das Haar ist noch nicht grau. Vielleicht ist es dieser zusammengeschrumpfte Mund, der nur zögernd einige wenige Worte hervorpresst, eines nach dem anderen; vielleicht liegt es aber auch an der Tatsache, dass sie keinerlei Make-up trägt, nicht einmal etwas Lippenstift, um ihr Gespräch ein bisschen rosiger zu gestalten. Ihr farbloses Gesicht scheint allen missbilligend zu begegnen. Auch Sophie. Vor allem Sophie.

»Oh, ich halte es nicht im Mindesten für ungehörig«, zwitschert Sophie. »Ich fand es wundervoll gewagt. Im Grunde steht doch nur darin, was alle denken, aber niemand laut ausspricht.«

»*Ich* denke nicht an derartige Dinge«, erwidert die Dame – bislang ihr längster Satz.

»Vielleicht unterdrücken Sie sie nur.« Sophie lächelt liebenswürdig. »Sie wissen doch, die Grundbedingung für seelische Gesundheit ist …«

»Sophie, meine Liebe!« Zwei Arme umschlingen Sophies Taille, ein klebriger Kuss landet auf ihrer Wange. »Ich hab überall nach dir gesucht, und da steckst du, in innigem Zwiegespräch mit meiner eigenen Schwester!«

»Julie! Was sagst du da: mit deiner Schwester?«

»Aber ja! Ist das nicht großartig? Christina, Sophie wird Jay Ochsner heiraten, die Glückliche.«

»Das ist mir zu Ohren gekommen«, sagt Christina, und jetzt fällt Sophie ein, wo sie die Stimme schon einmal gehört hat: im Fahrstuhl von Bergdorf Goodman. Der Mund voller Murmeln.

»Ich muss mir Sophie unbedingt für einen Moment ausborgen«, fährt Julie fort. »Kannst du sie kurz entbehren? Eine Freundin von mir will erst glauben, dass Jay verlobt ist, wenn sie den Ring gesehen hat. Nicht dass ich ihr das zum Vorwurf machen könnte!«

Christinas Mund verzieht sich zu einem angespannten, aufgesetzten Lächeln. »Selbstverständlich. Es war mir eine Freude, Ihre Bekanntschaft zu machen, Miss Fortescue.«

»Das Vergnügen ist ganz meinerseits, Mrs …«

»Dane«, ergänzt Julies Schwester, dann wendet sie sich ab.

»Du musst ihr verzeihen«, sagt Julie, als sie sich geübt durch den überfüllten Salon schlängelt, Sophie hinter sich herzerrend. »Ihr Ehemann ist als absolutes Wrack aus dem Krieg zurückgekehrt, und ich kann sie nicht überzeugen, sich einen Ersatz zu suchen. Vermutlich hat sie seit neunzehnhundertsiebzehn keinen Spaß mehr gehabt.«

»Wie schrecklich für sie!«

»Nicht wahr? *Jetzt* weißt du, was ich meine, wenn ich sage, dass man seinen Sexualtrieb nicht unterdrücken darf. Was für einen Schaden das der Seele zufügt!«

Julies Finger bohren sich in Sophies Hand, als sie sich durch die Menge drängen und endlich ein freies Fleckchen finden. Sie nimmt ein Glas Champagner vom Tablett eines vorbeieilenden Kellners und reicht es Sophie. »Bitte sehr, Süße. Du siehst aus, als könntest du das vertragen. Es war wirklich unschön von Jay, dich ohne Vorwarnung mit meiner Schwester allein zu lassen. War sie sehr abscheulich zu dir?«

Champagner – endlich. Sophie hebt das Glas an die Lippen und nimmt einen großen Schluck. Der Geschmack ist genauso wunderbar, wie sie ihn in Erinnerung hat. Der

Champagner prickelt in ihrer Kehle und gleichzeitig in ihrem Gehirn. »So abscheulich nun auch wieder nicht«, sagt sie beschwichtigend und denkt an die Tragödie um Mrs. Danes Ehemann und deren unterdrückten Sexualtrieb. Würde Sophie demnächst auch so werden? Immerhin scheint ihr Sexualtrieb nicht sonderlich ausgeprägt zu sein; außer bei jenen ersten Küssen und wenn sie unschickliche Romane liest, was nicht wirklich zählt, war bislang kaum etwas davon zu spüren. Vielleicht hat sich die unbewusste Unterdrückung bereits derart gefestigt, dass …

»Du bist so lieb, Süße. Sag einfach, was du denkst. Meine Schwester ist eine traurige alte Mrs. Grundy, und du schuldest mir etwas, weil ich dich gerettet habe.«

»Mich gerettet?«

Julie nimmt sich ebenfalls ein Glas Champagner. Sie trägt ein schönes, glänzendes Kleid mit tief angesetzter Taille, der ihre moderne, kantige Figur umschmeichelt; ihre Lippen sind in einem gefährlich dunklen Blutrot geschminkt. Die exakte Symmetrie ihrer blonden Wasserwellen lässt Sophie fürchten, neben ihrer weltgewandten Freundin unfrisiert und unkultiviert zu wirken. »Ja, mit meiner ominösen Freundin, du erinnerst dich? Die, die deinen Verlobungsring sehen möchte.«

»Ach! Das hatte ich schon ganz vergessen!«

»Es ist nicht gerade hilfreich, dass du das Prachtstück unter diesen Dingern da versteckst.«

Sophie zieht den linken Handschuh aus. »Ich habe den Ring heute Abend schon Jays Schwester zeigen müssen.«

»Oh, der legendären Mrs. Marshall! Erzähl mir von ihr!«

»Was gibt es da zu erzählen?«

»Nun, wie war sie? Ich bin ihr nie begegnet, obwohl ich sie aus der Ferne gesehen habe. Die Königin aller Vamps.«

Sophie betrachtet die schönen Menschen um sie herum und sagt abwesend: »Sie ist ausgesprochen liebenswert. Sehr viel netter als deine Schwester. Und sie wird eine Verlobungsfeier für uns ausrichten.«

»Na bitte! Eine Verlobungsfeier in der Fifth Avenue! Du bist wahrhaftig angekommen, meine Süße.« Julie sieht erst in die eine, dann in die andere Richtung. »Wo ist der Glückliche eigentlich?«

»Um ehrlich zu sein, habe ich nicht die leiseste Ahnung. Er ist vor etwa einer halben Stunde verschwunden.«

»Umso besser. Dann kommst du eben mit mir.«

»Wohin?«, fragt Sophie und folgt Julies makellosen blonden Wasserwellen in der Annahme, sie würden in ein anderes, ruhiges Zimmer gehen oder vielleicht auf eine Terrasse, von der aus man die Park Avenue überblickt, damit Julie dort eine Zigarette rauchen oder einen Cocktail trinken kann, ohne irgendwelche tadelnden Blicke auf sich zu ziehen. Nicht dass das im Salon der Schuylers nicht möglich wäre – es wird gekichert, geraucht, getrunken. Die modernen Zeiten haben Einzug in die Salons an der Upper East Side gehalten, und niemand schert sich mehr um irgendetwas.

Julie dreht den Kopf gerade so weit, dass Sophie die sorgfältig gewellte Haarsträhne bewundern kann, die sich um ihr Ohr windet, bevor sie in dem Knoten in ihrem Nacken verschwindet. »Natürlich in die Innenstadt. Ich habe mich wieder verliebt, süße Sophie, und ich benötige dringend eine Anstandsdame.«

SO IST JULIE NUN MAL, sie schert sich um nichts. Sophie, die in den engen Grenzen des Hauses in der Thirty-Second Street aufgewachsen ist und nur selten von Flucht träumt, kann die Dreistigkeit nicht fassen, mit der Julie die

Party in der Park Avenue verlässt, ihnen ein Taxi herbeiwinkt und Sophie hineinschiebt: ohne zuvor um Erlaubnis zu fragen, ohne sich von der Gastgeberin zu verabschieden, ohne Sophies bedauernswerten Verlobten zu informieren, dass sie nicht mehr da sind.

»Das hat er verdient, weil er dich einfach so meiner Schwester ausgeliefert hat«, behauptet Julie, als Sophie über den knatternden Motor des Taxis hinweg auf diesen Punkt der Etikette zu sprechen kommt.

»Da hast du Recht.«

»Und du bist nicht mit ihm verwachsen wie ein siamesischer Zwilling, nur weil ihr verlobt seid. Das ist total altmodisch. Hier draußen wartet eine neue Welt darauf, von uns entdeckt zu werden, Süße!« Sie tippt mit ihrem kurzen, lackierten Fingernagel ans Taxifenster.

»Aber warum?«, will Sophie wissen. »War die alte Welt nicht mehr gut genug?«

»Mein Gott, nein! Sieh dir nur unsere Eltern an. Sieh dir den Krieg an, in den sie uns gedrängt haben, diesen ganzen Quatsch über Ehre und Pflicht und Opfer. Und was hat uns das gebracht? Den Tod, sonst nichts. Oder einen Ehemann wie meinen Schwager, der sich Stück für Stück die Lunge aus dem Leib hustet, um das Gift aus dem Körper zu bekommen. Wir sind jetzt frei, Sophie, *frei*. Wir dürfen wählen, wir haben Autos und Jobs und Freiheit.«

»Aber du hast keinen Job.«

»Nun, ich *könnte* einen haben. Ich *sollte* einen haben.« Julie greift in ihre Handtasche und zieht ein Zigarettenetui heraus. »Ich habe tatsächlich schon darüber nachgedacht. Es ist der letzte Schrei, einen Job zu haben. Cousin Philip ist Anwalt. Ich überlege, ob ich ihn bitte, mich einzustellen.«

»Aber du hast doch gar nicht Jura studiert, oder?«

»Ach, ich denke, er findet schon etwas für mich.« Sie zündet die Zigarette an und reicht sie Sophie, die den Kopf schüttelt. »Das einzig Dumme ist, dass man morgens so schrecklich früh aufstehen muss. Aber das ist für dich ja kein Thema, oder?«

»Ich? Ich werde bald heiraten.«

»Noch ein Grund mehr, dir eine Stelle zu suchen. Es ist nicht gut, zu Hause herumzusitzen und darauf zu warten, dass dein Mann von der Arbeit kommt. Das ist völlig überholt.«

Julie schlägt die Beine übereinander und entblößt dabei ein großes Stück Strumpf. Sophie dachte, dass die Röcke wieder länger werden würden nach den schockierenden Auswüchsen der vergangenen Jahre – Frauen trugen nicht nur kürzere Röcke, sondern mitunter sogar Hosen! –, aber Julies Waden scheinen sich nicht dafür zu interessieren, was die Moderedakteure schreiben. Ihre Strümpfe sind auch nicht weiß oder schwarz, wie es sich geziemt, sondern hautfarben.

»Ich wüsste nicht, was ich tun könnte«, sagt Sophie. »Ich habe in der Schule nichts wirklich Nützliches gelernt, nur Englisch, Französisch und Mathematik, und Vater würde ohnehin nichts davon wissen wollen, mich aufs College zu schicken.«

»Nein, vermutlich nicht. Aber du hast doch jede Menge Interessen, oder nicht? Was machst du besonders gern?«

»Nun, ich – ach, im Grunde nichts. Nichts, womit ich meinen Lebensunterhalt verdienen könnte. Hauptsächlich mag ich Bücher und Kunst.«

»Da ist doch noch etwas anderes, hab ich Recht? Du hast gezögert.«

»Nein, da ist nichts.«

Julie nimmt Sophies Hand. »Süße, du musst lernen, diese Dinge rauszulassen. Sie schwären in dir, und du weißt, wo so etwas hinführt. Willst du wirklich ein altes Hausmütterchen werden, das innerlich verfault, so wie meine Schwester?«

»Ich mag Maschinen.«

»Wie bitte? Jetzt murmel doch nicht vor dich hin wie ein Einfaltspinsel! Sprich laut! ICH … MAG …«

»MASCHINEN!«

»*Maschinen?*« Julie ist so überrascht, dass sie Sophies Hand in den Schoß fallen lässt. Sie deutet aus dem Fenster, wo ein anderes Taxi neben ihnen herfährt, dann drückt sie die Zigarette aus. »Du meinst … *Motoren*?«

»Nicht nur Motoren – alles. Ich … nun, ich habe es von jeher geliebt zu begreifen, wie die Dinge funktionieren. Schon als ich ein Kind war.«

»Wie ein … *Mechaniker*?« Es klingt, als würde sie »Prostituierte« sagen.

»Wie mein Vater.« Sophie gibt ein dünnes Lachen von sich und zieht die Finger zurück auf den eigenen Schoß. »Als ich jünger war, habe ich Vater oft in seiner Werkstatt geholfen. Er hat mir gezeigt, wie man das Auto repariert und Ähnliches. Seiner Meinung nach habe ich ein Händchen dafür.«

»Du hast *ein Händchen* dafür? Wie … schön. Warum nicht? Der Apfel fällt eben nicht weit vom Stamm. Es ist nur so … *Wirklich?* Ich meine, du interessierst dich *wirklich* mehr für Maschinen als für … sagen wir, hm, Zeitschriften?«

»Als ich klein war, wollte ich genauso sein wie er. Ich bin ohne Mutter aufgewachsen, musst du wissen.«

»Aha, ohne Mutter! Wenn das so ist, macht es natürlich Sinn, jetzt, da ich darüber nachdenke. Ein Mangel an mütterlicher Aufmerksamkeit kann verheerende Auswirkungen auf das Unterbewusstsein haben. Du hast dich stattdessen auf deinen Vater fixiert, und es ist bei Gott ein Wunder, dass du nicht in kurzen Hosen herumgelaufen bist.« Sie öffnet ihre Handtasche und wühlt darin herum. »Nichtsdestotrotz gehe ich davon aus, dass das ziemlich nützlich ist. Vielleicht ein bisschen *ölig*, aber nützlich. Gehst du bei euch durchs Haus und reparierst Dinge?«

»Nein. Das macht Vater, und überhaupt erlaubt er mir nicht mehr, ihm zu helfen. Die Zeiten gehören der Vergangenheit an.«

Julie nimmt eine weitere Zigarette aus ihrem Etui und zündet sie an. »Weil das nicht damenhaft ist, nehme ich an?«

»So was in der Art.«

»Nun ja.«

Sophie fängt erneut an zu lachen. »Nicht gerade ein angemessener Job, stimmt's? Kannst du dir Jays Gesicht vorstellen? *Ich bin dann mal in der Autowerkstatt, Liebling.*«

»Nun, es muss ja nicht unbedingt eine Autowerkstatt sein, oder? Die sind so schmutzig. Wie wäre es mit einem hübschen, sauberen Ort, an dem du trotzdem schrauben könntest« – Julie tut so, als würde sie eine Schraube in die Luft drehen –, »aber eben ohne dir die Hände schmutzig zu machen?«

Sophie dreht sich zum Fenster. Sie sitzt kerzengerade, als hätte sie ein Schwert oder ein stumpfes Messer verschluckt. »Mach dir keine Gedanken. Das ist bloß ein ehemaliges Hobby. Ich bin jetzt erwachsen.«

»Ja, das bist du, Gott sei Dank. Trotzdem ist es immer noch ein Talent, nicht wahr? Ich werde mich mal umhören, vielleicht kann ich etwas für dich finden, bei einem Architekten oder einem dieser Männer, die Dinge entwickeln …«

»Du meinst einen Ingenieur.«

»Ja, genau.«

»Aber ich bin wirklich …«

»Keine Widerrede. Es würde dir guttun.« Julie wedelt mit ihrer eleganten, unbehandschuhten Hand den Rauch weg. »Du kannst anfangen, sobald du aus den Flitterwochen zurück bist.«

»Flitterwochen?«

»Ja, Flitterwochen. Alle fahren heutzutage in die Flitterwochen. Ihr solltet für mindestens zwei, drei Wochen verreisen, damit du das Ganze seelisch verarbeiten kannst.«

»Was soll ich seelisch verarbeiten?«

»Süße«, sagt Julie mitleidig. »Den Sex.«

Sex. Noch vor einem Jahr hat Sophie nicht einmal an Sex gedacht, und jetzt wird sie überall damit konfrontiert, in aller Öffentlichkeit. Alle scheinen über nichts anderes zu sprechen. Die Filme sind voll davon, genau wie die Bücher und Theaterstücke. Es ist, als hätte man dem Regenbogen plötzlich eine überwältigende neue Farbe hinzugefügt, und als würde einem erst jetzt bewusst, was man zuvor vermisst hat – abgesehen davon, dass es mitunter ein bisschen zu überwältigend wird. Irgendwie wünscht man sich, die Farbenpracht würde von Zeit zu Zeit etwas gedämpfter werden, damit die Augen eine kleine Pause bekommen. Damit man auch noch an etwas anderes denken kann. Aber niemand scheint so zu empfinden wie Sophie. Niemand scheint die Augen ausruhen zu wollen, und sei es auch nur für eine einzige Minute. Niemand möchte an etwas anderes denken.

Sie erreichen ihr Ziel, ein Haus mit einer schlichten Backsteinfassade in einer fremden Gegend. Julie steigt aus, trippelt direkt zur Tür und läutet die Glocke, und ein paar Sekunden später öffnet sich ein kleines Fenster, und

Julie beugt sich vor und sagt etwas in das dunkle Rechteck hinein. Sophie zieht den Mantel enger um sich. Es ist schrecklich kalt, kälter noch als bei ihrer Abfahrt in der Park Avenue; winzige Schneeflocken wirbeln wie Staub im Lichtschein der Straßenlaterne an der Ecke. Die Tür geht auf, und Julie zieht sie ins Haus.

Inzwischen ist Sophie mit dem Procedere vertraut. Zunächst betreten sie einen ganz gewöhnlichen Flur, schmucklos und feuchtkalt, wie in einer Pension oder einem Mietshaus in einer beliebigen Straße Manhattans. Jemand führt sie zu einer engen Treppe, wo es nach Urin stinkt, und öffnet, unten angekommen, eine wenig verheißungsvolle Tür. Und: *Bang! Puff!* Heraus dringt ein Schwall von Jazz und Gelächter, Zigarettenrauch und Spaß. Julie schlüpft hinein, Sophie folgt ihr schnurstracks zu einem kleinen, runden Tisch in der Ecke, an dem ein Mann sitzt, der auf sie wartet, die Arme verschränkt, vor sich einen Whisky, eine brennende Zigarette im Aschenbecher und mehrere leere Gläser.

»Peter, du bist ein Schatz! Ich wusste, dass ich auf dich zählen kann.« Julie drückt dem Mann einen Kuss auf die Wange und dreht sich um, um Sophie näher an den Tisch heranzuziehen. »Mein Lieber, das ist Sophie Fortescue, Jay Ochsners brandneue Verlobte. Sophie, das ist Peter van der Wahl, ein Freund der Familie.«

Peter van der Wahl lässt Drink und Zigarette unbeachtet und steht auf, um Sophie zu begrüßen. Er ist ein Mann von eher bescheidener Statur mit braunem Haar, blauen Augen und einem angenehm kultivierten Gesicht. Er scheint kein bisschen betrunken zu sein, trotz der leeren Gläser vor ihm. Mit einem höflichen Lächeln versichert er ihr, wie sehr es ihn freue, ihre Bekanntschaft zu machen. Sophie mag ihn auf Anhieb, aber sie kann nicht recht glauben, dass Julie Schuyler sich in *diesen Mann* verliebt hat. Einfach so.

»Es ist immer sehr nett, einen Freund von Julie kennenzulernen«, sagt sie vorsichtig, und Peter zieht einen Stuhl für sie unter dem Tisch hervor und gibt ein Zeichen in Richtung Bar, die den Großteil des Raumes einnimmt.

»Oh, ich kenne Peter schon mein Leben lang«, erzählt Julie. »Eine meiner frühesten Erinnerungen ist, dass einer der Bouvier-Jungs meine Sandburg eintrat – nun, es war nicht wirklich eine Sandburg, ich war auch erst zwei oder drei –, und Peter ging dazwischen und boxte ihm auf die Nase. Wie alt warst du damals, mein Lieber? Sechs?«

»Fünf.«

»Ein älterer Herr.« Julie zwinkert. »Seitdem sind wir Freunde. Er tut für mich, was er kann, ohne sich zu beschweren, und ich belohne ihn dafür, wann immer ich kann.«

Sophie sah zwischen den beiden hin und her.

»Willst du einem Mädchen denn keine Zigarette anbieten, Peter?«, fragt Julie und nimmt kurzerhand Peters brennende Kippe aus dem Aschenbecher. »Ist er noch nicht eingetroffen?«

»Nein. Er hat gesagt, er habe erst noch etwas zu erledigen.«

Die Welt findet zurück in ihre Fugen. »*Wer* ist noch nicht eingetroffen?«, hakt Sophie nach.

»Nun, der Kerl, in den ich mich verliebt habe.« Sie reicht Peter die Zigarette zurück. »Du meine Güte, du hast doch nicht etwa geglaubt, es geht um *Peter*, oder?«

»Ich wusste nicht …«

»Herr im Himmel, das wäre ja so, als würde ich einen von meinen Brüdern küssen.«

Eine Kellnerin tritt an ihren Tisch, ein Tablett mit

Whiskygläsern in der Hand, die sie eins nach dem anderen vor sie hinstellt. Dem Ausdruck auf Peters Gesicht nach zu urteilen, geht Sophie davon aus, dass er Julies Ansichten nicht ganz teilt. Zumindest nicht, was ihre »geschwisterliche« Beziehung anbelangt. Der arme Mann. Es war bestimmt schrecklich, so hoffnungslos in Julie Schuyler verliebt zu sein.

Julie nimmt eines der Gläser und hält es nicht sonderlich vorsichtig gegen das gedämpfte Licht. »Nein, es ist bloß so, dass Peter mit dem Objekt meiner Begierde bekannt ist, und er war so freundlich, mir anzubieten, uns einander vorzustellen.«

»Du bist ihm noch gar nicht persönlich begegnet?«

»Nein. Ich habe ihn bloß aus der Ferne gesehen, heute Abend, auf der Party. Er stand am anderen Ende des Raumes und hat mich schlichtweg *umgehauen*.«

»Umgehauen?«

Julie legt eine Hand aufs Herz. »Umgehauen.«

Peter verdreht die Augen. »Das passiert zweimal die Woche, müssen Sie wissen.«

»Oh, aber diesmal ist es *echt*, Peter. Ich kann nicht aufhören, an ihn zu denken.«

»Tatsächlich? Das ist jetzt wie lange her? Drei ganze Stunden?«

»Unsinn. Hast du noch nie etwas von der berühmten Liebe auf den ersten Blick gehört?«

»Du hast ihn doch noch gar nicht kennengelernt!«

»Herrgott noch mal, Peter, sei doch nicht so eine Spaßbremse. Langsam macht mir das Sorgen.« Sie kippt ihren Whisky, nimmt Peter die Zigarette aus den Fingern und drückt sie im Aschenbecher aus. »Tanz mit mir. Das beruhigt meine Nerven.«

»Du hast doch gar keine«, widerspricht er, aber er steht

auf und lässt sich von ihr zu dem kleinen Linoleumquadrat vor der Band ziehen, das rappelvoll ist mit fanatischen Tänzern: Füße wirbeln durch die Luft, begleitet von weit gespreizten Händen. Sophie sieht den beiden ein paar Sekunden lang verblüfft nach, bis Julies blonder Schopf nicht länger zu sehen ist, nur eine einzelne, hoch aufgerichtete schwarze Feder tanzt über ihnen durch die Luft wie ein Periskop.

Sophie richtet ihre Aufmerksamkeit auf den Tisch vor ihr, und die verschiedenen Gläser darauf lassen sie an die Innenstadt von Manhattan denken: all die Gebäude, zusammengepfercht auf einem so winzigen Fleckchen Erde. Der riesige Woolworth Tower, der über alldem herrscht wie ein Koloss. Sie nimmt eines der Gläser und schnuppert daran. Ein Geruch wie von Medizin steigt ihr in die Nase, wie das Desinfektionsmittel im Krankenhaus.

Julie hat das Glas bereits geleert.

Sie schnuppert an einem anderen, unberührten, und nimmt einen kleinen Schluck, nur um sich zu beweisen, dass sie nicht feige ist. Ihre Zunge kribbelt. Versteift sich vor Schreck. Wird ein klein wenig taub. Und dann schaut sie auf, weil ein Schatten auf den Tisch fällt. Julie und Peter können doch noch nicht zurück sein, oder? Die Nummer ist noch nicht vorbei.

Das Seltsame ist, dass sie die ganze Zeit über eine Vorahnung hatte. Das Gefühl, dass etwas Unerwartetes auf sie zukommt, etwas insgeheim Reizvolles, mit dem sie ganz und gar nicht rechnet, sonst hätte sie ihren Verlobten wohl kaum bei der Party der Schuylers stehen gelassen. Wäre nicht mit Julie Schuyler ins Taxi gestiegen und in unbekannte Gefilde der Stadt vorgedrungen, hätte nicht dieses Flattern im Magen verspürt, dieses Kribbeln in den Fingern unter den Satinhandschuhen und dem rosenförmigen Verlobungsring. Irgendetwas steht ihr bevor, etwas Großartiges, und ihr fällt ein – gerade als sie sich verschluckt und hastig ihr Whiskyglas abstellt –, wann sie diese aufgeregte Vorfreude schon einmal verspürt hat.

Und so ist es keine Überraschung, als sie den Blick hebt und in Mr. Rofranos verschattetes Gesicht schaut, der auf sie herabsieht.

»Hallo«, stößt sie japsend hervor, dann bekommt sie einen Hustenanfall.

ALS JULIE UND PETER an den Tisch zurückkehren, nassgeschwitzt und sprühender Laune, hat sie den Husten wieder unter Kontrolle, die Röte allerdings nicht. Sie weiß, dass ihre Wangen rosarot sind – sie spürt das verräterische Brennen des Blutes direkt unter ihrer Haut – und vielleicht auch ihre Nase und ihr Hals. Wie unschön! Mr. Rofrano hat sich einen Stuhl herangezogen und ihr sein Taschentuch angeboten, was sie ihm gerade eben schüchtern zurückgereicht hat, und nun lehnt er sich vor und stellt ihr eine Frage.

In dem Moment, in dem er seinen dunklen Schopf zu ihr herabbeugt und Sophie das Gesicht von ihm abwendet, um ihn besser hören zu können, fällt ihr Blick direkt auf Julie. Im selben Moment dreht Julie den Kopf und entdeckt die Freundin mit Mr. Rofrano. (Verblüffend, nicht wahr? Wie Tiere, die spüren, dass sie beobachtet werden.) Julie bleibt wie angewurzelt stehen, ihr Blick wandert zwischen Sophie und dem Kavalier hin und her, und ihrem Gesichtsausdruck nach zu urteilen, haut es sie soeben zum zweiten Mal an diesem Abend um.

Mr. Rofrano erhebt sich höflich von seinem Stuhl. »Peter«, sagt er und nickt Julies Tanzpartner zu.

»Rofrano. Schön, dass du kommen konntest«, sagt Peter,

auch wenn sein Ton nahelegt, dass er das alles andere als schön findet. »Das ist Julie Schuyler. Du kennst doch Philip. Sie ist seine Cousine.«

Julie tritt näher und streckt die Hand aus. »Meine Güte, Sophie. Ihr zwei kennt euch?«

»Ich habe Miss Fortescue vergangene Woche kennengelernt, als ich die Ehre hatte, ihr ein … ein Geschenk von einem Bewunderer zu überbringen.«

»*Sie* sind Sophies Kavalier?«

»Ist das nicht verblüffend? Die Welt ist doch klein«, zwitschert Sophie.

»Ja, das ist sie.« Julie beugt sich vor und schnappt sich ein Glas vom Tisch. »Manchmal könnte man meinen, dass nicht mehr als zwei Dutzend Leute darauf wohnen.«

»Müssten es nicht eher vierhundert sein? So viele, wie in Mrs. Astors Ballsaal passen?«, wirft Mr. Rofrano ein.

»Ach, das ist bloß eine Geschichte. Außerdem gibt es ihr Haus schon lange nicht mehr und den Ballsaal auch nicht.« Sie leert das Glas mit einem einzigen Zug und zwinkert heftig mit den Augen, um den brennenden Whisky bei sich zu behalten.

Peter legt ihr die Hand ins Kreuz. »Übertreib es nicht, Julie.«

»Sei nicht albern. Ich würde gern noch ein wenig tanzen, mein Lieber, wenn es dir nichts ausmacht.« Sie nickt in Mr. Rofranos Richtung. »Es war mir ein Vergnügen, Sie kennenzulernen. Passen Sie gut auf meine kleine Sophie auf, solange ich weg bin, ja?«

SPÄTER, ALS MR. ROFRANO sie in einem Taxi nach Hause begleitet, ist sich Sophie nicht ganz schlüssig, was Julie mit ihren Worten gemeint hat. Hat sie die gegenseitige Anziehung zwischen den beiden gespürt, oder hat sich gerade eben lediglich ein weiteres Teil des großen, kurzlebigen Puzzles der Gewohnheiten und Gepflogenheiten der gehobenen New Yorker Gesellschaft an die anderen angefügt?

Sie hatte nicht mit ihm getanzt. Sie hatte penibel darauf geachtet, Octavian nicht anzusehen, denn sie war verlobt mit einem anderen Mann, und Julie war in ihn verliebt. Sie hatten steife Konversation betrieben, wohlwissend um diese unangenehme Sache zwischen ihnen, diese vermeintliche Unbefangenheit. Aber man konnte Julie nichts vormachen. Und sie hatte sich ganz offenbar nichts vormachen lassen.

Sophie starrt auf ihre behandschuhten Hände in ihrem Schoß und sagt: »Ich hoffe, Sie machen meinetwegen keinen zu großen Umweg.«

»Ganz und gar nicht. Außerdem würde ich niemals ein Mädchen mitten in der Nacht allein nach Hause schicken.«

»Das ist sehr freundlich von Ihnen.«

»Mit Freundlichkeit hat das nichts zu tun«, erwidert er leise, dann: »Ich möchte nicht vermessen sein, aber sollte nicht eigentlich Ihr Verlobter diese Aufgabe übernehmen?«

»Wir haben ihn bei einer Party gelassen.«

»Ach, verstehe. Bei den Schuylers.«

»Woher wissen Sie das?«

Er zögert. »Ich war ebenfalls kurz da.«

»Oh. Sie hätten Hallo sagen sollen!«

»Ich habe Sie nicht gesehen.«

Sophie runzelt die Stirn, weil sie merkt, dass hier irgendwo ein gewaltiger Logikfehler steckt, aber sie ist zu müde und zu beschwipst, um ihn zu finden. Als sie mit Mr. Rofrano ins Taxis gestiegen ist, hat sich die Müdigkeit auf sie gelegt wie eine Decke, und alles, was sie möchte, ist ihren Kopf an seine Schulter zu legen, in den Abgrund des

Schlafs einzutauchen und für mehrere Tage nicht mehr daraus aufzutauchen. Ihr fallen bereits die Augenlider zu. »Ach, natürlich waren Sie da. Wie dumm von mir. Da hat Julie Sie ja entdeckt.«

»Tatsächlich?«

»Ja. Sie haben sie umgehauen, obwohl Sie am anderen Ende des Raumes standen …«

»Das hatte ich bestimmt nicht vor.«

»… also hat sie Peter gebeten, Sie miteinander bekannt zu machen.« Sophie verstummt kurz, dann: »Woher kennen Sie Peter?«

»Ich habe vor einiger Zeit im Haus seiner Familie auf Long Island gewohnt, direkt nach meiner Rückkehr aus Frankreich. Damals war ich mir nicht sicher, was ich mit mir anfangen sollte – ob ich überhaupt etwas tun wollte.«

»Und, haben Sie es herausgefunden? Was Sie tun wollten, meine ich?«

»Ich glaube schon. Zumindest dachte ich das.«

Die Straßen fliegen viel zu schnell vorbei. In ein paar Minuten werden sie in die Thirty-Second Street einbiegen, und Sophie wird sich von Mr. Rofrano verabschieden und über ihr Leben als Verlobte von Jay Ochsner nachdenken. Eine Hochzeit, Flitterwochen und ein gemeinsames Zuhause planen. »Sie verkaufen Anleihen?«, fragt sie.

»Damit bestreite ich meinen Lebensunterhalt.«

Sophie erwidert nichts. Vielleicht vergeht die Zeit langsamer, wenn sie nicht sprechen, und sie kann einfach Mr Rofranos Anwesenheit genießen, jedes Detail in sich aufsaugen. Er ist sehr kräftig und warm unter seinem Wollmantel, riecht nach Zigaretten und der schweiß- und alkoholgeschwängerten feuchtklammen Luft des Etablissements, das sie gerade verlassen haben. (»Sie bringen meine Sophie nach Hause, nicht wahr, Mr. Rofrano?«, hat Julie gesagt, so demonstrativ, wie nur Julie es zustande bringt, und sich dabei an Peter gelehnt, woraufhin Mr. Rofrano nickte und »Selbstverständlich« erwiderte.) Sein Oberschenkel ist gute vierzig Zentimeter von ihrem eigenen entfernt, doch sie spürt ihn trotzdem, spürt seine Gegenwart an ihrer Haut, als würden sie einander tatsächlich berühren. Oder liegt das am Alkohol? Sie hat nur ein Glas getrunken, aber der Effekt ist weitaus stärker als bei Champagner – er lässt Grenzen und Haut und Kleidung und Umrisse verschwimmen, bis sie kaum noch die Stelle ausmachen kann, an der Sophie endet und wo Mr. Rofrano anfängt.

Mr. Rofrano schweigt ebenfalls, und auf eine seltsame Art und Weise – fast so wie die eingebildete Berührung ihrer Körper, die doch nicht stattfindet –, scheint die Stille selbst zu ihnen zu sprechen, scheint Fragen zu stellen und zu antworten. Bis Sophie, vielleicht ein wenig zu gezwungen, fragt: »Aber was möchten Sie denn *wirklich* tun?«

»Das ist eine merkwürdige Frage«, antwortet er bedächtig.

»Und was ist daran so merkwürdig?«

»Zum einen hat man mir diese Frage noch nie zuvor gestellt.«

»Niemand? Nicht einmal Ihre Eltern?«

»Meine Eltern sind tot.«

»Oh.« Sophie drückt die Hände aneinander. »Das tut mir schrecklich leid. Wie dumm von mir.«

»Schon gut. Das konnten Sie nicht wissen.«

»Sie haben nie über Ihre Eltern gesprochen, daher war mir nicht klar …«

»Schon gut, wirklich. Es liegt schon eine Weile zurück.«

»Meine Mutter ist gestorben, als ich noch klein war, und ich habe nie aufgehört, sie zu vermissen.«

»Ach? Nun, das tut mir leid.« Er legt die Hände auf seine Knie und spreizt die Finger. Seine Daumen streichen über die Innenseite seiner Hosenbeine. »Darf ich Sie fragen, wie sie gestorben ist?«

»Ich … Das weiß ich nicht genau. Irgendeine plötzliche Krankheit. Ich glaube, sie wussten selbst nicht genau, was es war. Was ist mit Ihren Eltern?«

Er zögert kurz, bevor er antwortet. »Mein Vater hat sich wegen einer missglückten Investition erschossen, als ich vierzehn war …«

»Oh, Mr. Rofrano!«

»Und meine Mutter ist während meines Einsatzes in Frankreich an der Grippe gestorben.«

»Wie schrecklich für Sie. Das tut mir so leid.«

»Es war ein schwerer Schlag.« Die Finger auf seinen Knien schließen sich. »Ich habe die Nachricht im Dezember 1918 erhalten. Meine Tante hat ein Telegramm geschickt. Der Krieg war vorbei, aber ich hatte noch nicht meine Entlassungspapiere erhalten. Die Beerdigung musste ohne mich stattfinden.«

»Oh, Mr. Rofrano.«

»Wie dem auch sei: Ich nehme an, das ist der Grund, warum ich beschloss, nach meiner Entlassung aus der Armee für eine Weile in Paris zu bleiben.«

»Weil Sie niemanden hatten, zu dem Sie zurückkehren konnten«, flüstert Sophie. Sie überbrückt tapfer die vierzig Zentimeter und legt die Hand – die linke, die mit dem Verlobungring unter dem Handschuh – auf seine und fängt einen Satz an, den sie eine Sekunde später bereut. »Ich wünschte mir so sehr …«

»Was?«

»Nichts.« Sie passieren die Twenty-Fourth Street. Nur noch ein, höchstens zwei Minuten. Acht Blocks über vereisten Asphalt. Sophie zieht die Hand zurück und stößt hastig hervor: »Sie haben meine Frage nicht beantwortet. Was Sie *wirklich* tun möchten.«

»Ich weiß es nicht.«

»Das müssen Sie doch wissen, tief im Innern. Sie müssen doch wissen, was Ihnen fehlt.«

Er nimmt die Hände von den Knien und verschränkt die Arme vor der Brust. »Ich habe die Fliegerei geliebt – bis zum Krieg.«

»Und jetzt fliegen Sie nicht mehr?«

»Ich bin schon sehr lange nicht mehr geflogen. Ich wollte nie wieder ein Flugzeug sehen.«

»Aber das geht doch nicht! Sie können doch nicht einfach dem, was Sie am meisten lieben, den Rücken kehren.«

»Ich habe nicht behauptet, dass ich das Fliegen am meisten liebe.«

»Trotzdem war es eine Leidenschaft. Es gab einen Grund, warum Sie das Fliegen geliebt haben – als es noch nicht darum ging, andere Flugzeuge abzuschießen und Menschen zu töten. Dieser Grund ist noch immer in Ihnen verborgen und wartet nur darauf, wiederentdeckt zu werden.«

»Ich weiß nicht«, sagt er bedächtig. »Ich weiß nicht.«

Sie verfallen wieder in Schweigen, und Sophie denkt, dass sie vielleicht nicht so eifrig, so leidenschaftlich hätte sprechen dürfen. Das ist eine ihrer Schwächen: ihre unbekümmerte Begeisterung für Romantik, auch wenn das völlig überholt ist. Heutzutage glaubt niemand mehr an die Romantik, schon gar nicht die Menschen, die wie Mr. Rofrano im Krieg gekämpft haben. Tatsächlich ist es ausgesprochen vielsagend und absolut symbolisch, den modernen Zynismus betreffend, dass er von seinen Turnierkämpfen am Himmel wie ein mittelalterlicher Ritter zum Verkauf von Staatsanleihen umgeschwenkt ist, vom Schlachtfeld der Lüfte zum Telefon in seinem sicheren, winzigen Büro (zumindest stellt sich Sophie vor, dass es winzig ist) an der Ecke Wall Street und Broadway.

Das Taxi biegt in die Thirty-Second Street ein, und Sophie, abrupt zurückgerissen in die Gegenwart, öffnet ihre Handtasche, um ihr Portemonnaie zu suchen.

»Seien Sie nicht albern«, sagt Mr. Rofrano. Er streckt die Hand aus und schließt die Tasche, und für einen kurzen Augenblick berühren sich ihre Finger, bevor Mr. Rofrano sie zurückzieht, um die Tür zu öffnen.

Er begleitet sie die Stufen hinauf. Sophie bedankt sich bei ihm und fragt, ob er ihr sagen kann, wie spät es ist. Er schaut auf seine Armbanduhr und antwortet, es sei beinahe zwei Uhr morgens. Ob jemand auf sei, um sie einzulassen? Sie erwidert, sie habe einen Hausschlüssel, und nimmt ihn zum Beweis aus der Handtasche.

Mr. Rofrano wartet, um sich zu vergewissern, dass das Schloss nicht eingefroren ist. Sophie sperrt die Tür auf. »Danke«, sagt sie noch einmal und sieht ihn an. »Ich nehme an, es ist Zeit, gute Nacht zu sagen?«

Er nimmt ihre Hand. »Gute Nacht.«

Einen Augenblick stehen sie einfach nur da, die Hände ineinander verschränkt, und sehen einander an. Der Wind pfeift ihr am linken Ohr vorbei, dann wird er schwächer.

»Wie wär's, wenn wir morgen etwas zusammen unternehmen?«

»Ich – ich gehe am Vormittag mit meiner Familie in die Kirche. Um acht.«

»Und anschließend? Sagen wir um halb zehn? Ich kann Sie an der Ecke der Third Avenue mit meinem Wagen abholen.«

»Ich …« Sie dreht sich um und schaut an der Fassade

hinauf zu den Fenstern. »Warum nicht, allerdings müsste ich zum Abendessen zurück sein. Wohin fahren wir?«

Er lässt ihre Hand los und gibt einen leisen Seufzer von sich, als hätte er die ganze Zeit über die Luft angehalten. »Das ist eine Überraschung«, antwortet er, dann springt er die Stufen hinunter auf den Gehsteig, wo das Taxi am Bordstein wartet.

Die New York Herald-Times,
30. Mai 1922

Klatsch und Tratsch, von Patty Cake

Sie beginnen gern mit einem großen Knall, diese Staatsanwälte aus Connecticut, und wenn Sie diese Kolumne regelmäßig lesen, wissen Sie, dass Sie für Ihr Geld keinen größeren Knaller bekommen können als Miss Julie Schuyler. Oder einfach JULIE, wie wir sie nennen wollen, in großer, fetter Schrift, mit oder ohne Ausrufezeichen.

Nun, wir wissen alle, was sie da im Zeugenstand bezwecken wollte, wie wir alle wissen, welchen Bestand ihre Aussage hat. Lassen Sie uns daher die Aufmerksamkeit auf wichtigere Dinge richten, nämlich darauf, wie sie ausgesehen hat. Natürlich hinreißend! Sie hat ihr schönes blondes Haar zu einem Bob abschneiden lassen – was zum jetzigen Zeitpunkt durchaus ein wenig klischeehaft erscheinen mag, aber der Schnitt steht ihr wirklich gut, anders als vielen anderen Mädchen, die versuchen, eine kleine Frisurenrebellion anzuzetteln. Von verschiedenen Quellen habe ich gehört, Julie sei nur widerstrebend in den Zeugenstand für die Anklage getreten, aber auf mich machte sie absolut keinen widerwilligen Eindruck. Ganz und gar nicht. Sie beantwortete die Fragen der Herren mit unerschütterlicher Gelassenheit, und glauben Sie mir – Gelassenheit zu wahren ist nicht einfach, wenn das Quecksilber schon um zehn Uhr morgens auf über einunddreißig Grad steigt. Sogar der Richter war fasziniert.

Begleitet von geistreichen Randbemerkungen und ausgesprochen elegant hochgezogenen Augenbrauen übermittelte Miss Schuyler dem Gericht, dass sie besagte Tochter im Oktober 1921 in der Hutabteilung des Bergdorf-Goodman-Emporiums in der Fifth Avenue kennengelernt hatte, doch trotz unzähliger gemeinsamer Mittagessen, Verabredungen zum Tee, Einkaufsbummel und sonstiger Zerstreuungen sei sie dem Patentkönig nie persönlich begegnet. *Aus welchem Grund?*, werden Sie sich fragen. Nun, offenbar wünschte er keinen Kontakt. Tatsächlich geht Miss Schuyler davon aus, dass sie Miss Fortescues erste Freundin ist, da Miss Fortescue die bisherigen neunzehn Jahre ihres Lebens wie Rapunzel hinter Schloss und Riegel des väterlichen Hauses verbrachte, und der Großteil der Fortescue/Schuyler-Unternehmungen fanden ohne Wissen und Zustimmung des Angeklagten statt. *Warum?*

Auf diese Frage hin zuckte Miss Schuyler mit den Schultern und gab an, sich keinen Grund dafür vorstellen zu können. »Versuchen Sie es«, drängte der Staatsanwalt mehrfach, und selbstverständlich sprang der Verteidiger auf, um »Einspruch, Euer Ehren!« zu rufen, und der Vorsitzende Richter gab dem Einspruch statt. So. Schluss mit Miss Julie Schuyler, zum großen Bedauern der im Gerichtssaal Versammelten.

Die nächste Person, die in den Zeugenstand gerufen wurde, war weit weniger bezaubernd, dafür war ihre Aussage um einiges aufschlussreicher: Es handelte sich um die berühmt-berüchtigte Mieterin der Souterrain-Wohnung – Mrs. Kelly, die mit dem Sodabrot. Sie werden nicht überrascht sein zu erfahren, dass sie »diesem Mann nie getraut« hatte (während dieser Aussage kniff sie die Augen zusammen und warf dem Angeklagten einen stahlharten Blick zu, doch der zeigte keinerlei Reaktion) und sich zutiefst um das Wohlergehen »der beiden liebenswerten Mädchen in seiner Obhut« sorgte (an diesem Punkt wurde ihr Blick sanft und streifte voller mütterlicher Fürsorge die Patentprinzessinnen, die ebenfalls nicht reagierten). In der Absicht, ihren Argwohn ihm gegenüber zu bestätigen, sei sie eines Abends zu seinem Arbeitsplatz geschlichen, eine kleine Werkstatt in der Nähe, wo der große Erfinder unvorstellbare Dinge mit seinen unvorstellbaren Werkzeugen anstellte, und habe seine privaten Unterlagen durchsucht. Anstatt sie auf der Stelle für diesen kriminellen Übergriff festzunehmen, erkundigte sich der Staatsanwalt, worauf sie gestoßen sei. »Nichts Bemerkenswertes«, antwortete sie kopfschüttelnd, denn sie wurde bei ihrem mitternächtlichen Treiben von niemand anderem als dem Angeklagten höchstpersönlich überrascht, der sie mit einem spitzen Gegenstand bedrohte und ihr schwor, er werde dafür sorgen, dass sie es bereute, sollte sie jemals wieder hier auftauchen. Selbstverständlich rannte sie nach Hause, packte ihre Sachen und drückte ihre Kündigung über einen Korb Sodabrot aus. (An diesem Punkt ihrer Aussage deutete sie auf einen Korb, der hinter ihr auf der Zeugenbank stand, und lud das Gericht ein zuzugreifen.)

Ich erspare Ihnen, verehrte Leser, die restlichen Details von Mrs. Kellys Aussage genau wie die anschließende Unterbrechung, denn ich wäre sehr unglücklich, wenn Sie an dieser Stelle aufhörten zu lesen und dadurch verpassten, was ich über den letzten Zeugen des Tages, Mr. Philip Schuyler, zu sagen habe, der (wie Sie zu Recht vermuten) in einer verwandschaftlichen Beziehung mit Miss Julie Schuyler steht. Sie ist seine Cousine, und beide sind auf jene unkonventionelle Schuyler-Art blond und gutaussehend, aber Mr. Schuyler ist ein Anwalt von einigem Ansehen, weshalb seine Aussage vermutlich mit größter Sorge erwartet wurde, zumal sie die letzte dieses Verhandlungstages sein sollte.

Als Mr. Schuyler in den Zeugenstand trat, hatte die Temperatur im Saal ihren Höhepunkt erreicht, und wir – Zuhörer und

Geschworene – waren nicht sonderlich gewillt, eine ellenlange Wiederholung unwichtiger Details über uns ergehen zu lassen. Die Anklage schien diese allgemeine Stimmung zu bemerken und kam direkt zur Sache. In welcher Beziehung stand Mr. Schuyler zu dem Angeklagten?, wollte der Staatsanwalt wissen. Mr. Schuyler gab an, vor einigen Jahren einige juristische Angelegenheiten für Mr. Fortescue geregelt zu haben, als dieser das Erste seiner Patente anmeldete. Insbesondere, so Mr. Schuyler, sorgte sich Mr. Fortescue um die Rechtmäßigkeit seiner Patente, da er weder über eine gültige Geburtsurkunde noch über irgendeinen anderen Identitätsnachweis verfügte. Beides war bei einem Feuer verloren gegangen. Mr. Schuyler hatte Mr. Fortescue damals geholfen, seine verlorene Identität wiederherzustellen und eine Gesellschaft zu gründen, um seine Patente registrieren und lizensieren zu lassen, ohne dass Mr. Fortescues Privatsphäre dadurch beeinträchtigt wurde.

Hatte Mr. Schuyler, so erkundigte sich der Staatsanwalt weiter, zu irgendeinem Zeitpunkt den Eindruck, dass etwas Suspektes hinter Mr. Fortescues fehlenden Papieren steckte?

Mr. Schuyler zögerte, bevor er antwortete. Nein, teilte er dem Gericht dann mit fester Stimme mit. Den Eindruck hatte er nicht.

An diesem Punkt endete Mr. Schuylers Zeugenaussage, und auch das anschließende Kreuzverhör brachte nichts Neues.

Also obliegt es nun Mr. Octavian Rofrano, meine Damen und Herren, am morgigen Tag mit weiteren unterhaltsamen Donnerschlägen aufzuwarten. Als einer der Hauptzeugen der Verteidigung erwarten wir, dass er Zuschauer und Gericht gleichermaßen elektrisieren wird, so wie er offenbar die liebenswerte, anspruchsvolle Mrs. Marshall elektrisiert hat.

Immer vorausgesetzt, die für heute Abend erwarteten Unwetter nehmen ihm diese Aufgabe nicht ab.

Kapitel 7

Die Frau, die die Eitelkeit eines Mannes beflügelt,
mag ihn reizen, die Frau, die sein Herz beflügelt,
mag ihn anziehen, aber es ist die Frau,
die seine Vorstellungskraft beflügelt, die ihn bekommt.

HELEN ROWLAND

SOPHIE
Sonntagmorgen

EIN STRAHLEND HELLER VORMITTAG, vielleicht zu strahlend. Der leichte Schneefall von gestern Nacht ist einem Himmel aus eisigem Blau gewichen, vor dessen östlichem Ende eine prächtige Sonne hängt.

Aber Sophie blickt nach Westen, nicht nach Osten: die Thirty-Second Street hinunter Richtung Third Avenue, um neun Uhr zweiunddreißig, die Sonne im Rücken. Ihre halbhohen Lederstiefel trappeln hämmernd über den Gehsteig wie ein Widerhall ihres hämmernden Herzens, das sich in einer Art Panikzustand befindet. Zwei Minuten zu spät! Was, wenn er einer dieser pünktlichen Militärburschen ist, die unpünktliche Frauen nicht ausstehen können? Was, wenn er ist wie ihr Vater, der ihr mit seinem Schweigen den ganzen Sonntagmorgen inklusive Frühstück und Kirchgang verdorben hat, weil Sophie – verschlafen, aber tadellos zurechtgemacht – um vier Minuten nach sieben statt um sechs Uhr neunundfünfzig im Esszimmer erschienen ist?

Doch dann sieht sie ihren Kavalier, der zwischen einem Laternenpfahl und einem alten Ford Model T steht. Er ist für einen Ausflug aufs Land gekleidet, trägt einen braunen Norfolk-Anzug und hat seine wollene Schiebermütze tief in die Stirn gezogen. Jetzt entdeckt er Sophie, hebt den linken Arm und winkt, und Sophie denkt: Ganz gleich, was passiert – renn nicht zu ihm hin!

Sie rennt ohnehin schon.

»Es tut mir leid, dass ich zu spät komme!«, stößt sie japsend hervor und hält mit einer Hand ihren Hut fest, damit sie nicht in Versuchung kommt, ihn zu berühren. »Vater besteht darauf, dass wir uns nach der Kirche noch ein wenig zusammensetzen, und ich musste mir eine Ausrede einfallen lassen, um mich davonstehlen zu können, denn heute ist schließlich Sonntag, und die Läden sind geschlossen. Ich hoffe, Sie haben nicht lange gewartet.«

»Nicht allzu lange.« Er öffnet die Tür für sie – der Wagen parkt Richtung Norden –, dann tritt er vor die Kühlerhaube, um den Motor anzukurbeln. »Macht es Ihnen etwas aus, die Zündung anzulassen? Der Zündschlüssel steckt, gleich neben dem Lenkrad.«

Sophie weiß, wie man einen alten Model T anlässt. Ihr Vater hat seinen eigenen erst vor zwei Jahren verkauft und gegen einen gebrauchten Oldsmobile eingetauscht, der in einer Garage seiner Werkstatt gegenüber parkt – einst ein Mietstall für Pferde. Er zahlt den Jungs, die sich dort ein bisschen Geld verdienen, einen Dollar die Woche, damit sie dafür sorgen, dass der Wagen auf Hochglanz bleibt und nicht von anderen Fahrzeugen touchiert wird. Für den alten Ford dagegen war Sophie zuständig. Vater hatte ihr gezeigt, wie man den Lack reinigt, das Öl und die Reifen wechselt, wie man den Motor anlässt, wie man Auto fährt. (Im Gegensatz zu den Jungs von der Garage hat sie bloß ein Zehn-Cent-Stück für ihre Dienste erhalten.) Dafür ist sie nun eine Expertin, wenn es um das Vorkriegsmodell des Model T geht. Sie rutscht auf den Fahrersitz und zieht den Choke, dann dreht sie den Zündschalter, während sie Mr. Rofranos Schulter hinter der Kühlerhaube auf und ab zucken sieht. Bei seinem Zeichen dreht sie den Schlüssel. Ein weiteres hastiges Zucken von Mr. Rofranos Schulter. Der Motor hustet zweimal, ruckelt gefährlich, dann springt er an.

Mr. Rofrano hebt den Kopf und reckt triumphierend den Daumen in die Höhe, sein Lächeln unter dem Schirm seiner Schiebermütze ist breit und glücklich. Sophie ist absurderweise stolz auf sich selbst. Sie gleitet zurück auf den Beifahrersitz und erwidert sein Lächeln, als er die Tür öffnet und sich auf den Platz neben ihr schwingt, einen Schwall kalter Luft, vermischt mit dem erfrischenden Duft nach Seife, hinter sich herziehend. Mit der linken Hand stellt er den Zündhebel zurück, bis die Kolben zufrieden schnurren.

»Los geht's«, sagt er.

»Aber wohin?«

»Nach Connecticut.«

»Oh.« Sophies Euphorie ebbt ein wenig ab. Connecticut. Nun, es ist nicht so, als sei Connecticut nicht in Ordnung für sie, im Gegenteil – sie hat gehört, es sei ein absolut *angenehmer* Ort, wenngleich nicht unbedingt ... abenteuerlich. (Beinahe hätte sie »romantisch« gedacht, doch gerade noch rechtzeitig fällt ihr ein, dass sie mit einem anderen Mann verlobt ist.)

Oder hat sie womöglich erwartet, dass Mr. Rofrano sie auf einen Ozeanliner entführt, der an den West Side Piers auf sie wartet? Sehr viele Möglichkeiten, am Sonntagmorgen einen Ausflug mit dem Wagen zu einem vom Zentrum Manhattans aus leicht zu erreichenden Ziel zu unternehmen, gibt es nicht, außer vielleicht nach Long Island oder New Jersey.

»Was gibt es denn so Besonderes in Connecticut?«, erkundigt sie sich.

»Das werden Sie schon sehen.«

Selbst am Sonntagmorgen hat der Verkehr den Schnee, der in der Nacht gefallen ist, bereits beseitigt – überhaupt ist nicht sonderlich viel Schnee gefallen. »Es ist zu kalt, um richtig zu schneien«, sagt Sophie.

»Nun, ich bin froh, dass es nicht mehr Schnee gegeben hat, denn das hätte meine Pläne durchkreuzt. Sind Sie müde?«

»Nein.«

»Ich dachte, Sie wären vielleicht erschöpft, weil Sie so spät ins Bett gekommen sind. Wenn Sie möchten, können Sie sich ein wenig zurücklehnen. Die Fahrt dauert mindestens zwei Stunden.«

Sophie denkt nicht, dass sie jemals wieder schlafen möchte, nicht wenn ihre Nerven derart tanzen. Doch vielleicht hat Mr. Rofrano Recht, vielleicht sollte sie sich tatsächlich für ein Stündchen ausruhen, damit sie frisch ist für das, was immer auf sie zukommt, wenn sie an einem bitterkalten Januarsonntag in Connecticut ankommen.

»Also gut«, sagt sie und rollt sich wie ein Kätzchen auf dem Beifahrersitz zusammen, sodass sie mit dem Scheitel Mr. Rofranos Hosenbein berührt. Sie muss direkt eingeschlafen sein, denn das Nächste, was sie mitbekommt, ist, dass der Wagen ruckelnd zum Stehen kommt und das Motorengeräusch verstummt.

SOWEIT SOPHIE WEISS, war sie noch nie in Connecticut. Sie war in Europa, aber Connecticut hat sie noch nie gesehen – ist das nicht merkwürdig? Ihr Leben war bis letzten Sommer begrenzt auf ein paar Blocks rund um das beengte Haus in der Thirty-Second Street, ein kleines Reich, das einen Metzger und diverse Lebensmittelläden umfasst, eine Bäckerei und ein Bekleidungsgeschäft, eine Kirche und eine großartige öffentliche Bibliothek: Was braucht man mehr? Bis zu ihrem Abschluss vor zwei Jahren hat sie die nahegelegene Mädchenakademie besucht, aber ihr Vater hat sie nie ermutigt, Freundschaft mit ihren Klassenkameradinnen zu schließen, und erwartet, dass sie direkt nach Schulschluss nach Hause kam, geführt von Virginias strenger Hand.

Virginia hat etwas mehr Freiheit genossen. Sie trat dem Roten Kreuz ihrer Kirchengemeinde bei, und als in Frankreich Freiwillige gesucht wurden, bat sie ihren Vater um Erlaubnis, dorthin fahren zu dürfen. Zu Sophies Überraschung sagte er Ja, nachdem er eine Weile schweigend darüber nachgedacht hatte. Und Virginia war tatsächlich abgereist. Hatte achtzehn lange Monate in Frankreich verbracht und war schwanger nach Hause zurückgekehrt, einen schmalen Goldring am Finger. Ihr Ehemann wollte nachkommen, sobald er seine Angelegenheiten geregelt hatte. Evelyn wurde geboren, und der Ehemann ließ auf sich warten – einzig Briefe trafen ein, und selbst die wurden immer weniger. Er sei in Florida, behauptete Virginia. In Florida bei seinem Bruder, wo er das Familienvermögen mit Hilfe einer uralten Methode retten wollte: Bodenspekulation.

Momentan herrscht ein wahrer Ansturm auf Grundstücke, und sobald er seiner Frau und dem Kind ein angemessenes Leben bieten kann, wird er sie nachholen.

Nun, Sophie ist noch nicht in Florida gewesen, und sie ist sich auch nicht sicher, ob sie dorthin reisen möchte. Aber sie *wollte* nach Europa, genau wie Virginia, und als Evelyn zwei war, fragte Sophie ihren Vater, ob sie nach Übersee fahren könnten, und ihr Vater sagte Ja (was sie erneut überraschte). Und so traten sie ihre Reise an, in zwei Erster-Klasse-Kabinen auf der großartigen, brandneuen RMS *Majestic*, wo sie ganz für sich blieben. Sie verweilten zwei Monate in Europa und sahen sich alles an, was vom Krieg verschont worden war. Sie besichtigten Paris und Rom und Florenz; sie fuhren nach London, doch aus irgendeinem Grund statteten sie der Familie von Virginias Ehemann keinen Besuch ab. Als sie aus Europa nach New York zurückkehrten und ihr altes Leben wieder aufnahmen, fühlte sich Sophie nicht mehr so wie zuvor. Europa hatte sie verändert, hatte sie unzufrieden gemacht mit dem begrenzten Leben auf der Osthälfte der Insel Manhattan, und genau diese Unzufriedenheit empfand sie, als sie Julie Schuyler begegnete. Sie hatte den Eindruck, noch nicht genug gesehen, noch nicht genug erlebt zu haben, und zwar nicht annähernd. Dass dort eine schöne, schillernde Welt auf sie wartet, von der sie bislang abgeschirmt war – eine Welt, die sie unbedingt sehen möchte. Sie will sehen, was für Herrlichkeiten sie bereithält.

Sie will Connecticut sehen. Der Bundesstaat liegt nur etwa fünfundsiebzig Meilen vom Zentrum Manhattans entfernt, und trotzdem ist sie nie dort gewesen, zumindest kann sie sich nicht daran erinnern.

»DA SIND WIR«, sagt Mr. Rofrano und tritt auf die Bremse.

Sophie setzt sich auf und späht durch die Windschutzscheibe auf ein winterliches Feld, das hinter einem verwitterten graubraunen Bretterzaun beginnt. Das Gras hat dieselbe Farbe wie das Holz: Trostlos liegt es unter einer dünnen Schneedecke, die in den Senken etwas dicker ist. »Das ist Connecticut?«, fragt sie ungläubig.

»Ja.«

»Sieht kahler aus, als ich dachte.«

»Nun, es ist Winter. Setzen Sie Ihren Hut auf und ziehen Sie die Fäustlinge an.«

Er öffnet die Tür und steigt aus, und Sophie greift nach ihrem Hut und den Fäustlingen und bindet sich ihren dicken Schal um. Mr. Rofrano hält ihr die Beifahrertür auf und hilft ihr hinaus. Der Luftschwall, der ihr entgegenweht, ist so bitterkalt, dass es ihr den Atem verschlägt.

»Alles in Ordnung?«, fragt Mr. Rofrano, dessen Atem kleine Wolken in der Luft bildet.

»Es ist schrecklich kalt!«

»Möchten Sie im Wagen bleiben?«

Sie entzieht ihm die Hand und steckt sie tief in die Manteltasche. »Nein, natürlich nicht.«

»Ich hätte nicht gedacht, dass Sie aussteigen würden.«

Das klingt nach einem Kompliment, und Mr. Rofrano lächelt, als er es ausspricht. Sein Blick ist so warm und voller Anerkennung, dass sich die Atmosphäre gleich um einige Grad zu erwärmen scheint, und auch der Wind brennt nicht mehr ganz so scharf auf ihren Wangen.

Sophie sieht sich um. »Wo genau sind wir?«

»Wir sind in Avon. Sehen Sie das Feld vor uns?«

»Das Feld?«, fragt sie leicht herablassend.

»Ja, im Sommer ist es ein Feld. Und zwar das Innenfeld einer Rennstrecke. Wir parken auf der Rennbahn, nur für den Fall, dass Sie es nicht bemerkt haben.«

Überrascht stellt Sophie fest, dass er Recht hat. Die Erde unter ihren Stiefel bildet zu beiden Seiten des Felds eine breite, ovale Bahn. Ein Stück weit entfernt befindet sich eine kleine, traurig leere Holztribüne.

»Aber warum sind wir hier? Jetzt finden doch gar keine Rennen statt.«

Mr. Rofrano nickt in Richtung des Felds vor ihnen. »Hier habe ich zum ersten Mal in meinem Leben ein Flugzeug gesehen, damals, bei der großen Flugschau 1911. Ich war noch ein Kind, zehn oder elf vielleicht. Poppa hat mich mitgenommen. Es war September, ein wundervoller Tag mit einem tiefblauen Himmel. Man konnte meilenweit blicken. Die Flieger sind direkt hier, vom Innenfeld, abgehoben« – er nickt erneut – »und in die Luft aufgestiegen, wo sie ihre Kunststücke vorgeführt haben, Loopings und Ähnliches. Ich stand wie gebannt am Zaun, den Mund offen vor Staunen.«

»Ach du lieber Himmel.« Sophie versucht, sich diese kahle Landschaft mit grünem Gras und strahlend weißen Flugzeugen vorzustellen, dazu die Zuschauer in luftiger Sommerkleidung. Die schönen großen Hüte, die damals alle trugen, bevor der Krieg dafür sorgte, dass alles irgendwie schrumpfte: Kleider, Hüte, das Leben an sich.

»Poppa fragte mich, ob ich mit einem dieser Flugzeuge in die Luft steigen wolle, und ich antwortete: ›Und ob!‹« Er lacht. »Also ging Poppa zu dem Mann, der die Veranstaltung organisiert hatte, und erkundigte sich, wie viel ein Flug kostet. Ich habe keine Ahnung, wie viel er dafür hinblättern musste, aber Poppa war damals ziemlich gut bei Kasse. Irgendwie ist er bei der Wall-Street-Panik ganz ordentlich davongekommen. Also bin ich mitgeflogen. Der Flug dauerte keine zehn Minuten, aber er hat mein Leben verändert. Ich war noch nie im Leben so glücklich! Ich betrachtete die Erde unter uns, und sie sah so klein aus und hübsch, die Leute darauf so belanglos. Und trotzdem – ich nehme an, das ist das Paradoxe daran – war das Erlebnis umso schöner und kostbarer, gerade weil ich so klein war. Wenn man klein ist, sieht man keine Mängel.«

»Ein bisschen wie ein Kind, das mit einem Puppenhaus spielt.«

»Ich weiß nicht recht, aber vielleicht ist der Vergleich auf eine gewisse Art und Weise treffend. Auf alle Fälle habe ich mich verliebt, nicht nur in die Schönheit, sondern auch in die Freiheit. In die Geschwindigkeit und den Wind und in den Nervenkitzel, den das Fliegen mit sich bringt. Im Sommer, bevor ich aufs College ging, nahm ich einen Job als Mechaniker auf einem Flugfeld an und lernte von der Pike auf. Das war 1917, wir waren in den Krieg eingetreten, und ich konnte es kaum erwarten, endlich mitzumachen. Ich war seit ungefähr einem Monat auf dem College, als ich achtzehn wurde. Am nächsten Tag habe ich das College geschmissen.«

»Damit Sie sich bei den Luftstreitkräften verpflichten konnten.«

»Ja.« Er atmet tief ein, und als er in kleinen Stößen wieder ausatmet, greift er in seine Tasche und fördert ein glänzendes Zigarettenetui zutage, ein teures Stück. »Macht es Ihnen etwas aus, wenn ich rauche?«

»Nein, natürlich nicht.«

Er zündet sich eine Zigarette an und raucht eine Weile schweigend. Sophies Zehen frieren in den Stiefeln. Sie stampft ein paarmal mit den Füßen auf und versucht, seine Aufmerksamkeit zu erwecken, ihn aus seiner Trance zu reißen. Als das nicht funktioniert, nimmt sie seinen Arm. »Zeigen Sie mir die Stelle«, bittet sie.

»Welche Stelle?«

»Die Stelle, an der Sie gestanden und die Flugzeuge beobachtet haben.«

Er nickt. »Gleich dort drüben.«

»Dann kommen Sie.« Sie zupft an seinem Arm und zieht ihn zum Zaun – um genau zu sein, *zerrt* sie ihn hinter sich her, da er ihr nur zögernd folgt –, und als sie dort ankommen, nimmt sie die Hand aus seiner Ellenbeuge und lehnt sich gegen die obere Latte. »Lehnen sie sich gegen den Zaun, so wie ich«, fordert sie ihn auf, und er kommt ihrem Wunsch nach. »Jetzt schließen Sie die Augen und stellen sich vor, es wäre wieder so wie früher.«

»Wie bitte?«

»Sie haben richtig gehört: Stellen Sie sich vor, Sie wären wieder zehn oder elf und würden zum ersten Mal ein Flugzeug in den Himmel aufsteigen sehen. Stellen Sie sich vor, Sie klettern zum ersten Mal hinein …«

»Das ist doch albern.«

»Weil es so kalt ist?«

»Nein, nicht weil es kalt ist. Weil ich nicht mehr elf Jahre alt bin. Weil es nicht September ist, sondern Januar. Weil …« Er lässt das Wort in der Luft schweben, in seiner eigenen kleinen Dampfwolke, die jede Menge ungenannte Hindernisse enthält. Jede Menge Kummer, von dem Sophie, die in ihrer kleinen, auf zwanzig Blocks beschränkten Welt in Manhattan lebt, keine Ahnung hat.

»Warum haben Sie mich dann hierhergebracht?«, will sie wissen.

»Ich weiß es nicht. Warum sind Sie gekommen?«

»Weil Sie mich darum gebeten haben. Sie brauchten mich für irgendetwas.«

Er hat seine Zigarette beinahe aufgeraucht. Mr. Rofrano lässt den Stummel ins tote Gras fallen und zertritt ihn sorgfältig mit der Schuhspitze, dann dreht er sich um, um ihr ins Gesicht zu blicken, den schlanken Körper gegen den Zaun gelehnt, den rechten Ellbogen auf die oberste

Latte gestützt. »Vielleicht habe ich das. Aber das bedeutet schließlich noch lange nicht, dass Sie meinen Wunsch erfüllen müssen.«

»Und warum nicht?«

»Zum einen, weil Sie mit Jay Ochsner verlobt sind. Zum anderen kennen Sie mich kaum. Sie steigen zu mir ins Auto und lassen zu, dass ich mit Ihnen aufs Land fahre, ganz allein, ohne zumindest eine Anstandsdame mitzunehmen. Ich könnte sonst wer sein.«

»Der böse Wolf?«

»Das ist kein Scherz. Machen Sie so etwas öfter?«

»Ich habe so etwas noch nie gemacht. Außerdem sind Sie mein Kavalier, Mr. Rofrano. Sie sind dazu da, um auf mich aufzupassen, ist das nicht so?«

Er sieht sie schockiert an und antwortet nicht.

Sophie legt ihre Hand auf seine, die auf der Zaunlatte liegt: Ihr dicker Wollfäustling ruht auf seinem Lederhandschuh. »Ich bin nicht dumm, Mr. Rofrano. Ich bin nicht so wohlbehütet, wie Sie denken. Ich kann einen guten Mann erkennen. Ich weiß, wem ich trauen kann. Ich würde ganz bestimmt nicht zu jedem in den Wagen steigen.«

Er schaut auf ihre Hand, die noch immer auf seiner liegt, und dann – ziemlich langsam, als würde sein Tun Mut erfordern – schaut er ihr direkt ins Gesicht. Er sieht so traurig aus. Sophie würde ihm am liebsten die Arme um die Taille schlingen und den Kopf an seine Brust legen. Sie möchte ihm Trost spenden, ihm die gefurchte Stirn glätten.

»Nein, das würden Sie nicht«, sagt er leise.

Sein Gesicht nimmt einen merkwürdigen Ausdruck an, den Sophie nicht einzuordnen vermag. Seine schöne, gerade Nase ist gerötet von der Kälte, genau wie seine Lippen.

Seine Augen haben hier draußen in der Wintersonne das prächtigste Arktisblau angenommen, das sie je gesehen hat, wie das Wasser unter einem Eisberg, und Sophie liebt all diese Farben an ihm. Ist es nicht herrlich?, würde sie am liebsten sagen. Ist es nicht herrlich, hier zusammen auf diesem Feld zu stehen, mitten im Januar? Ist es nicht herrlich, einfach am Leben zu sein, mit dir, diese Luft zu atmen, mit dir, uns anzusehen, unseren Herzschlag zu spüren, am Leben zu sein, am Leben, am Leben, *am Leben.*

»Du bist großartig«, murmelt er so leise, dass Sophie sich nicht sicher ist, ob sie ihn richtig verstanden hat.

Sie beugt sich vor. »Wie bitte?«

»Nichts.« Er nimmt ihre Hand und küsst ihren Handrücken, dann schiebt er sie in seine Ellenbeuge. »Kommen Sie, Miss Fortescue. Ich möchte Ihnen auf dem Rückweg nach New York noch etwas anderes zeigen.«

Die Straßen sind ruhig und leer, als sie die Fahrt nach Südwesten antreten. »An der Grenze zu New York macht die Küste eine scharfe Rechtskurve«, erklärt Mr. Rofrano, »und wenn man an einem Strand von Connecticut steht und aufs Meer hinausschaut – auf den Long Island Sound –, blickt man genau nach Süden. Erst in Massachusetts ist alles wieder an Ort und Stelle, der mit Schaumkronen übersäte Atlantik erstreckt sich nach Osten bis Europa.«

»Frankreich«, sagt Sophie. »Glauben Sie, jemand wird eines Tages den Ozean mit einem Flugzeug überqueren?«

»Das nehme ich doch an. Wir müssen es nur genügend wollen.«

»Haben Sie jemals den Wunsch verspürt, es zu versuchen?«

»Ich weiß es nicht – vermutlich habe ich nie wirklich darüber nachgedacht.«

»Nicht mal, als Sie jung waren?«

Er lacht. »*So* alt bin ich doch auch nicht, oder?«

»Ich meine, vor dem Krieg.«

Mr. Rofrano hört auf zu lachen und reibt sich mit seinem lederbehandschuhten Daumen die Stirn. Die Luft im Ford ist stickig und verqualmt und riecht nach menschlichen Ausdünstungen. »Vielleicht habe ich das tatsächlich. Ich nehme an, wir waren damals alle voller Träume. Die sich am Ende als nichtige Fantastereien entpuppten. Die Flugzeuge, die wir damals hatten, waren nichts weiter als Holz und Leim und Segeltuch. Dann kam der Krieg, und die Maschinen wurden besser. Sehr viel besser und wirklich schnell. Und wir haben aufgehört zu träumen. Wenn wir noch träumten, dann nur vom Kämpfen. Vom Kämpfen und davon, den Kampf zu überleben. Den Ozean zu überfliegen – nun, das war nicht länger unser Bestreben.« Er hält inne. »Und dann waren all die guten Piloten plötzlich tot.«

»Nicht alle. *Sie* wurden nicht abgeschossen.«

»Ich hatte Glück.«

»Aber Sie waren auch ein guter Pilot.«

Er zuckt die Achseln.

»Ich wette, dass Sie sogar richtig gut waren. Ich wette, Sie waren der beste Pilot in ihrer Schwadron.«

Mr. Rofrano raucht die Zigarette zu Ende, die er sich angesteckt hat, und wirft den Stummel aus dem Fenster. Sie gelangen zu einer Ortschaft, ein paar heruntergekommen wirkende Schindelhäuser, die sich entlang der Straße drängen. »Ja«, sagt er und bremst ab. Der Wagen schlittert über die vereisten Spurrillen. Dann: »Würden Sie bitte den Korb auf dem Rücksitz öffnen? Ich könnte ein Sandwich mit Schinkenspeck gebrauchen.«

ALS SIE IN DER BOSTON POST ROAD ankommen, ist es bereits Nachmittag, und die Schinkenspeck-Sandwiches sind allesamt aufgegessen. Mr. Rofrano hält an der Tankstelle an. Er tankt, kontrolliert den Ölstand und prüft den Reifendruck. Sie hatten unterwegs einen Platten, und Sophie half ihm, den Reifen zu flicken. »Sie verstehen etwas von Autos?«, erkundigte sich Mr. Rofrano, und Sophie entgegnete lächelnd: »Ein wenig.«

Aber sie freute sich über sein anerkennendes Lächeln und dachte: Mr. Rofrano ist der Typ Mann, dem es gefällt, wenn sich Mädchen mit Autos auskennen, was durchaus bemerkenswert ist.

»Wo sind wir?«, erkundigt sie sich jetzt und wirft einen Blick aus dem Fenster. Der andauernde Sonnenschein hat die Luft um ein paar Grad erwärmt, die niedrige Mauer aus unbehauenen Steinen, die die Straße säumt, hat ihre eisblaue Glasur verloren. (*Richtige* Kälte – nicht bloß null bis minus sechs Grad Celsius, sondern sehr viel weniger, die echte Eiseskälte, die New York in manchen Wintern heimsucht – hat ihre eigene, ganz spezielle Farbe.)

»Kurz hinter Stamford.«

»Und wohin fahren wir, wenn ich fragen darf?«

»Aber sicher dürfen Sie fragen. Das heißt schließlich nicht zwingend, dass ich Ihnen eine Antwort gebe.«

Sophie zieht den Kopf zurück und sieht ihn an. Sie meint, ein Lächeln zu bemerken, das seine Mundwinkel nach oben zieht, aber es ist schwer zu sagen, ob es wirklich da ist oder ob sie sich täuscht. »Sie scherzen, oder?«

»Vielleicht.«

»Sie haben da etwas Schinkenspeck. Gleich unterhalb der Lippe.« Sie streckt die Hand aus und entfernt den Schinkenrest. »Darf ich raten?«

Er konzentriert sich auf die Straße. »Nur zu.«

»Liegt unser Ziel in Connecticut?«

»Ja. Gerade noch.«

»Greenwich?«, vermutet sie. (Greenwich liegt in der Nähe von Stamford.)

»Ja. In einem Teil von Greenwich.«

»In der Nähe der Küste oder mehr im Landesinneren?«

»Am Wasser. Ich bin dort aufgewachsen. Genau gesagt, sind wir dorthin gezogen, als ich acht Jahre alt war.«

»Ihr Elternhaus! Befindet es sich noch im Besitz Ihrer Familie?«

»Nein.« Er zögert, dann fährt er fort: »Meine Tante hat es nach dem Tod meiner Mutter an eine Familie aus New York verkauft, die ihre Sommer dort verbringt.«

»Und jetzt wohnt niemand dort?«

»Ich denke nicht.«

Die Straße zwischen Stamford und Greenwich ist gepflastert, und der Ford fährt zuverlässig die Hügel auf und ab, vorbei an den Farmen und Häusern und Ladenfronten. Hier und dort häuft sich verharschter grauer Schnee von einem früheren Schneesturm im Windschatten zwischen den Häusern an. Manchmal kommt der Long Island Sound zwischen den braunen Hügeln und den kahlen Bäumen in Sicht, und Sophie bemerkt, dass die Aussicht im Winter ohne all die Blätter sehr viel besser sei.

»Das ist es, was man im Ausgleich für die Kälte erhält«, pflichtet Mr. Rofrano ihr bei. »Man sieht all die Dinge, die einem sonst verborgen bleiben.«

»Ja!«, ruft Sophie eifrig, denn als sie versuchte, diese Erkenntnis eines Nachmittags Julie Schuyler bei einem Spaziergang im Park zu erklären, lachte Julie nur und behauptete, sie sei ein ulkiges kleines Ding. Julie hasste den Winter und vertraute Sophie an, sie halte Ausschau nach einem schwerreichen Ehemann, damit sie die Winter in einem Haus irgendwo im Süden verbringen könne, wo es niemals kalt sei.

»In Frankreich …«, beginnt Mr. Rofrano vielversprechend.

»Ja? In Frankreich?«

Er stützt einen Ellbogen auf den Türrahmen. »In Frankreich habe ich die Herbste vermisst, die ich hier verbracht habe. Den Herbst von Neuengland. In Frankreich gibt es diese Farbenpracht nicht – die Farben der Ahornbäume, der Birken und Ulmen. Der Ahorn hat mir ganz besonders gefehlt.«

»Vielleicht sind Sie deshalb nach Hause gekommen«, sagt Sophie. »Wegen der Ahornbäume.«

»Mag sein.« Aber sein Ton ist zu dünn, zu beipflichtend, und Sophie weiß, dass er ihr nicht die Wahrheit sagt. Zumindest nicht die ganze.

»Was auch immer der Grund dafür sein mag – ich bin froh, dass Sie zurückgekehrt sind.«

Er erwidert nichts darauf. Sagt kein einziges Wort, bis sie von der Boston Post Road abbiegen auf eine unbefestigte Straße, die von in perfekten Abständen gepflanzten Ulmen gesäumt ist und nach Süden zum Wasser führt. Sie fahren unter den Eisenbahnschienen hindurch – die New Haven Line, wie Mr. Rofrano ihr erklärt, als sie ihn danach fragt – und anschließend einen kurvenreichen Hügel hinauf, der oben auf dem Kamm in eine gerade, leere Straße übergeht. Jedes der riesigen Häuser steht mitten auf einem makellosen graubraunen Rasen, die Buchsbäume sind für ihren langen Winterschlaf mit Sackleinen überzogen.

»Willkommen in Greenwich«, sagt Mr. Rofrano, und es liegt gerade so viel Ironie in seiner Stimme, dass Sophie nachdenklich wird.

EIN PAAR MINUTEN SPÄTER parkt Mr. Rofrano den Ford unter dem ausladenden Skelett einer Eiche und deutet auf ein großes weißes Schindelhaus. »Das ist es«, sagt er.

»Ihr altes Haus?«

Er nickt. »Sie haben die Zierleisten grün gestrichen. Früher waren sie schwarz.«

»Es sieht sehr hübsch aus. Wem gehörte das Schlafzimmer in dem kleinen Turm?«

Er trommelt mit den Daumen gegen das Lenkrad und sagt leise: »Mir.«

Sophie öffnet die Tür.

»Wohin gehen Sie?«

»Ich möchte mich ein bisschen umsehen. Es ist doch niemand hier.«

Ohne sich umzudrehen, spaziert Sophie über den Rasen, und einen Augenblick später fällt hinter ihr die Autotür zu. Sie lächelt und kuschelt sich in ihren dicken Schal. Auf der Veranda steht eine Korbmöbelgarnitur, deren Kissen fehlen. Sie macht es sich auf einem der Stühle bequem und nickt Mr. Rofrano zu, der die Verandastufen hinaufsteigt und vor ihr stehen bleibt, die Hände in die Hüften gestemmt. »Leisten Sie mir Gesellschaft? Leider gibt es keine Limonade.«

»Hinten hat man eine bessere Aussicht. Über den gesamten Meeresarm auf Long Island.«

»Oh, warum haben Sie das nicht gleich gesagt?«

Sie springt auf und folgt Mr. Rofrano über die breite Veranda an der Seite des Hauses entlang, vorbei an allen erdenklichen Gegenständen, die man im Sommer so braucht, zu einer Schaukel, die im Luftzug hin- und herschwingt, bis sie an der Rückseite auf eine geräumige Terrasse gelangen. Weitere Korbmöbel. Mr. Rofrano zieht mit großer Geste einen Stuhl für sie unter dem Tisch hervor. Sophie dankt ihm mit einem Nicken und nimmt Platz.

Vor ihr erstreckt sich der Rasen bis ans Wasser hinunter; der Wind weht hier so kräftig, dass es beinahe schmerzt.

»Es ist ein bisschen frisch hier«, räumt sie ein.

Mr. Rofrano setzt sich neben sie. »Nun, genau das macht diesen Ort im Sommer aus. Der frische Wind vom Wasser. Gleich dort unten ist das Bootshaus. Poppa hat mir im Hafenbecken das Segeln beigebracht.« Er hält kurz inne. »Nein, das stimmt nicht ganz. Er hatte einen Freund aus seinem Club, einen Segellehrer. Er hat uns beide unterwiesen.«

»Das muss wundervoll gewesen sein! Zusammen mit dem Vater das Segeln zu lernen.«

»Glauben Sie? Der Segellehrer wird da anderer Meinung gewesen sein – ein Gentleman, der nicht segeln kann! Aber wir waren nicht so wie die anderen Familien in der Gegend, die Familien der gehobenen Gesellschaft. Mein Großvater wurde in Italien geboren. Er ist mit seiner Familie in den Siebzigerjahren hierhergekommen, als er dreizehn war oder vierzehn. Sie haben einen Laden aufgemacht, ein bisschen Geld verdient, und dann ist mein Nonno eines Morgens in der Hochbahn meiner Großmutter begegnet und hat sich in sie verliebt. Sie war Irin.«

»Auch du liebe Güte! Ich nehme an, das hat Ihren Urgroßeltern gar nicht gefallen.«

Er lacht leise. »Nein, die Familien waren nicht allzu glücklich darüber, aber anscheinend war Poppa bereits unterwegs, also haben die zwei geheiratet und das Beste daraus gemacht.«

»Ich kann mir die Hochzeit gut vorstellen. Die Eltern des Brautpaars, die einander mit finsteren Blicken begegnen, und Ihre Großeltern, die dazwischen ihren Hochzeitstanz tanzen.« Sophie lacht. »Haben die beiden ein glückliches Leben geführt?«

»Mehr oder weniger, zumindest soweit ich mich erinnern kann. Sie haben einander oft angelächelt, haben sich gestritten und wieder versöhnt. Nonno hat den Lebensmittelladen übernommen, und dann hat Poppa gleich nach der Schule eine Stelle als Laufbursche bei Sterling Bates ergattern können und sich bis zum Börsenmakler hochgearbeitet. Mit zweiundzwanzig hatte er es geschafft.«

»Ehrgeizig?«

»Das kann man so sagen. Meine Mutter war die Tochter eines der Partner. So sind wir in Greenwich gelandet. Poppa wollte nicht, dass sie ihresgleichen verlassen musste, wenn Sie verstehen, was ich meine. Also sind wir hier rausgezogen, und er hat sein Bestes gegeben, um sich anzupassen. Hat segeln gelernt, Tennis gespielt, all das. Mich hat man in Massachusetts ins Internat geschickt.«

»Wie hat es Ihnen dort gefallen?«

»Es war ganz in Ordnung. Nach Poppas Tod hat die Familie meiner Mutter das Schulgeld übernommen. Sie haben einen Fonds für meine Mutter und mich eingerichtet.« Er nimmt sich eine Zigarette. »Es war trotzdem nicht mehr das Gleiche. Die Sommer ohne ihn waren nicht mehr so wie früher. Still und schrecklich. Der Sommer vor dem College war einfach nur …« Er kämpft mit seinem Feuerzeug, dem der Wind zu schaffen macht, dann kehrt er endlich den Rücken zur See, um die Flamme zu schützen.

Sie wartet, bis er die Zigarette angezündet hat, bis der Rauch gleichmäßig von der Spitze in die Luft steigt und sie den brennenden Tabak riechen kann. Er ist so schlank, denkt sie. Schlank und knochig. Ein markantes Kinn und ausgeprägte Wangenknochen unter der jungen, straffen Haut, leicht rau von der Kälte. Ihre Finger in den Fäustlingen sind taub, der Wind beißt ihr in die Nase. »Konnten Sie von Ihrem Turmfenster aus das Meer sehen?«, erkundigt sie sich.

Mr. Rofranos Hand verharrt vor seinen Lippen, und Sophie fängt einen verwunderten Ausdruck auf, der auf sein Gesicht tritt und kurz darauf wieder verschwindet. Er lässt die Zigarette sinken, ohne daran gezogen zu haben. »Warum fragen Sie?«, will er wissen.

»Oh, das ist bloß so ein Traum von mir. Als ich ein kleines Mädchen war, habe ich mir stets ein Turmfenster gewünscht, von dem aus ich das Meer überblicken kann. Wäre das nicht wundervoll? Man könnte dort sitzen und lesen, und wenn man aufblickt, wäre die See direkt vor einem. Man könnte stundenlang darauf hinausblicken und seinen Tagträumen frönen.«

Mr. Rofrano beugt sich vor, stützt die Unterarme auf die Knie und verschränkt die Finger. Die Zigarette schaut zwischen den Knöcheln hervor, ein plötzlicher Windstoß lässt die Spitze orange aufglühen. Sophie folgt seinem Blick die Küste entlang, und zum ersten Mal bemerkt sie eine Insel, etwa eine halbe Meile vom Ufer entfernt im Meer. An einem Ende steht ein aus Stein gebauter Leuchtturm, der aussieht wie ein übergroßer Schornstein auf dem flachen Haus des Leuchtturmwärters. Sie öffnet den Mund, um sich bei Mr. Rofrano nach der Insel und dem Leuchtturm zu erkundigen – ist er je dorthin gesegelt, hat er den Leuchtturm jemals betreten? –, aber er spricht zuerst.

»Ja. Ja, ich konnte von meinem Zimmer aus das Meer sehen.«

Sophie steht auf. »Können wir reingehen?«

»Reingehen?«

»Wieso nicht? Es ist doch niemand hier. Außerdem haben Sie früher hier gelebt; das Haus gehört Ihnen.«

»Ich glaube kaum, dass die Polizei das genauso sieht.«

Sophie beschirmt mit der Hand die Augen und schaut sich nach allen Richtungen um. »Ich kann die Polizei nirgendwo entdecken, Sie etwa?«

Die Nachmittagssonne fällt auf ihren Hut, und als sie auf Mr. Rofrano herabblickt, der sitzen geblieben ist, hat sie das Gefühl, sie würde in Sonnenstrahlen baden. Sieh zu mir auf!, denkt sie. Sieh mich an! Sieh Sophie an inmitten dieses unwiderstehlichen Glorienscheins.

Aber er sieht sie nicht an.

Er seufzt, lässt die Zigarettenkippe auf eine Steinplatte fallen und steht auf. »Verrücktes Weibsbild.«

ES HABE EIN nicht richtig schließendes Fenster gegeben, erzählt er ihr. Einen wackeligen Schieberahmen, verzogen von der Sonne, sodass sich der Riegel nicht richtig vorschieben ließ.

»Und wo war das?«, will Sophie wissen.

Er seufzt erneut und blickt hinauf in den blauen Himmel. »Im Frühstückszimmer. Aber ich bin mir sicher, dass das Fenster inzwischen repariert wurde.«

Es wurde nicht repariert. Mit etwas Druck lässt sich der Rahmen in die Höhe schieben. Es ist ein schönes, großes Fenster, großzügig und für den Sommer gemacht, und Sophie, die von Mr. Rofranos großen Händen hochgehoben wird, schlängelt sich mühelos hindurch und plumpst auf den Fußboden.

»Alles in Ordnung!«, ruft sie munter und rappelt sich hoch. Sie öffnet die Terrassentür zur Rechten und lässt Mr. Rofrano ein. »Es ist ganz schön kalt hier drinnen.«

»Selbstverständlich. Die Besitzer haben den Boiler ausgestellt, als sie im September abgereist sind.« Er sieht sich um, lässt den Blick über die Wände schweifen und runzelt die Stirn. »Das ist eine schlechte Idee.«

»Das ist eine *wundervolle* Idee!« Sophie holt tief Luft, füllt die Brust mit dem Geruch nach Holz und Staub und Kampfer. »Zeigen Sie mir Ihr Zimmer. Ich möchte genau dort sitzen, wo Sie gesessen haben, und aufs Meer hinausblicken. Das ist der Grund, warum Sie mich hierhergebracht haben, nicht wahr?«

Mr. Rofranos Blick landet auf ihr, und in dem dämmrigen, unbeleuchteten Zimmer, das darauf ausgerichtet ist, das Morgenlicht einzufangen, kann Sophie die Farbe seiner Augen nicht erkennen. Sie stellt fest, dass sie sich nach diesem fehlenden Detail sehnt, so wie man sich nach dem Salzstreuer sehnt, wenn er vom Tisch verschwunden ist.

»Ich denke schon«, antwortet er ruhig, fasst sie bei den Fäustlingen und führt sie aus dem Frühstückszimmer in einen Flur und eine breite Treppe hinauf. Im Haus ist es mucksmäuschenstill, abgesehen von dem Knarzen der Bodendielen unter ihren Füßen; die weiß gestrichenen Wände sind spärlich mit Aquarell-Seestücken dekoriert.

»Sieht es noch genauso aus wie damals?«, fragt Sophie.

»Ganz und gar nicht. Meine Mutter liebte ihre Flock-Tapeten und orientalischen Teppiche. Es ist, als wären wir in einem anderen Haus.«

»Wie schade.«

»Tatsächlich sieht es jetzt besser aus. Heller.«

Wenn das Haus jetzt heller aussieht, denkt Sophie, wie dunkel muss es dann vorher gewesen sein? Gehorsam folgt sie Mr. Rofrano bis zum anderen Ende des Flurs, vorbei an geschlossenen weiß gestrichenen Türen und weiteren Aquarellen, bis er stehen bleibt und die Hand auf einen Messingtürknauf legt.

»Nur zu«, ermutigt sie ihn.

Er strafft die Schultern und öffnet die Tür, und Sophie drängt sich an ihm vorbei und schnappt nach Luft. »Wie wunderschön! Oh, Mr. Rofrano! Was hatten Sie bloß für ein Glück!«

Sie stürmt in den runden Turm zu einer cremefarbenen Fensterbank mit blauen Kissen und drückt die Nase an die Scheibe. Der Ausblick reicht über den Rasen zur Küste, schließt den Long Island Sound und die kleine Insel mit dem Leuchtturm mit ein, und weiter bis zu dem fernen, winterlich braunen Streifen Long Island und einem strahlend blauen Himmel. Ein paar Wellen mit weißen Schaumkronen kräuseln die Wasseroberfläche, wogen auf und ab im Rhythmus von Wind und Strömung. Sophie sinkt mit dem Knie auf eines der Kissen.

»Wie konnten Sie das nur jemals hinter sich lassen?«, fragt sie leise. »Das muss furchtbar gewesen sein.«

Hinter ihr ist das Klicken von Metall zu hören, dann wird ein Streichholz angerissen. Mr. Rofrano zündet sich eine weitere Zigarette an. Langsam muss der Vorrat in seinem eleganten Etui doch zur Neige gehen, oder? Gemessenen Schritts durchquert er den Raum und bleibt knapp neben ihrer linken Schulter stehen. Wenn sie sich konzentriert, kann sie seinen Atem an ihrem Ohrläppchen spüren.

»Sie müssen wissen, dass eine Geschichte über dieses Haus kursierte«, sagt er leise.

»Tatsächlich? Was für eine Geschichte?«

»Leider keine schöne.«

»Eine Geistergeschichte?«

»So was in der Art.«

»Wie entsetzlich!«

»Das war es in der Tat. Es war ziemlich schrecklich, denn es ging um Mord.«

»Ach du lieber Himmel! Aber doch hoffentlich nicht, während Sie hier lebten?«

»Nein, nein, es ging um den Vorbesitzer. Um die Familie, die uns das Haus verkauft hat, obwohl sie schon vor einer Weile ausgezogen war. Es stand für ein paar Jahre leer. Niemand wollte es kaufen, bis Poppa kam. Damals war der Preis so niedrig, dass er sich die Gelegenheit nicht entgehen lassen konnte. Aber er war kein Einheimischer, war keiner von ihnen, und deshalb erfuhr er erst sehr viel später davon.«

»Natürlich haben sie nichts gesagt, diese verkommenen Snobs«, sagt Sophie verächtlich. Sie dreht sich um und lässt sich auf die Fensterbank sinken. »Was ist passiert?«

Mr. Rofrano setzt sich im angemessenen Abstand von dreißig, vierzig Zentimetern neben sie. »Das konnte nie geklärt werden. Ich habe die Geschichte irgendwann vom Nachbarjungen erfahren. Ein Hausangestellter hat die Mutter eines Tages tot aufgefunden. Sie lag auf dem Fußboden, blutüberströmt. Man hatte ihr die Kehle aufgeschlitzt.«

»Wie schrecklich! War sonst noch wer im Haus?«

Mr. Rofrano führt die Zigarette zum Mund. »Ja. Ihre Tochter.«

»O nein!«

»Sie war erst zwei Jahre alt, glaube ich. Angeblich hat man sie im selben Zimmer gefunden wie die Leiche. Laut Hausangestelltem dachte das Mädchen, seine Mutter würde schlafen. Es hat versucht, sie zu wecken.«

»O nein!«, ruft Sophie wieder. »O nein. Die arme Kleine.«

Mr. Rofrano nickt. »Die andere Tochter war älter und noch in der Schule.«

»Und der Ehemann? War er bei der Arbeit?«

»Das hat er behauptet, allerdings arbeitete er allein, in einer Werkstatt. Niemand konnte ihm ein Alibi geben.«

Mr. Rofrano spricht wohlüberlegt, mit unbewegter Stimme, als würde er eine Zeugenaussage vor Gericht machen.

Sophie wartet darauf, dass er mit der Geschichte fortfährt – Hat der Ehemann die Tat tatsächlich begangen, gab es eine Verhaftung, eine aufsehenerregende Gerichtsverhandlung? –, aber er raucht stumm weiter und starrt auf eine Sammlung gerahmter Fotos an der gegenüberliegenden Wand, die butterblumengelb gestrichen und in gebrochenem Weiß eingefasst ist. Sie stößt ihn mit dem Ellbogen an. »Und?«

»Und was?«

»Was ist als Nächstes passiert?«

Mr. Rofrano steht von der Fensterbank auf und schlendert zum Waschtisch, wo er die Asche seiner Zigarette in die Seifenschale abklopft. »Sie sind verschwunden.«

»Was?«

»Die ganze Familie. Sind einfach fort, als hätten sie sich in Luft aufgelöst. Haben etwa eine Woche nach der Beerdigung das Haus mitsamt Möbeln zurückgelassen, und seitdem hat niemand mehr etwas von ihnen gehört.« Er dreht sich um, lehnt sich gegen den Waschtisch, ein Bein über das andere geschlagen, und mustert Sophie.

»Aber das ist doch verrückt!«, ruft die. »Warum sollte der Mann mit seinen Töchtern verschwinden, wenn er es nicht gewesen ist?«

»Eine gute Frage, die ich mir ebenfalls gestellt habe.«

Sophie sieht sich aufgewühlt um. »Du liebe Güte! Es ist doch nicht etwa in diesem Zimmer passiert, oder?«

»Nein, nein. Man hat sie in der Küche gefunden. Der Nachbarjunge hat mir erzählt, das hier sei das Zimmer des kleinen Mädchens gewesen. Sie sei gerade erst aus der Kinderstube ausgezogen, weil die Mutter im siebten Monat mit einem weiteren Baby schwanger war.«

Sophie schlägt die Hände vors Gesicht. »O nein!«

Die Bodendielen knarzen erneut, und Sophie spürt, wie sich das Polsterkissen unter Mr. Rofranos knochiger Gestalt strafft, als er sich wieder neben sie setzt.

»Der Nachbarsohn hat erzählt, das Baby sei ein Junge gewesen«, fährt er fort, »aber ich weiß nicht, ob das stimmt. Kinder neigen mitunter dazu, die Dinge aufzubauschen.«

»Aber der Rest der Geschichte stimmt?«

Er nickt. »Ich habe alles in den Zeitungen nachgelesen. Damals schlug das hier in der Gegend hohe Wellen, doch als man die Familie nicht finden konnte, hat das Interesse irgendwann nachgelassen.«

»Ich hoffe, es geht ihnen gut«, flüstert Sophie. »Die armen Schwestern.«

»Das hoffe ich auch.« Er lehnt den Kopf gegen die Fensterscheibe und betrachtet die Decke. Seine Hände schließen sich um die Kante der Fensterbank, rechts und links neben seinen Beinen, als mühte er sich, die Balance zu halten. Als er spricht, ist seine Stimme kaum mehr als ein Flüstern, nur kleine Wolken frostigen Atems in der trockenen Winterluft. »Ich habe hier oft im Bett gelegen und an das kleine Mädchen gedacht. Das Mädchen, das den Leichnam seiner Mutter entdeckt hat. Das Mädchen, das in diesem Zimmer geschlafen hat. Manchmal meinte ich beinahe, seine Gegenwart zu spüren, als spielte es immer noch hier mit seinen Spielsachen und wartete darauf, dass seine Mutter wieder aufwachte.«

Sophie berührt seine Hand. »Oh, Mr. Rofrano!«

»Das ist albern, ich weiß. Aber ich habe keine Geschwister. Meine Eltern hatten nur mich. Deshalb habe ich vielleicht …«

»Vielleicht was?«

»Nichts. Doch wie dem auch sei: Ich habe dieses Mädchen nie vergessen. Noch immer muss ich dann und wann an sie denken. Sie haben ihr Bild in der Zeitung abgedruckt, und ich habe es ausgeschnitten und in mein Portemonnaie gesteckt. Habe es bei mir getragen, wenn ich geflogen bin.« Die Zigarette steckt nicht mehr zwischen seinen Fingern, vielleicht hat er sie in der Seifenschale auf dem Waschtisch liegen lassen. Er blickt auf Sophies Hand, die seine bedeckt. »Es waren ihre Augen. Als würde sie von dem Foto aus direkt in mich hineinsehen, direkt in mein Herz. Ich weiß, dass das albern klingt.«

»Haben Sie jemals versucht, sie zu finden?«

»Ich hatte es erwogen; als ich aus Frankreich zurückkehrte, hatte ich es tatsächlich vor. Und dann sind mir andere Dinge in die Quere gekommen, und ich nehme an, ich habe einfach alles hinter mir lassen wollen. Die Vergangenheit mit Poppa und Mama und alldem.« Er steht auf und zieht sie mit hoch. »Kommen Sie. Ich bringe Sie besser nach New York zurück, bevor Ihr Vater noch herausfindet, dass Sie sich die Zeit gar nicht mit Julie Schuyler vertreiben.«

Sophie hält seine Hand fest und legt die andere noch obendrauf, wie bei einem Sandwich. »Wissen Sie, was ich denke?«

»Das zu erraten würde ich mir niemals anmaßen, Miss Fortescue.«

»Ich denke, Sie sollten dieses Mädchen ausfindig machen.«

Er blickt auf sie herab und atmet unhörbar ein und aus. »Warum sagen Sie das?«, stößt er schließlich hervor.

»Weil ich vermute, dass sie die Eine ist, die Eine, die Ihnen bestimmt ist. Ich denke, das ist Schicksal. Offenbar haben Sie sie Ihr ganzes Leben lang vermisst.«

»Ich bin ihr niemals begegnet.«

»Doch, das sind Sie, und zwar in Ihren Träumen. Sie

haben im selben Zimmer gewohnt, dieselbe Luft geatmet. Zwischen Ihnen beiden besteht eine Verbindung.« Sie hält inne. »Aber das wissen Sie bereits, nicht wahr? Immerhin haben Sie ihr Foto all die Jahre über bei sich getragen. Ich wette, Sie haben in jedes einzelne Gesicht geblickt, um herauszufinden, ob sie es ist, haben jede einzelne Frau gemustert, der Sie je begegnet sind – oder etwa nicht?«

»Herr im Himmel«, flüstert er.

Sie drückt seine Finger zwischen ihren Handflächen. Die Fäustlinge sind dick, trotzdem kann sie die Erhöhungen seiner Knöchel spüren. Seine Hand liegt schwer zwischen ihren Händen, und das erfüllt sie mit Zuversicht. »Finden Sie sie, Mr. Rofrano. Finden Sie sie und machen Sie sie glücklich. Sie gehören zu ihr.«

Wieder das unhörbare Atmen, das nachdenkliche Schweigen. Das Haus ächzt leise, als eine Böe um die Ecke fegt. Mr. Rofrano hebt die andere Hand und berührt Sophies Mundwinkel mit seinem Daumen, ein flüchtiges Wischen, als sei dort ein verirrter Krümel oder Ähnliches.

Oder *Ähnliches.*

»Ach, tue ich das?«, murmelt er. »Ich gehöre zu *ihr*?«

»Ja.«

»Nun, vielleicht will sie mich gar nicht. Vielleicht braucht sie keinen Mann wie mich, völlig am Boden und vom Leben gezeichnet. Was, wenn sie bereits einen anderen gefunden hat, der sie glücklich macht?«

»Dann sollten Sie ihn ausstechen, denn meiner bescheidenen Meinung als Frau nach zu urteilen, wäre sie so viel glücklicher mit Ihnen – vom Leben gezeichnet hin oder her. Sie wäre das glücklichste Mädchen der Welt.«

»Verstehe.« Er drückt ihre Finger. »Aber was ist mit *Ihnen,* Miss Fortescue? Sind nicht *Sie* das glücklichste Mädchen der Welt?«

»Wer, ich?«

»Ja. Gehören Sie nicht Jay Ochsner?«

Diese Frage raubt Sophie auf einen Schlag die gesamte wundervolle Wärme der Zuversicht, die sie erfüllt. Die mystische Alchemie dieses Turmzimmers mit Meerblick, die sie, Sophie Fortescue aus der grauen East Thirty-Second Street, in das Mädchen von Mr. Rofranos Foto verwandelt hat, in das Mädchen, das er liebt, in die *Eine,* ist unwiederbringlich zerstört. Jay Ochsner? Sie hat seit Stunden nicht mehr an Jay gedacht, und sein unerwünschtes Eindringen in diese intime Winteridylle trifft sie wie – nun, wie ein unerwünschtes Eindringen eben. Er gehört nicht hierher.

»Ich vermute, ja.«

»Sie vermuten?«

»Ja! Ich meine, selbstverständlich gehöre ich Jay Ochsner. Immerhin sind wir verlobt und wollen bald heiraten.«

Heiraten: Was für ein Getöse das Wort in der kalten Luft von Mr. Rofranos Kinderzimmer macht. Ein weiteres Eindringen.

»Das wollte ich hören. Ich war schließlich derjenige, der Ihnen den Antrag überbracht hat. Und ich höre immer noch laut und deutlich, wie Sie *Ja* sagen. Sie schienen sich sehr sicher zu sein.«

»Ja, das war ich.«

Mr. Rofrano schiebt Sophies Fäustlinge zur Seite und öffnet das Sandwich. Die beiden, Sophie und Mr. Rofrano, stehen mitten im Zimmer, halten sich an den Händen und starren einander an. Wie ein Paar vor dem Altar, denkt sie. Seine Lippen sind rosig und in der Mitte leicht geöffnet, als wolle er etwas sagen. Ihr eine Frage stellen. *Ja, ich will* sagen.

Wäre das nicht verrückt?

»Ich denke, wir sollten besser nach New York zurückfahren«, flüstert Sophie.

»Ja, das sollten wir«, pflichtet Mr. Rofrano ihr bei.

Aber er lässt ihre Hände nicht los.

Kapitel 8

Und wahrlich, eine Frau muss nur einen Mann kennen,
um alle Männer zu durchschauen;
ein Mann dagegen muss alle Frauen kennen,
um auch nur eine Einzige von ihnen zu durchschauen.

HELEN ROWLAND

THERESA

Montagmorgen gegen zehn

BIS HEUTE MORGEN habe ich den Jungen noch nie bei der Arbeit besucht, doch jeder weiß, wo das Gebäude von Sterling Bates & Company zu finden ist: gleich dort an der Kreuzung Wall Street und Broadway, als wollte es die Börse in die Zange nehmen.

Ich bin diejenige, die ihm den Job besorgt hat. Nun, das stimmt nicht ganz. Ich habe ihn *gedrängt,* sich eine einträgliche Anstellung zu suchen, sich tagsüber zu beschäftigen, als der erste Herbststurm uns alle zusammen zurück in die Stadt wehte wie die Blätter, die von den Bäumen fielen. *Müßiggang ist aller Laster Anfang,* ermahnte ich ihn irgendwann in der Mitte des trägen Augusts, und dann verführte ich ihn zu dem befriedigendsten Laster, das ich mir vorstellen konnte. Es war mitten am Tag, und wir waren seit etwa einem Monat ein Liebespaar, doch ich plante bereits für die Zukunft. Stellte bereits die Mittel zur Verfügung, mit denen der Junge in ein kleines Nest in passender Entfernung von der Upper East Side einziehen konnte – nicht allzu weit entfernt, der Bequemlichkeit halber, aber auch nicht zu nah, der Diskretion wegen –, damit ich ihm von Zeit zu Zeit einen Besuch abstatten konnte.

Ich wusste natürlich, dass er mir nicht erlauben würde, ihn auszuhalten. Von der Sorte war er nicht, der Junge, weder damals noch heute. Außerdem neigt er zu Grübeleien, wenn er sich selbst überlassen ist, und ich hatte andere Ansprüche an meine Freizeit, die ich in jenem Sommer 1920 nur ungern verschwenden wollte. Also musste ein Job für ihn her. Es war ihm ein Leichtes, eine Stelle zu finden, nachdem ich Ned van der Wahl heimlich einen kleinen Tipp gegeben hatte. *Dein Hausgast, dieser nette Junge, der gerade aus Frankreich zurückgekehrt ist, der Sohn deines alten Freundes – glaubst du nicht, er würde in deiner Firma einen guten neuen Börsenmakler abgeben? Er scheint sich gerade ein wenig zu berappeln. Eine Karriere im Finanzwesen könnte genau das Richtige für ihn sein.* Und wissen Sie, was? Ned hielt die Idee für genauso ausgezeichnet wie ich. Er wartete lediglich das Ende des Sommers ab, um meinem Boyo den Vorschlag zu unterbreiten. Der Junge brauchte etwas Zeit, um wieder auf die Beine zu kommen, nach alldem, was er durchgemacht hatte, doch jetzt rappelte er sich tatsächlich wieder hoch. Er schien sich wunderbar zu erholen. Und so ging er zu Sterling Bates, allerdings machte er in Anleihen statt in Aktien, weil sie genau zu dem Zeitpunkt eine offene Stelle beim Handel mit Staatsanleihen hatten. Schicksal, nehme ich an.

Du hast mir in jenem Sommer das Leben gerettet, sagt der Junge gern, und ich denke ganz uneitel, dass er Recht hat.

Ich muss nur an das Gesicht denken, das er an jenem Abend machte, als er mich nach dem Rennen von Man o' War in Windermere absetzte, um zu wissen, wie weit er seitdem gekommen ist. Die triumphale Euphorie von der Rennbahn war verflogen, und wir hatten den Großteil der Strecke schweigend zurückgelegt – zwei lange Stunden, ohne ein Wort zu sagen, das muss man sich mal vorstellen –, unterbrochen nur von gelegentlichen Bemerkungen über das Wetter, die abwechslungsreiche Unterhaltung, die Ned van der Wahl seinen Gästen bot, und das herausragende Rennen, dessen Zeugen wir soeben geworden waren. Das gefiel mir schon besser. Ich halte nicht viel von dieser modernen Leidenschaft des In-sich-Gehens, der Psychoanalyse. Jedes noch so kleine Detail seiner Kindheit unter die Lupe zu legen, jedes noch so kleine Zwicken des Unterbewussten – das war nichts für mich. Allgemein ausgedrückt: Je weniger ich von den Befindlichkeiten einer Person wusste, desto mehr mochte ich sie.

Wie dem auch sei. Wir hielten exakt am Scheitelpunkt der mondsichelförmigen Zufahrt in Windermere an – wir ließen den Kies täglich harken, weil sich das so gehört, und das tun wir auch heute noch –, und ich fragte den Jungen, ob er noch auf einen Gute-Nacht-Trunk mit reinkommen wolle. Obwohl es unwahrscheinlich war, dass wir Gesellschaft bekommen würden, war mir doch ein wenig beklommen zumute. Mein Ehemann weilte in jener Woche in der Stadt.

Es war eine nette, mit Schuldgefühlen behaftete Einladung, und ich rechnete fest damit, dass er sie annehmen würde.

Er spähte die Stufen zur Haustür hinauf, dann wanderte sein Blick zurück zu meinem Gesicht. Seine Augen waren trüb. »Nein, danke«, lehnte er ab, stieg aus und öffnete mir wie ein Gentleman die Beifahrertür. Er schüttelte mir zum Abschied die Hand und tuckerte über die Auffahrt davon, eine Hand fest am Lenkrad, den anderen Arm vom Ellbogen an auf den Türrahmen gelegt. Ich sollte ihn eine Woche lang nicht mehr zu Gesicht bekommen. Dummer Junge, dachte ich gekränkt und ein wenig verärgert, aber das Bild sollte mir nicht mehr aus dem Kopf gehen. Sein Gesicht wirkte so unglücklich.

Sechs Abende später – ich hatte mit ein paar Freunden im Maidstone Club Martinis bestellt, nachdem es mir die ganze Woche über nicht gelungen war, den Jungen in der Stadt aufzutreiben – beschloss ich, dass es mir reichte. Genug war genug. Mitten im Gespräch stand ich auf, kippte den dritten Martini, drückte meine Zigarette aus und fuhr zu Ned van der Wahls Gästehaus, um den Jungen in seinem Schlupfwinkel zu stellen.

Aber das ist eine andere Geschichte, und überhaupt – der Grund, warum ich an all das denke, warum ich diese Geschichte wieder hervorkrame, ist der, dass dieses lang zurückliegende Szenario bemerkenswerte Ähnlichkeit mit meiner momentanen Situation aufweist. Unfähig, den Jungen gestern in der Stadt aufzutreiben, fahre ich diesen Montagmorgen in die Innenstadt, um ihn in seinem Büro zu überfallen. Meine Finger zittern, meine Lippen sind genauso verkniffen wie damals.

»Mr. Octavian Rofrano«, sage ich so forsch wie möglich zu der Dame am Empfang. (Ich hätte ihn natürlich von der Telefonzelle unten an der Straße aus anrufen können, aber ich bin der Meinung, dass eine Frau, die an der Rezeption am Arbeitsplatz steht, weniger leicht zu ignorieren ist als eine Frau, die sich in einer Telefonzelle vor dem Gebäude herumdrückt.)

»Haben Sie einen Termin?«, fragt sie so schnippisch wie

möglich. Sie trägt einen Herrenanzug – was momentan der letzte Schrei ist – und einen Bob, und sie hält sich für unglaublich schick und klug. Auf jeden Fall für schicker und klüger als eine nicht mehr ganz junge Matrone aus der Fifth Avenue, ganz gleich, wie attraktiv die Figur dieser Matrone ist und wie teuer ihr Kleid.

Ich setze meinen drachenähnlichsten Blick auf, den Blick, der meine Jungs schlagartig zur Räson brachte, als sie noch kleine Schlingel waren. »Richten Sie ihm einfach aus, Mrs. Marshall sei hier.«

»Ja, Ma'am.« (Kleinlaut.)

Einen Augenblick später verlässt der Junge mit großen Schritten einen Gang im Innern des Gebäudes und bleibt mitten in dem geräumigen, großzügig mit Marmor verkleideten Empfangsbereich stehen. Seine Augen sind weit aufgerissen und blicken alarmiert, seine Schultern in dem würdevollen dunkelgrauen Anzug, für den ich selbst Maß genommen habe, sehen genauso aus, wie ich es mag. »Mrs. Marshall!«, ruft er aus. »Ist etwas passiert?«

Ich erhebe mich von dem Stuhl, auf dem ich Platz genommen hatte, und ziehe die Handschuhe über meinen Handgelenken glatt. »In der Tat, Mr. Rofrano. Sollen wir irgendwohin gehen, wo Sie mich zu einer Tasse Kaffee einladen können?«

DER JUNGE FÜHRT mich zu einem Café ein paar Blocks entfernt, wobei er verstohlene Blicke in alle Richtungen wirft. Im Café bestellt er Kaffee und Zimtgebäck und zündet mir eine Zigarette an. Ich bemerke, dass seine Hände beinahe genauso fahrig sind wie meine.

»Konnte das nicht bis morgen warten?«, fragt er. »Ich wollte mit dir etwas besprechen, wenn du vorbeikommst.«

»Nein, konnte es nicht.«

Er steckt sich eine Zigarette an, aber er macht nichts damit, hält sie einfach nur zwischen den Fingern und starrt das brennende Ende an. »Du weißt, dass alle von deinem Besuch bei mir erfahren werden.«

»Oh, mach dir deswegen keine Gedanken. Es wissen ohnehin alle über uns Bescheid.«

Er blickt auf. »Wie meinst du das?«

»Ich meine, dass Geheimnisse in dieser Stadt nicht lange geheim bleiben. Wusstest du das nicht?«

»Mir gegenüber hat niemand etwas erwähnt.«

»Liebling, das würde auch ganz bestimmt keiner tun. Außerdem ist das jetzt egal.« Die Kellnerin kommt an unseren Tisch und bringt unsere Bestellung, und ich nutze diese natürliche Gesprächspause, um meine Gedanken zu ordnen und – so nehme ich an – meinen Mut zusammenzunehmen. Immerhin ist es eine kühne Sache, die ich ihm da vorschlagen möchte, und für gewöhnlich ist das nicht meine Art.

»Warum?«, fragt der Junge, als sich die Kellnerin entfernt hat.

Ich gebe Sahne in meinen Kaffee. »Warum was?«

»Warum ist das jetzt egal?« Er greift nach seiner Tasse und beugt sich vor. Sein Gesicht ist gerötet, seine Knochen zeichnen sich deutlich unter seiner glatten, jungen Haut ab. Ich vergötterte diese Haut. Ich vergöttere ihn. Seine Augenbrauen ziehen sich besorgt zusammen, als er fortfährt: »Hast du vor, das hier zu beenden?«

»*Beenden?* Das hier?« Ich rühre Zucker in meine Tasse und hebe sie mit beiden Händen hoch, damit sie nicht in meinen Fingern zittert. Der Kaffee ist genau richtig, süß und cremig. »Nein, Boyo. Im Gegenteil. Ich habe meine Meinung komplett geändert.« Ich stelle die Tasse ab und sehe ihm fest in die Augen. »Ich habe mich entschieden, deinen Heiratsantrag nach all der Zeit endlich anzunehmen.«

Seinem schockierten Gesicht nach zu urteilen, ist das das Letzte, was er erwartet hat. Ich glaube, seine Augen wechseln tatsächlich die Farbe – oder vielmehr die Kontinente – von Mediterran- zu Antarktisblau. Die Röte weicht aus seinem Gesicht.

»Ich verstehe nicht«, sagt er mit einer Stimme, die an den aufspritzenden Kies der mondsichelförmigen Auffahrt in Windermere erinnnert.

»Ich habe meine Meinung geändert, das ist alles. Ich habe lange und intensiv darüber nachgedacht, und mir ist klar geworden, dass du Recht hast. All diese Heimlichtuerei ist nicht gut für die Seele. Manhattan ist nicht gut für die Seele. Wir sollten gemeinsam fortgehen und von vorn anfangen, und – nun, vielleicht können wir sogar noch ein Kind bekommen, das ist nicht ganz ausgeschlossen …« Ich blinzle ein, zwei Mal – es kommt mir vor, als würden meine Augen brennen, vielleicht schneidet jemand hinten in der Küche eine Zwiebel –, dann greife ich erneut nach meiner Kaffeetasse. »Egal. Was denkst du?«

Der Schock ist noch immer präsent, zumindest ist die Farbe noch nicht in seine Wangen zurückgekehrt. Der Junge spielt mit seiner Zigarette, trinkt einen Schluck Kaffee und sagt, ohne mich anzusehen: »Was ist mit deinem Mann? Den Jungs?«

»Oh, sie werden sich daran gewöhnen. Die Jungs führen inzwischen ihr eigenes Leben, und Sylvo …« Ich gerate ins Stocken, weil ich nicht lügen kann. Ich kann meinen Boyo nicht belügen. »Sylvo will sich scheiden lassen.«

»Was?«

»Sylvo will sich scheiden lassen. Ohne Scheidung können wir schließlich nicht heiraten, oder?« Ich lache oder vielmehr: Ich versuche zu lachen. Das Ergebnis ist ein schmutziges Kichern, das einen Mann ganz bestimmt nicht für die Ewigkeit bindet. »Sylvo hat endlich beschlossen, mit der Zeit zu gehen und seine Geliebte zu heiraten. Ist das nicht wunderbar? Wir sind endlich frei, mein geliebter Boyo. Nun steht uns nichts mehr im Weg. Ich bin mir sicher, er wird mir jede Menge Geld überschreiben, damit die Scheidung ohne Aufsehen über die Bühne geht, und dieses Geld wird reichen, um uns beiden irgendwo anders einen Neuanfang zu ermöglichen. Was hältst du von Kalifornien?«

Er hat noch nie über Kalifornien nachgedacht, das sehe ich ihm an. Kalifornien liegt weit jenseits seines liebenswerten, begrenzten Vorstellungsvermögens. Er streckt den Arm aus und berührt meine Hand. »Wann ist das passiert?«

»Wann ist was passiert?« Meine Stimme klingt viel zu schrill.

»Wann hat Sylvo dir mitgeteilt, dass er die Scheidung möchte?«

»Ach das? Ich glaube, es war Samstagnacht. Ja. Nachdem ich Samstagnacht nach Hause gekommen bin.« *Klopf, klopf.* Er klopft die Zigarettenasche im Aschenbecher ab. »Er war wirklich freundlich. Ich habe nicht gewusst, dass man ein solches Anliegen auf eine derart freundliche Art vorbringen kann.«

»Ach, Theresa.«

»Meine Güte, du denkst doch nicht etwa, ich sei deswegen außer mir, oder? Das sind *sensationelle* Neuigkeiten! Ist es nicht das, was wir immer gewollt haben? Ein Geschenk, präsentiert auf einem Silbertablett, in das *Mr. und Mrs. Octavian Rofrano junior* eingraviert ist, genau wie du dich in all diese frivolen Hotelregister eingetragen hast. Wir sind endlich ehrenwerte Leute!«

»Theresa«, flüstert er.

»Ich stelle mir natürlich nichts allzu Pompöses vor, eine Hochzeit im Rathaus erscheint mir angemessen. Was denkst du? Anschließend eine kleine Party, nur ein paar Freunde. Jay wird bis dahin sein nettes Frauchen geheiratet haben. Sie könnte unsere Trauzeugin werden. Was ist los, Boyo? Du sagst ja gar nichts.«

»Entschuldige. Ich bin bloß ein bisschen schockiert. Vor einer Woche hast du meinen Antrag noch glattweg abgelehnt. Ich dachte, es sei hoffnungslos.«

»Nun, die Dinge haben sich seitdem geändert. Sämtliche Hindernisse sind aus dem Weg, und weißt du, was? Ich bin froh darüber. Ich bin froh, dass Sylvo so mutig war, mit den alten Gepflogenheiten zu brechen. Das ist eine ganz neue Welt, in der eine Scheidung nicht länger ein Skandal ist. Wenn zwei Menschen nicht zueinander passen oder schon eine ganze Weile nicht mehr zueinander gepasst haben, nun, dann sollten sie eben als Freunde auseinandergehen und sich jemand anderen suchen.« Ich streiche ihm mit dem Daumen über die Fingerknöchel. »Und wir dürften inzwischen festgestellt haben, dass wir hervorragend zueinander passen, nicht wahr?«

Er schaut von seinem Kaffee auf. »Zu einer Ehe gehört mehr als *das*, Theresa.«

»Selbstverständlich. Aber Sex ist ganz wesentlich, das sagen alle Wissenschaftler. Sylvo und ich sind seit Jahren nicht mehr miteinander ins Bett gegangen – das ist doch keine Ehe mehr!« Ich lege meine Zigarette ab und schnipse mit den Fingern. »Wir könnten eine Doppelhochzeit feiern, vorausgesetzt, die Scheidung ist schnell genug durch.«

»Eine Doppelhochzeit?«

»Du und ich und Jay und die kleine Sophie.«

Der Junge lässt meine Hand los und fährt sich mit allen zehn Fingern durchs Haar.

»Was ist los?«, frage ich. »Stimmt etwas nicht?«

»Nein. Alles in Ordnung. Ich meine … Es tut mir leid, ich bin bloß … Ich muss das erst einmal sacken lassen, das ist alles.«

»Ist es wegen Jay? Hast du etwas Schlimmes über dieses Mädchen herausgefunden?«

»Verdammt noch mal, Theresa«, murmelt er.

»Es ist nämlich egal. Es kümmert mich nicht mehr. Ihr Vater könnte ein überführter Verbrecher sein – es ist mir gleich. Sie lieben einander, und das ist alles, was zählt.«

Er nimmt die Hände aus den Haaren und sieht mich durchdringend an. »Tun sie das? Lieben sie einander?«

Die Art und Weise, mit der er diese Fragen stellt, irritiert mich. Es irritiert mich, wie er seine Augenbrauen in die Höhe zieht, vielleicht ist es auch die Farbe seiner Augen, die von der Antarktis in nördlichere, wärmere Gefilde wandert.

Ich drücke mit einer kreisenden Bewegung meine Zigarette aus, im Uhrzeigersinn, um Zeit zu gewinnen. »Warum, Boyo«, sage ich dann. »Warum interessiert dich das?«

Es entsteht eine klitzekleine Pause, dann: »Es interessiert mich nicht.«

Meine Finger sind kalt, zumindest kommt es mir so vor, als ich sie vorsichtig um die Kaffeetasse lege. Ich lackiere meine Nägel nicht, das wäre vulgär. Allerdings feile ich sie, lasse sie etwas länger als üblich, und sie sehen wirklich elegant aus, wie sie sich von dem billigen weißen Porzellan meiner Kaffeetasse abheben. Es sind auch nicht die Nägel, es ist der Rest der Hand, der mir Sorgen macht. Die Adern, die in hässlichem Meeresgrün hervortreten, und zwar in Hülle und Fülle, wann immer ich die Hände unter Brustniveau senke. Die knittrige Haut rund um die Fingerknöchel. Die überschüssige Farbe in meinen Kapillaren. Die meiste Zeit über kann man diesen Schlamassel unter den Handschuhen verbergen, aber wenn man raucht und in einer Kaschemme wie dieser Kaffee trinkt, muss man die Handschuhe ausziehen. Man sitzt sozusagen nackt vor seinem Begleiter. Das Alter steht einem auf die Hände geschrieben, leicht zu lesen, und es gibt nichts, was man dagegen tun kann.

»Verrat mir eins, Boyo«, bitte ich ihn, während ich auf meine verräterischen Adern starre. »Was wolltest du mir morgen sagen?«

»Was meinst du?«

»Du wolltest mir etwas sagen. Und dann bin ich dir mit meinen eigenen Neuigkeiten zuvorgekommen – wie unhöflich von mir. Aber nun bist du an der Reihe.«

Seine Lippen teilen sich, doch er bringt kein Wort hervor.

»Hat es etwas mit deinem gestrigen Verbleib zu tun? Ich habe versucht, dich anzurufen, wieder und wieder, aber du bist nicht ans Telefon gegangen.«

»Ich war unterwegs. Auf einer Spritztour.«

»Ja, das habe ich mir gedacht. Ich bin tatsächlich bei deiner Wohnung gewesen und habe nach dir gefragt. Man hat mir mitgeteilt, du seist in der Früh aufgebrochen.«

»Ich bin nach Connecticut gefahren. Zurück zu den Stätten meiner Jugend.«

»Allein?«

Eine weitere Pause, noch kürzer als die vorherige. Zumindest hat er den Mut, mir in die Augen zu sehen, als er antwortet: »Nein, ich habe Sophie Fortescue mitgenommen.«

»Du hast *was?* Die Verlobte eines anderen Mannes?«

»Du hast mich gebeten, mehr über sie in Erfahrung zu bringen.«

Der Kaffee ist inzwischen lauwarm, aber ich trinke ihn trotzdem. »Und, hast du?«

»Ich weiß es nicht. Ich glaube, ja.«

»Irgendetwas Skandalöses? Etwas, das ich wissen sollte?«

»Nein«, erwidert er etwas zu nachdrücklich, und mein Herz, mein Gott, ich glaube, es bleibt tatsächlich für einen kurzen Moment stehen. Gefriert direkt in meiner Brust. Hustet und stottert wie ein Motor, der nicht richtig anspringen will. Der Kaffee kommt mir hoch, angestrengt schlucke ich ihn runter.

»Gut«, sage ich ebenso nachdrücklich. Ich nehme mir ein Gebäckstück von dem Teller zwischen uns und beiße entschlossen hinein. Die Kellnerin bleibt mit der Kaffeekanne an unserem Tisch stehen und schenkt uns nach. Ich rühre Sahne und Zucker in den Kaffee. Der Junge trinkt seinen schwarz. Er zündet sich eine weitere Zigarette an und öffnet den Mund, um etwas zu sagen. Ich komme ihm zuvor.

»Das ist lustig, Boyo. Als ich vorhin im Taxi saß, um dir die gute Neuigkeit zu überbringen, schaute ich aus dem Fenster und dachte daran, wie ich das erste Mal zu dir gekommen bin. Nach East Hampton. Ned van der Wahls Gästehaus. Erinnerst du dich?«

»Selbstverständlich, Theresa.«

Seine Stimme klingt weich vor Mitgefühl – einen Klang, den ich verabscheue. Ich verabscheue den Klang von Mitgefühl. Seines Mitgefühls. Ich hasse es, wie ruhig er bleibt, hasse die Art und Weise, wie seine Finger nach einem kurzen, nervösen Intermezzo zu Beginn unseres kleinen Gesprächs zu ihren wohlbemessenen Bewegungen zurückkehren.

Mit scharfer Stimme sage ich: »Wenn ich mich richtig erinnere, warst du betrunken.«

»Ich hatte getrunken, ja. Ich habe in jenem Sommer viel getrunken.«

»Nun, das hast du in der Tat. Wir haben damals beide mehr getrunken, als gut für uns war. Ich glaube, ich war selbst ordentlich beschwipst, sonst hätte ich niemals die Nerven gehabt, eine Viertelstunde vor Mitternacht vor deiner Tür aufzutauchen.« Ich drehe den Kopf zum Fenster und stelle fest, dass auf dem Gehweg erstaunlich wenige Passanten zu sehen sind. Vielleicht liegt es an der Kälte. Ein einzelner Mann, in seinen Mantel geduckt, huscht vorbei, den Schal bis zur Nase hochgezogen: ein schwarzes Bündel, mit einem abgetragenen Filzhut auf dem Kopf. Auf der anderen Straßenseite wartet eine Imbissstube auf den Mittagsansturm. *Heiße Suppe 5 Cent.* Dieser Tage gibt es viele Restaurants in New York. Sie sprießen überall aus dem Boden. Alle essen auswärts; niemand will mehr zu Hause bleiben und Abendessen kochen.

»Sonderlich nervös hast du nicht gewirkt«, stellt der Junge ruhig fest.

»Nun, das war ich aber. Ich hatte schreckliche Angst. Ich war zweiundvierzig Jahre alt, und ich hatte so etwas noch nie gemacht. Du warst mein Erster, Boyo. Meine erste Affäre in all den Jahren. Habe ich dir das eigentlich jemals gesagt?«

»Nein.«

»Um ehrlich zu sein, ist es mir beinahe peinlich, das zuzugeben. Aber da war ich, und da warst du, so jung und stark und perfekt, und ich hatte noch nie etwas so begehrt, wie ich dich begehrt habe. Allein dich in jener Nacht zu *sehen*, die Farbe deiner Augen zu sehen und die – die … Du hast diese ganz besondere Haut, Boyo, diese absolut köstliche Haut. So fest und frisch, selbst nach ein, zwei Drinks.« Zwei Mädchen gehen vorbei. Sie tragen elegante Kleidung, billig, aber modern – Sie haben so etwas doch bestimmt schon gesehen, nicht wahr? Diese neuen Mäntel mit der tief angesetzten Taille, die gerade, knabenhafte Silhoutte? –, und haben die Köpfe zusammengesteckt, pfiffig lächelnd unter zwei identischen Hüten. Zweiundzwanzig, dreiundzwanzig. Ungefähr im Alter des Jungen. Sekretärinnen? Vorzimmerdamen? Es umgibt sie ein Hauch professioneller Geschäftigkeit, eine fleißige Energie. Sie werden die Welt erobern, Schreibmaschinentaste für Schreibmaschinentaste. »Ich wollte dich wiedersehen in jener Nacht«, füge ich an. Meine Stimme ist kaum mehr als ein Flüstern. »Das ist alles. Das hätte mir gereicht. Ich hätte nie gedacht, dass du dich in eine alte Schachtel wie mich verliebst.«

»Du warst nicht alt, Theresa.«

»Aber ich war auch nicht mehr in der ersten Blüte der Jugend.« Ich sehe ihn direkt an und lächle. »Obwohl ich tatsächlich denke, dass ich würdevoll gealtert bin. Ich habe mich gut gehalten.«

»Du bist eine schöne Frau, und das weißt du. Tu nicht so, als sei das anders.«

»Ich werde nie dein Gesicht vergessen, als du mir die Tür geöffnet hast. Du hattest einen blau gestreiften Pyjama an und einen blauen Hausmantel. Dunkelblau, mit diesen kleinen braunen Paisley-Wirbeln. Und du hieltest eine Zigarette in der Hand, genau wie jetzt.« Meine Fingerspitze zittert, als ich auf die Zigarette deute. »Du wirktest nicht im Mindesten überrascht, mich zu sehen.«

»Das war ich aber.«

»Weißt du noch, was ich anhatte?«

Er fährt mit dem Daumen die Kante der Untertasse nach. »Du trugst ein rotes Kleid und ein Diamantcollier. Deine Schuhe baumelten von deiner linken Hand.«

»Es war eine heiße Nacht.«

Ich gestatte mir, für einen Moment in der Vergangenheit zu versinken. Ich sehe, wie er sich erinnert: Er starrt in seine Kaffeetasse, seine Lippen sind leicht geöffnet. Bei dem Jungen muss man auf die kleinen Hinweise achtgeben, die winzigen Bewegungen, die einen flüchtigen Einblick in seine Denkweise gewähren. Sein Atem geht etwas flach. Das ist gut. Soll er sich erinnern. Gott weiß, dass ich nicht vergessen kann. Selbst jetzt noch schlägt mein Herz dasselbe hämmernde Tempo an wie damals, die Nerven an meinen Armen und zwischen meinen Schenkeln kribbeln nervös – und das nur wegen einer einzigen unauslöschlichen Erinnerung: der Junge, schlank und muskulös in seinem dunkelblauen Hausmantel, die sanfte Kuhle an seinem Hals, gerade eben sichtbar im Ausschnitt seines Pyjamas, den er nicht bis ganz obenhin zugeknöpft hat.

»Guten Abend, Mr. Rofrano«, sagte ich.

Und er musterte mich von oben bis unten und wieder hinauf, bis sein Blick auf meinem Gesicht ruht. »Guten Abend, Mrs. Marshall. Ist es nicht ein wenig spät für einen Besuch?«

Seine Stimme klang leicht verschliffen, gerade so viel, dass ich wusste, dass er getrunken hatte. Ich legte eine Hand an den Türrahmen und fragte, ob ich jetzt vielleicht den Gute-Nacht-Trunk bekommen könne. »Was für einen Gute-Nacht-Trunk?«, wollte er wissen, und ich erwiderte, dass ich den Gute-Nacht-Trunk meinte, den ich ihm vor einer Woche angeboten hatte, als er mich von der Rennbahn nach Hause brachte. Ich sei immer noch durstig.

Er dachte über meine Worte nach. Unbewegt. Zur Salzsäule erstarrt. Ich glaube, dass er nicht einmal blinzelte. Er stand einfach nur da, betrachtete mich nachdenklich und überdachte mein Angebot. Die Sekunden verstrichen, die Spottdrosseln sangen in dem Baum neben der Tür ihr Lied. Ich wusste, wann er weich wurde. Seine Lippen teilten sich leicht – genau wie sie es jetzt tun –, die Haut unter seinen Augen lockerte sich, und erst jetzt bemerkte ich, dass er die Lider vor Anspannung leicht zusammengekniffen hatte. Mein plötzliches Erscheinen vor seiner Tür hatte ihn vor eine unerwartete Prüfung seiner Entschlossenheit gestellt, und diese Entschlossenheit war durch mein rotes Kleid und meine nackten Füße erschüttert worden, genau wie durch den Abgrund der Einsamkeit, der vom Scheitel bis zur Sohle in ihm klaffte, vielleicht auch durch die halb leere Flasche Whisky, die hinter ihm auf dem Tisch zu sehen war.

Er trat von der Tür zurück und sagte: »Bedienen Sie sich, Mrs. Marshall.«

Und das tat ich.

DER JUNGE WINKT MIR EIN TAXI am Broadway heran und verspricht mir, heute früher mit der Arbeit Schluss zu machen. Ich sage ihm, dass ich mich freue. Ich werde etwas zu essen mitbringen. Wir können feiern.

Er sieht nicht so aus, als sei ihm nach feiern zumute. Er wirkt eher bedrückt, auch wenn sein Gesicht ausdruckslos bleibt, als er mir die Taxitür öffnet und wartet, bis ich eingestiegen bin. Ich hebe den Blick, um ihm zu danken. Der schockierte Ausdruck, der nun auf sein Gesicht tritt, entgeht mir nicht, und er schickt ein Flattern von meinem Bauch bis zu den Fußsohlen.

»Was ist los, Boyo? Du siehst aus, als hätte ich dich zum Tode verurteilt, dabei geht es doch bloß um eine Hochzeit.«

Mit einer Hand umklammert er die Taxitür, mit der anderen die Lehne des Rücksitzes, gleich hinter meinem Nacken. Der Taxifahrer lässt ungeduldig den Motor aufheulen. Der Junge beugt sich zu meinem Ohr und flüstert: »Hast du die Wahrheit gesagt, Theresa?«

»Ich sage dir immer die Wahrheit, Boyo.«

»Ich meine, dass du vor uns noch nie eine Affäre hattest. Dass ich dein erster …«

Er lässt seine Worte in der Luft hängen, also beende ich den Satz für ihn.

»… Geliebter war. Ja, Boyo.« Ich nehme seine Hand von der Rücklehne und küsse die hervorstehenden Fingerknöchel. »Du warst mein erster Geliebter, und du wirst mein letzter Geliebter sein.«

Sein Atem bildet eine weiße, dichte Wolke in der eisigen Luft. Er gibt mir einen Abschiedskuss, seine Lippen sind warm. »Wir sehen uns heute Abend.«

»Komm nicht zu spät.«

Der Junge nickt und zieht die Hand weg, dann schlägt er die Wagentür zu und wendet sich ab. »Wohin soll's gehen, Ma'am?«, fragt der Fahrer.

Aus irgendeinem Grund lässt mich das Wort »Ma'am« zusammenzucken. Ich lehne mich zurück und starre dem Jungen nach, der mit großen Schritten über den Broadway Richtung Wall Street verschwindet, durch und durch geschäftig, ein weiterer dunkelgrauer Mantel mit einem dunkelgrauen Anzug darunter, ein weiterer warmer, weicher Filzhut, der zwischen den anderen auf und ab hüpft, durch die kalten grauen Schluchten der Innenstadt von Manhatten an diesem trüben Januartag.

Ich gebe dem Fahrer die Adresse meines Bruders in der Park Avenue.

SIE WISSEN, DASS WIR EINANDER ZIEMLICH NAHESTEHEN, Ox und ich, trotz unserer offensichtlichen Differenzen. Unsere Mutter hatte sich kurz nach seiner Geburt auf ihrer Chaiselongue ausgestreckt und war seitdem kaum noch davon aufgestanden, weshalb ich ihn großziehen musste. Gegen seinen fehlenden Verstand konnte ich nicht viel unternehmen, aber ich sorgte dafür, dass er auf seine Manieren achtete und das Reiten erlernte; außerdem hielt ich ihn davon ab, mit einem Showgirl durchzubrennen, das ihm freundlicherweise die Unschuld und das Taschengeld raubte, als er siebzehn war, in dem Sommer, bevor er nach Princeton ging. (Eine wahre Meisterleistung meinerseits, das kann ich Ihnen versichern; Ox kann bemerkenswert stur sein, wenn es um Frauen geht.)

Es war Ox, der mir die Nachricht von Tommys Tod überbrachte, zwei Tage nach der Waffenruhe. Ich weilte zu jener Zeit gerade bei einer alten Schulfreundin aus Westover in Boston, und das Telegramm des Kriegsministeriums war selbstverständlich in die Fifth Avenue gegangen. Sylvo war zu betroffen, um mir die Nachricht persönlich zu überbringen, also sprang mein Bruder in den nächsten Zug und kam am Abend bei mir an, gerade als wir zum Essen ausgehen wollten. (Ironischerweise um das Ende des Krieges zu feiern und unsere gewaltige Erleichterung darüber, dass wir von seinen Gräueln verschont geblieben waren.) Da stand ich im Foyer, lachend, in meinem blauen Seidenkleid und passenden Handschuhen, die bis zu den Ellbogen reichten, als der schwere Messingklopfer gegen das Türblatt schlug – *Klonk!* Mein Gott, ich kann den metallischen Klang immer noch hören, in g-Moll, und wir verstummten, meine Freundin, ihr Mann und ich. Unbehagliche Stille senkte sich über uns herab. Der Butler öffnete die Tür, und in dem Moment, in dem ich Ox sah, wusste ich, was passiert war. Vielleicht hatte ich es sogar schon vorher gewusst.

»Tommy!«, schrie ich.

Und Ox, der liebe Ox, machte einen Satz nach vorn, gerade rechtzeitig, um mich aufzufangen und gegen seine Brust zu drücken. Er sagte, Tommy sei der Grippe erlegen. Er habe sich während eines Wochenendurlaubs in Paris angesteckt und sei am Tag der Waffenruhe im Amerikanischen Krankenhaus in Neuilly verstorben. Wie grässlich. Was für ein grässlicher, unglückseliger Einschnitt. Ich erinnere mich kaum an die nächsten zwei Tage, aber ich weiß, dass Ox die ganze Zeit über da war und Sylvo nicht. Sylvo blieb zu Hause in New York und kümmerte sich um alles Organisatorische, holte den Leichnam zurück, bereitete die Bestattung vor und so weiter. Wichtige Dinge, das will ich ihm nicht absprechen, und ich war ihm dankbar, dass ich mich nicht selbst darum kümmern musste. Doch es war Ox, der mich am Leben erhielt in den ersten achtundvierzig Stunden vom Rest meines Lebens.

Während das Taxi langsam in Richtung Norden kriecht, denke ich insgeheim, wie sehr es mich verblüffte, dass er sich als derart mitfühlend erwies. Ich meine, wir reden hier über Ox! Er selbst hat kein Kind – zumindest keins, von dessen Existenz wir Kenntnis haben –, daher konnte er gar nicht wissen, welches tiefgehende Gefühl sich im Herzen verwurzelt, wenn man sein erstes Baby bekommt. Natürlich kannte und liebte er Tommy. Wer hätte Tommy nicht geliebt, das goldige, liebenswerte Kind, den lachenden, brillanten Jungen? Mein Ein und Alles, mein geliebter Sohn mit den funkelnden Augen, die so unsagbar *fortissimo* wirkten an dem Morgen, als er in seiner Uniform nach Frankreich aufbrach. Aber Ox' Liebe war die eines Onkels zu einem Neffen, eine völlig andere Sache. Tommy lebte nicht in seiner Seele. Tommy kreiste nicht in Ox' Blut und war Teil seines Herzens, sodass ihm sein Verlust die Fähigkeit zum Atmen nahm.

Aber irgendwie verstand Ox trotzdem. Gott weiß, warum.

DOCH DAS KANN KEINESWEGS ERKLÄREN, warum Ox montags um die Mittagszeit in seiner Junggesellenbude hocken sollte, und auch nicht, wieso ich erwarte, ihn dort anzutreffen. Nennen Sie es Instinkt. Nennen Sie es weibliche Intuition. Nennen Sie es die intime Kenntnis einer Schwester, den Schlendrian ihres Bruders betreffend.

»Solltest du nicht bei der Arbeit sein, Bruderherz?«, fragte ich ihn, als ich meine Handschuhe auszog und sie auf seine Louis-quatorze-Kommode warf, deren Goldauflage schon bessere Jahrhunderte gesehen hatte.

»Was für eine alberne Frage.«

»Irgendwer muss sie ja stellen. Ich nehme an, deine Partner bei Willig & White sind nachsichtiger als ich, sonst würdest du sicher keinen Job haben.«

»*Job* ist so ein krasses Wort, Schwesterchen.« Ox nimmt die Füße vom Sofapolster, um Platz für mich zu machen. Mit der einen Hand drückt er sich einen gesteppten Stoffbeutel mit Eis gegen den Kopf, in der anderen hält er ein großes Glas Katerbier.

»Die meisten unumgänglichen Notwendigkeiten im

Leben sind krass«, stelle ich fest und drücke meinem Bruder einen Kuss auf die Stirn. »Das macht sie allerdings nicht weniger notwendig. Erwartest du wirklich, dass ich mich daraufsetze?«

»Das ist ein völlig passables Sofa.«

»Es ist eine Schande. Du brauchst eine Frau, Ox. Je früher, desto besser.«

»Genau das ist der Plan, Schwesterherz.«

»Tatsächlich? Wann findet die Hochzeit statt?«

Er nimmt den Eisbeutel vom Kopf und trinkt einen Schluck. »So bald wie möglich, soweit ich weiß. Sie wird mir das Datum des freudigen Ereignisses nach Rücksprache mit ihrem Herrn Papa mitteilen.«

Mit einiger Mühe gelingt es mir, einen Stuhl zu entdecken, der nicht voller Krümel und irgendwelchen Flecken ist. »Hat sie nicht längst Rücksprache mit dem Herrn Papa gehalten? Oder ist sie zu beschäftigt mit anderen Angelegenheiten?«

»In ihrem Leben gibt es keine ›anderen Angelegenheiten‹, Schwesterherz. Genau das macht ihren Charme aus.«

Ich setze mich auf dem Stuhl zurecht und schenke meinem Bruder ein argloses Lächeln. »Bist du dir da *ganz* sicher?«

»Selbstverständlich. Ich hoffe, du willst mit deinen Worten nichts anderes andeuten.«

»Ganz und gar nicht. Warum sollte ich auch, wenn du ihr vertraust? Ich bin überzeugt, dass ihr gestriger Ausflug vollkommen unschuldig war.«

Er verschluckt sich an seinem Drink. »Was sagst du da?«

»Ihr Ausflug. Aufs Land. Gestern. Sie hat dir doch sicherlich davon erzählt?«

»Ich … das ist … Gestern, sagst du?«

»Ja, gestern. Sonntag. Der Tag nach Samstagnacht, als ihr zwei zusammen die Party besucht habt? Bei Philip Schuyler und seiner kleinen Sekretärin? Ich nehme doch an, du hast sie persönlich nach Hause gebracht.«

Ox' Gesicht nimmt eine ziemlich ungesunde Farbe an, nicht dass es vorher einen gesunden Teint gehabt hätte. »Nein, das nicht gerade.«

»Nicht? Aber dann wirst du deinen kostbaren Schatz doch wohl in die Obhut einer vertrauenswürdigen Person gegeben haben?«

»Ich ... Ehrlich gesagt, kann ich mich nicht mehr daran erinnern. Aber sie ist wohlbehalten zu Hause angekommen, da bin ich mir ganz sicher. Ich habe ihr am nächsten Morgen Blumen geschickt, und ... und ...« Er verzieht das Gesicht, was mich an ein zerknittertes Taschentuch denken lässt.

»Und hat sie geantwortet? Ist sie mit Handschuhen und Sonntagshütchen zu dir gekommen und hat mit ihrer heilenden Hand deine Sorgenfalten geglättet?«

»Jetzt hör mir mal zu, Schwesterherz«, sagt er und nimmt sich zusammen, »raus mit der Sprache, wenn du mir irgendetwas zu sagen hast.«

»Oh, du weißt, wie das ist, Ox. Einer Frau in meiner Position kommt so manches zu Ohren.«

»Aber nichts gegen Sophie! Ich werde jedem die Faust ins Gesicht schlagen, der auch nur ein schlechtes Wort über sie sagt. Sie ist unschuldig wie ein Engel.«

»Daran besteht kein Zweifel.« Ich lasse den Blick zu dem angelaufenen silbernen Zigarettenetui auf dem Lampentisch wandern, gleich neben Ox' rosa verfärbtem Ohr. »Trotzdem ist sie immer noch ein Mensch, nicht wahr? Eine junge Dame.«

»Nun, ja. Selbstverständlich ist sie das.«

»Und wie alle jungen Damen weiß sie ein wenig Aufmerksamkeit von ihrem Bewunderer zu schätzen. Dem Mann, den sie heiraten wird. Sie möchte umworben werden, vergöttert, das ist ihr ganz wichtig.«

Ox denkt über meine Worte nach, reibt sich mit dem Daumen über die gerunzelte Stirn, als wollte er der grauen Masse dahinter auf die Sprünge helfen.

»Ox«, sage ich sanft, »du kannst sie nicht einfach ignorieren, nur weil sie eingewilligt hat, dich zu heiraten. Solange ihr kein Ehegelübde abgelegt habt – was ihr, so Gott will, bald tun werdet –, steht es ihr frei, einen Rückzieher zu machen. Bis dahin musst du ihr immer wieder in Erinnerung rufen, was für einen wundervollen Mann sie bekommen wird.« Ich strecke die Hand aus und tätschele sein Knie. »Du musst sie umwerben, mein Lieber, bevor es jemand anders tut.«

»Worauf willst du hinaus? Willst du etwa andeuten, dass sie gestern etwas mit einem anderen Mann unternommen hat?«

»Ich will gar nichts andeuten. Sie ist ein liebes Mädchen. Ich bin mir sicher, dass sie nichts tun würde, womit sie dich betrügt. Aber sie ist so jung, Ox. So jung und unerfahren. Diese hübschen Dinger lassen sich so leicht den Kopf verdrehen, und die Männer heutzutage können furchtbare Flegel sein.« Ich betrachte meine Fingernägel. »Wirklich, Bruderherz, ich an deiner Stelle würde mich schleunigst aufraffen und zur Thirty-Second Street fahren, mit Blumen und Pralinen, und ich würde keine Sekunde von ihrer Seite weichen, bis sie einen Hochzeitstermin festgesetzt hat. Einen *baldigen* Termin. Ein gutaussehender Filou wie du wird sie doch sicher mir nichts, dir nichts in den Hafen der Ehe steuern können.«

»Davon gehe ich aus.« Er setzt sich auf dem Sofa auf

und sinniert – seinem Gesichtsausdruck nach zu urteilen – über die möglichen Grenzen von Sophies Enthusiasmus. Vielleicht sollte ich an diesem Punkt erwähnen, dass sich mein Bruder in einem Zustand befindet, den wir höflich als »nachlässig« bezeichnen wollen. Sein Pyjama ist zerknittert, der Gürtel seines grünen Seidenhausmantels ist ungebunden und dieser klafft über der Brust auseinander, sein schönes goldenes Haar klebt fettig an seinem Schädel. Sein Gesicht ist, freundlich ausgedrückt, aufgedunsen. Sich zurechtzumachen, wie ich es ihm vorgeschlagen habe, um anschließend Sophie einen Besuch abstatten zu können, dürfte den Großteil des noch verbleibenden Tages einnehmen. Nicht, dass er anderweitig beschäftigt gewesen wäre. (Seine aktuelle Beschäftigung zählt nicht.)

Ich nehme ihm das Glas aus der Hand. »Ich meine es ernst, Ox. Du wirst bald ein verheirateter Mann sein, solltest du das Glück haben, sie tatsächlich zum Altar zu schleifen. Es wird höchste Zeit, dass du anfängst, dich wie ein verheirateter Mann zu benehmen.«

»Nun, *ich* habe noch nie gesehen, dass verheiratete Männer permanent um ihre Frauen herumscharwenzeln.«

Ich lege den Kopf in den Nacken und leere mein Glas. »Ich nehme an, die meisten Ehen wären sehr viel glücklicher, wenn sie das täten.«

Vielleicht habe ich diese Worte zu verbittert hervorgestoßen. Vielleicht hat mich mein Gesichtsausdruck verraten. Oder vielleicht ist es einfach nur typisch Ox: im alltäglichen Leben dumm wie Bohnenstroh, doch nichtsdestotrotz durch irgendeinen urtümlichen Instinkt feinfühlig dafür, wenn ich unglücklich bin. Er zieht die Augenbrauen in die Höhe und beugt sich vor, eine fettige Haarsträhne fällt ihm ins Gesicht. Er streicht sie zurück und fragt: »Was ist los, Schwesterherz?«

»Wenn du es unbedingt wissen musst: Ich lasse mich scheiden.«

Die Worte kommen aus meinem Mund, bevor ich sie abwägen kann; vielleicht habe ich sie aber auch die ganze Zeit über aussprechen wollen, seit jenem Moment am frühen Sonntagmorgen, als Sylvo die Haustür mit einem einzigen widerhallenden Wumms hinter sich zuzog und mich zusammengesackt, perplex und einsam auf dem Sofa in der Bibliothek sitzen ließ, ein Glas Cream Sherry in der Hand. Vielleicht habe ich mich seitdem an die Brust meines Bruders werfen und mich in sein wortloses Verständnis hüllen wollen. Ich drehe das leere Whiskyglas in den Händen und fixiere ihn mit einem strahlenden, erwartungsvollen Lächeln. *Sich scheiden lassen.* Wie modern das klingt.

Ox niest lautstark und zieht sein Taschentuch hervor. »Herrjemine, Schwesterherz! Bitte sag, dass das nicht stimmt!«

»Es stimmt.« Ich zucke hilflos die Achseln. »Ich hatte die Nase voll, nehme ich an. All die anderen Frauen, und – nun, das fehlende Verständnis. Wir waren schon seit Jahren nicht mehr Mann und Frau, nicht seit Tommys Tod.«

»Ja, aber gleich eine *Scheidung* ...«

»Alle lassen sich heutzutage scheiden, Ox. Niemand schert sich mehr um die alten Regeln.«

»Trotzdem.« Er putzt sich kopfschüttelnd die Nase. »Ich dachte, manche Dinge seien heilig. Ich dachte, ihr zwei würdet durchhalten und zusammen alt werden.«

»Ox, wir *reden* kaum noch miteinander. Wir sind wie Fremde, die dasselbe Apartment bewohnen, und oft nicht mal mehr das.«

»Ich nehme an, dass du dich in diesen Jungen verliebt hast, ist auch nicht gerade hilfreich?«

Ich lasse das Glas auf den Teppich fallen. »*Was?*«

»In den jungen Rofrano. Komm schon, Schwesterherz. Dachtest du wirklich, ich wüsste das nicht?«

»Ich habe keine Ahnung, wovon du redest.«

Mein Bruder seufzt und kommt unsicher auf die Füße, stopft das seidene Taschentuch zurück in die Tasche seines seidenen Hausmantels und hebt das heruntergefallene Glas auf. »Tja, es tut mir eben leid, dass du das Handtuch wirfst, das ist alles. Es ist eine verdammte Schande, dass ihr zwei ein Vierteljahrhundert Ehe einfach so wegwerft.«

»Mein Gott, du klingst wie ein Moralapostel!«

»Ich werde bald heiraten, da muss ich ein Moralapostel sein, oder etwa nicht? Ich muss an das glauben, was ich tue, sonst ergibt das Ganze keinen Sinn.«

Er dreht sich um und geht mit dem leeren Glas in die Küche. Ich höre das Klirren von Porzellan, das Quietschen des Wasserhahns, dann laufendes Wasser. »Ich finde allein raus!«, rufe ich ihm nach.

»Ich weiß!«, ruft er zurück.

Nach der Bemerkung sollte ich schnurstracks aus seiner Wohnung marschieren und mir ein Taxi nehmen, aber wohin soll ich fahren? Sylvo ist in unserem Apartment und packt seine Sachen. Er hat sich bereits eine eigene Wohnung gemietet, um die erforderlichen Bedingungen für eine Aufhebung unserer Ehe zu erfüllen. Alles ist in Bewegung wie ein Zug, der unaufhaltsam den Bahnhof verlässt, und ich habe im Augenblick weiß Gott nicht vor, den Bahnsteig aufzusuchen und ihm hinterherzuschauen. Zuzuschauen, wie Sylvo mich verlässt.

Aus dem Grund folge ich meinem Bruder in die Küche und lege ihm eine Hand auf die Schulter.

»Ox«, sage ich leise.

Er dreht sich nicht um. »Schwesterherz.«

»Das, was ich gesagt habe, meine ich ernst. Reiß dich zusammen, mach dich frisch und schenk deiner Verlobten Aufmerksamkeit. Und tu mir einen Gefallen, mein Lieber.«

»Was für einen Gefallen, Schwesterherz?«

»Hör niemals damit auf.«

Kapitel 9

Ein Junggeselle kommt niemals ganz über die Vorstellung hinweg, dass er die Schönheit und Jugend für immer gepachtet hat.

HELEN ROWLAND

SOPHIE

Früher am selben Tag

DIE BLUMEN stehen in der Mitte des Frühstückstischs in einer hohen Kristallvase, die Sophie nicht bekannt vorkommt. Sie zählt mindestens ein Dutzend rote Rosen, sechs duftende Stargazer-Lilien und vier Hortensien in einem wundervollen Blau. »Du meine Güte«, stößt sie andächtig hervor und rührt Sahne in ihren Kaffee. »Wer hat die Blumen geschickt? Die müssen um diese Jahreszeit ein Vermögen gekostet haben!«

»Die sind von deinem Verlobten«, sagt Virginia. »Sie sind gestern Mittag eingetroffen.«

»Sie sind von *Jay?* War er auch hier?«

»Nein, er hat sie bringen lassen.«

Virginias Aufmerksamkeit ist nicht auf Sophie gerichtet, auch nicht auf die Blumen, sondern auf ihre Tochter, die versucht, einen Klecks flüssiges Eigelb mit einer Scheibe Buttertoast aufzusaugen. Vater ist bereits in seiner Werkstatt; er war schon weg, als Sophie heute Morgen herunterkam, getrieben von dem entschlossenen Knallen der Haustür, das – zumindest in Sophies schuldbewussten Ohren – eine spätere Strafpredigt ankündigte. Wegen zweier platter Reifen ist sie erst lange nach dem Abendessen nach Hause zurückgekehrt, als sich Vater bereits zurückgezogen hatte. Nur eine Nachricht, die er ihr heute Morgen unter der Tür hindurchgeschoben hat, zeigt ihr, dass er ihr Ausbleiben bemerkt hat. Der Inhalt dieser Nachricht bereitet ihr Bauchschmerzen.

Ich nehme an, du kannst mir heute Mittag eine vernünftige Erklärung für deine gestrige Abwesenheit liefern.

»Hat Vater die Blumen gesehen?«

»Selbstverständlich.«

»Hat er etwas gesagt?«

Virginia reißt ihre Aufmerksamkeit von ihrer Tochter los und wendet sich an Sophie. Ihr Ausdruck schwankt zwischen Verdruss und Mitgefühl, außerdem sieht sie besorgniserregend blass aus. Oder liegt das am morgendlichen Sonnenschein, der durchs Fenster auf ihr Gesicht fällt? Sie legt den Kopf schräg und fragt: »Was denkst du denn?«

Sophie betrachtet Evelyns dunklen Schopf und beugt sich lustlos über ihr Frühstück, bevor sie sich mit gesenkter Stimme erkundigt: »War er sehr aufgebracht gestern Abend?«

»Du weißt, dass er sich niemals aufregt, Kleines. Aber er hat sich schreckliche Sorgen gemacht. Du hättest versuchen sollen, ein Telefon zu finden.«

»Aber das haben wir doch! Der Mann an der Tankstelle hat uns seinen Apparat benutzen lassen, allerdings konnte die Telefonistin das Gespräch nicht durchstellen. Ich hatte den Eindruck, sie war betrunken.«

»Wo war diese Tankstelle?«

Sophie zögert. »In Connecticut.«

»Connecticut!« Der Teelöffel fällt Virginia aus der Hand und trifft auf die Tischkante, bevor er mit einem gedämpften Aufprall auf dem Teppich landet. Virginia macht keinerlei Anstalten, ihn aufzuheben. »Was um alles in der Welt hattest du in Connecticut zu suchen?«

Ja, was eigentlich?

Sophie hebt ihre Kaffeetasse an die Lippen und nimmt einen großen Schluck, und als sie die Antwort nicht länger aufschieben kann, als ihr keine angemessene Halbwahrheit einfällt, die keine direkte Lüge ist, stellt sie die Tasse auf die Untertasse und sagt: »Er hat mir das Haus gezeigt, in dem er aufgewachsen ist.«

»Sophie!«

»Was denn?«

Virginia sieht Evelyn an, deren kleines, rosiges Gesicht hinter einer Tasse Tee mit Milch verschwunden ist – ihrem Lieblingsgetränk. Endlich bückt sie sich, hebt den Löffel auf und legt ihn sorgfältig auf ihren Teller. »Wir sprechen später darüber«, sagt sie mit einer Stimme, die Sophie an ihre Kindheit erinnert, als Virgo ihr mehr eine Mutter war als eine Schwester.

Mit anderen Worten: Sophie steckt in Schwierigkeiten. Aber diese Schwierigkeiten waren es wert, oder nicht? Und wenn sie ihrer Schwester alles erzählt – von dem vereisten Flugfeld, dem schönen Haus mit dem Türmchen in Greenwich, von Octavian selbst –, dann wird sie es verstehen. Virginia glaubt an dieselben Dinge wie Sophie. Virginia wird ihr einen Rat geben können. Virginia wird ihr helfen zu tun, was getan werden muss.

Aber bis dahin … Die grauenhafte Nachricht unter ihrer Tür. Vater ist nie sonderlich warmherzig gewesen, aber diese knappen, arktischen Worte zerstören all die watteweiche Euphorie, die sie letzte Nacht in den Schlaf begleitet hat, die freudige Erwartung, mit der sie am Morgen aufgewacht ist. Sogar die Buchstaben sehen steif und kalt aus, als hätte er sie mit einem Eispickel in die Seite gemeißelt. Bei ihrem Anblick verflüchtigt sich die Erinnerung an jenen Moment, in dem Octavian sie beinahe geküsst hätte, dort, in dem Turmzimmer seiner Kindheit, als die untergehende Wintersonne anfing, den Horizont weichzuzeichnen. In letzter Sekunde entschied er sich gegen den Kuss, auf eine so liebevolle, von Sehnsucht erfüllte Art und Weise, dass es ihr fast so vorkam, als hätte er sie tatsächlich geküsst. (Was ganz bestimmt schöner war, als von einem abgefüllten, nach Pfefferminzhaaröl stinkenden Jay Ochsner auf dem Rücksitz eines Taxis geküsst zu werden.)

Er hatte ihren Blick mindestens eine halbe Minute lang festgehalten, und es waren die eindringlichsten, endlosesten dreißig Sekunden in Sophies Leben gewesen. Seine Augen schienen ihre helle Farbe verloren zu haben und waren dennoch schön. Er hatte nicht ein einziges Mal geblinzelt, blieb vollkommen still, reglos, und trotzdem konnte sie jeden einzelnen Gedanken in seinem Kopf hören. *Nicht jetzt. Lass uns die Dinge erst ins rechte Lot bringen.* Wir werden das richtig angehen, denn das, was zwischen uns ist, ist zu perfekt, zu rein, um auch nur von dem leisesten Hauch der Sünde getrübt zu werden.

»Du lächelst«, sagte er schließlich. Er selber lächelte nicht.

»Natürlich lächle ich«, erwiderte sie, und er ließ eine ihrer Hände los und führte sie an der anderen aus dem Zimmer, die Treppen hinunter und zur Haustür hinaus, die sie unversperrt zurücklassen mussten. Sie sprachen kein einziges Wort. Er ließ sie im Ford Platz nehmen, und sie starteten in wortloser Synchronität den Motor und rollten gut fünfzig Meter über die unbefestigte Straße, als sie den ersten Platten bekamen.

Zu jener Zeit war dieser Zwischenfall Sophie noch nicht wie ein Omen erschienen. Platte Reifen kamen ständig vor.

Doch dann verlor ein weiterer Reifen die Luft, es war so schlimm, dass sie zu einer Tankstelle holpern mussten, und als der Schaden behoben war, war die Sonne bereits ganz untergegangen, und sie mussten zum Abendessen in eine nahegelegene Gaststätte einkehren. Er hatte sie mit »Miss Fortescue« angesprochen, und sie hatte ihm angeboten, sie beim Vornamen zu nennen, wenn er wolle. Er hatte gelächelt und darauf bestanden, dass sie in dem Fall Octavian zu ihm sagte. Was nur fair war.

»Das ist ein schrecklich großer Name«, befand sie. »Haben Sie keinen Spitznamen?«

Er zögerte. »Nein.«

»Dann eben Octavian. Sophie und Octavian.«

Wenn sie nun daran zurückdenkt, wird ihr klar, wie kühn es von ihr war, ihm einen solchen Vorschlag zu unterbreiten, aber zu jener Zeit, bei Schweineschnitzeln und Pommes frites an der Post Road, während das letzte Licht des Sonnenuntergangs erstarb und die ersten Sterne am dunkelblauen Himmel aufblinkten, war es ihr gar nicht kühn erschienen. Es war kühn genug, dass sie beide dort saßen, kühn genug, dass es lang nach einundzwanzig Uhr war, als sie die Third Avenue entlangrollten und um die Ecke der Thirty-Second Street bogen. Er reichte ihr ein Stück Papier, auf das er eine Nummer geschrieben hatte. Seine Nummer für die Telefonvermittlung – SPRing, gefolgt von der 4892. »Wenn Sie irgendetwas brauchen«, sagte er, und das war das Letzte, was sie von ihm gehört hatte. Nicht: »Ich komme morgen Mittag vorbei«, nicht: »Lassen

Sie uns bald wieder treffen.« Nicht einmal: »Auf Wiedersehen, Sophie« oder: »Donnerwetter, war das ein bombiger Tag«, während er sie die Stufen hinaufbegleitete und wartete, bis sie zur Haustür hineingeschlüpft war. Kein weiteres Wort. Als hätte er plötzlich die Fähigkeit zu sprechen verlernt. Sie warf einen Blick über die Schulter, aber er hatte sich bereits umgedreht und eilte den Gehsteig entlang zu seinem Ford, der ein paar Häuser weiter am leeren Bordstein parkte.

Aber Worte sind auch gar nicht nötig. Sophie weiß, was er nicht sagen konnte. Und trotz Vaters unangenehmer Nachricht hat Sophie den Papierfetzen mit der Telefonnummer tief in ihrer Tasche versenkt, wo er wie ein Talisman verharrt. Er wird ihr den Mut geben, ihrem Vater zu sagen, dass sie Jay Ochsner am Ende doch nicht heiraten kann. Er wird ihr den Mut geben, diesen Gesinnungswandel Jay persönlich zu erklären.

Und wenn sie all diese Dinge hinter sich gebracht hat, nun, dann wird ihr das Stück Papier den Mut geben, zum Telefonhörer zu greifen, die Telefonistin zu bitten, sie zu verbinden, und Octavian zu sagen, dass sie in der Tat etwas braucht.

Sie braucht ihn.

VATER KOMMT NICHT ZUM MITTAGESSEN NACH HAUSE, was an und für sich nicht ungewöhnlich ist. Manchmal, wenn er vertieft ist in die Entwicklung eines seiner neuen Geräte, kommt er den ganzen Tag und die ganze Nacht lang nicht heim, und es ist Sophies Aufgabe, ihm eine warme Mahlzeit in einer abgedeckten Schüssel und eine Flasche Milch zu bringen – er trinkt keinen Alkohol –, außerdem muss sie dafür sorgen, dass auf der Pritsche in der Werkstatt saubere Decken liegen.

Weil Vater heute nicht kommt, setzt sich Sophie allein zum Mittagessen an den Küchentisch. Evelyns Quengeligkeit von heute Morgen hat sich als Fieber entpuppt, und nun wacht Virginia besorgt oben im Kinderzimmer am Bett ihrer Tochter. Im Haus herrscht eine angespannte, nervöse Atmosphäre wie kurz vor einem Kollaps. Sophie isst ihre Suppe und legt die linke Hand auf die Tasche, in der das Stück Papier steckt, während sich die Köchin an dem gusseisernen Herd zu schaffen macht. Vielleicht sollte sie Octavian jetzt anrufen. (Aber ist er nicht bei der Arbeit?) Vielleicht sollte sie ihren Mantel anziehen, Hut und Handschuhe holen und den Zug in die Innenstadt nehmen, um das Gebäude zu suchen, in dem er arbeitet. Sie könnte ihm sagen, dass sie ihn unbedingt sprechen muss, dass sie es keine Sekunde länger ertragen kann, der Dinge zu harren, die nun auf sie zukommen werden. Um Vaters Erlaubnis zu bitten, obwohl sie doch weiß, dass seine Antwort Nein lauten wird. Sophie sollte ihr Versprechen halten. Octavian Rofrano ist nur ein Junge, ein Junge mit einem unbedeutenden Job, ohne Familie und ohne Zukunftsperspektive. Jay Ochsner dagegen kann für sie sorgen. Jay Ochsner kann sie beschützen, genau wie Vater sie all die Jahre über so gewissenhaft beschützt hat.

Sie hat ihre Suppe erst halb gegessen, aber Sophie ist nicht hungrig. Sie steht auf und legt ihre Serviette neben ihren Suppenteller. »Danke, Dot«, sagt sie zu der Köchin, dreht sich um und geht die Treppe hinauf ins Foyer. Später ist sie sich nicht sicher, ob sie vorhatte, zuerst Vaters Werkstatt einen Besuch abzustatten und ihm ihre Entscheidung mitzuteilen, oder ob sie plante, schnurstracks zu Octavian zu gehen.

Allerdings schlägt genau in dem Augenblick, in dem sie den oberen Treppenabsatz erreicht, der Messingklopfer gegen das Türblatt, und Sophie springt in einem Anflug aberwitziger Hoffnung zur Tür und reißt sie auf.

Und ist denn das die Möglichkeit? Jay Ochsner höchstpersönlich steht auf der obersten Stufe unter dem stahlgrauen Himmel, die Wangen rosig von einer frischen Rasur, eine Schachtel Pralinen in der einen, einen Strauß tiefroter Rosen in der anderen Hand.

»Liebling.« Er macht einen Schritt auf sie zu und küsst sie auf die Lippen. Er schmeckt nach Orangen und Cocktails. »Ich habe Sie furchtbar vermisst.«

DAS ULKIGE IST, dass sie nicht genau sagen kann, *warum*. Warum ihr ein Mann, den sie noch vor ein paar Tagen für schneidig und witzig und geschliffen und attraktiv gehalten hatte, ein Mann, der für ein junges Mädchen unbestreitbar der *Richtige* zum Heiraten war, jetzt definitiv als der Falsche erscheint. Dabei ist es nicht so, dass er sich verändert hätte. Ganz und gar nicht. Er ist exakt derselbe, bis ins allerkleinste Detail, der Mann, von dem sie in der Bibliothek im Stadthaus der Ochsners in der Thirty-Fourth Street ihren ersten Kuss bekommen hat. Sein Lächeln ist immer noch blendend, sein Benehmen nonchalant und kultiviert. Ist sie wirklich so wankelmütig?

Sie nehmen auf dem Sofa Platz. Betty bringt Tee und Kuchen, den Kuchen, den Sophie beim Nachtisch hat stehen lassen. Die Blumen werden mit nach unten genommen, um sie in eine Vase zu stellen. Virginia kommt zur Tür herein und streicht ihr Kleid glatt, ihr Gesicht wirkt angespannt. »Mr. Ochsner!«, ruft sie. »Was für eine angenehme Überraschung.«

Jay Ochsner steht auf und nimmt Virginias Hände. (Er ist ein absoluter Gentleman, ruft sich Sophie in Erinnerung, darum bemüht, fair zu sein.) Er sieht Virginia in die Augen und fragt: »Ist alles in Ordnung, Mrs. Fitzwilliam?«

»Meine Tochter fühlt sich heute nicht wohl, das ist alles«, antwortet sie. »Ein Anflug von Fieber.«

»Das tut mir leid. Was für eine Qual! Meine Schwester ist jedes Mal fast verrückt geworden, wenn ihre Jungs krank waren, aber ich versichere Ihnen: Am Ende ist stets alles gut gegangen.« Er hält inne und holt tief Luft, als sei ihm plötzlich etwas eingefallen.

»Ich danke Ihnen. Das ist beruhigend«, sagt Virgo. »Ich bin eine ausgebildete Krankenschwester, weshalb ich eigentlich ruhiger sein sollte, aber offenbar bin ich ein genauso hoffnungsloser Fall wie jede andere Mutter, wenn es um das eigene Kind geht.«

Er lächelt und deutet auf einen Sessel. »Kommen Sie, setzen Sie sich und trinken Sie eine Tasse Tee. Ich habe gerade wegen des Hochzeitsdatums mit Sophie gesprochen. Vielleicht können Sie uns behilflich sein.«

»Ich weiß nicht … Ist das nicht eine Sache zwischen Ihnen beiden?«

Jay wartet, bis Virginia Platz genommen hat, bevor er sich wieder neben Sophie setzt. »Sie kann sich einfach nicht entscheiden.«

Virginia schenkt sich eine Tasse Tee ein und sieht Sophie mit hochgezogener Augenbraue fragend an.

»Ich würde gern zuerst mit Vater sprechen«, sagt Sophie.

Virginia legt das Teesieb beiseite. »Nun, es ist ja nicht so, dass dem Termin anderweitige Verpflichtungen im Weg stünden. Soweit ich weiß, wünscht sich Vater, dass die Hochzeit so bald wie möglich stattfindet.«

»Ganz meine Meinung!«, erklärt Jay. Er nimmt Sophies Hand und küsst ihre Fingerknöchel. »Je früher, desto besser. Ich weiß, dass die jungen Damen eine lange Brautwerbung bevorzugen, aber ich habe lang genug darauf gewartet, ein verheirateter Mann zu sein. Ich würde gern vor Frühlingsbeginn in die Flitterwochen reisen, was denken Sie, mein Schatz?«

»Ich ... Darüber habe ich noch gar nicht nachgedacht.«

Ein weiterer Kuss. »Wohin würden Sie gern fahren, Liebling? Ich dachte, irgendwo ins Warme ... Wie wär's mit Südamerika?«

Südamerika. Sophie würde liebend gern nach Südamerika reisen – nur nicht mit Jay Ochsner. Sie zieht die Hand weg und greift nach einem Stück Kuchen, obwohl sie noch immer keinen Hunger hat. Gut möglich, dass sie unter diesen Umständen nie wieder hungrig sein wird. Ihr Gesicht ist heiß, ihr Magen wie zugeschnürt. Südamerika mit Jay Ochsner. Vor ihrem inneren Auge blitzt das Bild der luxuriös überheizten Kabine eines Ozeanliners auf, der an einem Amazonasdschungel vorbeischippert, während Jay in einem seidenen Hausmantel in einem Sessel lümmelt wie ein alternder Rudolph Valentino.

»Nein«, sagt sie, »dahin lieber nicht.«

»Nicht? Wie wär's stattdessen mit Afrika? Wir könnten auf eine Safari gehen. Das wollte ich immer schon machen.« Er tut so, als würde er mit einem Gewehr auf die Uhr über dem Kaminsims feuern.

»Mr. Ochsner«, meldet sich Virginia sanft zu Wort. »Lassen Sie uns zunächst einmal über die Hochzeit reden.«

»Oh! Richtig. Ich greife wieder einmal vor. Selbstverständlich muss vor den Flitterwochen die Hochzeit stattfinden.« Er zwinkert Virginia vielsagend zu.

Virginia rührt einen Löffel voll Honig in ihren Tee. »Selbstverständlich.«

Sophie beißt in den Kuchen und merkt, wie ihr übel

wird, also legt sie das Stück auf einen kleinen Teller und greift nach ihrem Tee. »So oder so – ich finde, wir sollten nichts planen, ohne uns zuvor mit Vater abzustimmen. Ich gehe davon aus, dass er für all das aufkommt.«

Das sitzt. Und genau das sollte es auch.

Jay hüstelt in seine Hand und krampft die andere um sein Knie. *»Nun ja.«*

»Sophie«, weist Virginia ihre jüngere Schwester mit tadelnder Stimme zurecht.

Sophie nippt an ihrem Tee. »Daher ist es auch seine Entscheidung, finden Sie nicht?«, fährt sie ungerührt fort. »Ich werde mit ihm sprechen, sobald er aus seiner Werkstatt kommt, und anschließend geben wir Ihnen gleich Bescheid.«

»Finden Sie nicht, dass wir für alle Fälle ein paar Daten nennen sollten, nur so, ins Blaue hinein?«

»Nein. Ich denke, wir sollten abwarten.«

»Abwarten?« Jay sieht Virginia an, dann senkt er den Blick auf seinen Tee. »Aber ich möchte nicht abwarten.«

»Jay, Sie klingen wie ein schmollender Junge, der nicht das gewünschte Weihnachtsgeschenk bekommen hat«, sagt Sophie. »Achtunddreißig Jahre auf dieser Erde müssten Sie doch ein wenig mehr Geduld gelehrt haben.«

»Wie kann ich geduldig sein, meine Liebe, wenn es um meinen Schatz höchstpersönlich geht, den ich zu heiraten gedenke? Ich bin schließlich nicht aus Stein.« Er greift erneut nach ihrer Hand – die, die nicht die Teetasse umklammert – und presst die Finger an seine Lippen. Wenn er so weitermacht, wird sie dort Druckstellen bekommen. »Ich würde Sie gleich morgen heiraten, wenn ich könnte – noch heute Abend!«

Virginia stellt ihre Tasse zurück auf die Untertasse. »Mr. Ochsner. Das ist jetzt wirklich unpassend.«

»Es tut mir leid.« Er grinst sie an, ein verschmitztes, leicht schiefes Lächeln, das ihm früher einmal alles eingebracht haben musste, was er sich wünschte. »Sie ist einfach unwiderstehlich, finden Sie nicht? Und wenn ein ehedem überzeugter Junggeselle beschließt zu heiraten, dann möchte er nicht eine Minute länger als nötig allein bleiben.«

Sophie stellt die Teetasse auf ihr Bein, gleich neben die Tasche, in der Octavian Rofranos Telefonnummer darauf wartet, dass sie etwas unternimmt. *Jetzt,* denkt sie. *Jetzt* ist der Moment, in dem sie sprechen sollte.

Mach den Mund auf, Sophie. Sag, was gesagt werden muss. Um Gottes willen, *sprich!*

Sophie öffnet den Mund, aber eine grimmige, väterliche Stimme schallt von der Tür zu ihnen herüber, bevor sie ein Wort herausbringen kann.

»Ganz meine Meinung, Mr. Ochsner.«

SIE IST EIN FEIGLING.

Alles, was sie tun muss, ist aufstehen und die Worte aussprechen. Aufstehen und sagen: »Es tut mir sehr leid, ihr zwei: Ich weiß, dass ihr euch beide wünscht, dass diese Ehe so schnell wie möglich geschlossen wird, aber ich habe leider einen Fehler gemacht. Ich habe mich überwältigen lassen von der Aufregung, von meiner Unerfahrenheit, von meinem Eifer, das zu tun, was alle von mir erwarten, und nun, da ich die Gelegenheit hatte, darüber nachzudenken, was all das für mich bedeutet, ist mir klar geworden, dass ich das nicht kann. Ich kann Mr. Ochsner nicht heiraten. So ist das nun mal.«

Eine gute Rede. Voller Entschlossenheit, wohlüberlegt. Unmöglich zu widerlegen. Ein Mädchen, das weiß, was es will, und nicht zulässt, dass man es in eine andere Richtung drängt. Sie hat die Worte einstudiert, als sie neben Mr. Ochsner auf dem Sofa saß, während Virgo Vater eine Tasse Tee einschenkte und Vater und Mr. Ochsner einander bekundeten, wie zufrieden sie mit dieser Verbindung seien. (Aber, warum heirateten dann nicht sie?) Mehrere Male räusperte sie sich und stellte ihre Teetasse ab. Mehrere Male setzte sie an, ihre einstudierte Rede vorzutragen, wenn jemand eine Frage an sie richtete.

Aber sie konnte es nicht.

Der Ausdruck auf dem Gesicht ihres Vaters erstickte die Worte in ihrer Kehle. Sein eisenharter Blick drängte die resoluten Vokale und couragierten Konsonanten zurück, bis sie an ihrem Gaumen zerbröselten und in dem Tee ertranken, mit dem sie ihren trockenen Mund befeuchtete.

Jetzt steht Jay auf, strahlend von Kopf bis Fuß. Selbst seine Hände strahlen. Am vierzehnten Februar werden sie verheiratet sein! Nur eine kleine Zeremonie, gefolgt von einem festlichen Dinner in der Thirty-Second Street, nur die Familie und ein paar enge Freunde. Und anschließend geht es ab in die Flitterwochen. Vater hält Südamerika für eine fantastische Idee. Bleibt, so lange ihr wollt. Er wird nach einem Haus für Frischvermählte Ausschau halten und bis zu ihrer Rückkehr alles vorbereitet haben.

»Vater«, sagt Sophie. »Kann ich dich einen Moment sprechen?«

»Sophie. Wir wollen doch nicht unhöflich sein.«

»Oh, ich bin nicht in Eile«, sagt Jay und wirft einen Blick auf seine Uhr. »Obwohl es vermutlich nicht schadet, einen kleinen Abstecher zum Büro zu unternehmen und festzustellen, ob man mich bei Gericht erwartet.«

»Du liebe Zeit! Dann sollten Sie besser gleich aufbrechen.«

»Ha! Ich habe gescherzt, mein Liebling. Ich praktiziere

Körperschaftsrecht, müssen Sie wissen. Ich habe noch keinen einzigen Tag meines Lebens im Gericht verbracht.«

»Sophie«, schaltet sich Vater ein. »Warum begleitest du Mr. Ochsner nicht hinaus?«

Im Flur ist es kühler als im Salon. Sophie reicht Jay seinen Mantel und den runden Hut von dem Garderobenständer an der Wand. Er zieht den Mantel an, setzt den Hut auf und bindet sich den Schal um den Hals. Sophie macht vorsichtshalber einen Schritt zurück, doch das hält ihn nicht davon ab, die Hände auszustrecken und sie an den Schultern zu fassen. »Sie werden uns doch nicht hinterherkommen, oder?«, fragt er.

»So schnell nicht.«

»Gut.« Er beugt sich vor und küsst sie so heftig, dass Sophie gegen die Wand hinter ihr taumelt und nach Luft schnappt. Sein Mund riecht nach Tee.

»Mr. Ochsner!«

Er hört nicht auf, sie zu küssen. Er hat noch nicht seine Handschuhe angezogen – sie liegen auf der kleinen Konsole neben dem Schirmständer –, und seine Hände gleiten von ihren Schultern nach unten zum Saum ihrer Bluse. Sie schiebt ihre Fingerspitzen zwischen seinen Brustkorb und ihre Brust und stößt ihn weg.

»Da kommt jemand!«

»Ich höre niemanden.« Als würde er darauf achten, als würde ihn das überhaupt interessieren! Seine Augenlider sinken auf Halbmast, als stünde er kurz vor dem Einschlafen, doch sein Gesicht ist gerötet, sein Mund geöffnet, seine Brust pumpt wie eine kleine Maschine unter dem Revers seines schwarzen Mantels, und Sophie kann es nicht fassen, dass sie sich einst tatsächlich *gewünscht* hat, er würde sie küssen. Dass sie tatsächlich geglaubt hat, sie wolle ihn heiraten.

Sie drückt die Handflächen gegen die Wand. »Hören Sie, Jay. Ich will Sie nicht heiraten.«

»Wie bitte?«

»Ich kann Sie nicht heiraten!«

Die Augenlider öffnen sich wieder, die Lippen schließen sich. »Mich nicht heiraten? Wie meinen Sie das?«

»Ich kann es einfach nicht – das ist alles.« Sie versucht, sich an all die so sorgfältig zurechtgelegten, wohldurchdachten Worte zu erinnern, aber sie stecken irgendwo in ihrem Schädel fest, unauffindbar. »Ich habe darüber nachgedacht, und ich kann es nicht.«

»Unsinn.« Er streckt erneut die Hände nach ihr aus. »Das sind bloß die Nerven.«

»Nein, sind es nicht.«

»Jede Braut bekommt Lampenfieber.«

Sophie stößt ihn erneut gegen die Rippen, aber diesmal löst er seine Umarmung nicht. Es ist, als wäre sie in einer Schlucht gefangen, deren massive Felswände keinen Millimeter weichen, so fest hält er sie.

»Wir müssen ja nicht unbedingt am Valentinstag heiraten«, säuselt er ihr ins Ohr. »Das war doch bloß so eine Idee. Wir können gerne noch ein wenig abwarten, bis Sie sich an die Vorstellung gewöhnt haben.«

»Ich werde mich niemals daran gewöhnen, das schwöre ich Ihnen«, murmelt sie, doch ihr Protest wird von seinem wollenen Mantel erstickt.

Jay schiebt sie ein Stück von sich, ohne ihre Schultern loszulassen. »Dann lassen Sie uns durchbrennen! Was sagen Sie dazu? Wir können hier sitzen und uns einen Termin für die Hochzeit überlegen, bis die Rosen zu blühen beginnen, doch manchmal ist es am besten, einfach ins kalte Wasser zu springen. Wie beim Schwimmenlernen!«

»Beim Schwimmenlernen?«

»Genau. Wir fahren dieses Wochenende an die Niagarafälle, und ich zeige Ihnen, wie wunderbar das Leben als verheiratete Frau sein kann. Ich werde Sie nach Strich und Faden verwöhnen, Sophie.«

»Das ist eine schreckliche Idee!«

»Das ist eine wundervolle Idee. Sie wissen ja gar nicht, was Sie verpassen!«

»Ich kann mir eine Vorstellung machen, das genügt mir.«

»So, mein Liebling.« Er zieht sie wieder in seine Arme. »Ich weiß, dass ein leidenschaftliches Mädchen in Ihnen steckt, das nur darauf wartet, zum Vorschein zu kommen, und ich habe vor zu sehen, wie es hervorbricht. Wenn wir zusammen durchbrennen …«

Ein beherzter Schubser, und sie ist frei. »Sie hören mir nicht zu, Jay. Wir werden nicht durchbrennen. Wir werden nicht heiraten. Ich …«

Jay legt ihr einen Finger auf die Lippen. »Scht. Sagen Sie nichts mehr. Ich verstehe. Meine Schwester hat mich davor gewarnt. Auch sie hat jung geheiratet, einen älteren Mann. Und wissen Sie was? Es ist hervorragend gelaufen. Es gibt gewisse Vorteile, wenn Jugend auf Erfahrung trifft. Beruhigen Sie sich einfach, meine Liebe, und überlassen Sie es mir, mich um alles zu kümmern. Ich werde Sie so glücklich machen, wie Sie es sich niemals erträumen würden.«

Er setzt seinen Hut auf, den er, der geborene Gentleman, abgesetzt hatte, um sie zu küssen, und zwinkert ihr mit einem verschlafenen blauen Auge zu, einem Auge, das Millionen Mädchen millionenmal zugezwinkert hat, und fügt genau die richtige Portion Schläfrigkeit hinzu, um das Ganze funktionieren zu lassen. Sie kann nicht leugnen, dass er einen gewissen Charme hat – wenn einem ein solcher Charme denn gefällt. Sie kann seine mondäne Erscheinung nicht leugnen, seine dick aufgetragene Selbstgefälligkeit, sein Vermögen, ihr die Welt zu zeigen und alles, was dazugehört. Vor einer Woche noch ist er vielleicht wirklich der richtige Mann für sie gewesen. Das Ticket aus diesem schwarz-weiß gefliesten Flur in der Thirty-Second Street in die Herrlichkeit der großen, weiten Welt. Sogar Vater hatte dies befürwortet.

Aber das war letzte Woche. Das war vor Connecticut.

»Aber ich werde Sie nicht …«, setzt sie erneut an, doch Jay Ochsner öffnet bereits die Tür, winkt zum Abschied mit der Hand und lässt eine Brise kalte, schmutzige Luft ins Haus.

Sophie verschlägt es den Atem. Ihre tapferen Schultern sacken herab, doch dann strafft sie sie und tritt die Tür zu, was eine kleine Delle in dem glänzenden, frischen Anstrich hinterlässt.

»Sophie, meine Liebe«, hört sie die ruhige Stimme ihres Vaters hinter sich, »habe ich dich soeben richtig verstanden?«

Sophie wirbelt herum.

Vater steht vor ihr, die Arme in die mageren Hüften gestemmt. In seinen Augen liegt wieder dieser stahlharte Blick, diesmal doppelt so hart. Seine Haare, leicht fettig von seiner Arbeit in der Werkstatt, fallen ihm in dicken Strähnen in die Stirn. Er wäre noch immer ein gutaussehender Mann, würde er sich nach der stundenlangen Arbeit an seiner neuesten Entwicklung ordentlich zurechtmachen. Wäre er ein Gentleman wie Jay Ochsner, der offenbar nur einen Abstecher zu seiner Arbeit machte, wenn er Lust darauf hatte. Vater dagegen ist ein hart arbeitender Mann, trotz seines neuen Wohlstands. Er gibt nichts auf Geld und den Müßiggang, der damit einherzugehen scheint; er ist nur glücklich, wenn er sich in irgendein Projekt vertiefen kann, und zwar derart vertiefen, dass er an nichts anderes denken kann, bis seine ganze Welt auf ein paar präzise Millimeter Metall zusammengeschrumpft ist, die den Prozess der Zivilisation verändern können oder auch nicht.

Vater ist kein Gentleman, und das sieht man. Seine Haut ist rau, seine Kleidung ungepflegt. Sein Gesicht ist nicht ganz symmetrisch und ebenfalls ungepflegt, vernachlässigt. Er braucht eine Frau, so wie ein Rasen einen Gärtner braucht. Seltsam, dass Sophie dieser Gedanke ausgerechnet jetzt kommt.

Eine Frau, Vater. Das ist es, was du brauchst. Zwei erwachsene Töchter sind einfach nicht mehr genug.

Ihre Stimme ist klar und deutlich, als sie sagt: »Ich will Mr. Ochsner nicht heiraten.«

»Das meinte ich, vernommen zu haben.«

»Dann ist sie hiermit abgesagt. Die Hochzeit. Könntest du das bitte Mr. Ochsner erklären? Er scheint mich nicht ernst zu nehmen.«

»Natürlich nicht.« Viel zu ruhig. Er streicht sich die Haare aus der Stirn und zupft an seinem rechten Ohrläppchen. Ein alter Tic. Das bedeutet, dass er nachdenkt. Grübelt. »Und was, wenn ich fragen darf, hast du stattdessen vor? Dir einen anderen Heiratskandidaten suchen?«

Aus irgendeinem Grund entfacht diese Frage einen Funken Trotz in Sophies Innerem. Sie reckt das Kinn vor. »Ich verstehe nicht, warum ich überhaupt heiraten soll. Ich überlege, mir stattdessen einen Job zu suchen.«

»Einen Job! Also, Sophie …«

»Heutzutage hat jeder einen Job, Vater. Mädchen, meine ich. Man kann doch nicht einfach nur herumsitzen und darauf warten, geheiratet zu werden. Ich könnte einen

Stenografiekurs belegen oder vielleicht bei einer Zeitschrift arbeiten. Oder in einem Ingenieurbüro. Du erinnerst dich sicher, wie geschickt ich in mechanischen Dingen bin. Es ist ja noch gar nicht so lange her.«

»Ah, verstehe. Anscheinend hat meine Tochter da draußen ein paar von diesen modernen Ideen aufgeschnappt.«

Die Luft im Flur ist ziemlich kühl. Sophie spürt, wie sich die Härchen auf ihren Armen aufstellen. Die Fliesen sind hart und kalt unter ihren Schuhen. Vater macht die Kälte natürlich nichts aus. Er hat so viel Zeit in seiner zugigen alten Werkstatt verbracht, dass er unempfindlich dagegen ist. Als hätte er eine Art inneren Ofen in seinem Brustkorb, der genügend Hitze abgibt, um ihn unter der zähen, alten Haut angenehm warm zu halten.

»Ja, das habe ich«, erwidert Sophie tapfer. »Ich habe viele moderne Ideen. Es ist eine neue Zeit, nicht wahr? Wir sind fertig mit der alten Welt.«

»Tatsächlich? Das wusste ich ja gar nicht. Sie kommt mir eigentlich ziemlich solide vor.«

»Da wäre zum einen der Krieg. Die alten Vorstellungen haben uns nichts als Elend und Tod gebracht, und es wird Zeit, dass wir die Fesseln der Vergangenheit abstreifen und …«

»Weißt du, was ich denke, Sophie?«

»Ja, Vater?«

»Ich denke, dass du rein gar nichts weißt. Dir einen Job suchen? Meiner Meinung nach ist das für die wenigsten Mädchen eine wirkliche Option. Ist es nie gewesen. Nur ein paar von euch haben das Glück, jemanden zu finden, der für die Familie sorgt, ohne dass ihr euch selbst die Hände schmutzig machen müsst. Und jetzt sind ›Jobs‹ in Mode. Der neue Wahnsinn. Ihr wollt euch emanzipieren, steckt das dahinter?«

»Ich denke lediglich, es wäre weit interessanter und sinnvoller, als den Tag mit Nichtstun zu verbringen.«

Vater reibt und zupft an seinem Ohrläppchen. Überlegt hin und her. »Tja, und ich denke, du hast keine Ahnung, was es bedeutet, selbst für seinen Lebensunterhalt aufzukommen. Du stellst dir die Welt dort draußen so nett und angenehm vor, aber das ist sie nicht.«

»Ich halte die Welt dort draußen weder für nett noch für angenehm, ich stelle sie mir *interessant* vor.«

»Interessant! Du weißt doch gar nicht, was ›interessant‹ bedeutet, Sophie, und sei froh, dass das so ist. Ich dachte …« Die Hand löst sich von seinem Ohr und fällt an der Seite herab. »Als ihr die Schule beendet habt, dachte ich, es sei womöglich an der Zeit, euch ein bisschen mehr Freiheit zu gönnen, euch ein paar Freundschaften schließen und etwas mehr vom Leben sehen zu lassen. Euch beiden. Und sieh, wozu das geführt hat.«

Wie aufs Stichwort ertönt von oben leises Weinen, das eilig besänftigt wird.

Vater deutet mit der Hand zur Treppe. »*Das* ist dabei herausgekommen. Virginia hat ein Baby von irgendeinem neumodischen Phantom-Ehemann, der es nicht einmal für nötig hält, den beiden einen Besuch abzustatten. *Du* glaubst, du solltest in die Welt hinausziehen und dir die Hände schmutzig machen, anstatt ein nettes, sauberes, rechtschaffenes neues Leben mit einem angesehenen Mitglied der Gesellschaft zu beginnen. Ihr zwei habt doch keine Ahnung, absolut keine Ahnung, was das *echte* Leben bedeutet, wenn ihr es mit euren eigenen zwei Händen bestreiten müsst.« Er hält die Hände hoch und zeigt ihr seine rauen, knotigen Finger. »Siehst du das? Alles, was ich mir für meine beiden Mädchen wünsche, ist, dass sie ihre eigenen Familien gründen, ein neues Leben beginnen. Dass sie rein und unverdorben aus diesem Haus in ein besseres einziehen. Neue Namen bekommen. Einen neuen Anfang.«

»Ach Vater …«

»Anscheinend habe ich einen Fehler gemacht. Du hast nicht den blassesten Schimmer, Sophie, was dort draußen auf leichtsinnige Frauen wartet. Du hältst dich für so modern, und mich hältst du für einen konservativen alten Narren, der sich an die alten Sitten klammert. Aber ich habe Recht, Sophie. Du wirst sehen, dass ich Recht habe.«

Sophie beginnt zu zittern. Es muss an der Kälte liegen. Sie verschränkt die Arme vor der Brust und begegnet dem Blick ihres Vaters – wozu sie all ihren Mut, beflügelt von dem Stück Papier mit der verheißungsvollen Telefonnummer in ihrer Tasche, zusammennehmen muss. »Was willst du damit sagen?«

»Zum einen, dass du dich nicht mehr mit diesem Schuyler-Mädchen treffen wirst. Du wirst dich nicht länger aus dem Haus stehlen – glaub nicht, ich wüsste nichts davon –, außerdem wirst du dir den Gedanken aus dem Kopf schlagen, dein Geld selbst zu verdienen. Wir haben jede Menge Geld, dafür habe ich gesorgt.«

»Du kannst mich doch hier nicht gefangen halten!«

»Nicht? Doch, Sophie, das kann ich, aber das werde ich nicht. Du bist ein braves Mädchen. Ich weiß, dass du mich nicht hintergehen würdest. Oder, Sophie?«

Der Ton, in dem er seine Worte spricht, klingt wie eine Drohung. Sophie kennt diese Stimme gut; sie hat sie ihr ganzes Leben über begleitet. Seit sie sich erinnern kann, hat die Stimme ihres Vaters an ihrem Gewissen genagt, an ihr Schamgefühl appelliert und dafür gesorgt, dass sie ihm gefallen möchte. Um ihm ein kleines Lächeln oder ein Wort des Lobes zu entlocken. Bislang hat sie sich stets dafür entschieden zu gehorchen, ist stets ein braves Mädchen gewesen. Aber nun steht sie vor der Wahl: Soll sie weiterhin ein braves Mädchen sein, oder soll sie sich ihm widersetzen?

Sophie schwankt, nicht nur innerlich, sondern auch körperlich, schwankt in dem eisigen Foyer hin und her. Das Gesicht ihres Vaters verschwimmt vor ihren Augen, und für einen kurzen Augenblick sieht sie den Ausblick vom Fenster eines Turmzimmers vor sich, schaut aufs Meer, nur dass es Sommer ist und nicht Winter. Ein strahlend weißes Segelboot hält gegen den Wind auf den Leuchtturm zu, und sie kann ihren Blick nicht losreißen.

Dann ist es verschwunden.

Sophie dreht sich zur Garderobe um und nimmt ihren Mantel vom Haken.

»Nein«, sagte sie und marschiert ohne ihren Hut zur Tür hinaus.

Kapitel 10

Jeder Mann will eine Frau, die seine bessere Seite anspricht, seine edleren Neigungen, seinen hehren Charakter – und eine weitere Frau, die ihm hilft, all dies zu vergessen.

HELEN ROWLAND

THERESA

Ungefähr zur selben Zeit

BILLY WARTET IM APARTMENT auf mich. Billy ist mein Jüngster. Ich fürchte, es gab eine Zeit, da ich ihn maßlos verwöhnt habe, doch genau dazu neigt man bei seinem Nesthäkchen für gewöhnlich. Man möchte seine kostbare Jugend mit beiden Händen festhalten, denn schließlich ist es auch die eigene Jugend, nicht wahr? Wenn er immer noch ein Baby ist, kann man doch gar nicht so alt sein.

Jetzt ist er allerdings kein Baby mehr. Sein glänzender blonder Schopf stößt beinahe gegen die Decke, als er aus einem der Sessel im Salon aufspringt. Er nimmt die Zigarette aus dem Mund und ruft: »Ma, da bist du ja!«

Ich biete ihm die Wange zum Kuss und frage ihn, wie er es wagen kann, seine stinkenden Zigaretten in meinem Salon zu rauchen. Er drückt den Glimmstängel aus. »Schon besser«, sage ich, dann will ich wissen, warum er eigentlich hier ist. Ob Princeton seine Erstsemester nicht mehr unter Kontrolle hat.

»Und nenn mich um Gottes willen nicht ›Ma‹! Wir sind hier in Manhattan, nicht auf Oklahoma-Territorium.«

»Mama, Oklahoma ist schon seit einer ganzen Weile ein Bundesstaat«, protestiert er, bevor er sich auf liebenswert kindliche Art daran erinnert, aus welchem Grund er nach Manhattan zurückgekehrt ist.

»Was geht hier vor, Mama?« Er sieht mich eindringlich an. »Ich habe heute Morgen ein hysterisch klingendes Telegramm von Ollie bekommen, in dem stand, dass ihr zwei euch scheiden lassen wollt?«

Ich streife meine Handschuhe ab und werfe sie auf den am nächsten stehenden Tisch. »Ich habe nicht vor, mich *von deinem Bruder* scheiden zu lassen. Würdest du mir bitte einen Drink einschenken, Liebling?«

Er schlendert zur Vitrine. »Du weißt genau, was ich meine!«

»Wenn du von deinem Vater und mir sprichst, dann ja. Es stimmt. Ich nehme an, Papa hat Ollie bereits geschrieben …«

Billy wirbelt herum, ein leeres Glas in der Hand. Sein Gesicht ist traurig. »Mama!«

»Macht es dir etwas aus, dich mit dem Drink zu beeilen, Liebling? Meine Kehle ist wie ausgedörrt.«

»Das kannst du unmöglich zulassen!« Das Klirren von Glas, das Ploppen eines Flaschenverschlusses. »Das darfst du einfach nicht, Mama!«

»Woher weißt du, dass nicht ich deinen Vater um die Scheidung gebeten habe?«

»Weil du das niemals tun würdest. Ihr habt immer zusammengehalten, selbst wenn …« Seine Hände verharren in der Luft.

»Selbst wenn er mit anderen Frauen zusammen war?«

»Davon solltest du eigentlich nichts wissen.«

»Liebling«, dränge ich ihn sanft. »Der Drink.«

Er bringt mir meinen Sherry und mixt sich selbst einen Martini. Das Glas in der Hand, setzt er sich neben mir aufs Sofa, einen Ausdruck bezaubernder Hilflosigkeit auf dem Gesicht. Seine Unterlippe ist rosig und zittert leicht, als er damit den Rand seines Glases berührt.

»Jetzt hör mir mal zu«, sage ich. »So schlimm ist das doch gar nicht. Heutzutage lassen sich viele Leute scheiden. Schau dir bloß mal die Astors an.«

Billy nickt mit unglücklichem Gesicht.

»Papa und ich werden immer die besten Freunde bleiben, und – nun ja.« Ich versuche, ein weiteres hoffnungsvolles Argument für diese Situation vorzubringen, doch mir fällt keins ein. »Ich bin mir sicher, dass du ganz vernarrt in deine neue Stiefmutter sein wirst«, kommt mir im Augenblick nicht sonderlich taktvoll vor. Auch den Jungen kann ich nicht ins Spiel bringen, noch nicht. Der Junge ist nur fünf Jahre älter als Billy. Der Junge ist jünger als Billys Brüder, auch wenn man fairerweise hinzufügen muss, dass Ollie ihm bloß ein paar Monate voraus ist. Eine weitere Tatsache, auf die ich in diesem heiklen Augenblick besser nicht hinweise.

»Wird Dad seine Geliebte heiraten?«, fragt Billy.

Der Sherry bleibt mir in der Kehle stecken. »Darüber solltest du eigentlich gar nichts wissen.«

»Ich bin kein Kind mehr, Ma. Herrgott noch mal.«

»William Marshall. Es ist mir gleich, welche Ausdrucksweise man heutzutage am College gestattet – in diesem Haus allerdings drücken wir uns aus wie zivilisierte Menschen.«

Er steht abrupt vom Sofa auf. So waren Billys Bewegungen schon immer – plötzlich, abgehackt, wie ein Axthieb. Ich weiß auch nicht, von wem er das hat. Sylvo hat nichts Kantiges an sich, abgesehen von seinen akkuraten Bügelfalten, für die sein Diener sorgt.

Vor dem riesigen goldgerahmten Ölgemälde gegenüber dem Kamin, das eine Kirche vor einer Landschaftskulisse irgendwo in den Adirondacks zeigt, bleibt er stehen. »Das ist ein starkes Stück – ihr lasst euch scheiden, ausgerechnet dann, wenn Onkel Ox beschließt zu heiraten.«

»Und das stellt in deinen Augen die natürliche Ordnung auf den Kopf?«

»So was in der Art. Ich nehme an, man könnte es Ironie nennen.«

»Ich habe gehört, das moderne Leben stecke voller Ironie.«

Er hebt die Hand, streckt die Finger aus und fährt damit die Erhebungen und Schnörkel an dem Goldrahmen nach. »Nichts ist mehr dasselbe. Schon seit Tommys Tod nicht mehr.«

»Nein.«

»Früher war das hier ein glücklicher Ort. Wir haben Gäste zu uns eingeladen – ich denke nur an all die Dinnerpartys. Dad und du habt ständig Partys geschmissen.«

»Das war lustig.«

»Alle sind gekommen. Dieses Apartment eignet sich hervorragend für Partys. All diese Räume, so viel Platz. All die hübschen Kunstwerke. Und jetzt geht all das den Bach runter, genau wie die ganze Welt.« Billy wirbelt herum und sieht mich mit vorwurfsvoll hochgezogenen Augenbrauen an. »*Du* lässt all das verkommen, weil du nicht über Tommys Tod hinwegkommst.«

»Das stimmt nicht.«

»Wann hast du das letzte Mal in diesem Haus eine Party gegeben?«

»Wir hatten ständig Gäste, Billy.«

»Ich meine eine *Party,* Ma.«

Ich stelle das leere Glas ab und stehe ebenfalls vom Sofa auf, auch wenn das nicht annähernd dieselbe Wirkung erzielt, jetzt, da Billy so viel größer ist als ich. »Das hat nichts mit deinem Bruder zu tun.«

Billy sieht mir für ein, zwei Sekunden in die Augen, dann lässt er den Kopf hängen und nimmt einen Schluck von seinem Drink. Nobel, nobel. »Es tut mir leid, Ma. Ich hab's nicht so gemeint. Es ist bloß so, dass ich all das vermisse und mir wünsche, es wäre wieder so wie früher, bevor dieser verfluchte Krieg gekommen ist und alles ruiniert hat. Am liebsten würde ich die Zeit zurückdrehen auf damals, als wir noch miteinander glücklich waren.«

»Liebling, Partys machen die Menschen nicht glücklich.«

»Nun, sie sind ein Anfang, findest du nicht? Eine Party gibt einem zumindest die Gelegenheit, so zu tun, als wäre man glücklich.«

Er kippt den restlichen Martini in einem Zug, und ich sehe zu, wie er mit großen Schritten zur Vitrine zurückkehrt und sich einen zweiten mixt. Er ist sehr geschickt darin. Bedeckt das Eis mit Wermut, siebt es aus und fügt anschließend den Gin hinzu. Offenbar hat er jede Menge Übung darin, dabei ist er doch erst neunzehn. Im selben Alter wie Ox' Braut. Sollte die Prohibition nicht gerade dazu dienen, dieser fachkundigen Trinkerei ein Ende zu bereiten? Ich erinnere mich deutlich an einen jener finsteren Aufwiegler, die genau das versprachen: die Rückkehr zu einem anständigen, nüchternen Familienleben, bei dem alle rund um den heimischen Herd versammelt sind und ihren … Mist, was trinkt man denn, wenn einem ein anständiger Drink verwehrt bleibt? Milch? Limonade?

Und nun sehen Sie uns an, ein paar Jahre später. Wir sind eine Nation angehender Alkoholiker, sogar die Jungen. Ganz besonders die Jungen. Ich nehme an, auch das ist Ironie.

»Vielleicht hast du Recht, Liebling«, sage ich.

»Womit?«

»Vielleicht könnte dieses Apartment eine ordentliche Party vertragen.«

DAS TELEFON KLINGELT genau in dem Augenblick, in dem ich zur Tür eile, die Reisetasche in der Hand. Ich versuche, mich davonzustehlen, aber die Haushälterin ruft mir nach: »Es ist Ihr Bruder, Mrs. Marshall! Er sagt, es sei wichtig!«

»Sie will die Verlobung lösen, Schwesterherz«, teilt Ox mir in fassungslosem Ton mit.

Ich schließe die Augen. Versuche, die aufsteigende Panik zu verdrängen.

»Oh, Ox. Was hast du getan?«

»Nichts! Ich habe alles genauso gemacht, wie du es gesagt hast. Ich habe ihr Blumen mitgebracht und Pralinen. Ich habe eine Hochzeitsreise nach Südamerika vorgeschlagen, habe über das Wetter und die Arbeit geplaudert. Ich habe sie gebeten, ein Datum festzulegen. Und weißt du, was sie gemacht hat? Sie hat mich förmlich hinausgeworfen!«

»Vielleicht gefällt ihr Südamerika nicht.«

»Ich kann nicht glauben, dass du in einer solchen Situation zu Scherzen aufgelegt bist.«

»Ox, das ist nichts, worüber du dir Sorgen machen müsstest. Sie ist jung, das ist alles. Vielleicht hat sie sich mit ihrer Mutter über die Pflichten der Ehe ausgetauscht und kalte Füße bekommen.«

»Ihre Mutter ist tot, Schwesterherz.«

»Dann eben mit einer Tante. An deiner Stelle würde ich mir keine Sorgen machen.«

Ein zischender Seufzer am anderen Ende der Leitung. »Bist du dir sicher?«

»Absolut. Für ein wohlbehütetes Mädchen wie sie ist das eine nervenaufreibende Vorstellung.«

»Du glaubst also nicht, dass sie frigide ist, oder?«

»Frigide? Was um alles in der Welt bedeutet das denn?«

»Ich meine, dass sie vielleicht keinen Sex mag.«

»Ach du liebe Güte, Ox, sie ist gerade mal neunzehn, eine Jungfrau. Woher soll sie wissen, ob sie Sex mag oder nicht? Das ist *deine* Aufgabe. Sorg dafür, dass es ihr gefällt. Ich nehme an, du verfügst über mehrere Jahrzehnte an Erfahrung, die du zu deinem Vorteil einsetzen kannst.« Ich klopfe mit dem Fingernagel gegen den Apparat im Flur. Es handelt sich um ein altes Western-Electric-Kerzenständer-Telefon, nicht so schick wie das Gabeltelefon in Sylvos Arbeitszimmer und ganz bestimmt nicht so privat. Zwar gibt es extra eine Nische zum Telefonieren, aber man muss an der Wand stehen und sich kurz fassen, weil man sich nirgendwo hinsetzen kann. Mein Diamantarmband rutscht mir über das Handgelenk und trifft klackernd auf die Nickelauflage, als ich (angeregt) hinzufüge: »Ein bisschen Schmuck würde auch nicht schaden. Schmuck wirkt bei den meisten Frauen wunderbar beruhigend.«

»Ich kann es mir nicht leisten, Schmuck zu verschenken.«

»Frag Mutter, ob sie dir etwas abgibt. Sie trägt ihren Schmuck ohnehin nie. Sag ihr, du brauchst ihn für die Party, die ich für dich ausrichte.«

»Was für eine Party?

»Hatte ich dir nicht versprochen, eine Verlobungsparty

für euch zwei Engelchen zu schmeißen? Das wird die Show des Jahres. Heute in einer Woche. Nein! In zwei Wochen. Alle werden da sein, und ich würde gern sehen, ob dir dein kleiner Vogel danach immer noch davonflattern will. Jetzt muss ich aber wirklich auflegen, mein Lieber. Kopf hoch! Es ist fatal, in einer solchen Situation die Zuversicht zu verlieren. Bring sie aus der Stadt heraus, sorg dafür, dass sie sich amüsiert. Es heißt, Jazz besiegt die Tugend.«

Ein weiterer niedergeschlagener Seufzer. »Ich weiß nicht, Schwesterherz. Ich hab überlegt, ob ich ihr nicht ein bisschen Raum zum Atmen geben sollte. Vielleicht lässt sie sich das Ganze noch einmal durch den Kopf gehen und stellt fest, dass sie ohne mich nicht leben kann.«

»Nein!« Das Wort platzt direkt ins Mundstück und verursacht ein statisches Rauschen in der Leitung, das vermutlich sämtliche Telefonvermittler in ganz Manhattan von ihren Sitzen springen lässt. »Ganz bestimmt nicht, Ox. Denk nicht mal dran. Du musst sie unter deine Fittiche nehmen, hast du mich verstanden? Lass nicht zu, dass sie auch nur einen einzigen Abend allein verbringt.«

»Dann wird sie mich bald nicht mehr sehen können, Schwesterherz«, wendet er verzagt ein.

»Was redest du denn da? Ihr seid bald verheiratet. Nach der Zeremonie habt ihr noch jede Menge Zeit, euch aus dem Weg zu gehen, das kannst du mir glauben.«

»Aber …«

»Schluss jetzt, Ox. Ich will nichts mehr davon hören. Das ist nicht der richtige Zeitpunkt, um aufzugeben. Du marschierst jetzt schnurstracks zu ihr, nimmst sie in die Arme und bringst sie mit deinen Küssen um den Verstand.«

»Aber ich …«

»Mach's gut, Ox.«

Ich hänge den Hörer ein und lehne mich mit dem Rücken gegen die Wand. Allerdings nur für ein, zwei Sekunden. Meine Erziehung verbietet mir eine derart nachlässige Haltung.

ALS ICH DEN JUNGEN das erste Mal in seinem brandneuen Apartment im Village besuchte, war ich entsetzt. Er hatte die Wohnung natürlich selbst ausgesucht; er hätte ohnehin nicht auf mich gehört, selbst wenn ich seinetwegen das ganze Village abgeklappert hätte, und das Ergebnis war genau das, was ich erwartet hatte. Ich sagte nichts. Was den Jungen anbetraf, so dachte der, ich sei bezaubert von der bohemehaften Einrichtung, den Fin-de-siècle-Vorhängen und den zerlöcherten Orientteppichen. Wie dem auch sei – die Einrichtung spielte für unsere Zwecke ohnehin keine Rolle, und wer braucht schon Teller, wenn er zu beschäftigt ist, um zu essen?

Nichtsdestotrotz nahm ich diese Dinge zur Kenntnis – eine umfassende mentale Bestandsaufnahme, könnte man sagen –, und während der nächsten anderthalb Jahre schmuggelte ich verschiedene Dinge häuslichen Komforts ein, ein Stück nach dem anderen, während der Junge so tat, als würde er nichts bemerken. Was auf beiden Seiten für Zufriedenheit sorgte.

Auch jetzt habe ich einen Stapel frischer Leinenwäsche und feine französische Seife in meiner Reisetasche verstaut, die ich diskret in der Wohnung verteilen werde, bevor der Junge von der Arbeit nach Hause kommt, sodass wir unsere amüsante kleine Pantomime fortsetzen können. Doch anscheinend ist mir der Junge zuvorgekommen. Die Tür ist bereits aufgesperrt, und als ich sie aufdrücke und um die Ecke spähe, steht er in Hemdsärmeln am Fenster und blickt gedankenverloren über die zerklüftete Himalaya-Gebirgskette der Dächer, als sinne er über eine Überquerung nach.

Ich stelle die Reisetasche neben meinen Schuhen ab. »Hallo, Boyo. Du bist früh zu Hause.«

»Wie gewünscht.« Er dreht sich um und beugt sich über den Lampentisch, um seine Zigarette auszudrücken. »Wie geht es dir, Theresa?«

Ich lege Hut und Handschuhe ab und werfe sie auf eine Anrichte, die früher in Windermere im hinteren Flur stand. »Billy hat die Neuigkeiten erfahren. Er ist vorbeigekommen, um mich zu trösten.«

»Dann ist es also beschlossene Sache?«

»Natürlich ist es das. Sylvo ist nicht der Typ Mann, der seine Entscheidungen im Nachhinein anzweifelt.« Ich knöpfe meinen Mantel auf und lasse ihn die Arme hinabgleiten. Es ist untypisch für den Jungen, dass er nicht quer durchs Zimmer zu mir eilt, um mir dabei behilflich zu sein. Neben der Tür befindet sich eine Garderobe, und ich hänge den Mantel an einen der Haken und drehe mich zu ihm um, während ich mein Kleid glatt streiche und mir die Wangen tätschele wie eine nervöse, junge Braut.

Der Junge steht noch immer unbewegt da. Eine Hand in die Hüfte gestemmt, in der anderen, wie ich jetzt bemerke, einen Drink. Fast leer. Das Licht hinter ihm verblasst, ein Schatten legt sich auf sein Gesicht, schauderhaft, als würde er sich in Stein verwandeln. Vielleicht tut er das. Vielleicht steht dort ein steinerner Boyo vor mir, eine gemeißelte Statue ohne Blut, Knochen oder schlagendes Herz. Vielleicht bin ich zu spät gekommen.

Ich nicke in Richtung Glas. »Ich nehme nicht an, dass du noch einen zweiten davon hast?«

»Doch. Selbstverständlich.« Er spricht! Er bewegt sich!

Er geht in die Küche und lässt mich im Wohnzimmer zurück, wo ich über den gewaltigen Unterschied zwischen seiner und Billys Art, sich zu bewegen, nachgrübele und darüber, wie seltsam es ist, dass zwei junge Menschen im Abstand von weniger als fünf Jahren zur Welt kommen und sich trotzdem so unterschiedlich entwickeln. In der Wohnung ist es kühl, und mir fällt auf, dass der Junge kein Feuer angezündet hat. Der Heizkörper gurgelt neben dem Fenster – ein hoffnungsloses Unterfangen. Ich fröstele, verschränke die Arme und rede mir ein, dass das an der Kälte liegt.

Die Küche ist so klein, dass ich sehen kann, wie sich der Junge an die Arbeit begibt und sich mit präzisen Bewegungen an Gefrierfach und Anrichte zu schaffen macht. Als er ins Wohnzimmer zurückkehrt, strecke ich die Hand aus, um ihm den Drink abzunehmen, und stoße mit meinem Glas gegen das des Jungen, das frisch aufgefüllt ist. »Auf einen Neuanfang«, sage ich, und zu unserem Entsetzen – am meisten zu meinem eigenen – rollen mir zwei Tränen aus den Augen.

»Ach Theresa«, sagt der Junge, stellt seinen Drink ab und zieht das kläglich schluchzende Bündel, das ich nun bin, in seine Arme, an seine Brust, die so viel breiter und wärmer und kräftiger ist als meine eigene, ein solider Fels von Brust. »Ach Theresa«, sagt er noch einmal und streichelt mir über den Rücken, während mir die Tränen weiter aus den Augen strömen, unerklärlicherweise, ungebremst und ganz von allein – das schwöre ich. »Das wird schon wieder. Ganz bestimmt.«

VIELLEICHT HABEN SIE MIR NICHT GEGLAUBT, als ich dem Jungen heute Morgen sagte, dass er meine erste Affäre sei. Ich überlasse es Ihnen, eine Entscheidung bezüglich der Wahrheit zu treffen. Eines allerdings steht zweifelsfrei fest: Ich war die erste Geliebte des Jungen.

Das hat er natürlich nicht gesagt, und ich habe auch nicht gefragt. (Eine solche Frage stellt man einem Mann nicht, wenn er mit dieser Information nicht freiwillig herausrückt.) Allerdings kam ich nicht umhin zu bemerken, wie zögerlich er beim ersten Mal mein Kleid öffnete. Wie staunend er sich jedes neue Stück entblößter Haut erschloss, als würde er ein uraltes, unbekanntes Gedicht mit Hilfe eines geheimen Wörterbuchs in seine eigene Sprache übersetzen. Nun, anfangs konnte er kaum richtig küssen. Ich musste seine Lippen öffnen und ihm zeigen, wie man den zarten Mundraum liebkoste, allerdings – das muss man ihm fairerweise lassen – begriff er blitzschnell, nachdem er den Grundgedanken verinnerlicht hatte.

Ich packte ihn vorsichtig aus, wie ein Geschenk, das er für mich war, und er schauderte, als meine Fingerspitzen seine Haut erkundeten, als fürchtete er, ich könne ihn verletzen. Soweit ich mich erinnere, sagte keiner von uns ein Wort. Das Schlafzimmer war ziemlich klein und stickig – ich weiß nicht mal mehr, wie wir dort hinkamen –, und ich setzte mich aufs Bett und küsste seinen Bauch, und das war der Moment, in dem sich seine Muskeln verkrampften. Das war der Moment, in dem er kam, meiner Leidenschaft hilflos ausgeliefert. Der Mond war voll und schien durchs Fenster direkt auf seine Haut, und ich dachte, dass ich noch nie etwas so Neues, Perfektes, so ganz und gar Reines gesehen hatte wie den nackten Jungen vor mir. Ich küsste seine Rippen und die Narben auf seiner Brust, ich ging auf die Knie und küsste seine muskulösen Schultern und seinen warmen Hals, während meine Hände nach unten glitten, um seine straffen Pobacken zu umschließen.

Er gehört mir, dachte ich.

Ich bat ihn, die Augen zu öffnen, und das tat er. Seine Pupillen waren geweitet, die Ringe rund um die Iris wirkten im Mondlicht grau. Ich nahm seine Hände und zeigte ihm, wo er mich berühren sollte, wie er mich berühren sollte, doch als er mit steifen, bebenden Fingern meine Brustspitzen berührte, konnte ich sehen, dass er keine Minute länger würde an sich halten können. Also zog ich ihn aufs Bett und öffnete gnädig die Beine, und hier kommt das Ulkige an der Natur: Der Junge wusste, was er zu tun hatte. Er fand augenblicklich in einen Rhythmus, stieß immer wieder in mich wie eine Liebesmaschine, wobei er mir die ganze Zeit über ins Gesicht sah, einen Ausdruck der Verwunderung und Qual im Blick. Mein Gott, ich kann noch immer fühlen, wie unser Fleisch aufeinanderprallte, spüre noch immer die Feuchtigkeit seiner Haut. Höre noch immer meinen Schrei – und seinen.

In der darauf folgenden silbrigen Stille empfand ich Reue, so ähnlich, als würde ich über ein verschneites Feld stapfen und dabei die unberührte Oberfläche zerstören, und dennoch kann das Bedauern darüber die primitive Freude am Akt der Entweihung nicht mindern. Ich nehme an, es half, dass das Vergnügen auf Gegenseitigkeit beruhte. Als er endlich den Kopf hob, sah ich voller Erleichterung, dass er lächelte. »Danke«, sagte er, und ich antwortete – was sonst? –: »Jederzeit.«

»Jederzeit« entpuppte sich als fünfzehn Minuten später, und dann noch zweimal vor Anbruch der hochsommerlichen Dämmerung. Inzwischen war er sozusagen ein Experte. Enorm zufrieden mit sich selbst, enorm zufrieden mit der Vielzahl von Fußabdrücken in der ehedem unberührten Schneedecke. Als ich später ziemlich benommen aufwachte, stellte ich fest, dass mich der Geruch nach gebratenem Schinkenspeck und Kaffee geweckt hatte. Ein neuer Tag war am Horizont aufgezogen, und der Junge machte mir Frühstück.

DOCH DER HOCHSOMMER IST LÄNGST VORBEI, und jetzt befinden wir uns mitten im Winter. Die Kälte treibt uns unter die Decken, das Hemd baumelt dem Jungen von den Schultern, als er sich mit geschlossenen Augen auf mich schiebt und in den altvertrauten Rhythmus findet. Das Schweigen danach senkt sich nicht deshalb auf uns herab, weil es zu viel zu sagen gibt, sondern zu wenig.

Dennoch kuschele ich mich seitlich an ihn, in seine Wärme. Das Gewicht seines Arms tröstet mich. Es gibt keinen Geruch auf der Erde, den ich mehr liebe als den Duft seiner Haut, vermischt mit dem Tabak, der zwischen seinen Fingerspitzen verbrennt und die Luft im Schlafzimmer erfüllt. Das darf ich nicht verlieren. Ich darf den Jungen nicht verlieren, denn dann bleibt nichts mehr von mir übrig.

Ich nehme an, wir werden gleich einschlafen. Ich überlege, wie hungrig ich bin und dass ich mich vermutlich nicht bewegen, mich nicht bereitwillig aus der Umarmung des Jungen lösen kann, um in der Küche ein Abendessen zuzubereiten. Ein schwieriges Problem. Dann öffne ich die Augen, und es ist so viel dunkler, als es sein sollte. Aus dem Zimmer nebenan dringt das Klingeln des Telefons.

Ich sollte den Jungen wecken, aber er schläft so friedlich, dass ich es nicht übers Herz bringe, ihn zu stören. (Zumindest rede ich mir das ein.) Ich schiebe seinen Arm zur Seite und steige aus dem Bett. Im Vorbeigehen nehme ich den Morgenmantel von der Stuhllehne. Als ich das Wohnzimmer betrete, klingelt das Telefon immer noch.

»Hallo«, sage ich, nur das eine Wort, und das Erste, was ich höre, ist die Jazz-Musik im Hintergrund, eine Melodie, die mir bekannt vorkommt. Die Band im Christopher Club spielt sie ständig. Der Trompeter – ein Mann, den ich sehr bewundere –, liebt genau dieses Riff und spielt es rauf und runter.

Die Musik wird übertönt von einer süßen jungen Stimme, die zögernd erwidert: »Hallo? Hallo? Entschuldigung, ich glaube, ich bin falsch verbunden. Ich habe versucht, die SPRing 5682 zu erreichen.«

Ich wickle die Telefonschnur um meine Hand und starre aus dem Fenster in die purpurfarbene Dämmerung. In den umliegenden Gebäuden flackern kleine, einsame Lichter auf. »Nein, Sie haben die richtige Nummer gewählt.«

Sie zögert erneut. »Bin ich mit der Wohnung von Mr. Rofrano verbunden?«

»Ja, das sind Sie. Es tut mir leid, er schläft tief und fest. Möchten Sie, dass ich ihn wecke?«

»Nein, danke.«

»Kann ich ihm etwas ausrichten?«

»Nein! Nein, danke. Guten – guten Abend.«

Die Verbindung bricht ab, und ich lege den Hörer zurück auf die Gabel. Die Lampe auf dem kleinen Tisch brennt noch, und unter der Lampe steht mein Drink, golden, unberührt, die Eisstückchen darin sind geschmolzen. Die Schlafzimmertür steht einen Spaltbreit offen.

Ich durchquere das Wohnzimmer und schließe die Tür.

Als ich zum Telefon zurückkehre, nehme ich den Hörer ab und warte geduldig auf die Vermittlung.

»Das Amt und die Nummer, bitte.«

»ATWater 2203.«

Mein Bruder geht direkt dran, wofür ich Gott danke. Leise sage ich: »Ox, mein Lieber. Ich hoffe, du hast deine Rüstung auf Hochglanz poliert.«

»Meine Rüstung?«

»Weil sich hier im Christopher Club eine Jungfrau in höchsten Nöten befindet, die in diesem Moment vermutlich in ihr Saftglas weint, und ich denke, du solltest so schnell wie möglich herbeigeritten kommen, um sie zu retten.«

»Eine Jungfrau? Du meinst *Sophie*? Im *Christopher Club*?«

»Ich fürchte, ja.«

»Aber wie …«

»Das *Wie* ist im Moment nicht entscheidend, mein Lieber. Die arme Kleine. Alles, was zählt, ist jetzt, dass jemand kommt, der sie rettet – je schneller, desto besser.«

»Schon gut, schon gut.«

»Das wollte ich hören. Vergewissere dich, dass es ihr gut geht, und sorg um Himmels willen dafür, dass sie wohlbehalten nach Hause findet.«

Ox erwidert nichts, doch das Klicken in der Leitung genügt mir. Zufrieden lege ich den Hörer auf und greife nach meinem Drink. Ich habe das Glas zur Hälfte geleert, als ich einen schwachen Hauch in meinem Nacken spüre.

Ich drehe mich um, und der weißschultrige Geist des Jungen steht vor mir in der Schlafzimmertür. Seine Gesichtsmuskeln sind starr vor Schock, und ich glaube nicht, dass ich jemals den gequälten Ausdruck in seinen Augen vergessen werde.

»Du bist wach«, sage ich leise.

Kapitel 11

Das Herz eines Mannes mag einen geheimen Zufluchtsort bieten, den nur eine Frau zu betreten vermag, aber es ist voller kleiner Vorzimmer, die selten frei sind.

HELEN ROWLAND

SOPHIE

Einen Augenblick später im Christopher Club

DER BARKEEPER hat ein sympathisches Gesicht mit schmalen braunen Augen und einem sichelförmigen Mund. Als Sophie endlich den Blick von dem Telefon vor ihr hebt, stellt sie fest, dass er nur ein kleines Stück von ihr entfernt steht und sie beobachtet. »Möchten Sie einen Drink, Miss?«, fragt er, dann fügt er hinzu: »Geht aufs Haus.«

Sophie denkt über das Angebot nach. »Was schlagen Sie vor?«

»Für ein nettes Mädchen wie Sie? Ich kann Ihnen etwas mixen.«

Sophie nickt. Sie fühlt sich wie betäubt. Ihr ganzer Körper ist taub, von Kopf bis Fuß, jegliches Gefühl ist aus ihr gewichen. Die Taubheit hat sich vor allem auf ihre Ohren gelegt, aber das kann auch an dem Lärm der Jazz-Band in der Ecke liegen oder an dem Brummen in der Leitung. Sophie hat die Worte am anderen Ende verstanden, aber die Stimme der Frau hallt noch immer in ihrem

Innenohr nach, anstatt in die graue Masse dahinter einzusickern.

Er schläft tief und fest.

Tja, aber hatte die Dame am Empfang von Sterling Bates nicht etwas Ähnliches gesagt?

»Es tut mir leid, er hat heute bereits Feierabend gemacht.« Ihre Stimme klang ungeheuer professionell und ließ Sophies rege, rosawangige Hoffnungen mir nichts, dir nichts zerplatzen. Und nun schlief Octavian. Wahrscheinlich hatte er einen harten Arbeitstag hinter sich, oder vielleicht – was für ein entsetzlicher Gedanke! – war er *krank!* Die viele kalte Luft gestern. Sophie hatte darauf bestanden, dass sie draußen saßen, während der Winterwind vom Long Island Sound zu ihnen herüberwehte und die aufkommende Erkältung in eine ausgewachsene Grippe verwandelte und im schlimmsten Fall auch noch in eine Lungenentzündung. Armer Octavian!

Doch die Taubheit in Sophies Wangen und Kinn lässt auf anderes schließen. Obwohl sich ihre geistige Wahrnehmung auf die trägen Synkopen der Musik hinter ihr beschränkt, fragt sie sich doch, warum sich die Frau bei ihm so gar keine Sorgen um seine Gesundheit zu machen scheint, wenn Octavian tatsächlich die Grippe hat. *Er schläft tief und fest,* hat sie gesagt, und welches Recht hätte sie, ihn aus dem Schlaf zu reißen?

Natürlich kennt Sophie die Antwort auf diese Frage. Sie ist weder dumm noch halb so naiv, wie sie es eigentlich sein dürfte. Doch die graue Masse weigert sich trotzdem, die offensichtliche Erklärung dafür zu akzeptieren. Die graue Masse möchte lieber taub bleiben, taub und unerreichbar.

Sie nimmt das Glas, das der Barkeeper ihr hinstellt, und probiert vorsichtig. Gar nicht so schlecht, wenn man die Luft anhält.

Sie lächelt dankbar, und der Barkeeper verzieht zögernd den Mund, als überlege er, ihr eine Frage zu stellen. Aber die Musik ist laut und schrill, und das Geschnatter der noch lauteren Gäste, die gerade eben zur Tür hereinkommen, lässt ihn stattdessen mit den Achseln zucken. Er wischt sich mit einem Spültuch die Hände ab und kehrt ihr den Rücken zu.

Der Barkeeper. Die Bar. So verboten und männlich, ein unvorstellbarer Ort für ein nettes Mädchen wie sie – *allein!* –, bis jetzt. Bis Mädchen und Jungs plötzlich zusammen in Lokale gehen, die nicht länger »Lokale«, sondern »Kneipen« oder »Clubs« heißen. Es hat den Anschein, als sei über Nacht ein völlig neues Vokabular entstanden, wie Pilze oder Krokusse aus dem Boden geschossen. Dort löschen die jungen Leute verbotenerweise ihren Durst, und je verbotener dieser Durst ist, desto normaler und akzeptabler ist es, ihn inmitten dieser gemischten Gesellschaft, inmitten von Fremden zu stillen. Und das Vokabular hat auch etwas damit zu tun. Fusel, Flüsterkneipe, sternhagelvoll. Alberne Wörter, die die Gesetze trivialisieren, die sie brechen. Die alles trivialisieren. Sophie legt eine Handfläche auf die zerschrammte braune Theke vor ihr. Das Holz ist leicht klebrig, als hätte jemand seinen Drink verschüttet. Etwas, das so zuckrig ist wie das Gebräu in Sophies anderer Hand.

Ein Stück die Bar hinunter kichern und kreischen die Neuankömmlinge. Drei Männer und zwei Frauen. Die Frauen tragen schwarze Satinkleider mit Federn und glitzernden Perlen, um die Stirn haben sie sich mit Pailetten besetzte Bänder gebunden. Ihr Lippenstift ist tiefrot, beinahe schwarz, und Sophie starrt wie gebannt auf die plastische Bewegung ihrer Münder. Noch während sie das tut, wird ihr bewusst, dass sie nicht hierhergehört. Sie ist keine von ihnen. Sie ist kein Stammesmitglied, noch nicht. Vielleicht fällt ihr das Kennwort ein und sie gewähren ihr Zutritt, vielleicht werfen sie sie nicht raus, weil sie sich von Samstag an sie erinnern, als sie nach der Party bei den Schuylers mit Julie hier war, vielleicht hat ein Mädchen ganz einfach dasselbe Recht auf ein Glas schwarzgebrannten Schnaps wie ein Junge – wenn sie denn eins möchte.

Aber vielleicht möchte sie ja gar keins.

Vielleicht hat Vater Recht. Vielleicht macht einen diese ganze Freiheit nicht glücklicher. Und wenn man das Risiko eingeht, aus dem Gefängnis ausbricht und einen Ozeanliner besteigt, der einen quer über den Atlantik auf einen vom Krieg zerstörten Kontinent befördert, steht man am Ende vielleicht mit einem in Florida verschollenen Ehemann und einem fiebrigen Kleinkind da. Und wenn man das Risiko eingeht und aus dem Gefängnis ausbricht, um den Mann aufzuspüren, in den man sich womöglich gerade verliebt hat, in dessen Hände man sein verletzliches Herz gelegt hat, dann meldet sich eine lebenskluge Frauenstimme am anderen Ende der Leitung und teilt einem mit, dass man zu spät kommt.

Sophie steht von ihrem Stuhl auf. Sie hat das Glas nur halb geleert, aber sie möchte nichts mehr trinken. Wenn sie eine Dollarnote bei sich hätte, würde sie sie auf den klebrigen Tresen neben das Glas legen, aber sie hat keine Dollarnote bei sich. Sie hat keinen müden Cent bei sich; deshalb ist sie hierhergekommen, weil sie heute Nachmittag das Haus ihres Vaters verlassen hat, ohne zuvor zumindest genügend Kleingeld für ein öffentliches Telefon in die Manteltasche zu stecken.

Virginia und Vater müssen inzwischen außer sich sein vor Sorge. Die Dunkelheit hat sich über Manhattan gesenkt, und Sophie ist dreißig Blocks von zu Hause entfernt; sie wird zu Fuß in die Thirty-Second Street zurückkehren müssen. Auf einmal kommt ihr ihr Zuhause schrecklich anheimelnd vor und nicht im Mindesten wie ein Gefängnis, verglichen mit dieser stickigen, kakophonischen Schnapshöhle am Fuß einer engen Treppe in Greenwich Village.

Wie durch Zauberei erscheint der Barkeeper vor ihr. »Sie gehen?«

»Ich fürchte, ja.«

»Sie können nicht allein losziehen. Wenn Sie gestatten, rufe ich Ihnen ein Taxi.«

Ein Taxi klingt himmlisch, aber sie hat nun mal kein Geld. Leider.

»Nein, danke. Ich schaffe das schon.«

»Aufs Haus?« Er lächelt sie hoffnungsvoll an, der netteste Barkeeper der Welt. Sollten diese Flüsterkneipen-Männer nicht eigentlich Maschinengewehre unter dem Tresen versteckt halten? Der Mann vor ihr sieht genauso jung aus, wie sie ist, und genauso hochanständig wie ein Zeitungsjunge, nur dass er den teuflischen Schnaps verkauft anstatt der Nachrichten.

Sophie zögert. Öffnet den Mund. Sagt …

»*Sophie!* Meine Liebe. Da sind Sie ja.«

MRS. MARSHALL IST AUSGESPROCHEN ZUVORKOMMEND. »Ich habe meinen Bruder angerufen«, beruhigt sie Sophie, während sie erst einen Lederhandschuh, dann den anderen auszieht. »Er wird gleich hier sein, um Sie abzuholen.«

»Ich brauche wirklich keinen …«

»Meine Liebe, er *möchte* gern kommen.« Mrs. Marshall berührt Sophies Handrücken. »Er ist bis über beide Ohren in Sie verliebt.«

»Ist er das?«

»Selbstverständlich! Sehen Sie sich doch nur einmal an? Wie könnte er sich dagegen verwehren?« Sie dreht sich zu dem Mann um, der ihr gefolgt ist und nun stumm zu ihrer Linken auf einem Barhocker sitzt. »Octavian. Würdest du dich nicht Hals über Kopf in unsere Sophie verlieben, wenn du nicht schon mich heiraten wolltest?«

Wie freundlich sie ist. Natürlich steckt sie ihr Revier ab – was Sophie ihr nicht zum Vorwurf machen kann –, aber sie scheint Sophie nicht im Mindesten böse zu sein, weil sie ihren gutaussehenden jungen Verlobten angerufen hat, als hätte sie das Recht dazu. (Ein weiteres Sinnbild der modernen, neuen Welt, in der man einen Ehemann und einen Verlobten gleichzeitig haben und dieses Paradoxon noch dazu öffentlich zugeben kann.) Wie viel weiß Mrs. Marshall über die gestrige Fahrt nach Connecticut? Weiß sie überhaupt über gestern Bescheid? Ihrer munteren Stimme und der sorglos glatten Stirn ist jedenfalls nichts anzumerken.

Und was Octavian anbetrifft … Wer weiß? Wen kümmert's? Sophie jedenfalls wird ihn nicht anschauen. Sie hört, wie er antwortet, höflich und leicht gequält, doch sie nimmt einen großen Schluck von ihrem Drink, um ihn auszublenden. Etwas braut sich in ihrem Kopf zusammen, klingelt in ihren Ohren, und sie fürchtet, dass dieses Etwas außer Kontrolle gerät, sollte sie Octavian ins Gesicht sehen. Vielleicht explodiert es sogar, frühzeitig, hässlich. »Es war wirklich nicht nötig, dass Sie beide kommen«, sagt sie. »Vor allem, da Mr. Rofrano doch tief und fest schlief.«

»Oh, ich fürchte, das Telefon hat ihn geweckt. Und selbstverständlich würde er niemals zulassen, dass eine von uns um diese Uhrzeit ohne seinen Schutz unterwegs ist. Was um alles in der Welt haben Sie sich bloß gedacht, meine Liebe? Ganz allein den Christopher Club aufzusuchen …«

»Ich hatte kein Geld für ein öffentliches Telefon bei mir«, murmelt Sophie.

»Ach du lieber Himmel! Stecken Sie in Schwierigkeiten?«

»Nein.« Sophie hebt den Blick und lächelt. »Jetzt nicht mehr. Nur eine kleine Auseinandersetzung mit meinem Vater, doch nun habe ich begriffen, dass er Recht hat.«

»Braves Mädchen. Väter haben für gewöhnlich immer Recht, müssen Sie wissen.«

Wie war das noch gleich mit der Kälte? Sophie schwitzt mittlerweile wie in der Hölle. Kleine Schweißtropfen bilden sich zwischen ihren Brüsten oder rinnen ihren Rücken hinab. Ihre Wangen glühen. Ihre Beine in den Strümpfen sind feucht vor Hitze. Sie kann Octavian nicht ansehen, aber das ist auch gar nicht nötig: Er sitzt ohnehin einfach nur da, trinkt, raucht und sagt kein Wort. Wartet darauf, dass sie ihn eines Blickes würdigt. Wartet zweifelsohne darauf, ihr mit seinen traumhaft schönen Chamäleonaugen eine stumme Entschuldigung zu übermitteln.

Wartet darauf, dass sie etwas sagt. Wartet darauf, dass sie ihm den Rest ihres Drinks ins Gesicht schüttet und schreit: »Wie konntest du nur? Sie könnte deine Mutter sein! Wie konntest du nur mit ihr ins Bett gehen, nach allem, was gestern zwischen uns passiert ist? Wie konntest du dich in sie verlieben? Ausgerechnet in sie, Mrs. Marshall?«

Nun, das wird sie nicht tun. Sophie kann sich auch erwachsen benehmen. Sophie kann Erwachsenen-Spielchen spielen, wenn sie sich zusammennimmt.

»Übrigens habe ich es absolut ernst gemeint, als ich

sagte, ich wolle eine Verlobungsparty für meinen Bruder und Sie ausrichten, meine Liebe«, fährt Mrs. Marshall fort. »Nächsten Samstag, denke ich, vielleicht übernächsten, damit uns genügend Zeit bleibt für die Vorbereitungen. Außerdem wollen wir doch sicher sein, dass die Gäste auch kommen können. Momentan ist alles ein wenig durcheinander wegen meiner Scheidung, aber wir sollten der Öffentlichkeit gegenüber nur beste Miene machen, finden Sie nicht? Das ist das Einzige, was einem übrig bleibt, wenn die anderen denken, man habe eine Bauchlandung hingelegt.«

»Das klingt wunderbar, Mrs. Marshall«, sagt Sophie.

»Ich werde dafür sorgen, dass Sie der Stolz der ganzen Stadt sind, meine liebe Sophie. Manhattan kann in der Tat ein strahlendes, neues Gesicht gebrauchen, das es in Begeisterung versetzt, und Ihr Gesicht eignet sich einfach perfekt dafür. Binnen kürzester Zeit werden Sie auf den Gesellschaftsseiten der Zeitungen an erster Stelle stehen.«

Octavian räuspert sich kaum hörbar und leert seinen Drink.

»Sie *müssen* mich Theresa nennen«, dringt Mrs. Marshall auf Sophie ein. »Immerhin werden wir bald Schwägerinnen sein, Schwestern. Und die besten Freundinnen.«

Ein willkommener kalter Luftzug trifft auf Sophies brennende Wangen, und sie wendet sich hoffnungsvoll zur Tür.

»Jay!«, ruft sie aus, springt von ihrem Barhocker auf, schlingt die Arme um den Hals des völlig überraschten Mannes und küsst ihn, direkt hier, vor allen anderen, vor Octavian und Mrs. Marshall und dem Barkeeper und der ganzen Welt, bis die Frauen mit ihren schwarzen Federkleidern und pailettenbesetzten Stirnbändern anfangen zu lachen und zu applaudieren, und die Band, die soeben nach einer Pause zu ihren Instrumenten zurückkehrt, spielt eine jazzige Trompeteninterpretation von Mendelssohn.

»Nicht vergessen!«, ruft Mrs. Marshall ihnen hinterher, als ein strahlender Jay seine Braut aus der Tür zu seinem wartenden Wagen führt. »Am ersten Samstag im Februar! Ich verspreche euch: Das wird die Party des Jahres!«

Kapitel 12

*Die härteste Aufgabe im Leben eines Mädchens ist es,
einem Mann zu beweisen, dass seine Absichten
ernst gemeint sind.*

HELEN ROWLAND

THERESA

Rückkehr nach Hause, einen Augenblick später

»ICH VERSTEHE NICHT, warum du so missmutig bist«, sage ich zu dem Jungen. Mein Arm ist fest in seine Ellenbeuge geschoben, aber ich spüre, dass er ihn nicht dort haben will. Ich spüre, wie seine Haut vor meiner zurückzuckt.

»Sie ist bloß ein Mädchen, Theresa, und du spielst mit ihr wie die Katze mit der Maus.«

»Ich spiele nicht mit ihr. Ich wünsche ihr nichts als Freude, und ich werde alles tun, um dafür zu sorgen, dass sie mit Jay glücklich ist.«

Er erwidert nichts. Wir verlassen das Gebäude mit dem Christopher Club im Keller und treten an die frische Luft. Es ist schon nach acht, und in den Straßen tritt langsam Ruhe ein, die typische Manhattan-Ruhe, in der Taxis vorbeiknattern und Passanten über den Gehsteig hasten, aber in leicht abgebremster Geschwindigkeit, in gedämpfter Lautstärke. Man kann ein wenig durchatmen, selbst wenn die Luft nasskalt ist und bitter und ölig riecht und nach fauligem Müll.

Ich bleibe wie angewurzelt stehen und ziehe den Jungen so zu mir, dass er mir ins Gesicht sieht. »Hör mir zu«, flüstere ich. »Sieh mich an. Glaubst du wirklich, ich würde irgendeinem Mädchen eine Ehe wie meine wünschen? Glaubst du wirklich, ich würde ihm solchen Herzschmerz wünschen? Kummer und Scheidung und nichts als Trümmer?«

Er sieht mir traurig ins Gesicht. »Nein.«

»Natürlich nicht.« Ich lege ihm die Hände an die Wangen und genieße die Wärme, die durch das Leder meiner Handschuhe dringt. Eine Straßenlampe in der Nähe verströmt ein gasiges gelbes Licht. »Sie muss aus diesem Haus in der Thirty-Second Street raus. Sie braucht einen Ehemann, der ihr eine liebevolle Freiheit zugesteht, und sie braucht eine Freundin, die ihr durch die Unbill des Lebens hilft. Diese Freundin werde ich sein, Boyo, das schwöre ich. Ich werde dafür sorgen, dass mein Bruder auf dem rechten Weg bleibt, ich werde dafür sorgen, dass er ihr ein guter Ehemann ist. Ich werde ihr geben, was immer sie braucht.«

Das ist alles. Alles, was ich ihm sagen kann, denn mir geht die Luft aus. In meiner Aufrichtigkeit habe ich sie komplett verbraucht, und jetzt ist meine Kehle trocken und rau. Ich gehe davon aus, dass Sie mir nicht glauben, doch ich versichere Ihnen, ich bin kein böser Mensch. Ich bin mir durchaus bewusst, dass ich mir etwas genommen habe, was unsere süße Sophie begehrt, weil ich es nun mal noch mehr brauche und weil ein Mädchen wie sie einen Jungen wie ihn unmöglich so zu schätzen weiß, wie es sich gebührt. Aber ich werde es wiedergutmachen. Vielleicht kann ich ihr nichts geben, was den Verlust des Jungen wettmachen kann, aber ich werde es versuchen. Ich werde ihr geben, was ich kann.

Vielleicht versteht der Junge, der auf so erschreckende Art und Weise zu mir herabsieht, all das nicht. Vielleicht doch. So oder so – er äußert sich nicht dazu.

Aber er beugt sich zu mir herab und drückt mir einen unschuldigen Kuss auf die Lippen, und wir betreten den Hauseingang und gehen die Treppen hinauf zu seinem Apartment, wo er mich mit seinem Schlüssel einlässt.

Kapitel 13

Vor der Ehe erklärt ein Mann, dass er einem sein Leben zu Füßen legen wird, um einem zu dienen. Nach der Hochzeit wird er nicht mal seine Zeitung niederlegen, um mit einem zu reden.

HELEN ROWLAND

SOPHIE

Heimkehr, eine Viertelstunde später

JAY LÄSST SEINE HAND in ihrem Kreuz liegen, als sie die Stufen zur Haustür in der Thirty-Second Street hinaufsteigen. »Überlassen Sie das Reden mir«, sagt er, und sie lässt ihn reden.

»Da ist sie, heil und unversehrt!«, verkündet er munter, und Sophie wird beinahe von liebevollen Umarmungen und Küssen erstickt. »Wir hatten wirklich eine wundervolle Zeit.«

»Sie war die ganze Zeit über bei *Ihnen*?«, fragt Vater.

»Ja.« Jay nickt mit Nachdruck, dann verzieht er das Gesicht in gespieltem Erstaunen. »Einen Augenblick. Sie *wussten gar nicht*, dass sie bei mir ist?«

»Sie hat uns nicht Bescheid gegeben.«

Jay blickt Sophie vorwurfsvoll an. »Liebes. Ihr armer Vater.« An Vater gewandt: »Sie ist mir hinterhergelaufen, nachdem ich gegangen war. Wir haben zusammen Tee getrunken und uns lange ausgesprochen. Ich nehme an, darüber haben wir die Zeit vergessen.«

Was für ein brillanter Lügner, denkt Sophie. Sein Gesicht ist so offen und arglos, die Unwahrheiten schlüpfen ihm so geschmeidig über die Lippen. Das Seltsame ist, dass sie ihn deswegen bewundert. Vielleicht ist dieses Talent kein gutes Vorzeichen für ihr zukünftiges Eheleben, aber ein Mann, der sogar Vater hinters Licht führen kann – ausgerechnet *Vater!* –, ohne zumindest zu erröten, hat etwas Faszinierendes.

Doch in Sophies momentaner Misere ist dies der einzige Lichtblick.

»Nun«, sagt Vater, »Ende gut, alles gut, nehme ich an.«

»In der Tat, Sir. Aber es gibt noch weitere gute Nachrichten. Ich freue mich, Ihnen mitteilen zu können, dass sich Sophie einverstanden erklärt hat, am Valentinstag zu heiraten. Außerdem wird meine Schwester eine große Party in ihrer Wohnung ausrichten, um die Verlobung offiziell zu machen, am ersten Samstag im Februar, nicht wahr, mein Schatz?«

Sophie nickt.

Vater klopft auf Jays Rücken, was Jay mannhaft hinnimmt, und die Luft summt vor männlicher Selbstgefälligkeit und Erleichterung. Sophie bekommt einen Kuss auf beide Wangen und schlingt sogar den Arm um Jay, um keine Spielverderberin zu sein.

Nur Virginia, die neben der Treppe steht, bleibt stumm. Ihr Gesicht ist bedrückt, was an der nervösen Erschöpfung liegen mag, die eine Mutter verspürt, wenn sie sich um ihr krankes Kind kümmert.

Mach dir keine Sorgen!, will Sophie ihr zurufen. *Ich weiß, was ich tue. Warte es nur ab.*

Aber Virginia wartet nicht. Sie dreht sich um und geht

die Stufen hinauf, zurück zu Evelyns kleinem Zimmer im oberen Stock, und Sophie wendet sich wieder ihrem Verlobten zu und behält ihr Geheimnis für sich.

Die *New York Herald-Times*,
31. Mai 1922

Klatsch und Tratsch, von Patty Cake

Wie versprochen, trat der zum Anbeißen aussehende Mr. Octavian Rofrano also heute Morgen in den Zeugenstand, um beim Prozess des Jahrhunderts auszusagen, elektrisierend und erfrischend wie eines der Gewitter, die gestern am Spätnachmittag über den Horizont zogen und die Hitze endlich ein wenig milderten.

Zu jedermanns Enttäuschung war nichts von den Wunden zu erkennen, die er vergangenen Februar davongetragen hatte, als die ganze Sache die Aufmerksamkeit der Öffentlichkeit und der Polizei erweckte. Seine Weigerung, Anzeige gegen den Angeklagten zu erstatten – Sie erinnern sich –, gehört zu den am meisten diskutierten Fakten des Falls (und ist sicherlich die Tatsache, über die am meisten spekuliert wurde). Doch hier steht er, von der Anklage als Zeuge aufgerufen, daher gehe ich davon aus, dass er einen größeren Streich im Sinn hatte.

Mr. Rofrano, ein sehr junger Mann, zählt zu jener raren Spezies – er war einer unserer größten Asse im letzten Krieg, elf feindliche Flugzeuge gehen auf sein Konto –, die über die Selbstbeherrschung von Männern mittleren Alters verfügen. Ich würde ihn nicht unbedingt gutaussehend nennen. Sein Gesicht ist etwas zu schmal und hungrig für meinen Geschmack. Doch seine Augen sind von einem faszinierenden Aquamarinblau, sein Haar ist schwarz und glänzend, sein

Teint ein wenig dunkel, und er strahlt eine ungeheure Energie aus, selbst wenn er sich keinen Zentimeter vom Fleck rührt.

Er beantwortete die Fragen des Staatsanwalts mit bereitwilliger Offenheit, wenn auch nicht gerade sonderlich wortreich. Als Freund der glücklichen Mrs. Marshall, so gab er zu Protokoll, wurde er von ihr höchstpersönlich gebeten, auf diskrete Art und Weise ein paar Hintergrundinformationen über die Familie Fortescue einzuholen, da nicht jedes Mädchen – ganz gleich, wie schwindelerregend das dahinterstehende Vermögen – eine angemessene Braut für den Sprössling einer so alten, vornehmen Familie wie die der Ochsners abgebe, einer Familie, die seit der Revolution zu den führenden Mitgliedern der New Yorker Gesellschaft zählt. (Letztere Anmerkung stammt übrigens von mir: Mr. Rofrano beantwortet sämtliche Fragen ausgesprochen sparsam und hält sich mit persönlichen Ansichten konsequent zurück, was es dem Staatsanwalt so schwermacht, ihm die Fakten zu entwinden, dass man mitunter den Eindruck gewinnt, er sei ein Zahnarzt, der seinem Patienten die Zahnwurzeln zieht.) Mr. Rofrano kam seiner Aufgabe auf eine ziemlich hinterlistige Art und Weise nach: Er erschlich sich die Freundschaft der Fortescues und fand so schließlich heraus, dass es sich gar nicht um besagte Familie handelte. Dass Mr. John Ephraim Fortescue in Wirklichkeit niemand anders war als Mr. Montague Charles Faninal, der vor sechzehn Jahren aus dem Blickfeld der Öffentlichkeit verschwand, nachdem man seine Ehefrau im Haus der Familie in Greenwich, Connecticut, ermordet aufgefunden hatte.

Während der weiteren Befragung gab Mr. Rofrano zu, dass sein Interesse an dem Fall mehr als zufällig sei, denn er war in ebenjenem unglückseligen Haus aufgewachsen. Ansonsten hätte er wohl nie diesen Zusammenhang hergestellt – man muss bedenken, wie gründlich der Angeklagte sämtliche Spuren seiner früheren Existenz verwischt hat –, denn auf die

Frage, wie es zu einem ersten Verdacht gekommen sei, antwortete Mr. Rofrano schlicht: »Seine Ohren.«

(Wenn man wie ich während der vergangenen drei Tage freien Ausblick auf besagte Organe hatte – *Flügel* wäre vermutlich die treffendere Beschreibung für die werten Leser –, weiß man, dass sie sich auch mit noch so großer Anstrengung nur schwerlich verstecken lassen: Weder ein Bart noch ein Hut könnte diese einzigartige, missliche Besonderheit des Angeklagten verbergen. Wenn Mr. Rofrano tatsächlich, wie er behauptet, den Fall von Kindesbeinen an über Fotos, Zeitungsartikel und Ähnliches verfolgt hat, dann wundert es mich nicht, dass er dessen Ohren mit derselben Vertrautheit betrachtete wie ein verloren geglaubter Sohn das Gesicht seines Vaters.)

In jedem Fall schrillte die erste Alarmglocke. Mr. Rofranos flinker Verstand fing an, weitere verräterische Details zusammenzutragen: die Namen und das Alter der Töchter, die lange Abwesenheit der Mutter, die merkwürdige Zurückgezogenheit der Familie trotz ihres Reichtums. Der außergewöhnliche Beruf des Angeklagten und seine Gewohnheit, sich stundenlang in seine Werkstatt zurückzuziehen. Weitere Nachforschungen – so ein Gespräch mit Mr. Philip Schuyler – erhärteten seinen Verdacht und ließen ihn bald zur Gewissheit werden.

Die Anklage stellte anschließend eine Reihe von Fragen, Mr. Rofranos Kindheitserinnerungen an den Fall betreffend, weshalb die Verteidigung – *Hörensagen!* – einwandte, dass er seine Informationen von einem Nachbarjungen erhalten habe, die aufgrund des geringen Alters der beiden und der vielen dazwischenliegenden Jahre völlig unglaubwürdig seien. Anschließend nahm die Verteidigung den Zeugen ins Kreuzverhör, worüber Mr. Rofrano – dessen emotionaler Zustand schwer zu bestimmen ist – beinahe erleichtert zu sein schien.

Warum, so wollte die Verteidung wissen, habe Mr. Rofrano sich nicht unverzüglich an die Polizei gewandt, nachdem er seinen anfänglichen Verdacht erhärtet sah? Mr. Rofrano antwortete, er habe über keinerlei Beweise verfügt, zumal das Verbrechen fast zwei Jahrzehnte zurückliege, außerdem habe er die Familie des Angeklagten auf keinen Fall einem solchen Leid aussetzen wollen. Die beiden Töchter seien zum Zeitpunkt des abscheulichen Geschehens noch kleine Mädchen und heute vermutlich aufs Äußerste verstört gewesen, hätten sie all die grauenhaften Details des Ablebens ihrer bedauernswerten Mutter erfahren müssen. Die jüngere Miss Fortescue sei mittlerweile verlobt und wolle in Kürze heiraten, die ältere Tochter sei bereits verheiratet, weshalb beide schon bald dem unmittelbaren Einflussbereich ihres Vaters entzogen wären. Andererseits sorgte sich Mr. Rofrano, dass eine drohende Strafverfolgung den bisher unauffälligen Mr. Fortescue dazu inspirieren könnte – vorausgesetzt, er war tatsächlich der Mörder –, in einem Akt der Verzweiflung die beiden jungen Damen in Gefahr zu bringen.

Unter Berücksichtigung all dieser Umstände und mit dem gebotenen Respekt für die Unschuldsvermutung, so teilte Mr. Rofrano dem Gericht mit, habe er beschlossen, dass die Sicherheit und das Glück von Miss Fortescue in diesem Fall vor die Belange der Justiz gestellt werden mussten.

Mr. Rofrano schloss seine Rede – die um einiges länger war als jede der vorangegangenen Zeugenaussagen –, ohne einen einzigen Blick in Richtung der beiden betroffenen Damen oder des Angeklagten zu werfen. Darüber hinaus entlockten seine Worte weder der älteren noch der jüngeren Tochter irgendeine Gefühlsregung, beide blieben völlig ruhig auf ihren Plätzen sitzen.

Die Verteidigung befasste sich nicht ausführlicher mit den dramatischen Ereignissen des vierten Februar, was niemanden überraschte, und Mr. Rofrano wurde mit der Auflage, sich dem Gericht zur Verfügung zu halten, aus dem Zeugenstand entlassen.

Anschließend wurde die Verhandlung auf den nächsten Morgen vertagt. Zu diesem Zeitpunkt war die Temperatur im Gerichtssaal auf eine menschlichere Gradzahl gesunken, weshalb sich Enttäuschung darüber bemerkbar machte, dass nun keine Gelegenheit mehr bestand, Mrs. Lumley anzuhören, die Hausfrau aus Scarsdale, die einst im Haushalt der Faninals in Greenwich als Küchenmädchen beschäftigt gewesen war und mittlerweile durch ihren generösen Ehemann eine gewisse Respektabilität erlangt hatte. Von ihrer Aussage würde der weitere Verlauf der Verhandlungen abhängen.

Gut Ding will eben Weile haben – das gilt für die Strafverfolgung nun mal genauso wie für alles andere.

Kapitel 14

Wer niemals beginnt, der niemals gewinnt.

HELEN ROWLAND

SOPHIE

4. Februar, abends um kurz nach sieben

VATER WARTET IM SALON, als Sophie in ihrem Partykleid die Treppe hinunterschwebt. Sie hat gehofft, ihm aus dem Weg gehen zu können, aber man kann Vater nicht aus dem Weg gehen, wenn er das nicht möchte. Er faltet die Zeitung zusammen und steht auf, und zu ihrer Überraschung trägt er Abendgarderobe, schwarz und weiß und tadellos gebügelt.

»Ich dachte, du kommst nicht mit?« Sophie schnappt nach Luft.

»Warum nicht? Es handelt sich immerhin um die Verlobungsparty meiner Tochter.« Er begegnet ihrer Bestürzung mit einem unerwarteten Lächeln, und Sophie, verwirrt, spürt die winzigen Wellen der Zufriedenheit, die er ausstrahlt. Seine Haut glänzt, als hätte er eine neuartige Rasierseife mit stärkender Wirkung ausprobiert. Er ist ein völlig anderer Mann als der, der gestern Abend aus seiner Werkstatt nach Hause gepoltert kam und staubige Belanglosigkeiten in die Tapeten murmelte.

»Ja, aber …«

Er lacht. Lacht! Lacht und nennt sie bei ihrem alten Kosenamen. »Keine Sorge, Kleines. Ich komme nach und halte mich im Hintergrund. Du wirst nicht einmal bemerken, dass ich da bin.«

Sophie schwankt. Zaudert. Tritt ein paar Schritte vor und streicht sein Satinrevers glatt. Woher um alles in der Welt hat er dieses Jackett? Ihre Finger zittern ein wenig, ihr Gehirn läuft auf Hochtouren. In der Ecke dudelt ein Grammophon irgendeinen blechern klingenden, sentimentalen Nonsens. »Sei doch nicht albern, Vater. Ich *möchte*, dass du dabei bist. Ich bin lediglich überrascht, weil du doch beschlossen hattest, nicht zu kommen. Also hab ich mich darauf eingestellt, nur mit Virginia hinzugehen.«

»Na ja, so eine Party ist nicht meine Sache, aber deine Mutter wäre begeistert gewesen.« Er nimmt ihre Finger in seine Hand – eine weitere unerwartete Geste. »Es ist bloß so … Nun ja, Kleines, ich mache nicht gern viele Worte, und ich bin dir wahrscheinlich nicht gerade der liebevollste Papa gewesen …«

»So ein Unsinn! Du bist der beste Vater der Welt. Du hast uns ein wundervolles Zuhause gegeben und eine … eine … die Zeit in Europa und …«

Wie seltsam, dass er ihre Hand nicht loslässt. Sein Blick ist fest, ohne unangenehm stählern zu sein. Sie kann nicht wegsehen. Sie kann sich nicht mal recht erinnern, was sie sagen wollte.

Dann senkt Vater die Augen. Auf ihre verschränkten Hände.

»Ich wollte dich doch nur in Sicherheit wissen«, murmelt er.

»Das ist dir gelungen«, verkündet sie strahlend. »Und jetzt nichts wie ab in die Zukunft!«

»Ja. In eine gute, solide Zukunft. Vertrau mir, Kleines, Ochsner wird dich glücklich machen. Er mag zwar ab und an ein wenig über die Stränge schlagen, aber er ist ein guter Mann. Ja, das ist er – ein guter Mann. Er wird dir all das geben, was ich dir nicht geben kann, und vielleicht, eines Tages …« Er hebt den Kopf und sucht erneut ihren Blick, und diesmal ist der Ausdruck in seinen Augen beinahe flehentlich, wenn auch nur ein klein wenig, was sich in seinen leicht schräg gezogenen Augenbrauen zeigt. Als wäre da etwas, was er von ihr braucht.

Wunderbar. Einfach wunderbar. *Genau* das, was Sophie im Augenblick braucht, jetzt, da sie fest entschlossen ist, da all ihre Pläne feststehen. Sie späht über die Schulter in der Hoffnung, dass Virginia endlich auftaucht, zum Aufbruch bereit, dann wendet sie sich mit einem zaghaften Lachen wieder ihrem Vater zu. »Ach Vater. Du wirst doch jetzt nicht etwa sentimental? Es ist eine Party, mehr nicht!«

Der flehende Ausdruck in seinen Augen verschwindet, die Augenbrauen rutschen in ihren üblichen Winkel zurück. Er zupft an seinem Ohrläppchen und macht einen Schritt zurück, wobei er ihre Hand loslässt. »Eine Party, mehr nicht. Du hast Recht. Dann mal los mit dir, amüsier dich. Virginia wird an meiner Stelle ein Auge auf dich haben.«

»Und du wirst auch dort sein.«

»Ich werde auch dort sein. Aber nur, um dabei zu sein, wenn man auf euch anstößt. Mehr ertrage ich nicht.«

Oh, nur zum Toast, denkt Sophie. Dünnes Gelächter steigt in ihrer Kehle auf. Zumindest wird er auf seine Kosten kommen.

Virginias Stimme schallt die Treppe hinunter. »Sophie! Das Taxi ist da!«

Sophie lächelt und beugt sich vor, um ihren Vater auf die Wange zu küssen. Seine Haut ist trockener, als sie sie in Erinnerung hat, als würde sie sich langsam, aber sicher in Papier verwandeln. Ein alter Mann mit zwei erwachsenen Töchtern.

Sie tätschelt die Wange, die sie gerade eben geküsst hat: ein Akt moderner Dreistigkeit, aber es scheint ihm nichts auszumachen.

»Die Party wird spektakulär, das verspreche ich dir.«

SOPHIE HAT EINE SELTSAME ANGEWOHNHEIT, wenn sie die Straße entlanggeht oder einen Raum betritt. Sie stellt sich vor, sie würde ihrer Mutter begegnen. Und genau das tut sie auch jetzt, auf dem Rücksitz des Taxis, mitten auf der Fifth Avenue, auf dem Weg zu ihrer Verlobungsparty.

Sophie war erst zwei Jahre alt, als ihre Mutter starb, und sie kann sich nicht mehr an sie erinnern. Virginia behauptet, das sei eine gute Sache. »Du hast Mutter nie gekannt«, sagt sie, »daher hattest du auch nie die Gelegenheit, sie zu vermissen.«

Sophie ist da anderer Meinung, auch wenn sie Virginia das nicht sagt. Ihre Schwester hat so aufopfernd für sie gesorgt, als sie noch ein Kind war, dass sie fürchtet, sie zu verletzen. Doch als Sophie zu einem Mädchen heranwuchs, spürte sie stets einen kleinen, aber quälenden Riss in der Mitte ihres Herzens, und sie hat stets nach Möglichkeiten gesucht, diesen Riss zu füllen. Da war natürlich Virgo, außerdem das Hausmädchen, das bei ihnen einzog, ein wahres Mädchen für alles: eine junge Frau aus Brooklyn, die Sophie Süßigkeiten aus ihrer Schürzentasche schenkte und die selbst eine kleine Tochter hatte, die von Verwandten auf dem Land großgezogen wurde. *Das ist ein*

Geheimnis, vertraute Muriel Sophie an und zeigte ihr das Foto, und Sophie aß die Süßigkeiten und behielt das Geheimnis für sich und lauschte Muriels Geschichten, wenn sie abends in der Küche saß, während das Hausmädchen das Geschirr spülte. Bis Muriel entlassen wurde, ziemlich plötzlich und ohne Erklärung, und Sophie sich stattdessen Mrs. Kelly mit ihrem Sodabrot im Souterrain zuwandte.

Das Seltsame war, dass Sophie nie wirklich glaubte, dass ihre Mutter tatsächlich tot war. Auf ihre kindliche Art und Weise spürte sie, dass Mutter lediglich aus irgendeinem tragischen Grund, wie man ihn in sämtlichen Varianten in den rührseligen Romanen, die sie las, wiederfinden konnte, verschwunden war, und dass sie in Wirklichkeit irgendwo unerkannt in New York herumgeisterte, um über ihre Familie zu wachen, während sie sich inbrünstig danach sehnte, wieder mit ihren Töchtern und Vater vereint zu sein.

Sophie pflegte nach ihr Ausschau zu halten – auf dem Heimweg von der Schule oder wenn sie im Viertel spazieren ging. Sie spähte durch die Scheiben der Taxis und suchte zwischen den Regalen der Bibliothek nach ihrer Mutter; sie lugte in die Hinterzimmer der Geschäfte und musterte jedes Gesicht, das ihr auf dem Gehweg begegnete. Stets in der Hoffnung, ihre Mutter wiederzuerkennen. Stets in der Hoffnung, dass sie – Sophie – brav genug und liebenswert genug und überhaupt unwiderstehlich genug war, um ihre Mutter dazu zu bewegen, zu ihnen zurückzukehren.

Bis Sophie zwölf oder dreizehn wurde und diese kindische Gewohnheit ablegte. Bis sie begriff, dass ihre Mutter tatsächlich tot war und nicht zurückkehren würde, ganz gleich, wie tadellos sie sich benahm. »Wie ist sie gestorben?«, fragte sie Virginia irgendwann, und ihre große Schwester antwortete, sie sei sehr krank geworden, und eines Tages sei sie zu krank gewesen, um weiterzuleben.

Mehr sagte Virgo nicht. Sie sprach nicht darüber, wie Mutter gewesen war oder wie sie gelebt hatten oder warum sie nach Mutters Tod nach New York gezogen waren. Nur ein paar kleine, unscharfe Fotos erinnerten an ihr früheres Leben: Eins davon steht auf Vaters Nachttisch, drei kleben in dem Album, das Virgo in ihrer Kommode aufbewahrt. (Mutter zählte anscheinend zu den Menschen, die es hassen, wenn man sie fotografiert.) »Du siehst aus wie sie«, war alles, was sie Virgo entlocken konnte, und Sophie blickte in den Spiegel, drehte sich von einer Seite zur anderen und fragte sich, welche Züge sie dieser geheimnisvollen Frau zu verdanken hatte.

Doch kindische Angewohnheiten sind nicht so leicht abzulegen, und als das Taxi nun an einen Verkehrsknotenpunkt an der Forty-Ninth Street gelangt, fällt Sophies Blick auf das Gesicht einer Frau im schwarzen Mantel, die in Richtung Süden über den Gehweg eilt, die Augenbrauen sorgenvoll gefurcht, eine Handtasche in der linken Hand. Anschließend fasst sie eine Dame mit üppigen Brüsten ins Auge, die an ihnen vorbeistampft wie ein Ozeandampfer, flankiert von zwei kichernden Mädchen; und danach beobachtet sie eine Frau mit einem kleinen Hut, die sich ausgesprochen vornehm und geschäftsmäßig gibt, eine Reisetasche in der Hand, die ihr beim Gehen gegen das Bein prallt.

Virgina stößt sie mit dem Ellbogen an. »Woran denkst du, Kleines?«

»Ich habe an Mutter gedacht.«

»An Mutter? Ach du lieber Himmel! Warum das denn?«

»Keine Ahnung. Ich nehme an, weil wir auf dem Weg

zu meiner Verlobungsparty sind. Jedes Mädchen wünscht sich, dass seine Mutter in diesem Augenblick des Triumphs an seiner Seite steht.«

Virgo nimmt ihre Hand und drückt sie. »Sie wäre so stolz auf dich, Kleines. Sieh dich nur an: erwachsen und wunderschön.«

»Von Schönheit verstehe ich nicht viel, aber ich fühle mich in der Tat ziemlich erwachsen.«

»Dein *Kleid* wirkt mit Sicherheit erwachsen.« Virginias Ton lässt Sophie stutzen.

»Julie hat mir beim Aussuchen geholfen. Wir hatten eine wundervolle Zeit bei B. Altman und haben alles Mögliche anprobiert. Schade, dass du nicht mitkommen konntest.«

»Zu einem solchen Anlass hättest du dir lieber etwas schneidern lassen sollen.«

»Dazu war nicht genügend Zeit. Außerdem – wer will schon stundenlang zur Anprobe bei der Schneiderin sitzen, wenn man alles, was einem gefällt, in einem Kaufhaus bekommen kann?«

Das Taxi hat sich noch kein Stück bewegt. Die Fifth Avenue ist wie immer überfüllt. In der Mitte der Straße erhebt sich ein schöner, neuer Ampelturm aus Bronze und Granit, auf dem ein oben angebrachtes weißes Licht freie Fahrt verkündet, als wolle es sie verspotten, denn es gibt nirgendwo ein Fleckchen, wohin sie fahren könnten. Ein Hupkonzert ertönt, dann springt die Ampel wieder um.

»Lass uns zu Fuß gehen«, schlägt Sophie vor.

»Zu Fuß gehen! Und was ist mit unseren Schuhen?«

»Es sind doch nur etwa ein Dutzend Blocks. Ich wette, wir sind schneller dort, wenn wir laufen, als mit dem Taxi.«

Virginia protestiert erneut, doch Sophie hört nicht auf

sie. Sie nimmt eine Dollarnote aus der pailettenbesetzten Handtasche, die an ihrem Handgelenk baumelt, und reicht sie nach vorn zum Fahrer. »Jetzt komm schon«, drängt sie und streckt die Hand nach dem Türgriff aus.

Arme Virgo. Sie hat die letzten beiden Wochen damit verbracht, ihr krankes Kind zu pflegen. Das Fieber ging rauf und runter, der Hautausschlag kam und verschwand wieder, und Virgo konnte kaum zwei Stunden am Stück schlafen. Heute geht es der kleinen Evelyn besser, aber jetzt ist ihre Mutter ein Wrack. Sie trägt ein altes Kleid – was sonst, da sie keine Zeit zum Einkaufen hatte? –, und ihr sonst so heiter-gelassenes Gesicht zeigt deutliche Spuren von Müdigkeit. Die Haare hat sie zu einer altmodischen Frisur im Nacken hochgesteckt, ohne Paillettenschmuck oder eine neckische Feder. Aber sie ist hier. Bei Sophie. Sie hat ihre ganze Kraft zusammengenommen, um einen Abend außer Haus zu verbringen – der einzige Spaß, den sie sich seit Ewigkeiten und vielleicht noch nie zuvor gegönnt hat –, und als sie zusammen den Gehsteig entlangstöckeln und sich um Geschäftsmänner mit grauen Hüten, blumig duftende Sekretärinnen und den einen oder anderen abendlichen Ladenbesucher herumschlängeln, verspürt Sophie einen leisen Anflug von schlechtem Gewissen.

Vielleicht sollte sie Virginia vor dem warnen, was gleich auf sie zukommen wird.

Lieber nicht. Virginia – die ruhig-gelassene, konservative Virgo – wird schockiert sein. Virginia wird versuchen, ihr das Ganze auszureden. Auf Virginias Gesicht wird ein Ausdruck verblüfften Entsetzens treten – »Oh, Sophie, nein!« –, und Sophie ist so ein braves Mädchen, wie kann sie da einem herzzerreißenden Appell wie diesem widerstehen? Nein, nein, nein. Virgo wird genauso entsetzt sein wie der Rest von ihnen.

Es wird großartig werden. Es werden – wie Julie Schuyler es ausdrückt – im wahrsten Sinne des Wortes die Fetzen fliegen.

Kapitel 15

Wenn ein Mädchen heiratet, tauscht es die Aufmerksamkeiten vieler Männer gegen die Unaufmerksamkeit eines einzelnen ein.

HELEN ROWLAND

THERESA

Ein Dutzend Blocks weiter nördlich, zwei Stunden später

MAN KANN SOFORT SAGEN, ob eine Party gelingt oder floppt, und diese steigt direkt bis in den Himmel. Wie ein Heliumballon an einem kalten Morgen.

Ich würde gern selbst sämtliche Lorbeeren dafür einheimsen, aber das wäre nicht fair. Zunächst einmal muss man sagen, dass Tauwetter einsetzt, es wird milder, zumindest vorübergehend, und nichts auf der Welt verleiht einem mehr überschäumende Frühlingsgefühle als mildes Tauwetter im Februar. Man verspürt ein Gefühl der Hoffnung, Hoffnung für die ganze Welt, und es *gibt* Hoffnung, Herrgott noch mal! Die Wirtschaft nimmt wieder an Fahrt auf, die Menschen beginnen, den Nebel der Furcht, der seit Kriegsende über allem waberte, zu durchdringen. All die Ängste – vor den Kommunisten, vor den Anarchisten, vor der Grippe – heben sich wie die Nebelschwaden von unseren Schultern. Mag sein, dass bereits ein neuerliches Desaster hinter der nächsten Ecke auf uns wartet, aber gerade dann sollten wir nicht daran denken, uns einen unerlaubten Drink genehmigen und Spaß haben – das Schicksal wird uns schon verschonen. Möglich, dass es uns ohnehin verschont, Drink und Spaß hin oder her, also sollten wir es uns auf alle Fälle gut gehen lassen, solange das möglich ist.

Vielleicht geht es auch nur mir so. Ich bin glücklich, richtig *glücklich,* zum ersten Mal seit Jahren. Alles fügt sich. Sylvo ist ein Gentleman, was die Scheidung anbetrifft – er nimmt die Schuld auf sich, bietet mir eine große Abfindung –, und der Junge scheint seine vorübergehende Schwärmerei für die kleine Fortescue vergessen zu haben. Wir schmieden Pläne, gemeinsam nach Kalifornien zu gehen, sobald die Scheidung durch ist – der Junge behauptet, er sei *fertig* mit New York, er wolle einen kompletten Neuanfang wagen, weit weg vom altvertrauten Manhattan –, und das Einzige, was mir noch zu tun bleibt, ist Ollie und Billy die Neuigkeiten zu verkünden. Es wird ihnen ja wohl nichts ausmachen, wenn ich weggehe, oder etwa doch? Kalifornien ist bloß drei Tage entfernt, wenn man in einem komfortablen Pullmanwagen dorthin reist, und wenn man dort ankommt, erwarten einen Sonnenschein und saubere Luft und ein wunderschöner, gesundheitsfördernder Ozean. Und Orangen! Ich habe gehört, dass man sie dort direkt von den Bäumen pflücken kann.

Und so ist es beschlossene Sache, und bis es so weit ist, gebe ich erst einmal diese Party. Ich habe mich für ein Südamerika-Motto entschieden, um das glückliche Paar auf den Geschmack zu bringen, und das Apartment raubt einem wirklich den Atem. Ich habe keine Kosten und Mühen gescheut. Das Foyer hat sich in einen Amazonasdschungel verwandelt, der Salon in Rio de Janeiro. Für die Angestellten habe ich Landestrachten anfertigen lassen, wie ich sie auf den farbigen Bildern im *Illustrierten Südafrikaführer* gesehen habe, und weil ich fürchte, dass der Koch womöglich Schwierigkeiten hat, authentische Rezepte für die Gerichte der dortigen Ureinwohner aufzutreiben, haben wir importierte Ananas in Hülle und Fülle besorgt.

Und erst mal mein Kostüm! Der Wahnsinn! Ich denke, ich habe mich selbst übertroffen. Die Augen des Jungen traten vor Bewunderung förmlich hervor, als ich aus meinem Ankleidezimmer stolzierte, und während ich nicht mehr ohne Anstrengung meinen Kopf wenden konnte, erwies sich der Rest des Ganzen als weitaus bequemer als vermutet. Als der Junge zum Beispiel seinen Drink abstellte und sich daranmachte, die Nähte zu testen, stellte sich heraus, dass wir uns ohne große Umstände an der Kante des Esstischs in Position bringen, die Röcke heben und die Hose öffnen konnten – und die gierige Eile und Leidenschaft, mit denen der Junge seine Bewunderung zum Ausdruck brachte, entlohnten mich für die Mühen. Er hörte nicht einmal auf, um seine Zigarette aus dem Mund zu nehmen: nur *Bang! Bang! Bang!*, während die Kippe zwischen seinen Zähnen steckte und er mir die Finger verzweifelt und haltsuchend in die Hüften grub. Es war genau das, was ich in einem solchen Moment brauchte, und auch wenn meine Handgelenke noch immer schmerzen von der Anstrengung, mich an der verdammten Tischplatte festzuklammern, mein Haar erfüllt ist von dem heißen Atem des Jungen, meine Haut gerötet, so hat sich doch jeder steinige Zweifel unter dem geologischen Druck dieser Kopulation in winzige Kiesel verwandelt.

Er gehört mir, ja, der Junge ist wieder ganz und gar der meine.

Der Junge hat Prinzipien, und er wird sich nicht auf

zügellosen Geschlechtsverkehr mit einer Frau einlassen, wenn er nicht vorhat, sie zu heiraten.

APROPOS HEIRATEN! Da ist sie ja, die errötende Braut. Ich muss zugeben, sie sieht einfach atemberaubend aus, viel atemberaubender, als sie sollte. Ihr Kleid ist kirschrot und mit Jettperlen besetzt; sie trägt einen Seitenscheitel und hat sich das Haar in Wasserwellen über die Ohren frisiert. Im Nacken ist es so zusammengefasst, dass es aussieht wie ein Bob, auch wenn sie nicht den passenden Haarschnitt hat. Sie trägt sogar Lippenstift. Zusammen mit Julie Schuyler steht sie unter einer Palme, trinkt Champagner – Sylvos erlesener Perrier-Jouët fällt dieser Gelegenheit zum Opfer –, und als sie sich umdreht, stelle ich fest, dass ihr Kleid auf dem Rücken einen verführerischen U-Ausschnitt hat, der mit einem Netz von Jettperlen, die über ihr Rückgrat baumeln, verziert ist. Ich glaube, ich besitze ein ähnliches Geschmeide.

»Heiliger Strohsack!«, murmelt Billy und reicht mir einen Martini. »Wer ist das denn?«

Ich hebe das Glas an die Lippen und lasse einen Schluck Gin durch meine Kehle gleiten, bevor ich antworte. »Deine neue Tante.«

Für ein, zwei Sekunden herrscht ehrfürchtiges Schweigen.

»Ich brauche noch einen Drink«, sagt Billy dann, macht auf dem Absatz kehrt und marschiert zurück zur Bar im Amazonasgebiet.

Allein gelassen, wende ich mich ein paar Damen zu meiner Rechten zu. Von dem Jungen ist keine Spur zu sehen. Ich nehme an, er erholt sich in der verqualmten Bibliothek bei den anderen Einsiedlern. Es hat mich eine Ewigkeit gekostet, ihn zu überreden, zur Party zu kommen – er besteht darauf, dass wir unsere Verbindung erst nach der Scheidung öffentlich machen –, und so müssen wir weiterhin Gleichgültigkeit vortäuschen, sehr zum Amüsement unserer Gäste. Der sittsame Bräutigam ist ebenfalls abwesend – nein, da ist er ja, steht plaudernd in der Ecke, adrett und attraktiv in dem gedämpften Licht, das ihn eher altersmild als verbraucht erscheinen lässt. Meine Aufmerksamkeit richtet sich auf eine Frau, die ganz allein dasteht, ein kleines Stück hinter Ox' Schulter, und aussieht, als habe man sie hierhergeschleppt, obwohl sie sich aus alldem nicht groß etwas macht.

Ich entschuldige mich schmeichelnd bei den Damen und bahne mir den Weg durch die Menge – die von Minute zu Minute anzuschwillt, da die Kolonne, die in Zweierreihe den Willkommensdschungel durchschreitet, nicht abreißt – zu dieser unbekannten Frau, deren Gesicht mich an irgendwen erinnert.

Allerdings ist das Gesicht, genau wie das Kleid – dunkelgrün, mit hoher Taille und langem Rock –, genauso altmodisch und langweilig wie die Frisur. Die Lippen sind blass, die Augen stumpf. Die Haut ist sahnig und faltenlos, was zeigt, wie jung sie noch ist, wären da nicht die steilen Furchen zwischen ihren Augenbrauen, wenn man nahe an sie herantritt, um Hallo zu sagen. Keine Spur von Rouge, Puder oder Wimperntusche, und trotzdem nimmt ihr Anblick einen gefangen. Es sind ihre Augenbrauen, denke ich, dick und gerade und an den Enden ein paar Grad nach oben gebogen; oder liegt es an der Form ihrer Wangenknochen, die elegant und anmutig wirken unter der glanzlosen Haut und sie davor bewahren, unansehnlich zu erscheinen? Eine herbe Schönheit, würde man sie nennen, eine herbe Schönheit, die nichts hat von dem großäugigen, herzförmigen Charme einer Miss Sophie Fortescue. Außer …

»Sie sind Ihre Schwester, nicht wahr?«, platze ich heraus, was ganz untypisch für mich ist.

»Entschuldigung?«

Ich strecke die Hand aus. »Ich bin Theresa Marshall. So wie es aussieht, werden wir in Kürze miteinander verwandt sein.«

»O ja! Natürlich. Virginia Fitzwilliam.« Sie schüttelt mir die Hand, und der Druck ist um einiges fester und selbstbewusster, als ich erwartet hatte. Ihre Handflächen sind alles andere als zart. »Wir haben Sie bei unserem Eintreffen nicht entdecken können.«

»Ich fürchte, ich habe zu lange gebraucht, um mich anzukleiden. Dieser Kopfputz!« Ich berühre die große Ananas aus Pappmaché auf meinen Haaren und lache. Meine Handgelenke schmerzen triumphierend bei der Erinnerung an die Reaktion des Jungen auf mein Kostüm. *Bang! Bang! Bang!* »Ich bin entzückt, Sie endlich kennenzulernen. Sophie ist so ein liebes, süßes Ding. Mein Bruder ist ganz vernarrt in sie.«

»In der Tat«, erwidert sie zurückhaltend. »Wir sind ausgesprochen dankbar für den Empfang. Über diese Art von Party liest man sonst nur in den Zeitungen.«

»Tatsächlich? Wie nett, dass Sie das sagen. Allerdings versichere ich Ihnen, dass Sie sich im Nullkommanichts daran gewöhnen werden. Ox liebt gute Partys.«

»Ox?«

»Mein Bruder. Ich sehe, Sie haben noch gar nichts zu trinken – ein absoluter Skandal.« Ich gebe einem der Kellner ein Zeichen und nehme ein Glas Champagner vom Tablett. »Bitte sehr. Zum Wohl. Es wird Sie nicht umbringen, ganz gleich, was diese Volksverhetzer behaupten.«

»Ich habe durchaus schon Champagner getrunken, Mrs.

Marshall«, erwidert Mrs. Fitzwilliam ziemlich unfreundlich. »Es ist nur so, dass meine Tochter krank war, weshalb ich mich lieber zurückhalte.«

»Sie haben eine Tochter? Aber Sie sind so *jung*!«

Sie lächelt, aber nicht, weil sie sich geschmeichelt fühlt. Ihr Lächeln zeigt, dass sie meine Schmeichelei durchschaut. Sie hebt das Glas an die Lippen, trinkt einen kleinen Schluck Champagner und fügt hinzu: »Ich bin fast siebenundzwanzig.«

»Und wo ist Ihr Ehemann?« Ich presse die Fingerspitzen an den Mund, schnappe erschrocken nach Luft. »Ich hoffe, er ist nicht im Krieg geblieben …«

»Mein Mann hält sich im Augenblick in Florida auf und kümmert sich um einige Kapitalanlagen.« Sie genehmigt sich einen weiteren Schluck, diesmal etwas weniger zurückhaltend.

»Wie schade! Ich hoffe doch, dass Ihr Vater gekommen ist? Ich hatte noch nicht das Vergnügen, ihn kennenzulernen. Er ist ein hochangesehener Mann; ich fürchte, ich werde vor Ehrfurcht erbeben, wenn man ihn mir endlich vorstellt.«

»Ja, diese Reaktion bewirkt er tatsächlich mitunter.« Wieder das Lächeln. »Allerdings ist er nicht gern unter Leuten. Er hat versprochen, für eine Stunde vorbeizuschauen, aber ich denke, er wird sich im Hintergrund halten.«

»Nun, ich würde mich freuen, wenn Sie ihn dazu bringen könnten, wenigstens Guten Tag zu sagen. Ich möchte nicht, dass wir uns erst bei der Feier kennenlernen.« Mrs. Fitzwilliam wirkt leicht verunsichert, weshalb ich hinzufüge: »Bei der *Hochzeitsfeier*, meine ich.«

»Ja, natürlich.«

Anscheinend sind die Konversationsfähigkeiten der erschöpften Mrs. Fitzwilliam damit aufgezehrt, und trotzdem bin ich der Ansicht, dass ich sie nicht einfach so den Wölfen überlassen kann. Ich sehe mich um. Mein verzweifelter Blick bleibt an Sophie Fortescue hängen – nun, es ist schwer, nicht an ihr hängen zu bleiben, in ihrem kirschroten Traum mit den glitzernden Jettperlen –, und ich stelle fest, dass sie sich prächtig amüsiert.

Mrs. Fitzwilliams tiefgefrorene Stimme wird warm, als sie sagt: »Sophie war schon immer überaus empfänglich für das Vergnügen. Das liebe ich am meisten an ihr – alle tun das.«

Die letzten drei Worte sind überflüssig, finde ich. Hier stehe ich, pulsierend vor Selbstvertrauen, die Abdrücke von Boyos Leidenschaft noch immer auf meiner Haut, und dann muss Mrs. Fitzwilliam ausgerechnet eine solche Bemerkung machen. *Alle tun das.* Alle lieben Sophie.

Wie unpassend.

»Zweifelsohne«, pflichte ich ihr bei. »Sie hat sich bei dem Ausflug mit Mr. Rofrano nach Connecticut am vergangenen Wochenende sicher sehr vergnügt – zumindest ist mir das so zugetragen worden.«

Anders als der Junge reagiert Mrs. Fitzwilliam kaum auf diesen spitzen kleinen Pfeil. Auch wenn es auf den ersten Blick nicht so aussieht, sind die beiden Schwestern eindeutig aus demselben widerstandsfähigen Holz geschnitzt. Aber sind solche Menschen nicht die, bei denen die Pfeile die tiefsten Schrammen hinterlassen, auch wenn sie sich bemühen, diese nicht zu zeigen?

»In Connecticut? O ja«, entgegnet sie tatsächlich. »Das hatte ich ganz vergessen.«

»Er hat sie dorthin gefahren, hat ihr sogar die Stadt gezeigt, in der er aufgewachsen ist. Ich habe keine Ahnung warum. Vermutlich ein sentimentaler Anflug.«

»Die Stadt in der er aufgewachsen ist«, wiederholt Mrs. Fitzwilliam. »Und wo genau ist das? Ich kann mich nicht erinnern, was Sophie erzählt hat.«

»Irgendwo an der Küste, ich glaube in Greenwich.« Ich tippe mir mit der Zeigefingerspitze gegen den Mundwinkel und nicke. »Ja, Greenwich ist richtig.«

»Greenwich. Verstehe.« Sie sieht mich nicht an, stattdessen ist ihr Blick auf unsere Miss Fortescue geheftet, die in die Ecke des Raumes geschwebt ist, in der sich soeben die Musiker versammeln. Nachher soll getanzt werden, sobald wir den Toast auf das frisch verlobte Paar ausgesprochen und sie zu einem glücklichen Foxtrott durch den Salon animiert haben. »Ich wusste gar nicht, dass Sie und Mr. Rofrano einander kennen, Mrs. Marshall.«

»Nicht? Aber so hat Ox ihn doch gefunden. Ich habe Mr. Rofrano als den perfekten Mann für diese Aufgabe vorgeschlagen.«

»Als Kavalier, meinen Sie?«

»Als Kavalier und Privatdetektiv.« Ich lache leichthin. »Schließlich musste ich sicherstellen, dass sich mein geliebter Bruder eine angemessene Braut ausgesucht hat. Und Octavian ist ausgesprochen *gründlich,* in jeder Hinsicht. Niemand war passender für diese Aufgabe als er.«

Mrs. Fitzwilliams Gesicht ist ziemlich blass, obwohl es, wenn ich es recht bedenke, auch vorher schon blass war. Vielleicht fällt mir jetzt erst auf, wie *erschreckend* blass es ist. Als sei ihr sämtliches Leben aus den Wangen gewichen. Ohne den Blick von ihrer Schwester zu wenden – es sei denn, sie starrt aus dem Fenster auf den Hudson River –, sagt sie mit kalter, sehr kalter Stimme: »Dann nehme ich an, Sophie hat Ihre Billigung gefunden.«

»Selbstverständlich hat sie das.«

Damit reißt sie ihren Blick los, aber sie richtet ihn nicht

auf mich. Sie sieht an meinem linken Ohr vorbei auf die grünen Zweige im Foyer. »Da ist mein Vater. Wenn Sie mich bitte entschuldigen, Mrs. Marshall. Ich muss ein Wort mit ihm reden.«

Ich folge ihrem Blick, und zu meiner Überraschung sieht dieser bedeutende Mann völlig gewöhnlich aus. Er mag vielleicht Millionen scheffeln, aber die haben nicht dazu geführt, dass er auch nur ein Pfund Fleisch an seinem hageren Körper angesetzt hat. Seine Ohren sind riesig und das Erste, was einem an ihm auffällt. Er sieht sich befremdet um, dann strebt er erleichtert in unsere Richtung.

»Großartig!«, rufe ich. »Ich folge Ihnen, dann können Sie uns miteinander bekannt machen.«

Jetzt dreht sie sich um und heftet die Augen direkt auf mich, und – du meine Güte! – man sollte nicht glauben, dass ein so schmales, eigenartiges, schlichtes Ding so grimmig dreinblicken kann. »Es tut mir leid, Mrs. Marshall, es handelt sich um eine Privatangelegenheit. Aber anschließend werde ich ihn gleich zu Ihnen bringen.«

Und damit lässt sie mich stehen, einfach so. Als hätte sie nicht das kleinste bisschen Angst vor mir.

WIE VORHERGESEHEN, ist der Junge in der Bibliothek, wo er in Gesellschaft der anderen tabakversessenen Gentlemen raucht. Er unterhält sich sogar mit einem von ihnen, am Fenster stehend, das gerade so weit geöffnet ist, dass man nicht im Qualm erstickt.

»Da bist du ja«, sage ich ohne Rücksicht auf etwaige Diskretion. Ich schlängele meinen Arm durch seinen und lächle seinen Gesprächspartner an, dessen Name mir im Augenblick entfallen ist, auch wenn mir sein Gesicht bekannt vorkommt. Man hat mir gesagt, das sei eine typische

Begleiterscheinung, wenn man die vierzig überschritten habe. Das Gehirn ist so übersättigt mit unnötigen Informationshäppchen, dass es zwar mit dem Schwanz wedelt, sobald neue Informationen eintrudeln, doch es müssen schon ganz besondere neue Fakten sein, bevor es sie aufschnappt.

Der Junge wirft mir einen seltsamen Blick zu. »Mrs. Marshall? Gibt es etwas Besonderes?«

»Du lieber Himmel, nein! Heutzutage ist nichts mehr besonders, hast du das noch nicht mitbekommen?«

Der andere Gentleman lacht. Canning, so heißt er. Seine niedliche, wohlbeleibte Gemahlin ist die, deren Ohrläppchen unter dem Gewicht von zu vielen Diamanten erschlafft sind, weil Canning sein Geld ausgeben musste, bevor die Gläubiger darüber herfielen. Mir fällt ein, wie Sylvo mir das vor Jahren erzählte – und sich dabei prächtig amüsierte. Ein gerissener Bursche, dieser Canning.

Aber der Junge lächelt nicht, er hebt nur fragend die Augenbrauen. Ich erkundige mich, ob er irgendwo den Glückspilz gesehen habe.

»Den Glückspilz?«

»Nun, meinen Bruder natürlich! Ich hab ihn aus den Augen verloren. Keine Ahnung, ob du seine Verlobte schon gesehen hast, aber sie erregt da draußen gewaltiges Aufsehen. Ich frage mich, ob es Zeit ist, den Toast auszusprechen, bevor sie irgendwem das Herz bricht.«

Die Augenbrauen des Jungen scheinen mit dieser Antwort nicht zufrieden, denn sie bleiben in die Höhe gezogen, aber er macht das Beste daraus. »Gleich dort drüben«, sagt er nach einer kurzen Pause, und ich folge seinem Nicken zu zwei gemütlichen Sesseln neben dem Feuer, wo mein Bruder zusammen mit meinem Beinahe-Exmann sitzt, in ein whiskybefeuertes Gespräch vertieft, während

Zigarrenrauch kräuselnd in die qualmgeschwängerte Luft aufsteigt.

Ich klatsche in die Hände, und sofort herrscht aufmerksame Stille im Raum.

»Meine Herren«, verkünde ich, »sobald Ihre Zigarren erloschen sind, folgen Sie mir bitte in den Salon, es ist Zeit für unsere Hauptattraktion.«

ALS WIR DURCH DEN FLUR VOR DEM SALON GEHEN, tausche ich den Arm des Jungen gegen den des Glückspilzes, der mir plötzlich ziemlich nervös erscheint.

»Du bist auffallend still für einen Mann, der kurz vor der Erfüllung all seiner Träume steht, Ox«, stelle ich fest.

»Genau deshalb bin ich ja still.«

»Ox. Ausgerechnet du. *Abergläubisch?*«

»Es gibt immer einen Haken, wenn die Dinge allzu gut laufen, Schwesterherz«, murmelt er.

»Unsinn. Kopf hoch! Hast du ihr Kleid gesehen?«

»Sensationell, nicht wahr?«

»Ja, die Beschreibung ist treffend.«

Wir biegen um die letzte Ecke, und Rio de Janeiro breitet sich vor uns aus, bevölkert von einem Pulk übertrieben gekleideter, halb betrunkener New Yorker aus den besten Familien. Man kann Miss Sophie Fortescue sofort in der Menge ausmachen. Sie hält ein Glas Champagner in der Hand (bestimmt nicht mehr das erste, darauf wette ich) und ist umgeben von einer Schar von Bewunderern, deren Smoking-Aufschläge beben vor Eifer, einen guten Eindruck bei ihr zu hinterlassen, nur für den Fall (was ihrer Ansicht nach bald genug eintreten wird), dass sich die Freuden des Ehelebens erschöpfen.

Der Dirigent sieht mich pflichtbewusst an. Ich gebe ihm ein Zeichen.

Ein kurzer Tusch.

Ich genieße die leicht theatralische Note, aber alles muss geschmackvoll bleiben. Ich führe meinen Bruder durch die sich fügsam teilende Menge, so wie ein Vater seine Tochter durchs Mittelschiff der Kirche führt, bis zu der Stelle, an der die reizende Sophie auf ihn wartet, das Champagnerglas an ihre kirschrote Brust gedrückt, bemerkenswert gesammelt, nicht das kleinste Zeichen von Nervosität im Gesicht.

Irgendetwas stimmt da nicht. Ich habe meinerzeit viele aufstrebende Bräute gesehen, das können Sie mir glauben, und keine von ihnen quittierte die Ankunft ihres geliebten Bräutigams mit einem so koketten Wölben der Augenbrauen, einem so neckischen Kräuseln der Unterlippe, als hätte sie ein Geheimnis, mit dem sie gleich herausplatzen wird, um uns alle daran teilhaben zu lassen. Sie hebt die Hand, um mit den winzigen Perlen an ihrem Hals zu spielen, und ich bin nur leicht besänftigt, als ich sehe, dass sie noch immer ihren Verlobungsring trägt, der das Licht von drei verschiedenen elektrischen Wandleuchten einfängt und tanzende Leopardenmuster an die Wände wirft.

In meinem Kopf schrillen die Alarmglocken. Ich habe die seltsame Vorstellung, dass ich mich in Charon verwandelt habe und meinen bedauernswerten, unwissenden Bruder in die Unterwelt übersetze. Seine Handfläche neben meiner fühlt sich unangenehm feucht an. Vielleicht bin ich also doch nicht verrückt. Vielleicht hat er es ebenfalls bemerkt.

Applaus brandet auf, als wir die letzten Schritte zurücklegen. Es bleibt uns nichts anderes übrig, als weiterzuschreiten, direkt auf Miss Fortescues neckisches, zähnebleckendes Lächeln zu.

»*Mesdames et messieurs.*« Ich bleibe so vor ihr stehen, dass ich die Schnittstelle zwischen Fortescue und Ochsner bilde, ein menschliches Bindeglied zwischen Verlobter und Geprelltem, und nehme ihre beringte linke Hand in meine. »Meine lieben Freunde, ich bin überaus erfreut, dass Sie uns an diesem Abend mit Ihrer Gesellschaft beehren. Endlich feiern wir die lang ersehnte Verlobung meines geliebten Bruders Jay, Licht meines Lebens, der Dorn in meinem Auge und einst der überzeugteste Junggeselle, den ich mir nur vorstellen konnte …« – mein Gott, das Mädchen windet sich nun wie ein Fisch an der Angel – »… mit meiner liebenswerten Schwägerin in spe, Miss Sophie Fortescue. Miss Fortescue – *Sophie* – lassen Sie sich von mir in die Arme schließen, bevor ich Sie meinem ungeduldigen Bruder übergebe …«

»Tatsächlich …«, sagt Miss Fortescue, gerade als ich mich zu ihr umdrehe, um ihr einen bezwingenden Kuss auf die taufrische Wange zu drücken.

»Und nun reiche ich Sie weiter an Ox!«, rufe ich aus und schubse ihr meinen Bruder in die Arme in dem Bemühen, das zu unterdrücken, was als Nächstes kommt.

»Tatsächlich …«, setzt sie erneut an, und ich bedeute dem Dirigenten verzweifelt, einen geräuschvollen Foxtrott anzustimmen. Ox legt die Hand an Sophies Taille und greift nach ihren Fingern, wobei er Champagner verschüttet, doch der Fußboden ist mir im Augenblick völlig egal.

»TATSÄCHLICH …«, ruft sie über die Musik und den Applaus und das Gelächter und Ox' fieberhaftes Tanzbestreben hinweg. »AUGENBLICK, BITTE! WARTEN SIE!«

Sie befreit sich aus Ox' Umarmung, taumelt auf den Dirigenten zu, und – ja ist denn das die Möglichkeit? – reißt dem armen Kerl den Taktstock aus der Hand. Die Musiker – völlig verblüfft, führungslos – stolpern durch die Noten und geraten völlig aus dem Takt, bis sie nach und nach verstummen.

»So ist es schon besser«, sagt Miss Fortescue, und diesmal muss sie nicht schreien, denn im Raum herrscht absolute Stille. Langsam dreht sie sich zu den Gästen um, die vor ihr Aufstellung genommen haben, allesamt reiche und bedeutende Persönlichkeiten aus unserer schönen Stadt, und keiner von uns ist fähig, auch nur einen Finger zu rühren. Nicht mal ich. Ox schon gar nicht. Wir warten – atemlos, angsterfüllt – darauf, dass sie zu sprechen beginnt.

Das neckische Lächeln ist von ihrem Gesicht verschwunden, ersetzt durch ernste, großäugige Anmut. Sie berührt mit einer Hand ihr gewelltes Haar und hebt mit der anderen ihr halb leeres Champagnerglas.

»Ich fürchte, es gibt eine Planänderung«, sagt sie.

Kapitel 16

Wenn man sieht, was manche Frauen heiraten,
wird einem bewusst, wie sehr sie es verabscheuen,
selbst für ihren Lebensunterhalt zu sorgen.

HELEN ROWLAND

SOPHIE

Im selben Augenblick

ZUM ERSTEN MAL SEIT ÜBER ZWEI WOCHEN erlebt Sophie einen Moment des Zweifels.

Julie hatte sie davor gewarnt, also ist es nicht wirklich eine Überraschung, dass ihre Nerven anfangen zu kribbeln, wenn sie hier vor all diesen sagenumwobenen Leuten steht in einem äußerst gewagten Kleid, ein Champagnerglas und einen albernen Taktstock in der Hand. Die Jettperlen kleben auf der nackten Haut ihres Rückens fest. Liegt es an ihr, oder ist es in den vergangenen Minuten tatsächlich unerträglich stickig im Raum geworden? Vielleicht gehört das aber auch zu Mrs. Marshalls Tropen-Motto.

Denk einfach an das, was du erreichen willst, Süße, hat Julie gesagt. *Denk an die Alternative, sollte dir das nicht gelingen.*

Die Alternative. Sophie späht verstohlen zu Jay hinüber, der vor Entsetzen wie versteinert ist. Eine aufgeschreckte

Haarsträhne hat sich aus seinem glänzenden Haarhelm gelöst und fällt ihm nachlässig über die Braue. Armer Jay. Hat sie ihn wirklich einst bewundert? Er sieht aus wie ein Schuljunge, den eine furchtbare Krankheit vorzeitig altern lässt. Eine Kokosnuss an einer der Palmen schwebt gefährlich dicht über seinem Schädel. Er wird schrecklich enttäuscht sein, aber er wird darüber hinwegkommen. Ein anderes Mädchen wird ihn nach Südamerika begleiten, vorausgesetzt, die Familie kann es sich leisten. Ein anderes Mädchen wird sich auf den Handel einlassen.

Wie es all die Frauen hier getan haben. Sie kommen aus sämtlichen Altersgruppen, befinden sich in allen erdenklichen Stadien von Liebe, Ehe und Scheidung. Sämtliche Haarfarben sind vertreten, sämtliche Figurentypen, sämtliche Stufen von Schönheit. Manche sind modisch gekleidet, manche wie alte Schachteln. Bei manchen liegt Intelligenz im Blick, bei anderen unabänderliche Dummheit. Aber sie alle haben ihre Unabhängigkeit gegen Sicherheit eingetauscht. Nicht eine Frau, so möchte Sophie wetten, steht im Augenblick neben ihrem Ehemann, wie es bei einem liebenden Ehepaar der Fall sein sollte. Weder eine Vanderbilt noch eine Astor, noch eine Morgan und auch keine Schuyler oder irgendeine andere Frau mit einem berühmten Namen – die Leute, zu denen sie bald gehören soll, als Ehefrau eines ältlichen Knickerbocker-Sprösslings.

Keine einzige dieser Frauen hat in ihrem Leben auch nur einen Penny selbst verdient. Ihre Kleidung, ihre Apartments, ihre Häuser auf dem Land, ihre Juwelen, ihre Schuhe, die Flasche Milch in ihren Kühlschränken – all das wurde mit dem Fleiß eines anderen Menschen bezahlt. Die Frau selbst ist schön, nutzlos und ihrem Mann wohlwollend verpflichtet. Auf sich allein gestellt, könnte sie diesen Luxus nicht halten. Sie könnte nicht einmal das Nötigste halten.

Und bei Sophie ist das genauso. Das Geld gehört ihrem Vater, das er hart verdient hat mit seinen Patenten. Er behauptet, er habe all das nur für Virginia und Sophie getan, damit sie ein sorgloses Leben führen können. Und sie führen ein sorgloses Leben, aber sie stehen in seiner Pflicht. Sie und Virgo sind von ihm abhängig, haben zu tun und zu lassen, was er befiehlt, genau wie jede andere Frau in diesem Raum von einem Mann abhängig ist, ganz gleich, ob ihr das bewusst ist oder nicht. Ob es sie stört oder nicht.

Und was die Männer anbetrifft – sie sind allesamt austauschbar. Manche haben ihr Vermögen erarbeitet, andere haben es geerbt. Einige – wie Jay es vorhatte – haben es durch Heirat erworben. Aber würde Sophie wirklich einen von ihnen heiraten wollen? Die Abhängigkeit von ihrem Vater gegen die Abhängigkeit von einem anderen Mann eintauschen?

Nein, sie hat ihre Pläne geändert.

Sophie wird Jay Ochsner nicht heiraten. Sie wird auch nicht länger unter Vaters Dach leben, Vaters Geld ausgeben, und schon gar nicht wird sie einen Mann heiraten, den Vater für sie ausgesucht hat. Nein, das wird sie nicht mehr tun. Keine Minute länger!

Sophie wird sich zusammen mit Julie Schuyler eine Wohnung nehmen. Sie wird sich um eine Stelle in einem Ingenieurbüro bewerben oder vielleicht bei einem Fabrikanten; wenn nötig, wird sie die Telefongespräche annehmen, abends lernen und mehr und mehr Verantwortung übernehmen, bis sie sich selbst über Entwürfe und Pläne beugen kann. Bis sie selbst Dinge entwirft und baut. Sie wird von ihrem Chef abhängig sein, das vielleicht, aber dabei handelt es sich um eine andere Form der Abhängigkeit. Eine ehrliche, demokratische Abhängigkeit, der keinerlei Heuchelei anhaftet.

Alle suchen sich momentan einen Job, und Sophie will das genauso machen.

Sie hebt ihr Glas ein kleines Stück höher und dankt Gott im Stillen dafür, dass Octavian nirgendwo zu sehen ist, keine vorwurfsvollen Augen, die dazu führen, dass sie sich ihre Entscheidung noch einmal durch den Kopf gehen lässt. Stattdessen steht dort Julie Schuyler mit ihren goldblonden Haaren und lächelt. Sie steht ein kleines Stück abseits des Geschehens, nicht weit von der tropisch gekleideten Mrs. Theresa Marshall entfernt, deren apartes Gesicht zu einer Maske des Entsetzens verzerrt ist, und wartet auf ihr Stichwort.

»Meine Damen und Herren«, beginnt Sophie, und das ist alles, was man je von Sophie Fortescues Unabhängigkeitserklärung zu hören bekommt, weil draußen im Korridor Schüsse fallen und von den Wänden Rio de Janeiros widerhallen, was die Kokosnüsse zum Wackeln und die Gäste zum Schreien bringt.

Die New York Herald-Times,
2. Juni 1922

Klatsch und Tratsch, von Patty Cake

Ach du liebe Güte! Es sieht ganz danach aus, dass man Ihre ergebene Berichterstatterin noch immer überraschen kann, verehrte Leser. Wir strömten heute Morgen in den Gerichtssaal in der Erwartung, von der so erfolgreich aufgestiegenen Mrs. Lumley mit saftigen Details erfreut zu werden, doch stattdessen rief die Verteidigung – mit einem entschiedenen Anflug von Triumph – einen Herrn mit dem großartigen Namen Giuseppe Magnifico in den Zeugenstand.

Wer ist dieser Mr. Magnifico?, werden Sie fragen. Nun, niemand anders als der Gärtner, über dessen Verschwinden zahlreiche Gerüchte kursierten, die jedoch nie bewiesen werden konnten – ganz einfach aus dem Grund, weil er nicht aufzutreiben war. Nun hat man ihn ausfindig gemacht, verehrte Leser, und ich muss Sie dringend bitten, kleine Kinder und andere empfindliche Gemüter hinauszuschicken, da der Kernpunkt seiner Aussage weitaus schockierender und moralisch verwerflicher ist als alles, was wir Zeitungsleute zu hören gehofft hatten.

Er ist ein schillernder Charakter, dieser Mr. Magnifico, mit seinem barocken schwarzen Schnurrbart und dem überaus öligen Haar, und er macht seinem Namen alle Ehre. Während der Befragung im Zeugenstand füllte er seine Rolle mit der größtmöglichen Hingabe aus, und anscheinend legte er es darauf an, der Gerichtsstenografin Bewunderung abzunötigen, einer strengen Dame mit hochgeschlossener Kleidung von vielleicht fünfunddreißig, vierzig Jahren. Um sie zu beeindrucken, setzte er seinen geballten Charme ein, obwohl besagte Dame (so viel muss gesagt werden) ihn keinesfalls dazu ermutigte.

Vermutlich war sie zu sehr damit beschäftigt, Mr. Magnificos Worte widerzugeben. Es waren viele Worte, viele lange, verworrene Sätze, und stets unterhaltsam. Ich fürchte, ich muss Ihnen eine Zusammenfassung geben, verehrte Leser, sonst schaffe ich es nicht bis zum Redaktionsschluss um achtzehn Uhr, den mein leidgeprüfter Herausgeber vorgibt.

Mr. Magnifico, so muss ich bedauerlicherweise berichten, war dem Opfer, Mrs. Virginia Claire Faninal, tatsächlich in einer unmoralischen, ehebrecherischen Freundschaft verbunden. Ich muss zugeben, dass ich ihr nicht unbedingt einen Vorwurf machen kann, wenn ich den grobsinnlichen, wenngleich ziemlich schmierigen Charme eines Mr. Magnifico mit dem zur Gänze fehlenden Charme des Angeklagten vergleiche, den mit den Ohren, die den Fliegern der Gebrüder Wright zur Ehre gereicht hätten. Mr. Magnifico war der festen Überzeugung (Mrs. Faninal höchstpersönlich, so behauptete er, habe dies bestätigt), dass das Kind, das sie kurz darauf zur Welt bringen sollte, nicht von Mr. Faninal, sondern von seinem untertänigen Gärtner stammte, der schon aufgrund seines Berufs das eine oder andere über das Einpflanzen von Samen wusste.

Nun sind diese Enthüllungen alles in allem nicht sonderlich überraschend. Wir, die neugierigen Zuhörer, haben nichts anderes erwartet, zumal wir – Sie werden sich bestimmt erinnern – die Andeutungen kennen, die ihren Weg in die faktenhungrige Presse fanden, als irgendein eifriger Reporter nur wenige Tage nach dem Mord in den Besitz einiger Details aus den polizeilichen Vernehmungsprotokollen der jetzigen Mrs. Lumley gelangte. (Es sollte all denjenigen, die die Sünde des

Ehebruchs für sich in Betracht ziehen, eine Warnung sein – seien Sie versichert, dass das Küchenmädchen zwangsläufig hinter Ihr Geheimnis kommen wird.) Aber Mr. Magnifico hat gerade eben vor Gericht das bestätigt, was Mrs. Lumley und die Ermittler bislang bloß vermutet hatten; darüber hinaus, so erklärte der ehemalige Gärtner kopfschüttelnd, habe er nie geglaubt, dass er der Einzige gewesen sei, den Mrs. Faninal mit ihrer liebreizenden Gesellschaft beglückt habe.

An diesem Punkt wartete der Angeklagte nicht ab, bis sein Anwalt das Wort ergriff, sondern sprang auf und wies Mr. Magnificos Behauptungen als reine Spekulation zurück.

Nein, beharrte Mr. Magnifico, er habe Mrs. Faninal höchstpersönlich in kompromittierenden Situationen angetroffen, wenn Mr. Faninal nicht zu Hause war, doch aus Respekt weigere er sich, diese Gelegenheiten vor der Öffentlichkeit genauer zu bezeichnen, und er werde auch keine Namen nennen. Eines allerdings wolle er zu Protokoll geben: Er glaube nicht, dass Mrs. Faninal ein verderbter oder willensschwacher Mensch gewesen sei, vielmehr sei er der Überzeugung, ihr Handeln sei einer Geisteskrankheit geschuldet. Er habe damals die Liaison genau aus dem Grund beendet, wobei er um Mrs. Faninals Gesundheit fürchten musste, so dramatisch habe sie auf diese Zurückweisung reagiert.

Mr. Magnifico fügte natürlich noch einiges hinzu, aber das waren die relevantesten Punkte für diesen Fall, und da die Aussagen von Mr. und Mrs. Lumley noch ausstehen, fürchte ich, dass ich Sie, verehrte Leser, bitten muss, auch die übrigen Prozessberichte in dieser Zeitung zu verfolgen, damit Sie sich ein umfassenderes Bild von Mr. Magnifico und seiner Aussage machen können.

Nach diesem aufreibenden Vergnügen sind wir vermutlich dankbar für die Aussage des nächsten Zeugen, Mr. Lumley, Ehemann des früheren Küchenmädchens der Familie Faninal, deren Aufstieg zu einer angesehenen Ehefrau und Mutter als der Inbegriff des wahr gewordenen Amerikanischen Traums bejubelt werden sollte.

Mr. Lumley, ein kleiner, schlichter Mann, schien von der Anklage in den Zeugenstand gerufen worden zu sein, um für die Ehrbarkeit seiner Ehefrau zu bürgen, eine Aufgabe, die er – wenngleich ein wenig träge – mit Bravour meisterte. Während der Befragung bestätigte er das, was wir bereits wussten: dass er seiner zukünftigen Frau etwa zwei Wochen nach dem Mord begegnet sei, als sie allein im Restaurant Bluebeard in Scarsdale zu Abend aß – ein Lokal, das ihm zu jener Zeit gehörte. Da er den Fall in den Zeitungen nicht verfolgt hatte – er scheint kein Mann zu sein, der sich für Sensationsnachrichten interessiert; stattdessen scheint sich der arme Kerl lieber auf den Wirtschaftsteil zu konzentrieren –, erkannte er sie nicht. Wie dem auch sei – er fühlte sich von ihrer liebreizenden Verzweiflung angezogen (ihr hübsches Gesicht hatte angeblich nichts damit zu tun) und erfuhr, welche Rolle sie bei der ganzen Sache spielte, woraufhin er beschloss, den edlen Ritter zu geben und sie zu heiraten. (Als er seine Frau betrachtete, nahm sein Gesicht einen unübersehbar zärtlichen Ausdruck an, was ihm im Gerichtssaal einige Sympathien eintrug.) Ob sie jemals über die Ereignisse von damals gesprochen habe, wollte der Staatsanwalt wissen, und Mr. Lumley nickte und antwortete, selbstverständlich habe sie das, und zwar gleich, als sie sich kennenlernten, doch seitdem sei sie nur noch selten darauf zurückgekommen. Sie habe diese erschütternde Angelegenheit hinter sich lassen wollen, was er durchaus verstehen konnte. »Eine fürchterliche Sache«, sagte er kopfschüttelnd, und ich meine, mitbekommen zu haben, wie er einen raschen Seitenblick auf den Angeklagten warf, in dem scharfer Tadel zu erkennen war.

Auch er schien die Wahrheit zu sagen, denn als Mrs. Lumley

nach der Mittagspause in den Zeugenstand trat, schien sie nur äußerst widerwillig über die Ereignisse jenes schicksalhaften Tages sprechen zu wollen. Sie blickte häufig in Richtung des Angeklagten, wenn auch verstohlen und darauf bedacht, direkten Blickkontakt zu vermeiden. Nichtsdestotrotz beantwortete sie die Fragen, die man ihr stellte, ohne dass man sie dazu drängen musste, und so erfuhren wir, dass sie am fraglichen Morgen, nachdem sie die oberen Räumlichkeiten saubergemacht hatte, in die Küche hinuntergekommen sei und Mrs. Faninals leblosen Körper auf dem Fußboden vorgefunden habe, daneben auf den Knien die jüngere Miss Faninal, blutverschmiert, die versuchte, ihre Mutter wachzurütteln.

Mrs. Lumley wahrte bei dieser Schilderung die Fassung, obwohl ihr Gesicht bleich war, und ich meinte, ihre Finger zittern zu sehen. Ihr Ehemann, der auf einer der hinteren Bänke Platz genommen hatte, blickte voller Mitleid zu ihr hinüber. Sie bestätigte den Verdacht, dass Mrs. Faninal den Gärtner, Mr. Magnifico, zu ehebrecherischen Handlungen verführt hatte, doch sie spekulierte nicht über die Vaterschaft des ungeborenen Kindes. Stattdessen beharrte sie darauf, dass Mrs. Faninal in jeder Hinsicht eine ausgezeichnete Mutter gewesen sei, beinahe zu vernarrt, vor allem in das jüngere Kind. An diesem Punkt schien sie in der Menge nach den Töchtern des Angeklagten zu suchen, und die Qual, die sich auf ihrem Gesicht spiegelte, lässt sich unmöglich in Worte fassen, wenngleich man so zumindest eine leise Ahnung der grauenhaften Szene bekommt, die sich an jenem Morgen in der Küche der Faninals abgespielt haben muss.

Der Staatsanwalt führte sie behutsam weiter zu den Fakten ihrer Entdeckung: der offen stehenden Küchentür, dem Kessel, der auf dem Herd pfiff. Mr. Faninal war wie jeden Morgen früh aufgebrochen, um in seiner Werkstatt zu arbeiten, und soweit Mrs. Lumley wusste, war er nicht zurückgekehrt, allerdings war sie oben gewesen, in den von der Straßenseite und der Auffahrt abgewandten Zimmern. Es sei gut möglich, so räumte sie ein, dass sie seine Rückkehr nicht bemerkt habe.

Der Verteidiger stand auf und fragte, ob der Angeklagte ihrer Meinung nach von den Seitensprüngen seiner Frau gewusst habe. Habe Mr. Faninal jemals Anzeichen von Eifersucht erkennen lassen?

Nun spiegelte sich Mitleid auf Mrs. Lumleys rundlichem Gesicht. Das könne sie nicht sagen, behauptete sie, denn Mr. Faninal sei stets um das Wohl seiner Frau bemüht gewesen, und seine aufrichtige Trauer, als er von der Tragödie erfuhr, habe sie bis ins Mark getroffen.

Man mag erstaunt sein über diese Enthüllung, und das Gericht war es ganz bestimmt. Bis jetzt hatten wir nichts gehört – und nichts gesehen –, was den Eindruck widerlegen mochte, dass Mr. Faninal ein kalter, resoluter, unsympathischer Mann war, ein Vater, der seine Töchter ausgesprochen streng kontrollierte. Mrs. Lumley dagegen betrachtete den Angeklagten mit echtem Mitgefühl, wenngleich Mr. Faninal mit gesenktem Kopf dasaß und sich nicht anmerken ließ, ob er sie verstanden hatte.

Und so beendeten wir diesen außerordentlichen Tag mit der außergewöhnlichsten Überraschung von allem: mit der Möglichkeit, dass Mr. Faninal womöglich doch nicht der kaltherzige Mörder ist, für den ihn alle hielten.

Vielleicht ist er es, vielleicht nicht. In ein, zwei Wochen, nehme ich an, werden die Geschworenen ihr Urteil fällen.

Kapitel 17

Zwischen Liebenden ist ein kleines Geständnis eine gefährliche Sache.

HELEN ROWLAND

SOPHIE

East Thirty-Second Street, 13. Juni

AUS IRGENDEINEM GRUND ist Sophie überrascht, dass der Schlüssel ins Schloss passt und die Tür zu dem Zuhause ihrer Kindheit aufschwingt. Sie quietscht nicht mal. »Hallo?«, ruft sie, aber Dot oder Betty antworten nicht. Vermutlich sind sie ausgegangen. Warum sollten sie sich auch den ganzen Tag im Haus herumdrücken, wenn die Familie nicht da ist?

Der Flur erscheint ihr merkwürdig vertraut. Der schwarz-weiße Boden bildet dasselbe Schachbrettmuster wie früher mit genau denselben gesprungenen oder fehlenden Fliesen und denselben dunklen Streifen in den Ecken, die sich einfach nicht wegschrubben lassen. Zu ihrer Linken befindet sich die alte Garderobe – leer, bis auf einen einzelnen Regenschirm. Daneben hängt der Spiegel und bildet dasselbe schmale Oval, verzerrt von demselben trüben Muster in der Silberauflage. Seine staubfreie Oberfläche zeigt, dass jemand gute Arbeit leistet.

Sophie legt Hut und Handschuhe ab und verstaut sie auf ihren angestammten Plätzen: Den Hut hängt sie an den Haken, die Handschuhe legt sie auf den Tisch. Sie trägt keine Jacke – die Hitze ist vor ein paar Tagen mit voller Wucht zurückgekehrt –, daher steckt sie nun den Schlüssel in ihre Handtasche, die sie ebenfalls auf den Tisch stellt. Sie holt tief Luft – *zu Hause!* –, doch es riecht irgendwie anders – zu viel Holz und nicht genug Rauch, zu frisch nach Zitrusreiniger, um zu riechen wie sonst.

Aber keiner von uns ist mehr so wie sonst, denkt sie. *Wir werden nie mehr wir selbst sein.*

In gewisser Hinsicht ist sie froh, das Haus leer vorzufinden. Sie ist hierhergekommen, um allein zu sein, obwohl heute ein Tag ist, den man lieber mit seiner Schwester oder seiner besten Freundin verbringen sollte. Man sollte Mitleid empfinden, einander das Herz ausschütten, Trost zusprechen, alles mit honigsüßen Likörchen überschütten – wenn man so etwas denn verträgt – und darüber diskutieren, was getan werden muss.

Stattdessen ist Sophie hierhergekommen. Allein. Und obwohl Virgo das nicht gesagt hat – das würde sie niemals tun –, geht Sophie davon aus, dass ihre Schwester genauso erleichtert ist wie sie, heute Abend keine Gesellschaft zu haben. Wir sind beide wie ausgehöhlt, denkt sie und betrachtet ihre großen, leeren Augen im Spiegel. Aus uns sind sämtliche Worte herausgeflossen, sämtliche Freude, sämtliche Kraft. In uns ist gar nichts mehr.

Die Augen starren ohne zu blinzeln zurück, bis Sophie sich abwendet.

Die Luft ist kühler als erwartet und trotzt der gewaltigen, wabernden Hitze draußen. Dot und Betty müssen während der ganz heißen Tage die Vorhänge zugezogen und die Lampen ausgeschaltet gelassen haben, anscheinend haben sie auch den Herd nicht benutzt und die Türen geschlossen. Am Ende des Flurs führt die Treppe einladend nach oben. Die Stufen sind ausgelegt mit dem schicken blauen Läufer, den Virginia letztes Jahr bestellt hat, trotzdem schafft Sophie es nicht, hinaufzugehen und ihr Schlafzimmer zu betreten. Schafft es nicht, sich mit der aufgeräumten Leere oben auseinanderzusetzen, wo es zu viele Relikte von der Sophie gibt, die sie hinter sich gelassen hat. Den halb auseinandergebauten De-Forest-Audion-Empfänger, den sie unters Bett geschoben hat. Das Innenleben einer Uhr auf der Platte ihres Sekretärs. Die wenigen abgegriffenen Ausgaben von *Popular Mechanics*, ihrem heiß geliebten Magazin für Wissenschaft und Technik, die sie zwischen ihren Büchern versteckt hat. Den rosenförmigen Verlobungsring in seiner vornehmen Schatulle in der Kommode.

Für einen Augenblick verweilt Sophie im Flur, den Blick auf die Stufen geheftet, die Handtasche in der Hand. Sie ist sich nicht bewusst, wie viel Zeit vergeht, spürt nur die kühle Luft an ihrer Wange und die wohltuende, unsichtbare Ruhe. Spürt die Staubpartikel, die reglos in der Atmosphäre verharren, weil sich niemand bewegt oder spricht, nicht mal existiert – außer Sophie. Wenn sie nur still genug steht, kann sie es beinahe glauben. Sie kann glauben – wie Prospero –, dass der gesamte Verlauf der letzten vier Monate lediglich ein Produkt ihrer Einbildungskraft ist, ein kunstvoll ausgearbeitetes Spiel, aufgeführt von ihrem Unterbewusstsein. Ein unwirkliches Schauspiel. Unser Schwelgen ist nun zu Ende.

Aber das Schwelgen war nicht zu Ende. Außerhalb dieser Wände ging die Farce weiter, und Sophie musste ihre Rolle spielen. Wie alle anderen. Und anschließend musste sie wieder aufwachen.

Sie streicht über ihre Handtasche und öffnet eine der Doppeltüren, die in den Salon führt. Die Vorhänge sind geschlossen, damit die Nachmittagssonne nicht ins Zimmer fallen kann, der Raum ist dunkel und riecht nach Bienenwachs. Sophie bleibt vor dem Sofatisch stehen und nimmt eine Fotografie von Virginia in ihrer Rot-Kreuz-Uniform zur Hand, die kurz vor ihrer Abreise nach Frankreich aufgenommen wurde, als sie plötzlich aus einer der Zimmerecken ein Räuspern vernimmt.

Sie schnappt nach Luft und wirbelt herum. Die Fotografie entgleitet ihren Fingern und landet weich auf dem Teppich.

»Miss Fortescue«, sagt Octavian.

Er steht vor Vaters Lieblingssessel, aus dem er gerade aufgestanden sein muss.

Einen entsetzlichen Moment lang stellt sich Sophie vor, er sei tatsächlich ihr Vater, die heutigen Ereignisse seien alle ein großer Irrtum, eine Illusion. Sie stellt sich vor, man habe ihn tatsächlich aus dem Gefängnis entlassen und er sei bereits heimgekehrt, in einem hellen Anzug mit gestreifter Krawatte.

Aber das Wunder endet beim nächsten Ticken der Uhr auf dem Kaminsims, denn die Gestalt ist zu groß und zu jung, und die Stimme – nun, sie erkennt diese Stimme, auch wenn das dazugehörige Gesicht von einem Schatten verdeckt ist. Sie bückt sich, hebt Virginias Foto auf und streicht mit der Hand über das Glas des Bilderrahmens, nicht weil es beschädigt ist, sondern weil sie nicht aufschauen möchte.

»Das Dienstmädchen hat mich eingelassen«, fährt Octavian fort, als sie nichts erwidert. »Ich dränge mich hoffentlich nicht auf.«

Sophie hebt nun doch den Blick und atmet verblüfft aus.

Die frühere Sophie hätte gelächelt. »Doch, genau das tun Sie.«

»Das tut mir leid.« Er greift nach seinem Hut, der auf dem Tischchen unter der Lampe liegt. »Wenn Sie es wünschen, werde ich selbstverständlich gehen. Aber Ihre Schwester hat mir mitgeteilt, dass Sie heute Nachmittag nach Hause kommen würden, und ich dachte – nun, ich dachte, dass ich seit Januar noch nicht die Gelegenheit hatte, mit Ihnen zu sprechen.«

»Ich glaube nicht, dass wir einander irgendetwas zu sagen haben.«

Er klopft sich mit der Hutkrempe sachte gegen die Brust. »Sophie – Miss Fortescue …«

»Faninal«, sagt sie kalt.

»Ich nehme an, Sie haben jedes Recht, mir böse zu sein. Aber Sie sollen wissen, dass all das – die Art und Weise, wie sich die Dinge entwickelt haben, was heute in diesem Gerichtssaal passiert ist –, das Letzte ist, was ich mir gewünscht habe. Wäre es mir möglich gewesen, hätte ich mein Wissen mit ins Grab genommen.«

Sophie richtet den Blick auf die rhythmisch klopfende Hutkrempe, das nervöse Zucken seiner Fingergelenke. Ihre Augen gewöhnen sich zunehmend an das dämmrige Licht, sodass sie immer mehr Details erkennen kann, eines nach dem anderen: Sein Anzug ist grau, die Streifen auf seiner Krawatte sind blau, die akkuraten Bügelfalten lasch geworden durch die Hitze. Sie findet, dass seine Finger noch gebräunter aussehen als früher, doch ansonsten sind sie ihr vertraut bis auf das kleinste Haar, die halbmondförmigen Fingernägel – weit mehr vertraut als der Raum, in dem sie jetzt stehen, mehr als das Haus selbst. Außer, dass sie sich bewegen, die Finger, und unruhig auf den Hut trommeln, eine äußerst seltsame Darbietung.

»Das weiß ich«, flüstert sie.

Die Finger hören auf zu trommeln, der Hut verharrt vor der Brust. »Das habe ich gehofft.« Eine gedankenschwere Pause, dann: »Ich habe es gewusst.«

»Natürlich weiß ich das. Trotzdem kann ich Ihnen nicht verzeihen.«

»Nein. Ich nehme an, das ist nur fair.«

Er dreht den Hut, setzt ihn auf und nimmt ihn wieder ab. Eine bizarre Geste. Sophie dagegen hat das Gefühl, sich in Stein zu verwandeln. Wenn sie sich bewegen will, wenn sie einen Schritt auf ihn zu oder von ihm weg machen will, wenn sie sich umdrehen will, um die Vorhänge zu öffnen und das heiße Sommerlicht in den Raum zu lassen, ist ihr das nicht möglich. Sogar ihre Augen schaffen es nicht zu blinzeln.

»Was heute vor Gericht passiert ist …«, platzt er heraus.

»Nein! Ich möchte nicht darüber reden.«

»Ich möchte lediglich anmerken, wie schockiert ich war. Ich dachte, die Dinge würden einen anderen Verlauf nehmen. Wir gingen alle davon aus, dass der Gärtner der Täter war. Die Anwälte Ihres Vaters haben brillante Arbeit geleistet …«

»Bitte, Octavian.« Sophie hebt erschöpft die Hand, die Handfläche nach vorn gerichtet. »Ich darf gar nicht daran denken.«

»Sophie …«

»Bitte, Octavian. Mr. Rofrano.«

Octavian streicht sich mit den Fingern über den Kopf, überrascht, dass er dort seinen Hut nicht findet. Seine auf Hochglanz polierten schwarzen Schuhe sind so ausgerichtet, als wollten sie ihn umgehend zur Tür bringen, sollte sie ihn darum bitten zu gehen, wohlwissend, dass er keinen Grund hat, hier zu stehen. Kein Recht hat, hier zu stehen. Und sie *sollte* ihn bitten zu gehen. Sie *wird* ihn bitten zu gehen. In wenigen Sekunden, sobald sie ihre Bitte vortragen kann.

»Was werden Sie jetzt tun?«, fragt er.

»Ich weiß es nicht. Mein Vater ist gerade eben des Mordes an meiner Mutter verurteilt worden, von einem unvoreingenommenen Geschworenengericht. Er hat nicht vor, Einspruch zu erheben. Ich nehme an, dass man in Kürze das Todesurteil verkünden wird. Wir sollen uns zur Verfügung halten. Die Anwälte werden mich zweifelsohne anrufen, wenn ich gebraucht werde.«

»Aber Sie können hier unmöglich allein bleiben!«

»Warum nicht? Die Angestellten sind doch da.« Endlich setzt sie sich in Bewegung und lässt sich aufs Sofa fallen. Es kommt ihr erstaunlich luxuriös vor, auf einem Sofa zu sitzen anstatt auf einer harten Bank. Sie atmet tief ein. Die Luft schmeckt nach Staub. Anscheinend wurden die Sofakissen nicht so gut gepflegt wie die glatten Oberflächen. »Überhaupt – ich habe die Leute satt. Solange ich lebe, möchte ich mit keinem Menschen mehr reden.«

»Das tut mir leid.« Er setzt seinen Hut auf, diesmal mit Bedacht, dann entfernt er sich ein paar Schritte von dem Sessel. »Ich hätte nicht kommen sollen. Ich lasse Sie jetzt in Ruhe.«

»Nein!«

Er bleibt stehen.

»Es tut mir leid. Ich meine, Sie können natürlich gehen, wenn Sie möchten. Wenn Sie gehen müssen.«

»Möchten Sie, dass ich bleibe?«

Jetzt, da sie sich daran gewöhnt hat, kommt ihr der Raum nicht länger kühl vor. Eine unerträgliche Wärme steigt ihr in die Schläfen. Ihre Finger, über den Knien gegeneinandergedrückt, kleben vor Feuchtigkeit. Sie stellt sich ein Glas Limonade vor, groß, mit Eiswürfeln, das in ihrer Hand schwitzt. Sie stellt sich den Frühling vor, den sie verpasst hat, die Tulpen, die sie nicht bemerkt hat, den blauen Himmel, der alle anderen erfreut hat – nur sie nicht.

»Ich … ich weiß es nicht.« Sophie blickt endlich auf, sieht Octavian ins Gesicht. Er ist sonnengebräunt und wirkt abgespannter und hagerer denn je, aber seine Augen sind groß und sanft und voller Mitgefühl. *Echtem* Mitgefühl. Es geht hier nicht um das künstliche Mitleid, das die Gesichter all dieser Leute im Gerichtssaal verzerrt, wenn sie ihr verstohlene Blicke zuwerfen, ihr, der tragischen Tochter des Angeklagten. Ein Mitleid, das in Wirklichkeit Neugier und Morbidität geschuldet ist, so wie man Mitleid empfindet für jemanden, der von einem Straßenbahnwagen erfasst wurde, oder für jemanden zwei Häuser weiter, der eines jener schrecklichen Telegramme vom Kriegsministerium erhält. Ein Mitleid, das ihr Übelkeit verursacht.

Aber Octavians Mitgefühl verursacht ihr keine Übelkeit. Sein Mitgefühl zeigt ihr, dass er versteht, was sie durchmacht, und macht den gefährlichen Zustand ihrer Nerven wett. Octavians Mitgefühl lässt das Blut in ihren Adern rauschen und ihr Herz doppelt so schnell schlagen. Rastlos. Verwegen. Sie möchte fragen: »Wo ist Mrs. Marshall?«, doch stattdessen zuckt sie die Achseln. »Wenn Sie bleiben *möchten* …«

»Nein. *Hier* möchte ich nicht bleiben.«

»Dann sollten Sie gehen.«

Er streckt die Hand aus. »Aber Sie sollten auch nicht hierbleiben. Kommen Sie mit mir.«

Sophie fängt an zu lachen, schrill und hysterisch. »Ich soll mit *Ihnen* kommen?«

»Warum nicht?«

»Nach dem, was beim letzten Mal passiert ist?«

»Nichts ist beim letzten Mal passiert. Nichts wäre anders, wenn wir nicht gefahren wären.«

»Aber es war falsch von uns. Ich hatte Jay, und Sie hatten – nun, Sie hatten auch jemanden. Ich habe mir etwas vorgemacht, als ich mir einredete, wir würden bloß eine unschuldige Spritztour unternehmen, aber die Spritztour war nicht unschuldig. *Ich* war unschuldig, das ist alles.«

Aber Octavian schüttelt den Kopf. »Sie sind immer noch unschuldig, Sophie. Sie wissen nicht, was Bestechung ist, und das ist der Grund, warum nichts Falsches an dem war, was wir getan haben. Nichts Falsches daran *ist.*«

Die Festigkeit seiner Stimme bringt sie ins Wanken.

»Kommen Sie«, drängt er und streckt ihr einladend die Finger entgegen. »Sie könnten ein bisschen frische Luft gebrauchen.«

»Aber es gibt keine frische Luft, nicht zwischen hier und dem Äquator.«

Trotzdem steht sie auf, und nach einem Moment des Zögerns legt sie die unbehandschuhte Hand in Octavians unbehandschuhte Hand, und es stellt sich heraus, dass sie trotz der Festigkeit seiner Stimme genauso feucht ist wie ihre. Er hat genauso viel Angst wie sie.

ALS SIE UNTERWEGS SIND und mit dem ihr inzwischen so vertrauten Ford durch die Thirty-Second Street in östliche Richtung rollen, fragt Sophie aus reinem Pflichtgefühl: »Wo ist Mrs. Marshall?«

»Ich nehme an, Theresa ist zu Hause im Apartment.«

»In ihrem Apartment oder in Ihrem, Octavian?«

Er bremst den Wagen ab, als sie die Kreuzung erreichen,

wo die Second Avenue die Thirty-Second Street quert. »In ihrem.«

»Weiß sie, wo Sie sind?«

»Ja. Ich habe ihr gesagt, dass ich nach Ihnen sehen werde. Mich vergewissern möchte, dass es Ihnen gut geht, nach allem, was heute passiert ist.«

»Was hat sie gesagt?« Sophie lässt nicht locker.

»Wenn Sie wissen wollen, ob es ihr etwas ausmacht, dass wir heute zusammen sind, dann lautet die Antwort vermutlich ja. Aber sie versteht das. Sie hat mir beigepflichtet, dass ich gehen soll.«

»Verstehe. Wir haben also ihre Erlaubnis.«

»So ist das nicht.«

»Doch, das ist es.«

Octavian verstummt. Er will nicht mit ihr streiten, denkt sie, aber vielleicht versteht er, warum sie gern streiten möchte. Warum sie auf einen Streit aus ist. Sophie dreht den Kopf und betrachtet die vorbeigleitenden Häuser, die kleinen, gestreiften Markisen über den Geschäften, den Asphalt, der in der Sonne glänzt. Die Blätter an den Bäumen sind noch hell und neu, doch sie wirken schon jetzt schlaff vor Erschöpfung. Der Sommer hat zu früh begonnen. Der Luftzug weht Sophie heiß ins Gesicht, bringt den Geruch von Abgasen und Fäulnis mit sich. Sie hält ihre Hutkrempe fest, damit ihr Gesicht im Schatten bleibt.

»Wohin fahren wir?«

»Nach Long Island. In ein Örtchen, das ich kürzlich besucht habe. Ich hoffe, es wird Ihnen gefallen.« Er spricht laut, um den Wind und das Dröhnen des Motors zu übertönen, und Sophie denkt, wie albern es ist, albern und unverantwortlich, mit dem Verlobten einer anderen Frau nach Long Island zu fahren. Man muss sich ja nur ansehen, wozu so etwas beim letzten Mal geführt hat.

Aber das war eine andere Sophie, ein anderes Mädchen, unschuldig, unversehrt. Diese Sophie hat so viel weniger zu verlieren.

SIE FAHREN ÜBER DIE BROOKLYN BRIDGE. Durch das Gewirr der Straßen von Brooklyn, dann durch die ordentlichen Reihen von Queens und hinaus ins freie Feld, wo die Luft frischer riecht, sauberer. Sophie hat das Interesse an jedwedem Ziel verloren. Ganz gleich, wohin er mit ihr fährt, sie möchte nie dort ankommen. Einfach nur fahren und fahren, den Wind im Gesicht spüren, die ausgedehnte, angenehme Stille zwischen ihr und ihrem Fahrer.

Vielleicht bringt er sie zum Strand. Vielleicht bringt er sie in ein Hotel am Meer. Vielleicht beginnen sie eine Affäre, diskret und verrucht, die ein böses Ende nehmen wird, wie in einem modernen Roman. Sophie schert das nicht. Ihr Vater hat heute Morgen vor Gericht gestanden und sein Urteil entgegengenommen: vorsätzliche Tötung, sprich: Mord. Das Opfer dieses blutigen, grausamen Verbrechens: ihre eigene Mutter. Warum um alles in der Welt sollte sie sich jemals wieder um irgendetwas Gedanken machen? Der Schock. Gestern wurden die Plädoyers gehalten, die Verteidigung zeigte erneut, wie sorgfältig sie Gegenbeweise für die Staatsanwaltschaft zusammengetragen hatte. Die Geschworen sollten sich voller Zweifel zur Beratung zurückziehen, die Zeitungen über die blassen und dennoch optimistischen Gesichter der Angeklagten und seiner Familie berichten. Der Freispruch hing förmlich in der Luft.

Und jetzt das. Wegfahren, einfach weg, ganz gleich, wohin, solange das Ziel nur eine ganze Welt weit entfernt ist von dem stickigen Marmorgerichtssaal, von den endlosen Reihen von Menschen, die wissen wollen, wie es ihnen geht.

»Halten Sie den Wagen an«, sagt sie.

»Wie bitte?«

»HALTEN SIE DEN WAGEN AN!«

Er geht vom Gas und tritt auf die Bremse, und der Ford kommt schlingernd an der Straßenseite zum Stehen. Sophie reißt die Tür auf, springt von ihrem Sitz, weg vom Geruch des Motors, dem heißen Leder, kneift die Augen zusammen und pumpt die Lunge voll Luft. Als sie die Lider wieder öffnet, stellt sie fest, dass sie am Rand einer Weide steht, ein kleines Stück von einem alten Lattenzaun entfernt. Das Gras ist saftig grün, satt von einer Reihe jüngst niedergegangener Regengüsse. Etwa fünfzig Meter dahinter grasen zwei Pferde in einer Art fiebrigem Delirium, zupfen Maul um Maul voll weicher Halme aus der Erde. Eines ist ein Brauner, das andere ein leuchtender Fuchs. Ihre Schweife wischen in einem seltsamen, unvorhersehbaren Rhythmus, der Sophie an den Offbeat einer Jazzband vor langer Zeit erinnert, die Fliegen weg.

Sie legt ihre Hände auf die oberste Latte, und nach und nach verschwindet ihre Panik, verschwindet in den langen, zuckenden Schweifen und dem im Leerlauf knatternden Motor hinter ihr.

Octavian tritt neben sie. Ein Zipfel seiner Jacke streift ihren Ärmel. »Sehen Sie sich diese fetten, glänzenden Viecher an.«

»Sie sind im Himmel. All das herrliche Gras!«

Er steckt die Hände in die Hosentaschen und stellt einen Fuß auf die untere Latte. »Das hat mich fast umgehauen, verstehen Sie? Von oben aus der Luft konnte man die Streitkräfte sehen, die zerstörten Städte und die Schützengräben, die Bombenkrater und das schlammige Feld dazwischen. Und dann, ein paar Meilen entfernt, Weiden wie diese. Grasende Kühe. Nicht viele Pferde; die Streitkräfte haben jedes bedauernswerte Ross mitgenommen, das ihnen in die Finger fiel. Aber Kühe und ganze Stallhöfe voller Gänse und Schweine; und auf den Feldern wuchs das Getreide. So friedlich, wie man es sich nur vorstellen kann, und trotzdem hörte man die Panzer kreischen und das Donnern der Geschütze.«

»Es muss seltsam gewesen sein, über ein solches Schlachtfeld zu fliegen.«

»Ja. Wenn man in einem Schützengraben liegt, erkennt man keinen Zusammenhang. Überall sind Gänge, Schlamm und Ratten, überall herrscht Chaos. Doch von der Luft aus erkennt man das Muster. Man sieht, was für ein Wunder all das ist. Vor allem die deutschen Reihen. *Verdammt* bewundernswert. Eine bemerkenswerte Zurschaustellung menschlichen Genies, wenn es hart auf hart kommt, wenn das eigene Leben auf dem Spiel steht. Und von dort oben sah alles so friedlich aus. Wie ein Spiel, wie ein bizarres Picknick. Man konnte sich nicht vorstellen, dass dort unten Menschen getötet wurden.«

»Bis der feindliche Flieger einen aufs Korn nahm, vermute ich.«

»Ja, dann war alles nur noch Wahnsinn.«

Hinter ihnen beginnt der Motor zu stottern, setzt einen Takt aus, knattert weiter und verstummt. Eines der Pferde – der Fuchs – hebt den Kopf, als hätte er sie gerade erst bemerkt. Er bleibt ganz ruhig, abgesehen von dem gelegentlichen Schweifzucken, und betrachtet sie mit einer satten, braunäugigen Gelassenheit, bevor er seine Aufmerksamkeit wieder auf die üppige Weide richtet.

»Und anschließend«, fährt Octavian fort, »landete man wieder, mehrere Meilen hinter den feindlichen Linien, umgeben von ebenden Farmen, die man von oben betrachtet hat, und man konnte nicht glauben, dass man noch am Leben war. Das alles war völlig irreal. Die Mechaniker brachten den Flieger zurück in den Hangar, reparierten alles, was getroffen oder beschädigt worden war, und ich suchte meinen Commander zum Rapport auf. Berichtete ihm, wenn ich etwas Außergewöhnliches bemerkt hatte, wer umgekommen war, ob ich jemanden umgebracht hatte. Was genauso irreal war. Und dann, wenn ich wegtreten durfte, wenn der Großteil meines Geschwaders ins Kasino ging und sich betrank, brach ich zu Spaziergängen auf. In Frankreich gibt es diese langen, geraden weißen Straßen, von Bäumen beschattet. Ich betrachtete die Tiere, die Frauen und Kinder, die ihren Pflichten nachgingen, und fühlte mich wie ein Außerirdirscher. Als würde ich nicht länger in diese Welt gehören, in die Welt der Felder und Kühe und Frauen und Kinder. Trotzdem gefiel es mir, sie zu beobachten. Es gab mir das Gefühl, dass es noch Normalität gab, dass immer noch Dinge wuchsen und gediehen, auch wenn ich nicht mehr dazugehörte.«

»Ja«, stößt Sophie hervor wie einen Schluchzer, und er nimmt die Hände aus den Hosentaschen, legt einen Arm um sie, und sie birgt das Gesicht an seiner Schulter, aber sie weint nicht. Ihre Augen bleiben trocken, als sie dort am Zaun stehen, vereint in wechselseitigem Verständnis, und dieses Verständnis erleichtert sie ebenso wie das unregelmäßige Schweifzucken der Pferde, die nun Kopf an Rumpf nebeneinander auf der Weide stehen und einander die Fliegen vom Leib wischen oder das, was sie sonst noch so plagt.

INZWISCHEN HAT SOPHIE EINE VERMUTUNG, wohin Octavian mit ihr fährt, und sie soll Recht behalten. Er stellt den Ford auf einem Sandparkplatz ab, in einer ordentlichen Reihe mit mehreren anderen Fahrzeugen, und zieht die Handbremse an.

»Hierher ist das Geschwader zum Abschlussmanöver gekommen, vor ungefähr einer Million Jahre«, sagt er. »Ich bin damals fast gegen die Klippe da drüben geprallt. Jetzt ist das hier ein Zivilflugplatz. Ein Teil davon soll zu einem Golfplatz umgestaltet werden, gleich dort hinten, neben der Straße.«

»Können wir mal rüberschlendern?«

»Das hatte ich vor.«

Er stellt den Motor aus und steigt aus dem Wagen. Anstatt darauf zu warten, dass er um die Motorhaube herumgeht und ihr die Tür öffnet, stößt Sophie selbst die Tür auf, springt heraus und streicht sich die zerknitterte Kleidung glatt. Sie trägt noch immer die Sachen, die sie im Gerichtssaal anhatte – einen schlichten marineblauen Rock und eine hochgeschlossene elfenbeinfarbene Bluse, nur die zum Rock passende marineblaue Kostümjacke hat sie ausgezogen und auf den Rücksitz gelegt. Die Haare hat sie sich kurz über dem Nacken hochgesteckt, ihre Schuhe sind ebenso schlicht wie das Kostüm und haben flache Absätze. Der Hut, modisch klein, hilft nicht wirklich gegen die Sonne, deshalb beschirmt sie die Augen mit der Hand, als sie über das Feld blickt.

»Oh, das ist ja riesig!«

»Glauben Sie mir, früher war es noch größer. Es wimmelte nur so von Flugzeugen und Menschen. Kommen Sie, es wird langsam spät.«

Er nimmt ihre Hand und führt sie über den ausgefahrenen Feldweg zu den Hangars, eine Reihe weißer Tonnendächer, die über der freien Fläche aufragt. Aus der Luft leicht zu erkennen, denkt Sophie. Sie hört das tiefe Dröhnen eines Flugzeugs, und sie blickt gerade rechtzeitig auf, um zwei helle Flügel über ihnen fliegen zu sehen. Das Flugzeug neigt sich zur Seite, beschreibt eine Kurve und setzt zum Landeanflug auf der großen Grasfläche zu ihrer Rechten an. Sie bleibt stehen, um zuzuschauen. Sie hat noch nie zuvor ein Flugzeug landen sehen, und ihr Körper reagiert, als ginge es um Leben und Tod. Ihr Puls schießt in die Höhe, ihre Hand schließt sich um Octavians Finger. Der Flieger wirkt so zerbrechlich wie eine Motte. Sie stellt sich vor, wie ein einziger unvorhergesehener Windstoß ihn hilflos durch die Luft taumeln lässt. Ihr stockt der Atem. Die Maschine sinkt zu schnell, viel zu schnell, sie wird es niemals bis zur Landebahn schaffen, wird auf dem Gras aufsetzen.

Und dann berührt sie den Boden. Prallt davon ab, setzt erneut auf und rollt davon, bis das Motorengeräusch verstummt und ein weiteres Flugzeug am Himmel ihren Platz einnimmt Sophie dreht sich verblüfft zu Octavian um. »Ich dachte, die Maschine würde abstürzen. Wie geht das?«

»Ach, da ist nichts dabei, solange der Flieger intakt und das Wetter nicht allzu schlecht ist. Obwohl man mich um keinen Preis dazu bringen würde, so eine alte Schüssel wie die Vickers Vimy zu fliegen.« Er zieht an ihrer Hand. »Kommen Sie. Ich zeige Ihnen ein richtiges Flugzeug.«

ROOSEVELT FIELD. Benannt nach Präsident Roosevelts Sohn Quentin, der an einem schönen Sommertag bei der Luftschlacht über Frankreich ums Leben kam. »Haben Sie ihn gekannt?«, will Sophie wissen.

»Ja.«

Mehr sagt er nicht dazu. Er geht schnell, eilt ihr einen halben Schritt voraus, ohne ihre Hand loszulassen. Vor ihnen, am Ende der schmalen Fahrbahn, taucht die Reihe der schlichten, identischen weißen Hangars auf, die die schräg einfallende Nachmittagssonne einfangen. Sie sind um einiges größer, als sie ihr aus der Ferne erschienen waren. Jeder von ihnen trägt den Namen einer hoffnungsvollen Luftfahrtgesellschaft. Octavian schreitet an einer Reihe von glänzenden Doppeldeckern vorbei, deren Propellernasen erwartungsvoll in den Himmel ragen, und bleibt vor dem dritten Hangar von links stehen. Die Tore sind weit geöffnet, es herrscht eine entspannte, träge Atmosphäre, die Luft riecht nach Maschinenöl: der Geruch von Sophies Kindheit, der Geruch nach Erfindergeist und Entdeckung. In dem dreieckigen Fleckchen Schatten, den das Dach wirft, sitzt ein Mann auf einem Stuhl und liest Zeitung. RAUCHEN VERBOTEN steht auf einem großen Schild über seiner Schiebermütze. Er sieht auf, und sein tief gebräuntes Gesicht verzieht sich zu einem strahlenden, jungenhaften Lächeln.

»He, Mr. Rofrano! Was bringt Sie denn hierher?«

»Tag, Taylor. Miss Fortescue hier interessiert sich für Flugzeuge.« Octavian lässt sie los; und seine Hand schwebt, ohne ihre Kleidung zu berühren, unmittelbar über ihrem Kreuz in der Luft.

»Dann ist sie am richtigen Ort beim richtigen Mann. Möchten Sie, dass ich sie ein bisschen herumführe?«

»Tausend Dank«, erwidert Octavian. Seine Stimme trieft vor Ironie. »Ich denke, das kriege ich schon allein hin. Steht die neue Curtiss drinnen?«

»Nein, sie ist gleich dort drüben.« Taylor deutet mit dem Kinn auf eine Reihe von Doppeldeckern. »Wollen Sie sie zu einer kleinen Spritztour mitnehmen?«

»Vielleicht später. Sophie?«

Sie folgt ihm in den Hangar. Der Fußboden besteht aus

festgetretener Erde, die Fenster sind verstaubt und lassen nicht viel Licht herein. Die Sonne hat den ganzen Tag geschienen, und ohne ein kühlendes Lüftchen hat Sophie das Gefühl, einen Backofen zu betreten. Außer dass sich darin Flugzeuge statt Brote befinden – zwei, um genau zu sein, an denen jeweils mehrere schweißbedeckte, ölverschmierte Mechaniker in Jeans und sonst nichts arbeiten.

Sophie bleibt stehen und schlägt die Hand vor den Mund. »Ach du liebe Güte.«

»Was gibt's? Ach so.« Octavian lacht. »Ich nehme an, das Ganze hier ist etwas männerlastig. Ich hoffe, es macht Ihnen nichts aus?«

»Selbstverständlich nicht.«

Ihre Antwort erfolgt etwas zu laut, was dazu führt, dass sich alle Männer gleichzeitig erstaunt zu ihr umdrehen, die Hände an den Flügeln und Motorteilen. Jemand pfeift, allerdings so leise, dass es beinahe anerkennend klingt, ein anderer murmelt etwas, was Sophie nicht hören kann.

»Sag das noch mal«, schnauzt Octavian, ohne seinen Schritt zu verlangsamen, »und ich knipse dir das Licht aus.«

Gelächter brandet auf, das freudige Johlen glücklicher Menschen, wie Sophie voller Wehmut feststellt, einer Gruppe von Kollegen, die zusammengehören wie das Getriebe einer Maschine. Es ist das Geräusch von Zielstrebigkeit, das auch Octavian kennt, denn er pfeift leise, als er sie zu einer Tür an der Rückseite der Halle führt, zu einem kleinen, stickigen Büro mit einem nach Norden gehenden, klemmenden Fenster, das er gewaltsam öffnet. »So ist es schon besser«, sagt er, setzt seinen Hut ab und wirft ihn auf eine Ecke des großen, schlichten Schreibtischs, auf dem sich jede Menge Papiere stapeln. Der Raum riecht nach Bleistiftspänen.

»Aber die Flugzeuge stehen doch draußen«, sagt Sophie.

Er sieht vom Schreibtisch auf. »Wie bitte?«

»Sie wollten mir ein richtiges Flugzeug zeigen, oder nicht?«

»Ja.« Er hält einen gebündelten Stapel Papiere in die Höhe. »Genau hier.«

»Hier?«

»Das Flugzeug, das ich entwerfe. Geschlossene Kabine, Sechssitzer. Aluminiumgehäuse. Zwei Motoren an den Tragflächen. Ist es nicht schön?«

Sophie rauscht das Blut in den Adern. Sie tritt zu ihm an den Schreibtisch, starrt auf das Bild auf der obersten Seite, betrachtet den eleganten Vogel, bleistiftschraffiert, versehen mit gestochen scharfen Anmerkungen in Großbuchstaben. Sie blättert die Seite um zur Vorderansicht. »Das haben Sie entworfen?«

»Ja. Im Augenblick bin ich bei der Bank beurlaubt – zu verrufen, befindet mein Vorgesetzter unumwunden –, daher komme ich stattdessen hierher.«

Sie sieht auf in ein Gesicht, das sie so nicht wiedererkennt – ein Octavian, der sich von einem ausgehungerten in einen satten Menschen verwandelt hat. Seine Augen blicken warm und glücklich. »Sind Sie meinetwegen beurlaubt worden?«

»Nicht Ihretwegen. Wegen der ganzen Sache.«

»Also doch meinetwegen.«

Er wendet sich wieder der Zeichnung zu. »Wie dem auch sei, ich hatte etwas zu tun. Ich konnte nicht einfach nur nutzlos und gelangweilt in der Stadt herumgammeln. Deshalb habe ich über das nachgedacht, was Sie an jenem Abend auf der Heimfahrt vom Christopher Club zu mir gesagt haben.«

Sophie blinzelt, als ohne Vorwarnung die Erinnerung über sie hereinbricht, mit einer solchen taghellen Klarheit, dass es schmerzt. »Tatsächlich? Was habe ich denn gesagt?« Als würde sie sich nicht mehr daran erinnern!

Octavians Hand streicht über das oberste Blatt, glättet die aufgestellten Ecken. »Sie sagten, ich könne doch nicht einfach dem, was ich am meisten liebe, den Rücken kehren.«

»O ja, das stimmt.« Sie lacht leise. »Wie albern und unreif von mir.«

»Sie sagten – und ich kann noch genau Ihre Stimme hören –, Sie sagten, es müsse einen Grund dafür geben, warum ich das Fliegen so sehr geliebt habe, und dass dieser Grund noch immer in mir verborgen sei und nur darauf warte, wiederentdeckt zu werden.«

»Sie haben ein exzellentes Gedächtnis.«

Er greift nach einem Bleistift und nimmt eine minimale Veränderung an einem der Striche vor. »Ich erinnere mich an alles, was Sie je zu mir gesagt haben.«

Sie könnte erwidern: »Wie schmeichelhaft« oder etwas ähnlich Oberflächliches, Kokettes, Desinteressiertes. »Ich verstehe: charmant wie immer.«

Dabei versucht er gar nicht, ihr zu schmeicheln, das hat er nie getan. Zudem ist er nicht annähernd so charmant, wie Jay es war, also schweigt sie einfach. Dann legt sie die Finger um seine Hand und nimmt ihm den Bleistift weg.

»Wissen Sie, was ich gern tun würde?«

»Nein.«

»Ich würde gern fliegen.«

SOPHIE HÖRT NICHT AUF, daran zu denken, nicht bis sie sich tatsächlich hinter Octavian anschnallt und auf den dünnen goldenen Streifen Haut zwischen seiner Lederkappe und dem Jackenkragen starrt und es zu spät ist.

Die zweisitzige Maschine rollt mit beängstigendem Schwung zum Ende des grasbewachsenen Felds, nicht weit von dem geparkten Ford entfernt. Sie beugt sich vor und versucht, ihm ins Ohr zu schreien: »Stopp! Ich habe meine Meinung geändert! Das Ganze ist ein großer Fehler!«, aber ihre Kehle ist wie zugeschnürt, die Worte wollen nicht darin aufsteigen. Die festen Drillichgurte halten sie zurück. Sie streckt den Arm aus, um Octavian an der Schulter zu fassen und zu schütteln. Er dreht sich um, hebt die Hand, den Daumen nach oben, und lächelt. Seine Augen sind hinter seiner Fliegerbrille verborgen. Das Brummen des Motors lässt sie an ein riesiges, aufdringliches Insekt denken, das unmittelbar neben ihrem Ohr vorbeisurrt.

Ach du lieber Himmel!

Wie dumm von ihr. Wie ungeheuerlich dumm. Octavian kommt gar nicht auf die Idee, dass sie umkehren möchte, so begeistert, so beharrlich hat sie auf diesen Flug bestanden, hat ihn förmlich zu der Reihe von Doppeldeckern geschleift. Sie hat seine Hand genommen und sich fröhlich von ihm auf den Sitz helfen lassen. In ihrem neu entdeckten Leichtsinn hat sie gedacht, es sei ihr schnurzpiepegal, was mit ihr passiert. Es würde ihr nichts ausmachen, wenn ihr etwas zustößt. Doch es stellt sich heraus, dass ihr das sehr wohl etwas ausmacht. Sie will leben! Aber Octavian scheint die Panik in ihrem Gesicht mit Begeisterung zu verwechseln. Er tätschelt ihre Hand, die seine Schulter umklammert, und wendet sich wieder der Steuerung zu, und sie fragt sich, wie er überhaupt das Flugfeld vor ihnen sehen kann, wenn die Nase des Fliegers derart in die Höhe ragt. Sie betrachtet den sich drehenden

Propeller vor dem blauen Himmel, betrachtet eine Wolke, die die Form einer Katze annimmt. Oder ist es ein Zebra? Der Flieger macht eine scharfe Wende, und Sophies behandschuhte Hand krampft sich um die rutschige Metallkante des Cockpits. Sie schließt die Augen.

Doch auch so kann sie das Gefühl der Bewegung nicht ausblenden, den zunehmenden Schwung. Kann den Luftzug auf ihren Wangen nicht ausblenden, genauso wenig wie den kreischenden Motor, das Hüpfen der Maschine, die dem Himmel entgegenstrebt. Sie öffnet die Augen in dem Augenblick, in dem das Hüpfen aufhört und ihr Magen nach unten rutscht; ihr Oberkörper sackt schwer nach hinten, ihr Gesicht blickt nach oben, ihr Kopf dreht sich.

Du fliegst, denkt sie. *Du fliegst!*

Und das tut sie. Das Flugzeug ist solide, der Motor brummt gleichmäßig. Die Tragflächen tragen sie stetig der Sonne entgegen. Als sie den Mut findet, den Kopf zu drehen, sieht sie, wie sich ihr der gesamte Horizont eröffnet, sieht ganz Long Island, das Flickwerk der Farmen im Dunst, den schmalen gelben Strand, den Streifen tiefblauer See. Die weißen Punkte der Segelboote, die grauen Flecken der Handelsschiffe. Die ganze Welt in kunstvoller, faszinierender Miniaturausführung.

Das Flugzeug legt sich nach links, sie fliegen Richtung Ozean, neigen sich ein Stück weit zur Erde, gewinnen wieder an Höhe. Eine weitere Welle der Panik durchflutet sie. Aber das hier ist Octavian, ruft sie sich vor Augen. Wenn man schon fliegen will, sollte der Pilot ein Ass sein, ein Mann, der feindliche Fokkers unter Beschuss genommen hat und selbst beschossen wurde, der seine Maschine bei jedem Wetter geschickt durch die verschiedenen Kriegsfronten geflogen hat und der mit Sicherheit auch ein gut gewartetes Zivilflugzeug an einem ruhigen Sommernachmittag unter Kontrolle halten wird.

Vertrau der Maschine, ermahnt sie sich. Maschinen lassen einen nicht im Stich, solange man sie richtig behandelt.

Die Luft hier oben ist kühler, und sie ist froh um die Jacke, die ihre Schultern bedeckt. Octavian hat darauf bestanden, dass sie sie trägt. Sie hat sich komplett geirrt. Sie dachte, sie würden im warmen Sonnenschein baden, der Himmel wäre windstill und friedlich. Doch der Luftzug drückt gegen ihre Ohren und gegen die Seiten des Flugzeugs, der Motor dröhnt. Die Flügel richten sich zu einer Ebene aus. Der Sonne nach zu urteilen, fliegen sie nach Südosten. Unter ihnen werden die Felder kleiner, gehen über in Gärten und Parks. Es gibt mehr Gebäude, mehr Straßen. Sie will Octavian fragen, wohin sie fliegen, doch wenn sie spricht, kann sie nicht einmal ihre eigene Stimme hören. Die Worte verschwinden ungehört im Wind hinter ihnen.

Sie hören auf zu steigen, gleiten in angenehm gleichmäßiger Geschwindigkeit dahin. Inzwischen hat sie sich an das Fliegen gewöhnt, es kommt ihr fast normal vor. Sophies Bauchmuskeln entspannen sich langsam. Sie blickt über den Rand der Maschine und ist verblüfft, wie schnell sie vorankommen. Sie hätte ihm vor dem Abflug so viele Fragen stellen sollen, aber sie hat sich von ihrem eigenen Leichtsinn davontragen lassen, von ihrer festen Entschlossenheit, etwas Gefährliches, Verbotenes zu tun. Jetzt ist der Wahnsinn vorüber. Es gibt keine Gefahr. Brooklyn kommt in Sicht, der Prospect Park, dann eine Anhäufung hoher Gebäude und die Fabriken und Schlote nahe der Küste, die ihre giftigen Dämpfe ausstoßen. Dort drüben liegt der Navy Yard, eine Militärschiffswerft. Zwei

Schlachtkreuzer liegen im Dock. Sie sehen aus wie Spielzeugschiffe oder die Modelle, die bei dem traditionellen Schifffahrtsunternehmen Cunard ausgestellt waren, als die Familie Fortescue im vergangenen Jahr die Transatlantikpassage nach Europa buchte. Vor einer ganzen Ewigkeit.

Octavian nimmt die Hand von der Steuerung und deutet nach rechts. Gehorsam folgt Sophie seinem Blick – und da ist es! Manhattan! Das langgezogene, wimmelnde, arbeitsame Manhattan, vollgepackt mit grauen Gebäuden in einem wellenförmigen Muster, höher an der Spitze, dann flacher und im Zentrum wieder höher. Drei Brücken spannen sich über den East River, auf dem jede Menge Schiffe unterwegs sind, in der Sonne glitzernd. Weiter nördlich sieht sie die Queensboro Bridge, leicht verschwommen im sommerlichen Dunst, nicht länger erhaben, sondern winzig. Von hier oben aus kann man den Schmutz, den Rauch und den Müll nicht sehen. Man kann kein freies Flecken entdecken und nirgendwo auch nur einen einzigen Grashalm. Als würden die Gebäude auf dem Wasser treiben, und es gibt so viele davon, dass man meint, die ganze Insel müsse im Wasser versinken. Aber das tut sie nicht. Die Stadt streckt sich funkelnd und glänzend gen Himmel, ist unerschütterlich, unbezwingbar, für alle Ewigkeit.

Jetzt befinden sie sich über offenem Wasser und beschreiben einen langsamen Bogen rund um den New Yorker Hafen. Octavian streckt erneut den Arm aus, diesmal auf der linken Seite, und sie reißt den Blick gerade rechtzeitig von Manhattan los, um die Freiheitsstatue zu sehen, die sich wie ein Wunderwerk aus dem Hafenbecken erhebt, hell leuchtend vor dem dunklen Wasser. Das ist zu viel, denkt Sophie. Das ist zu viel Schönheit auf einmal,

Wunder über Wunder bricht über einen herein, bis man kaum noch Luft bekommt. Kaum noch denken kann.

Sie bringen den Bogen zu Ende und fliegen den Hudson River flussaufwärts. Nun versucht Sophie, sich auf die Details zu konzentrieren, sich ein ganz bestimmtes Gebäude herauszupicken und seine Fenster und Form zu betrachten, den Wassertank, der auf dem Dach befestigt ist, und sich auszumalen, wer wohl darin wohnt oder arbeitet. Irgendwo in diesem Gewirr liegt das Sterling-Bates-Gebäude, auf der östlichen Seite, und hier ist Greenwich Village mit Octavians Apartment und der vermaledeiten Flüsterkneipe, dem Christopher Club, mit dem diskreten, wohlmeinenden Barkeeper. Weiter nordöstlich befindet sich das Haus, in dem Sophie aufgewachsen ist, die Gegend, die sie kennt, wo ihr alles vertraut ist. Alles, was sie meinte zu kennen; die Kindheit, an die sie sich erinnert und die wohl doch ganz anders war. Jetzt kommen die Piers mit den Ozeanlinern, ihre Ankunfts- und Ablegestellen. Sie schließt die Augen. Das ist zu viel.

Octavian vor ihr fliegt stumm das Flugzeug, blickt hin und wieder zur Seite und korrigiert den Kurs. Eine Windböe erfasst sie, trägt sie für einen schwindelerregenden Moment in die Höhe, doch Octavian laviert sie durch diese schwierige Situation hindurch, ohne mit der Wimper zu zucken. Zum ersten Mal wird ihr bewusst, wirklich bewusst, dass ihr Leben in diesem Augenblick komplett in seinen Händen liegt. Dass sie ihm wieder einmal vertraut hat und dass dieser Vertrauensvorschuss eine echte Gefahr bedeutet, ein echtes Risiko. Vielleicht ist das der Grund, warum sie hier oben in der Luft mit ihm ist. Damit er sie beide zurück in den Januar fliegt.

Sophie streckt die Arme aus und fährt mit dem Daumen über den gebräunten Streifen unter der Lederkappe in

Octavians Nacken. Die Haut ist weicher, als sie erwartet hat, wärmer, und sie stellt fest, wie *froh* sie ist, dass er lebt, was für ein Wunder das Leben doch ist.

Dass die Welt von hier oben so viel mehr Sinn ergibt.

Kapitel 18

Eifersucht ist das Band, das bindet und bindet und bindet.

HELEN ROWLAND

THERESA

Stamford, Connecticut, ein, zwei Stunden früher

Wenn Sie mir im Sommer 1920 gesagt hätten, dass meine Affäre mit dem Jungen zwangsläufig hierherführen würde – zu dieser Tür mit der abblätternden Farbe und dem kaputten Türklopfer, im heruntergekommensten, am Wasser gelegenen Stadtteil von Stamford, Connecticut, wo ich den Besitzer anflehe, die Tür zu öffnen –, hätte ich erwidert, dass mir so etwas unvorstellbar ist.

Ich, Mrs. Theodore Sylvester Marshall aus der Fifth Avenue, habe noch nie zuvor in meinem Leben vor einer so schäbigen Tür gestanden, doch jetzt tue ich genau das, Gott weiß, warum. Ich habe einen Plan, oder zumindest den Ansatz eines Plans, und wenn Mr. Giuseppe Magnifico davon überzeugt werden muss – mit Flehen, Schmeicheln, notfalls mit Verführung –, dann muss Mrs. Marshall eben von ihrem hohen Ross absteigen und ihn verführen. Es ist nicht das erste Mal, dass ich meine Reize für einen übergeordneten Zweck einsetze.

Ich war noch nie zuvor hier, aber ich kenne die Adresse. Was glauben Sie, wer den kleinen Teufel ausfindig gemacht hat? Ich habe für diese Information ein ordentliches Vermögen an die Detektei Pinkerton bezahlt, und ich setze voraus, dass mich die Detektei Pinkerton – und El Magnifico höchstpersönlich – nicht enttäuschen. Das Problem ist, dass er sich in sein Loch zurückgezogen hat und ich mir alle Mühe geben muss, ihn daraus hervorzulocken.

»Also, Mr. Magnifico«, sage ich. »Giuseppe.« (Es klingt wie ein Schnurren, und zum Glück ist es so viel leichter, auf Italienisch zu schnurren.)

»Gehen Sie weg, Mrs. Marshall. Ich habe nichts zu sagen!«

»Aber sicher doch. Ich verspreche Ihnen, ich werde nicht zur Polizei gehen. Ich möchte lediglich die Wahrheit wissen.«

»Die Wahrheit ist nicht wichtig! Mr. Faninal ist schuldig. Die Geschworenen haben richtig entschieden.«

»Nein, Giuseppe. Wir wissen beide, dass das nicht stimmt.«

Er räuspert sich.

»Giuseppe. Sie wissen, dass Sie mir vertrauen können. Habe ich mich bislang nicht *exakt* an das gehalten, was ich Ihnen versprochen habe?« Ich mache eine Pause und klopfe mit den Fingernägeln gegen den Rand meiner Handtasche. Die Hitze ist hier in der Nähe des Wassers nicht ganz so schlimm. Vom Long Island Sound weht eine frische Brise herüber, die die stickige Luft in den Straßen angenehmer erscheinen lässt, die klebrige Hitze, die den Sommer in Manhattan so unerträglich macht und beinahe so schlimm ist wie in den Elendsvierteln der kleineren Städte. Im Augenblick sollte ich mich eigentlich in den Dünen von Windermere erholen. Ich sollte das angenehme Leben führen, mit dem der liebe Gott mich zu belohnen gedachte.

Wäre da nicht der Junge.

»Giuseppe«, sage ich, etwas unfreundlicher jetzt. »Ich werde die Polizei rufen müssen, wenn Sie nicht die Tür öffnen. Ich besitze Informationen, die ein ganz neues Licht auf diesen Fall werfen.«

»Der Fall ist geschlossen! Mr. Faninal hat seine Frau ermordet. Schluss. Aus. *Basta.*«

»Giuseppe. Wir wissen beide, dass das nicht stimmt.«

Neuerliches Räuspern.

»Na schön.« (Theatralisches Seufzen.) »Ich nehme an, mir bleibt keine andere Wahl, als den netten Inspektor Hopkins zu rufen. Er hat Sie schon einmal befragt, erinnern Sie sich? Ich bin mir sicher, er wird erfreut sein, wenn er erfährt, dass Sie ihn und das Gericht belogen haben. Sogar unter Eid, wenn ich mich recht entsinne.«

Ich höre ein leises Klicken, dann öffnet sich die Tür so ruckartig, dass ich in den Flur taumele, statt würdevoll hineinzuschreiten.

O ja. Der Junge hat eine ganze Menge zu verantworten. Verflixt.

FÜR DEN FALL, dass es Sie interessiert: Ich habe gelogen, was die Informationen anbetrifft. (Ich finde, ich habe in letzter Zeit wegen ziemlich vieler Dinge gelogen, habe Unwahrheiten verteilt wie Strümpfe in der Wohnung, abgestreift in der Hitze der Leidenschaft, wie es in Romanen so schön heißt.) In Wahrheit habe ich nichts in der Hand, gar nichts, aber ich bin der Meinung, dass mir Giuseppe Magnifico etwas schuldet, da ich für ihn – und obendrein für die Detektei Pinkerton – buchstäblich mein letztes Hemd gegeben habe.

Eintausend Dollar, um genau zu sein.

»Ich hab alles gesagt, was ich sagen kann«, nuschelt er.

Er hat offenbar wieder getrunken, was auch sein derangierter, sonst so prächtiger Schnurrbart zeigt. Dennoch mimt er den Gentleman, indem er eine riesige Tigerkatze vom Sessel scheucht, um mir einen Platz anzubieten. Ich bin zu sehr Dame, um abzulehnen.

»Vielen Dank«, sage ich und nehme auf der äußersten Kante Platz. »Wie dem auch sei – ich kann Ihnen leider nicht glauben. Ich habe den starken Verdacht, dass Sie noch immer etwas vor mir verbergen.«

»Es ist nichts Wichtiges, ganz bestimmt nicht. Außerdem wurde Mr. Faninal schuldig gesprochen.« Er spreizt hilflos die Hände. »Was können wir da noch tun?«

»Wir wissen beide, dass er die Tat nicht begangen hat, Guiseppe«, sage ich ernst. »Schon um der Gerechtigkeit willen sollten Sie unverzüglich handeln.«

Die Gerechtigkeit ist anscheinend nichts, was bei Mr. Magnifico Wirkung erzielt. Ich kann nicht behaupten, dass ich ihm das zum Vorwurf mache. Seine Vorgeschichte, das Gesetz betreffend, ist lang und kompliziert und wurde vor Gericht unendlich breitgetreten. Bei seinen Vergehen handelt es sich überwiegend um Bagatelldelikte, hinzu kommen gelegentliche Beleidigungen, eingeworfen zur Selbstverteidigung, aber Sie können mir glauben, mir ist absolut klar, dass dies nur die Straftaten sind, von denen wir Kenntnis haben. Er zuckt die Achseln und setzt sich auf einen Stuhl. Prompt springt die Getigerte auf seinen Schoß. Im Zimmer riecht es nach Essen, vermischt mit einem ganz speziellen ätzenden Geruch, der vermutlich von den Katzen herrührt, von denen es hier einige gibt.

»Ich tue ja, worum Sie mich bitten«, sagt er und streichelt der Katze mit trägen Bewegungen den Rücken. »Ich rede mit der Polizei, ich sage dem Gericht, was ich zu sagen habe. Es ist nicht meine Schuld, dass man Mr. Faninal verknackt hat. *Ich* habe seine Frau nicht umgebracht.«

»Er auch nicht«, werfe ich ein.

»Wieso sind Sie sich da so sicher?«

Ich beuge mich vor. »Ich bin es einfach, Mr. Magnifico. Außerdem geht Sie das nichts an. Sie kennen unsere Abmachung. Mr. Faninal muss freigesprochen werden – wenn nicht, können Sie den Rest Ihres Geldes vergessen.«

»Dann behalten Sie eben Ihr Geld!«

Vielleicht war es ein Fehler, dem Mann fünfhundert Dollar als Anzahlung zuzustecken, weil ihn die Schulden so sehr drückten, dass ich nicht widerstehen konnte. (Hinzukam, dass ich ihn loswerden wollte, denn einen Mann wie Giuseppe wünscht sich niemand länger als unbedingt nötig in seinem Salon.) Doch jetzt, da er von den dringlichsten Verbindlichkeiten befreit ist, scheint Giuseppe mein Geld anscheinend nicht mehr zu brauchen. Er ist kein gieriger Mann, das muss ich ihm lassen. (Zumindest nicht, was Geld anbetrifft.)

Und ob Mr. Faninal ein Mörder ist oder nicht, weiß ich genauso wenig wie Sie. Genau wie Mr. Magnifico interessiert es mich herzlich wenig, ob der Gerechtigkeit Genüge getan wird. Mrs. Faninal scheint mir ein ziemlich charakterloses Geschöpf gewesen zu sein, das keinerlei Kunst oder Tugend an den Tag legte bei all den willkürlichen, indiskreten Seitensprüngen. Auch wenn sie es natürlich nicht verdient hat, auf so brutale Art und Weise für ihre Sünden bestraft zu werden. Doch fünfzehn Jahre Gefängnis – in meinen Augen hat Mr. Faninal mit seinem Exil in dem Haus in der Thirty-Second Street bereits eine Art Gefängnisstrafe verbüßt, wenngleich in einem komfortablen Gefängnis – entsprechen sicher in keiner Weise dem zu erwartenden Urteilsspruch für das, wofür er von den

Geschworenen für schuldig befunden wurde. Die Franzosen bezeichnen eine solche Tat (vielleicht zu milde) als *crime passionnel* – »Totschlag im Affekt« oder vielmehr »aus Leidenschaft«. Ja, ein solcher Betrug, wie Mrs. Faninal ihn wiederholt begangen hat, kann einen normalen Mann tatsächlich um den Verstand bringen und zu höchst emotionalen Reaktionen verleiten.

Nichtsdestotrotz haben die verfluchten Geschworenen all unsere Pläne für einen Freispruch Faninals zunichtegemacht, und anstatt erleichtert aufzuatmen und sich den Sommer über nach Southampton zurückzuziehen, während sich die Anwälte mit meiner Scheidung abmühen und der Junge, frei von sämtlichen ritterlichen Verpflichtungen gegenüber der allzu hübschen Sophie, seinen Eintritt in den Stand der Ehe vorbereitet, atme ich Katzenhaare in einem stinkenden Haus in Connecticut ein und schlage mich – verzeihen Sie mir, wenn ich die Beherrschung verliere – mit dem wenig entgegenkommenden Mr. Magnifico herum.

Ich öffne den Mund, um ihm genau das mitzuteilen.

Doch der Mann überrascht mich.

»Sie wollen wissen, wer Mrs. Faninal ermordet hat?«, sagt er. »Fragen Sie die Mädchen. Die Mädchen wissen es.«

»Die Mädchen? Sie meinen die Faninal-Schwestern? Sophie und Virginia?«

Er verschränkt die Arme, lehnt sich gegen die Stuhllehne und nickt. Seine Augen blicken so stechend und finster, dass mir der Verdacht kommt, um meine fünfhundert Dollar betrogen worden zu sein. In meinem Bauch zuckt es, nicht zum ersten Mal in Mr. Magnificos Gegenwart, und ich lege eine Hand auf meine Tasche, in der eine kleine, doch durchaus wirksame Pistole verstaut ist.

Wir mustern einander, Auge in Auge, während die Tigerkatze mit der Nase gegen seine Hand stupst.

»Fragen Sie die Mädchen«, sagt er noch einmal, das ist alles, und mir bleibt nichts anderes übrig, als aus dem Sessel aufzustehen, der sofort von einer Katze in Beschlag genommen wird.

WAS MRS VIRGINIA FITZWILLIAM ANBETRIFFT, so kann ich mir kaum eine Meinung bilden. Seit jener desaströsen Party Anfang Februar habe ich nicht mehr mit ihr gesprochen, und – ich bin mir sicher, das wissen Sie bereits – sie ist nicht der Typ Mensch, der sich in einem vollen Gerichtssaal einem ältlichen Zaungast anvertraut.

Ich weiß, dass sie im Pickwick Arms Hotel in Greenwich abgestiegen ist, etwa eine halbe Stunde Fahrt über die Boston Post Road bis zum Gericht in Stamford. Die Patentprinzessinnen haben zu Beginn der Verhandlungen dort still und heimlich eine Suite bezogen, und dank der außergewöhnlichen Diskretion der Inhaber findet sich draußen keine Presse, selbst heute nicht, wofür ich dankbar bin.

Die Presse. Hatte ich die schon erwähnt? Diese alles fressenden, allgegenwärtigen Wichte mit ihren Blitzlichtern und aufdringlichen Fragen.

Ich hatte beinahe erwartet, dass zumindest einer von ihnen vor Mr. Magnificos gesundheitsschädigendem Domizil lungert, als ich zur Tür hinausschlüpfte, verfolgt von dem beißenden Gestank nach Katzenurin, aber am Bordstein stand Gott sei Dank nur Ox' verbeulter Packard, beäugt von einem heruntergekommenen Kerl, der auf der anderen Straßenseite an einem Strommasten lehnte.

Sie können sich vorstellen, wie eilig ich es hatte, den Motor anzulassen, von dort wegzukommen und hoffentlich nie mehr zurückkehren zu müssen.

Das Pickwick Arms in Greenwich ist schrecklich gediegen und unterscheidet sich deutlich von den glamourösen Grandhotels außerhalb der Stadt, die den Ehebrechern vorbehalten sind. Das Pickwick dagegen ist ein durch und durch gediegenes Haus. Es soll aussehen wie ein englisches Gasthaus zur Tudor-Zeit mit seinen Spitzdächern, der Fachwerkfassade und dem begrünten Vorplatz: das Vorstadtanwesen eines Börsenmaklers, wie es im Buche steht. Ich gehe davon aus, dass die Räume mit Chintz ausgestattet sind. Ich stelle Ox' Packard auf der kreisförmigen Zufahrt des Hotels ab, lasse den Zündschlüssel stecken und betrete die warme, nach Blumen duftende Lobby, wo ich meine Handschuhe ausziehe. Ein Page nähert sich mir mit tröstlicher Unterwürfigkeit. Haben Madam irgendwelches Gepäck?

Nein, hat sie nicht, teile ich ihm mit, aber sie wüsste es zu schätzen, wenn er eine Nachricht in die Suite bringen würde, die derzeit von Mrs. Fitzwilliam bewohnt wird.

Der Ausdruck des Pagen wechselt schlagartig von Unterwürfigkeit zu Misstrauen. Er schiebt sich die Mütze ein kleines Stück aus der Stirn, wodurch seine schmalen braunen Augen sichtbar werden. »Es tut mir leid, aber der Gast hat ausdrücklich darum gebeten, nicht gestört zu werden.«

»Mein lieber Junge«, sage ich, »sehe ich aus wie ein Reporter oder ein Mitglied der neugierigen Öffentlichkeit? Richten Sie Mrs. Fitzwilliam aus, dass Mrs. Marshall sie in einer privaten Angelegenheit sprechen möchte. Ich versichere Ihnen, sie wird bereit sein, mich zu empfangen.«

Der Page beißt sich auf die Unterlippe. Armer Kerl. Ich nehme an, er wurde bereits hinters Licht geführt; die Presse kann mitunter wahrhaft hinterhältig sein.

Ich klemme mir die Handtasche unter den Arm und sage, er könne die Angelegenheit gern mit dem Manager besprechen, ich würde unterdessen hier warten.

Hinter dem Empfang entbrennt eine diskrete, wenngleich lebhafte Diskussion, während ich auf einem Chintzsofa Platz nehme und das stille Kommen und Gehen vor der Pickwick-Kulisse beobachte. Heutzutage hat jeder ein Haus in Greenwich; das gehört sich anscheinend so, wenn man Pferde mag und Menschen, die Pferde mögen. Elsie Rockefeller erzählt, dass sich die Stadt immer mehr füllt mit Berufspendlern, die jeden Tag den Zug nach New York nehmen und dafür Frau, Kinder und einen treuen Jagdhund in einem hübschen Haus mit vier Schlafzimmern und einem halben Morgen Grund zurücklassen. Manchmal beneide ich sie, diese gewöhnlichen Leute der akademischen Berufsstände. Gut möglich, dass sich der Ehemann in der Stadt nicht ganz korrekt verhält, gut möglich, dass die Ehefrau anfängt zu trinken, wenn die Kinder in der Schule sind und es für sie nichts zu tun gibt, außer dem Bridgeclub beizutreten, sich beim Wohltätigkeitskomitee zu engagieren oder das Esszimmer umzudekorieren. Aber liegt nicht genau darin eine gewisse Sicherheit? Die Grenzen des Lebens sind sauber definiert. Man wird nicht von absurden Leidenschaften für unangemessene Dinge geplagt. Man wird nicht in einen Mordfall verwickelt.

Oder vielleicht doch. Tja, vielleicht wirke ich absolut normal auf diese Damen in ihren Leinenkostümen, die durch die Lounge schlendern, genauso normal und korrekt, wie sie auf mich wirken. Ich nehme allerdings nicht an, dass eine von ihnen völlig immun gegen die Versuchung eines jungen Liebhabers ist. Heutzutage kann niemand mit Sicherheit sagen, dass er sich niemals scheiden lassen oder wahnsinnig oder ermordet werden wird. Niemand kann sagen, wer wer ist.

»Mrs. Marshall?« Es ist der Manager mit seinem biederen braunen Schnurrbart.

»Ja?«

»Mrs. Fitzwilliam bittet mich, Sie zu ihrer Suite zu begleiten.«

HOTELS ERINNERN MICH SEIT KURZEM – wie könnte es anders sein? – an den Jungen: im jetzigen Moment ein lästiger Effekt, da ich mir alle Mühe gebe, nicht an ihn zu denken. Der Junge beeinträchtigt meine gewohnte Finesse, die nötige Abgeklärtheit, mit der ich meine alltäglichen Angelegenheiten regele. Ausgerechnet in diesem Augenblick an den Jungen zu denken bedeutet, mich damit auseinanderzusetzen, dass er *seinen* Nachmittag damit verbringt, die schockierte, zutiefst bekümmerte Sophie zu trösten, vor allem aber damit, mir auszumalen, *wie* er das tut. Eine solche Vorstellung ist meiner Finesse nicht gerade zuträglich, wenn Sie verstehen, was ich meine.

So. Ich werde den Schauer aufgeregter Erwartung unterdrücken, der mich überfällt, als ich dem Manager, der mit einem grauen Anzug bekleidet ist, durch den Gang im vierten Stock des Pickwick Arms folge, und ich werde meine Gefühle für den Jungen unterdrücken, denn ich habe dringliche, *praktische* Angelegenheiten zu erledigen. Fakten zu klären, die meine volle Aufmerksamkeit erfordern. Dinge, die ich verfolgen muss.

Dass ich meinen Jungen Stück für Stück verliere, steht in keinerlei Bezug zu der Angelegenheit an sich.

Nachdem ich sie einige Wochen in dem beengten Rahmen dieses grauenhaften Gerichtssaals beobachtet habe, bin ich zu dem Schluss gelangt, dass Mrs. Fitzwilliam und ich wirklich gute Freundinnen sein könnten, wäre es uns möglich, uns über die grundlegende Unvereinbarkeit unser beider Charaktere hinwegzusetzen. Als ich eintrete, packt sie gerade eine Reisetruhe – sie hat kein Dienstmädchen –, während ein kleines Mädchen in einem rosa Trägerkleid neben dem offenen Fenster mit Bauklötzen spielt. Ihre Tochter, vermute ich. Bislang hatte ich besagtes Kind nie zu Gesicht bekommen. Ein hübsches Ding. Ich nehme Mrs. Fitzwilliams ausgestreckte Hand und danke ihr, dass sie sich einen Augenblick Zeit nimmt, um mich zu empfangen.

»Selbstverständlich«, erwidert sie. »Darf ich Ihnen einen Tee anbieten?«

»Einen Eistee, wenn es Ihnen nichts ausmacht.«

Sie wendet sich an den Manager, der sich noch immer an der Tür herumdrückt, als gelte es, sie vor mir zu beschützen. »Mr. Simpkins, könnten Sie einen Eistee bringen lassen? Und Limonade für Evelyn.«

»Selbstverständlich, Mrs. Fitzwilliam.«

Als sich die Tür schließt, geht sie zum Schreibtisch und beschäftigt sich mit den Dingen, die dort liegen. Sie hat sich die Jacke ausgezogen, ihre adrett gemusterte Bluse und der schlichte dunkelblaue Rock wirken schrecklich würdevoll. »Ich entschuldige mich für die Hitze, Mrs. Marshall. Offenbar geht heute kein einziger Luftzug.«

»Aber nicht doch. In der Stadt ist es schlimmer, glauben Sie mir.«

»Evelyn, Schätzchen«, wendet sie sich an das Kind, »macht es dir etwas aus, ins Schlafzimmer zu gehen und deine Spielsachen zu holen? Mama packt jetzt unsere Koffer.«

Die kleine Evelyn springt auf die Füßchen – anscheinend ist Mama eine Autoritätsperson, eine Tatsache, die mir heutzutage wie ein Wunder erscheint – und eilt auf die Tür auf der gegenüberliegenden Seite des Zimmers zu, um uns allein im Salon der Suite zurückzulassen.

»Möchten Sie etwas Bestimmtes mit mir besprechen, Mrs. Marshall, oder sind Sie eher aus Mitgefühl hier?« Sie flattert zwischen Schreibtisch und Reisetruhe hin und her, und ich vermute, dass sie versucht, ihr Zittern zu verbergen. (Das ist ein Trick, den ich selbst gelegentlich anwende, wenn ich mit einem unnachgiebigen Jungen konfrontiert bin.) Ohne mich anzusehen, fährt sie mit ihrer Arbeit fort, sortiert Papiere und sagt: »Es tut mir leid, dass meine Schwester gerade nicht hier ist. Nach dem Schock heute Morgen brauchte sie etwas Privatsphäre, weshalb sie in unser Haus in der Stadt zurückgekehrt ist.«

»Ja, ich weiß.« Ich lege Handschuhe und Tasche auf den Sofatisch. »Gibt es irgendetwas, was ich für Sie tun kann? Sie wirken zutiefst erschüttert.«

»Tatsächlich? Eigentlich bin ich ziemlich ruhig. Vermutlich werde ich erst zusammenbrechen, wenn sich alles gesetzt hat.« Sie steckt die Papiere in eine Ledermappe, die sie in den Koffer packt. »Haben Sie gerade gesagt, Sie *wissen,* dass Sophie in der Stadt ist?«

»Ja. Mr. Rofrano ist zu ihr gefahren.«

Das lässt sie innehalten. Sie dreht sich zu mir um, die Augen weit aufgerissen, eine Hand in die Taille gestemmt. »Mr. Rofrano?«

»Ja. Macht es Ihnen etwas aus, wenn ich Platz nehme? Die Hitze.« Anstatt ihre Erlaubnis abzuwarten, lasse ich mich in die weichen Polster eines Chintzsessels sinken.

»Mr. Rofrano«, sagt sie noch einmal. »Halten Sie das für klug?«

»Wenn Sie mich fragen, ob ich Mr. Rofrano vertraue, dann lautet meine Antwort ja. Er ist immerhin mein Verlobter, und wenn man auch sein Urteilsvermögen in jener Hinsicht in Frage stellen kann, so besteht doch kein Zweifel an seiner Ehre.«

Sie mustert mich ohne Verlegenheit, nickt und wendet sich wieder dem Schreibtisch zu. Hier war jemand sehr fleißig; die Platte ist mit Protokollen, Ordnern und stapelweise Korrespondenz bedeckt, die von einem schlichten schwarzen Band zusammengehalten wird. Außerdem liegt dort ein Stück Papier, das gefährlich nach einem Telegramm aussieht – nicht dass ich schnüffeln würde. Nicht zum ersten Mal grübele ich über Mr. Fitzwilliam nach. Frage mich, ob er tatsächlich existiert. Sie trägt einen Ring, aber einen Ring kann man ja überall kaufen. Verführt und abserviert – die alte Geschichte.

Sie nickt, nachdenklich. »Aber um mir das mitzuteilen, sind Sie nicht gekommen, oder?«

»Nein. Ich habe ein ausgeprägtes Interesse am Freispruch Ihres Vaters, Mrs. Fitzwilliam …«

»Dann fürchte ich, dass Sie heute Morgen schrecklich enttäuscht waren, als er des Verbrechens für schuldig befunden wurde.«

»Ich war ebenso schockiert wie alle anderen. Oder vielleicht ist *verwirrt* ein besseres Wort. Es ist mir ein Rätsel, weshalb die Jury so entschieden hat, wo doch der gesamte Gerichtssaal von berechtigten Zweifeln erfüllt war. Ich nehme an, die lieben Geschworenen sind der Ansicht, dass jemand für die Tat bezahlen muss – und das kann genauso gut Ihr Vater sein.«

Sie wendet mir den Kopf zu. »Sie glauben also nicht, dass er sie umgebracht hat?«

»Sie sprechen so leidenschaftslos, Mrs. Fitzwilliam. Immerhin geht es um Ihre Eltern. Halten Sie Ihren Vater tatsächlich für fähig, einen Mord zu begehen?«

»Nein, das tue ich nicht. Aber das bedeutet nicht zwingend, dass ich einen unfehlbaren Richter über den Charakter eines Menschen abgebe.«

Aha!, denke ich, gerade als es an die Tür klopft und die Erfrischungen eintreffen. Dieser winzige Hinweis auf Mrs Fitzwilliams Vergangenheit ist weitaus befriedigender, als ich erwartet hatte – vielleicht besteht ein Quäntchen Hoffnung, dass sie sich dazu entschließt, sich mir anzuvertrauen?

Ich nehme einen winzigen Schluck von meinem Eistee, so wie es sich gehört, während sich der Kellner zurückzieht und Mrs. Fitzwilliam Limonade und Kekse zu Evelyn ins Schlafzimmer bringt. Endlich findet eine Brise den Weg zum offenen Fenster herein, die einen leichten Geruch nach Meer mit sich bringt. Ich stehe auf und nehme mein Glas mit ans Fenster, und es ist nicht meine Schuld, dass ich direkt am Schreibtisch vorbei muss und mein Blick auf das Telegramm fällt, auf dem ganz oben *Cocoa Beach* steht.

Das Pickwick Arms Hotel liegt erhaben auf einem Hügel, und wenn ich angestrengt durch den Dunst blicke, kann ich ein kleines Stück des Long Island Sounds erkennen und – vorausgesetzt, meine Augen trügen mich nicht – Long Island dahinter. Eine leidenschaftliche Sehnsucht nach Windermere steigt in mir auf. Eine Sehnsucht nach den Dünen und dem tosenden Ozean. Den Jungs, die sonnenverbrannt und salzverkrustet mit ihren kleinen Schaufeln Tunnel in den Sand graben. Der Sonne, die über den endlosen Himmel kriecht.

Hinter mir schließt sich leise die Schlafzimmertür. Ohne mich umzudrehen, sage ich: »Wie war sie? Ihre Mutter.«

»Warum fragen Sie das?«

Nun drehe ich mich doch um, drücke das beschlagene Glas gegen meine Brust und lächele warmherzig. »Wegen Ox. Ich würde alles tun, um meinem Bruder zu helfen.«

Sie sieht mich verblüfft an. »Aber die beiden sind nicht mehr verlobt. Sophie hat den Ring seit Februar nicht mehr getragen. Ich nehme an, sie hat vor, ihn zurückzugeben, jetzt, da die Verhandlung vorüber ist.«

»Nun ja, Sie müssen wissen, dass mein Bruder sie noch immer von ganzem Herzen liebt. Er möchte sie heiraten, ganz gleich, was passiert, und er macht sich schreckliche Sorgen, wie sehr sie all das mitnehmen wird. Wenn auch nur ein Fünkchen Hoffnung besteht, dass Mr. Fortescue …«

»Faninal«, fällt sie mir scharf ins Wort.

»… dass Ihr Vater unschuldig ist … Nun, Ox möchte – wir möchten – weiterhin für Gerechtigkeit kämpfen. Um Ihres Vaters willen und natürlich für Sie.«

»Und nicht zuletzt deshalb, weil Sie Sophie an sich binden möchten. Sie wollen dafür sorgen, dass sie sich verpflichtet fühlt, den Mann zu heiraten, der ihren Vater vor dem Galgen gerettet hat.«

»Es gibt keine Galgen mehr, meine Liebe. Die sind schon seit einiger Zeit überholt.«

Ich muss an dieser Stelle einräumen, dass Mrs. Fitzwilliam meine kleine Stichelei ganz und gar nicht begrüßt. In Anbetracht ihres tadelnden Blicks stoße ich einen tiefen Seufzer aus. Sie hat nicht die schönen blauen Augen ihrer Schwester, stelle ich fest, ihre sind heller und wirken leicht verwaschen. Grau, könnte man die Farbe nennen, doch mit der Beschreibung bin ich nicht ganz zufrieden. Es ist eher ein Blau, dem der Wille fehlt, sich zur vollen Pracht zu entfalten.

»Der Charakter meiner Mutter, Mrs. Marshall«, sagt sie,

nachdem sie ihren eisigen Blick von mir losgerissen hat, »ist in den vergangenen zwei Wochen in einem öffentlichen Gerichtssaal bis ins kleinste Detail seziert worden. Ich kann mir nicht vorstellen, was Sie sonst noch wissen müssten.«

»Aber entspricht diese Darstellung denn der *Wahrheit*? War sie wirklich ein so schlechter Mensch?«

»Ich persönlich glaube, dass sie kein schlechter Mensch war. Ich denke, sie war krank. Ich *wusste*, dass sie krank war, und zwar schon als Kind, aber ich habe es damals nicht verstanden.«

»Sie meinen, sie war wahnsinnig?«

Sie dreht sich zum Schreibtisch um. »Nein. Aber sie hat sich nach Sophies Geburt verändert. Ich war damals sechs Jahre alt. Vorher war sie genau wie Sophie – voller Liebe und Sonnenschein. Und dann ist plötzlich ihr Licht erloschen. Ich weiß nicht, warum. Mein Vater hatte keine Ahnung, was er tun sollte. Er fing an, mehr und mehr Zeit in seiner Werkstatt zu verbringen. Sie hatten beide etwas Geld aus ihren jeweiligen Familien in die Ehe mit eingebracht, sodass er nicht unbedingt arbeiten musste, aber – nun, ich nehme an, das war einfacher für ihn. Er ist nicht gern hilflos. Er liebt es, kaputte Dinge zu reparieren, aber meine Mutter ließ sich nicht reparieren, war keine von seinen Maschinen, und er wurde … zornig. Wie Sie wissen, hassen die Menschen Dinge, die sie nicht verstehen.«

Ich weiß nicht, was sie zu diesem ausführlichen Geständnis bewogen hat. Ich bin nicht der Typ Mensch, dem sich andere Frauen gern anvertrauen. Vermutlich denken sie, ich sei wie Mr. Faninal und versuchte, sie zu reparieren, und ich nehme an, die meisten Frauen – wie die bedauernswerte Mrs. Faninal – lassen sich nun mal nicht gern reparieren. Oder aber (was wahrscheinlicher ist) sie verstehen nicht, dass es unmöglich ist, einen Menschen so wiederherzustellen wie ein Auto oder ein rostiges Scharnier. Sie suchen lediglich jemanden, mit dem sie ihre Last teilen können. Was durchaus verständlich ist. Also bleibe ich stumm vor dem Fenster stehen und erlaube Mrs. Fitzwilliam, ohne sie zu unterbrechen, ihre Last mit mir zu teilen, auch wenn sie nichts anderes sagt als das, was sie schon vor Gericht zu Protokoll gegeben hat, unter Eid. Ich habe den Eindruck, dass sie keine Suggestivfragen tolerieren wird – dafür ist sie viel zu clever –, daher sage ich, als sie innehält, um Luft zu holen, bloß: »Ich nehme an, dass man uns das allen von Zeit zu Zeit zum Vorwurf machen kann.«

Sie blickt auf einen der Briefe ihrer so sorgfältig gebündelten, mit schwarzem Wachsband zusammengehaltenen Korrespondenz herab, dann greift sie nach dem Telegramm, faltet es und schiebt es zwischen die Briefe. »Ich weiß nichts von all den anderen Männern. Ich habe nie mitbekommen, dass sie in der Hinsicht etwas Falsches getan hat. Vielleicht erinnere ich mich auch nur nicht. Ich war noch so jung.«

»Es ist zu schade, dass sich Ihre Schwester an nichts mehr erinnert.«

»Schade? Ich habe das immer für einen Segen gehalten.«

»Ja, für ihren Seelenfrieden ganz bestimmt. Ich meinte eher die praktische Seite – um herauszufinden, was an jenem Morgen genau passiert ist.«

Mrs. Fitzwilliam legt die gebündelten Briefe in ihre Reisetruhe, dann stößt sie hervor: »Nun, Sie haben nicht all die Jahre damit gelebt. Sie haben nicht fünfzehn Jahre lang versucht, all das zu vergessen. Alles, was Sie wussten, alles, was Sie waren. Jeglichen Verdacht zu begraben.«

Ihre Stimme ist leise wegen des kleinen Mädchens im Nebenzimmer, aber die Intensität, mit der sie spricht, ihr ernstes Gesicht, die Wirkung ihrer Worte lassen mich sprachlos am Fenster verharren. Eine weitere heiße Brise streift meinen Nacken. Ich lege die linke Hand an den Holzrahmen.

»Ja.« Sie verschränkt die Arme vor der Brust. »Stellen Sie sich das mal einen Moment lang vor, Mrs. Marshall. Stellen Sie sich einfach vor, Sie müssten mit einem solchen Verdacht aufwachsen.«

»Ich wünschte …«, meine Kehle ist trocken, weshalb es mir schwerfällt zu sprechen, »… ich wünschte, ich könnte Ihnen diese Last abnehmen.«

Sie kehrt zum Schreibtisch zurück. Noch mehr Papiere. Ein Etui aus Elfenbein. »Das können Sie nicht. Das ist schon erledigt. Er wurde für schuldig befunden, und er hat dem Urteil nicht widersprochen, hat keinerlei Einspruch erhoben, weder bei Sophie noch bei mir, noch in der Öffentlichkeit. Und mir bleibt nicht mehr als zu bereuen, dass ich sie nicht mitgenommen habe, als ich fortgegangen bin. Dass ich sie allein bei ihm zurückgelassen habe, während ich in Frankreich war.«

»Dann glauben Sie also doch, dass er das Verbrechen begangen hat.«

»Aber ja. Vater hat nie geschworen, hat nicht einmal behauptet, dass er nicht ihr Mörder ist. Er lügt nämlich nicht«, sagt sie mit einer Bitterkeit, die alles Mögliche bedeuten kann. Sie verstaut die Sachen in der Truhe. »Und hier kommt noch etwas anderes, etwas, was ich vor Gericht für mich behalten habe, obwohl ich es möglicherweise besser hätte erwähnen sollen.«

Fragen Sie die Mädchen, hat Guiseppe gesagt. *Die Mädchen wissen es.*

Die feinen Härchen auf meinen Armen stellen sich auf. Ein Schauder läuft mir übers Rückgrat. Ich stelle mein Glas auf dem Fensterbrett ab – die Eiswürfel im Tee klackern, was meine Nervosität verrät – und stoße hervor: »Ach du liebe Güte. Warum haben Sie denn nichts gesagt?«

»Warum nicht? Hatten Sie jemals einen Vater, Mrs. Marshall?«

»Nicht dass ich mich erinnern kann. Er starb an einem Leberschaden, als ich sieben war. Soweit ich weiß, hat er sein Vermögen während der Wall-Street-Panik verloren und selbstverständlich zu trinken begonnen – wie es sich für einen Gentleman gehört.«

»Das tut mir leid«, sagt sie, etwas besänftigt. »Doch wäre er am Leben und hätte dort im Gerichtssaal gesessen und Sie angesehen, während Sie vereidigt wurden, und niemand stellte Ihnen diese ganz spezielle Frage, niemand *dachte* daran, Ihnen diese Frage zu stellen, weil niemand, wirklich niemand auf die Idee kam …«

»Auf welche Idee?«

Sie setzt sich auf eine Sessellehne, gleich neben der Reisetruhe, eine Ledermappe in der Hand. Ihr Blick ist auf den leeren Kamin geheftet, vielleicht auch auf das Eisenbesteck daneben, das ist aus diesem Winkel schwer zu sagen. Ihr Haar ist weich und wellig und bedeckt das Ohr, und ich muss zugeben, dass sie wirklich ansprechend aussieht. Dieser angebliche Ehemann muss ein Idiot sein. Ich hätte Lust, ihn höchstpersönlich aufzusuchen – wenn es ihn denn gibt – und kräftig zu schütteln.

»Dass er verliebt war«, flüstert sie.

Ich warte darauf, dass sie weiterspricht, aber den Gefallen tut sie mir nicht. Sie ist jetzt tief in Gedanken versunken, beißt sich auf die Unterlippe und scheint sich zu fragen, ob sie mir vertrauen kann.

Ich hatte einst eine Tochter, Sie erinnern sich? Ich wusste, dass das kleine Wesen, das da in meinem Bauch heranwuchs, ein Mädchen war; es fühlte sich irgendwie anders an, mit ihr schwanger zu sein als mit den Jungs. Ich hatte sogar schon angefangen, das Kinderzimmer in Rosa mit Spitze zu dekorieren und eigenhändig winzige Rüschenkleidchen für sie zu nähen. Sylvo hielt mich für verrückt, und vielleicht war ich das auch. Wie dem auch sei – als sie auf der Welt war, durfte ich sie sehen. Sie war so sauber und weiß und friedlich, so ein liebenswertes, unschuldiges, kleines Ding. Man merkte gar nicht, dass sie tot war. Ihre Fingernägel sahen aus wie Perlen. Ich berührte für einen Augenblick ihre kleine Faust, die leicht geballt auf dem Kissen lag, und ihr Haar, das hellbraun war und noch feucht von der Geburt, das winzige runde Näschen. Dann brachten sie sie fort, um sie für die Beerdigung fertigzumachen.

Bevor sie in ihren Sarg gelegt wurde, sorgte ich dafür, dass man sie in eines der rosa Kleidchen steckte, die ich im Rausch meiner Vorfreude für sie genäht hatte. Den Rest schenkte ich dem Findelhaus, bis auf eine kleine Strickmütze, die ich in meiner Schublade aufbewahrte. Von Zeit zu Zeit nahm ich die Mütze aus dem Versteck und stellte mir das kleine Mädchen vor, das sie gewesen wäre. »Sieh mal einer an«, würde ich denken, »jetzt ist sie schon zwei Jahre alt und fängt an, in ganzen Sätzen zu sprechen. Jetzt ist sie sechs und liest ihre Kinderbücher. Jetzt ist sie siebzehn und hat sich zum ersten Mal verliebt, vielleicht in einen ganz und gar unpassenden Mann. Genau wie ihre Mutter.«

Und wenn sie mir etwas beichten muss, eine Last auf dem Herzen trägt, die sie gern teilen möchte, dann würde ich mich neben sie setzen und ihre kühle, weiche Hand in meine nehmen und etwas Ähnliches fragen wie: »In wen hast du dich denn verliebt, mein Schatz?«

Und mit klangloser, gebrochener Stimme wird sie mir die Wahrheit sagen.

Kapitel 19

Verschwende keine Zeit damit, das Herz eines Mannes
zu brechen; sei zufrieden, wenn es dir gelingt,
es an eine ganz neue Stelle zu verfrachten.

HELEN ROWLAND

SOPHIE

Roosevelt Field, Long Island

EINE STUNDE SPÄTER, nachdem Octavian den Flieger gelandet und in einer ordentlichen Reihe neben den anderen abgestellt hat; als er seine Fliegermütze und die Brille abgenommen hat und Sophie ebenfalls und alles wieder im Hangar verstaut ist, streicht er ein letztes Mal mit den Händen über den Flugzeugrumpf, so wie man die Beine eines Pferdes auf ihre Unversehrtheit überprüft, plaudert kurz mit den Mechanikern und wendet sich anschließend Sophie zu, um ihr vorzuschlagen, im Flugplatzcafé eine Tasse Kaffee zu trinken.

Sophie nickt. Gern. Octavian nimmt ihre Hand, und sie geht auf unsicheren Beinen neben ihm her auf die Ansammlung von Gebäuden an der Westseite des Felds zu. Das Gras ist warm und plattgedrückt; sie kann seinen frischen Geruch riechen, den Geruch des Sommers. Sie liebt die tröstliche Stille zwischen ihnen. Sie liebt den Druck seiner Finger, die sich um ihre schließen, die Art und

Weise, wie sie sie im gegenwärtigen Moment festhalten, auf diesem sonnenbeschienen Feld, anstatt sie in das zurückgleiten zu lassen, was hinter ihr liegt.

Es ist zu heiß, um drinnen zu bleiben, daher trägt Octavian den Kaffee und Sandwiches nach draußen, und sie picknicken im Gras, unweit des geparkten Fords, und sehen den vorbeidröhnenden Flugzeugen zu, die landen und starten und in einem komplizierten aeronautischen Ballett über ihren Köpfen kreisen.

Sophie schluckt und sagt: »Ich wünschte, wir müssten nicht aufbrechen. Ich wünschte, wir könnten einfach hierbleiben.«

»Ich weiß.«

Das ist alles. *Ich weiß*. Sophie will ihn fragen, ob er Mrs. Marshall liebt, und wenn ja, warum er dann mit Sophie hier ist, Sophies Hand hält? Wenn er sie nicht liebt, warum zum Teufel heiratet er sie dann?

Doch stattdessen sagt sie: »Ihr Flieger. Ist es das, was Sie tun möchten? Flugzeuge entwerfen?«

»Das ist die Zukunft«, antwortet er. »Bald wird jeder fliegen. In ein Flugzeug einzusteigen, wird nicht seltsamer sein als in ein Automobil.«

»Und Sie sind mit dabei.«

»Das hoffe ich.«

»Sie werden mit dabei sein. Das ist das, wofür Sie gemacht sind. Das ist das, wofür Sie leben.«

Er isst sein Sandwich auf und zieht sein Zigarettenetui aus der Tasche. Seine Augen unter dem Schirm der Schiebermütze blicken nach Osten, über die Landebahn, wo soeben ein Flugzeug die Räder im Gras aufsetzt, und den Hügel hinauf zu dem zweiten Flugfeld. »Roosevelt war ein guter Mann. Man könnte meinen, er sei ein Langweiler oder ein Snob gewesen, aufgewachsen im Weißen Haus und so weiter. *Ich* zumindest dachte das. Aber das war er nicht. Er war ein kluger Mann, ein guter Pilot. Die Art Mann, die feindliches Feuer auf sich lenkt, um den Rest des Geschwaders zu retten, die nicht lange zögert, um es sich vielleicht noch anders zu überlegen. Er war etwa einen Monat bei uns; wir waren damals zuständig für die bewaffnete Luftraumüberwachung. Kurze Zeit später überbrachten uns die Scheißdeutschen die Nachricht, dass er hinter den feindlichen Linien abgeschossen worden sei und dass sie ihn mit sämtlichen militärischen Ehren bestattet hätten. Vermutlich besser, als bis zur Unkenntlichkeit von einer Granate entstellt zu werden.«

»Ich kann es kaum ertragen, darüber nachzudenken. Ich kann nicht glauben, dass Sie diesen grauenvollen Krieg überlebt haben.«

Er zündet sich nachdenklich eine Zigarette an. »Wissen Sie, wie lange ein Kampfpilot durchschnittlich am Leben bleibt? Etwa sechs Wochen. Sechs Wochen, Sophie. Jedes Mal, wenn ich in die Luft aufgestiegen bin, ging ich davon aus, ich würde nicht zurückkommen. Dass mich mein Glück verlassen würde.«

»Aber es hat Sie nicht verlassen.«

»Das hat es nicht. Irgendwann hab ich aufgehört, auf das Glück zu vertrauen. Es war alles reiner Zufall.«

»Ist das nicht dasselbe?«

»Nein. Glück ist etwas Bewusstes. Es bedeutet, dass man jemanden auf seiner Seite hat. Dass man das Schicksal auf seiner Seite hat. Zufall ist dagegen bloß Zufall. Ein willkürliches Zahlenspiel. Das ist alles. Eine Chance von eins zu tausend, dass ich hier mit Ihnen sitze, ein Sandwich esse und eine Zigarette rauche, anstatt unter zwei gekreuzten Propellerblättern an der französischen Grenze begraben zu sein.«

»Nun, ich denke, Sie irren. Ich denke, genau das *ist* Glück. Es gibt einen Grund, warum Sie überlebt haben.«

»Nein, den gibt es nicht. Warum hätte Gott mich auswählen sollen anstelle von Quentin Roosevelt? Er wäre der bessere Mann gewesen.«

Sophie legt die Kruste ihres Sandwiches beiseite und lehnt sich auf die Ellbogen zurück. Mit zusammengekniffenen Augen sieht sie nachdenklich zu, wie Octavian seine Zigarette raucht. Es muss etwa fünf oder sechs Uhr sein, aber die Sonne steht noch hoch am Himmel. Es ist Hochsommer, es wird noch Stunden dauern, bis der Tag zu Ende geht. Bis das Licht verschwunden ist.

»Weil es etwas gibt, das zu tun Ihnen bestimmt ist«, sagt sie. »Etwas, wozu *Sie* bestimmt sind.«

Er dreht sich zu ihr, sein Gesichtsausdruck ist sanft. »Was ist mit Ihnen, Sophie? Wozu sind Sie bestimmt?«

»Ich weiß es nicht. Im Augenblick sieht es eher finster für mich aus, finden Sie nicht?« Ein trockenes Lachen. »Ich bin die Tochter eines Mörders, das bedauernswerte kleine Mädchen, das versucht hat, seine tote Mutter zu bewachen. Für alle Ewigkeit bekannt wegen einer Tat, an die ich mich nicht einmal erinnere.«

»Erinnern Sie sich wirklich nicht? An gar nichts? Sie waren immerhin fast drei.«

Sie schüttelt den Kopf. »Julie meint, ich würde die Erinnerung verdrängen. Das ist das, was das Unbewusste tut, wenn man etwas Schreckliches erlebt. Es begräbt die Erinnerung ganz weit unten, wo man sie nicht mehr finden kann.«

»Bei Gott, ich wünschte, mein Unbewusstes würde für mich dasselbe tun.« Er schnippt Asche auf den Rasen. »Stattdessen ist eher das Gegenteil der Fall.«

Sophies Hand, die auf der Erde liegt, fängt an, mit dem

Gras zu spielen. Sie zupft einen Halm ab, dann noch einen. »Das war das Seltsamste: Tag für Tag im Gerichtssaal zu sitzen. Zu hören, wie die Sache geschildert wurde, wie dieses kleine Mädchen beschrieben wurde, dabei hätte es genauso gut eine Fremde sein können. Aber dieses Mädchen bin ich. *Ich* saß dort auf dem Küchenfußboden, *ich* habe alles mit angesehen. Ich habe gesehen, wie mein Vater meine Mutter umgebracht hat.« Sie legt sich auf den Rücken und blickt in den Himmel. Das Gras kitzelt sie an den Ohren und im Nacken. »Haben Sie mich deshalb dort hingebracht? Weil Sie hofften, dass ich mich an etwas erinnere?«

»Du lieber Himmel, nein! Wie kommen Sie denn darauf?«

»Ich weiß es nicht. Ich habe mir bloß meine Gedanken gemacht.«

»Sophie.« Er bewegt sich neben ihr, und sie dreht den Kopf, gerade weit genug, um ihn anzusehen. »Nein. Sie waren diejenige, die hineingehen wollte, erinnern Sie sich? Ich wollte bloß – nun, ich bin mir nicht sicher, was ich wollte. Allerdings wusste ich bereits, wer Sie sind. Ich hatte keinen Beweis dafür, aber ich habe es gespürt. Ich wusste es. Es hat einfach gepasst. Da war dieses Loch« – er streicht sich mit dem Daumen über das Brustbein –, »und Sie haben hineingepasst. In dem Haus habe ich Sie das erste Mal gesehen. Deshalb habe ich einfach … Es war ein Impuls. Ein dummer Impuls. Hätte ich Sie nicht dorthin gebracht, wäre Ihr Vater niemals auf die Idee gekommen …«

»Das wissen wir nicht mit Bestimmtheit.«

»Doch, das tun wir. Ich weiß es. Ich weiß, was er zu mir gesagt hat an jenem Abend in Theresas Apartment, während alle ihre Reden hielten. Er dachte, ich würde euch alle verraten.« Er hebt die Zigarette oder vielmehr das, was davon übrig ist, an die Lippen. »Den Rest kennen Sie.«

»Er hat Sie bedroht, und Sie haben sich gewehrt, und er hat seine Pistole gezückt, diese alberne Pistole, die er überall mit hinnimmt.«

»Quälen Sie sich nicht. Ich mache ihm keinen Vorwurf. Ich hätte vermutlich genauso gehandelt, um Sie zu schützen. Sie und Ihre Schwester.«

Um Sie zu schützen. Aber er muss sie nicht schützen. Er muss Mrs. Marshall beschützen. Mrs. Marshall lieben.

Sophie schaut wieder in den Himmel. »Und, wann werden Sie heiraten?«

Ein paar Männer schlendern an ihnen vorbei, nur ein paar Schritte entfernt, und unterhalten sich mit lauten, näselnden Stimmen über einen Mann namens Carter, der ein grauenhafter Pilot ist und sich wohl irgendwann selbst umbringen wird. Aus irgendeinem Grund halten sie das für einen guten Witz. Octavian wartet, bis sie außer Hörweite sind, bevor er tonlos antwortet: »Sobald die Scheidung durch ist. Zumindest ist das der Plan. Anschließend werden wir nach Kalifornien gehen. Dort gibt es momentan viele Piloten und jede Menge Gelegenheiten.«

»Das ist ja wundervoll! Ich erwarte, Großartiges von Ihnen zu hören.«

Ihr Tonfall ist zu munter, und das weiß sie. Wie falsch das klingt, wie spröde. Sollten sie an diesem Punkt nicht ehrlich zueinander sein? Was braucht es noch, um zwei Menschen dazu zu bewegen, das auszusprechen, was sie wirklich meinen?

»Hören Sie«, sagt er. »Ich persönlich bin der Meinung …«

»Nicht …«

»… dass Sie jedes Recht haben, zornig zu sein. Sie sollten zornig sein.«

»Ich war zornig. Ich war unglaublich wütend an dem Abend, an dem ich es herausgefunden habe. Am Telefon!« Sie lacht freudlos. »Aber das spielt jetzt keine Rolle mehr.«

Er erwidert nichts, und Sophie schließt die Augen. Langsam wird sie schläfrig, was daran liegen muss, dass sie nach all den stressigen, kräftezehrenden Wochen endlich etwas zur Ruhe kommt. Sie hört das leise Brummen eines Insekts, vielleicht ist es auch ein weiteres Flugzeug, dann ein Rascheln, gefolgt von einem Seufzen. Sie spürt, wie sich Octavian neben ihr im Gras zurücklegt.

»Wie ich schon sagte: Das ist meine persönliche Meinung. Nachdem ich Ihnen begegnet war, hatte ich vor, die Sache mit Theresa zu beenden. Ich verabscheute, was wir taten, aber ich konnte nicht damit aufhören, weil ich brauchte, was sie mir zu geben hatte. Und dann sind Sie in mein Leben getanzt, und ich wusste … ich meinte zu wissen …«

»Bitte nicht, Octavian.«

»Sie hat im Krieg einen Sohn verloren, eine schreckliche Sache, und anschließend ihren Mann. An dem Tag, an dem wir beide nach Connecticut gefahren sind, hat er ihr mitgeteilt, dass er die Scheidung möchte. Er hat vor, seine Geliebte zu heiraten. Just an dem Tag, an dem ich Sie gefunden habe, nach all den Jahren. Wenn Sie da noch von Glück reden wollen …«

»Dann war es uns vermutlich nicht bestimmt, uns ineinander zu verlieben.«

Über ihnen, vielleicht auch auf dem Flugfeld – Sophie kann es nicht genau sagen, weil sie hier im Gras liegt – erwacht stotternd ein Flugzeugmotor zum Leben. Sie lauscht dem beruhigenden Dröhnen.

»Nein«, sagt er. »Dafür ist es zu spät. Zumindest, was mich anbetrifft.«

»Dann ist Gott grausam.«

»Vielleicht ist es nur wieder ein Zufall. Ein dummer Zufall, reine Willkür.«

Sophie rollt sich auf die Seite, um ihm ins Gesicht zu sehen. Seine Nase ist gen Himmel gerichtet, die Spitze hell im Sonnenschein. Er hat die Arme hinter dem Kopf verschränkt, die Zigarette ist verschwunden.

Er liebt sie. Das hat er gerade zugegeben, es sei denn, sie hat ihn missverstanden. Leise sagt sie: »Nein, das ist kein Zufall, so sind Sie nun mal. Sie braucht Sie, und Sie sind ein zu guter Mensch, um sie zu verlassen.«

»Was ist mit Ihnen? Brauchen Sie mich?«

»So sehr wie Sie mich brauchen, nehme ich an.«

Er schließt die Augen. Seine Brust hebt und senkt sich. »Ich hoffe nicht«, erwidert er. »Ich hoffe nicht.«

Sophie legt ihre Hand auf die Mitte seines Brustkorbs. Ihr weißer Baumwollhandschuh ist schmutzig und ölverschmiert. »Wenn Sie mich fragen«, sagt sie, »ist es noch schlimmer, gar nichts mehr zu empfinden.«

»Nun, ich frage Sie.«

Es wirkt irgendwie richtig, dass ihre Hand in dem weißen Handschuh dort auf Octavians Hemdbrust liegt. »Als mir klar wurde, dass zwischen Ihnen beiden etwas ist – ausgerechnet Mrs. Marshall! –, war ich wütend. Ich war verrückt vor Eifersucht, und das war ein *beglückendes* Gefühl. Es war fast so gut, wie mich in Sie zu verlieben. Und dann wurde Vater verhaftet, und ich empfand gar nichts mehr. Ich war wie betäubt und so tief erschüttert, dass mir nichts mehr etwas ausmachte. Sie hätten sie am nächsten Tag heiraten und ein Dutzend Kinder mit ihr bekommen können, es wäre mir gleich gewesen. Das ist das Schlimmste von allem – wenn einem das Herz im Leibe erstirbt.« Ihre Finger schließen sich um einen Hemdknopf. »Ich würde Sie lieber wieder hassen, als noch einmal gar nichts zu empfinden.«

Er zieht einen Arm hinter dem Kopf hervor und drückt sich ihre Hand auf die Brust. »Dann hassen Sie mich also nicht mehr?«

»Nein. Wahrscheinlich habe ich Sie niemals wirklich gehasst. Ich war bloß zornig. Jedes Mal, wenn ich die Augen schloss in jenen Wochen vor der Verlobungsparty, stellte ich mir Sie und Mrs. Marshall zusammen vor, als Liebespaar, und ich konnte es nicht ertragen.«

Sie betrachtet sein Profil. Verweilt bei seinen Wimpern, die sich dicht und dunkel von seiner Haut abheben. Sie sind heller an den Spitzen, oder liegt das an der Sonne? »Ich kann es immer noch nicht ertragen«, fügt sie flüsternd hinzu.

Sie bekommt keine Antwort, und Sophie hat auch keine erwartet. Die Sonne scheint ihr warm auf den Scheitel – sie hat ihren Hut abgesetzt, genau wie er –, und die Schläfrigkeit kehrt zurück, zusammen mit dem Gefühl, langsam zu zerbersten, als würde sie innerlich brodeln und die Schläfrigkeit wäre lediglich ein Symptom ihres Leidens. Seine Stimme wühlt sie auf, auch wenn sich ihre Augen schließen.

»Was, wenn ich Ihnen sage, Sophie, dass wir kein Liebespaar mehr sind? Theresa und ich … dass wir nicht … dass wir nicht mehr … schon seit einiger Zeit.«

»Seit einiger Zeit?«

»Seit der Verlobungsparty.«

Sie öffnet die Augen. Seine Wangen sind himbeerrot gefleckt unter der Sonnenbräune. »Ist das wahr?«

»Ja.«

»Aber warum?«

Er seufzt. »Es war nicht richtig. Sie ist verheiratet. Es

kam mir von Anfang an nicht richtig vor, selbst als ich dachte, ich wäre in sie verliebt.«

»Aber warum haben Sie dann nicht damit aufgehört?«

»Weil ich Angst hatte, ich würde wieder so werden wie vorher. Wie ich war, als der Krieg endete. Als alle tot waren.«

Sein Herz schlägt unter ihrer Hand. Der Rhythmus dringt durch sein Hemd und ihren Handschuh und hallt in seinen Fingern wider. Ein langsamer Rhythmus, so langsam, dass er ihr beinahe Sorge bereitet. Sie sehnt sich nach dem nächsten Schlag. Die Zwischenräume zwischen zwei Schlägen ziehen sich fast unerträglich hin.

»Trotzdem«, fährt er fort, »trotzdem habe ich damit aufgehört. Und das wird sich nicht ändern, zumindest so lange nicht, bis ihre Scheidung durch ist. Bis …«

Bumm-bumm.

Bumm-bumm.

»Bis was?«

Er wendet ihr den Kopf zu. Seine Augen sind jetzt strahlend blau und reflektieren den Himmel. Ein Schatten gleitet über seine Haut, blitzschnell, begleitet vom Dröhnen eines Flugzeugs.

»Sagen Sie es mir«, bringt er seinen Satz zu Ende.

IM AUTO KÜSST ER SIE. Eine Minute lang sitzt er da, die Hände am Lenkrad. Er hat gerade den Motor angekurbelt und nimmt nun die Zündung zurück, bis die Kolben gleichmäßig brummen. Seine Hand greift nach unten, um die Handbremse zu lösen, doch dann, kurz bevor sie den Hebel berührt, beschreibt sie eine Kurve, überbrückt die schmale Kluft zwischen seinem Körper und ihrem, gleitet wieder aufwärts und umschließt sanft ihre Wange. Der Kuss ist unbeholfen und voller Sehnsucht. Sie versucht, den Kopf zur Seite zu drehen, genau wie er, aber seine Beine sind zu lang, und ihre Münder trennen sich.

»Es tut mir leid«, sagt er.

»Das muss es nicht.« Sie zieht die Handschuhe aus, nimmt seine Hand, die auf seinen Oberschenkel gesackt ist, und legt sie auf die Knopfleiste ihrer Bluse. Er knöpft den obersten Knopf auf, dann den zweiten, den dritten, und schiebt die Finger zwischen die beiden Ränder, bis sie auf dem feuchten, hauchzarten Crêpe-de-Chine-Leibchen liegen bleiben, das ihre Brust bedeckt. Das Dach des Fords ist offen; alle können sie sehen. Trotzdem lehnt sie sich zu ihm und küsst ihn, und diesmal klappt es besser, weil sie beide bereit sind. Sein Kuss ist wundervoll, langsam, sanft wie die heranrollenden Wellen der einsetzenden Flut; sein Mund ist warm und schmeckt nach Tabak. Besser als Jays Mund, besser als alles, was sie sich vorstellen kann. Seine Finger gleiten unter das Leibchen, um ihre Brust zu berühren, die volle Rundung zu erkunden, die Haut an der Spitze, gründlich und sorgfältig, und sie ist überrascht von ihrer eigenen Verwegenheit, überrascht darüber, wie sich die Finger eines Mannes auf ihrer nackten Haut anfühlen, vor allem, wenn man sie dort spüren möchte. Heiß und prickelnd. Er hält inne, leise keuchend, und dann folgt ein absolut wundervoller Moment, als sie sich einfach nur ansehen.

»Ich will nicht aufhören«, gesteht sie ihm.

Er schließt die Augen und befreit seine Hand, während sie seinen Nacken umfasst und sich gegen seine Brust lehnt. *Jetzt* geht sein Puls schneller, denkt sie und lauscht dem eifrigen Schlag seines Herzens. Bumm-*bumm!* Bumm-*bumm!* Sein Atem befeuchtet ihr Haar. Sie lacht, das Gesicht an sein Hemd gedrückt, und murmelt: »Zumindest haben wir das hinter uns gebracht. Zumindest müssen wir jetzt nicht mehr bedauern, dass wir uns nie geküsst haben.«

»Sind die Angestellten im Haus?«, will er wissen.

»Ich denke, ja. Sie sollten jedenfalls da sein.«

Er streicht ihr übers Haar. Sie überlegt, ob sie den Kopf heben und ihn noch einmal küssen soll, nur um herauszufinden, was als Nächstes passiert; und dann, endlich, geht ihr auf, was er mit seiner Frage nach den Angestellten gemeint hat, und das Blut schießt ihr in den Kopf und rauscht ihr in den Ohren. Kann das wirklich sein? Selbstverständlich. Es gibt nichts, was sie aufhalten könnte. Keine Eltern, keine Anstandsdamen oder sonstige Aufpasser, ein ungesundes Unterdrücken des Sexualtriebs. Ihr wird beinahe schwindelig bei dieser Vorstellung, auch wenn sie sich nicht im Klaren ist, ob vor Vorfreude oder vor Furcht. Was würde Vater dazu sagen? Vater zählt nicht mehr. Vater existiert nicht mehr. Dieser Kuss – dieser Akt – ist eine Erklärung ihrer Unabhängigkeit.

Sie hebt den Kopf. »Wirst du mich noch einmal küssen, oder wirst du mich nach Hause bringen?«

Er greift sich in den Nacken und löst ihren Arm, wobei er sie auf die Innenseite des Handgelenks küsst. »Ich denke, ich bringe dich nach Hause«, sagt er, dann löst er mit der linken Hand die Bremse und drückt mit dem rechten Fuß das Gaspedal durch.

SIE FAHREN NACH WESTEN, RICHTUNG QUEENS VILLAGE und Jamaica Avenue. Die Sonne beginnt zu sinken und wirft einen warmen Schein auf die Windschutzscheibe. Die leeren Straßen füllen sich schlagartig, und Octavian tritt vorsichtig auf die Bremse und legt einen niedrigeren Gang ein.

»Was ist los?«, fragt Sophie.

»Ich glaube, das liegt an der Rennbahn. Heute ist Belmont-Tag.«

»Belmont-Tag?«

»Heute finden die Belmont Stakes statt, ein wichtiges Pferderennen für Dreijährige. Die Rennbahn liegt gleich dort drüben, im Belmont Park.« Ohne die Hand vom Lenkrad zu nehmen, deutet er mit dem Zeigefinger Richtung Norden.

»Ich wusste nicht, dass du dich für Pferderennen interessierst.«

»Ein altes Hobby.« Er zögert kurz, dann fährt er fort: »Ich habe gesehen, wie Man o' War vor zwei Jahren die Dwyer Stakes gewonnen hat, drüben, beim Aquädukt. Das war vielleicht ein Rennen!« Eine weitere Pause. Er streicht mit den Daumen übers Lenkrad und fügt hinzu: »Es war das letzte Rennen, das ich mir angesehen habe.«

»Pferde und Flugzeuge.« Sie lacht. »Das passt zu dir.«

»Tatsächlich?«

»Die Vergangenheit und die Zukunft, die zu gleichen Teilen in dir verankert sind. Und du willst beidem gerecht werden. Du erkennst die Schönheit in beidem. Pferden *und* Flugzeugen.«

Der Wagen vor ihnen fährt ein Stück weiter. Octavian gibt Gas und folgt ihm.

»Mag sein«, erwidert er.

Sie halten an einer Zufahrt. Eine lange Reihe von Fahrzeugen wartet darauf, von dem unbefestigen Parkplatz zu fahren und sich in den Verkehr einzureihen. Octavian streckt den Kopf aus dem Wagen und ruft dem Fahrer eines älteren Elektromobils zu: »He, Kumpel! Wer hat gewonnen?«

»Pillory!«, ruft der Mann zurück. »Hat den Favoriten um drei Längen geschlagen.«

Octavian fährt weiter und wendet sich Sophie zu, das breiteste Lächeln auf dem Gesicht, das sie je bei ihm gesehen hat. Mit seinen perfekten Zähnen erinnert er sie an ein hungriges Krokodil. »Na, das ist doch mal was! Ich habe gerade hundertvierzig Mäuse gewonnen.«

DOCH IRGENDETWAS GESCHIEHT, als sie die Queensboro Bridge überqueren und zurück nach Manhattan kriechen. Die Stimmung schwankt auf und ab, wie die Sonne, die hinter den Gebäuden im Westen versinkt, der dröhnende Großstadtlärm lässt die Luft zwischen ihnen erstarren. Zum wohl hundertsten Male denkt Sophie an den Kuss auf dem Flugplatz, und zum ersten Mal wird ihr bewusst, dass sie womöglich etwas Falsches getan haben.

»Ich weiß nicht«, fängt sie an, als sie die Fifth Avenue entlangfahren.

»Was weißt du nicht?«

»Ob du über Nacht bleiben solltest.«

»*Über Nacht?*« Er klingt verblüfft.

»Meintest du das etwa nicht, als du …«

»Was?«

»Als du dich nach den Bediensteten erkundigt hast.«

Der Verkehr im Norden von Manhattan ist dicht und stockend, alle wollen nach einem langen Arbeitstag endlich nach Hause. Der Ford kommt zum Stehen. Angesichts dieser banalen Situation – Menschen, die durch das schmutzige, überfüllte, endlose Straßennetz von Manhattan steuern – wird Sophie von Verlegenheit überwältigt. Octavians Hand auf ihrer Brust – wie peinlich! Noch dazu, wo ihr Vater am selben Morgen des Mordes an ihrer Mutter schuldig gesprochen wurde.

»Sophie«, sagt Octavian, »ich meinte nicht … Ich meinte, dass du nicht allein zu Hause sein solltest. Ganz allein in dem großen Haus! Ich meinte, dass wir jemanden finden sollten, der bei dir bleibt, sollten wir nach unserer Ankunft feststellen, dass die Angestellten noch nicht wieder da sind. Wenn dich die Reporter finden oder irgendein verrückter Kerl, der dich vom Prozess her kennt – da kann Gott weiß was passieren!«

»Oh«, sagt sie kläglich. Der Wagen setzt sich in Bewegung, doch er kommt nur ein kleines Stück voran.

»Es ist so, dass Theresa mich zum Abendessen erwartet.«

»Natürlich.«

»Ich bin bereits spät dran.«

»Dann solltest du schleunigst umkehren.«

»Sophie, sei nicht gekränkt. Ich kann einfach nicht … Ich kann einfach nicht grausam sein. Ich habe ihr alles zu verdanken. In ihr steckt so viel mehr, als du denkst.«

»Ich möchte nicht, dass du grausam bist. Sagte ich das nicht bereits?«

»Es tut mir leid. Ich hätte dich so nicht küssen dürfen. Ich bedaure es …«

»Stopp! Du musst nichts bedauern. Es war bloß ein Kuss.« Sie blickt in ihren Schoß, auf ihren zerknitterten Rock, die fleckigen weißen Handschuhe, die schlaff auf dem marineblauen Stoff ruhen. Auf Octavians Schenkel, der auf dem schmalen Sitz des Model T zwangsläufig direkt neben ihrem liegt.

Er hämmert sich mit der Faust aufs Bein und stößt einen unterdrückten Fluch aus.

Der Wagen schlingert leicht, was Sophie Übelkeit verursacht. Eilig hebt sie den Blick und schaut aus dem Seitenfenster, wo ein Blumenladen für heute Feierabend macht. Ein Mann mit einer schmutzigen Schürze rollt eine grün gestreifte Markise ein. Momentan ist Rosenzeit, jeder Zentimeter hinter der rechteckigen Schaufensterscheibe ist voller Rosen. In der Ecke steht ein Schild mit der Aufschrift: WIR LIEFERN GERN FÜR IHRE HOCHZEIT. FRAGEN SIE IM LADEN NACH.

»Pferd und Flugzeug«, murmelt Sophie, mehr an sich selbst gerichtet.

»Was sagst du?«

Sie dreht sich zu ihm und greift nach seiner Hand. »Ich werde dich nicht zu einer Entscheidung zwingen. Das könnte ich dir niemals antun. Du warst dafür bestimmt, ein anderes Mädchen glücklich zu machen, eine *Frau,* und ich werde einfach abheben und in den Himmel aufsteigen, und niemand bekommt mich zu fassen.«

Er erwidert nichts auf ihre Worte, und so legen sie den Rest der Fahrt schweigend zurück, um sie herum spricht New York, das Leben geht weiter, hält an und beginnt von Neuem, laut und arhythmisch, und Sophie denkt: *Das heißt dann Lebewohl.*

ALS SIE VOR DEM HAUS in der Thirty-Second Street ankommen, hat sich der Himmel tief violett verfärbt, und die Sonne ist hinter den Gebäuden im Westen untergegangen. Julie Schuyler sitzt auf der obersten Treppenstufe. Sie trägt ein perlenbesetztes Kleid, das das Licht der Straßenlaternen einfängt. Eine funkelnde Spange ziert eine Seite ihrer Bobfrisur. Sie ist ein wenig verrutscht, als wäre Julie gerade nach einer wilden Nacht außer Haus zurückgekehrt. Oder ist diese Wirkung beabsichtig? Sie springt auf, als der Ford am Bordstein anhält.

Octavian späht an Sophie vorbei zum Beifahrerfenster hinaus. »Wer ist das?«

»Julie Schuyler.« Sophie reißt hektisch am Türgriff. »Es muss Neuigkeiten geben.«

Julie streicht sich das Kleid glatt, als Sophie aus dem Wagen steigt. Ihr Lächeln ist blutrot und aufgesetzt. »Ich dachte, du solltest heute Nacht besser nicht allein sein. Anscheinend hattest du dieselbe Idee.«

Hinter Sophie schlägt die andere Wagentür zu. Octavian ist ausgestiegen. Julie mustert ihn, dann kehrt ihr Blick zu Sophie zurück. Ihre frisch gezupften Augenbrauen wölben sich in schmalen, hohen Bögen auf ihrer Stirn.

»Mr. Rofrano hat mich bloß nach Hause gebracht«, sagt Sophie.

»Aber sicher doch. Und jetzt, da ich weiß, dass du dich in guten Händen befindest, kann ich mich ja wieder auf den Heimweg machen.«

Sophie dreht sich um. Octavian steht noch immer neben der Fahrertür und beobachtet sie. Seine Hand ruht lässig auf dem Türrahmen; er trägt seine ledernen Autohandschuhe und hat die Schiebermütze tief in die Stirn gezogen.

»Er hat nicht vor hierzubleiben«, sagt sie zu Julie.

»Nicht?«

»Nein. Er hat mich auf eine Spritztour mitgenommen. Ich brauchte etwas frische Luft.«

»Stimmt das auch?«

Sophie hebt die Hand. »Ehrenwort.«

Die blutroten Lippen teilen sich. Vielleicht ist das ein Lächeln, vielleicht nicht. Bei Julie weiß man nie so recht; man kann nie genau sagen, woran man bei ihr ist. Aber ist nicht genau das Teil der Faszination? Hinter ihre Fassade zu blicken?

»Na dann.« Julie Schuyler hebt die unbehandschuhte Hand und wedelt damit in Richtung Ford, was eine Reihe goldener Armreifen zum Klirren bringt. »Dann schicken wir ihn einfach zurück zu Mama.«

JULIE SCHUYLER WEISS, wenn jemand eine Leiche im Keller hat, genau wie sie weiß, wo im Schrank die Schnapsflasche versteckt ist. In diesem Augenblick zieht sie ebenjene Flasche hervor, hält sie hoch und studiert das Etikett. »Wahnsinn, Kentucky Bourbon. Wie seid ihr denn da drangekommen?«

Sophie zuckt die Achseln. »Keine Ahnung. Die gehört meinem Vater.«

»Genau das Richtige, um uns heute Abend volllaufen zu lassen.«

»Ich will mich nicht volllaufen lassen.«

»Versuch's mal«, schlägt Julie vor, und schon sitzen sie auf dem Sofa im Salon und reichen die Flasche hin und her, während die Scheinwerfer vorbeifahrender Autos in unregelmäßigen Abständen ihr helles Licht durch den Spalt zwischen den Vorhängen werfen. Julie zündet sich eine Zigarette an und will wissen, was Sophie nun vorhat.

»Ich dachte, ich bewerbe mich um eine Stelle in einem Ingenieurbüro«, antwortet Sophie, lässt den Bourbon in der Flasche kreisen und wünscht sich, sie würde den Geschmack mögen. *Jetzt isst Octavian mit ihr zu Abend*, denkt sie. *Und jetzt küsst er sie, und du hast ihm auch noch versichert, du hättest nichts dagegen, du kleines, dummes, großmütiges Mädchen. Du hast ihn in ihre Arme getrieben.*

Sophie holt Luft, legt den Kopf in den Nacken und nimmt einen Schluck Bourbon. Der Alkohol brennt in ihrer Kehle.

»Du willst dir einen Job suchen? Und was ist mit deinem Geld?«

»Keine Ahnung. Es gehört Vater.«

»Nun, dann ist es doch deins, oder nicht? Ich meine, wenn er – du weißt, was ich meine.«

Wenn er tot ist. Mit Sicherheit wird Vater in Kürze zum

Tode verurteilt werden. Schließlich hat er ein Kapitalverbrechen begangen. Und bald darauf wird man das Urteil vollstrecken. Schnelle, effiziente Gerechtigkeit. Ein Leben gegen ein anderes Leben. Ein Mann an den Galgen, ein anderer Mann an Mrs. Marshall. Sophie ganz allein.

Sie setzt die Flasche erneut an.

»Das war nicht sonderlich taktvoll von mir«, stellt Julie fest. »Entschuldige. Ich weiß, es ist schrecklich. Immerhin ist er dein Vater.«

»Ja.« Sophies Augen brennen. Sie blinzelt und sagt: »Ich habe keine Ahnung, was aus dem Geld wird. Darüber hab ich noch gar nicht nachgedacht.«

»Was für ein braves Mädchen du doch bist. Gott sei Dank hast du mich – ich kann mir gern an deiner Stelle Gedanken darüber machen. All die wunderbare Knete, in zwei Batzen aufgeteilt zwischen deiner Schwester und dir. Wenn du Lust hast, kannst du dein eigenes Ingenieurbüro aufmachen.« Sie nimmt den Bourbon und trinkt, sehr viel eleganter als Sophie, die Zigarette zwischen den Fingern, dann reicht sie die Flasche zurück. »Du kannst tun, was immer du willst.«

»Ich weiß doch gar nicht, was ich mit dem Geld anfangen soll.«

»Das wirst du schon herausfinden, da bin ich mir sicher.«

Der dritte Schluck schmeckt gar nicht so schlecht. Sophie hat das Gefühl, sie könne sich daran gewöhnen. Sie wischt sich mit dem Daumen den Mundwinkel ab und fragt Julie, ob sie mal an ihrer Zigarette ziehen darf.

»Nimm dir eine«, sagt Julie großzügig, greift nach ihrer Handtasche und wühlt darin herum. Ihr Zigarettenetui ist mit einer atemberaubenden rot-weißen Emailleglasur versehen, die Ränder sind golden. Sie zieht eine lange Zigarette hervor und steckt sie Sophie zwischen die Lippen.

»Du solltest unbedingt Lippenstift tragen, um es richtig zu machen«, rät sie ihr.

»Ich habe meinen Lippenstift im Hotel vergessen.«

»Ich hab einen bei mir.« Julie schminkt Sophie die Lippen, wobei sie um die nicht angezündete Zigarette herumarbeitet. Als sie konzentriert die Augen zusammenkneift, stellt Sophie fest, dass sie Wimperntusche aufgetragen hat und einen feinen Kajalstrich, der die Form ihres Augenlids betont. Als sie sich zurücklehnt, um ihr Kunstwerk zu begutachten, sieht sie verwegen und unnatürlich wach aus, als würden ihr die blauen Augen jeden Moment aus dem Gesicht springen. »So. Viel besser«, sagt sie, steckt den Lippenstift weg und zündet Sophies Zigarette mit einem Streichholz aus ihrem rot-weißen Emailleetui an.

ALS SIE SPÄTER DEN KÜHLSCHRANK nach einem Abendessen durchsuchen, weil die beiden Bediensteten noch immer nicht aufgetaucht sind, lädt Sophie Julie ein, bei ihr zu übernachten.

Die wirft einen Blick auf ihre zierliche goldene Armbanduhr, dann schaut sie auf die schlichte schwarz-weiße Uhr an der Küchenwand. »Nun, da du mich so offensichtlich brauchst …«

»Ich brauche dich nicht.«

»Tust du doch. Irgendwer muss dich schließlich von der Tatsache ablenken, dass dein Galan in diesem Augenblick das Abendessen mit einer anderen Frau genießt – und vermutlich noch mehr als das Essen.«

»Er ist nicht mein Galan.«

»Aber du bist in ihn verliebt.«

»Was keinen Unterschied macht. Nichts macht irgendeinen Unterschied.« Sophie kneift ein Auge zusammen und betrachtet den Rest Bourbon in der Flasche, die nun mitten auf dem Tisch steht. »›Wir sind aus solchem Stoff, wie Träume sind …‹«

»Das ist Shakespeare.«

»Ja.«

Julie wackelt mit dem Finger. »Du darfst dich Billy Boy in einer Zeit wie dieser nicht an den Hals werfen.«

»Sagt wer?«

»Ich. Mit ein bisschen Shake… Shakespeare kann man alles rechtfertigen. Das verleiht einem einen hübschen, glanzvollen Anstrich von … Klugheit.«

»Aber du bist klug! Wir beide sind schrecklich clever. Sieh uns doch an!« Sophie öffnet die Arme. »*Du* wirst eine Ingenieurfirma mit mir aufmachen, und *wir beide* werden uns ein großartiges Apartment teilen und jede Menge Geliebte haben und nie, *niemals* heiraten.«

»Sagt wer?«

»Ich. Das ist nämlich genau das, was ich tun werde.«

Julie schüttelt den Kopf. »Ohne mich, Schwester.«

»O nein, das kannst du nicht machen. Du bist unerschrocken genug, um mich dafür zu begeistern, aber selber willst es nicht durchziehen?«

»Bei dir ist das etwas anderes. Es ist *dein* Geld. Zumindest wird es dein Geld sein, wenn dein Vater – nun ja.«

»Du hast doch auch Geld.«

»Meine Eltern haben Geld, Sophie. Das ist ein gewaltiger Unterschied.« Julie runzelt die Stirn, sieht sich in der Küche um und entdeckt ihr Zigarettenetui, das auf dem Kühlschrank liegt. Sie stützt sich vorsichtig auf dem Tisch ab und steht auf. »Und sie werden das nicht dulden.«

»Dass du dir ein Apartment mit mir teilst?«

»Nein. Ich glaube nicht, dass sie das sonderlich interessiert.« Mit einiger Mühe geht sie zum Kühlschrank hinüber, nimmt eine Zigarette aus dem Etui und zündet sie an, dann sackt sie – offenbar erschöpft von der Anstrengung – gegen den Kühlschrank und raucht stumm, bevor sie nach einer Weile hinzufügt: »Es geht um das andere. Dass ich mein eigenes Geld verdiene.«

Sophie runzelt die Stirn. Es fällt ihr schwer, sich zu konzentrieren, wenn die Welt so wunderbar vernebelt ist. »Aber du suchst dir doch trotzdem einen Job, oder? Mit mir. Wir nehmen uns zusammen eine Wohnung und finden Arbeit und sind unabhängig und modern.«

»Einen Job! Ach Süße, das bringt doch nichts. Man kann von einem *Job* nicht leben, zumindest kann man nicht das Leben führen, an das ich tragischerweise gewöhnt bin.« Sie wedelt mit der Hand, was Sophie an einen Schmetterling erinnert. »Solange ich auf Unterhalt angewiesen bin, haben sie mich in der Hand. Ich kann nur so weit streunen wie ein kleiner Hund an der Leine.«

»Aber du wirst bei mir sein.«

Julie schüttelt langsam den Kopf. »Ich kann dein Geld nicht annehmen, Süße. Nicht einmal um der Freiheit willen. Das ist eine absolute Prämisse, musst du wissen.«

»Was für eine Prämisse?«

»Die Prämisse, dass wir unseren Liebsten nicht auf der Tasche liegen dürfen.«

»Aber ich *brauche* dich!«, jammert Sophie. »Ich kann meine Firma nicht ohne dich führen! Du kennst dich so viel besser mit Personalführung und *Ökonomik* aus!« (Sie spricht das Wort mit Bedacht aus, um sich nicht zu verhaspeln: *Ö-ko-no-mik.*)

Julie kräuselt die Stirn. »Aber das Ingenieurwesen ist so *schmutzig*! Kannst du nicht stattdessen ein Kaufhaus eröffnen?«

»Aber damit kenne ich mich doch gar nicht aus.«

Julie bückt sich und zieht einen Schuh aus, fummelt an

der Schnalle, bis er ihr vom Strumpf rutscht. Sie hebt ihn auf und hält ihn in die Höhe. »Siehst du den hier?«

»Ich denke, ja.«

»Was ist das?«

»Ein Schuh.«

»Genau! Es ist bloß ein Schuh, Süße. Du musst nicht alles darüber wissen. Du musst nur wissen, ob er dir gefällt. Du musst den Mut haben zu sagen: ›Ich mag diesen Schuh, verdammt noch mal, und jede Frau in New York wird ihn in der nächsten Saison tragen.‹ Du *hast* diesen Mut, Sophie, das weiß ich.« Sie fängt an zu schwanken. Drückt sich gegen den Kühlschrank. Asche fällt von ihrer Zigarettenspitze. »Ich leider nicht. Ich habe den Mut, mir die Haare zu schneiden und in der Öffentlichkeit zu rauchen, aber ich habe nicht den Mut, für mich selber einzustehen. Das erfordert eine besondere Art von Verwegenheit, meine Süße, und Julie fehlt die nun mal.«

Sophie stützt die Wange in die Handfläche und findet, dass Julie in ihren Augen mehr als verwegen wirkt. Sie steht schwankend vor dem Kühlschrank, die Brüste plattgedrückt von einem dieser neuen BHs. Eine Taille ist nicht zu erkennen. Ihr Rock schwebt kühn über der Mitte ihres Schienbeins. Ihre Lippen sind rund und rot, die glänzenden, ondulierten Haare reichen ihr bis an die Ohrläppchen. In ihrem modernen Aufzug erinnert sie an eine jugendliche, frische, unverbildete Göre: ein Mädchen, das einem all die Freuden schenkt, nach denen man sich so sehnt, ohne die vertrackten Konsequenzen, die das Leben als Erwachsener mit sich bringt. Julie leuchtet ihr einen neuen Weg ohne Furcht, allein indem sie dort steht, mit ihrem glitzernden, gerade geschnittenen Kleid und dem glänzenden, gerade geschnittenen Haar, eine Zigarette in der Hand.

Sophie steht vom Tisch auf und taumelt auf den verschwommenen Umriss von Julie vor dem Kühlschrank zu. Sie nimmt den Schuh und geht in die Knie, um ihn an Julies schmalen Fuß zurückzustecken, der in dem gewagten, hauchzarten Strumpf aus hautfarbener Seide steckt. Das perlenbesetzte Kleid, das draußen im Licht der Straßenlaternen grau gewirkt hatte, hat in Wirklichkeit die Farbe von Moos.

»Ich glaube, du hast den Mut«, sagt Sophie. »Und ich denke, du bist auch verwegen genug. Geh einfach da raus und tu es. Du brauchst all die Kleider und den Luxus doch gar nicht. Du brauchst einfach nur Tatkraft. Du brauchst eine Seele.«

»Aber ich fürchte, dass ich genau die nicht habe.« Julie kniet sich neben sie auf den Küchenfußboden. »Obwohl das im Grunde gar nicht so schlimm ist. Ich amüsiere mich prächtig. Es ist absolut umwerfend, nicht wahr? Einfach herrlich. Irgendwann werde ich wohl heiraten müssen, wenn meine Eltern die Geduld mit mir verlieren, aber bis dahin bleiben mir noch ein paar Jahre. Ein paar Jahre und jede Menge Spaß.«

Sophie blickt in Julies Augen, die nun von verwischtem Kajal umgeben sind. »Das verstehe ich nicht. Du bist das tapferste Mädchen, das ich kenne.«

»Gott, nein. Wie kannst du so etwas nur behaupten?« Julie kichert leise und legt den Kopf in Sophies Schoß. »Siehst du denn nicht, wie konventionell ich bin? Ich werde niemals die Hand beißen, die mich füttert. Vielleicht werde ich von Zeit zu Zeit daran knabbern, einfach um meine Eltern auf Trab zu halten, aber das hier aufgeben?« Sie hebt ihr Kleid an. »Niemals.«

»Du kannst es, wenn du willst.«

»Aber ich werde es nicht tun. Das ist deine Art von Mut, nicht meine.«

Sophie fährt mit dem Finger über die gewellte goldene Kante von Julies Haar und hinauf bis zur Diamantspange. In Wirklichkeit ist die Spange nicht mit Diamanten besetzt, sondern mit Strass oder irgendwelchen anderen Schmucksteinen, ausgesprochen up to date, glitzernd vor Ironie. Julie fallen die Augen zu. Die Hand mit der Zigarette sackt zu Boden.

»›Und unser kleines Leben ist von einem Schlaf umringt‹«, flüstert Sophie.

Julies zu einem schwachen Rosé verblasste Lippen verziehen sich zu einem winzigen Lächeln. Sie nimmt die Hand – die linke Hand, nicht die mit der Zigarette – von dem hygienisch reinen Fußboden und schließt sie um Sophies Finger, die auf den Strasssteinen liegen.

»O schöne neue Welt«, flüstert sie zurück, »die solche Einwohner hat.«

TELEFON.

Das Wort zerreißt Sophies Kopf und hinterlässt eine große, schmerzhafte Wunde. Vielleicht ist es auch der Lärm an sich, das hartnäckige *Brrring-brrring,* das sich einfach nicht überhören lässt. Das Wort reißt weiter an ihr, der Lärm hält an, aber sie bringt die beiden Dinge nicht zusammen. »Kommen Sie herein!«, stößt sie angestrengt hervor.

Brrring-brrring!

Sophie öffnet widerwillig die Augen und denkt: *Telefon.* Diesmal fällt ihr ein, was ein Telefon ist. Aber *wo* ist das Telefon? Wo ist Sophie? Ein Salon, gut ausgestattet. *Ihr* gut ausgestatter Salon! New York? Ihr Kopf. O Gott, was ist mit ihrem Kopf passiert? Sie hatte einen Schlaganfall. Wo ist …

Brrring-brrring.

… das Telefon?

Sophie rollt sich auf die Seite und fällt unversehens vom Sofa. Eine vage Erinnerung schwebt vorbei: Julie und eine Flasche Bourbon. Die Treppe, die sie nicht hinaufgehen wollte. Wegen Vater. Wegen Octavian. Octavian und Mrs. Marshall.

»Julie?«, ruft sie hoffnungsvoll.

Brrring-brrring.

Das Foyer. Sophie rappelt sich hoch und läuft gegen eine Wand. Sie trägt noch immer ihren marineblauben Rock, aus dem die Bluse heraushängt. Sie erinnert sich an eine Zigarette. Und an ein Grammofon. Ansonsten herrscht Funkstille.

Brrring-brrring.

Sophie taumelt durchs Foyer in Richtung Treppe, wobei sie sich gequält zusammenkrümmt. Auf dem Treppenabsatz steht das Telefon in seiner schändlichen Nische, verbannt aus den anständigen Räumen. *Brrring-brrring* sticht es ihr in die Schläfen wie mit spitzen Bleistiften. Sie schnappt sich die Hörmuschel – das Telefon ist schrecklich altmodisch, aber so ist Vater nun mal, wenn es um häusliche Angelegenheiten geht – und bringt die Lippen dicht an die Sprechmuschel. In derselben Sekunde stellt sie fest, dass sie sich übergeben muss.

»Hallo?« (Unbedarft.)

»Hallo? Miss Faninal?« (Knisternd.)

Sophie lauscht verwirrt, dann fällt ihr ein, dass Faninal Fortescue ist. Fortescue ist Sophie.

»Ja. Am Apparat.«

»Hier spricht Mr. Manning.«

Sophie wird es heiß und kalt und wieder heiß. Ihre Zunge fühlt sich an, als wäre sie mit feuchtem Mehl bedeckt. Ein kleines, pelziges Nagetier scheint ganz hinten in ihrer Kehle verendet zu sein. Sie bewegt den Kopf – ein Fehler – und lehnt sich gegen den Wandverputz. »Manning?«, wiederholt sie.

Leichtes Zögern am anderen Ende der Leitung. »Ihr Anwalt, Miss Faninal. Der Strafverteidiger Ihres Vaters. Es tut mir leid wegen der frühen Uhrzeit, aber ich fürchte, es ist etwas Wichtiges …«

»Wenn Sie mich bitte kurz entschuldigen …«

»Miss Faninal, das hier ist ein *Ferngespräch* …«

Sophie legt die Sprechmuschel ab und rennt die restlichen Stufen hinauf zum Badezimmer im ersten Stock, wo sie sich über die Toilette beugt und eine unvorstellbare Menge giftiger gelb-grüner Galle in die Schüssel spuckt. Was einige Zeit in Anspruch nimmt. Erst als auch das letzte bisschen Galle raus ist, gibt ihr Magen etwas Ruhe. Als sie endlich den Kopf hebt, erkennt sie die Person nicht, die ihr da aus dem kleinen Spiegel über dem Waschbecken entgegenblickt. Sie greift nach einem Waschlappen und hält ihn unter den Wasserhahn. Das kalte Wasser auf der Haut hilft. Erinnert sie daran, dass sie noch lebt. Als ihr Gesicht sauber und rosig ist, dreht sie sich um und verlässt auf unsicheren Beinen das Badezimmer. Sie hat etwas Dringendes zu erledigen, unten, etwas, was getan werden muss, was sie aber nicht tun möchte.

Das Zimmer ihres Vaters liegt am Ende des Gangs, zur Straßenseite hinaus. Die Tür steht offen, was merkwürdig ist. Vater hat sie stets geschlossen. Sogar das Hausmädchen musste um Erlaubnis bitten, bevor es drinnen saubermachen durfte. Wie viel Uhr ist es? Es kommt ihr schrecklich früh vor. Viel Licht fällt noch nicht durch die Vorhänge. Sophie trägt keine Uhr. Vaters Zimmer? Vielleicht ist in Vaters Zimmer eine Uhr. Wenn sie jetzt in Vaters Zimmer geht, muss sie die Sache unten nicht erledigen, die Sache, die sie so gern ignorieren möchte, obwohl sie an ihr nagt, ihr keine Ruhe lässt.

Sie marschiert schnurstracks in Mr. Faninals dunkles Heiligtum, in dem es nach abgestandener Luft riecht, aber sie sieht nicht auf die Uhr. (Ohnehin weiß sie gar nicht, wo die Uhr ist.) Stattdessen tritt sie an das nächstbeste Fenster und zieht den Vorhang zurück.

Kurz nach Tagesanbruch. Der Himmel ist von einem unheimlichen, rußigen Blau, durchzogen von vereinzelten rosa Streifen über den Häusern im Osten. Die Straßenlaternen brennen noch und werfen ein zähflüssiges, kränkliches Gelb in den morgendlichen Dunst. Die Straße ist wie ausgestorben, abgesehen von dem Milchwagen, der langsam um die Ecke biegt. Die Glasflaschen klirren, und …

Und ein staubiger grüner Ford Model T parkt am Bordstein vor dem Haus.

Sophies Hand findet den Weg zu ihrem Hals und bleibt auf der Luftröhre liegen. Ihr stockt der Atem. Sie schließt die Augen, öffnet sie, schließt sie erneut, dann öffnet sie die Lider langsam noch einmal, ein letztes Mal. Der Wagen ist immer noch dort.

Das Dach ist offen, doch aus dieser Perspektive versperrt es den Blick auf das Wageninnere, und durch die Windschutzscheibe kann sie auch nicht sehen: Der Winkel ist zu spitz.

Aber er ist dort. Wie lange hat er da geparkt und Wache gehalten? Ihr Kavalier. Seit seinem Abendessen mit Mrs. Marshall? Die ganze Nacht über?

Sophie fängt wieder an zu atmen. Sie schließt die Faust um den dicken Damastvorhang und hebt ihn an die Wange.

Telefon.

Jetzt fällt es ihr wieder ein. Mr. Manning, der Strafverteidiger ihres Vaters. Warum hat er sie heute zu so früher Stunde angerufen?

Sie streicht sich ein letztes Mal mit dem feuchten Waschlappen über die Stirn und lässt den Vorhang los. Bevor sie das Arbeitszimmer verlässt, fällt ihr Blick auf die Uhr auf Vaters kleinem Kaminsims: fünf Uhr fünfundvierzig.

Kapitel 20

Es steckt so viel Heiliges in den Schlimmsten von ihnen
und so viel Teuflisches in den Besten von ihnen,
dass eine Frau, die einen davon geheiratet hat,
nichts von dem Rest lernen kann.

HELEN ROWLAND

THERESA

Im Pickwick Arms Hotel, etwa zur selben Zeit

ZUMINDEST HÖRT DAS VERFLUCHTE TELEFON auf zu klingeln, aber ich fürchte, es ist zu spät. Ich bin hellwach, dabei ist es noch nicht mal mehr Morgen, zumindest nicht nach meinen Maßstäben.

Ich habe bemerkenswert gut geschlafen, wenn man die Umstände berücksichtigt. Generell schlafe ich nicht gut in fremden Betten, aber das Pickwick hat wirklich gute Matratzen – was für ein Segen! –, und wenigstens ist dort niemand, der mich stört. Nichts und niemand, der meine Gehirnaktivitäten bremst. Die Bettwäsche ist frisch, die Einrichtung harmoniert mit den Blumen auf den Vorhängen.

Das Telefon steht auf dem Nachttisch des anderen Betts. Auf meinem befindet sich ein kleiner weißer Wecker. Ich drehe mich auf die Seite und hebe ihn hoch. Meine Augen haben leichte Schwierigkeiten, bei dem grauen Licht die

Uhrzeit zu erkennen, ich weiß auch nicht, warum. Es ist entweder kurz vor sechs oder halb zehn. So oder so – es ist später, als ich dachte. Die Chintzvorhänge müssen ziemlich dick sein.

Ich schwinge die Beine aus dem Bett. Mein Gast wird bald eintreffen, und ich würde zuvor gern ein Bad nehmen.

AUCH WENN ICH DIESE NEUE, formlose Mode nicht sonderlich mag – die tiefe Taille, die geraden, weiten Schnitte –, sollte ich vermutlich dankbar dafür sein. Im Bad ist die Rundung meines Bauchs nicht zu übersehen.

Ich drücke einen Waschlappen über der sanften Wölbung aus und betrachte staunend, wie der Seifenschaum in verschwenderischen Rinnsalen daran hinabläuft. Der Arzt sagt Ende Oktober. Ich nehme an, dass er Recht hat, zumal ich ziemlich genau angeben konnte, wann die Zeugung stattfand. »Ich gratuliere, Mrs. Marshall«, sagte er ohne jede Ironie. »Paare in Ihrem Lebensstadium sind selten erfolgreich bei der Fortpflanzung.« Anscheinend ist er kein Freund von Klatschspalten.

Ich glaube, es wird ein Mädchen, obwohl ich mich an die Details nicht mehr genau erinnere. Die Unterschiede bei den Schwangerschaften mit den Jungs und mit meiner kleinen Tochter. Es ist so lange her, dass Billy auf die Welt kam. Ich habe vergessen, wie schläfrig man ist, habe die Stimmungsschwankungen vergessen. Mir war in den ersten Wochen nie übel, doch bei dieser Schwangerschaft ist mir richtig schlecht, das kann ich Ihnen sagen. Deshalb wusste ich auch Bescheid. Zunächst dachte ich, ich hätte mir irgendwelche Keime eingefangen, und dann nahm ich an, dass einfach zu viel zusammenkam. Als der Junge aus dem Krankenhaus entlassen wurde, war er so abweisend und zerstreut. Er wollte nicht über Nacht bleiben, wollte nicht mit mir ins Bett gehen. Stattdessen wollte er den Anstand wahren, »bis die Scheidung durch ist«, anständig und ehrlich, aber ich wusste, dass es nicht die Scheidung war, auf die er wartete. Sie war es. Sie und die Gerichtsverhandlung, die Verhandlung in Sachen Faninal. Diese verdammten Faninals und ihre Liebesangelegenheiten.

Nach einer Weile habe ich zwei und zwei zusammengezählt und bin zum Arzt gegangen. Ich gratuliere, Mrs. Marshall. Nun haben Sie einen Trumpf in der Hand, mit dem Sie dieses Spielchen todsicher gewinnen. Falls alle anderen Bemühungen scheitern.

Es ist erforderlich, dass Sylvo und ich ein Jahr getrennt leben, bevor wir bei Gericht die Scheidung einreichen können. (Ich habe gehört, in Nevada geht das schneller, aber wir möchten das auf eine anständige, würdevolle Art und Weise hinter uns bringen.) Wir haben beschlossen, dass ich diejenige sein soll, die die Klage wegen Ehebruch einreicht. Sylvo wird die Schuld auf sich nehmen, ganz der korrekte Gentleman, obwohl wir beide Ehebrecher sind. So zumindest hat der Junge es bezeichnet an jenem Morgen nach meinem ersten Besuch im Gästehaus der van der Wahls. Wie bereits erwähnt, machte er uns Frühstück und setzte sich mit mir zusammen an den kleinen Tisch, doch sein Gesicht wirkte nicht ganz so freudig wie während der Nacht. Er sagte kaum ein Wort. Ich fragte ihn, ob etwas nicht stimme, ob ich etwas falsch gemacht habe, und er sah mich an und sagte – ich erinnere mich genau an jedes einzelne Wort, an den unglücklichen Ton seiner Stimme –: »Ich nehme ich, ich habe mich des Ehebruchs schuldig gemacht.«

Ich wies ihn darauf hin, dass ich die Ehebrecherin sei, nicht er; er sei lediglich der Mittäter. Ein ganz gewöhnlicher Unzuchttreibender. »Ein Unzuchttreibender mit einer verheirateten Frau«, sagte der Junge, auf seinen vollen Teller starrend, und ich stellte meinen Kaffee ab und setzte mich auf seinen Schoß. Ich sagte, darüber müsse er sich keine Gedanken machen – ich sei diejenige, die sündigte. »Ich, hast du mich verstanden? Es gibt nichts, was du sühnen müsstest, mein dummer Junge.«

Noch nie zuvor hatte eine Frau auf seinem Schoß gesessen, so viel stand fest, und nach ein wenig gutem Zureden schob er die Hände unter meinen Po, hob mich hoch und trug mich ins Schlafzimmer, noch ehe ich dazu kam, ihm zu erklären, dass es auf dem Küchentisch vielleicht noch amüsanter wäre – zumindest aber abwechslungsreicher. Ich habe keine Ahnung, wie er nach einer solch kräftezehrenden Nacht zu einer derartigen Leistung fähig war, aber er schaffte es. Die Jugend, nehme ich an, und all die Jahre, in denen er seinen Sexualtrieb unterdrücken musste. Unsere Leiber im Kommodenspiegel, in Wollust vereint, sein Fleisch, das mit meinem verschmolz, sodass ihm keine andere Wahl blieb. Keine andere Wahl, als uns beide zum Höhepunkt zu treiben, hart und ekstatisch, bis alles andere bedeutungslos war.

Doch die Melancholie kehrte gleich danach zurück – ich sollte bald erfahren, dass das bei dem Jungen immer der Fall war, und ich meinte, es gebe sogar einen lateinischen Ausdruck für diesen Zustand –, und er löste sich von mir und zündete sich eine Zigarette an und erklärte, das Gegenteil sei der Fall – er habe jede Menge Buße zu tun, denn er sei nun unausweichlich verdammt. Wir würden heiraten müssen, das sei das einzig Richtige. Ich erklärte ihn für verrückt. Man heiratet seine Geliebte nicht. »Ist es das, was du bist?«, fragte er, an die Decke gerichtet. »Das ist das, was ich bin«, antwortete ich selbstsicher.

Er drehte sich zu mir und fragte, was passieren würde, wenn ich ein Kind bekäme.

»Das wird nicht passieren«, antwortete ich.

»Und was, wenn doch?«, beharrte er.

Die Möglichkeit erschien mir so abwegig. Nach Billy hatte ich zwei Fehlgeburten erlitten, beide kurz nacheinander, dann war ich nicht mehr schwanger geworden. Nicht dass ich zu jener Zeit häufig die Gelegenheit dazu gehabt hätte, denn Sylvo und ich traten damals gerade in eine ruhige, freundschaftliche, sexuell unproduktive Phase unserer Ehe ein, in der ich mit den Kindern beschäftigt war, und er … nun, er war anderweitig beschäftigt. Die Vorstellung, schwanger zu werden, verschwamm mit der Vergangenheit, genau wie Debütantinnenbälle und Brautausstattung. So etwas betraf nur jüngere Frauen.

Ich krabbelte nackt zum Kopfende des Betts, wo er saß und rauchte, gegen ein zerknautschtes Kissen gelehnt, und viel zu frisch und sonnig aussah – sowohl für Sex als auch für Zigaretten. Doch seine Augen blickten alt und melancholisch, seine Haut roch wunderbar nach Verführung. Nach mir.

»Wenn das so ist, werde ich mich wohl scheiden lassen müssen«, sagte ich, ohne es wirklich zu meinen. Ich hatte keineswegs die Absicht, mein Leben als Mrs. Theodore Sylvester Marshall aus der Fifth Avenue zu beenden. Ich behauptete das nur, um ihm eine Freude zu machen. Der Junge, so dachte ich, wäre mein kleines Geheimnis, und zwar so lange, wie ich ihn brauchte. Solange er mich wollte.

MRS LUMLEY TRIFFT UM EXAKT sechs Uhr fünfundvierzig ein, genau wie ich es verlangt habe. Ihr Klopfen ist zaghaft, ihre Hutkrempe breit und tief in die Stirn gezogen. Sie ist anständig gekleidet, trägt ein ordentliches Kostüm in Waldgrün. Ich frage sie, ob sie schon gefrühstückt hat.

Sie legt mit zitternden Händen den Hut auf die Garderobe und behauptet, sie sei nicht hungrig.

»Nun, ich sterbe vor Hunger«, erwidere ich, nehme den Telefonhörer ab und verlange den Zimmerservice.

Obgleich schrecklich nervös, ist Mrs. Lumley eine attraktive Frau mit glatten dunklen Haaren, in denen nicht eine einzige graue Strähne zu entdecken ist; ihre Augen sind groß und braun. Als sie achtzehn war und gerade bei den Faninals als Hausmädchen anfing, muss sie so reizvoll gewesen sein wie ein junges Reh. Sie zieht ihre Handschuhe aus und legt sie neben den Hut. Ich biete ihr einen Platz auf dem Sofa an, und sie folgt meiner Einladung, wobei sie sich mit ihren kleinen, zitternden Fingern die Haare zurückstreicht.

Als sie sich gesetzt hat, läutet das Telefon erneut. Mrs. Lumley sieht mich aus ihren großen braunen Augen erschrocken an. »Das ist nicht für mich«, zerstreue ich ihre Sorge. »Ich habe das Zimmer von jemand anderem übernommen.«

»Von wem?«, erkundigt sie sich misstrauisch.

»Von Mrs. Fitzwilliam. Sie ist gestern Nachmittag mit ihrer Tochter abgereist.«

»Wohin ist sie gefahren?«

»Nach Florida, nehme ich an. Zu ihrem Ehemann. Sie war ganz versessen darauf, endlich wegzukommen, was ich der armen Frau nicht verdenken kann. Was für eine grauenhafte Tortur für die beiden.«

Mrs. Lumley blickt in ihren Schoß. »Ja.«

»Wie dem auch sei, Mrs. Fitzwilliam hat vor ihrer Abreise mit mir über den Fall geredet und ein paar Details genannt, die sie vor Gericht nicht erwähnt hat, wenn Sie verstehen, was ich meine.«

»Ja.«

»Sie können frei sprechen, Mrs. Lumley. Der Fall ist abgeschlossen. Mr. Faninal wurde verurteilt, und soweit ich weiß, hat er nicht vor, Einspruch zu erheben. Sie haben nichts zu befürchten, selbst wenn ich zu den Menschen gehörte, die Geheimnisse preisgeben, was ich definitiv nicht tue.« Ich lache beruhigend. »Ich habe selber genügend Geheimnisse, das können Sie mir glauben!«

Sie presst die Daumen gegeneinander. »Dessen bin ich mir sicher«, flüstert sie.

»Wenn Ihr Ehemann herausfindet …«

»Nein!« Ihr Gesicht wird kalkweiß. »Sie werden ihm doch nichts sagen, oder?«

»Selbstverständlich nicht. Ich bin der festen Überzeugung, dass Ehemänner niemals in gewisse Geheimnisse eingeweiht werden sollten.«

»Er darf nicht einmal wissen, dass ich hier bin.«

»Selbstverständlich nicht, selbstverständlich nicht.« Ich strecke den Arm aus und tätschele ihre zitternden Hände. »Das geht ihn schließlich nichts an.«

Sie fängt an zu weinen. Ich stehe auf und nehme ein Taschentuch aus meiner Handtasche. »Wir haben es nie getan, das schwöre ich«, stammelt sie und tupft ihre Augen.

»Was getan, meine Liebe?«

»Sie wissen schon. Wir haben uns ein paarmal geküsst, das ist alles. Er war ein Gentleman. Er tat mir bloß leid, wegen … wegen …«

»Wegen seiner Frau.«

»Ja.« Sie holt tief Luft und sammelt sich. »Sie war immer nett zu mir. Ich habe mich schrecklich gefühlt, weil wir ihr das angetan haben.«

»Was *Sie* ihr angetan haben? Meine Güte, Sie sind großherzig. Mrs. Faninal war nicht gerade eine Heilige.«

»Trotzdem war es nicht richtig.« Mrs. Lumley sieht mit wässrigen Augen zu ihr auf. »Die Sache bringt mich beinahe um.«

»Den Effekt haben Geheimnisse nun mal. Und jetzt ist die Verhandlung vorbei, und Mr. Faninal wurde schuldig gesprochen und wird aller Wahrscheinlichkeit nach in Kürze zum Tode verurteilt werden, was Ihnen jegliche weitere Verlegenheit ersparen dürfte.«

»Ich weiß nicht, was ich tun soll! Ich gehe daran noch zugrunde!«

»Beruhigen Sie sich, meine Liebe. An Schuldgefühlen ist noch niemand gestorben.« Ich beuge mich vor und umschließe die bebenden Finger mit meinen eigenen, fest und stählern. »Auch nicht wegen Ehebruch.«

»Ehebruch?«

»Ja, Ehebruch.« Ich ziehe die Augenbrauen hoch. »Herrjemine! Sie wollen doch nicht behaupten, dass noch mehr dahintersteckt?«

Sie senkt den Blick hastig wieder auf den Schoß. »Um Himmels willen, nein! Natürlich nicht. Nur … nur das.«

»Sagten Sie nicht vorhin, Sie beide hätten es gar nicht – wie haben Sie sich noch gleich ausgedrückt? – *getan*?«

»Das haben wir auch nicht! Ich meine … Ach du meine Güte! Ich muss gehen. Ich hätte gar nicht kommen dürfen.« Sie springt vom Sofa. »Ich muss … Mein Ehemann … Er wird sich fragen …«

Es klopft an die Tür.

Ich lege die Hand auf die Sessellehne und stehe auf.

»Ah! Endlich. Ich gebe zu, Mrs. Lumley, ich liebe ein gutes Frühstück.«

ICH MÖCHTE SIE NICHT MIT ALL DEN GESCHICHTEN über den Jungen langweilen. Vielleicht liegt das an der Schwangerschaft, die mich sentimental macht, vielleicht möchte ich schlichtweg, dass ihm Gerechtigkeit widerfährt. Im Grunde kann ich mir das Ganze schenken. Es ist mir piepegal.

Nur er nicht. Dafür ist die Sache zu wichtig.

Wir waren einige Zeit ein Liebespaar. Lang genug, dass wir miteinander vertraut waren, dass wir die Gewohnheiten des anderen kannten. Ich wusste, dass er Fisch lieber mag als Fleisch, er wusste, dass bei mir das Gegenteil der Fall ist. Ich wusste, dass er Albträume hat, schlimme Albträume; er wusste, dass ich das wusste und nicht darüber sprechen würde. So was in der Art.

Gleichzeitig bewahrten wir uns einen gewissen Schauer der Erregung, weil wir uns nur zweimal die Woche trafen und weil wir unser kleines Geheimnis vor der von Geheimniskrämerei besessenen Gesellschaft bewahrten. Wir gingen eine Straße in Greenwich Village entlang oder durch irgendein anderes Viertel, in dem wir uns sicher fühlten vor meiner üblichen Clique, sodass ich meine Aufmerksamkeit voll und ganz auf ihn konzentrieren konnte: auf seine Bewegungen, die Details seiner Kleidung, die wenigen Worte, die er über die Lippen brachte.

Der Junge dagegen schien mir nicht allzu viel Aufmerksamkeit zu schenken. Nie strich sein Blick über mein Gesicht oder meinen Körper; er strich über die Straßen und Gebäude, die vorbeifahrenden Fahrzeuge, die Männer und Frauen in unserer Nähe – eine Tatsache, die mir endlose Pein verursachte. Wenn ich ihn doch nur dazu bringen könnte, *mich* wahrzunehmen! Meine Fragen mit richtigen Sätzen zu beantworten. Dann *wüsste* ich, ob er mich liebte, dann hätte ich einen Beweis für seine Zuneigung.

Abends gingen wir in einen neuen Club oder irgendeine kleine Kaschemme, von der ich aus gewissen Kreisen erfahren hatte, ein verrufenes Fleckchen in der Nähe von Chinatown. Wir sprachen über das, was wir am Tag erlebt hatten, und über unsere Pläne für den restlichen Abend. Ein ganz gewöhnlicher Dienstag. Ein Mann tauchte auf, wie Männer es nun mal tun, zog eine Waffe und bat uns, ihm den Gefallen zu erweisen, ihm unser Geld und unseren Schmuck zu übergeben.

Dummerweise trug ich Diamantohrringe und ein Rubinarmband – eine Dame sollte von Zeit zu Zeit zeigen, was sie hat, vor allem, wenn sie ein wenig persönliche Aufmerksamkeit haben möchte –, und ich fürchte, ich habe mich schrecklich blamiert. Ich schrie laut auf vor Entsetzen – der Schock, nehme ich an.

Nicht so der Junge. O nein. Seelenruhig schlug er dem Mann die Pistole aus der Hand, holte mit der Faust aus und verpasste unserem bedauernswerten Räuber einen Schlag aufs Kinn, der ihn beinahe umgebracht hätte. Im ersten Augenblick dachte ich, er hätte ihn tatsächlich getötet. Der Kerl sackte geräuschlos zu Boden, und für ein, zwei Sekunden stand der Junge über ihm, ohne auf das Blut zu achten, das von der aufgeplatzten Haut über seinen Fingerknöcheln tropfte, und starrte auf ihn herab wie ein Löwe, der seine Beute für sich beansprucht.

Dann drehte er sich um und bot mir seinen Ellbogen. »Komm mit«, sagte er, und ich nahm völlig verblüfft seinen Arm und ging um den reglosen Körper herum. Als ich einige Minuten später wieder sprechen konnte, fragte ich ihn, ob der Mann tot sei, und der Junge verneinte, er habe noch geatmet. Ich wollte wissen, warum wir nicht die Polizei gerufen hatten, und der Junge lachte – kein kultiviertes Lachen, das kann ich Ihnen versichern – und sagte, das würde doch keinen Unterschied machen. Der Junge hatte selbst für Ordnung gesorgt; musste man dann noch die Gesetzeshüter rufen, damit die dem Mann den Gnadenschuss verpassten?

Wir gingen ein kleines Stück weiter, unsere Absätze klapperten auf dem Asphalt. Ich hätte ihn gern gefragt, wo er gelernt hatte, so zu kämpfen, wo er gelernt hatte, einen Mann ohne mit der Wimper zu zucken bewusstlos zu schlagen, aber ich kannte die Antwort darauf. Ich kannte die Quelle der Dunkelheit, die in ihm sprudelte, und es gab keinerlei Anlass, sie ans Tageslicht zu befördern, den Jungen in seine Komponenten zu zerlegen, die einzelnen Teile zu ölen und wieder zusammenzusetzen. Das hatte schon bei Humpty Dumpty nichts gebracht. Stattdessen verbrachten wir den Abend im Club und betranken uns, bevor wir zu seinem Apartment zurückkehrten und es für den Rest der Nacht miteinander trieben, voller Genuss und verzweifelt. *Et voilà*: Anschließend sah die Welt wieder besser aus.

Ein paar Tage später fragte ich trotzdem, wie er es geschafft hatte, so ruhig zu bleiben, während ich vor Schreck wie paralysiert war. Ich wollte wissen, wie das funktioniert, wollte wissen, wie es einem gelingt, der Gefahr lachend ins Gesicht zu blicken oder der Gefahr zumindest einen ordentlichen Faustschlag zu verpassen.

»Nun, da gibt es zwei Möglichkeiten«, antwortete er. »Die erste ist, dass man schon kaltblütig zur Welt kommt. Die zweite ist, dass man diese Fähigkeiten erlernt.«

»Und wie kann ich das lernen?«, hakte ich nach.

(Wir lagen im Bett, gemütlich aneinandergekuschelt, und lauschten dem mitternächtlichen Regen, der gegen die Fensterscheibe prasselte.)

»Glaub mir«, versicherte mir der Junge, »das willst du gar nicht lernen.«

WIE DEM AUCH SEI. Zurück zu dem Frühstück, das in diesem Moment vor der Tür meiner Suite eintrifft. Aber – Überraschung! Es ist gar nicht das Frühstück.

Nun, genau gesagt: Das Frühstück ist doch da, auf einem Tablett – duftender Kaffee, serviert von einem kleinen, drahtigen Mann. Das Gesicht unter seiner tief in die Stirn gezogenen Mütze kommt mir ziemlich bekannt vor, und es ist alles andere als dienstbeflissen.

Mrs. Lumley stößt einen Schrei aus.

»Monty!«

Kapitel 21

Manche Frauen lassen sich die ganze Zeit
über an der Nase herumführen,
und allen Frauen passiert das mitunter,
doch ein und dieselbe Frau lässt sich nicht die halbe Zeit lang
von ein und demselben Mann auf ein und dieselbe Art
an der Nase herumführen.

HELEN ROWLAND

SOPHIE

In der Lobby des Pickwick Arms Hotels, im selben Moment

MISS SOPHIE FANINAL steht an dem mittlerweile wohlvertrauten Empfang des Pickwick Arms, bekleidet mit dem marineblauen Kostüm von gestern und einem sauberen Paar weißer Handschuhe, die Finger um ihre Handtasche geklammert. Sie versucht, die in ihr aufsteigende Panik unter Kontrolle zu bekommen.

»Aber das verstehe ich nicht«, sagt sie. »Warum ist meine Schwester nicht ans Telefon gegangen? Hat sich denn niemand die Mühe gemacht, nach ihr zu sehen?«

»Wir pflegen unsere Gäste nicht unnötig zu behelligen, Miss Faninal«, sagt der Mann am Empfang.

»Aber anrufen tun Sie sie.«

»Das war die Polizei.« Er blickt auf die uniformierten Männer, die hinter Sophies Schulter stehen, dann auf den

Mann an ihrer Seite. Er räuspert sich. »Jedenfalls hat Mrs. Fitzwilliam um etwa Viertel vor sieben angerufen, um Frühstück zu bestellen, weshalb wir davon ausgehen können, dass sie gesund und munter ist.«

Sophie streckt die Hand aus. »Wären Sie dann bitte so freundlich, mir meinen Schlüssel auszuhändigen? Meine Schwester und ich haben uns die Suite schließlich geteilt.«

Der Mann hüstelt und wirft einen Blick auf die Polizisten hinter Sophie. »Selbstverständlich. Allerdings fürchte ich, dass die Herren in der Lobby warten müssen. Es entspricht nicht den Gepflogenheiten unseres Hauses, unsere Gäste unnötig …«

»… zu stören. Ja, ich weiß, und damit bin ich einverstanden.« Sophie schließt ihre weiß behandschuhten Finger um den Messingschlüssel, der an einem runden Messingplättchen mit der eingravierten Zimmernummer 404 hängt, und beschreibt einen exakten Halbkreis. »Meine Herren? Würden Sie mich bitte entschuldigen? Ich bin gleich wieder da, zusammen mit meiner Schwester, und dann stehen wir voll und ganz zu Ihrer Verfügung.«

Sie sieht jedem der Männer in die Augen und spart sich ein letztes zuversichtliches Lächeln für den leitenden Detective auf, einen Mann names Curtis. Lieutenant Curtis war unerwartet freundlich zu ihr. Seit ihrer Ankunft, seit sie in Octavians Ford aus Manhattan heraus und durch die Vororte gefahren sind – Octavian am Steuer, der den Wagen mit der konstanten, rasanten Geschwindigkeit von vierzig Meilen pro Stunde vorantrieb –, hat der Lieutenant ihre ungläubige Bestürzung für bare Münze genommen, anders als der Rest der Einheit, der davon auszugehen scheint, dass sie etwas mit der Flucht ihres Vaters aus dem Fairfield County Jail gestern Nacht zu tun hat. Am liebsten hätte sie ihm erzählt, dass sie den Großteil der vergangenen Nacht zusammen mit Miss Julie Schuyler Bourbon trinkend auf dem Küchenfußboden verbracht hat, wenn sie nicht gerade wie eine Verrückte zu den Klängen einer alten Ragtime-Schallplatte auf Vaters Victrola Truthahntrott tanzte, aber das ist nicht gerade das, was man einem grundanständigen Detective anvertraut, nicht wahr?

Wenigstens ist Octavian an ihrer Seite, Gott sei Dank. Er hat nicht viel gesagt, aber er wird sie nicht allein lassen, das zumindest hat er klargemacht, vor allem Sophie. Als sie ungefähr eine Stunde nach dem Anruf die Haustür in der Thirty-Second Street öffnete, sprang er sofort aus dem Ford auf den Gehsteig und erkundigte sich, ob alles in Ordnung sei. »Nein, ist es nicht«, teilte sie ihm mit. »Mein Vater ist soeben aus dem Gefängnis geflohen.«

Damit hatte er nicht gerechnet, aber er verschwendete keine Zeit. »Kommen Sie«, sagte er, während er bereits die Beifahrertür öffnete. Sie musste ihm nicht sagen, wohin er fahren sollte, er fuhr einfach los, die Third Avenue hinauf bis in die Bronx, wo er auf die Boston Post Road einbog und fast ohne anzuhalten weiterraste. Wie letzten Winter, nur schneller und voller schlimmer Vorahnungen. Diesmal schlief Sophie nicht ein. Sie drückte sich eine Hand auf den Magen und umklammerte mit der anderen den Türgriff, als würde das den Ford schneller machen, die Meilen kürzer. Vater war aus dem Gefängnis geflohen. Warum? Er hatte doch erst gestern den Schuldspruch angenommen. Hatte sich geschlagen gegeben. Hatte den Kopf gesenkt und endlich klein beigegeben.

Die Frage nach dem Warum schrillt ihr noch immer durch den Kopf, aber sie lässt sich nichts anmerken. O nein. Als Lieutenant Curtis nickt und sich umdreht, um seine Leute zu den verschiedenen Hotelein- und ausgängen zu dirigieren, sieht sie Octavian an und lächelt tapfer. »Du wartest hier auf mich, oder?«

»Selbstverständlich. Möchtest du, dass ich mit dir komme?«

»Ich glaube nicht, dass sie das erlauben. Sie sind aus irgendeinem Grund misstrauisch.«

»Mach dir deswegen keine Sorgen. Bring deine Schwester einfach mit runter, und ich rede inzwischen mit dem Lieutenant. Ich versuche herauszufinden, was ich kann.«

Ihre Hände sind feucht in den Handschuhen. Sie rollt den Schlüssel in der Handfläche hin und her. Octavian sieht sie erwartungsvoll an, beinahe als wollte er sich vorbeugen und sie zum Abschied küssen. Als hätten sie das Recht, sich zu küssen.

»Ich wollte noch fragen …«, stößt sie hastig hervor.

»Was?«

»Warum warst du nicht bei ihr? Letzte Nacht?«

»Sie war nicht da.«

»Oh. Verstehe.« Die Luft in der Lobby ist sommerlich warm, sämtliche Fenster sind geöffnet, um die morgendliche Frische hereinzulassen. Der Rezeptionist wirft ihnen neugierige Blicke zu, auch wenn er vorgibt, etwas in sein Kassenbuch einzutragen. Sophie wird leicht übel. Als sie sich umdreht, um zum Aufzug zu gehen, sagt sie: »Könntest du bitte nachfragen, ob es etwas zu essen gibt? Ich bin völlig ausgehungert.«

»Selbstverständlich. Kaffee?«

»Ja«, antwortet sie über die Schulter.

Der Aufzug mit den brünierten Bronzetüren ist am gegenüberliegenden Ende der Lobby hinter zwei Säulen versteckt. Während Sophie darauf wartet, dass die Kabine kommt, gesellt sich ein weiterer Gast zu ihr, ein Mann. Er tritt ein wenig zu nah an sie heran. Sie macht einen halben

Schritt zur Seite, und er sagt mit gesenkter Stimme: »Entschuldigen Sie. Miss Fortescue?«

»Faninal«, korrigiert sie ihn.

»Verzeihung. Ich habe versehentlich mitbekommen, dass Sie auf dem Weg zu Ihrer Schwester sind.«

Sie wendet ihm nicht das Gesicht zu, sondern starrt auf den schmalen Pfeil auf der Anzeige über den Bronzetüren. Mit hämmerndem Herzen erwidert sie: »Es tut mir leid, das ist eine Privatangelegenheit, Sir, aber ich weiß Ihr Interesse zu schätzen.« (Ihre Standardantwort gegenüber der neugierigen Öffentlichkeit.)

Der Mann tritt von einem Fuß auf den anderen. Sie kann ihn nicht sehen, aber er kommt ihr durchschnittlich vor: durchschnittliche Größe, durchschnittliche Kleidung. Seine Stimme hat eine gewisse maskuline Rauheit, die ihn als Raucher ausweist.

Der Pfeil bewegt sich langsam nach unten. Drei. Zwei.

»Ich ... ich verstehe. Es ist nur so ... nun, ich glaube, meine Frau ist im Augenblick bei ihr oben.«

»Ihre Frau?«

»Ja, Ma'am.« Er zögert. »Ich glaube, Sie kennen sie. Mrs. Lumley.«

Die Aufzugglocke klingelt leise, die Türen öffnen sich und enthüllen ein kunstvoll geschmiedetes Metallgitter. Der Fahrstuhlbegleiter öffnet es und schaut sie unter seiner Mütze hervor erwartungsvoll an. Die Kabine hinter ihm ist klein und quadratisch mit rot bezogenen Wänden und duftet schwach nach einem blumigen Frauenparfüm. An der Rückseite befindet sich eine schmale Bank aus rotem Leder.

Sophie wendet sich dem Mann neben ihr zu. Er ist kleiner, als sie ihn von der Gerichtsverhandlung in Erinnerung hat, seine Augen sind dunkel und blicken sie flehend an. »Mrs. *Lumley*?«, fragt sie. »Sie besucht meine Schwester? Jetzt?«

»Ja. Sie … sie ist heute Morgen früh aufgebrochen, und ich habe mich gefragt, warum. Sie war gar nicht sie selbst, deshalb bin ich ihr hierhergefolgt, nur um sicherzugehen, dass alles in Ordnung ist, und … nun ja.« Er tippt an seinen Hut. Leckt sich die Lippen. »Es tut mir leid. Ich möchte nicht stören, aber ich mache mir schreckliche Sorgen, und man wollte mir nicht sagen, in welchem Zimmer sie ist.«

»Sir? Madam?«, meldet sich der gelangweilte Fahrstuhlbegleiter zu Wort.

Sophie betrachtet Mr. Lumleys kummervolles Gesicht, bemerkt die tiefe Niedergeschlagenheit in seinen Augen. Der arme Mann. Ihr Herz schlägt ein wenig schneller. Ihre Haut fängt an zu kribbeln. Mrs. Lumley! Was in Gottes Namen hat Mrs. Lumley mit Virginia zu schaffen?

Sie streckt die Hand aus und berührt den Mann am Ellbogen.

»Mr. Lumley. Es tut mir so leid. Ich schicke sie gleich zu Ihnen hinunter, das verspreche ich.«

Sie betritt die Kabine. Sagt: »In den vierten Stock, bitte.«

Der Fahrstuhlbegleiter greift nach dem Metallgitter. Gerade als er anfängt, es zu schließen, springt Mr. Lumley zu ihnen in den Aufzug.

»Wenn es Ihnen nichts ausmacht, komme ich gleich mit«, sagt er und starrt auf die Anzeige, dann greift er in seine Jackentasche.

Er wickelt ein Bonbon aus, steckt es sich in den Mund und bietet Sophie eins an.

»Pfefferminz?«

Kapitel 22

Es gibt zwei Sorten von Männern:
die toten und die tödlichen.

HELEN ROWLAND

THERESA

Im Pickwick Arms Hotel, Zimmer 404, zur selben Zeit

NUN, SIE KÖNNEN SICH MEINE ÜBERRASCHUNG VORSTELLEN! Der mörderische Patentkönig höchstselbst steht da vor meiner Hotelzimmertür, in eine schicke rote Uniform gekleidet wie ein Affe, ohne dass irgendein Mitglied gleich welcher Polizeitruppe zu sehen ist: Ortspolizei, Staatspolizei, Bundespolizei.

»Na so was, Mr. Faninal!«, rufe ich aus und sehe mich im Zimmer nach möglichen Waffen um. Die Pistole steckt noch immer in meiner Handtasche, und die wiederum liegt in der Kommode im Schlafzimmer. »Was für eine ungemeine Überraschung. Ich dachte, Sie wären im Gefängnis.«

Er schließt die Tür mit dem Fuß und stellt das Tablett auf dem nächsten Tisch ab. Mrs. Lumley stößt einen Schrei aus und rennt ins Schlafzimmer.

»Wo ist Virginia?«, fragt er. »Wo sind meine Töchter?«

Mein Blick fällt auf das Kaminbesteck. Ich mache unauffällig einen Schritt in die entsprechende Richtung. »Es tut mir leid, sie sind nicht hier. Miss Faninal tröstet sich in Manhattan mit meinem Verlobten, und Mrs. Fitzwilliam und ihre Tochter haben den Zug nach Florida genommen.«

»Florida!«

»Ja. Anscheinend hat das etwas mit ihrem abwesenden Ehemann zu tun. Sie hat beschlossen, dass es an der Zeit ist, ihre ehelichen Rechte einzufordern, jetzt, da ihr Vater wegen des Mordes an ihrer Mutter überführt wurde. Aber was ist mit …«

Es gibt keinen Grund, meinen Satz zu Ende zu bringen, denn Faninal drängt sich an mir vorbei und folgt Mrs. Lumley ins Schlafzimmer. Ich zögere einen Moment lang, hin- und hergerissen zwischen Kaminbesteck, Telefon und Tür. Aber kann ich die arme Mrs. Lumley wirklich dem Zorn ihres ehemaligen Geliebten überlassen? Du lieber Himmel, nein. Ich greife nach einem Schürhaken, der schwer in meiner Hand liegt, dann stürme ich zum Telefon, meine Waffe hinter dem Rücken.

»Lassen Sie das!«, blafft Faninal von der Schlafzimmertür aus. Er hat Mrs. Lumley am Arm gefasst, ihr Gesicht spiegelt blankes Entsetzen.

»Unsinn«, entgegne ich und greife zur Hörmuschel.

Faninal zieht etwas aus seiner Tasche und drückt es an Mrs. Lumleys Kehle. »Runter damit!«, donnert er, und *Klick!* liegt der Hörer wieder auf der Gabel.

Wäre ich der Junge, denke ich, als ich neben dem Telefon stehe, die feuchten Finger um den schweren Schürhaken geschlossen, hätte ich Faninal auf der Stelle den Schürhaken auf den Kopf geschlagen. Aber irgendetwas hält mich davon ab. Vielleicht ist es das Baby, winzig klein und zerbrechlich und mir unendlich teuer; vielleicht liegt es schlichtweg in meiner Natur oder daran, wie verweichlicht ich aufgewachsen bin.

Anscheinend weiß Faninal, was ich denke. »Bleiben Sie, wo Sie sind«, sagt er, sanfter jetzt, und kehrt Schritt für Schritt mit seiner Beute ins Wohnzimmer zurück. Er zwingt Mrs. Lumley, in einem Sessel Platz zu nehmen, und bleibt neben ihr stehen, das seltsame Ding, das er aus der Tasche gezogen hat, in der Hand: eine Art Messer, nur dass die Klinge spitz zugefeilt ist, wie ein altmodischer Dolch.

»Sie können unmöglich glauben, dass Sie hier rauskommen«, sage ich. »Die Polizei wird als Erstes hier nach Ihnen suchen.«

»Die Polizei ist bereits da«, erwidert er.

»Warum sind Sie dann gekommen?«

»Ich wollte zunächst meine Töchter sehen.«

»Zunächst? Was hatten Sie dann vor?«

Faninal kneift die Lippen zu einer dünnen, blassen Linie zusammen. Er wird mir nichts sagen, natürlich nicht. Warum sollte er auch? Mir, einer Fremden?

»Nun, die beiden sind nicht hier«, entgegne ich, »das Ganze ist also völlig umsonst. Ich kann mir nicht vorstellen, was Sie hiermit erreichen wollen, daher schlage ich vor, Sie stellen sich jetzt der Polizei.«

Mrs. Lumley hat angefangen, heftig zu zittern. Sie verdreht die Augen, bis nur noch das Weiße zu sehen ist, dann sackt sie nach vorn. Faninal fängt sie gerade noch rechtzeitig auf.

»Ich hole Wasser!«, rufe ich erschrocken aus.

»Nein! Bleiben Sie, wo Sie sind.«

»Mein Gott! Ist Ihnen etwa egal, dass sie ohnmächtig ist?«

Es entsteht ein merkwürdiger Moment der Stille. Die angespannten Linien rund um Faninals Augen werden glatter, seine Lippen öffnen sich. Er lässt die Hand mit dem merkwürdigen Messer sinken und stützt sich auf der Sessellehne ab, mit der anderen drückt er Mrs. Lumley zurück in die Polster. Er dreht sich zu dem Tablett um, das er auf dem Lampentisch abgestellt hat, nur ein kleines Stück entfernt, und aus irgendeinem Grund nutze ich meinen Vorteil nicht aus. Ich bleibe, wo ich bin, zwischen Kamin und Telefon, den Schürhaken fest in der Hand.

Faninal nimmt eine Serviette vom Tablett und befeuchtet sie mit etwas Wasser aus der Karaffe. Anschließend stellt er sich vor den Sessel und drückt ihr das Stück Stoff an die Schläfen, beinahe zärtlich, und ich höre, wie er leise etwas murmelt, auch wenn ich die Worte nicht verstehen kann.

Während der Gerichtsverhandlung hat die Verteidigung einen ganzen Tag den Zeugenaussagen zu Mr. Faninals Vorgeschichte gewidmet. Dass er aus einer alten, ehrenwerten (obgleich nicht *vornehmen*) Familie aus Boston stammt; wie er Mrs. Faninal auf einer Party in Cambridge kennengelernt und sich in sie verliebt hat; wie sie sich in Greenwich niedergelassen haben, weil Mrs. Faninal das Stadtleben nicht mochte, und dass ihre Eltern – die auf der sozialen Leiter einige Stufen über der Familie von Mr. Faninal standen – ganz und gar nicht glücklich waren über Mr. Faninals ungesellige Gewohnheiten und seine Technikbesessenheit. Mit anderen Worten: über seine schmutzigen Hände. (Ich nehme an, die Geschworenen aus der Mittelschicht hatten Verständnis für seine Zwickmühle: ein Mann, verstoßen von der blaublütigen Familie seiner Frau, allein weil er es wagte, seinen Lebensunterhalt mit eigenen Händen zu verdienen.) Besser, an einen anderen Ort zu ziehen, weg von all den familiären Querelen, und Greenwich war so hübsch, und immer mehr angesehene

Familien zogen dorthin, jetzt, da die alten Farmen mehr und mehr den schicken Landhäusern der schicken Leute mit ihren schicken Pferden wichen. Mrs. Faninal passte zunächst hervorragend in die Gesellschaft von Greenwich. Die meisten Häuser am Meer wurden nur saisonal bewohnt, aber die Faninals blieben das ganze Jahr über, und während man den Ehemann für ein wenig exzentrisch hielt, schloss die Ehefrau Freundschaften im Gartenverein und im Damenausschuss der örtlichen Congregational Church. Exzentrik wird auf dem Land stets mit Interesse beäugt und ist beinahe so etwas wie eine Auszeichnung. Nur wenn Mord im Spiel ist, fliegt man in hohem Bogen raus aus dem Verein. Bei Mord und wenn man beim Kartenspielen mogelt.

Ich muss zugeben, dass diese Enthüllungen meine Wertschätzung, Mr. Faninal betreffend, steigerten. Ich vermute, mein angeborener Standesdünkel wurde besänftigt durch die Tatsache, dass – siehe da! – er angemessener Abstammung ist. Dennoch kann man die Schilderungen jener grauenvollen Küche in Greenwich nicht ganz ausblenden, das kleine Mädchen, das weinend neben seiner Mutter saß. Selbst als ich versuchte, ihn vor der Verurteilung zu bewahren, verspürte ich Widerwillen. War mir der Ungehörigkeit meiner Bemühungen bewusst. Ich blickte in sein teilnahmsloses Gesicht und überlegte, ob er womöglich gar kein Mensch war; womöglich war er es nicht wert, gerettet zu werden, wie immer meine Gründe beschaffen sein mochten.

Doch Menschlichkeit ist gar nicht so einfach. Als Faninal vor Mrs. Lumley hockt und ihr das feuchte Tuch an die Schläfen drückt, kann ihm niemand einen Mangel an Gefühl vorhalten. Außerdem ist da die Tatsache, dass er sich überhaupt in diesem Zimmer befindet. Warum ist er nicht einfach untergetaucht, als er die Gelegenheit dazu hatte? Fast hat es den Anschein, dass er nie wirklich vorgehabt hatte zu fliehen. Und wenn er mir vorhin die Wahrheit gesagt hat, möchte er nur seine Töchter außerhalb der Gefängnismauern sehen, ohne Gitterstäbe oder Wachen oder Schuld.

»Mr. Faninal«, sage ich leise, »haben Sie mir irgendetwas mitzuteilen?«

Mrs. Lumleys Augenlider flattern. Faninal lässt die Hand sinken, und einen kurzen, kostbaren Augenblick lang herrscht nichts als eine Art andächtige Stille. Vor dem offenen Fenster zwitschert ein Vogel. Das Brummen eines Automotors auf der nahegelegenen Straße dringt zu uns herauf.

»Sie haben sie nicht umgebracht, oder?«, flüstere ich.

Er presst die Lippen zusammen.

»Warum sagen Sie das denn nicht? Versuchen Sie, jemanden zu decken?«

»Nein …«

»Wer ist es? Wen decken Sie, Mr. Faninal?«

»Monty«, murmelt Mrs. Lumley, aber vielleicht ist es auch nur ein Stöhnen.

Der Schürhaken gleitet mir aus der Hand und prallt mit einem gedämpften Geräusch auf den Orientteppich. Ich taste nach dem Telefon neben mir. Als meine Finger den Hörer berühren, ertönt ein lautes Klopfen an der Tür. »Virginia!«, ruft eine weibliche Stimme.

Faninal springt auf und hebt das Messer. Ein gehetzter Ausdruck tritt auf sein Gesicht.

»Wer ist da?«, zwitschere ich, wie einer der Vögel vor dem Fenster.

Gedämpft durch das Türblatt höre ich die Antwort: »Ich bin's, Sophie.«

Ach. Ich kenne Miss Faninal nicht besonders gut, auch wenn uns so einiges verbindet. Wir haben kaum miteinander gesprochen, ist das nicht seltsam? Aber ich habe sie jeden Tag bei Gericht gesehen; jedes Mal, wenn ich mich unbeobachtet glaubte, habe ich sie ganz genau gemustert, habe mir sämtliche Details ihres Gesichts, ihrer Kleidung, ihres Verhaltens eingeprägt.

Meine Rivalin. Ich habe sie gehasst und bewundert und mich dafür gehasst, weil ich sie bewunderte. Ich habe auf qualvolle Weise verstanden, warum der Junge ihr nicht widerstehen kann, warum mein geliebter Junge nichts anders konnte, als diesem reinen, jungen Geschöpf zu verfallen.

Näher bin ich ihr nicht gekommen, nicht einmal in der Zeit, in der sie dringend Unterstützung gebraucht hätte, wenn jede Frau eine Freundin gebrauchen kann. Aus dem Grund nehme ich an, dass ich mir nicht wirklich ein Urteil über ihr Wesen, über ihren wahren Charakter erlauben kann. Ich bin nicht wirklich in der Position, ihren Tonfall zu deuten, wenn sie mit heller Stimme durch die geschlossene Holztür eines Vorstadthotels verkündet: »Ich bin's, Sophie!«

Ich habe allerdings keinen Grund zu der Annahme, dass etwas nicht stimmen könnte, dennoch nehme ich die Finger vom Telefonhörer und bücke mich, um mit beiden Händen den schweren Schürhaken aufzuheben, während Faninal erleichtert das Messer sinken lässt und ruft: »Komm rein!«

Ein Schlüssel wird ins Schloss gesteckt, gefolgt von einem lauten Klacken. Obwohl ich die Antwort bereits kenne, denke ich: *Warum klopft sie, wenn sie doch einen Schlüssel hat?*

Dann schwingt die Tür auf, und Sophie erscheint auf

der Schwelle: rosige Wangen, sahnige Haut, leicht schräge Augenbrauen.

Begleitet von einem Mann in einem zerknitterten braunen Anzug.

Kapitel 23

*Ein Ehemann ist das, was von einem Geliebten übrig bleibt,
nachdem man den Nerv gezogen hat.*

HELEN ROWLAND

SOPHIE

Vor Zimmer 404, ein paar Sekunden zuvor

IM ALLGEMEINEN versucht Sophie nicht oft an jenen grauenvollen Februarabend zu denken, den Abend ihrer Verlobungsparty, als die alte Sophie in Scherben zerbrach, aus denen unfreiwillig die neue Sophie hervorging.

Da waren die beängstigenden Schüsse, gefolgt von dem Moment, in dem jemand schrie: »Rofrano wurde erschossen!« und ihr Herz zu schlagen aufhörte. Da war die Polizei, da waren Schreie und Verwirrung, und niemand wollte sie zu Octavian oder Vater lassen, niemand wollte ihr irgendetwas sagen. Jemand – war es Jay Ochsner? – hielt sie fest, brachte sie in ein Schlafzimmer, gab ihr einen Drink und eine Nachricht von Virgo: *Geh nach Hause. Ich erkläre dir alles, wenn ich wiederkomme.* Jay fuhr sie heim. Zumindest daran erinnert sie sich klar und deutlich – an das entsetzliche Schweigen, an die Furcht, die sie beide lähmte. Sie hatte Mantel und Schal in dem Apartment in der Fifth Avenue vergessen, und Jay zog seinen eigenen warmen Wollmantel mit den Samtaufschlägen aus und half ihr Arm für Arm hinein. Wenn sie also an jenen Abend zurückdenkt – auch wenn sie sich bemüht, genau das zu vermeiden, doch die Bilder drängen immer wieder in ihren Kopf –, dann denkt sie an Tabakgeruch und Jays Rasierseife, die leicht nach Orangenblüten duftete.

Als Virginia um drei Uhr morgens mit grauem Gesicht in die Thirty-Second Street zurückkehrte, war Sophie noch wach. Natürlich.

Sie lag bibbernd im Bett, als Virginia zu ihr unter die Decke kroch und ihr erzählte, was passiert war. Zumindest so weit sie es konnte. Es war ziemlich viel auf einmal für Sophie: zu viele Details, zu viele Zusammenhänge. Octavian, der sie bei ihrer gemeinsamen Spritztour in das Haus in Greenwich brachte – aha, dann wusste Octavian also ebenfalls Bescheid. Octavian wusste es von Anfang an, und er hatte nichts gesagt. Virginia wusste es; ihr Vater wusste es. Alle, die sie liebte, hatten dieses Geheimnis vor ihr bewahrt, weil sie dachten, sie sei zu jung und unschuldig und zartsinnig, um die Wahrheit zu kennen, weil sie dachten, sie *beschützen* zu müssen.

Sie war also das kleine Mädchen in der Küche gewesen. *Sie*, Sophie. *Sie* war das bedauernswerte, berühmte kleine Mädchen, das versuchte, seine Mutter zu wecken, worüber in unzähligen Zeitungen in ganz Amerika berichtet wurde. Sophie begriff nicht. Wie konnte sie dieses Mädchen sein, wenn sie sich nicht erinnerte?

»Aber was ist passiert?«, fragte sie Virginia flüsternd, zu benommen, um wütend zu sein. Zu benommen, um in diesem Augenblick empört darüber zu sein, dass ihre Schwester Teil des Täuschungsmanövers gewesen war. »Hat Vater sie wirklich umgebracht?«

Virginia wusste es nicht. Virginia hatte ihn nie danach gefragt. Zuerst einmal, weil sie zu jung war, um so etwas zu fragen, und dann, weil sie sich zu sehr vor der Antwort fürchtete. Was würde sie tun, wenn er Ja sagte? Er war immerhin ihr Vater.

Sophie hatte über das enorme Gewicht von Virginias Last nachgegrübelt, darüber, dass Virginia alles auf ihre Schultern genommen und Sophie nie gebeten hatte, ihr etwas davon abzunehmen. Sie grübelte über viele Dinge nach in jenem finsteren Monat zwischen Vaters Verhaftung und der offiziellen Anklage wegen Mordes. Worauf bei einem Schuldspruch die Todesstrafe stand. Verhandelt wurde vor einem Großen Geschworenengericht in Stamford, Connecticut, und all das machte Sophie fürchterlich zu schaffen.

Am meisten aber machte ihr zu schaffen, dass sie, Sophie, als Einzige weiß, was wirklich passiert ist.

Nein, das ist nicht ganz richtig. Nicht *sie*, nicht die Sophie, die sie gegenwärtig ist, sondern das kleine Mädchen, das Sophie einst war, diese kleine Person weiß, wer ihre Mutter ermordet hat. Davon ist Sophie überzeugt. *Sie* hat gesehen, was passiert ist, *sie* ist zur Mutter gerannt, als der Mörder die Küche verließ, und genau dort hat Mrs. Lumley sie entdeckt.

Sophie *weiß*, was passiert ist, irgendwo in den Falten ihres Gehirns. Und natürlich weiß das auch der Mörder.

IN DEM MOMENT, in dem sie an Virginias Zimmertür klopft, macht sich Sophie keine Gedanken wegen des schwer zu fassenden Gehalts ihrer Erinnerung. Sie ist viel zu sehr damit beschäftigt, gegen die Panik anzukämpfen, die ihr die Kehle zusammenschnürt. Gegen ihr rasendes Herz, das ihr bis zum Hals schlägt. Den Schweiß, der aus den Poren auf Armen und Stirn bricht und sie warnt: *Gefahr, Gefahr!*

Erklären kann sie sich das nicht. Noch vor einem kurzen Augenblick, als sie auf den Fahrstuhl wartete, ging es ihr gut. Sie war ruhig und gefasst. Innerlich vielleicht ein wenig nervös, weil Vater aus dem Gefängnis geflohen war, weil er womöglich herkommen würde, um sie und Virginia zu sehen, und weil Virgo nicht ans Telefon gegangen war, obwohl sie Frühstück bestellt hatte.

Doch es gibt keinen Grund, warum sie plötzlich keine Luft mehr bekommt und das Gefühl hat, die Welt um sie herum würde kurz vor dem Explodieren stehen. Ihr wird abwechselnd heiß und kalt, ihre Kleidung juckt wie verrückt auf ihrer Haut, ihr Brustkorb hebt und senkt sich abgehackt. Der Geruch des Pfefferminzbonbons lässt ihren Atem stocken.

Sie hebt die Hand, um anzuklopfen.

Mr. Lumley steht stocksteif neben ihr. Mr. Lumley, der kein einziges Wort gesagt hat, was Sophie ihm nicht zum Vorwurf machen kann, obwohl sein Schweigen etwas Hitziges hat, das die Panik in ihr weiterschürt, den stummen Schrei befeuert, der in ihrer Kehle aufsteigt. Der Fahrstuhl hat ewig gebraucht, um in den vierten Stock zu gelangen, und Sophie hat die ganze Zeit überlegt, was sie sagen soll, um das Gefühl der aufziehenden Katastrophe zu zerstreuen, während Mr. Lumley lautstark sein Pfefferminzbonbon lutschte, aber was kann man schon zu einem Mann sagen, der so verzweifelt ist? Soll sie eine Bemerkung über das Wetter machen? Oder leichthin zwitschern: »Ich bin mir sicher, es gibt eine völlig harmlose Erklärung?« Aber das ist absurd. Es gibt keine harmlose Erklärung für Mrs. Lumleys Besuch, nicht ausgerechnet an diesem Morgen, nicht ausgerechnet bei Virginia.

Wenn Virginia tatsächlich diejenige ist, die Mrs. Lumley in diesem Moment besucht.

»Wer ist da?«, ruft Virgo ein wenig zu munter durch die geschlossene Tür.

»Ich bin's, Sophie!«, ruft sie zurück, in demselben munteren Ton, als führten sie beide ein Theaterstück auf. Sie versucht, den Schlüssel ins Schloss zu stecken, aber ihr Blick verschwimmt, ihre Finger rutschen ab.

»Gestatten Sie«, sagt Mr. Lumley, beugt sich vor, umhüllt sie mit einer Wolke Pfefferminzgeruch und legt die Hand auf ihre. Der Schlüssel findet den Weg ins Schloss, lässt sich mühelos drehen, der Riegel springt auf.

Vielleicht liegt es an ihren Nerven, vielleicht an dem restlichen Bourbon in ihrem Blut, vielleicht an den vielen schrecklichen Dingen, die in den vergangenen Tagen – oder vielmehr in den vergangenen Monaten – auf sie eingestürmt sind. Sophie blickt auf Mr. Lumleys Hand, die nackt und bleich auf ihrem weißen Baumwollhandschuh liegt, und der Schrei in ihrer Kehle steigt weiter auf und füllt ihren Mund.

Sie.

Die Tür schwingt auf.

»Vater!«, stößt Sophie hervor, beinahe bevor sie ihn richtig ekennt, aber das Wort – in Wirklichkeit ein Flüstern, denn mehr bringt sie nicht zustande – wird verschluckt von dem Schrei einer Frau.

Mr. Lumley schließt die Tür hinter ihnen. »Da bist du ja, Charlotte«, sagt er sanft zu der schreienden Frau. »Ich denke, wir gehen jetzt besser nach Hause, findest du nicht?«

Sophie sieht die Frau fassungslos an. *Das* ist Mrs. Lumley? Die Frisur derangiert, die Augen feucht, das Gesicht eine Maske des Entsetzens. Sie hat aufgehört zu schreien, springt vom Sessel hoch und bleibt händeringend stehen, während ihr das Morgenlicht mit aller Härte durch eines der offenen Fenster ins Gesicht fällt.

Und mein Gott! Neben ihr steht Vater, ebenso derangiert. Die grauen Haare stehen ihm vom Kopf ab wie nach einem elektrischen Schlag. Er starrt Sophie an, dann Mr. Lumley.

»Wer ist das?«, bellt er.

»Mein Name ist Fred Lumley. Ich bin gekommen, um meine Frau abzuholen.«

Vater sieht so blass und verwirrt aus, so gar nicht wie er selbst. Er sieht so aus, wie Sophie sich in diesem Moment innerlich fühlt: sprachlos und zu Tode erschrocken. Er trägt ein graues Hemd, das einst weiß gewesen sein muss, und eine braune Hose mit elastischen Hosenträgern. Keine Jacke. Jetzt befeuchtet er die Lippen, tritt ein Stück zur Seite und sagt: »Selbstverständlich.«

Mrs. Lumley fängt an zu stammeln. »Ich hab nichts gesagt, Fred, das schwöre ich!«

»Halt die Klappe.« Mr. Lumley macht ein paar Schritte vor und fasst sie nicht sonderlich sanft am Arm. Mrs. Lumley verstummt. Für einen kurzen Moment rührt sich niemand im Raum.

»Vater, wo ist Virgo?«, flüstert Sophie.

Aber Vater scheint sie nicht einmal zu bemerken. Er starrt die beiden verblüfft an, die Lumleys, die nun Seite an Seite vor ihm stehen. Mr. Lumley wendet ihm das Gesicht zu und erwidert seinen Blick, und jetzt hat er nichts Verzweifeltes oder Flehendes an sich. Nur die beiden starren vertikalen Linien rechts und links von seinem Mund sind da und ein Tic im Augenwinkel, der Sophie zuvor nicht aufgefallen ist.

»Machen Sie ihr keinen Vorwurf«, sagt Vater.

»Das tue ich nicht.«

»Sie ist nicht hergekommen, um mich zu sehen. Sie ist gekommen, um meine Tochter zu besuchen.«

»Tja dann. Ist das so?«

»Ja, das ist so.«

»Hm. Da bin ich mir nicht so sicher. Ich bin mir nicht sicher, ob ich Ihnen glauben kann, Faninal.« Mit der freien Hand greift Lumley in seine Tasche. »Ich nehme an, wenn ich sorgfältig vorgehe, wird niemand merken …«

»Nein!« Sophie schießt nach vorn, und die Waffe – ein kleiner Revolver, der im Sonnenlicht aufblitzt – richtet sich auf sie.

»Ich möchte Sie nicht umbringen, Miss. Ich finde, Sie haben genug durchgemacht. Aber dieser Mann hier, Ihr Vater …«

»Tun Sie's nicht«, fleht sie. »Bitte. Rufen Sie die Polizei. Sie ist bereits unten. Bitte!«

»Um ihn in Ruhe sterben zu lassen, nach alldem, was er getan hat? Er hat es verdient, abgeknallt zu werden. Er hat Ihre Mama umgebracht, kaltblütig …«

»O nein, Fred, nein«, schluchzt Mrs. Lumley.

»Hab ich dir nicht gesagt, du sollst die Klappe halten?« Er schüttelt ihren linken Arm, fest und brutal, und sie schreit auf.

»Stopp!«, ruft Sophie. »Bitte hören Sie auf!«

Mr. Lumley richtet seine schmalen, kalten Augen auf sie. »Was ich will, ist eine Art Versicherung, dass so etwas nicht noch einmal vorkommt. Und so wie ich es sehe …«

»Sophie!«, blafft Vater. »Bleib stehen und sag nichts!«

»So wie ich es sehe«, fährt Lumley fort, die Waffe wieder auf Vater gerichtet, »wird niemand etwas sagen, wenn ein Mann in Notwehr eine Waffe abfeuert, noch dazu, wenn er einen verurteilten Mörder trifft und damit dem Staat die Mühe erspart, das Todesurteil zu vollstrecken.«

Sophie macht einen Satz nach vorn. Die Revolvermündung zeigt nun auf sie, und in dem Augenblick, bevor der

Schuss fällt, blickt sie noch einmal in jene kalten, schmalen Augen und tief in die Falten ihres Gehirns, und ihr Mund öffnet sich zu einem kindlichen Schrei.

Sie.

WUMM.

Die Waffe geht los, der Knall explodiert in ihren Ohren, doch sie kann nichts sehen, denn jemand springt vor sie, versetzt ihr einen kräftigen Stoß gegen die Schultern und wirft sie rücklings zu Boden.

Sie öffnet die Augen und starrt nach Luft schnappend auf die grau-weiße Zimmerdecke. Sie versucht, den Brustkorb zu bewegen, doch der Körper, der auf ihr liegt, regt sich nicht. Ein totes Gewicht.

Sie öffnet die Lippen, und ihr Mund füllt sich mit Haaren. Den struppigen grauen Haaren ihres Vaters, die nass sind vor kupferrotem Blut.

Kapitel 24

Ein Mann weiß nie, wie er sich verabschieden sollte;
eine Frau weiß nie, wann.

HELEN ROWLAND

THERESA
Auf dem Fußboden, neben dem Telefon

LEIDER WIRD MAN ZIEMLICH selbstsüchtig, wenn man ein Baby erwartet. Vielleicht ist es auch das Baby, das selbstsüchtig ist und sämtliche Kraft exklusiv für sich beansprucht, genau wie die Vitamine, den Schlaf und das Blut seiner Mutter.

Und da steht man dann, hält sich selbst für einen couragierten, unerschrockenen Menschen, für die Art Frau, die sich Einbrechern entgegenstellt und Taschendiebe in die Flucht schlägt. Und dann kommt ein verdächtiger Kerl ins Zimmer marschiert mit einer revolvergroßen Ausbuchtung in der Tasche seines zerknitterten braunen Jacketts, und man lässt den Schürhaken in der Hand sinken, wirft sich zu Boden und kriecht hinters Sofa.

Ja, ich weiß. Sehr vorbildlich.

Man sitzt dort, den Rücken gegen die Rückseite des Sofas gelehnt, und hofft, dass sich niemand daran erinnert, dass man auch dort ist, betet zu Gott, dass das kleine Wesen in seinem Bauch die nächsten Minuten überlebt.

Man bewegt tatsächlich die Lippen bei dieser flehentlichen Bitte an den Gott, mit dem man gehadert hat, an den man sogar aufgehört hat zu glauben. Lass mich bitte am Leben bleiben, wenigstens so lange, bis das Baby auf der Welt ist. Lass mich bis dahin am Leben bleiben, und ich werde jeden Tag hundert Kerzen für dich anzünden, ich werde dir eine Kirche errichten lassen, ein Kloster, ich werde mein Leben den Kranken und Unglücklichen widmen.

Aber lass mein Baby am Leben.

Doch sosehr man auch fleht, man kann das Gespräch nicht überhören. Man kann nicht überhören, dass Mrs. Lumleys Ehemann da ist, der aus irgendeinem Grund so gar keinen erfreuten Eindruck macht. Dass man offenbar Recht hatte, wenn man zu dem Schluss gelangte, dass Mrs. Lumley etwas zu verbergen hat. Dass man offenbar Recht hatte, was die revolverförmige Ausbuchtung in Mr. Lumleys Jacketttasche anbetrifft.

Dass die süße, kleine Sophie anscheinend eine tapferere Frau ist als man selbst.

Und hier kauert man nun und spürt, wie einem abwechselnd heiß und kalt wird. Das Herz hämmert unkontrolliert, wenn man denkt, dass sie den zornentbrannten Ehemann den ohnehin todgeweihten Faninal doch einfach umbringen lassen soll, damit die übrigen Anwesenden unversehrt bleiben, und man hasst sich für diesen Gedanken, doch man denkt ihn trotzdem – und dann! *Dann!*

Man entdeckt den Telefonhörer, der von dem kleinen Tisch zwischen Sofa und Sessel baumelt.

Man unterdrückt ein Keuchen. Man schließt die Augen. Man öffnet sie wieder.

Man rollt sich auf den Bauch und kriecht das kleine Stück über den weichen Orientteppich auf den kleinen, sonnenbeschienenen Fleck zu. Aus dem Hörer dringt eine blecherne Stimme: »Hallo? Mrs. Fitzwilliam? Hallo? Ist etwas passiert?«

Man streckt die Hand aus, zieht vorsichtig das Metallgehäuse zu sich herunter und krächzt mit heiserer Stimme in die Sprechmuschel: »Hilfe! Schicken Sie die Polizei rauf!«

»Mrs. Fitzwilliam! Ist etwas passiert?«

Lauter: »Die Polizei!«

Wumm!

Lautes Schreien.

Ein dumpfer Aufprall.

SCHWEIGEN.

(Bestürzt und grauenhaft.)

Man duckt sich hinters Sofa – wieder einmal, was sicherlich tadelnswert ist –, als plötzlich ein mordsmäßiges Krachen zu vernehmen ist, dann der ohrenbetäubende Lärm von splitterndem Holz und eine vertraute Stimme, die ruft: »Sophie, mein Gott!«

Der Junge! Allmächtiger. Nicht der Junge!

WUMM!

Und diesmal bringt man nicht mal ansatzweise den Mut auf, um nachzusehen, was passiert ist.

BIS MAN ES IRGENDWANN KANN. Bis einen jemand mitten im Getümmel auf dem Fußboden entdeckt und ruft: »Moment, da ist noch wer.«

Man denkt: *Das klingt wie die Polizei.*

Man kriecht hinter dem Sofa hervor und rappelt sich hoch, stützt sich mit den Händen an der Sofalehne ab, und der Bruder ruft: »Herr im Himmel! Schwesterherz! Was machst du denn hier?«

Man blickt kurz nach unten, und da liegen zwei tote

Männer auf dem Boden des Salons von Suite Nummer 404 des Pickwick Arms Hotels, und die Polizei nimmt alles auf, erteilt Befehle, flucht, erhebt Einwände und macht Fotos mit grellen weißen Lichtexplosionen, die einem Kopfschmerzen bereiten.

Man wendet den Kopf ab und erbricht sich auf ein blaues Chintzkissen.

OX. GROSSER GOTT. OX STEHT gleich dort, nervös und verunsichert, auch wenn er sich bemüht, sich nichts anmerken zu lassen, und bietet mir ein feuchtes Taschentuch an. Er scheint sich irgendwie mit dem Jungen zusammengetan zu haben, der Gott sei Dank am Leben ist: Quicklebendig steht er in einer Ecke und spricht mit einem der Polizisten. Miss Faninal sehe ich nicht, doch die Schlafzimmertür steht offen. Die Polizisten gehen ein und aus. Ich fühle mich noch immer schwindlig und benommen. Ich vermeide es, auf den Fußboden zu blicken, wo bereits zwei Laken ausgebreitet sind, weiß und voller Blutflecken.

Faninal und Lumley. Jemand hat Mr. Lumley getötet, anscheinend im allerletzten Augenblick.

Ich frage meinen Bruder.

»Rofrano«, antwortet er, den Blick zum Fenster hinaus gerichtet. Die Morgensonne wirft ein unvorteilhaft grelles Licht auf sein Gesicht. Seine Haut ist blass, das Weiß in seinen Augen von winzigen roten Äderchen durchzogen. »Rofrano hat ihn erschossen.«

»Woher weißt du das?«

Ox' Augen wandern zu mir, auch wenn sie mich nicht fokussieren. »Weil ich direkt hinter ihm war, deshalb. Ich hab gesehen, wie der Kerl zu Boden gegangen ist.« Er tippt sich mit dem Finger auf die Stirn. »Direkt zwischen die Augen.«

»Mein Gott.«

»Hast du das nicht gesehen?«

»Es tut mir leid – ich hab mich hinter dem Sofa versteckt.«

»Wie bitte? Ausgerechnet *du,* Schwesterherz? Du hast dich *versteckt*?«

»Wie ein Hase in Mr. McGregors Gemüsegarten.«

Er fasst mich an den Schultern, ein wenig grob, wie ich finde. »Dann ist also alles in Ordnung mit dir?«

»Absolut. Ich bin lediglich ein bisschen durch den Wind.«

»Durch den Wind? Mein Gott. Was hattest du eigentlich hier zu suchen?«

»Ich habe einen Privatbesuch abgestattet.«

»Mein Gott«, wiederholt er benommen. »Einen Privatbesuch. Mein Gott.«

NUN JA. KURZ DANACH kommt ein Detective zu mir und fragt mich höflich, ob ich ihm schildern könne, was passiert sei. Jemand bringt Kaffee und räumt das Tablett mit dem inzwischen kalt gewordenen Frühstück ab, das Frühstückstablett, mit dem alles angefangen hat. Ich bin mir nicht sicher, was ich dem freundlichen Detective erzählen soll. Ob das, was ich sage, überhaupt einen Sinn ergibt. Er macht sich Notizen und verzieht höchst konzentriert das Gesicht, während ich spreche. Endlich entlässt er mich. Ich wende mich an Ox, der neben mir sitzt, und frage ihn, wo Miss Faninal ist. Ob man sie weggebracht habe?

»Nein«, teilt er mir mit. »Ich glaube, sie ist im Schlafzimmer.«

Jemand hat mir eine Decke um die Schultern gelegt. Eine Decke, bei dieser Hitze! Ein dickes Wollplaid, wie es die Schotten tragen, um der winterlichen Kälte in den

Highlands zu trotzen. Ich entferne das Ding, falte es ordentlich zusammen und hänge es über die Sofalehne, dann fasse ich Ox am Arm und führe ihn durch die Salontür in das ruhige, kleine Zimmer, in dem ich letzte Nacht geschlafen habe. Den Schlaf der Ahnungslosen.

Gedämpftes Licht fällt durch die vorgezogenen Chintzvorhänge. Die Fenster gehen nach Westen, sodass die Sonne noch nicht daraufprallt und es sehr viel kühler ist als im Salon. Ich bleibe auf der Schwelle stehen, warte, bis sich meine Augen an das dämmrige Licht gewöhnen, und als ich wieder alles erkennen kann, bemerke ich die Gestalt einer jungen Frau, die auf dem Bett am Fenster sitzt. Ihr Kopf ist gesenkt, die Hände liegen im Schoß. Zu ihren Füßen, auf dem Bettvorleger, kniet der Junge und hält ihre Hände mit seiner großen Hand umschlossen. Die andere Hand liegt auf ihrem Knie.

Niemand sieht mich in der Tür stehen. Ich kann nicht sagen, ob sie sprechen; aus dem anderen Zimmer dringt zu viel Lärm. Ich nehme an, es spielt ohnehin keine Rolle, ob und was sie miteinander reden. Der Junge hebt den Arm und streicht ihr mit dem Daumen über die Wange.

»*Sophie?*«, ruft Ox hinter mir.

Der Junge zieht die Hand zurück und springt auf. Sophie schnappt nach Luft und umklammert die Decke, die ihr von den Schultern zu rutschen droht.

»Wir wollten bloß nach dem Lieutenant sehen«, sage ich kalt.

Der Junge räuspert sich. »Ich glaube, er ist noch im anderen Zimmer.«

»Ja, ist denn das zu fassen …«, platzt Ox aufgebracht heraus.

Ich fasse meinen Bruder am Arm. »Sei nicht so ein Grobian, mein Lieber. Komm mit!«

Ich weiß nicht, warum er mir folgt. Vielleicht liegt mehr Autorität in meiner Stimme, als ich mir vorstellen kann, oder aber Ox' Erinnerung an die Kugel zwischen Lumleys Augen ist noch zu frisch. Ich spüre, wie es in ihm brodelt, als ich ihn an den mit Laken bedeckten Leichen und dem noch immer nicht aufgelegten Telefonhörer vorbei in Richtung des freundlichen Lieutenants führe, der am offenen Fenster steht und mit wichtiger Miene den Tatort im Auge behält.

»Was zum Teufel soll das denn?«, will Ox wissen. »Sophie und *Rofrano*?«

»*Du* warst derjenige, der ihn als Kavalier ernannt hat, mein Lieber.«

»Auf deine Empfehlung! Willst du denn gar nichts dagegen unternehmen?«

Ich bleibe stehen und drehe mich zu ihm um. »Ox, mein Lieber, würdest du bitte leise sprechen? Dies ist kaum der richtige Moment, um eine Szene zu machen.«

»Ich soll keine Szene machen? Er ist da drin, um meine Verlobte zu verführen!«

Ich lege Ox eine Hand auf die Brust. »Er tröstet sie, das ist alles. Und jetzt benimm dich bitte wie ein Gentleman. Keine mittelalterlichen Temperamentsausbrüche.«

»Ich zeige dir gleich einen Temperamentsausbruch …«

»Ox, mein Lieber. *Contenance.*«

Mein armer Bruder. Sein Kinn sackt herab. Er erwidert nichts. Das viel zu grelle Morgenlicht fällt ungnädig auf sein stumpfes Haar.

»Ach, Ox.« Ich tätschele ihm die Brust auf der Höhe des Herzens. »Es ist besser so, findest du nicht? Es ist immer besser, in derlei Angelegenheiten seine Würde zu bewahren. Ich kümmere mich darum, versprochen. Du wirst sehen: Am Ende wendet sich alles zum Guten.«

Ich gebe ihm einen letzten Klaps, der ihn, gefasster jetzt, auf die Sofalehne sacken lässt, und lege die verbleibenden Schritte zum Lieutenant allein zurück.

»Mrs. Marshall«, sagt er, schiebt seine Mütze zurück und steckt das Notizbuch in die Jackentasche. »Kann ich etwas für Sie tun?«

»Sie waren sehr freundlich zu mir, und ich muss sagen, Ihre Männer arbeiten ausgesprochen effizient. Das Ganze ist einfach entsetzlich.«

»Es tut mir leid, dass Sie dort hineingezogen wurden.«

»Vielen Dank«, sage ich, und plötzlich fühle ich mich zutiefst erschöpft. Vollkommen ausgelaugt. Das Sonnenlicht fällt auf meine Arme. Ich verschränke die Hände vor der Taille. »Dürfen wir jetzt gehen, Lieutenant Curtis?«

Er steht mit dem Rücken zum Fenster, das Gesicht im Schatten, weshalb man den mitfühlenden Ausdruck in seinen Augen nur schwer erkennen kann. Doch seine Stimme klingt freundlich, als er sagt: »Ich fürchte, dass wir in einer derart ernsten Angelegenheit wie dieser sämtliche Zeugen zur weiteren Befragung aufs Präsidium begleiten müssen, Mrs. Marshall. Mrs. Lumley ist bereits weggebracht worden.«

»Aber handelt es sich hierbei nicht *eindeutig* um Notwehr, Lieutenant Curtis? Sie haben Mr. Rofrano doch bereits kennengelernt – er hat so großen Mut bewiesen und weiteres Blutvergießen verhindert. Und wir alle haben schrecklich viel durchgemacht.«

Der Lieutenant zögert. Er hebt die Hand und nimmt die Mütze ab, die er kurz über dem Hosenbund in den Fingern dreht. »Mrs. Marshall, ich weiß nicht, ob Sie sich an meinen Namen erinnern. Curtis. Ich habe mit Ihrem Sohn gedient, im Neununddreißigsten Infanterie-Regiment.«

Ich fixiere einen Punkt zwischen den buschigen Augenbrauen des Lieutenants.

»Oh! Tatsächlich?«

»Es tut mir furchtbar leid, Mrs. Marshall. Er war ein guter Mann, der beste Offizier im ganzen Regiment. Ich war stolz, unter seinem Kommando zu stehen. Es ist eine echte Schande, eine verfluchte Schande, wenn Sie meine Ausdrucksweise entschuldigen mögen. Und jetzt das hier.« Er deutet auf die Szenerie vor uns.

»Und jetzt das hier«, wiederhole ich flüsternd.

Die Mütze wandert zurück auf seinen Kopf. »Nun, Mrs. Marshall, ich habe stets behauptet, ich würde für Captain Marshall durchs Feuer gehen, also fahren Sie mit Ihren Freunden nach Hause. Ich gebe Ihnen Bescheid, wenn wir Sie wieder brauchen.«

Es ist das letzte Mal, dass ich das Pickwick Arms Hotel von innen sehe.

Kapitel 25

Es gibt Menschen, deren Uhr zu einer bestimmten Stunde stehen bleibt und die für immer in dieser Zeit verweilen.

HELEN ROWLAND

SOPHIE

Beim Überqueren der Third Avenue Bridge nach Manhattan, eine Stunde später

JAY BRAUCHT EINE ZIGARETTE. Er fragt Sophie, ob es ihr etwas ausmacht, wenn er raucht.

»Ganz und gar nicht«, antwortet sie. Wen kümmert schon eine Zigarette nach all dem, was vorgefallen ist? Sophie auf alle Fälle nicht. Das Dach seines Wagens ist offen, der warme Luftzug weht den Rauch weg.

»Ist alles in Ordnung mit Ihnen?«, erkundigt er sich, nachdem er sein Zigarettenetui sicher in der Innenseite seines Jacketts verstaut hat.

»Nicht unbedingt.« Ihre Stimme klingt tapferer, als sie erwartet hat. Das ist immerhin etwas.

»Arme Sophie«, sagt er. »Es tut mir schrecklich leid. Ich nehme an, er war Ihnen nicht unbedingt ein fürsorglicher Vater, aber – nun, das ist eine schreckliche Art und Weise, die Welt zu verlassen, und es ist eine Schande, dass Sie dort waren und das mit ansehen …«

Sophie fängt an zu lachen, bricht in hysterisches Kichern

aus, das über den Harlem River schallt, lauter und schneller und immer lauter. Sie beugt sich vor, umfasst die Fußknöchel, starrt auf den Boden, schnappt nach Luft, und jedes Mal, wenn sie denkt, sie habe sich wieder unter Kontrolle, steigt ihr das Kichern erneut in der Kehle auf.

Das ist der Moment, in dem sie bemerkt, dass sie zwei verschiedene Schuhe trägt.

WEIL JAY SO ABSURD IST. Sophie denkt doch nicht wirklich an ihren Vater. Noch nicht. Das Ganze ist viel zu immens, um es zu begreifen, zu überwältigend: der Anblick ihres Vaters, der sich just in dem Moment vor sie wirft, als Lumley seinen Revolver abfeuert. Das leichte Zucken, als die Kugel in seinen Rücken eindringt und sein Herz durchbohrt, das sofort aufhört zu schlagen. Die Polizei hat behauptet, sie könne von Glück sagen, dass die Kugel nicht auch sie getroffen hat, aber anscheinend ist ihr Körper genau im richtigen Winkel auf den Boden geprallt. Die austretende Kugel ist stattdessen in der Wand gelandet.

Aber ihr Vater – ihr Vater! – ist gestorben, gerade eben, ist nicht länger am Leben, hat sein eigenes Leben ausgehaucht, um das ihre zu retten, weil Mr. Lumley sie erschießen wollte: Mein Gott, das ist wirklich zu viel, um es auf einmal begreifen zu können. Sie verspürt keinen Schmerz, nur Taubheit, wenn sie an die Liste der Dinge denkt, die sie nun zu erledigen hat. Zunächst einmal muss sie Virginia ausfindig machen und sie über diese unglückselige Entwicklung informieren, bevor die Zeitungen das auf ihre eigene freizügige Art und Weise übernehmen werden. (Die Reporter versammelten sich bereits vor dem Pickwick Arms und forderten Informationen, Lieutenant Curtis musste sie vier – Sophie und Jay, Octavian und Mrs.

Marshall – durch eine versteckte Hintertür und einen dunklen Keller, der verdächtig nach einer illegalen Kneipe aussah, hinausbegleiten.) Sie muss Vorkehrungen für die Beerdigung treffen. (Wo um alles in der Welt soll sie einen Mann wie ihren Vater bestatten lassen? In Greenwich? In New York City? In Boston, woher seine Familie stammt und wo er aufgewachsen ist?) Rechtsanwälte. Geld. Persönliche Dinge. All das steht in ihrem Kopf Spalier wie schockierte Miniatursoldaten, während eine einzige Frage immer wieder an ihr Hinterstübchen klopft: *WARUM?*

Warum hatte ihr Vater keinen Einspruch gegen den Schuldspruch erhoben, wenn er gar nicht schuldig war?

Er hat das Verbrechen nicht begangen. Er hat seine Ehefrau nicht ermordet, das weiß Sophie inzwischen. Sie weiß es so genau, weil ihr inzwischen klar ist, woher die Panik rührte, die sie überfallen hat, als sie mit Mr. Lumley im Fahrstuhl stand, der gierig schmatzend sein Pfefferminzbonbon lutschte.

Sie wird den Grund für das Handeln ihres Vaters nun nie mehr erfahren, denn ihr Vater ist tot. Sie wird nie wieder mit ihm sprechen können. Sie wird nie verstehen, wer er wirklich ist, wer er wirklich *war*, und das ist das – der Schock über eine Geschichte, die mittendrin abgebrochen wird, über ein Leben, das mittendrin endet –, womit sie nicht zurechtkommt. Was sie nicht begreifen kann.

Es ist vorbei. Sie ist in Sicherheit. Und ihr Vater ist tot.

Und ihr Vorderstübchen? Das ist ebenfalls besetzt. Lächerlicherweise von einem ganz anderen Gedanken oder vielmehr einem Bild: dem Bild von Octavian, der Mrs. Marshall schweigend zu seinem grünen Model T begleitet, die Beifahrertür für sie öffnet und ihr in den Wagen hilft. Sein Gesicht ist völlig ausdruckslos, er blickt nicht einmal in ihre Richtung. Kein letzter flüchtiger Blick zum

Abschied, wie es stets in den Zeitungen steht. Sie hörte, wie der Motor startete, wie sich die Kolben in Bewegung setzten, und atmete den Geruch der Auspuffgase ein.

Mrs. Marshall ist so gut darin, alles zu organisieren. Wie elegant sie Octavian von Sophies Seite gelöst hat, wie sie dafür gesorgt hat, dass Sophie auf liebevolle Weise von Jay Ochsner weggeführt wurde, während Octavian dieselbe Aufmerksamkeit von Mrs. Marshall zuteilwurde. Wie konnte das passieren? Ein paar ruhige Worte, ein deutlicher Blick. Ein seltsamer Ausdruck des Unausweichlichen. Octavian machte nicht einmal Anstalten, sich zu wehren. Wie ein Tier, das zur Schlachtbank geführt wurde, nur dass er voranging. Er legte Mrs. Marshalls Hand in seine Ellenbeuge und geleitete sie hinunter, als sei sie ein überaus zerbrechliches Wesen, was Mrs. Marshall ganz bestimmt nicht ist. Zerbrechlich. Sophies Blick fällt auf ihre Schuhe. Du lieber Himmel. Wie konnte es bloß dazu kommen, dass Sophie einen braunen und einen schwarzen Schuh trägt?

Der Wagen wird langsamer, fährt an den Bordstein, hält an. Die Bremse ächzt, der Motor läuft im Leerlauf weiter. Jay legt ihr die Arme um die Schultern. »Arme Sophie«, sagt er leise. »Mein armer, kleiner Liebling. Was für ein Schock. Kein Wunder.«

Seine Brust ist angenehm warm. Für einen Moment lässt sie den Kopf dagegensinken. Sie denkt daran, wie Octavian ihr in dem kleinen Hotelschlafzimmer die Hand gehalten hat, wie es sich anfühlte, als er mit seiner Handfläche ihre Finger umschloss. Er sagte kein Wort, aber das war auch nicht nötig, sie verstanden einander auch so. Er hatte gerade ihretwegen einen Mann getötet. Er hatte ihretwegen Lumley erschossen. Durch diese grauenvolle Sache waren sie auf eine tiefe, urtümliche Art und Weise miteinander verbunden. Tod. Und jetzt spendete Octavian wortlos Trost, und sie tröstete ihn, und in jenem einzigartigen Moment war sie nicht allein, und alles würde wieder gut werden.

»Schon gut, Liebling«, flüstert er. »Alles wird gut. Ich werde mich um Sie kümmern, machen Sie sich keine Sorgen. Jay wird auf Sie aufpassen.«

Ihr Kopf ist so schwer. Jays Hemd ist zerknittert und feucht, und Sophie stellt fest, dass sie weint. Dass sich ihr Kichern in beschämende Schluchzer verwandelt hat.

»Jay wird auf Sie aufpassen«, versichert er ihr noch einmal und streichelt ihr beruhigend über den Arm.

Ganz sicher nicht, denkt Sophie und schließt die Augen.

DER VERKEHR IST FÜRCHTERLICH, und als sie um die Ecke der Thirty-Second Street biegen, hat Sophie die Fassung wiedererlangt. Tatsächlich hat sie nun sogar einen einigermaßen klaren Kopf. Sie wird Mr. Manning anrufen und für heute Nachmittag einen Termin für ein Treffen in den Büros der Kanzlei in der Innenstadt ausmachen, um die Ereignisse des Vormittags in eine logische Reihenfolge zu bringen und so viele Rätsel wie möglich zu lösen. Mrs. Lumley ist noch am Leben, und sie wird einiges zur Klärung dieser mysteriösen Geschichte beitragen müssen. Und bis es so weit ist, wird Sophie ein ausgedehntes Bad nehmen und sich ein wenig hinlegen. Frische Kleidung anziehen. Die Bediensteten herbeizitieren (die inzwischen zurückgekehrt sein dürften) und ihnen die Situation erklären, zumindest soweit ihr das möglich ist, und Dot wird etwas zum Mittagessen zubereiten. Sobald sämtliche praktischen Dinge erledigt sind, wird sie zu Virginia nach Florida reisen und sie werden gemeinsam klären, was zu tun ist. Was sie beide mit ihrem Leben anfangen möchten.

Sophie ist sich nicht sicher, was genau das für sie bedeutet, aber sie weiß, dass ihr Leben auf keinen Fall Jay Ochsner einschließen wird. Vielleicht sogar gar keinen Mann. Anscheinend hat sie kein Glück mit Männern.

Der Wagen bleibt vor dem Haus stehen, und Sophie wartet nicht, bis Jay die Bremse zieht und um den Kühlergrill herumgeht, um ihr die Tür zu öffnen. Sie tastet nach dem Türgriff, stößt die Tür auf und steigt aus.

»Sophie! Warte!«, ruft Jay.

Sie nimmt den Hausschlüssel aus ihrer Handtasche und sperrt auf. »Kommen Sie rein«, sagt sie, wirft den Hut auf den Garderobenständer und die Handtasche auf den Tisch. »Ich bin gleich wieder da.«

Als sie die Treppe wieder hinunterkommt, steht Jay im Salon, den Hut in den Händen, als sei er nicht ganz sicher, ob sein Bleiben erwünscht ist. Sophie bleibt auf der Schwelle stehen und betrachtet mit leicht zusammengekniffenen Augen den höflichen Mann, der neben dem Fenster steht, durch das noch immer die goldene Nachmittagssonne scheint. Das diffuse Licht schmeichelt seinem besorgten Gesicht.

Sie macht einen Schritt auf ihn zu und hält ihm eine quadratische Schatulle aus dunkelblauem, goldbedrucktem Leder hin. »Vielen Dank«, sagt sie.

Er starrt erst auf die Schatulle, dann in ihr Gesicht. »*Vielen Dank?*«, wiederholt er.

»Sie waren sehr freundlich zu mir. Ich weiß es zu schätzen, dass Sie mich nach Hause gefahren haben. Trotzdem kann ich Sie nicht heiraten, und ich möchte Ihnen keine falschen Hoffnungen machen. Es ist einfach unmöglich.«

Da steht er, leicht benommen vor Schreck, nur ein paar Schritte von ihr entfernt. Seine Haare sind von der Fahrt in dünne, fettige Strähnen zerteilt, die Augen wegen der

Sonne zu schmalen Schlitzen verengt. Sein Anzug ist zerknittert. Er dreht den Kopf ein kleines Stück zur Seite, betrachtet die nahegelegene Wand und sagt: »Sie wissen, dass Rofrano der Geliebte meiner Schwester ist, nicht wahr? Die beiden wollen heiraten, sobald Theresa von ihrem Ehemann geschieden ist.«

»Das weiß ich.«

»Und es macht Ihnen nichts aus? Es interessiert Sie nicht … Hören Sie, Sophie …« Er wendet das Gesicht wieder zu ihr und sieht sie so tief betrübt an wie ein Hund, der einfach nicht begreifen will, dass er kein Welpe mehr ist. »Mir ist bewusst, dass ich nicht mehr so jung und forsch bin wie diese vielversprechenden Burschen da draußen, aber ich liebe Sie. Ich wollte nur Sie, die ganze Zeit über.«

»Sie wollten mich oder mein Geld?«

Er zuckt zusammen. »Sie. Ich will nicht sagen, dass Ihr Geld keine Rolle spielte, zumindest nicht am Anfang. Aber dann habe ich aufrichtige Gefühle für Sie entwickelt, Sophie. Das ist die Wahrheit. Ich habe mir bereits die Hörner abgestoßen, bin bereit, häuslich zu werden und einem netten Mädchen ein guter Ehemann zu sein, einem süßen, loyalen Mädchen wie Ihnen. Ich denke, Sie werden verstehen, was ich meine, wenn der Schock erst einmal nachlässt …«

»Nein, Jay.« Ihre Stimme klingt freundlich. »Es liegt nicht am Schock. Es ist einfach unmöglich. Das wissen Sie.«

Er sieht auf ihre Hand, die ihm noch immer die dunkelblaue Schatulle entgegenstreckt. Die Schatulle mit dem rosenförmigen Verlobungsring der Ochsners.

»Jay. Bitte. Lassen Sie uns diese Angelegenheit würdevoll beenden.«

Er sagt etwas, ein paar Worte, die sie nicht verstehen kann. Dann hebt er den Kopf, und – ach du liebe Güte! – seine Augen sind tatsächlich feucht. Feucht und tieftraurig. Aber er nimmt die Schatulle, dann umschließt er ihre Finger mit seiner weichen, klammen Handfläche.

»Dann nehme ich an, das heißt Lebewohl«, sagt er, beugt sich vor und küsst sie auf die Wange. Anschließend geht er den Flur entlang und zur Haustür hinaus, wobei er seinen Hut aufsetzt.

Kapitel 26

Ein Mann ist wie eine Katze: Jage ihn, und er wird davonlaufen, sitze still und ignoriere ihn, und er wird schnurrend um deine Füße streichen.

HELEN ROWLAND

THERESA

Fifth Avenue, im selben Augenblick

NICHTS IST SO WIE DER DUFT des eigenen Zuhauses. Ich meine nicht den gewöhnlichen Geruch, den es annimmt, wenn man darin lebt – den Geruch, den man gar nicht bemerkt, weil er immer da ist, genau wie man selbst. Ich meine den ganz speziellen Duft, der einen empfängt, wenn man fort war, die empfindliche Balance zwischen Holz und Farbe und Putz und Polstern, isoliert von der eigenen Lebensessenz: nur die Substanz des Hauses und sonst nichts.

Selbstverständlich ist das Apartment der Marshalls in der Fifth Avenue nie ganz leer. Die Haushälterin, der Koch und das Dienstmädchen sind da, und sie alle wohnen dort in altmodischer Manier; früher gab es auch noch Sylvos Diener, bevor mein Mann in seine Junggesellenbude in der Lexington Avenue zog. Überdies bin ich nur eine einzige Nacht fort gewesen, genau gesagt, seit gestern Vormittag.

Trotzdem hat mich diese eine Nacht um ein ganzes Leben altern lassen, und der Luftzug, der durch meine geliebte Haustür streicht, geht mir direkt auf den Solarplexus, als hätte ich eine Reise einmal rund um den Globus unternommen, seit ich zum letzten Mal hier stand. *Zu Hause*, verkündet er.

Ich schließe kurz die Augen und drehe mich zu dem Jungen um.

»Warum holst du uns nicht etwas zu trinken?«

ER KOMMT MEINEM WUNSCH SCHWEIGEND nach, wie er es immer tut, misst Tonic und Gin in einem perfekten Drei-zu-eins-Verhältnis ab. Als er mir mein Glas reicht, fällt mir auf, wie groß seine Hände sind im Vergleich zu meinen, wie unerschütterlich ruhig. Kaum vorstellbar, dass er heute Morgen einen Menschen getötet hat.

Ich sinke in meinen Lieblingssessel. Der Junge bleibt neben dem Fenster stehen, das auf den Central Park hinausgeht. Der Schatten des Vordachs fällt ihm in einer akkuraten, diagonalen Linie von der rechten Schulter auf die linke Hüfte und teilt ihn in zwei Hälften: eine helle und eine dunkle.

»Setz dich doch«, sage ich. »So kann ich dein Gesicht gar nicht sehen.«

»Entschuldige.« Er macht ein paar Schritte nach vorn, doch er setzt sich nicht. Stattdessen hockt er sich auf die Armlehne des Sofas gegenüber und schwenkt seinen Drink. Die andere Hand ruht auf seiner Hüfte.

»Ox hat mir erzählt, du hast Lumley direkt zwischen die Augen geschossen.«

»Mir blieb kaum eine andere Wahl.«

»Der Arme. Eifersucht ist eine schreckliche Sache.

Treibt einen dazu, die extremsten Dinge zu tun. Soweit ich weiß, gibt es dafür in Frankreich einen speziellen Ausdruck für Verbrechen, die aus Eifersucht geschehen.«

Er nickt und öffnet den Mund, als wollte er etwas dazu sagen.

»Kennst du den Ausdruck?«

»Nein. Ich denke nur an etwas, was Sophie erwähnt hat.«

Ich nehme einen großen Schluck von meinem Drink. Das Tonic Water ist frisch und bitter, der Gin angenehm schmerzlindernd. »Oh? Und was genau hat Miss Faninal gesagt? Ich nehme an, etwas Kluges?«

»Darum geht es jetzt nicht. Es geht um den Mord an ihrer Mutter. Als Lumley sich umdrehte, um sie zu erschießen, hatte sie das Gefühl, dass er genau damit etwas zu tun hatte.«

»*Lumley?* Mit dem Tod von Miss Faninals *Mutter*? Ach du liebe Güte! Dann kehrt also endlich ihre Erinnerung zurück?«

»Nicht unbedingt. Lediglich ein kurzes Aufflackern, wie ein Blitz. Intuition, nehme ich an. Immerhin war sie dabei, als es passiert ist, auch wenn sie noch ein kleines Kind war.« Er zuckt die Achseln. »Ich habe keine Ahnung, ob das noch etwas bedeutet, jetzt, da beide Männer tot sind.«

»Das mag sein, aber *Mrs.* Lumley kommt mir ausgesprochen lebendig vor, und ich gehe davon aus, dass Lieutenant Curtis schon sehr bald die Wahrheit herausfinden wird.« Ich strecke ihm mein Glas entgegen. »Macht es dir etwas aus? Ich bin halb verdurstet.«

Der Junge steht von der Armlehne auf und nimmt mir das Glas aus den Fingern. Ich sehe zu, wie er das Zimmer durchquert. Jede seiner Bewegungen ist genau bemessen, eine scheinbare Trägheit, die seine Effizienz verbirgt. Niemand, den ich kenne, bewegt sich so wie der Junge. Manchmal frage ich mich, ob es der Krieg war, der ihn in diese perfekte Maschine verwandelt hat, oder ob er schon immer so gewesen ist. Ich ertappe mich dabei, dass ich mir wünsche, ihn zu fragen, wie er sich fühlt, wie es ist, einen Menschen zu töten, und ob er darüber reden möchte. Stattdessen sage ich ihm, dass er ziemlich abgespannt wirkt, was der Wahrheit entspricht.

»Ich habe letzte Nacht nicht viel geschlafen«, erwidert er.

»Warum nicht?«

Die Eiswürfel klirren. Der Spirituosenschrank ist stets tadellos bestückt, je nach Jahreszeit. Im Juni wird das Eis drei- bis viermal am Tag ausgetauscht, ganz gleich, ob wir es benötigen oder nicht. Eine weitere kleine Annehmlichkeit, die für uns als Mitglieder der Oberschicht selbstverständlich ist, hier oben in unseren monumentalen Apartments in der Fifth Avenue.

»Weil ich vor Sophies Haus im Ford übernachtet habe«, antwortet der Junge. »Sie war ganz allein dort, und ich fürchtete, dass diese verfluchten Reporter herausfinden würden, wo sie steckt.« *Pscht* – das Tonic Water zischt aus der Siphonflasche.

»Oh, verstehe. Wie galant von dir.«

Er fügt Limette hinzu und dreht sich zu mir um. »Ich habe eine Stunde im Delmonico gewartet, aber du bist nicht aufgetaucht.«

»Ich wurde in Connecticut aufgehalten. Hat man dir das nicht ausgerichtet?«

»Irgendwann schon.«

Ich klopfe auf das Kissen neben mir. »Setz dich.«

Er setzt sich. Seinen Drink lässt er halb geleert auf der

Anrichte stehen, die leeren Finger verschränkt er und versenkt sie in der schmalen Lücke zwischen seinen Knien. »Ich habe mich benommen wie ein Schuft, nicht wahr?«

»Das würde ich nicht sagen.«

»Doch, doch, es ist wahr. Und du warst geduldig wie eine Heilige. Lass uns die letzten Monate einfach vergessen, in Ordnung? Lass uns ein paar Tage wegfahren, eine Woche oder zwei, und da weitermachen, wo wir aufgehört haben. Ich werde dir der Mann sein, den du verdienst, so wie ich es dir versprochen habe. Ich dachte, wir könnten direkt nach Kalifornien aufbrechen …«

»Liebling«, sage ich. »Sieh mich an.«

Grundgütiger, sieht er mitgenommen aus! Erstaunt stelle ich fest, dass es ihm irgendwie steht. Seine Wangen wirken nicht länger rosig, seine außergewöhnlichen meerblauen Augen haben ihren Glanz verloren, geblieben sind nur seine ausgeprägten Wangenknochen sowie der markante Schwung von Brauen und Kinn. Ja, mein Junge ist während der letzten zwei Jahre zu einem erwachsenen Mann herangereift. Er wird einen soliden Ehemann und verlässlichen Vater abgeben.

In meinem Bauch macht sich ein leises Flattern bemerkbar, wie Schmetterlingsflügel.

Ich stelle meinen Drink ab und lege meine Hand an die Wange des Jungen.

»Liebster«, sage ich, »ich habe dir etwas mitzuteilen.«

ÜBEN SIE FÜR EINEN MOMENT NACHSICHT MIT MIR. Ich nehme an, Sie haben sich gefragt, was aus Mrs. Virgina Fitzwilliam geworden ist, zumindest so lange, bis wichtigere Ereignisse dazwischenkamen. Und jetzt werden Sie sich fragen, wie wir von einem kleinen Geständnis – eine nicht ganz ungefährliche Sache – zu zwei Zugtickets nach Miami gekommen sind. Im Grund war das ganz leicht, und ich muss gestehen, dass ich stolz auf mich bin. Ein kleiner mütterlicher Rat mit einer großen Wirkung.

Nachdem mir Mrs. Fitzwilliam von der Vernarrtheit ihres Vaters in das Küchenmädchen erzählt hatte – wie sie die beiden einmal in inniger Umarmung in der Bibliothek ertappte, dass die Funken zwischen ihnen derart sprühten, dass selbst eine Neunjährige darauf aufmerksam wurde, und wie sie ihren Verdacht ganze sechzehn Jahre lang allein schulterte, ohne sich einer Menschenseele anzuvertrauen –, legte ich die Arme um sie und bat sie, sich keine Gedanken zu machen. Ich ging davon aus, dass sie Recht hatte, dass ihr Vater sein Schweigen wahren würde, um Mrs. Lumley weitere Fragen zu ersparen, und fand, dass das sehr großmütig von ihm war, eine würdevolle Art und Weise für einen Mörder, seine Schuld bei der Gesellschaft und bei seinen Töchtern zu begleichen.

»Und was ist mit Ihnen, meine Liebe?«, fragte ich dann. »Was werden Sie tun?«

Sie schwieg, und ich dachte: *Das arme Ding*. Das arme, tapfere, mutterlose Geschöpf.

»Lieben Sie ihn denn noch?«, fragte ich sie.

Sie wusste, dass ich nicht länger von ihrem Vater sprach. »Ja«, antwortete sie.

»Glauben Sie denn, dass er sie ebenfalls noch liebt?«

Wieder ein Ja, doch diesmal begleitet von einem Schluchzen.

Als wir dort auf dem Sofa saßen, war ich mir der kleinen Miss Evelyn Fitzwilliam bewusst, die im anderen Zimmer ihre Limonade trank und Kekse verspeiste. Wer hatte sich um das Mädchen gekümmert, all die Stunden, die seine Mutter in einem überhitzten Gerichtssaal verbrachte? Vermutlich eine Frau vom Hotel. »Wenigstens haben Sie seine Tochter«, sagte ich.

»Eine Tochter, die er nie kennengelernt hat.«

In diesem Augenblick kam Miss Evelyn durch die Tür gewackelt, einen zerkrümelten Keks in der Hand. Die Wangen und das Haar erinnerten an ihre Mutter, die Augenpartie jedoch war ganz anders. Sie hatte etwas Wildes, Schönes, Vielversprechendes an sich, das meine Neugier erwachen ließ. Die Kleine legte den Kopf schief und musterte mich genauso interessiert wie ich sie. Zwei Worte schossen ungebeten durch meinen Kopf: *wie außergewöhnlich*.

Was konnte ich sonst noch tun, *in loco maternis*? Was konnte ich tun, außer der gebrochenen, abgespannten Mrs. Fitzwilliam aufmunternd die Schultern zu drücken und den besten Ratschlag zu erteilen, den mich vier Jahrzehnte Lebenserfahrung gelehrt hatten?

»Nun dann, meine Liebe«, sagte ich entschlossen. »Ich denke, es ist an der Zeit, dass Sie etwas dagegen unternehmen. Finden Sie nicht?«

DENN IRGENDWANN GELANGEN WIR ALLE an diesen Punkt. Den Punkt, an dem wir eine Entscheidung treffen müssen. Den Punkt, an dem wir endlich handeln müssen, auf die eine oder andere Weise, und ich denke, die Wahl, die wir in jenem Augenblick treffen, zeigt die wahre Natur dessen, was man mit seinem Schöpfer ausgemacht hat. Zeigt, was für ein Mensch man wirklich ist. Was für ein Mensch man sein will. Was für eine Seele man seinem Schöpfer eines Tages anbefehlen will.

Ich streichle dem Jungen mit dem Daumen über die Wange und stelle fest, wie zerknittert der arme kleine Wicht aussieht, wie scharf sich der Nagel von der frischen, reinen Haut des Jungen abhebt. Einst waren wir so glücklich miteinander.

»Mein kostbarer Junge«, flüstere ich. »Ich denke, es ist an der Zeit, dass du gehst.«

Die *New York Herald-Times,*
15. Juni 1922

Klatsch und Tratsch, von Patty Cake

Verehrte Leser, während der letzten beiden Jahrzehnte habe ich stets das Neueste aus der Welt der Schönen und Reichen berichtet, und heute wird mir die Ehre zuteil, mich selbst zu übertreffen. Ja, meine Lieben, eure Patty Cake ist bei dem Prozess des Jahrhunderts allen anderen Zeitungen zuvorgekommen.

Meine Quellen berichten, dass sich die dramatischen Ereignisse vor zwei Tagen – die Verurteilung des Patentkönigs wegen Mordes, die große Bestürzung der hübschen Patentprinzessinnen, gefolgt von der berühmt-berüchtigten Schießerei im Pickwick Arms Hotel, die sowohl Mr. Faninal als auch seinen offenkundigen Rivalen, Mr. Lumley, ins Jenseits beförderte – lediglich als Deckblatt für die wahre Story erwiesen haben, die ich Ihnen nun in allen erschreckenden Einzelheiten präsentieren werde.

Weit davon entfernt, die geschädigte Partei zu sein, entpuppt sich Mr. Lumley als Drahtzieher hinter allem. In einem tränenreichen Geständnis vor der Obrigkeit gab Mrs. Lumley zu, dass sie ihren Ehemann in Wirklichkeit nicht erst zwei Wochen nach dem Mord im Restaurant Bluebeard in Scarsdale kennengelernt hatte, sondern dass er schon früher in jenem Sommer anfing, sie auszuführen. Er war es, der den Plan schmiedete, dass das Küchenmädchen den Hausherrn verführen solle, der (so hatte Lumley es von seiner hübschen

Freundin erfahren) untröstlich war über das liederliche Verhalten seiner Ehefrau in den Jahren nach der Geburt ihres zweiten Kindes. Anschließend wollten sie ihn erpressen (mit welcher Liaison genau, ist gar nicht so leicht zu sagen, da so viele zur Auswahl standen, wenngleich bei Mr. Faninal nur die eine), um mit dem damals noch bescheidenen Wohlstand der Familie Faninal ins Eheleben zu starten.

Doch ihr Plan scheiterte, wie Pläne es nun mal so oft tun, und die angehenden Lumleys wurden eines Morgens bei einer hitzigen Auseinandersetzung von niemand anderem als der Dame des Hauses unterbrochen. Das Küchenmädchen, so schien es, entwickelte zu große Gefühle für sein Opfer und wollte einen ehrenhaften Rückzug antreten. Mr. Lumley – es tut mir leid, das sagen zu müssen –, war damit ganz und gar nicht einverstanden, und im Verlauf des immer heftiger werdenden Streits wurde Mrs. Faninal zwangsläufig seines perfiden Planes gewahr. Lumley hörte, wie sie empört nach Luft schnappte, griff nach der nächstbesten Waffe – dem berühmten Küchenmesser – und bedrohte sie damit. Die furchtlose Dame bot ihm die Stirn und bezahlte für ihren Mut den ultimativen Preis, Gott sei ihrer gepeinigten Seele gnädig.

Im direkten Anschluss an diese grauenvolle Tat verpflichtete Mr. Lumley seine Geliebte – wie nicht anders zu erwarten – zu absoluter Verschwiegenheit und heckte den Plan aus, dass sie bei Mr. Faninal ein falsches Geständnis ablegen und behaupten solle, dass ihr schändliches Verhältnis von Mrs. Faninal entdeckt wurde. Es sei zu einer gewalttätigen Auseinandersetzung gekommen, in deren Verlauf das Küchenmädchen gezwungen worden sei, sich gegen die Hausherrin zur Wehr zu setzen, und dabei habe sie sie versehentlich aus Notwehr erstochen. Mr. Faninal, von Schuldgefühlen zerfressen, weil seine Geliebte wegen seiner Vernarrtheit in einen derart schrecklichen Kampf hineingezogen wurde, gab dem Mädchem genügend Geld, um ein neues Leben beginnen zu können, und verschwand anschließend – wie wir wissen – mit seinen beiden Töchtern, nachdem er sich geschworen hatte, das Geheimnis seines Küchenmädchens mit ins Grab zu nehmen.

Und allem Anschein nach hat er genau das versucht.

Zweifelsohne werden Sie begierig auf Details sein, meine lieben Leser – und Gott weiß, wie sehr auch mich danach verlangt –, und ich bin überzeugt, dass meine Kollegen in der Nachrichtenredaktion Tag und Nacht ihr Bestes geben, um Ihren Wissensdurst zu stillen. Ich werde mich nun erst einmal zurücklehnen und sacken lassen, was wir soeben erfahren haben, und vielleicht werde ich ein, zwei Gebete sprechen für die Seele des Patentkönigs, den wir alle auf so kränkende Art und Weise verkannt haben.

Nicht zuletzt werde ich ein weiteres Gebet für die beiden hinterbliebenen Töchter sprechen, deren Aufenthaltsort der Öffentlichkeit momentan nicht bekannt ist. Ich weiß nicht, wie Sie darüber denken, aber ich kann ihnen keinen Vorwurf machen, dass sie sich vorerst zurückgezogen haben. Sie haben die schlimmen Ereignisse beide mit großer Würde durchgestanden, und ich wünsche ihnen für die kommenden Jahre alles erdenklich Gute.

Kapitel 27

Die Ehe ist so, als würde man einen Taktstock schwingen, Handstandüberschlag machen oder mit Stäbchen essen. Es kommt einem alles absolut leicht vor – bis man es selbst versucht.

HELEN ROWLAND

THERESA

Southampton, Long Island, am fünfzehnten Juni

EINE ZEIT LANG SITZE ICH aufrecht auf meinem Stuhl, die Ellbogen auf den Schreibtisch gestützt, und starre auf jene letzten Worte auf der Seite vor mir.

Jetzt, ohne das beständige Klappern der Schreibmaschinentastatur, höre ich durch das offene Fenster zu meiner Linken den Ozean rauschen. Das bedächtige, vertraute Brechen der Wellen. Die Morgendämmerung ist noch nicht ganz angebrochen, eine salzige Brise weht sachte herein, das graue Licht des aufziehenden Tages ist gerade erst am Himmel zu sehen. Ich greife nach dem Walzendrehknopf an der rechten Seite der Schreibmaschine und drehe das Papier so weit nach oben, bis die Walze es freigibt.

Normalerweise würde ich die Kolumne mit der Post nach New York schicken, in einem schlichten brauenen Umschlag, adressiert an die *NEW YORK HERALD-*

TIMES, z. Hd. MR. MIGS BERKELEY, aber das hier ist eine ganz spezielle Story, ein Exklusivbericht, der auf der ersten Seite der Nachmittagsausgabe erscheinen wird, und ich muss Migs heute früh um sieben Uhr jedes einzelne Wort telefonisch durchgeben, und zwar aus diesem stillen, kleinen Büro im Dachgeschoss des Hauses in Windermere, von dem Sylvo keine Ahnung hat.

Doch jetzt ist es erst vier Uhr dreißig, und ich bin nicht gewillt, zum Hörer zu greifen und Konversation zu betreiben, auch wenn ich weiß, dass der arme Migs neben dem Telefon steht, auf die Uhr blickt und nervös eine Zigarette raucht. Nun, soll er doch warten. Das ist das Mindeste, was er tun kann, wenn ich ihm schon die Story des Jahrhunderts sozusagen auf dem Silbertablett präsentiere, mit einer Kirsche obendrauf.

Ich lehne mich zurück, strecke mich – mein Gott, das tut gut, wenn sich die alten Knochen und verkrampften Sehnen entspannen – und schaue aus dem Fenster. Die Brandung rollt leise über den Sand, auf dasselbe Stück Strand, an dem einst meine Kinder gespielt haben und meine Gäste ausgelassen umhergetollt sind. An dem ich mich mit meinen Liebhabern in den Dünen vergnügt habe. An dem alle erdenklichen Freuden wahr geworden sind. Doch man kann ja nie wissen, gerade jetzt nicht. Jetzt ist der Strand dunkel und leer, der Sand hat die Farbe von Ruß, und die Sonne ist nicht mehr als eine lila-rosa Verheißung im Osten.

DRAUSSEN IST DER WIND KRÄFTIGER und kühler als erwartet, und ich setze mich an die Wasserkante, ziehe die Knie an die Brust und wiege das kleine Bündel Mensch in mir. Wie immer denke ich an den Jungen. Nicht an die schauderhafte halbe Stunde gestern – daran mag ich gar nicht denken, an den Anblick seines tief geröteten Nackens, als er zur Tür hinausging, während ich großmütig neben meinem Sargent-Porträt im Foyer stehe –, sondern an jene frühen Tage. An die Labsal körperlicher Intimität. An den zweiten Januar, als der Junge ganz mir gehörte, als wir auf dem Dachboden des alten Kutschenhauses lagen, während draußen die frostig kalte Morgendämmerung hereinbrach.

Der Junge gehört nun nicht länger mir, aber zumindest hat er mir etwas von sich hinterlassen, was ich – falls ich noch an irgendetwas glaube, und vielleicht tue ich das – als Geschenk betrachte. Als eine Art irdische Belohnung für meinen kurzen Moment der Großmut, vielleicht steckt auch lediglich Selbstkasteiung dahinter. Vielleicht sorge ich für einen Skandal, wenn ich die kleine Tochter des Jungen zur Welt bringe – Gott allein weiß, wie die Welt darüber denkt. Gott allein weiß, wie ich damit umgehen werde – mit ihr umgehen werde. Ich nehme an, dass ich – wie bei allen Dingen – einen Weg finde.

Die Sonne geht auf, und ich denke, ich sollte besser wieder hineingehen und Migs am Telefon meine Kolumne durchgeben, bevor er noch einen Schlaganfall bekommt.

DOCH DAS HAUS IST GAR NICHT SO leer, wie ich es verlassen habe. Schon als ich die Diele betrete, steigt mir ein Geruch in die Nase, der die Anwesenheit eines anderen Menschen verkündet, und sobald ich um die Ecke zur Hintertreppe biege, entdecke ich den Grund dafür: Mein Ehemann sitzt auf dem Wohnzimmerfußboden und raucht eine Zigarette.

Der Anblick ist für mich so überraschend, dass ich wie angewurzelt stehen bleibe, die Hand auf dem Treppenpfosten, einen Fuß auf der ersten Stufe. Sylvo blickt auf, das Gesicht gerötet und unsicher.

»Mein Gott!«, rufe ich leise aus. »Sylvo? Ist alles in Ordnung?«

Er gibt keine Antwort, deshalb setze ich mich in Bewegung und stürme durch den Flur ins Wohnzimmer zu dem abgetretenen Teppich. Er riecht nach Whisky, obwohl nirgendwo ein Beweis für dieses Laster zu entdecken ist. Zitternd vor Sorge lasse ich mich neben ihn auf den Boden sinken.

»Die Jungs?«, wispere ich.

»Denen geht es gut.«

Ich stoße die angehaltene Luft aus, dann schlage ich nach Indianermanier die Beine übereinander und greife nach der Zigarette in seinen Fingern. Sie ist fast abgebrannt, aber ich nehme trotzdem einen tiefen Zug und reiche sie ihm anschließend zurück. Er drückt sie an seiner Schuhsohle aus und wirft die Kippe auf den Teppich.

»Sie hat mich verlassen«, sagt er.

»Adelaide?«

»Ja. Sie ist einer alten Flamme begegnet, einem jüngeren Mann. Anscheinend hat er seit damals ein ziemliches Vermögen gescheffelt. Militäraufträge.«

»Ach, Sylvo. Das tut mir so leid«, sage ich, und ich meine es ernst. Ich schiebe einen Arm durch seine Ellenbeuge und lege den Kopf an seine Schulter.

»Es muss dir nicht leidtun. Ich hab's nicht anders verdient. Ich bin ein alter Narr, älter und dümmer als die meisten.«

»So alt bist du nun auch wieder nicht.«

»Nächsten Monat werde ich dreiundsechzig. Mein Vater war da bereits seit zwei Jahren tot.«

»Aber du bist nicht tot, Liebling. Du bist gesund und munter und hast noch viele gute Jahre vor dir. Du wirst eine andere finden, da bin ich mir ganz sicher.«

Er gibt einen Laut von sich, der an ein Seufzen erinnert oder vielmehr an ein Schnauben. »Damit ich mich erneut zum Narren mache?«

»Ach, Sylvo.«

»Nun, wenigstens bist du mit Rofrano glücklich. Das ist immerhin etwas und vermutlich das Mindeste, was ich dir bieten kann nach allem, was ich dir angetan habe. Was du, das muss man dir lassen, mit unermesslicher Würde ertragen hast. Meine geliebte, leidgeprüfte Frau.«

»Nein.« Ich streichele seinen Arm. »Ich fürchte, das ist vorbei. Er hat mich verlassen.«

»Wie bitte? Wann?«

»Gestern. Ich bin viel zu alt für ihn, komme aus einer ganz anderen Generation. Es hat einfach nicht funktioniert.«

»Ach du liebe Güte«, sagt er. »Ach du liebe Güte, sieh uns bloß an.«

»Ist das nicht komisch?«

Die Sonne, die inzwischen ganz aufgegangen ist, scheint nun zum Fenster herein und lässt das Zimmer lebendig werden. Gleich wird es zu hell sein, um hinaus aufs Meer zu blicken, wie wir es jetzt tun, Seite an Seite.

»Verzeih mir«, bittet Sylvo.

»Ich habe dir längst verziehen, Liebling. Wir sind, wer wir sind.«

»Aber ich habe dich unglücklich gemacht.«

»Ich habe mich selbst unglücklich gemacht. Und gleichzeitig habe ich mich von Zeit zu Zeit glücklich gemacht, im Großen und Ganzen kann ich mich also nicht beschweren.«

Er greift nach meiner Hand. Sylvos Hand ist gepflegt und vertraut. Der goldene Siegelring, sonst nichts. Ich verschränke meine Finger mit seinen.

»Wir könnten noch immer zusammen unglücklich sein«, sagt er. Eine feine, stille Andeutung.

»Das wäre ja noch schöner.«

»Ich meine es ernst.« Er drückt meine Hand und dreht sich so um, dass wir einander in die Augen blicken: zwei Verheiratete, die sich Auge in Auge gegenübersitzen. Ich spüre seinen Atem, der nach Alkohol riecht.

»Du hast ein bisschen zu viel Whisky getrunken, Liebling, aber ich weiß deinen Vorschlag zu schätzen.«

Die Sonne scheint grell auf die Scheibe. Sylvo zieht mich mit sich auf den Teppich, und da liegen wir dann und starren eine Zeit lang an die Decke. Ich atme die tröstlichen Dünste seiner Trunkenheit ein, den in der Luft hängenden Qualm seiner Zigarette, und ich denke an das erste Mal, als wir nach unseren Flitterwochen – der obligatorischen Europareise – hierherkamen. Ich war bereits mit Tommy schwanger und nicht gerade scharf auf das, was wir mitunter feinfühlig mit dem Begriff »Bettengymnastik« umschrieben. Gentleman, der er war, bestand Sylvo nicht auf seine »ehelichen Rechte« (wieder so ein Begriff von damals). Stattdessen zog er mich in seine Arme, und wir betrachteten gemeinsam die Schlafzimmerdecke. Ich erinnere mich, wie wunschlos glücklich ich mich fühlte, wie perfekt mir unsere Ehe erschien: mehr noch als ich es beim Nachspiel der Leidenschaft empfunden hatte.

Sylvo hält meine Hand, die auf dem Teppich liegt, und fragt leise: »Und, wie denkst du darüber?«

Ich lächele die Decke an, die hoch und weiß über uns hängt in ihrer vollendeten Eleganz, und versuche, mir vorzustellen, wie mein Ehemann genau diese Worte vor einem Vierteljahrhundert ausspricht. Als wir beide noch jung waren.

Genauso leise wie er antworte ich: »Ich denke, das kommt darauf an.«

»Worauf?«

Ich lege die andere Hand auf meinen Bauch und mache ihm einen Vorschlag.

Kapitel 28

Liebe muss wie ein Hühnersalat oder ein Hackfleischgericht
mit blindem Vertrauen genossen werden,
sonst verliert sie ihren Geschmack.

HELEN ROWLAND

SOPHIE

Irgendwo in Oklahoma, vier Wochen später

WAS SOPHIE AM MEISTEN AN DER OFFENEN LANDSCHAFT liebt, sind die Sterne. In Manhattan waren nur die allerhellsten zu sehen, und bei denen – so stellte sich zu ihrer Enttäuschung für gewöhnlich heraus – handelte es sich fast immer um Planeten. Hier, mitten in Oklahoma, blinken Millionen wunderschöner kleiner Sterne, ein funkelndes Arrangement. Man kann sich auf das Betttuch zurücksinken lassen, neben seinen schlafenden Ehemann, und sie die ganze Nacht lang zählen.

Aber das klappt nicht immer. Die frische Luft und die viele Bewegung sorgen dafür, dass man spätestens bei hundert tief und fest schläft. Trotzdem ist die Fülle beruhigend. Gut für die Fantasie.

Heute Nacht will der Schlaf nicht so schnell kommen, da helfen nicht einmal die Sterne. Das kommt schon mal vor, und Sophie weiß, was zu tun ist. Eine weitere Viertelstunde vergebliches Zählen, und sie rutscht unter der

Decke hervor – Octavian regt sich, aber er wacht nicht auf – und holt das Notizbuch, in dem sie ihren Brief an Virginia aufhebt.

Der Brief. In Wirklichkeit ist er eine Art Tagebuch, da sie bislang nur ein einziges Mal etwas von ihrer Schwester gehört hat – Virgo hat ihr vor dreieinhalb Wochen eine Postkarte aus Miami geschickt und versprochen, ihr so bald wie möglich ihre neue Adresse mitzuteilen, doch die ist noch immer nicht eingetroffen. Sophie will ihr den Brief schicken (sechsundvierzig Seiten, und es werden immer mehr), sobald sie weiß, wohin.

Vielleicht auch nicht. Vielleicht wird sie ihr den Brief doch nicht schicken.

Sophie zündet die Paraffinlampe an und trägt sie weg von der schützenden Höhle, in der sie ihr Camp aufgeschlagen haben, zu dem Felsblock, der ihnen als Tisch dient und manchmal auch als Sofa. Sie greift zu einem Bleistiftstummel und schreibt: *Noch immer in Oklahoma. Wir lieben unseren kleinen Lagerplatz hier viel zu sehr, um ihn zu verlassen. In der Nähe ist ein See, in dem wir morgens baden, und bislang war das Wetter herrlich – angenehm warm und trocken. Wir haben schon seit Tagen das Zelt nicht mehr aufgestellt. Natürlich müssen wir irgendwann wieder aufbrechen, aber wir müssen nicht vor Mitte August in Los Angeles sein, wenn Octavians neuer Geschäftspartner aus Europa zurückkehrt.*

Sie hält inne, kaut auf ihrem Bleistift, weil sie feststellt, dass sie sich wiederholt. Weil sie Virgo all die Fakten aufzählt, die sie ihr bereits mitgeteilt hat. So soll dieser Brief nicht sein. Er soll sich nicht um Fakten drehen.

Ich vermisse Vater

Der Bleistift schwebt in der Luft. Sophie fügt einen Punkt hinzu.

Ist das nicht seltsam? Ich vermisse ihn fürchterlich. Es gibt so viele Fragen, die er mir nicht mehr beantworten kann, so viele Dinge, die ich ihm erzählen möchte. Ich wünschte, ich könnte ihm sagen, dass es mir gut geht, dass ich mir mutig eine Zukunft aufbaue. Noch bin ich nicht ganz glücklich – zumindest nicht auf die Art und Weise, auf die ich »Glück« bislang definiert habe, die Art und Weise, auf die ich bislang glücklich war –, aber ich habe etwas gefunden, das dem sehr nahe kommt, etwas, das vielleicht noch ein wenig besser ist als simple Freude. Oder wenigstens noch besser wird. Octavian meint

Sie hält erneut inne. Seit ein paar Tagen hat sie nicht mehr geschrieben, und ihr ist bewusst, dass ihre Worte steif wirken, so wie Worte nun mal klingen, wenn man mit einem Menschen längere Zeit nicht gesprochen hat. Sie hat vergessen, wie viel sie Virginia bereits erzählt und wie viel sie für sich behalten hat.

Das eine Wort: *Octavian.*

Sie wirft einen Blick über die Schulter, auf das Bett, das sie sich im Gras bereitet haben, eine Zeltplane, eine Decke und ein Betttuch – Letzteres dient als Matratze –, und eine weitere Decke, unter die sie sich kuscheln können. Eine genügt, denn es ist Juli. Der Mond ist schmal und weit weg, spendet nur schwaches Licht, sodass sie ihren Mann kaum sehen kann. Aber sie braucht ihre Augen nicht, um zu wissen, dass er da ist. Seine Gegenwart ist wie ein Magnet, ein zentraler Bezugspunkt, mit dem sie über einen unsichtbaren Draht kommuniziert. Sein Arm ist ein schwacher grauer Fleck auf der Decke, unter der eigentlich Sophie liegen sollte. Sie kann beinahe sein Gewicht auf der Brust spüren, so sehr fühlt sie sich ihm verbunden.

Sie wendet sich wieder dem Notizbuch auf ihrem Schoß zu.

Octavian meint, wir hätten noch jede Menge Zeit für Wände und Dächer, wenn wir erst in Kalifornien sind. Und Kleidung, haha

Das streicht sie durch.

Im Augenblick sind dies die schönsten Flitterwochen, die ich mir nur vorstellen kann. Es gibt bloß uns beide, wir lernen uns Tag für Tag besser kennen, und was mich anbetrifft – ich möchte nie wieder einen anderen Menschen sehen. (Dich und Evelyn natürlich ausgenommen.) Dieser Wunsch wird zweifelsohne mit der Zeit vergehen – dass ich ihn und nur ihn allein um mich haben will –, aber im Augenblick ist es perfekt, weil ich denke, dass er der Einzige auf der Welt ist, der mich versteht, und dieses Verständnis fließt zwischen uns auf eine so schöne und erstaunliche Art und Weise wie Ebbe und Flut, jedes Mal wenn wir einander berühren, jedes Mal, wenn wir miteinander reden. Offenbar versuche ich zu sagen, dass wir beiden momentan genau diese Freiheit brauchen: uns zu küssen und zu berühren und Mann und Frau zu sein, wann immer wir möchten, ohne dass irgendwer dabei zusieht oder sich einmischt oder uns vorschreibt, was wir einander zu sagen

Die Bleistiftspitze bricht ab. Sophie schreibt wieder einmal zu eindringlich. Sie nimmt den Anspitzer aus ihrem Etui und spitzt den Stift im tranigen Licht der Parrafinlampe an. Um sie herum sind die leisen Geräusche der Nacht zu vernehmen, das Piepen und Rufen und Rascheln der Tiere, die nicht weiter auf sie achten. Der Wind in der Prärie hat sich gelegt, die Luft ist warm und still und duftet süß nach Juligras. Sophie legt das Etui zur Seite und schreibt das Wort *haben* hinter *sagen*, dann setzt sie einen Punkt.

Davon abgesehen, ist das Eheleben einfach großartig; wir schmieden jeden Tag neue Pläne. Octavian arbeitet an seinen Flugzeugentwürfen, und ich lerne, wie man zeichnet, denn ich möchte ebenfalls daran teilhaben, möchte ihm eine richtige Partnerin sein, nicht nur in finanzieller Hinsicht. (Für Octavian kommt ohnehin nichts anderes in Frage, denn er verabscheut die Vorstellung, dass er seine Flugzeuge mit meinem Geld baut.) Wir haben vor, uns ein hübsches Häuschen inmitten eines Orangenhains zu suchen. Octavian wünscht sich ungefähr zwanzig Kinder, ich hingegen wäre zufrieden mit zweien oder dreien, daher nehme ich an, dass wir einen Kompromiss finden müssen, wenngleich das Tempo, das wir vorlegen

Sie radiert das aus und setzt einen Punkt hinter *müssen*. Schmunzelt in sich hinein.

Doch ich denke, genau darauf kommt es an bei all den Wochen, die wir uns gönnen, um uns in der Ungestörtheit der freien Natur besser kennenzulernen. Wenn es eine Sache gibt, die wir beide gelernt haben, dann die: Es ist nicht immer leicht, verheiratet zu sein, und es wird Zeiten geben, die uns vor gnadenlose Herausforderungen stellen. Wir werden manchmal – wenn nicht gar oft – unterschiedlicher Meinung sein, und Dinge und Menschen und Ereignisse werden auf uns zukommen, die unseren Mut und unsere Entschlossenheit auf die Probe stellen, doch dann werden wir uns an diese kostbare gemeinsame Zeit erinnern und an den Knoten, den wir knüpfen, damit er uns zusammenhält. An die Sprache, die wir erschaffen und die ganz allein uns gehört. Manchmal, wenn wir nachts beieinanderliegen, flüstert mir Octavian nur zwei Worte ins Ohr: Meine Frau. Und ich weiß, dass die beiden Worte nicht einfach nur bedeuten: Ich liebe dich. (Das sagen wir kaum noch zueinander, denn das ist so klein und ungenügend und unnötig.) Er versichert mir, ich sei seine ganze Familie, die Quelle seines irdischen Glücks, der sein liebes, treues Herz ergeben ist, und er wolle mich beschützen und auf Händen tragen, bis zu seinem letzten Atemzug. (Manchmal wirkt die Stärke seiner Gefühle auf mich nahezu einschüchternd, wenn ich mir vorstelle, wie stark ich sein muss, um sie zu verdienen und zu erwidern. Er ist nichts für schwache Nerven, mein Octavian.) Man könnte meinen, dass all unsere Ehegelübde in diesen beiden Zauberworten komprimiert sind.

Und im Gegenzug sage ich zu ihm: Mein Mann. *Mehr nicht. Das ist alles, was wir sagen müssen, bevor wir schlafen.*

Sophie blickt wieder auf die Seite, betrachtet die sorgfältigen, klein geschriebenen Zeilen im Licht der Paraffinlampe. Hat sie wirklich vor, Virgo diesen Brief zu schicken? Oder ist er bloß für sie, Sophie? Ein begeistertes Tagebuch ihrer unkonventionellen Flitterwochen, das sie eines Tages lesen kann, um sich daran zu erinnern, wie es war, frisch verheiratet zu sein, sich in einem waldgrünen Model T auf eine Reise durch die Natur zu begeben, zusammen ein Leben, ein Geschäft, eine Familie zu gründen.

Aus dem Abgrund der Trauer aufzutauchen, Stück für Stück, einer neuen, vielversprechenden Zukunft entgegen.

Sie setzt den Bleistift wieder aufs Papier.

Wir haben heute eine weitere Gedenkfeier abgehalten. Ich glaube, das hatte ich noch nicht erwähnt. Die erste haben wir irgendwo in West-Pennyslvania zelebriert. Octavian hat über Frankreich gesprochen und erwähnt, dass einer seiner Freunde am letzten Kriegstag abgeschossen und hinter den feindlichen Linien bestattet wurde. Ich konnte sehen, wie er immer aufgewühlter wurde, bis er schließlich aufhörte zu sprechen. Also habe ich ihm vorgeschlagen, seines Freundes zu gedenken, und die Bibel aus einem der Koffer im Wagen genommen, was ihm anscheinend sehr geholfen hat.

Sophie, die aus der Bibel vorliest. Octavian, der mit gesenktem Kopf auf einem Felsbrocken sitzt, das Mondlicht, das ihm auf die nackten Schultern fällt – es war schrecklich, obwohl sie das nicht schreiben wird; mein Gott, wie schweigsam und mitgenommen und in sich gekehrt er dasaß –, und als sie die Bibel zuschlug, nahm er sie einfach in die Arme und weinte, und irgendwann krochen sie unter die Decke, in die schönste Stille der Welt, voller Schmerz und Freude und Vertrautheit, in dieser erstaunlichsten aller Nächte, und Octavian schlief bis neun Uhr am nächsten Morgen, was er noch nie zuvor getan hatte.

Heute Abend haben wir eine Gedenkfeier für Quentin Roosevelt abgehalten. Octavian kannte ihn nur ein paar Wochen, aber ich glaube, sie haben einander gemocht. Ich glaube, sie waren aus demselben Holz geschnitzt, obwohl Octavian das nicht so sehen würde, da er sich selber bei

Weitem nicht für so gut hält, wie er tatsächlich ist. Ich nehme an

»Du schreibst wieder?«

Sophie zuckt zusammen, der Bleistift fliegt durch die Luft.

Octavian lacht und zieht sie in eine liebevolle Umarmung. »Entschuldige. Ich dachte, du hättest mich kommen hören.«

»Für gewöhnlich tue ich das auch«, sagt sie zu seiner nackten Brust und stellt fest, wie sehr sie sein Lachen liebt und wie viel öfter er inzwischen lacht. Wie viel *freier* seine Bewegungen geworden sind – man denke nur an seine unbeholfene, zaghafte Umarmung in ihrer Hochzeitsnacht! –, genau wie seine Worte. »Ich habe über die Gedenkfeier geschrieben.«

»Hm. Komm ins Bett.«

»Aber ich bin noch nicht fertig.«

»Ich kann ohne dich nicht schlafen.«

»Unsinn.«

Er knurrt in ihr Ohr wie ein hungriger Bär und hebt sie von den Füßen.

»Die Lampe!«, ruft sie, und er hebt die Lampe ebenfalls hoch, wobei er so tut, als würde er Sophie fallen lassen, und sie taumeln lachend zu ihrem Lager zurück, wo er sie mitten auf die Decke plumpsen lässt und neben ihr zu Boden sackt.

ALS SIE ES SICH SPÄTER UNTER DER DECKE gemütlich machen und Octavian schützend die Arme um sie schlingt – *Jetzt haust du mir aber nicht mehr ab!* –, erzählt sie ihm, dass sie dabei war, Virgo von der Gedenkfeier für Quentin Roosevelt zu berichten.

»Wenn du möchtest, können wir morgen nach Tulsa fahren«, sagt er. »Vielleicht hat sie eine Nachricht geschickt.«

»Gern.«

»Du machst dir aber keine Sorgen, oder?«

»Noch nicht.« Sophie zögert. »Du?«

»Ich fürchte doch, ein klein wenig. Sie ist jetzt auch meine Schwester, nicht wahr?«

»Ja, das ist sie«, bestätigt Sophie mit fester Stimme und kuschelt sich enger an ihn.

Octavian atmet ihr ins Ohr, sein Atem geht schrecklich langsam.

»Wenn du eine für deinen Vater abhalten möchtest …«

»Eine was?«

»Du weißt schon. Eine Gedenkfeier. Wie für meine Kameraden. Also wenn du das möchtest, könnte ich aus der Bibel vorlesen, so wie du es für mich getan hast.«

Sie tastet nach seiner Hand.

»Lass uns auf Virginia warten«, sagt sie. »Virginia sollte ebenfalls dabei sein.«

»In Ordnung.« Er küsst ihre Schläfe. Berührt ihren Scheitel. Fügt leise hinzu: »Meine Frau.«

Sie schließt die Augen und verschränkt ihre Finger fest mit seinen.

»Mein Mann.«

Anmerkungen der Autorin

Ich hatte eine sonderbare und vermutlich unangemessene Kindheit. Bereits im zarten Alter von fünf Jahren fand ich mich regelmäßig der unzensierten Anstößigkeit Shakespeares auf dem Sommerfestival in Ashland, Oregon, ausgesetzt, außerdem erinnere ich mich entfernt daran, eine Aufführung des *Don Giovanni* (»Daddy, was ist eine Mätresse?«) in der Oper von Seattle gesehen zu haben, als ich sieben war. Das Orchester streikte, daher begleiteten mehrere Flügel die Sänger. Als ich acht war, unterbrach eine Bombendrohung abrupt eine perfekte Inszenierung von *Lucia di Lammermoor.*

Von da an ging es bergab – soziale Ausgrenzung, die demütigende Erinnerung an eine Aufführung von Desdemonas Todesszene auf dem Wohnzimmersofa zum Amüsement der Dinner-Gäste. Sollte sich ein Sturzbach sexueller Leidenschaft durch all meine Bücher ergießen, kann man das meinen Eltern zum Vorwurf machen, die die Übertragung »Live aus der Met« von *Manon Lescaut* mit verfolgten, in der ein junger und außergewöhnlich leidenschaftlicher Placido Domingo mit Renata Scotto ins Bett taumelt.

Man kann sie auch für dieses Buch verantwortlich machen. Ich weiß nicht genau, wann mir der Gedanke kam, dass *Der Rosenkavalier* von Richard Strauss als Vorlage für einen im Manhatten der 1920er Jahre spielenden Roman dienen könnte, aber die Idee verfing sich und ließ sich nicht mehr aus meinem Kopf vertreiben. Zu meiner Verteidigung muss ich anfügen, dass eine gewisse Logik dahintersteckt. 1911 uraufgeführt, zeigt die Oper den Kampf zwischen Altem und Neuem – altem Geld und neuem Geld, körperlicher Reife und Jugend – in lyrischer, bittersüßer Musik, die im Widerspruch stand zu den dissonanten, modernen Klängen, die damals angesagt waren. Das Publikum verschlang begeistert die Wiener Kulisse des achtzehnten Jahrhunderts, die lustvoll-sinnliche Eröffnungsszene im luxuriösen Schlafgemach der Feldmarschallin, den beklemmenden Wettstreit zwischen einem schönen, jungen Mädchen und einer nicht mehr ganz so jungen Dame.

Und wenn es in den Goldenen Zwanzigern um eines ging, dann war es der Konflikt zwischen Alt und Jung, zwischen Tradition und Moderne, zwischen Alt und Neu.

Natürlich war mir bald klar, dass Strauss' Oper nicht genügend Handlung bietet, um einen ganzen Roman damit zu füllen – die gute alte Hinterhältige-Dienstboten-Story zieht nicht mehr so wie noch vor hundert Jahren –, also musste ich einen geheimnisvollen Mord erfinden, um die Handlung voranzutreiben. Puristen werden mir diese Ausschmückung hoffentlich vergeben.

Was das Pferderennen anbetrifft, das Theresa und Octavian zusammenbringt, so kann man meine pferdenärrische Tochter dafür verantwortlich machen, die darauf bestand, dass ich in einen Roman, der zu Beginn der 1920er spielt, den legendären Man o' War einbringe. Ich habe ihrem Wunsch freudig nachgegeben. Das Dwyer Stakes von 1920 zählte zu den größten Pferderennen jener Zeit, und der achte Pfosten beim alten Aquädukt wurde erhalten und Man o' War gewidmet, als 1959 die neue Rennstrecke eröffnet wurde.

Er steht noch heute dort.

Dank

Die kleinen Geheimnisse der Frauen markiert eine Art Heimkehr zu meiner allerersten Lektorin Rachel Kahan, inzwischen bei William Morrow, die sich vor mehreren Jahren in das Manuskript von *Das Meer der Zeit* verliebt hatte und sich in einem unvergesslichen Telefongespräch bei mir vorstellte, das den Anfang meiner Karriere als professionelle Autorin begründete. Ich bin so dankbar, erneut ihre Leidenschaft und Kompetenz auf meiner Seite zu wissen, zusammen mit der ungeheuren Energie und der Begeisterung ihrer Kollegen. Ebenfalls dankbar bin ich meinen lieben Freunden bei G. P. Putnam's Sons für fünf Bücher in vier fantastischen Jahren und dafür, dass sie mir den Wechsel mit so viel Wohlwollen und Kulanz erleichtert haben.

Die unübertroffene Alexandra Machinist führt meine beruflichen Angelegenheiten mit einer solchen Hingabe und Energie, dass ich ihr und dem gesamten Team von der Literaturagentur ICM mit jedem Buch, das mit ihrer Hilfe den Weg in den Verlag findet, eine ganze Wagenladung an Dank schulde. Ich kann mir meine Karriere ohne euch nicht vorstellen.

Ich bin stets überwältigt von der Unterstützung meiner Familie und Freunde, Verwandten und Bekannten und vor allem meines unendlich wunderbaren Ehemannes Sydney und unserer vier Kinder. Da wir umgezogen und ein Stück die Küste hinunter in ländlichere Gefilde gewechselt sind, möchte ich ein ganz besonderes Dankeschön an all die lieben Freunde in Greenwich schicken, die in vielerlei Hinsicht zu unserem Leben gehörten: Angefangen bei den Starbucks-Baristas, die mich stundenlang an einem Ecktisch sitzen und schreiben ließen, über die Kellnerinnen im Putnam Diner, die stets für eine volle Kaffeetasse sorgten, bis hin zu den anderen Müttern und Vätern an der Julian Curtiss School, die mir vom ersten Buch an Mut machten, und allen anderen auch.

Leser! Buchhändler! Blogger! Autorenkollegen! Ein letztes Dankeschön an euch, die ihr all das möglich gemacht habt. Ich liebe eure Nachrichten und Tweets, ich liebe es, euch auf der Straße zu begegnen, ich liebe eure Leidenschaft für Bücher und eure atemberaubende Unterstützung. Ein Buch herauszubringen ist eine gefährliche Reise, die man im Grunde nackt antritt, und ihr habt mir Kleidung und Schuhe und Schutz gegeben. Ich kann euch nicht fest genug umarmen.